二〇一一年福建漳州屈原与楚辞学国际学术研讨会论文

中國楚辭學

第十九辑

中国屈原学会 编

學苑出版社

25

北京市哲学社会科学北京语言大学首都国际文化研究基地
江苏高校哲学社会科学重点研究基地南通大学楚辞研究中心
闽南师范大学中文系
主办

图书在版编目（CIP）数据

中国楚辞学．第19辑/中国屈原学会编．—北京：学苑出版社，2013.8

ISBN 978－7－5077－4335－7

Ⅰ.①中…　Ⅱ.①中…　Ⅲ.①楚辞研究－中国－丛刊　Ⅳ.①I207.22－55

中国版本图书馆CIP数据核字（2013）第174716号

责任编辑：战葆红

出版发行：学苑出版社

社　　址：北京市丰台区南方庄2号院1号楼　100079

网　　址：www.book001.com

电子信箱：xueyuan@public.bta.net.cn

销售电话：010－67675512、67678944、67601101（邮购）

印 刷 厂：保定市彩虹艺雅印刷有限公司

开本尺寸：787×1092　1/16

印　　张：26.25

字　　数：460千字

版　　次：2013年8月北京第1版

印　　次：2013年8月北京第1次印刷

定　　价：70.00元

目　录

屈原事迹及思想研究

楚辞与闽南文化研究

楚辞学史研究

古代楚王国国策与《楚辞》各篇及战国楚竹书等文献的关系

[日]秋田大学名誉教授　石川三佐男

一、绪言

(一)《楚辞·天问》篇看历代楚辞学中的问题点

历代各家楚辞学的研究者把《楚辞·天问》篇中的第一人称“吾”看作“屈原”的自称,这已经成为一种传统的观点。当然也有人提出异议。如认为“吾”是“语”之意,或认为“吾”是“牾”之误,意为“忤”等。这些说法是否妥当,很难有合理的判断。这是历代楚辞学的第一个问题点。第二个问题点事关楚辞学的根基。具体而言,那就是即使认为《天问》篇的“吾”、“我”、“余”为第一人称是当然的,那也不一定仅限于“屈原”的自称。以笔者管见,对于《楚辞·天问》篇的第一人称“吾”、“我”、“余”在历史上找不到合理解释的事例,其原因是楚辞学者研究时往往持有“《天问》篇是战国中期屈原创作的”这一先入为主的观念。换言之,剔除这一先入为主的观念是历代楚辞学的重要课题。在此还需要注意的是《楚辞·天问》篇中的叙述中把疑问投向了春秋时期的吴、楚、秦的兴亡史,最后叙述借鉴这段历史作用于自己的行动中的话,那么楚王国的命运即将大开等,完全没有言及屈原生活的战国中期的历史。

历史的问题点是根深蒂固的,但是《天问》篇的问题点也是相当明确的。

(二)《楚辞·天问》篇新解释例

正确解释《楚辞·天问》篇关键在于如何理解开头的“天问曰”,这是至关重要的。笔者赞同吉富透的观点,吉富透依据黑须重彦和黄人二的观点认为按照原文的语序“天问曰”理解为“天帝向楚王问道”(参照吉富透论文“《楚辞·天问》篇研究序说——战国楚简《三德》的读者对象与“皇天”“后帝”)。在这里要注意到春秋时期楚庄王采用《训典》(古代帝王的训典)等九种古代典籍教育太子的政策、楚王国的史书《梼杌》等的制作、以战国初期为下限的楚公楚王世系及王居变迁史《楚居》(清华大学竹简)等史实。以此视点来看,《天问》篇的问者是“天”即“天帝”(上帝),“吾”、“我”、“余”是天帝(上帝)的自称,这一结论就不言自明了。

下面按上述观点对《天问》篇进行新的解读,为了使文章简洁明了,故将原诗和通释进行对照。

【事例】01　悟过改更,我又何言。吴光争国,久余是胜。　　(《天问》篇)

【通释】啊,楚王啊,你要能翻然改过的话,我(作为天帝,在公众场合)就没什么好说的了。吴国的君光与楚战争时,虽然有时迟缓但我(为了发扬帝威私下里)使楚国战胜了吴国。(这个教训你要铭记在心。)

【事例】02　吾告堵敖、以不长。何试上自予、忠名弥彰。

(《天问》篇乱辞部末四句)

【通释】吾(天帝)在训告你的祖先堵敖时无意中告知他周王室天命不长久。为此你们楚王族应以过去的史实为鉴,反映到你们自身的行动上。如此,你们楚王国对天帝我的忠心就愈加确实,彰显于天下国家。(啊,楚王啊,你应深刻铭记这个历史的因果关系。)

以上【事例】01是由天帝叙述过去的"天人相关"的条理和训诫楚王的内容构成的。这一判断参照春秋时期、战国时期、汉楚兴亡时期整个楚王国国政也能得到证实。【事例】02是《天问》篇乱辞部末四句,可以推断出天帝(上帝)告诉楚王东周王室的命运即将结束、对楚王国天命下赐的时候也迫近了,以此教诲楚王。这是和《天问》篇的主题直接相关的。《天问》篇有很大可能性是楚王学习统治天下国家基本理法的国家性教材。这些内容参照《离骚》篇的"楚王教戒诗群"(后面叙述)以及对楚王论述只要运用"一"的理法则可把握天地宇宙、统治天下国家的楚辞类作品(即上博楚简七《凡物流形》(乙篇)末尾部分)也能证实。

因此综上所述,《楚辞·天问》篇的问者是天(天帝)、"吾"、"我"、"余"是天帝(上帝)的自称,这一结论就更明白了。

(三)《楚辞·天问》篇的成书时期

春秋时楚庄王二十年至二十三年(前594－前591年),庄王重视教育,命师傅士亹教太子《春秋》、《世》、《诗》、《礼》、《乐》、《令》、《语》、《故史》、《训典》等九种古典(《国语》楚语上)。有关这九种古典,《国语》楚语韦昭注曰:"语,治国之善语。"张正明认为"语,先王的世系和事迹"、"令,法令和规范"、"语,格言警句"、"故史,前代的成败得失"、"训典,古帝的训典"。(参考张正明著《楚史》)另外,大野俊指出这个时期楚王国已经消化了中原文化。(参照:新释汉文大系《国语》楚语条目)还值得关注的是在上博楚简六《楚王既成》中庄王问重臣子孙能否达成楚国霸业。

春秋时楚王国编制了史书《梼杌》,作为国家性的教材使用,《孟子》离娄下篇曾提到该书:"王者之迹熄而诗亡。然后春秋作。晋之乘,楚之梼杌,鲁之春秋,一也。"《梼杌》与

《国语》楚语中所言《世》、《故史》、《训典》(石川注:楚庄王采用《训典》是天帝或古帝的训典。《训典》和“圣问”“帝训”是意义同趣。参考《崇仁殿碑铭并序》“天赐大范、神禹则之、以传殷师、殷师嗣兴、蒙难乃阐、人文始显、爰叙彝伦、以承圣问、寔维帝训”。)等相关,与《楚辞·天问》篇的内容也有极大关系。《梼杌》现已失传。明代吴琯曾尝试复原《梼杌》,其卷首“问为国第一”是楚庄王与令尹孙叔敖关于楚之“国是”(国策)的问答,其内容耐人寻味。

《天问》篇描写的历史内容是以春秋末期的“吴楚战争”为下限(前506年),这与《天问》篇成书时间必定有关。最近公开的古代楚王国历史书(楚公楚王世系与王居变迁史)《楚居》(清华大学藏战国竹简壹)所描写的内容是远祖季连至楚悼王(前405-前385年,一说前401-前381年)的历史。该书的历史传承也是以春秋末期战国初期为下限的,它说明《楚居》成书于春秋末期战国初期,同时也可作为《楚辞·天问》篇成书于春秋末期的有力旁证。

以上论述了《楚辞·天问》篇成书于春秋末期的可能性非常高,同时与屈原传说无关的可能性也很高。另一方面,也许通过《天问》篇等学习的效果,《离骚》篇的主人公(作者)对《天问》篇所描述的历史内容非常精通。这一点有必要从新的视点加以探讨。

(四)小结

本节要点有五点:

第一点,论证了《天问》篇开头“天问曰”(天帝向楚王发问)以及与之相对应的《天问》篇乱辞部末四句的“吾”是天帝的自称;第二点,论证了《天问》篇乱辞部末四句中“不长”不仅限于表示堵敖在位时间短,也隐微地发出了东周王室的命运不长久的预言;第三点,指出了《天问》篇的主旨如果从天帝方面来说是向楚王和王族进行“天人相关”的历史性条理进行了训诫,而从楚王国方面来说,通过反复学习“天人相关”的历史性条理能够得到当今的教训,同时认为《天问》篇不是某个个人抒发怀才不遇的作品,本来的主题是楚国谋图天命招来天下统一(楚霸)的内容;第四点,参照《天问》篇所描写的历史内容和时间下限以及楚王国的国策论证了《楚辞·天问》篇的成书时间是春秋末期。第五点,清华大竹简《楚居》与《楚辞·卜居》篇相关联。

总之,可以看出《天问》篇是《楚辞》各篇的原点,从这一点出发今后可以全面重新探讨楚辞各篇,确立关于《楚辞》发生发展的新的学术观点。从这一意义来说,本节考察的结果在今后《楚辞》研究发展中成为重要的视点。

二、古代楚王国天命招来问题与图谋天下统一问题

西周末年春秋时期(前707年-前403年),东周王室势力衰微,各地出现自立的城

市国家,诸侯竞相争夺霸权,形成了春秋五霸。而楚国也占据先机,他们脱胎换骨式地借用周的文王、武王、成王的名号"称王",出现了楚文王、楚武王、楚成王等名号。

战国中期(前375－前276年)东周王室与诸侯之间相互辅助的封建制度关系崩溃,朝廷的威信扫地,与此相继而起的社会现象就是诸侯"称王"和附庸正统和附庸权威的风潮。具体来说,齐称王于前338年、魏称王于前334年、赵和韩称王于前326年、秦称王于前224年、燕和中山称王于前323年、宋称王于前322年。从这一现象可以看出春秋时期楚称王远远早于其他诸侯,占尽了先机。

诸侯称王时需要附庸权威,需要具备王和王国的正统性,这是必需的条件。战国中期各王国具体要做好完备"历法"、"鼎"的铸造、完备"古籍"等。特别是完备"古籍"时必须要对传统文献进行再阐释、再利用。作为王国是否广泛收藏与国家渊源相关的"古籍"是和问鼎的轻重一样重要的问题。前281年汲郡战国末年魏襄王墓(和安厘王冢)中发现可用十辆车方能运载完的大量"竹书"(《汲郡竹书》),其中如实反映了战国时期魏国保存的"古籍"的情况。而现今陆续发现的战国时期楚竹书等大量出土文物也说明这些是当时各国为了主张其王国正统性的产物,完备"古籍"各国的国策(国是)。(石川注:战国时期齐国为了显示其正统性修预言书《春秋》、韩国为了显示其正统性编修预言书《左氏传》,关于详细内容请参考最先提出该观点的平势隆郎论著)

基于以上认识,本节将楚王国在春秋时期、战国时期、汉楚兴亡期在天命招来与图谋天下统一动向分七个阶段加以整理分类,以鸟瞰的方式加以考察。

【事例】03 (第一阶段)春秋初期。楚之熊通即位,比其他诸侯国率先称王作"武王",以后楚采用周王朝的名号脱胎换骨式地沿用文王、成王、穆王的名号。

【事例】04 (第二阶段)春秋中期,楚庄王欲招来天命,谋图天下统一(楚霸)。但是虽然楚庄王获得了五霸之一的名声,而其愿望并未达成。以后楚王国的国策通过完备"古籍"和古典教育被子孙继承,成为楚王国的传统。

【事例】05 (第三阶段)春秋末期,推定该时期楚国编写《楚辞·天问》篇作为学习的教材。《天问》篇乱辞部末四句"吾告堵敖以不长。何试上自予、忠名弥彰"中充分表达了鼓励这种意识。《天问》篇在春秋末期以后只要长久传承不断学习,楚王国招来天命的机运就会不断增大。同时我们还应注意到其他国家对楚国有"唯荆(楚)有昭德,若周衰其必兴矣"(《国语·郑语》)的评价。

【事例】06 (第四阶段)战国初期楚悼王时编修《楚居》(清华大学简壹),整理记录远祖季连至楚悼王共三十二名楚公楚王世系及王居变迁,使楚国对于自己国家的历史学习有了进一步具体的进展。《楚居》中的王居变迁传统被继承到战国中期,这些可见于记录祭祷的卜筮竹记录简和《楚辞·卜居》(占卜楚王王居)。

【事例】07 (第五阶段)战国中期,楚怀王修备文武以招来天命和谋图天下统一(楚霸)为国策,机运到了最高潮。但秦的张仪察觉端倪以巧妙的谋略阻止了楚实现其愿望。当事者怀王还客死秦国,将春秋以来楚王国的国策一下子化为泡影。然而,近年从荆州熊家冢发现的战国中期的楚王墓中考古学的材料和传世的文献中的楚怀王的形象有着极大的不同。首先“熊家”与楚王姓熊这一点上是一致的。

最值得关注的第一点是周朝的传统礼制规定天子“一车驾六马”,诸侯和诸国不得违反,然而在荆州熊家冢中楚王是“华盖附一车驾六马”。华盖本来是天帝所用的伞。

第二点与荆州熊家冢中楚王是“华盖附一车驾六马”直接相关的楚辞作品,如《招魂》篇和《大招》篇有“三公”、“九卿”、“大侯”等语。“三公”、“九卿”是周王朝传统的天子的礼制,这一点不必赘言。至于“大侯”,王逸在《楚辞章句》中说“侯谓所射布也。王者当制服诸侯,故名布为侯而射之”。胡文英说:“大侯、天子大射之侯也”(《屈骚指掌》)。进一步来说,祭祀“上皇”(东皇太一)、云中君和东君等诸神出现的《楚辞·九歌》十一篇作为送葬歌群本来不是民间祭祀歌,很有可能是楚国的一大祭祀歌。《九歌》中哀悼死于国事的青年人的《国殇》篇就是明证。这一点与汉武帝《郊祀》歌十九篇对照来看也明显能得出以上结论。例如:汉武帝《郊祀》歌第六《玄冥》篇是祭祀“玄冥”(天上北方世界的上帝颛顼)、第十四篇《后皇》篇是祭祀“后皇”(天帝之一)的内容可以得到明证。也就是说,以上“华盖附一车驾六马”和“三公”、“九卿”、“大侯”还有“上皇”(东皇太一)等事例都可以作为战国中期楚王因袭周朝的“天子”礼制的证据。前317年东周王室赠楚怀王“文武之胙”也许就是希望阻止楚王炫耀天子威势的行为。值得注意的是春秋末年楚国被史家评论为“唯荆(楚)有昭德,若周衰其必兴矣。”(《国语·郑语》)

第三点,虽然没有确凿的证据,但如果从荆州熊家冢反映墓主直逼天帝权力的气势来推测,荆州熊家冢的墓主很有可能是历史上客死秦国的楚怀王。如果这个假设成立的话,那么将颠覆对楚怀王的认识。即使这个假设不成立,那么墓主人是楚王、姓“熊”,这也可以成为确定楚怀王的陵墓位置的有力考古资料。进一步来说,不应忽视在《离骚》篇中谋图天命招来的“楚王教戒诗群”(帝词)。也就是说应该通过对《楚辞》各篇、战国楚竹书等出土文献文物以及《秦诅楚文》等比较和考证,对这个时期怀王和楚国的政治力量、文化实力进行全面再认识。

【事例】08 (第六阶段)汉楚兴亡时期,项羽的崛起使楚国夙愿达成的机会再次降临,眼看离霸业成就还有一步之遥,但项羽自身的失误,他的期望被汉刘邦所阻,最终楚国的夙愿不了了之。

【事例】09 (第七阶段)汉帝国成立后,楚国的天命招来问题和谋图天下统一的传统被汉代的楚王继承。例如:建都于楚之故地寿春的淮南王刘安受汉武帝之命作《离骚》篇注献于上,也许武帝从《离骚》篇中读出了楚国的微言,也可能是察觉了刘安的野心吧,以此为远因,刘安因涉嫌谋反被处刑。从传承《离骚》篇、招募优待能朗诵楚辞作品的文士、令门客淮南大山·淮南小山等编撰《楚辞》类作品等可以推断出刘安精通《楚辞》这一事实。曾经有人认为《楚辞·天问》篇是刘安所作,这也是由于通过与《淮南子》比较后得出的结论。到了南朝刘宋时期《王逸楚辞章句》因对纬书禁止和弹压而失传,这也是由于楚辞作品中含有微言大义成分的缘故吧。

通过以上论述可以推断楚王国天命招来和谋图天下统一的机运到达最高潮是在与西周王朝成王的"卜世三十、卜年七百、天所命也"(《春秋左氏传》宣公三年及《史记》楚世家)密切相关的战国中期楚怀王十七年(前317年)前后。特别是这个时期,楚怀王与东方五国合纵结盟并为盟主一同攻入函谷关、东周客人赐"文武之胙"(《包山楚墓》卜筮祭祷竹简)、被《秦诅楚文》诅咒、期望通过编修《字书》达成楚国统一天下(石川注:参照《中国研究集刊》相关资料)、《离骚》篇中包含很多楚国天命招来相关的诗歌群、成书于战国初期的《楚居》(清华大学竹简)是《楚辞·卜居》篇及《哀郢》篇的先驱等都可以成为具体的明证,即战国中期楚地编制的《楚辞》各篇以及现在陆续发现的战国楚竹书等出土文献文物等都不可离开楚国的天命招来问题和谋图天下统一的国策来考察。

关于清华大学战国楚竹简的ANS碳十四年代测定,该书壹前言中说:"经树论校正的资料为公元前305年±三十年,与上述专家的意见一致",与上海博物馆藏战国楚竹书的事例都令人刮目相看。这一点要特别注意。

三、古代楚王国的天命招来问题与巫祝者集团的关系

上面论述了战国中期楚怀王时谋图天命招来的机运到达了最高潮,下面考察一下这个问题和楚的巫祝者集团的关系。

《离骚》篇主人公灵君越过昆仑山两次升天进入天界遨游,《九辩》篇和《远游》篇主人公都有升天进入天界遨游的经历。《九章》的主人公至岷山获得了飞翔的能力。从这

些可以推断出《楚辞》各篇的主人公都以天界遨游为目标。但是历来对《楚辞》各篇主人公升天的理由却不清楚，传统上据《史记》屈原传“人穷则反本”（人到穷困时就回归祖先的居所），但这并不是贴切的解释，因此成为历史的疑案之一。

笔者认为解开疑问的关键在中原文化《尚书·君奭》篇。《尚书·君奭》篇由以下五个内容构成：（一）周公告诉君奭应畏敬天命；（二）周公告诉君奭应以殷商天命得失为鉴；（三）周公告诉君奭应共同协力继承文王的受命和道德；（四）周公再次告诫君奭要加强协作；（五）周公吐露自己忧念人民的心情并以此结尾。其中（二）中周公这样告诉君奭：

【事例】10 公曰、君奭、我闻、在昔成汤既受命。时则有若伊尹、格于皇天。在太甲、时则有若保衡。在太戊、时则有若伊陟·臣扈、格于上帝，巫咸乂王家。（《尚书·君奭》篇）

【通释】君奭！我听说：“昔时成汤已经接受统治天下的天命时圣人伊尹升入皇天听受了天命。太甲时，圣人保衡承担这样的任务，太戊时圣人伊陟和臣扈升天至上帝居所接受天命，另外王家的巫咸治理内部。

值得注意的是伊尹、保衡、伊陟、臣扈、巫咸等巫者升入天界的上帝的居所接受命令，其内容与《楚辞》各篇的主人公升天有直接的联系。伊尹、保衡、伊陟、臣扈、巫咸等人中，巫咸与见诸《楚辞》各篇的彭铿（彭祖）、巫咸、彭咸等人具有同一神格或同类神格。《焦氏易林》中彭祖与巫咸具有圣人神格在上帝居所承担天命下赐的功能，也可佐证以上判断。《彭祖》（《上海博物馆藏战国楚竹书（三）》所收）中关于彭祖的内容也值得我们重视。

因此，《尚书·君奭》篇中的伊尹、保衡、伊陟、臣扈、巫咸等人、《楚辞》各篇中的彭铿（彭祖）、巫咸、彭咸等人很有可能承担着升入上帝的居所听从天命和上帝的意志的宗教职能，以及为此做出有效的智慧和遗训等。

请看《楚辞》各篇的下列事例群：

【事例】11 彭铿斟雉，帝何飨。（《天问》篇）

【事例】12 巫咸将夕降兮，怀椒糈而要之。百神翳其备降兮，九疑其并迎。（《离骚》篇）

【事例】13 愿依彭咸之遗则。（《离骚》篇）

【事例】14 吾将从彭咸之所居。（《离骚》篇）

【事例】15 指彭咸以为仪。（《九章·抽思》篇）

【事例】16 思彭咸之故也。（《九章·思美人》篇）

【事例】17　照彭咸之所闻。　(《九章·悲回风》篇)

【事例】18　托彭咸之所居。　(《九章·悲回风》篇)

【事例】11 在前面已经论述过了,"彭铿"和"彭祖"是同一神格的内容将在后文详述。【事例】12 的句意可以理解为(升入上帝居所听取天命的)巫咸在百神相伴下降落到地面,九疑的众神出来相迎。这里统领"十巫"的巫咸的形象跃然纸上,九疑是天神降临的圣地。【事例】12 中"巫咸降"与"百神降"与楚王国的天命招来和谋图天下统一的国策的关系等,在《楚辞》理解上是需要引起重视的。【事例】13 -【事例】18 中"彭咸之遗则""彭咸之所居""彭咸以为仪""彭咸之故""彭咸之所闻"等都可看作能够升入上帝的居所听取天命、得到上帝的意志的彭铿(彭祖)、巫咸、彭咸等人的遗训、智慧和故地等。关于这点从《离骚》篇主人公下面的吟诵可以看出。

【事例】19　帝高阳之苗裔兮、朕皇考曰伯庸。　(《离骚》篇)

《离骚》篇的主人公歌唱帝高阳的理由有两点,第一点,主人公为了表明自己(以及楚王国)是帝高阳的后裔,主张其正统性;第二点的原因在背后,也就是对于主人公(楚王国)来说,帝高阳是伟大的祖先神,是居于天上北方世界的上帝。帝高阳是统治天上北方世界的上帝,利用鬼神治理天下的古代帝王、是开国的圣王。彭祖(彭铿)就是他的玄孙。这些要有加以关注。

彭祖(彭铿)是颛顼(帝高阳)的玄孙这一点可以通过以下事例得到确认。

【事例】20　彭祖,姓钱,铿名,帝颛顼之玄孙,至殷末世,年已七百六十岁而不衰。

(葛洪撰《神仙传》卷一)

【事例】21　彭祖者,姓钱,名铿,帝颛顼之玄孙也。善养性、能调鼎、进雉羹于尧。尧封于彭城。其道可祖,故谓之彭祖。　(《庄子集释》成玄英《疏》)

帝高阳(颛顼)得道,成为统治天上北方世界的上帝的内容可以依据以下事例来确认。

【事例】22　(颛顼)得之(道),处玄官。　(《庄子·大宗师》篇)

【事例】23　颛顼,黄帝之孙,即帝高阳也。亦曰玄帝。年十二而冠、十五佐少昊、二十即位。采羽山之铜为鼎,能召四海之神,有灵异。年九十七崩,得道,为北方之帝。玄者,北方之色,故处于玄官也。

(《庄子集释》卷三大宗师成玄英《疏》)

【事例】24 北方之神,帝颛玄冥之所司者,万二千里。

(《淮南子·时则训》)

【事例】25 北方之神、帝颛项神玄冥、司之。 (《独断》卷上)

【事例】26 北方之神、帝颛项、乘坎执权司冬。 (《汉书·魏相兵吉传》)

有关帝高阳的事例可见于战国楚竹书《三德》,也可以在长沙子弹库楚墓(战国中后期)出土《楚帛书》(甲篇、乙篇、丙篇)看到,《三德》是楚辞各篇有紧密联系的出土文献,关于《楚帛书》中"为禹为万"的"万",有学者认为是冥之意,冥即是玄冥,也就是帝颛顼。(饶宗颐说)而更明确的是:文中(十三行文)"炎帝乃命祝融、以四神降、奠三天、云云"(炎帝命令祝融率四神降临地上,安定三天,云云。)的炎帝是颛顼的儿子。(参照《史记》楚世家、《礼记》郑注)颛顼·炎帝当然是楚王国伟大的祖先神,炎帝的父亲是颛顼,颛顼是天上北方世界的上帝。炎帝和祝融当然在理解《离骚》篇和《楚帛书》中占有重要的分量。

另外《楚帛书》很有可能是楚王为了学习帝高阳和祖先神的遗训而编撰的教材。文中(十三行文)"帝曰、繇(呜呼)、□(敬)之哉、毋弗或敬、云云"(上帝告诫楚王说:啊,楚王,要大大地积德、敬心身,勿作不敬之事。)就是明证。楚王国学习帝高阳和炎帝遗训的目的是显而易见的,其核心是听取天命并招来天命。文中(十三行文)"曰、非九天则大峡云云","九天"不必说是可以在地上和天上往来的"九层天路"之意。(请参考后面叙述的"包山战国楚墓出土棺盖九层装饰品"的"九层")因此从这个意思来说,依据《楚帛书》确认帝高阳是天上北方世界的上帝以及帝高阳之子炎帝的遗训具有重大的意义。也就是说,周和秦把帝高阳作为祖先神来崇拜,和楚王国把帝高阳作为"上帝"来崇拜,在意义上产生了差异。

笔者所说的关于帝高阳的第二个理由的根据就在此。

在这里彭铿(彭祖)、巫咸、彭咸等人都是能够从上帝那里听取天命神圣的神格,为了确认这一点请看下面的事例。

【事例】27 伊尹,假于皇天。 (《史记·燕召公世家》引《尚书·君奭》篇)

【通释】(殷汤的贤相)伊尹能升到皇天听取天命。

【事例】28 伊陟臣扈,假于上帝。

(《史记·燕召公世家》引《尚书·君奭》篇)

【通释】(殷汤的贤相之子)伊陟和臣扈能升到皇天听取天命。

【事例】29　巫咸,能假于上帝。　(《史记·殷本纪》)

【通释】(殷的卜筮神)巫咸能升到皇天听取天命。

关于这一点,从精通楚辞的扬雄的作品中也能得到证实。

【事例】30　选巫咸兮叫帝阍,开天庭兮延群神。　(《甘泉赋》)

【通释】在群巫中选定巫咸去上帝居所的紫微宫门呼唤,使之召集百神。

另外在秦昭襄王诅咒楚怀王的《秦诅楚文》中也能得到证实。

【事例】31　亲卯不显大神巫咸而质。　(《巫咸文》)

【通释】我(秦昭襄王)依靠巫咸与大神们与盟约。

这些都是巫咸等巫祝集团能听取上帝的天命、得知上帝的意志的明证。另外前汉班孟坚(班固)在他的作品中讴歌了大汉帝国从天帝处"受命"定都长安。

【事例】32　(汉西都)横被六合,三成帝畿。周以龙兴,秦以虎视。及大汉受命而都之也,仰东井之精,俯协河图之灵。　(《西都赋》)

著有《楚辞章句》的后汉王逸曾这样咏叹道。

【事例】33　哀人事之不幸兮,属天命而委之咸池。　(《九思·怨思》篇)

总之,班固和王逸作品中的"受命"无疑来源于《楚辞》各篇。

以上论述的《楚辞》各篇的句子都与彭铿(彭祖)、巫咸、彭咸等人升天参向上帝的居所听取"天命",然后将其意志传达到地上的君王,使之体现在政治里的历史传说有关。楚辞中有《九歌》和《九辩》,这些如果和根据《天问》篇中的历史传说"启棘宾商(帝)、九辩九歌"制作的作品对照来看的话就更显而易见了。夏后开(启)也是巫祝者这一事实也不用赘言了。也就是说,《楚辞》各篇和《天问》篇一样是与楚王国的天命招来问题和天下统一问题有着直接联系的作品,楚国道家系巫祝者集团必定深度介入其中。

四、古代楚王国的天命招来问题与《楚辞》各篇的关系

(一)《天问》篇的传统与《楚辞》各篇主人公的升天

《楚辞》各篇的主人公升天可能与楚王国的天命招来问题有着密切的联系。《离骚》篇的主人公、《远游》篇的主人公、《九辩》篇的主人公都升天至天界遨游。《九歌》十一篇是祭主等祈祷借助众神的灵威将死者的魂送至天界实现永恒为主题的系列歌群,因此《九歌》的主人公当然也是以升天为目标的,这一点从《九歌》的来源与天上世界相关可以看出。("啓棘宾商(帝)、九辩九歌")另外,《九章》《九歌》的主人公经过在地上彷徨至岷山获得了飞翔的能力,这也说明其目的是升天。《招魂》篇与《大招》篇也是以"魂"的升天为前提的。从这些来推断以上《楚辞》各篇的主人公都是以游历天界为目标的。本节以此为中心对《离骚》篇进行考察。

首先,看一下《天问》篇的事例。

【事例】11　彭铿斟雉、帝何飨。　(《天问》篇)

也就是说要注意【事例】11 的彭祖(彭铿、帝高阳颛顼的玄孙)和伊尹、保衡、伊陟、臣扈、巫咸等巫者一样,升入天上界等上帝居所参向受天命等传说、以及彭祖和巫咸具有同等神圣等神格,居于上帝处执行天命下赐的辅助工作的传说(《焦氏易林》)。原因在于这些就是《楚辞》各篇的一个原点。

其次,归纳一下《离骚》篇的主人公最初在天界游历的路径是经九疑－扶桑(昆仑)至春宫。

【事例】34　地上—重华(帝舜的葬处、九疑山)—苍梧—悬圃—扶桑—咸池—阊阖(天关、天门)—白水、阆风、春宫。

第二次的天界游历是以九疑为起点至"阊阖"(天门)和"皇天"。

【事例】35　九疑—天津—西极—流沙、赤水、不周山、西海、西皇—皇天。

《远游》篇的主人公的游历路径是以故居为起点经帝宫至"泰初"。

【事例】36　故居—南巢—丹丘、不死之　乡—汤谷—九阳—南州—阊阖—

太微、帝宫、重阳、太仪—微间—句芒、太皓、蓐收(西海)—南疑—寒门、增水、玄冥—列缺—泰初(太初)。

其间《离骚》篇的主人公顺便去了上帝居所紫宫门(阊阖)。

【事例】37 吾令帝阍开关兮、倚阊阖而望之。 (《离骚》篇)

《远游》篇的主人公也到了上帝的宫殿(帝宫)内。

【事例】38 命天帝阍其开关兮,排阊阖而望予。 (《远游》篇)

【事例】39 集重阳入帝宫兮,造旬始而观清都。 (《远游》篇)

仅从两篇来看,《离骚》篇的主人公到上帝居所紫微宫门前和《远游》篇主人公进入上帝居住的宫殿内的理由却都不明。

但是从《远游》篇的主人公到达上帝居住的宫殿内的事实来看,《离骚》篇的主人公到上帝居所紫微宫门前的目的地本来应该是宫殿内,因为某种使命已经完成。这两篇都没有具体描写其目的,幸好《焦氏易林》可以做补充。

【事例】40 骑龙乘凤,上见神公,彭祖受制,王高赞通,巫咸就位,拜寿无穷。 (家人之第三十七剥)

【事例】41 骑龙乘凤,上见神公,彭祖受制,王乔赞通,巫咸就位,拜福无穷。 (未济第六十六小畜)

特别是"骑龙乘凤、上见神公"和《离骚》篇主人公的帝所参向相重那么就可以见到这样的情景。关于这一点,楚怀王时期的包山战国楚墓棺盖九层装饰品的"九层"是以凤鸟为基调的,寓意"九天"以外还与象征着可以往来于天地之间的"九层天"或者九层"天路"(昆仑之路)。这一点需要注意。"拜寿无穷""拜福无穷"是楚国最大最关心的事,使人联想起"天命下赐"的场面。

综上所述可以推断出《楚辞》各篇中主人公升天的主要目的在于升天至上帝居所参向听取"天命"。既然升天至上帝居所参向听取"天命",那么同时也伴随着要回到地上向楚王报告的义务。"二招"(《招魂》篇和《大招》篇)与这个问题也有关。

(二)《天问》篇的"帝词"与《离骚》篇的"楚王教戒诗群"的关系

由于历来把《离骚》篇作为个人(屈原)的作品所以导致了误读。但是本论文的视点来说,可以确认《离骚》篇是与楚王国的天命招来和谋图天下统一(楚霸)直接相关的一组诗群。这个诗群在《离骚》篇中部,位于女媭告诫主人公之后的位置。内容上以天帝对楚王询问的《天问》篇"天问曰"为基础,形式上分为"主人公的开场白"、"天帝言说的本辞"、"天帝言说的乱辞"三段结构。其中"天帝言说的本辞"、"天帝言说的乱辞"的主要词句(帝词)几乎因袭了《天问》篇的词句内容。另外在"天帝言说的乱辞"中宣称"皇天本来毫无偏袒,注视天下的人民,派遣配置有才能的辅臣。只有这样圣明盛德的人主才能发现天帝配置的良臣,才能真正实现地上世界的统一。"这一内容与楚王国天命招来问题和谋图天下统一问题直接相关。

以下根据原诗作具体解说。

【事例】42　依前圣以节中兮、喟凭心而历兹。济沅湘以南征兮、就重华而陈词。（《离骚》篇）

【摘记】○"南征"是向着南方的圣地、九疑山之意。"就重华"在传说中的古代帝王、开国的圣王、九疑山神的帝舜灵前参向。○"重华"也见于《九章·涉江》篇"吾与重华游兮瑶之圃"。在《涉江》篇中"重华"在"瑶之圃"(昆仑山上)。○"陈词"在这里意指主人公预言性地代言和宣示天帝的话语("帝词")。具体来说,主人公模仿彭铿(彭祖)、巫咸、彭咸等人升入上帝居所听取天命,代言天帝的话语,向楚王宣示教戒。《离骚》篇中主人公的行为是以有幸升天至上帝居所听闻帝词为前提的,但是《离骚》篇中"吾令帝阍开关兮、倚阊阖而望之",主人公参向帝所未果。这意味着在该歌群"帝词"(本辞与乱辞)中插入了作者预言,也就是采用了文学作品中高度手法。

【通释】(主人公的开场序辞)我决意按照前圣节中,感叹至此经历。如果这样我将涉沅江和湘水奔向九疑山,参向古帝王重华的灵前,效仿彭铿(彭祖)、巫咸、彭咸等人升入上帝居所听取天命,代言天帝的话语,向楚王宣示教戒。

【事例】43　啓九辩与九歌兮、夏康娱以自纵。不顾难以图后兮、五子用失乎家巷。（《离骚》篇）

【通释】(天帝言说的本辞)往昔禹之子夏啓参向我天帝时下赐了《九辩》和《九歌》,其后,夏后沉湎于玩乐,不顾国家危难,也不为后世打算,五子(夏啓的昆弟五人)失去了家的根本。(楚王,你要牢记这样的教训。)

【事例】44　羿淫游以佚畋兮,又好射夫封狐。固乱流其鲜终兮,浞又贪夫厥家。（《离骚》篇）

【通释】(天帝言说的本辞)羿(尧时的诸侯之一)沉湎于游乐和狩猎,以射大狐狸为乐,邪乱之人本来没有好下场,结果他的家臣夺取了他的家。(楚王,你要牢记这样的教训。)

【事例】45　浇身被服强圉兮,纵欲而不忍。日康娱而自忘兮,厥首用夫颠陨。(《离骚》篇)

【通释】(天帝言说的本辞)浇(杀死主君羿的寒浞之子)惯于强暴,放纵不自制,天天沉湎于游乐,忘乎所以,最终被砍了脑袋。(楚王,你要铭记这样的教训啊。)

【事例】46　夏桀之常违兮、乃遂焉而逢殃。后辛之菹醢兮、殷宗用之不长。(《离骚》篇)

【通释】(天帝言说的本辞)夏桀王常背道义于是不久就遭到灾祸。殷后辛(纣王)常把贤臣杀害了盐渍起来,殷家天下就不长久了。(楚王,你要铭记这样的教训啊。)

【事例】47　汤禹俨而祗敬兮、周论道而莫差。举贤才而授能兮、循绳墨而不颇。(《离骚》篇)

【通释】(天帝言说的本辞)夏之禹和殷之汤端庄谨慎,周王论道没有差错,他们能举贤授能,遵循法度而不偏斜。(楚王,你要铭记这样的教训啊。)

【事例】48　皇天无私阿兮、览民德焉错辅。夫维圣哲之茂行兮、苟得用此下土。(《离骚》篇)

【通释】(天帝言说的本辞)皇天本来毫无偏袒,注视天下的人民,派遣配置有才能的辅臣。只有这样圣明盛德的人主才能发现天帝配置的良臣,才能真正实现地上世界的统一。(楚王,你要铭记这样的教训啊。)

以上内容有三点必须确认的事项:

第一点,以上歌群的主要词句都是因袭《天问》篇的词句内容。具体来说,【事例】42的“重华”在《天问》篇为“舜闵在家、父何以鳏”“舜服厥弟、终然为害”。【事例】43“启”在《天问》篇为“启代益作后、卒然离孽”“启棘宾商(帝)、九辩九歌”。另外《天问》篇中“启棘宾商(帝)、九辩九歌”的历史传说来源于《楚辞》的《九辩》和《九歌》篇。启之父“禹”在《天问》篇中为“伯禹腹鮌、夫何以变化”“鮌何所营、禹何所成”“禹之力献功、降省下土方。”【事例】44羿在《天问》篇中为“羿焉彃日、乌焉解羽”“帝降夷羿、革孽夏民。”【事例】45“浇”在《天问》篇中为“惟浇户、何求于嫂”。【事例】46“夏桀”在《天问》篇中为“桀伐蒙山、何所得焉”,关于“后辛”(纣王)在《天问》篇中表现为“彼王纣之身、孰使乱惑”。【事例】47有关“汤禹”的事例与【事例】43相呼应得到确认。【事例】48“皇天无私阿”的意义和见于《天问》篇的“天命反侧、何罚何佑”(天命变换,处罚什么护佑什么,都不一定)、“皇天集命、惟何戒之”(皇天告王者天命时,到底告诉什么事情呢?)等有直接关系。另外“错辅”(天帝在某地配置优秀的辅臣)在意思上与《天问》篇的“成汤东巡、有莘爰极、何乞彼小臣、而吉妃是得”和“彼小臣”(殷汤的贤相伊尹)及“吉妃”(吉配也就是优秀的辅臣)直接相关。还有,“苟得用此下土”(只有这样圣明盛德的人主才能发现天帝配置的良臣,才能真正实现“下土”的地上世界的统一。)从此意义上说,见于《天问》篇的“受让天下”(按照天命王者从天下得到尊敬的礼)直接相关。综上所述,按相类似的内容来说,该歌群的“序辞”、“本辞”、“乱辞”的主要词句(帝词)都因袭《天问》篇的词句和内容。以上言辞是“重华”的语句的话,那么与《天问》篇叙述上基本语句“天问曰”(天帝问楚王说)马上就会产生龃龉。需要添加新的理由。根据以上论述,上述本辞和乱辞基本属于《天问》篇中的“帝词”这一点就一目了然了。

第二点,【事例】42 根据“济沅湘以南征兮、就重华而陈词”可以推断出《离骚》篇的最大要点是主人公按照彭铿(彭祖)·巫咸·彭咸等人升入上帝居所听取天命的遗训,从位于昆仑山直上的位置升天,赴上帝居所参向、听取天命和上帝的意志,而后回到地上把帝词向楚王报告,以此来谋图天下统一。

第三点,综合考虑《离骚》篇主人公升天的目的、《远游》篇主人公升天的目的、《九辩》篇主人公升天的目的、《九歌》十一篇祭主等借助众神等灵威将死者的魂(诗中的美人)送至天上世界,祈求得到永恒的目的、《九章》九篇的主人公经过地上的徬徨,到了岷山获得飞翔力的目的等,总合来看,很明显这些与楚王国的天命招来问题和天下统一问题是有紧密关系的。这与“启棘宾商(帝)、九辩九歌”的历史传说成为《楚辞》“九辩”“九歌”的来源,同时也成为《天问》篇的“帝词”的来源,继而生成出《离骚》篇的“楚王教戒诗群”(帝词)等对照来看也是非常明显等。可以明显看出这些都与楚王国天命招来与谋图天下统一是紧密相连的。这一点对照见于《天问》篇中“启棘宾商(帝)、九辩九歌”的历史传说成为“九歌”、“九辩”的来源(参见后文)的事实也非常明显。

通过本论文独特的视点来分析,《天问》篇与《离骚》篇的关系就非常清晰了。这个研究结果对考察楚辞的发生与发展也具有重大的意义。

(三)《天问》篇与《二招》(《招魂》篇·《大招》篇)的关系

从楚辞的发生与发展的观点来看,《天问》篇是《二招》(《招魂》篇·《大招》篇)的先驱作品。《二招》成立的前提是魂魄离散、魂魄升天以及魂魄迁还等。在《二招》中,当时作为招来的对象——“魂”气在楚王国的一大祭礼中被迎接。

【事例】49 像设君室、静闲安坐。 (《招魂》篇)

【事例】50 盖古之祠神,既有官堂供祀之处所,则必有雕塑之神像…朱子注招魂曰,楚俗,人死则设其形貌于室而祀之也。 (《楚辞集解》)

这里所说的“像”很明显就是使在天上界回旋的“魂”气可以依附的“神像”、“形貌”。正如《招魂》篇中描写的,这种通过“神像”为媒介的宗教仪式需要有巫祝参与。

【事例】51　魂乎归来,入脩门些,工祝招君,背行先些。　(《招魂》篇)

这四句描写了工祝(巫祝)招魂的程序和状况。“工”是“巫”字的省略写法,君是指“魂”气。战国时期,这样的宗教仪式,在楚国由“十巫”(巫咸、巫即、巫朌、巫彭、巫姑、巫真、巫礼、巫抵、巫谢、巫罗)(《山海经》大荒西经)等巫祝者集团参与。进而言之,在祭场回旋的“魂”气因有升天的经历,可能承担传递上帝的声音和意志的功能。另外“二招”中的祭场被描绘得极其盛大,因此《招魂》篇、《大招》篇虽然形式上是招来一个人的“魂”气,而事实上“魂”气意指“天命”的可能性很大。

【事例】52　二八齐容、起郑舞些、衽若交竿、抚案下些、竽瑟狂会、搷鸣鼓些、宫廷震惊、发激楚些、吴歈蔡讴、奏大吕些。　(《招魂》篇)

【事例】53　魂乎归来、国家为只、雄雄赫赫、天德明只、三公穆穆、登降堂只、诸侯毕极、立九卿只、昭质既设、大侯张只、执弓挟矢、揖辞让只、魂乎归来、尚三王只。　(《大招》篇)

首先,请注意“宫廷震惊”“国家为只”“奏大吕些”“天德明只”“三公穆穆、登降堂只、诸侯毕极、立九卿只、昭质既设、大侯张只”这些字句。如果我们仔细考察一下的话,可以发现《二招》反映了楚王国宫廷音乐和威仪盛大。“三公”、“九卿”“大侯”(王逸曰:“侯谓所射布也。王者当制服诸侯、故名布谓侯而射之”。胡文英曰:“大侯、天子大射之侯也”)原来是周王朝天子传统的礼制,这一点不容忽视。《橘颂》篇与楚怀王的“天命招来树”对照来看,《招魂》篇和《大招》篇是楚怀王的“天命招来歌”的可能性很高。《二招》篇的最终意义是在楚王国祖先“三王”的灵前报告夙愿得到天佑。例如《大招》篇末句“魂乎归来、尚三王只”。这里的“三王”本来也受到王逸说的支持。

【事例】54　尚、上也。三王、禹、汤、文王也。　(王逸《楚辞章句》)

看上去似乎这种说法很可靠,但是王逸说是以《礼记》郊特牲“周弁、殷冔、夏收、三王共皮辩素积”、内则、《学记》《乐记》等类似记录为依据的(请参照姜亮夫有关论文),这些能否成为正确解释《大招》篇的“三王”最适当的证据尚存疑点。想要正确解释楚辞和楚文化而采用中原的儒家文化的文献史料似乎南辕北辙。很遗憾这种错误的研究方法至今仍有很多。然而如果从《二招》是楚王国“受命招来”有关的作品的观点来认识,表面上“三王”是周文王、周武王、周成王三人,而要深入《二招》内部必须要转换意识和视点。

【事例】55　吾尝谓颛顼、高阳氏为楚之鼻祖矣、其余如祝融氏、季连氏、鬻熊氏及熊绎为受封之始、熊通为称王之始、熊赀为迁都之始、皆楚之先君有功德所当法焉者也。　　（汪瑗《楚辞集解》三后之条）

【事例】56　在楚曰楚、其熊绎、若敖、蚡冒三君乎。

（戴震《屈原赋注》三后之条）

【事例】57　若以楚事言之、三王者、犹离骚“昔三后之纯粹兮”之三后、楚熊渠之世“句亶王”“鄂王”“越章王”也。或者指为“老僮”“祝融”“嬉酓”三人。章句悉以夏、殷、周三王说之。则失其旨。　　（黄灵庚《楚辞章句疏证》）

这些说法中汪瑗所言“楚之鼻祖”(颛顼)、“受封之始”(祝融、季连、鬻熊、熊绎)、“称王之始”(熊通)、“迁都之始”(熊赀)都是明确的根据,值得关注。而且三王的“三”不是实数,应理解为虚数的“三”,汪瑗之说非常可信。戴震的“在楚曰楚”的观点以及黄灵庚的“以楚事言之”的视点是非常重要的,而为历代多数楚辞学者忽视。但是楚国称王的政策开始于春秋初期以后,就“王号”而言,熊绎、若敖、蚡冒三人、句亶王(熊伯庸)、鄂王(熊红)、越章王(熊疵)三人,还有老僮、祝融、嬉酓三人都不能列入其中,因此证据尚不够充分。特别是西周时期的句亶王(熊伯庸)、鄂王(熊红)、越章王(熊疵)三人因害怕周厉王而放弃了称王的念头(石川注:《史记·楚世家》“及周厉王之时、暴虐、熊渠畏其伐楚,亦去其王”),从本文的观点来说也将其排除在外。

进一步而言,楚国自春秋初期以来比其他诸侯国率先实施“称王”的政策,《二招》(《招魂》篇、《大招》篇)是与古代楚王国的天命招来问题和天下统一问题直接相关的作品。基于以上观点,《二招》中所言“三王”可以推断为“称王之始”以后的武王(成王时的追号)、文王(成王时的追号)、成王三人。其中,楚的武王、文王、成王的名号是无法排除与周的“受命”直接相关的文王、武王、成王三人来考察的,楚的武王、文王、成王的名号使用也具有继承周的权威的强烈意识。(平势隆郎所说的“楚对周的权威继承”,见《从城邦国家到中华——殷周春秋战国》)这些都是有力的证据。总之,《二招》表面上是高声歌唱祈愿“魂”气归来,而其实很明显是楚王国“天命招来歌”、是对东周王室的“禅让要求歌”,同时无疑是古代楚王国一大模拟仪式歌。《二招》在这点上明显是以春秋末期形成对《天问》篇为基础的,这与《九辩》和《九歌》来源于《天问》篇中的历史传说这一事实相对照就一目了然了,《二招》与《卜居》篇等《楚辞》各篇呈现“双重三重结构”的理由也在此。楚怀王以双重三重的结构施行天子的礼制政策与未能获得保证天子权力正统性的

"受命"和"九鼎"是表里一体的。因此从这个意义上可以说古代楚王国摆脱不了掠夺天子权力的嫌疑。正如这种预测所显示的,古代楚王国的国策,尤其是《楚辞》各篇的"微言"和"双重三重结构"的秘密终于被秦国的张仪揭露出来。

(四)《天问》篇与《卜居》篇的关系

一般来说几乎没有学者会想到《天问》篇与《卜居》篇有什么联系,然而正如本节题目所显示的,让人感到有些匪夷所思。但是如果清楚了《卜居》篇是楚王国"天命招来问题"相关的作品的话,这些疑问将涣然冰释。

从结论来说,《卜居》篇本来的篇名是《占卜楚王王居》或《占卜王居》,最终变成了《卜居》,也就是说这部作品的主题是占卜作为天命招来最理想场所"楚王王居"。这一内容参考清华大学竹简《楚居》来看就十分清楚了。具体而言,《楚居》中所言楚公楚王世系以及居所变迁,特别是从武王到悼王时期,王居在疆郢、湫郢、樊郢、为郢等十四地点不断变迁的理由是占卜天命招来最理想场所的结果。

【事例】58　詹尹乃释策而谢曰,夫尺有所短,寸有所长,物有所不足,智有所不逮,神有所不通,用君之心,行君之意。龟策诚不能知事。　(《卜居》篇)

也就是说《卜居》篇(占卜楚王王居)表面上是占卜一个个人(屈原)不遇的原因,但实际上占卜对象是天命招来最理想场所"楚王王居"在哪里,结论是连大卜郑詹尹也不知道。从这个结论来看,给人的印象是:大卜郑詹尹是现实进取派,而屈原是传统保守派。同样的在《渔父》篇中渔父和屈原的问答也能得出这样的结论。

不管怎么样,根据以上论述可以清楚地看出《卜居》篇(占卜楚王王居)是以《天问》篇为出发点的。而且也是明显的"双重三重结构"。形式上成书于战国初期的清华大学竹简《楚居》就是其铁证。而战国中期的《卜居》篇无疑是其展开型。另外占卜天命招来最理想场所"楚王王居"的传统在战国中期也不断持续着,这一事实从"新蔡葛陵楚墓"(推定绝对年代为前 340 年前后)卜筮祭祷竹简中载有"王徙于鄩郢之岁",另外,"王复于蓝郢之岁"语句,这些都是考察的明证。

另外,《楚辞 · 卜居》篇历来被认为是占卜某个个人(屈原)不遇原因的作品,但是实际上,这部作品本来的主题是占卜作为天命招来最理想场所"楚王王居"在哪里。篇名《卜居》篇本来是《占卜楚王王居》或《占卜王居》,最终变成了《卜居》。楚王的王居在战国中期不断变化,如战国中期楚简中有"王徙于鄩郢之岁"("新蔡葛陵楚墓"(推定绝对年代为前 340 年前后))。《占卜楚王王居》或《占卜王居》,最终变成了《卜居》,内容也多少发生了变化。《卜居》篇"双重三重构造"的理由也在此。这是根据清华大学竹简《楚居》可以判断出来,新蔡葛陵楚墓的出土竹简更进一步论证的上述观点。

(五)《天问》篇的传统与楚怀王政策的关系

在此阐述一些关于楚怀王的情况。

【事例】59 楚怀王隆祭祀,事鬼神,欲以获福助。 (《汉书·郊祀志》下)

这个传说很好地表现了楚怀王想借助鬼神之力听取上帝的声音和天命的情形。然而由于楚怀王重鬼神,成为了他被认为是昏君的一个重要原因。但是怀王并不是昏君,怀王通过制作的《字书》(上博战国楚竹书,简称《楚竹书“字析”》)谋求统一文字(天下统一)开展高度的政治活动;虽然没有正统性的保证,但怀王仍因袭天子的礼制(《二招》中所言“三公”、“九卿”、“九侯”就是明证);考古学上的发现(规模空前的荆州熊家冢发现有可能与楚怀王的事迹直接联系起来);还有各家历史研究的成果,以上这些构成了证据。同时怀王身边执行神识的“帝女”(娥皇、女英)以及怀王的“怀王乐曲”的故事,都值得关注。

【事例】60 洞庭之山浮于水上,其下有金堂数百间,帝女居之,时闻金石丝竹之音,彻于山顶,楚怀王时举群才赋诗于水湄,故云潇湘洞庭之乐,听者令人难去,虽咸池箫诏不能比焉,每四仲之节,王常绕山以游宴,各举四仲之气,以为乐章,推仲夏律中夹钟,乃作轻风流水之诗,谯于山南,时中蕤宾,乃作皓露秋霜之曲。 (《太平御览》卷第二十二《拾遗记》)

这里可以推断出“帝女”是周旋于天上的上帝和地上的楚怀王之间的人物。(请参见森雅子《周旋的女神》有关论著)楚怀王制作“四仲之气”乐章的目的如果参考一下汉帝国受命的情形就很清楚了。

【事例】61 受命于穆清。 (《史记·太史公自序》)

【事例】62 受命清和之气。 (《史记太史公自序》集解)

也就是说按照以上两个事例来说,《楚怀乐曲》的故事与楚王国的天命招来密切相关,其中“帝女”(娥皇、女英)的存在与祭祀“四仲之气”乐章有很大关联。据传世文献《周书》和出土文献《程寤》,周文王通过“梦”的中介得到了“天命”。从这一点来说,“天命”可以转言为“天气”,本来它也属于“气类”,意义上与“穆清”、“清和之气”相重,当然与“魂气”、“四仲之气”也相重。楚王身边“帝女”的存在与楚怀王制作“四仲之气”乐章的故事可以进一步证明“二招”的考察结果。

综上所述可以清楚地知道古代楚王国的天命招来问题、谋图天下统一(楚霸)与楚辞各篇主人公的升天问题、《二招》(《招魂》篇、《大招》篇)以及《卜居》篇(卜王居篇)等本来就是连为一体等。

五、周文王受命树"梓"(《周书》·《程寤》)与楚怀王天命招来树"橘"(《楚辞·橘颂》篇)及"李"(出土文献《楚辞类作品·李颂》篇)的关系

(一)《周书》《程寤》等记载的周文王受命树"梓"

周文王受命等传说见于传世文献《尚书》酒诰篇·康诰篇·无逸篇、《诗经》文王篇·文王有声篇·大明篇·江汉篇·《逸周书》祭公篇·《竹书纪年》卷下·《潜夫论》卷七·《博物志》卷八·《太平御览》卷八四引《帝王世纪》等,考古出土资料《大于鼎》,出土文献《程寤》《祭公》(清华大学竹简)等。其中《尚书》(周书)、《竹书纪年》、《太平御览》引《帝王世纪》、《艺文类聚》引《周书》《程寤》等文献中有周文王受命树"梓"("化为松柏柞棫")的传说。与之相对照的,有关于楚怀王熊槐受命的传说几乎没有,在历史上也没有楚怀王熊槐天命招来树存在的印象。但是事实上并不是完全没有。首先,来确认一下周文王受命树"梓"的传说吧。

【事例】63 周文王去商在程,正月既生魄,大姒梦见商之庭产棘,太子发取周庭之梓,树于于门间,梓化为松栢柞棫。寤惊,以告文王。文王及太子发并拜吉梦,受商之大命于皇天上帝(下略)。

(《册府元龟》卷二一帝王部、卷八九二総録部)

【通释】周文王离开商去程的时候正好是正月。(文王妃)大姒梦见商(殷)的庭院长了棘树,看似马上命运将尽。这时太子发(后来成为周武王)取周庭的梓树种到居所的门间,梓化为松栢柞棫。大姒梦醒了告诉文王。文王及太子发都认为是吉梦,结果周就取代商,皇天上帝那里接受了大命。

【事例】64 昌为西伯、作邑于丰。文王之妃曰大姒。梦商庭生棘、太子发植梓树于阙间、梓化为松柏柞棫。以告文王。文王币率群臣与发、并拜吉梦(下略)。 (《竹书纪年》卷下)

【事例】65 《周书》曰大姒梦见商之庭产棘,太子发取周庭之梓,树于阙,梓化为松柏柞棫。寤室、告文王。文王乃召太子发、占之于明堂。王及太子发并拜吉梦,受商之大命于皇天上帝。 (《艺文类聚》卷七二引《周书》)

【事例】66 《周书》称、文王在程、作程寤、程典。

(《诗经·皇矣》"居岐之阳"正义)

【事例】67　十年正月、文王自商至程。大姒梦见商之庭生棘,太子发取周庭之梓,树之于于阕间,梓化为松栢柞棫。觉而以告文王。文王不敢占。召太子发,命祝以币告于宗庙群神,然后占之于明堂。及发并拜吉梦。遂作程寤。始文王继父为西伯,都于雍州之地。及受命,复兼梁荆二州,化被于江汉之域(下略)。（《太平御览》卷八四引《帝王世纪》）

【事例】68　隹(唯)王元祀正月既覇,大姒梦见商之廷唯棘,廼小子发取周廷梓树于厥外,梓化为松柏柞棫。寤惊、告王。王弗敢占,诏太子发,俾灵名凶,祓。祝忻祓大姒、宗丁祓太子。币告宗祊社稷,祈于六末山川,攻于商神,望、烝,占之于明堂。王及太子发并拜吉梦,受商之命于皇上帝。兴、曰、发、女(汝)敬听吉梦。朋棘赪梓松、梓松、柏副、棫覆柞柞、化为檴。呜呼、可敬(下略)。

（清华大学藏战国竹简壹所收《程寤》）

根据以上的传世文献以及出土文献,编制《程寤》的传说古已有之,这次清华大学竹简壹《程寤》的公开使具体的事项可以得到确认。同时周文王受命树是大姒梦见的"梓"(化为松柏柞棫)和以前的说法一致。但通过《程寤》的公开可以确认《竹书纪年》、《册府元龟》等所言"松柏"就是"梓松"(梓柏)、"梓"与"松柏柞棫"并不是不同的东西。

"梓材"一词形容优秀等人才,特指辅臣之意,"梓"和"松""柏"自古以来就是社树、坟墓树。

【事例】69　大社惟松、东社惟柏、南社惟梓、西社惟栗、北社惟槐。

（《尚书·无逸》）

【事例】70　伍子胥将死曰、树吾墓上以梓、令可为器。

（《史记·吴太伯世家》）

(二)《楚辞·橘颂》篇中所言的楚怀王天命招来树"橘"

一方面从周文王受命树"梓"来推测,《楚辞·橘颂》篇中颂赞"橘"很有可能是楚怀王天命招来树。

【事例】71　后皇嘉树,橘来服兮,受命生南国兮,(中略)秉德无私,参天地兮,愿岁并谢,与长友兮,淑离不淫,梗其理兮,年岁虽少,可师长兮,行比伯夷,置以为像兮。（《楚辞·九章·橘颂》篇）

"后皇嘉树、橘来服兮、受命不迁""参天地兮"中特别是"受命"的语句值得关注。纬书中有“璇枢星散为橘”(《春秋军斗枢》)之说,意即璇枢等星座散开后变成橘。前人曾指出“橘受后皇之命”(屈复说)、“来服有自天降生之意”(姜亮夫说)。也就是《橘颂》篇中的“橘”是接受天界后皇大命的树,“来服”之语含有天上世界降生之意,“降生”意味着降命,天帝向地上王者下赐天命之意。

其次请注意“参天地兮”一语。在此杨儒宾指出“木最重要的象征是通天”可作参考,也就是说“参天地兮”和“通天”同义,这是不言自明的。再者沈宝春指出“万年梓株”是天命王权的象征(“万年梓株如果解读为天命王权的象征”),“梓树”是天命降生圣地所依附的树木(“梓是天命下系王权的依附所在”)(参见杨儒宾《论清华简〈程寤〉篇太姒梦占五木的象征意涵》(简帛网)),也相当于从天上世界来服降生的“橘树”,这成为有力一例证。“梓树”和“橘树”的相似如此显著,因此这也可以适用于后述的“李树”。

《橘颂》篇中的“橘”也与“梓材”的事例相同,也可用于比喻忠臣。

【事例】72 皇天后土生美橘树、异于众木。来服习南土。便其性也。屈原自喻才德如橘树、亦异众也。 (王逸《楚辞章句》橘颂之条)

参考历代楚辞研究资料,模仿王逸解释的例子不胜枚举。“后皇嘉树、橘来服兮”的“后皇”有以下的事例。

【事例】73 后皇嘉坛、立玄黄服。 (汉武帝时《郊祀歌后皇》篇)
【事例】74 后、后土也。皇、皇天也。 (王逸《楚辞章句》)

《橘颂》篇和《郊祀歌后皇》篇的“后皇”是天帝之意,本身就是祭祀的对象。另外楚辞《九歌·东皇太一》篇的“上皇”(上帝)有对应和一脉相承关系。从反面的事例来说,实际上楚地的“橘”有“橘逾淮而北枳”(《周礼·考工记》说)、“橘生淮南则为橘,生于淮北则为枳”(《晏子春秋》)之说。其出处似来源于《周礼》考工记。就楚地而言,有可能脱胎换骨式地将周地的“梓化为松柏柞棫”(《周书》)。从文献“江浦之橘、云梦之柚”(《吕览》本味),“淮海惟扬州,厥包橘柚”(《尚书》禹贡)、“蜀汉江陵千树橘,可当封君”(太史公)可以确认橘是楚地的特产,在楚地是社树,也是坟墓树。

【事例】75 吴丹阳太守李衡,植柑于其上。临死,勅其子曰,吾州里有木奴(柑橘树)千头,不责衣食,岁绢千疋。太史公曰,江陵千树橘,可当封君,此之谓矣。 (《水经注》沅水木奴、《水经注集释订讹》卷三七)

【事例】76　洞庭之阴、有大橘树焉。乡人谓之社橘。

（《太平广记》卷四一九所收《柳毅传》）

这里所言“植柑于其上”的“柑”是柑橘，“其上”是坟墓上。洞庭湖的“大橘树”正如《楚辞·橘颂》篇所言“参天地”，承担着连接人间世界和另一层次世界的作用。坟墓树橘见于《山海经》中山经等。因此模仿“夏后氏以松，殷人以柏，周人以栗”（《论语》八佾）的说法可以确认“楚人尚橘”的传统。由此可见，楚王国构想天命将来树的时候，楚地的橘树显然是最适合的。而且《楚辞·橘颂》篇以“颂”的形式歌颂橘的德性祈求天命招来的佑护等方面与《诗经》中祈求祖先佑护的《周颂》《鲁颂》《商颂》的颂是完全一样的。

（三）《楚辞·橘颂》篇和《楚辞类作品·李颂》篇的关系

最近预定收录在上博楚简八的楚辞类作品《李颂》第一简的内容公开了。

【事例】77　相吾官树、桐且恰可（兮），剸外置中，众木之纪可（兮），寒冬者沧，燥其方落（兮），鹏鸟之所集，竝时而作（兮），木斯独生，榛棘之间可（兮），亘植兼成，欲其不还可（兮）。（参照曹锦炎《楚辞新知》（简帛网））

现时条件下还不能确认《李颂》篇的全貌。可是仅就第一简来看也记载了重大信息。

首先应该注意第一点是《李颂》的题名。也就是说《楚辞》类作品《李颂》篇的基本义，与《楚辞·橘颂》篇相同，在于用“颂”的形态称赞李树的德性、对李树希求天命招来的佑护这一点上。而且《李颂》篇的“颂”的功能，与颂赞有祖先的德性、对祖先希求佑护的《诗经》周颂、鲁颂、商颂的“颂”相同。

应该注意第二点，有起首二句“相吾官树、桐且恰可（兮）”。原因在于这个二句是《诗经》诸篇类似常见的特殊修辞法“兴词”，成为正确理解《李颂》篇的关键语。不可看过，①这个二句是依据换骨夺胎式方法活用“兴词”的微言。②主旨在于讴歌“验相我楚王国特别种植的官树（李树）的德性，感觉到充满着天命将来的祥瑞，凤凰栖宿的那个梧桐树对这个也感到高兴”这一点。③在第二句安排了隐喻东周王室的梧桐之类是微言的重点。但梧桐树之类与见于《诗经》鄘风定之方中篇第一章一样，是宗庙树，是制作取悦祖先的灵魂乐器的良材，在这个隐喻里包括战国诸王国的观点，也不可看漏。④“李树”在《诗经》大雅抑篇第八章上有“投我以桃，报之以李”，这里的郑笺云“此言善往则善来、人无行不得其报也”，有“因果应报”的社会意义。进一步说的话，《李颂》篇的起首二句表明楚王（楚怀王）的德性是像李树一样，善行完满是可以承接天命的最有资格者。这个情况，可称为楚王国的“天命将来歌终曲”的《二招》（《招魂》篇、《大招》篇）中，歌颂了楚王（楚怀王）的德性是“天德”，这一点不可忘记。还有“官树”即《晋书》陶侃传所云“官柳”的类,是官府为了某种目的种植的树木。总之《李颂》篇颂赞的“李”是为了楚王国的天命将来特别种植的树木。另外,第二句的“桐”是梧桐树之类。梧桐树类的典故是“凤凰鸣矣、于彼高冈、梧桐生矣、于彼朝阳、菶菶萋萋、雍雍喈喈”(《诗经·大雅·卷阿》篇第九章)。这里成为凤凰栖宿在梧桐树的传承的来源。后世的诸传承“太古圣帝黄帝平定天下时,凤凰飞至宫廷”(《韩诗外传》卷八),“圣帝帝舜和帝尧的治世凤凰也出现了”(《竹书纪年》卷上)等,或“凤凰、瑞应者也。盛德之所感、天命之所受、则应时而至矣”(《毛诗名物解》卷六)所传的典故。而依据《毛诗名物解》所传,李颂篇所言梧桐之类含有历史传承上的凤凰飞来的意义,暗喻有承接天命就任天子之位经验的东周王室。

第三点,在《李颂》篇中与楚王国的官树“李树”相对,“梧桐”是非官树。总之《李颂》篇的“梧桐”是李树的辅佐役,被置于李树之下。

第四点,在《李颂》篇中安排有“鹏鸟”之语。“鹏鸟”有“北冥有鱼、其名为鲲。鲲之大不知其几千里也。化而为鸟、其名为鹏。鹏之背不知其几千里也。怒而飞、其翼若垂天之云”(《庄子·逍遥游》篇)的典故。总之传说中最大的鸟。在这里根据“鲲化而为鹏”这个现象,巨大的阴阳的气的象征,即含意“天命”。这个鹏鸟与上博楚简含有《有皇将起》(现时点,未公开)之意的“楚有大鸟”(《左传》)有着紧密的关系。

第五点,“木斯独生、榛棘之间可(兮)”成为寓言。“木斯独生”与《橘颂》篇的“苏世独立”相对应。而且说这里的“木”寓意为楚王国,“榛”做这个文字的省借形“秦”,即寓意秦国,“棘”是与上述《周书》《程寤》等所言“大姒梦见商之庭生棘”(棘)相关联,寓意为周国。这个事与《李颂》篇的梧桐之类隐喻为有接受命体验的东周王室。

第六点,楚辞类作品《李颂》篇颂赞的“李树”是官树,同时与《楚辞·橘颂》篇颂赞的“橘树”紧密相对应。也就是说“李树”和“橘树”是楚王国的一对“天命将来树”,因此,《橘颂》篇是“天命将来歌本曲”,同样《李颂》篇也是古代楚王国的“天命将来歌本曲,这是不言自明的。由此可见把前者作为楚辞作品,那么后者也必然可认为是楚辞类作品。在此,沈宝春指出的“梓树”与天命王权相关,以及传说凤凰栖宿的“梧桐”作为《李颂》篇中“李树”的辅佐役被配置等事项具有重大的意义。

(四)小结

以上,对周文王接受命令树“梓”(《周书》《程寤》)比较考虑证据,楚怀王天命将来树“橘”(《楚辞·橘颂》篇)的实相判明,更加楚怀王天命将来树“李”(出土文献《楚辞类作品·李颂》篇)的实相判明的意义不少。总之战国中期楚怀王时,在楚王国有一对天命将来树“橘”和“李”存在,颂赞这两树得到天的保佑,一对“天命招来歌本曲”存在。这个事向古代楚王国“天命招来歌序曲”(《楚辞·九歌·九章》)存在,存在该“天命招来歌终曲”(《二招》)的据更加明白。总之上述的考察结果,会在考虑楚辞诸篇、楚辞类作品、楚怀王、楚文化、战国楚简等的实相上有大的意义。

六、古代楚王国天命招来问题与战国楚竹书等出土文献文物的关系

(一)上海博物馆藏战国楚竹书七《凡物流形》(甲篇、乙篇)

该书整理者曹锦炎从史料内容判断把《凡物流形》(甲篇、乙篇)区分为“楚辞类作品”。两篇中甲篇和《楚辞·天问》篇相同,全篇“有问无答”,而且采用韵文(楚辞)形式,乙篇与《楚辞·天问》篇开头部分“天问曰”的叙述形式相似,各段用“闻之曰”开始,一部分是“有问有答”的形式。在这个意义上来说曹锦炎的判断是妥当的。

在进入本题的讨论之前,想介绍一下笔者对《楚辞·天问》篇叙述上基本为“天问曰”和《凡物流形》乙篇的叙述基本采取“闻之曰”的形式的基本观点。

笔者认为先有《楚辞·天问》篇的“天问曰”的叙述形式,然后派生出“问之曰”(甲篇)“闻之曰”(乙篇)的叙述形式,也就是“问之曰”(甲篇)“闻之曰”(乙篇)是“天闻(问)之曰”的叙述形式的省略。“天问曰”这种叙述形式可以追溯到“王若曰”的叙述形式,不能排除“王问曰”“王问之曰”的变形的可能性。而从“有问无答”派生出“有问有答”,反过来就很难想象了。“问”与“闻”的关系来说,曹锦炎在甲篇中把该文字隶定为“问之曰”,在乙篇中隶定为“闻之曰”,他这样解释:

【事例】78 简文“闻”字则读为“问”、“闻”“问”两字均从“门”声、故可相通。《诗》大雅·云汉:“群公先世、则不我闻”。王引之《经义述闻》:闻、犹问也。谓相恤问也。古字闻与问通。 (上博楚简七《凡物流形》甲篇第二简注)

另外,《诗经》大雅卷阿篇的“令闻不望”,《释文》解说为“闻本亦作问”,《正字通》解说为“闻与问通”。也就是说“问之曰”(甲篇)也好,“闻之曰”(乙篇)也好,都隐含着向对方的询问之意。从这个视点出发来看一下以下的事例。

【事例】79 闻之曰,一言而终不穷,一言而有衆,一言而万民之利,一言而为天地稽,录之不盈录,敷之无所容,大之以知天下,小之以治邦。

(《凡物流形》乙篇)

【摘记】“一”是天地的基本理法。也是治理天下和国家的基本理法。乙篇中说“天地稽”二例及“得一思之、并天下治之”就是明证。也就是说《凡物流形》乙篇中所言“一”,和道家所说“天道”“道”“恒先”“恒一”“泰初”等一样,正是天地宇宙的基本理法。《楚辞·远游》篇主人公最终到达了“泰初”,这一点值得关注。同时《汉书·艺文志》记录道家系统的古籍几乎都是“楚人”所编。

《太一生水》《凡物流形》《恒先》等明显基本都是楚人编辑的道家系统的王者南面之术教科书。因此在这一意义上可以指出《凡物流形》(甲篇、乙篇)是与楚王国的天命招来问题和天下统一问题紧密相关的。

【通释】(天帝向楚王)询问道。基于"一"的睿智的言辞长久而不困穷。基于"一"的睿智的言辞得到大众的支持。基于"一"的睿智的言辞成为万民的利益,基于"一"的睿智的言辞是天地的基本理法。不体得这种睿智就不能将"一"的睿智推广到整个世界。这个睿智向外扩大可以掌握天下,向内运用于小处可以治理国家。(楚王啊,你要牢记这个基本理法啊)

以上是《凡物流形》(乙篇)的结尾部分,相当于《楚辞 · 天问》篇的"乱辞"。内容是从天帝的立场告诫楚王,要运用"一"的睿智,不仅天地宇宙,而且也能对天下国家进行合理的治理。这里有与这一关键点相关的有趣的事例。

【事例】80　帝曰、繇(呜呼)、(敬)之哉。

(长沙子弹库楚墓出土《楚帛书》)

【通释】上帝告诫楚王说:啊,楚王,要大修道德恭敬身心。

【事例】81　帝告巫阳曰,有人在下,我欲辅之。　　(《楚辞 · 招魂》篇)

【事例】82　帝曰、一勿遗。　　(清华大学藏战国竹简壹《尹至》)

【通释】上帝告诫说。(表面的意思)汤王啊,伊尹啊。("夏亡"的历史教训要牢记)要把它反映到当今的行动上,一切都不要遗漏。(隐含的意思)楚王啊,还有辅臣啊,"夏亡"的历史教训要牢记)要把它反映到当今的政策上,一切都不要遗漏。

从以上的三个例子可以看出【事例】80 和【事例】81 中"帝"是天帝的自称。(后文详述)这一点在《楚帛书》中配有"帝"的画像中看来是不言自明的。【事例】82 的"帝",清华大学竹简整理者李学勤据《王逸楚辞章句》解释为"帝,指已即位之汤。天问称之为后帝"。"帝"是指殷之汤王,在《天问》篇中用"后帝"来表述汤王。但是王逸的说法是否妥当,至今还没有确实的证据。原因在于《天问》篇的"后帝"表示为汤王,这种说法难以接受。有学者认为《天问》篇中"帝"解释为"帝,上帝也。"【事例】81 中《楚辞 · 招魂》篇:"帝告巫阳曰",《王逸楚辞章句》解释为"帝谓天帝也",同样的"巫阳对曰"解释为"巫阳对天帝曰"。也就是"帝告巫阳曰"是天帝(上帝)告诉身边帝巫祝者帝意思。进一步对照《楚辞 · 天问》篇叙述上基本为"天问曰"和《凡物流形》乙篇的叙述基本采取"闻之曰"的形式,前两例的"帝"明显都是上帝的自称。也就是后者的"帝"表示"天帝"。这一点只要对比一下殷代卜辞中见到的“下乙宾于帝”、“咸不宾于帝”、“下乙宾于帝”、“宾于帝”就能得出相同结论。不管怎么样，清华大学楚简《楚居》中有“宾于天”等的语句，担当整理者沈建华解释为“宾于天、上为天帝所宾”，参考这个“天”（上帝）也可以得出相同的结论。还有参照上博楚简五《三德》的“皇天”“后帝”“帝”“皇后”等事例也一样。因此，应该重新审视清华大学竹简整理者李学勤的见解。反过来说，参考以上分析，《凡物流形》乙篇通释内容的妥当性以及《楚帛书》《尹至》《三德》等紧密关系就十分清晰了。

另外，出土文物《尹至》的内容与传世文献《书经》汤誓篇、古本《竹书纪年》、《史记》殷本纪等记载有类似等要素。然而正如【通释】所显示的，表面上是殷之汤王与贤相伊尹谈论“夏亡”的历史教训，隐含的意义是上帝用“帝曰”以下三个词“一勿遗”，阐明战国时期楚王与辅臣理想的关系。特别是“帝曰、一勿遗”是最好反映这个出土文献特点的关键。战国楚简的特色之一就在这里。

通过以上分析可以断定《凡物流形》是楚王学习天地宇宙、天下国家统治的基本理法的国策教材、《楚帛书》《尹至》《三德》等与楚王国有着紧密的关系。

（二）清华大战国竹简壹《楚居》与《楚辞·卜居》篇及《哀郢》篇的关系

清华大学藏战国竹简壹《楚居》由约十六支竹简构成，由典型的楚系文字写成。该书是记录从楚的远祖季连到楚悼王为止三十二名楚公楚王世系以及居所变迁的重要文献。记录内容有：（一）楚公楚王世系及居所变迁史；（二）武王至悼王时期疆郢、湫郢、樊郢、为郢等带有“郢”字的十四地点的王居变迁史；（三）楚国的历史传说（例如楚人何以为“楚人”？为何地位叫做“郢”？）。该书是古代楚王国的历史书，与《史记·楚世家》、《大戴礼记·帝系》、《世本·居篇》的异同当然成为一个问题。《楚辞·天问》篇所描写的历史传说和楚文化也是十分宝贵的。

1.《楚居》的成书时期

《楚居》传承的历史内容下限是楚悼王期（前 405 – 前 385 年在位。一说前 401 – 前 381 年），因此可以推断《楚居》成书于战国初期。这个推断结果是根据该作品描写的历史内容的下限来确定的。这对《楚辞·天问》篇成书于春秋末年的推断也是有力的旁证。通过这一推断有利于进一步发挥两者的史料性作用。在这个意义上说，《楚居》的发现有极其深刻的意义。

2.《楚居》（楚王王居变迁史）和《楚辞·卜居》篇的关系

《楚辞·卜居》篇历来被认为是占卜一个人（屈原）不遇原因的作品。但是实际上，这部作品本来的主题是占卜作为天命招来最理想场所“楚王王居”在哪儿。正如前文提到篇名《卜居》篇本来是《占卜楚王王居》或《占卜王居》，最终变成了《卜居》。楚王的王居在战国中期变化频繁，下面事例可以得到明证。

【事例】83　王徙于郢郢之岁,云云。(三十四见)

(《新蔡葛陵楚墓》(推定绝对年代为前340年前后))

【事例】84　王复于蓝郢之岁,云云。(五见)　(同上《新蔡葛陵楚墓》)

新蔡葛陵楚墓的事例根据“包山楚墓”《卜筮祭祷竹简》(有前317年的记录)也能确认。而且《占卜楚王王居》或《占卜王居》,最终变成了《卜居》,内容多少有些变形,这些就不必说明了。《卜居》篇“双重三重构造”的理由就在于此。这是根据清华大学竹简《楚居》可以判断出来,新蔡葛陵楚墓出土的《卜筮祭祷竹简》以及包山楚墓出土的《卜筮祭祷竹简》更进一步确认这个结论,以上发现的意义是无法估量的。

3.《楚居》(楚王王居变迁史)和《楚辞·哀郢》篇的关系

清华大学竹简《楚居》是《楚辞·九章》哀郢篇的原点。这一点不可小视。从结论来说,哀郢篇的主题是从武王到悼王的春秋时期,王居在疆郢、湫郢、樊郢、为郢等十四个带有“郢”字地方的变迁史,这些和战国中期王居变迁史必须联系起来考察。也就是说我们必须确认楚辞主要作者屈原的家系存在于楚王国王居变迁史中。如果缺乏这一观点的话,那么《哀郢》篇、《九章》都无法正确理解。(关于这点他日详述)。

4.《楚居》(楚王王居变迁史)所言“宾于天”

清华大学竹简《楚居》中有如下历史记录。

【事例】85　妣戡宾于天。　(清华大竹简壹《楚居》)

该竹简整理者作了如下解说。

【事例】86　宾于天,上为天帝所宾。《山海经·大荒西经》:“(夏后)开上三嫔于天,得九辩与九歌以下。得九辩与九歌以下”。开则启。《楚辞·天问》:“启棘宾商(帝),九辩九歌”。《逸周书·太子晋》:“吾后三年上宾于帝所”,则是死的婉称。　(清华大竹简壹《楚居》注释二二)

“宾于天”也就是升天后被天帝作为宾客招待之意,是对人死亡的委婉的表达。这个说法可以从“妣”字含有人死的意思,“妣戡”是指难产而死的王妃这一例子得到确认。然而竹简整理者引用《山海经·大荒西经》和《楚辞天问》篇中“宾天”提出了异说。例如黄灵庚着眼于殷代卜辞“下乙宾于帝”、“咸不宾于帝”“下乙宾于帝”“大甲不宾于咸”“宾于帝”等提出了下面的说法。

【事例】87　宾、嫔古字通用。嫔帝、献嫔于帝。《山海经·大荒西经》:“(夏后)开上三嫔于天,得九辩与九歌以下。此大穆之野、高二千仞、开焉得始歌九招”。郭注:“嫔、妇也。言献美女于天帝”。古之祀祭天帝鬼神、有行夫妇事者以为礼目。　(黄灵庚《楚辞章句疏证》卷四天问)

《山海经·大荒西经》和《楚辞·天问》篇中,(夏后)开升天得到《九辩》和《九歌》后回到地上是由于开行了祀天之礼、把嫔(人牲)奉献给上帝的结果。从这个意义上来说,卜辞中的“宾帝”和《山海经·大荒西经》以及《楚辞·天问》篇的“宾天”,进而言之出土文献《楚居》的“宾于天”是否可以混为一谈,很难马上下结论。

但是古代楚王国的天命招来问题和楚辞各篇的主人公升天相关的历史记录“𠑇宾于天”在楚王国史书《楚居》也能得到确认,而且其意义重大。

(三)上海博物馆藏战国楚竹书—《孔子诗论》

上海博物馆藏战国楚竹书—《孔子诗论》由二十九支组成,全编用楚系文字书写。该书开头以“孔子曰”开头。这是孔子弟子的叙述形式,实际上是后人假托的。传世文献《诗经》的诗歌按“风、雅、颂”的顺序排列,而上博楚简《孔子诗论》“颂、雅、风”的顺序排列。传世文献《诗经》称作“国风”,而上博楚简《孔子诗论》成为“邦风”。这是因为传世文献《诗经》在汉代避刘邦的讳,把“邦”改为“国”的。传世文献《诗经》中对作品的评价(诗论)称赞某位人物的地方,也有讥讽的内容,即所谓“美刺论”。而上博楚简《孔子诗论》几乎没有,用一个字概括诗的意思(主题)。传世文献《诗经》的作品评价带有儒家政治色彩,而上博楚简《孔子诗论》虽然用儒家的语言表达,但深层中蕴含着浓厚的道家色彩。传世文献《诗经》收录了诗三百五编,而上博楚简《孔子诗论》从中精选了近五十篇诗,加简洁的评论,其中还有一些失传的诗。上博楚简《孔子诗论》中把二南《周南》、《召南》各篇作为包含楚地等南方的诗,赋予新的意义。例如:“皆贤于其初者”这一句是上博楚简《孔子诗论》的关键。这句话隐约地透露出被精选入《孔子诗论》并得到高度评价的楚地等南方诗歌要比传世文献中同类作品更优秀的意思。另外上博楚简《孔子诗论》编制时正值周王室的“天命”即将结束的时期(《春秋左氏传》宣公三年及《史记·楚世家》中所言“卜世三十、卜年七百、天所命也”),恰逢战国中期即楚怀王的时代。

由此可见,上博楚简《孔子诗论》很有可能是假托孔子编撰的,将儒家文化为基调的周文化进行脱胎换骨式的转换、站在道家思想的立场上主张楚王国的正统性的国策著作,即上博楚简《孔子诗论》也与楚王国的天命招来问题和天下统一问题有深厚渊源的著作。

池田知久著《道家思想的新研究——以庄子为中心》(东京,汲古书院,公元2008年9月)详细论述了楚地为中心的道家系思想书主张王者南面的理法。

(四)长沙子弹库楚墓出土《楚帛书》(甲篇、乙篇、丙篇)

正如上文指出的,《楚帛书》也是楚王和王族学习帝高阳等祖先神的遗训的国家级教材。文中有:“帝曰、繇(呜呼)、(敬)之哉。”(上帝对楚王教导说:啊,楚王!要重德敬身啊。)等语句就是明证。另外清华大学竹简壹《尹至》末句说:“帝曰、一勿遗。”这也是有力的旁证。还有众多的战国楚竹书中都有探求统治天下国家新理法的倾向,从侧面也印证了古代楚王国天命招来问题与战国楚竹书等有着紧密的关系。实际上,在战国时期这是一种时代趋势,所以出现上述倾向是理所当然的。

因此出土文献《楚帛书》很明显与古代楚王国国策有着紧密的联系。

(五)荆州熊家冢楚王陵墓出土的“华盖附一车驾六马”

荆州熊家冢楚王陵墓(战国中期)出土“华盖附一车驾六马”也与楚王国的上述问题有关。“熊家”与楚王的姓“熊”是一致的。特别要关注的第一点是:周王朝的传统的礼制中天子“一车驾六马”,诸侯和各王国是不允许越制的。而荆州熊家冢楚王陵墓出土了带有“一车驾六马”的华盖,“华盖”本来是天帝用的伞。第二点:荆州熊家冢的墓主很有可能是历史上在秦客死的楚怀王。这一点虽然没有确凿的证据,但从《楚辞》的“二招”中的“三公”、“九卿”、“大侯”,也就是楚怀王设置天子的礼制上可以推断。而且楚怀王为了保证天子权力的正统化,意图获得“受命”和“九鼎”最终失败的史实也可以说明问题。

因此可以确定按天子的礼制布置的荆州熊家冢楚王陵墓(战国中期)出土“华盖附一车驾六马”与楚怀王有关。

只要仔细考察“华盖附一车驾六马”,熊家冢楚王陵墓墓主(在墓中)招来了天命,达成了天下统一,而且设置了“天子”的礼制,享受着这一切达二千年以上,这极具讽刺意味。

新出的考古资料“华盖附一车驾六马”是与楚王国天命招来问题和天下统一问题有着直接联系的重要文物,它的发现具有无可限量的意义。

(六)包山战国楚墓出土棺盖“九层装饰品”

关于这个出土文物(《包山楚墓》文物出版社),黄灵庚结合《离骚》篇的“吾令凤鸟飞腾兮,继之以日夜”与“九天”的关连提出了饶有兴趣的见解。

> 【事例】88　包山楚怀王左尹邵它大夫墓棺盖以绣有凤纹之衾、内壁画凤皇之饰、寓其导引死者魂魄反本祖先。凤鸟日夜飞腾、以屈子魂魄反归祖先之居。包山楚左尹邵它大夫墓出土之器子母口奁、其盖外外壁画以人物车马禽兽。据画所叙、盖邵它大夫归本先祖之丧葬图。(中略)执屈子上征求帝之文以释子母口奁画、则无不吻合。二者可得参证、能发千年之秘。
>
> (黄灵庚《楚辞章句疏证》卷一离骚)

这个见解融合考古资料和传统文献学研究,获得了很高的评价。然而是否能名副其实地达到“发千年之秘”的高度还有商榷的余地。简单来说屈子升天至“帝”处(屈子上征求帝)和怀王左尹邵它大夫升天到祖先的地方(邵它大夫归本先祖)之间意义上存在着分歧。也就是说"上征求帝"与"归本先祖"存在着分歧。为了实证性地消除这一分歧,第一点:有必要了解该棺盖九层装饰品以凤鸟纹为基调描绘的"九层"是可以往来于天地间的"九层天""天路"("昆仑之路")的象征。"九层"意指"天路",这可以从尹弯汉墓出土"博局占"和长沙马王堆汉墓出土"博局",以及战国以来的"六博""石盘""石棺""炉""渔畋纹规矩镜""蟠螭纹精白镜""方格规矩四神镜"等所见的规矩纹(TLV 纹)得到证实。重点在于"博局占"的神煞有"方、廉、楬、道、张、曲、诎、长、高"九种,它们构成了天地间的"九层"。现在把表示大地的"方"到表示天上的"高"的六种"天路"("九层天路"、"昆仑之路")中一路探访为例,那么其路径是"方"丙午(43)—"廉"丁未(44)—"楬"戊申(45)—"道"己酉(46)—"张"庚戌(47)—"曲"辛亥(48)—"诎"壬子(49)—"长"癸丑(50)—"高"甲寅(51)。而且天地间"九层"中,既有从地上升到天上,也有从天上到地上环旋的可能。该棺盖九层装饰品的凤鸟成为每层的向导、《楚辞·大招》篇中"魂乎归来、凤皇翔只"的诗句、长沙马王堆汉墓出土"博局"用流动的云气描绘这个("九层")、另外《山海经·大荒西经》和《楚辞·天问》篇中(夏后)开升天后得到九辩和九歌,随后返回地上,这些资料都能证实。棺盖九层装饰品所描绘的"九层"(九层天、九层天路)作为学术史料可以加以有效利用,至少以上的知识和见解是必不可少的。《楚辞》各篇主人公所探寻的"天路"也大同小异。第二点,包山二号战国楚墓出土《卜筮祭祷竹简》中有纪年和纪月的记录,书写年代在战国中期楚怀王十七年(前 317 年)、或者其前后,这点要重视。因为这个年份是在战国中期楚怀王十七年(前 317 年)或者在此前后,是西周王朝成王期的"卜世三十、卜年七百、天所命也"(《春秋左氏传》宣公三年、《史记·楚世家》)的问题直接关联的重要年限。《卜筮祭祷竹简》记载前 317 年来自东周的客人向楚怀王赠送了"文武之胙",其内容如下:

【事例】89　东周之客𥘉緹归胙于栽郢之岁。

(《包山楚墓》简牍释文与考释)

【通释】来自东周王室的客人赠送"胙"(文武之胙)至栽郢(楚王王居)云云。

上文中的"岁"是相当于楚怀王十七年(前 317 年),正如《包山楚墓》附录二〇中记载的"东周之客𥘉緹归胙于栽郢之岁,为公元前 317 年"。"栽郢"是楚国王居的地名。这里"纪南城"指的是楚怀王。"栽郢"继承了见于楚王国历史书《楚居》中"疆郢、湫郢、樊郢、为郢"等的传统。东周王室下赐"文武之胙"正是对楚王国的绝对评价。这一点再加上以上关于包山楚墓出土棺盖九层装饰品的"九层"的考察结果来看,很难想象这样重要的问题是与楚怀王左尹邵它大夫的升天毫无关系的。

前文已经叙述过《离骚》篇主人公升天参向至上帝处为了倾听“天命”,而包山二号战国楚墓墓主人,即楚怀王左尹邵它大夫的升天也是一样的,负有升天参向至上帝处倾听“天命”的使命。我们可以想象墓主人邵它大夫的魂魄历经“九层”的“天路”(崑仑之路)升入天中,有时也会应招魂的祭祀经过九层“天路”返回地上。这方面内容通过前文引用的《楚辞·大招》篇的“魂乎归来、凤皇翔只”以及“古语称收魂升极。周易有归魂卦。屈原著招魂篇。故知魂之可归”(沈炯《归魂赋》)等也能推断出。

由此可见,包山楚墓棺盖九层装饰品由“九层”(“九层天”、“九层天路”)构成的理由就在于此。这个推断结果从包山战国楚墓墓葬规模超越王侯、墓主人邵它大夫是楚怀王左尹等也能得到旁证。这个出土文物含有“送魂”和“招魂”的意义。在此意义来说,这些都与《楚辞》各篇主人公的升天相关联,和楚王国天命招来问题也有深厚的渊源。

(七)徐州西汉楚王陵墓出土的“人物画像镜”(同笵镜三面)

徐州西汉楚王陵墓(簸箕宛朐侯墓)出土文物中有“人物画像镜”(参见《大汉楚王徐州西汉楚王陵墓文物辑粹》,中国社会科学出版社),其中同笵镜三面。徐州西汉楚王陵墓出土的该文物位于墓主宛朐侯刘埶的腰部右下方附近,是副葬品。

关于“人物画像镜”特别值得提出的有以下四点。

第一点,镜中描绘了墓主宛朐侯刘埶的魂魄骑在虎背上升天至崑仑山上的情景。

第二点,与汉代同类画像的构思一样,墓主宛朐侯刘埶的魂魄经过“崑仑之路”最终升到天上北极世界。这个画像镜的最大特征是明器采用了“博山炉”,明器“博山炉”与魂魄升天的关系是不言自明的。而该画像镜的钮部把上帝居住的天上北极世界描绘成“一莲纹一龟四龙合体形”,这一点不可等闲视之。不用说,按常识莲纹象征着上帝的“华盖”。

第三点,该画像世界的构思与长沙砂子塘一号西汉墓出土“外棺侧板彩绘漆画”(身穿羽衣一对人物(魂魄)骑在褐色的豹背的情形、长沙马王堆一号汉墓出土帛画(升仙图)类型相同,同时与《楚辞·九歌·山鬼》篇的世界(吟诵主人公山鬼和自己的魂一起骑上赤豹,经历“崑仑之路”欲升天而未果的悲哀)意义上相合。

第四点,在这个画像镜中还描绘了背上驮着墓主人的魂魄引导去崑仑山上,后又旋回至下界的情形。这暗示着以“送魂”为主题的《九歌》十一篇和以“招魂”为主题的《二招》(《招魂》、《大招》)本来就是国家级规模的诗歌,它们是成双成对的关系。

通过以上论述,西汉楚王陵墓(簸箕宛朐侯墓)出土“人物画像镜”(同笵镜三面)对于我们考察楚王国天命招来问题和《楚辞》各篇主人公升天关系也有重大的意义。

(八)山东汉画像石“楚王泗水升鼎失败故事”

山东汉画像石“楚王泗水升鼎失败故事”是由凹面线刻而成,整个画像由三层构成。

上层刻有便于眺望的简朴的楼堂(也叫听堂),有一个人物面向左坐在矮榻上,正上方屋顶用篆书体阴刻着"楚王"二字,显示该人物是楚王(该标题是"楚王"可以通过汉代楚御府印、楚侯之印、楚司马印等来检证)。楼堂屋上有一对从天界飞来的凤凰,它们正注视着眼下的"升鼎"。堂外左右分别有一位拿着一块板担当记录的人员。中层描绘着有名的秦王"泗水升鼎失败故事"的画像。桥上竖着两根柱子,柱子的左右分别有两个人拉着绳子,从水中被拉起的一个鼎向上升,就在这时突然有一条龙出现咬断升鼎的绳子,桥周边看到这个情形,四只飞鸟嘲笑似的一齐飞走了。这个画像按照流传基本情节再现了"泗水升鼎失败故事"。下层配置了孔子与老子会面的画像。老子手拄拐杖,后面站着一个门人,老子前面站着个子矮小的人物,他是春秋时代的神童项橐(据说七岁时就为孔子师)。孔子腰配宝剑,站着面对老子。上中二层与下层的关系没有可以确证的根据,也许这件事超越了历史时间,画像的上中二层所描绘的"楚王升鼎失败故事"的内容,暗示春秋时期的老子、项橐和孔子都十分了解。

在此特别要注意的有三点。

第一点,中层所见从水中被打捞起来的一鼎是夏、殷、周代象征王朝权威的宝器"九鼎",这里想到的是春秋时期楚庄王"问鼎轻重"的故事,及春秋末期楚惠王五十六年(前433年)、惠王酓(熊)章为了曾侯乙赠送了"九鼎"等大量的宗庙祭祀用彝器。这些反映出楚王国对"九鼎"的关注是密不可分的。

第二点,对照"秦王泗水升鼎失败故事"画像可以发现,这个画像核心意义在于齐地的人讽刺揶揄楚王国虽然努力实现天命招来和天下统一的愿望,但最终离成功一步之遥时却失败了。本画像与"秦王泗水升鼎失败故事"画像进行比较是不可或缺的。

第三点,参照上述的考察,坐在上层矮榻上,标题为"楚王"的人物很有可能是战国中期的楚怀王。

综上所述,该画像上中二层描绘了楚王(楚怀王)为了得到夏、殷、周象征王朝权威的"九鼎",也就是想要实现天下统一,真正成为"天子"前夕,齐地人对此的地看法,这一点是十分重要的。这一点与上文叙述的荆州熊家冢楚王陵墓墓主人有密切关系。特别是《史记》等完全没有记录的史实,因此其意义就更大了。

七、结论及 ANS 碳十四年代测定结果等

本论文探讨了以下内容。

(一)根据以下五个领域的考察结果:

春秋初期开始,楚就率先提出了"称王"政策,远远领先于其他诸侯国;春秋时期楚庄王(五霸之一)重视太子教育,积极利用九种古典的政策;春秋时期形成的楚王国史书《梼

杌》;以战国初期为下限的楚公楚王世系及王居变迁史《楚居》(清华大学竹简);《天问》篇所描述的历史传承和下限,笔者论定,《楚辞·天问》篇并非某个人控诉其怀才不遇的作品,而是企图代替东周王室接受“天命”,完成统一天下(实现楚霸)的楚王国国家教材,制作时期也是春秋晚期。

(二)根据以下四个领域的比较考察结果:

成书于春秋晚期的《天问》篇叙述形式“天问曰”和“帝词”以及《离骚》篇“楚王教诫诗群”的关系;《尚书·君奭》篇所见伊尹、保衡、伊陟、臣扈、巫咸及《楚辞》各篇所见彭铿(彭祖)、巫咸、彭咸等升天以后听到“天命”的历史传说与《楚辞》各篇主人公升天目的之间的关系、楚王国天命招来问题与《楚辞》各篇主人公升天目的之间的关系《天问》篇的传统与《楚辞》各篇主人公的升天、基于《天问》篇的“帝词”的《离骚》篇“楚王教诫诗群”、《天问》篇与《卜居》篇的关系、《天问》篇与“二招”的关系、楚怀王政策中所见的《天问》篇的传统;周文王受命之树“梓”(《周书》、竹简《程寤》)和楚怀王天命将来之树“橘”(《楚辞》)之间的关系(楚地的“橘化为枳”原来以脱胎换骨之形式派生于《周书》《程寤》的“梓化为松柏柞棫”),笔者论定,《楚辞》各篇主人公的升天目的,和彭铿(彭祖)、巫咸、彭咸等人的历史传说一样,是升天到上帝之处听取他的“天命”。同时指出,楚的道家系统巫祝集团和楚王国的天命招来问题及《楚辞》各篇制作有着深刻的关系。

(三)根据以下八个领域的考察结果:

《天问》篇的内容和同样是对楚王阐说天下国家统治理论的楚辞类作品《凡物流形》(上博楚简);清华大学藏战国竹简《楚居》成为《楚辞·卜居》篇的前文本;成为对中原儒教文化隐约作出批判的道家思想文献;楚怀王时通过《字书》制作统一文字的举动;荆州熊家冢楚王墓出土“华盖附一车驾六马”(墓主人熊家可能和楚怀王熊槐有关);象征九天及九层天路(崑仑之路)的包山战国楚墓出土棺盖九层装饰品(墓主人是楚怀王左尹邵它大夫);描写楚王升天的徐州西汉楚王陵墓出土“人物画像镜”(同笵镜三面);山东汉画像石“楚王泗水升鼎失败故事”等,笔者论定,古代楚王国的国策和战国楚竹书等出土文献文物有着密切的关系。

本论文依据以上的笔者独自的“三重证据法”的视点与方法及综合的思索,阐明了古代楚王国的国策和《楚辞》各篇及战国楚竹书等出土文献文物有必然的关系,获得了历代文献学所不能阐明的实证的科学的最新成果。具体而言:

(1)以春秋末期形成的《天问》篇为来源,《楚辞》各篇及出土文献所见《楚辞》类作品等均由此发生并展开,这样一个中国古代文化史及文学史上新的学术视点之确立成为可能。《天问》篇的“启宾于商(帝)、九辩九歌”成为《离骚》篇的“启九辩与九歌兮”的来源的,又《九辩》《九歌》的来源的,就是证例。

(2)《天问》篇与《离骚》篇及《楚辞》各篇的关系过去不明确,因为古代楚王国“天命招来”及“天下统一”问题的加入开始得到明确。《二招》(《招魂》、《大招》)表面上是进行国家规模的招魂礼仪为主题的,不过,其实是楚王国的天命招来歌,主张继承周的“天子权力”成为第二的主题。第二的主题是《天问》篇的“帝词”由这个来起源的,就是明证。

(3)明确了《楚辞》各篇主人公的升天目的和彭祖、巫咸、彭咸等历史传说直接相关,为的是升天至上帝之处以听从“天命”。进而言之,《离骚》篇的主人公或作者就是“天命”的代言人(巫祝者)。《天问》篇的“启宾于商(帝)、九辩九歌”及“彭铿斟雉、帝何飨”等成为《楚辞》各篇的“愿依彭咸之遗则”“将从彭咸之所居”“指彭咸以为仪”“思彭咸之故也”“照彭咸之所闻”“托彭咸之所居”的来源的,就是明证。

(4)明确了《卜居》篇的篇名本来应是《占卜楚王王居》,或《占卜王居》,最终定名为《卜居》。即《卜居》篇是和古代楚王国“天命招来问题”相关的作品。形式上形成于战国初期的出土文献《楚居》即为铁证,《卜居》篇则是其展开型。

(5)依据和周文王受命树“梓”(《周书》、《程寤》)比较和考证,判明了楚怀王天命将来树“橘”(《楚辞·橘颂》篇)的真相,进一步判明了楚怀王天命将来树“李”(出土文献楚辞类作品《李颂》篇)的真相。总之,由此清楚地表明:战国中期楚怀王时,在楚王国上有一对天命将来树“橘”和“李”存在,作两树的颂赞而得到天佑,一对“天命招来歌本曲”存在。在这里,《橘颂》篇有“后皇”“受命”“参天地”等的词语,《李颂》篇有“官树”“鹏鸟”“木斯独生、榛棘之间可(兮)”等的词语成为了极大的证据。这个考察结果会在探求《楚辞》、楚辞类作品、楚文化、楚怀王的真相上有大的意义。

(6)依据和楚怀王的天命将来树——《橘颂》篇的“橘”比较考察,论定了楚王国的“天命招来歌终曲”是《二招》,即《招魂》篇和《大招》篇。《二招》作为楚王国的“天命招来歌终曲”的一方面,同时也是向东周王室主张要求继承天子权力的内容,即“禅让要求歌”。

(7)明确了《二招》(《招魂》《大招》)表面上是国家的一大“招魂祭礼歌”,不过,实际上表示了楚王国的“天命招来歌终曲”(别名,“禅让要求歌”),成为“双重三重构造”。这个事还表现在《二招》微言“三王”上,即“三王”表面上表示周文王、周武王、周成王三人,不过,实际含义是楚武王、楚文王、楚成王三人。两者相同的是:前者周的“三王”是因得“天命”得到天子权力,后者是楚的“三王”很迫切地要求继承天子权力。这个事与春秋初期以后楚的“称王”政策密切相关,再与战国中期的楚王国的现实问题重叠。这个情况,战国中期的楚王(怀王)没得到正统的天子权力,不过,超越身份发布作为周的天子礼制的“三公”“九卿”“大侯”的正是《二招》中显现出来的情况。考古学中荆州熊家冢楚王陵墓(战国中期)出土“华盖附一车驾六马”证明这个。当时的楚怀王不能获得保证的天子权力的正统化“受命”和“九鼎”,山东汉画像石“楚王(怀王)泗水升鼎失败典故”是象征事例,成为那个铁证。楚怀王有中介女神“帝女”之事;楚怀王有祭祀“四仲之气”的“楚怀乐曲”故事等等,均为有力旁证。

(8)指出了《二招》和《卜居》(占卜楚王王居)篇及《楚辞》各篇形成“双重三重结构”的理由,《天问》篇、《二招》、《卜居》篇紧密相关的理由在于这既是《天问》篇的传统,同时,战国中期楚怀王不能获得保证“天子权力”正统化的“受命”和“九鼎”之事是全部的起因(其责任当然全部归结于楚怀王,但也不能不问辅臣们的责任)。

(9)依据本论文的考察结果,可以认为《楚辞》主要作品的作者“屈原”是真实存在的人物,《帝训》的传说、出土文献《楚居》和《楚辞》等的文献学上的资料可以实证。但是这个“屈原”和司马迁的《史记·屈原传》描写的屈原的人物形象有着明显不同。如果从结论先说,屈原的血统远祖以来世世代代和传说上的彭铿(彭祖)、巫咸、彭咸等一样,升天参向至上帝的居处俯听“天命”,然后将上帝的意旨传达给楚王,作为政治活动的参考,这就是他的家学。由此可见,屈原是中介传达“帝词”的“巫祝者”的身份。屈原的原像在这里。因此《天问》篇成为春秋末期的屈原的祖先的作品。离骚篇的主人公(灵均)精通对天问篇的历史传说与“帝词”理由也在这里。《离骚》篇的主人公的字“灵均”也源于巫祝者的关系。关于屈原的父考“伯庸”不是“字”,正如黄灵庚指出的,解释做“伯庸之人”最妥当(参照黄灵庚《楚辞章句疏证》)。据此可以断定古代楚王国的“天命招来问题”的来源是“帝词”(《训典》、《楚辞·天问》篇、出土文献《凡物流形》等),“天命招来推进者”是“历代楚王(特别楚怀王)”,而“天命招来政策”成为了“国策”,为实现“天命招来”的升天者是灵均等。(《楚辞》、《离骚》、《远游》、《九辩》篇等)为“天命招来歌序曲”是《九歌》《九章》(《楚辞》),“为天命招来升天者”是“灵均”等(《楚辞》、《离骚》、《远游》、《九辩》篇等),“天命招来最适候选地——圣地”是十数例的“郢郢”,也就是“楚王王居”(清华大竹简《楚居》、《楚辞·卜居·哀郢》篇)。“天命将来树”是从天上世界来服降生到圣地(楚王王居)的“橘树”(《楚辞·橘颂》篇)和“李树”(楚辞类作品《李颂》篇),而且“天命招来歌本曲”是《橘颂》篇和《李颂》篇。“天命招来歌终曲”(别名“禅让要求歌”是《二招》(《楚辞·招魂·大招》篇),而“天命招来歌作者”是“屈原”等。

综合以上观点,可以明确看到,如果把古代楚王国国策(天命招来问题与天下统一问题)和《楚辞》各篇及战国楚竹书等出土文献割裂开来思考,就无法深入了解《楚辞》、《楚辞》类作品和“楚文化”的深层内容。具体而言,在考察古代楚王国国策(天命招来问题与天下统一问题)时,把《楚辞》各篇、楚辞类作品、战国楚竹书等出土文献文物加以比较考证是不可或缺的。在考察《楚辞》作品和楚辞类作品时,将其和古代楚王国国策、战国楚竹书等出土文献文物加以比较考证是不可或缺的。在考察战国楚竹书等出土文献文物时,将其和古代楚王国国策(天命招来问题与天下统一问题)、《楚辞》各篇、楚辞类作品加以比较考证也是不可或缺的。从此意义上说,过去对战国楚竹书等出土文献的研究,有不重视《楚辞》作品的倾向，无疑这是今后需要改善的大问题。不管怎样，本论文的考察成果，把因新出土考古资料的发现而面目一新的《楚辞》各篇、楚辞类作品、楚文化整体研究联系起来，今后，必将发挥重要的作用。

也有无法解决的问题。例如，本论文所涉及的《楚居》（清华大竹简），记录了从楚的远祖季连到楚悼王为止的三十二名楚公楚王世系及其居处变迁史，因此，其历史内容的下限显然是到楚悼王时（战国初期）为止，但《清华大学藏战国竹简（壹）》的"前言"却指出 ANS 碳十四年代测定的结果是"公元前 305 ±30 年"，这是不能忽视的问题。

与此相同的问题也可以通过《庄王既成》（上博楚简第六册）加以说明。即《庄王既成》是春秋时期楚庄王与重臣之间的问对，以子孙能否成就霸业为主要内容，显然其历史内容的下限是楚庄王时（春秋时期），但上博简 ANS 碳十四年代测定结果是"公元前 307 ±65 年"（参见《马承源先生谈上博简》，收入《上博馆藏战国楚竹书研究》），这也是不能忽视的问题。与此不同的是，也存在出土文献推测抄写年代和 ANS 碳十四年代测定结果几乎一致的事例（参见拙文《战国中期诸王国古籍整备及上博竹简〈诗论〉》，简帛研究网）。

这样看来，《楚居》《庄王既成》的历史内容在春秋时期或战国初期，而实际抄写年代在战国中期（即公元前 305 ±30 年或公元前 307 ±65 年），这表明《楚居》《庄王既成》的制作有其另外的目的。就方法而言，文献内容虽然记录的是春秋时期的历史内容，但实际上却假借春秋时期的历史内容来折射战国中期的现实问题。这就是本论文所讨论的，由"微言"、"寓意"、"双重三重结构"体现的问题。

然而，这个问题不仅在出土文献，在传世文献中也经常能看到。因此今后在探讨楚辞各篇、楚文化、战国楚竹书等材料时，须保持传统文献学和考古出土资料间的适度融合。有必要常常注意这一问题。我相信这个问题的解决方法是一定存在的。

楚辞中华书局全注全译本前言

浙江大学　林家骊

当我们穿越时空来到春秋战国时代的时候，我们无法不为这个时代绚丽辉煌的文化所惊叹、所倾倒。那正是被德国哲学家雅斯贝尔斯称为轴心时代的人类文明的黄金时段，那绝对是一个大动荡、大沉沦、大崛起的时代，多少动人心魄的历史妙闻，多少让后人恨不起死从之游的先贤，中国各种经典的传统文化、思想与学术均在此期间喷射而出。这期间，出现了一位凝聚中国文人精神的世界文化伟人——屈原，以及让千百年仁人志士、文人墨客为之沉醉的一种文体——“楚辞”。

一

楚辞，一般被认为是以屈原为代表的战国诗人所创作的一种文体，自刘向将屈原、宋玉等人的作品选辑而成集并命名为《楚辞》，楚辞又成为一部诗歌总集的名称；在某种意义上，楚辞又是屈、宋诸人作品的专称；经过后世文人的研习、模拟和歌咏，楚辞二字又凝聚了在痛苦和挣扎中对高洁情操与理想坚守不屈的屈原精神。“楚辞”之名是汉人称楚地文学作品的泛称。《汉书·地理志》云：“始楚贤臣屈原，被谗放流，作《离骚》诸赋以自伤悼，后有宋玉、唐勒之属慕而述之，皆以显名。汉兴，高祖王兄子濞于吴，招致天下之娱游子弟，枚乘、邹阳、严夫子之徒兴于文、景之际。而淮南王安亦都寿春，招宾客著书。而吴有严助、朱买臣，贵显汉朝，子辞并发，故世传《楚辞》。”此段之意，枚乘、邹阳、严夫子、严助、朱买臣都曾经作楚辞，而刘向所集《楚辞》中不见载，于是可知“楚辞”的概念范畴不但包括刘向所辑《楚辞》，还包括其他楚地作品。“楚辞”在西汉初期曾一直是称呼具有楚地特色作品的泛称。又，《汉书·朱买臣传》：“会邑子严助贵幸，荐买臣，召见，说《春秋》，言楚词，帝甚说之，拜买臣为中大夫，与严助俱侍中。”汉代皇帝为楚人，好楚声，所以朱买臣等文学侍从之臣以楚地文辞作品取悦帝王，未必皆是屈原等悲愁之言，而很可能包括一些像汉大赋那样具有愉悦君王性质的作品，屈、宋作品可能只是其中的一部分。不然，君王何以“甚说之”？“楚”，表明这类作品带有鲜明的地方色彩，黄伯思在《东观余论·校定楚辞序》中说：“盖屈、宋诸骚，皆书楚语，作楚声，纪楚地，名楚物，故可谓之楚辞。”“辞”，乃是先秦及汉代在很长一段时间内连篇属文之泛称。《荀子·正名篇》曰：“辞也者，兼异实之名以论一意也。”王先谦注曰：“辞者，说事之言辞。兼异实之名，谓兼数异实之名，以成言辞。犹若‘元年春，王正月，公即位’，兼说亡实之名，以论公即位之一意也。”荀子这段话的意思是说，辞是指组合能够表示不同名实的字而成文以表达一个中心意思。“辞”在先秦是个泛称，并没有成为一种文体，直到南北朝时萧统选编《文选》才将“辞”单列一目、成为一体的。所以“楚辞”二字连在一起最初还没有文体之意，而仅是指具有楚地特色的文学作品而言。直到西汉刘向将屈、宋诸人作品集而题之为《楚辞》——他当初也许是只给整理出来的这一类文献贴个大家所熟悉的标签而已，“楚辞”从此便由一个泛称而逐渐变为以屈骚作品为核心的一个专称。

我们现在似乎基本上将楚辞等同于骚体，实则楚辞原本是一个比骚体更为宽泛的范畴，骚体也许才能更好地说明我们今天称之为《楚辞》的什物。汉人将屈、宋诸作皆目之为赋，于是楚辞、骚体、屈赋便长时间在人们的观念中模糊不清。我们从不同的角度对此问题进行清理：楚辞，能够更好地说明《楚辞》的语言质材来源——楚地言辞；骚体，对《楚辞》在精神性质上的定位——是以《离骚》的体式和精神为核心而得名；屈赋，则是汉人对《楚辞》这类作品在文体类别上的界定——属于赋。

二

屈原是《楚辞》的灵魂人物。

屈原（公元前339年－前278年?），名平，字原，楚国贵族。他的祖先是传说中的远古五帝之——颛顼高阳氏。高阳的子孙中的一支受封于楚，传到楚武王熊通的时候，熊通的儿子熊瑕被封在“屈”这个地方，他的后代就以“屈”为姓氏，所以屈原乃是楚王本家位尊显赫的贵族。从《左传》、《国语》等典籍来看，屈氏才人辈出，且多担任要职，如有屈瑕、屈重、屈完、屈宼、屈到、屈建、屈申等都曾经担任莫敖一职，处理楚国的内政、外交，甚至率领全国军队作战，都是楚国相当重要的出将入相的人物。屈原就出生在这样一个非同一般的贵族背景的家庭里。据《离骚》，他的出生日期非常特殊——寅年寅月寅日，经后来学者们推算，应该是楚元王元年（公元前339年）正月十四日。他的父亲伯庸为他取了美好的名字，名正则，就是公正而有法则的意思，希望他长大后内心有法度，成为一个正直的人。到了成年及冠的时候，又为他取字为灵均，王逸注曰：“灵，神也。均，调也。”“灵”与“天”相合，“均”与“地”相合，他的字的意思就是屈原会成为一个上可安天、下可安地，也就是王逸所说的“上能安君”、“下能养民”的于国于家都有用的非凡人才。《史记》中载屈原名平，字原，王逸《楚辞章句》有注曰：“高平曰原，故父伯庸名我为平以法天，字我为原以法地。”《史记》中记载的名、字与《离骚》中屈原自述的名、字不一致，但在意义上却有相通之处，都是认为屈原从出生起就被赋予以能够作出大事业的伟人般的名字。

屈原可能有一个姐姐,也就是在《离骚》中称为女媭的那一位,也有人认为女媭是诗人为了情节而假想的人。由于文献不足征,无考。

贵族家世使屈原从小受到良好的教育,他聪明好学,悟性又高,年纪轻轻便“博闻强志,明于治乱,娴于辞令”(《史记·屈原列传》):他知识渊博,记忆超群,却又不是那种只会读书的书呆子,而是深明治国之道,心怀大志,面对楚国政治上的种种弊端则锐意改之;能言善辩,擅长外交辞令应对;其文辞写作才能非同凡响,以致后来失意之时能够创作出《离骚》那样伟大的诗篇来,绝非朝夕之间而能为之者。贵族的身世,杰出的才能,屈原可谓是一表人才。楚怀王年间,屈原出任左徒一职。据游国恩先生推断,左徒是仅次于楚国最高行政长官令尹的显要职位,战国四公子之一的春申君黄歇便曾经任左徒而升为令尹,足见此职之尊。屈原那时“入则与王图议国事,以出号令;出则接遇宾客,应对诸侯”(《史记·屈原列传》),深得怀王信任,真是风光无限。

当时周王室衰微,众多诸侯王争战不已,伺机争霸天下,东方的齐、西北的秦、江南的楚是当时最有势力的国家。齐国自古就是礼仪大国,而秦和楚则自古就被视为蛮夷之邦,或许蛮夷之地少中原礼仪条条框框的束缚,他们往往能够抓住时机改革政弊,楚有吴起变法,秦有商鞅变法,都是使他们能够成为强国的重要原因之一。楚的变法不彻底,政弊仍存;秦国励精图治,成为当时最具实力的国家。面对强秦日渐威侵,齐楚连横而盟,双方若有危难,互相救援;秦国面对此局,采取远交近攻的合纵策略,若要击败齐楚两个心患之国,须解除两国的联盟,才好各个击破。于是秦惠王派能言巧辩的张仪出使楚国对怀王说:“大王试能听臣,闭关绝约于齐,臣请献商於之地六百里。”(《史记·张仪列传》)商於在河南丹水之阳,是楚国的发祥地,但当时被秦国占领着。收回商於之地一直是楚王梦寐以求的愿望,但苦于无力实现。而现在楚国只要解除和齐国的盟约,就可以收回这块土地,楚王觉得很划算,就高兴地答应了张仪的要求。等到楚国真的和齐国绝盟后,楚王派人到张仪那里去要六百里土地,张仪一脸严肃地说:“臣有奉邑六里,愿以献大王左右。”(《史记·张仪列传》)怀王对张仪的无耻忍无可忍,一怒之下便发动了丹阳之战,结果楚军大败,不仅损兵折将,还让秦又侵占了汉中六百里的土地。怀王盛怒至极,继续发兵攻秦,楚又大败,楚无论败得多么狼狈,齐都坐视不救。秦王觉得一时还灭不了楚,又怕齐楚重新联盟,穷寇勿追,便答应归还楚国汉中的土地讲和。意气用事的怀王不要失去的土地,只要秦王把张仪送过来以报欺诈之恨。而张仪深知怀王耳软之禀性,便毫畏惧地来到楚国,买通了怀王周围的近臣及宠妃帮他说话。怀王果然不再想杀张仪了。等屈原外出回来,张仪已经离去。

秦国日益强大,六国疆土日渐难保。楚国在几次外交、战争中失败,衰落不振。公元前299年,秦发兵攻楚,不仅占领了楚国八座城池,还胁迫怀王亲自到武关赴约。楚国以公子子兰为首的奸佞集团竭力怂恿怀王赴约,以求一时之安;忠信正直的屈原虽身被黜却竭力劝阻怀王不要赴约。怀王不听屈原之言,反而一怒之下将屈原流放到汉北。耳软的怀王竟天真地赴约,结果被秦国无情扣留,三年后惨死异乡于秦。

楚国的新国君顷襄王并不比怀王好到哪去,他任用弟弟子兰为令尹,继续听信佞臣的话。子兰当初怂恿怀王赴约而死,屈原曾经力谏怀王不要去。所以子兰一派从来都把屈原看成眼中钉,便唆使近臣们继续给屈原说坏话,顷襄王便把屈原流放到更远的江南去。朝政为软弱无能、没有骨气的佞臣所把持,使楚国长期处于屈辱求和的状态,楚国疆土一失再失。顷襄王二十一年(前 278 年),秦将白起攻破郢都,楚国败亡,屈原悲愤绝望,自沉于汨罗江中。

除屈原外,其他几位楚辞作家也都是文学史上很有名气的人物:

宋玉,战国时鄢(今属河北襄樊)人,楚庄王时为官。其出身大概不高贵,是楚王的御用文人,尚辞赋。《史记》上说他:"好辞而以赋见称。然皆祖屈原之从容辞令,终莫敢直谏。"他可能本性也是个正直之人,但又不敢像屈原那样直言劝谏,仕途不显。

贾谊,雒阳(今河南洛阳))人,他十八岁就以博学广闻而名驰乡郡,二十岁刚出头的时候,就被汉文帝征召为博士,不久升太中大夫,好议国家大事,为大臣周勃、灌婴等排挤,贬为长沙王太傅三年,后召回改任梁怀王太傅,梁怀王不慎坠马而死,贾谊悲伤无限,不久也死去了,只活了三十三岁。

淮南小山,其人不详。可能是淮南王刘安的门客。淮南王修学好古,手下门客众多,常常诗赋相竞,淮南小山盖为其中之一。其既为门客身份,后亦未闻显达,想必亦是怀才而难以施展者(也有人认为淮南小山是集体性质的笔名)。

东方朔,字曼倩,平原羌次(今属山东境内)人,汉武帝时人。武帝即位,征召四方之士,东方朔自荐而入仕,给武帝写有三千竹简的治国之策。他言辞幽默,被视为滑稽派人物,才富五车却不见大用。

刘向,字子政,本名刘更生,楚元王的后代,沛县(今属江苏)人。他曾奉命领校群书,在保存古代文化典籍方面作出巨大贡献。但仕途不顺,曾两次下狱,还有一次被贬为庶人。成帝时虽得进用,屡次上书劝谏皇帝而上无听。

王褒,字子渊,西汉蜀郡(今属四川)人。他因文才出众而待诏金马门,因辞赋出众而受到皇帝喜爱,但还未曾有所作为就病死了。王褒的生平较简单,入京后主要充当皇帝的文学侍从。想王褒以巴蜀一文人而入京求仕,前途难卜,苦闷亦为情理中事。

严忌,会稽吴(治今江苏苏州)人。本姓庄,东汉时因避明帝刘庄讳,改为严。以文才与善辩闻名于世。先为吴王濞门客,后刘濞欲谋反,严忌与枚乘上书劝谏而不听,严忌遂离吴,投奔梁孝王。梁孝王对严忌有一定的礼遇,但严忌始终未能显达或有所作为。

王逸,字叔师,南郡宜城(今属河北)人。历官校书郎、侍中,作《楚辞章句》。其子延寿二十余岁便溺水而死。王逸官不过侍中,宦海浮沉,亦多感慨。《九思》序云:"逸与屈原,同土同国,悼伤之情,与凡有异。”

观以上楚辞作家,他们基本上都与屈原有着某种共同之处——内心正直、身怀奇才而又不为世所用,或仕途不显,或人生坎坷,其中如宋玉、东方朔、严忌、王褒都是被人贱视如娼的文学侍从的身份。他们从屈子那里获得异代知音的天涯沦落的同悲感,将屈骚凝聚成一种文化力量,使屈骚不仅具有其特有的写作内容、写作技巧、写作用语、写作文体,也形成了一种中华民族千百年来士人心里永远挥抹不去的屈骚精神。

三

在屈原所有的作品中,《离骚》是其最重要的作品。如果说屈原是楚辞的灵魂人物,那么《离骚》则是楚辞的灵魂诗篇。所以,体悟《离骚》的深韵与意味是解读楚辞与屈骚精神的入门之钥。

《离骚》作于诗人放逐汉北时,是我国古代最长的政治抒情诗,充满爱国激情和忧愁愤懑。全诗分为三部分。第一部分是诗人对往事的回顾,抒写了家世出身、政治抱负、忠而被疏的痛苦困惑和坚持理想的执着精神;第二部分以女媭之劝为远行契机,写诗人先后经历重华之证、帝阍之拒、求女之败,作为人间的象征,勾勒了诗人不懈追求美政理想的艰辛足迹以及理想破灭的残酷现实;第三部分表现诗人在艰苦的环境中仍然没有完全放弃希望,他问卜灵氛,求疑巫咸,并听从二者的建议决计远行,但就在他升腾远游之时,对故国的强烈眷恋使他不忍离开,展示了诗人内心去与留的复杂矛盾。

《离骚》叙述的故事内容并不复杂,重要的是由内容体现出的种种精神内涵。

首先,《离骚》体现出一种震撼古今的、让无数志士仁人为之动容、为之景仰的伟大的爱国精神。

屈子一心为君为国,意欲振兴楚国,却屡遭小人谗言陷害。但他从不管自身处境如何,将个人生死置之度外,每天思考的都是国家的兴亡安危。即使被流放,对楚国战事失利、国家衰败之困境莫不痛心疾首,以致形容枯槁;即使没有人理解他,也绝不改初衷,叹息流泪,对君国之心,“虽九死其犹未悔”。

其次,决不与世俗同流合污的独立精神。

怀王与顷襄王都不是有作为的君王,他们听信谗佞的顺耳奉承之语,听不进去像屈原那样的直言相谏。昏庸的君王势必导致朝中官员向公子子兰、上官大夫靳尚之流看齐,并与他们结党营私,同混浊流,这才是当时为官之道的主流。像屈原那样不顾生死而直言劝谏的人,无疑会被世人嘲笑为不识时务。但是屈原“世人皆醉我独醒,世人皆浊我独清”,即使全天下的人全浑浊,他也要一个人保持清白!即便是死,也决不与世俗同流合污,“宁溘死以流亡兮,余不忍为此态也”。这样一种坚守心中信念、独立不迁的精神历来为世惊叹不已。

第三,不断修内美的高洁精神。

屈原十分注重自身的修行,内心保持美好的品质,恐被险恶的世道或肮脏的东西污染自己的美德。在《离骚》中,屈原不断地种植香草:“余既兹兰之九畹兮,又树蕙之百亩”,经常将香草佩带在身上:“纫秋兰以为佩”,甚至用香草做衣服:“制芰荷以为衣兮,集芙蓉以为裳”,一餐一饮也不忘修身:“朝饮木兰之坠露兮,夕餐秋菊之落英。”即使这样,他也总是担心自己做的还不够好:“老冉冉其将至兮,恐修名之不立。”屈原从不把这样的修身当成苦行,而是自得其乐,习以为常:“民生各有所乐兮,余独好修以为常。”这与《论语》中曾子“一日而三省吾身”(一天之内多次反省自己还觉得不够)的修美精神是有相通之处的。

第四,不畏艰险、百折不挠的上下求索精神。

《离骚》中先后写了屈原的几次求女经历。为了求得心中理想的品貌双修的女子,他马不停蹄、夜以继日的赶路,“吾令凤鸟飞腾兮,继之以日夜”;好不容易来到高丘,高丘却无女可求;又令丰隆乘云赶路以求宓妃,谁知宓妃是个外表美丽却不懂礼仪的人;又赶到瑶台,看见有娀之女,媒人鸩鸟却告诉他那个女子不好;继续远游,看见有虞氏两位姓姚的姑娘,结果由于“理弱而媒拙”,还是未曾求得。屈原不断地求女,但每次总是由于各种原因而所求非人。每一次都令屈原痛苦万分,而他又不曾气馁,如夸父追日一般虽路途漫漫却没有放弃,“路漫漫其修远兮,吾将上下而求索”,再苦再难,他也要坚持真理、坚持正确的道路,毫无畏惧地进行下去。

第五,不固守旧俗的锐意图强、希冀美政的改革精神。

屈原是一个很有才干的政治家。看到楚国在政治上的种种弊端,他深为忧虑,并针对楚国的政治现实与天下形势,向楚王提出过一些改革建议,他提出“举贤才而授能”,主张不分出身地位地选拔人才,其实这正是秦国后来能够广纳各国人才如韩非、李斯等而最终能吞并六国的重要策略;他提出“富国而兵强”,既然要富国,必然要在经济上振兴,改变旧有的不合理的生产关系,以促进生产的发展——当然这首先要触动旧有贵族地主权益,历来改革均如此;“兵强”则要在军事力量上作全方位的强化。其实这几点也正是秦国能够战胜六国的重要因素。

屈原提出的建议都是欲使楚国富强的方案,可惜楚王不能贯彻。屈原心里有对天下形势的审视所制定的整套措施,以期达到他心目中的“美政理想”。为了他的美政理想而不惜得罪上官等小人,屈原也正是因此才引起旧贵族的惶恐而见黜于楚王的。他的理想虽然没有实现,但是他进取的改革精神永远值得后人崇敬。

除了《离骚》之外,《九歌》、《天问》、《九章》等也是屈原的重要作品。《九歌》是屈原根据楚地民间祀神的乐歌经过艺术加工所创造的一组清新优美的抒情诗,包括《东皇太一》、《云中君》、《湘君》、《湘夫人》、《大司命》、《少司命》、《东君》、《河伯》、《山鬼》、《国殇》、《礼魂》十一篇作品,《九歌》所祀之神可分天地人三类,赞天神者如《东皇太一》、《云中君》、《东君》、《大司命》、《少司命》,赞地祇的有《湘君》、《湘夫人》、《河伯》、《山鬼》,赞人鬼的是《国殇》。若从乐歌的主题来看,有对自然神的热烈礼赞,有表达神神、神人相爱的恋歌,也有对爱国英雄的歌颂;再细究每首乐歌的主人公,则又有学者将其分为一对对配偶神,如《湘君》和《湘夫人》,《河伯》与《山鬼》,其中《湘君》、《湘夫人》所表达的二湘之间相互倾慕、思念、等待、追求而最终擦肩而过的爱情悲剧,成为《九歌》中最深情、最令人叹惋的华美乐章。《天问》是仅次于《离骚》的第二长篇,诗中一连提出一百七十多个问题,内容涉及天地生成、日月星辰运行、世间珍奇、远古神话、夏商周春秋战国的历史兴衰、楚国的将来等,包罗万象,一气呵成。这一百七十多个问题,集中体现了屈原时代人们对自然社会运行发展规律的探讨,具有强烈的怀疑和批判精神,同时表现出诗人对宇宙空间的哲学思索与对国家及民族发展、人生命运的忧虑之情。所谓《九章》,是屈原创作的九篇作品的合称,分别是《惜诵》、《涉江》、《哀郢》、《抽思》、《怀沙》、《思美人》、《惜往日》、《橘颂》、《悲回风》。这是一组政治色彩浓重、感情充沛的抒情诗,除了《橘颂》外,一般认为其余大部分篇章是屈原被疏远或流放在外时创作的,并非作于一时一地,以《惜诵》为最早,大概是写与《离骚》同时的作品;其次是《抽思》、《思美人》为早;再次是《涉江》、《哀郢》,是顷襄王时屈原被放逐时的作品;再次是《悲回风》、《怀沙》,作后不久屈原就自沉汨罗了;最后还有一篇《惜往日》,是屈原的绝命辞。这八篇作品都是由作者直接出面,诉说其不幸遭遇,倾吐其愁苦之情,宣泄其家国之恨,都是出于"发愤抒情"的创作冲动,因而具有强烈的抒情言志特征。除《九歌》、《天问》、《九章》外,其余如《远游》、《卜居》、《渔父》等也基本上都是围绕屈原被放逐的经历、处境和苦闷心情而写的,其中透露对现实的失落、对理想国的向往与对故乡的眷恋之情交织在一起,形成纠结环绕、欲说还休的强烈而复杂的情绪,这种情绪弥漫在字里行间,使作品呈现出既凝重又浪漫的整体风格。

宋玉是继屈原之后的战国时期的楚辞作家,其代表作品为《九辩》。《九辩》以衰败的楚国社会现实为背景,借悲秋为契机、以思君为主题,通过叙述自己的经历、感叹不平的遭遇、抒发郁闷的情志等方法,阐述对楚国社会状况的悲叹与自己怀才不遇的惆怅,表现了诗人忧国忠君的情感和坚守节操的品格。面对楚国君臣的腐败无能,诗人不愿意流从世俗,然而,秋天的草木已然衰落,一如大势已去的楚国之悲凉。该篇以秋之凄凉渲染家国之悲,在情感上具有很强的感染力。

汉代楚辞作家大多都有过不愉快的人生经历,如贾谊政治失意,东方朔一生受倡优之讥,淮南小山、庄忌身为诸侯王宾客,刘向一生多次遭贬下狱等。他们因人生尤其是政治不如意而产生的幽怨情绪,与屈原之骚怨是一脉相通的,他们创作的拟骚作品实际上糅合了对屈原的同情、理解和对自身经历的失意感叹。“黄鹄后时而寄处兮,鸱枭群而制之。神龙失水而陆居兮,为蝼蚁之所裁。”(贾谊《惜誓》)“哀时命之不及古人兮,夫何予生之不遘时!”(庄忌《哀时命》)“林不容兮鸣蜩,余何留兮中州?”(王褒《九怀·危俊》)他们把对“士不遇”的感叹,以伤悼屈原的形式体现出来,借对先贤的缅怀,寄托自己的心意。但与屈原楚辞的怨悱情绪不同的是,汉代骚体作品更多地体现为无可奈何的感叹。“夫黄鹄神龙犹如此兮,况贤者之逢乱世哉!”(贾谊《惜誓》)“惟郁郁之忧毒兮,志坎壈而不违。”(刘向《九叹》)“悲兮愁,哀兮忧。天生我兮当暗时,被诼谮兮虚获尤。”(王逸《九思·逢尤》)没有直冲云霄的愤怒和质问,只留下黯然的叹息。《招隐士》以“王孙兮归来!山中兮不可久留”结尾,更寓含了深切的规劝之意。

四

《楚辞》作为中国文学的两大源头之一,在艺术上取得了辉煌的成就。这其中,《离骚》就达到了屈原艺术的最高成就:

第一,强烈而又集中的抒情,塑造了一个历史上前所未有的抒情主人公形象。

《离骚》与此前的诗三百显然不同。诗三百篇的时代属于集体诗学,那时人们并没有作者的观念,不管是谁的诗,拿过来只要能够吟唱表达心意就行了,三百篇中除了几首颂诗比较长以外,多数篇幅都比较短。短小的篇幅,简洁的表达,使《诗经》中任何一个诗篇中所塑造的人物都无法与《离骚》相比。《离骚》中诗人对自身的苦闷心情反复描写,一写再写,沉痛已极,使读者无法不被其强烈炽热的抒情所感染。诗人头戴切云之高冠,身佩陆离之长剑,异于俗世之奇服,一个伟岸、高洁的主人公形象呼之欲出。反复表达心志的抒情将主人公忧国忧民的苦闷、怀才不遇的愁绪、对世道昏暗的愤慨、独立不迁的高洁等种种内心活动表现得淋漓尽致,这使主人公的人物性格比较完满典型地表现出来,给人以难以抹去的记忆。声声哀叹使其人如在眼前,枯槁消瘦、江畔长吟之状成为千古骚人的经典形象。

第二,大量使用象征的手法。

诗人在诗篇中不是直接陈述事实,而是大量采用了象征手法,篇中出现秋兰、蕙茝、杜若等多种香草来象征自己洁身自好之意,出现臭艾等恶草象征奸佞小人。用远游求女象征对贤君的渴望,反复求女之不成象征自己人生之坎坷、志向难以实现。大量象征手法的运用,形成了文学史上著名的“香草”、“美人”意象群,不仅以后的楚辞作家大量运用,在后世的诗文作品中亦得到了广泛运用,大型组诗如阮籍的五言《咏怀诗》八十二首,陈子昂的《感遇诗》三十八首,作者用此手法者难以计数。每当文人失意而仍欲表达高洁情志时,莫不用此手法。

第三,浪漫想象思维的运用。

诗人为修自己的美好品行,以芙蓉花为衣裳、以秋兰为佩,朝饮坠露、夕餐落英,这于通篇结构而言是一种象征手法。从诗人的思维来说则是充满神奇而又浪漫的想象。在求女的过程中,让他的马在太阳神洗澡的咸池里洗澡,将马拴在太阳神每日升拂的扶桑树上,诗人让日神在前带路,让风神作随从,让鸾鸟凤凰在前开道,让雷神驾云去寻求洛水女神宓妃。神话与想象的结合,使本来艰辛的求女带上极为浪漫的色彩,令人神往。

第四,骚体的开创性运用。

在《离骚》中,诗人没有使用中原一带以《诗经》为典型的四言诗体,而是使用了楚地长短不一的句式,楚地的这种句式常带"兮"字,相当于语气词"啊",每句必"兮"表现了诗人内心的沉痛,极大地增强了诗篇的感染力,增强了诗篇的抒情性,而长短不齐的句式则比呆板短小的四言句式更利于诗人灵活自如地抒情。长短不齐的句式大概是楚地比较流行的句法,如著名的《沧浪歌》、《越人歌》等皆是如此。但以往的楚歌都比较短小,只有到了屈原这里,才将楚地灵活的句式创造性地发展。

《离骚》之后,《九歌》、《天问》、《九章》、《远游》、《卜居》、《渔父》等篇章从句式上、抒情方式上、艺术表现手法上都对《离骚》有所借鉴。总的来说,这些作品都是以"兮"字句为主要句式,每句的字数五、六、七、八甚至过十,一篇之中各句字数并不完全等同,给人一种参差错落的美感。《九歌》非常注重自然环境与人物心理的结合,善于借对自然山川景物与物候节气的渲染来表达人物的复杂心情。如:"袅袅兮秋风,洞庭波兮木叶下。"借拂叶、叶落水的场景来表达主人公一叶知秋的萧索心态,达到了自然环境与人物情感的良好统一。《九歌》又善于以时间顺序为叙事线索,随着地点转换而展现不同的叙述视角,使叙事内容充实、多彩、引人入胜。《天问》最显著的特点就是通过一连串的追问,充分表达作者对天地生成、人类历史发展的疑问,而对夏商周春秋战国历史兴衰的追问与则寄托了作者对楚国现状与前景的担忧,背后隐藏的,是作者对国家的浓浓深情。《九章》诸篇是屈原在不同历史时期创作的,境遇不同,心理情感也有差异,但总体上都以强烈的抒情为显著特征。由于《九章》体现了屈原在不同历史时期的情感,因此具有高度的写实性。作品多以屈原的人生经历为背景,实实在在地描摹诗人的情感使作品不但服从于屈原楚辞的抒情性特征,又具有史料的价值。《九章》的语言和修辞手法很高,作者注意情景合一,并注意对人物心理的描写,使各篇大体上形成一条心理情感发展的线索,使情感的体现更为生动可信。此外想象、虚构手法的运用也体现出明显的骚体特色,使作品具有一层瑰丽的色彩。《九章》艺术风格质朴而华美,成为屈原作品中的又一令人注目的亮点。《远游》运用大胆热烈的想象,加上曲折迂回的远游路径,形成大开大合、迷离恍惚的漫游场景,令人心驰神往;其中"远游"的结构给后世的拟骚诗在结构上以很多启示,去国远游与眷恋故乡之间的矛盾，成为许多拟骚作品的创作模式。而《卜居》的主客问答形式，承袭并发展了《天问》中的追问手法，使作品在灵活的形式中生动地表达作者对黑暗现实的激愤和抗争，对美善的坚持和对丑恶的弃绝，从中也流露出诗人的人生态度以及抉择的痛苦。《卜居》散文式的笔法是汉赋的先导。问答的形式和对比的手法，在《渔父》中也有充分运用，《渔父》中的问答方式以及排比、铺叙、记述、对话等，对后代散体赋的写作有很大影响。

屈原之后，宋玉的《九辩》是承继《离骚》的优秀作品。《九辩》全篇将一个个的主体连接起来，使其各自独立而又相互关联，具有结构之美。从句式来看与《离骚》相仿，盖为离屈原所去时间未远之故；全文句式虽以上七下六句式为主，但另有许多其他句式，形式灵活多变的句式特点；不规则的句式特点加上笼罩全篇的肃杀情感基调，把作者愁肠百结却无处诉说的复杂情感表达得淋漓尽致。《九辩》以秋之悲凉渲染国家将亡、士人哀愁的心理，其渲染手法的运用在文学史上具有开创性的意义，该篇起句云："悲哉秋之为气也！萧瑟兮草木摇落而变衰"，奠定了全文的感情基调，被后世奉为"悲秋之祖"。

汉代骚体作品对屈原楚辞的艺术特征既有继承也有发展。一方面，汉代骚体作品非常注重对屈原楚辞的模拟和继承，在遣词造句上都体现出明显的模拟特征；汉代楚辞在情感上基本承袭屈原楚辞抒情述志的结构，形式上也继承了屈原楚辞在篇幅、句式和结构上的一些主要特征，如"兮"字的大量运用，"远游"的结构等。另一方面，相比屈原楚辞，汉代骚体作品的篇幅明显缩短，句式趋于整齐。

纵观汉代骚体作品的外在体式，不难发现其中的大多数句式仍然继承了屈骚灵活多变的句式特征，如《惜誓》、《哀时命》、《招隐士》等。但这种灵活多变的句式特征在稍后东方朔的《七谏》里第一次出现了转变的迹象。《七谏》中《初放》、《怨世》、《怨思》、《自悲》、《谬谏》诸篇句式仍然多变，但《沉江》、《哀命》两篇作品中多有齐言句式，呈现出明显的整齐性。东方朔而后，王褒《九怀》有《危俊》、《思忠》、《陶壅》篇，刘向《九叹》有《惜贤》篇，王逸《九思》有《疾世》、《遭厄》、《悼乱》、《伤时》、《守志》篇，均为齐言。结合其他作品可知，《章句》所录汉人作品中的齐言句式，是呈现出由少到多的趋势。汉代骚体作品有限的篇幅和整齐的句式，将试图从屈骚里继承下来的瑰丽的想象、奔放的激情限制在固定的框架里，从而失去了感染人心的巨大魅力。

汉代骚体作品在形式上的变化，与汉代诗歌在发展进程中体式逐渐趋向整齐的特征是有联系的。但这些作品和汉代诗歌的不同在于，汉代诗歌的形式进化即使没有屈骚作参照，也可以在诗歌发展史上寻找到来源和去路，即楚歌和五、七言诗。但汉代骚体作品基本上完全取源于屈骚，是屈骚在汉代流变的一种体现。在屈骚的参照下，汉代骚体作品体式的整齐化特征以及随之造成的艺术魅力的减弱，就成为屈骚在汉代发展的一个遗憾了。

汉代骚体作品中,值得一提的是淮南小山的《招隐士》,这篇作品与其他作品都不相同。《招隐士》渲染了幽深、怪异、可怕的山中环境,表现了此地不可久留的主题;在具体描绘时,以"石嵯峨"状山石突兀,以"树轮相纠兮,林木茷骫"状草木荒芜,以"虎豹斗兮熊罴咆"状禽兽奔突,以"啾啾"状虫声哀鸣,用层叠的可怖意象渲染出使人恐惧不安的环境气氛。篇中更用"啾啾"、"萋萋"、"峨峨"、"凄凄"、"漇漇"等叠字,加以回环复沓的节奏,创造出"浏亮昂激"(王夫之《楚辞通释》)的音韵效果。《招隐士》的艺术成就,是屈原楚辞的艺术手法在后世得以发扬的良证。

五

楚辞在先秦直到汉代很长一段时间内,可能只是单篇流传。西汉刘向领校群书,将屈原、宋玉、贾谊、淮南小山、东方朔、严忌、王褒等诸人的拟骚作品,再加上自己所作的《九叹》,统编成十六卷,并题名曰"楚辞"。这应该是《楚辞》的第一次结集。至于楚辞的研究著作,自西汉淮南王刘安为《离骚传》,历代笺释、评论楚辞之作,林林总总,亦殊夥矣。

东汉时,王逸作《楚辞章句》,这是现存最早的楚辞注本(淮南王安、司马迁、刘向、扬雄、班固、贾逵均曾为屈赋作解,皆在王逸之前,但均以失传),王逸,字叔师,南郡宜城(今属湖北)人。汉安帝元初中(117年左右),举上计吏,为校书郎。顺帝时,官至侍中。事迹具《后汉书》卷八十《文苑传》。《楚辞章句》以世传刘向所编十六卷本《楚辞》为底本,益以己作《九思》与班固序为十七卷,而各为之注。王注保存了不少字词的古义,同时由于他生长于楚地(湖北属楚),时代又近古,故于《楚辞》中的方言土语,比较熟悉,并能于注中一一指出,这对于后人理解楚辞助益匪浅。此后至唐代这一段期间内,研究《楚辞》训诂学、音韵学方面的著作较多,基本上都是以王逸《楚辞章句》中的篇目为核心,但都已不存。

宋代有两个重要的注本,就是洪兴祖的《楚辞补注》和朱熹的《楚辞集注》。洪兴祖(1090-1155),字庆善,丹阳(今属江苏)人,宋徽宗政和(1111-1117)中登上舍第,南渡后历任秘书省正字、太常博士等职,后出知真州、饶州,因忤秦桧而贬官昭州卒,事迹具《宋史·儒林传》。《楚辞补注》十七卷先列王逸原注,而后补注于下,逐条疏通证明,又皆以"补曰"二字别之,使于原文不乱。该书注释详明,而且敢于破除旧说、自立新解,又征引浩博,并且所录楚辞异文极多,是一本很重要的楚辞著作。朱熹(1130-1200),字元晦,晚年自称晦庵(别称紫阳),安徽婺源人。是宋代大儒,也是中国历史上最渊博的学者之一。事迹见《宋史》卷四二九《道学三》、《宋元学案》卷四八《晦翁学案》。《楚辞集注》

八卷以王逸《楚辞章句》为底本，但对前人《楚辞》篇目的选编不甚满意，他认为《七谏》、《九怀》、《九叹》、《九思》都是无病呻吟之作，便将这四篇都删去，将贾谊的《吊屈原赋》、《鹏鸟赋》收了进去。他将这些楚辞作品分为两部分：将屈原的五卷命之为“离骚”，编次为卷一《离骚经》、卷二《九歌》、卷三《天问》、卷四《九章》、卷五《远游》、《卜居》、《渔父》；将非屈原作品皆命为“续离骚”类，编次为卷六《九辩》、卷七《招魂》、《大招》、卷八《惜誓》、《吊屈原赋》、《鹏鸟赋》、《哀时命》、《招隐士》。随文诠释。《楚辞集注》一书在义理方面多所阐发，强调其“忠君爱国”思想，文笔简洁明快，无诘诎苛碎之病。此书不以注释阐发楚辞为唯一目的，另外还寄寓着作者对当时政治斗争的积极态度。书后附《楚辞辩证》两卷和《楚辞后语》六卷。该书以它不同于《楚辞章句》和《楚辞补注》的面貌，奠定了它在楚辞学史上的地位。

以后，楚辞研究著作甚多，重要的有：明汪瑗的《楚辞集解》八卷（附《蒙引》二卷、《考异》一卷）、明王夫之的《楚辞通释》十四卷、清戴震的《屈原赋注》七卷（附《屈赋通释》二卷、《屈赋音义》三卷）、清蒋骥的《山带阁注楚辞》（附《楚辞余论》二卷、《楚辞说韵》一卷）、清胡文英的《屈骚指掌》四卷、近人马其昶的《屈赋微》二卷等。到了现代，楚辞研究著作就更多了，这里不再一一列举。

六

楚辞源远流长、深厚博大，引起历代文人的高度重视，以致使《楚辞》出现了众多的注本和篇目不同的文本，但始终以东汉王逸的《楚辞》篇目为流传最广、以宋代洪兴祖的《楚辞补注》为最常见之注本，本书即以学界通行的中华书局点校汲古阁刊本《楚辞补注》作为底本。

本书每篇均包括题解、注释、译文三部分。题解以简要且能概括全诗内容及艺术特征的语言勾勒出篇章概要。注释包括注音和释词两部分，难认的字在字后括注拼音，难理解和多解的字词和文化常识等一并出注。注释语言力求简明准确，极为重要的地方列举多家不同见解，并择其最善者而从之，为读者能更广泛地借鉴和选择留下思考的余地。对于较长的篇目，采用分段注释，以便于读者能对照注释迅速参透诗文蕴意，帮助理解诗文的妙处，体会诗篇遣词造句的艺术风格。译文力求直译，不妄加改动，随意增减，保持诗歌的原生态，或晓畅通达地传达原文喻意，便于读者更清晰地理解诗作的本意。

无论正文或注释、译文，均采用简化字，个别沿用已久的异体字在正文中不予改换而在注释中加以说明。对于楚辞中较多而今天不常见的冷僻字，与今天相应的规范字、简化字字义有差别或易引起歧义者，仍保留这些异体字，不做改动，使读者据此能窥见原文风貌。

楚辞意象研究综述

西华师范大学 罗建新

论及《楚辞》,先贤多或考察其作家之生平与思想,或研究其作品之真伪及版本,抑或将观照视角转向文学"外部",从"文学与传记、心理学、社会、哲学思想,以及文学与其他艺术的关系"等层面切入进行关联审视,却较少对作为其文学本体性之重要表征的意象作系统探索①,这就使得《楚辞》研究在整体上呈现出厚"外部"而薄"内部"的态势,《楚辞》的文学特质因之亦未能得到充分昭显。这样一来,从意象角度切入,对《楚辞》进行系统综合考探就不失为一种极有价值的尝试了。倘若想要在此领域有所拓新,追本溯源,对《楚辞》意象研究的历史与现状进行系统梳理当为首要之务。有鉴于此,笔者拟博征文献,从学术史的角度详细考察二千余年的《楚辞》意象研究状况,辨析得失,考镜源流,总结特征,冀望能为学界之深入研究提供借鉴。

如果从历时视角进行观照的话,早在汉代,尽管诗歌意象理论还未完全生成,但学人已经注意到了《楚辞》中所存在的作为艺术表现技巧的意象手法了。② 如刘安《离骚传》曰:"上称帝喾,下道齐桓,中述汤、武、以刺世事。明道德之广崇,治乱之条贯,靡不毕见。其文约,其辞微,其志洁,其行廉。其称文小而其指极大,举类迩而见义远",即分析了《离骚》作者取用"帝喾"、"齐桓"、"汤、武"诸象的深层用意,归纳了其所具有的"举类迩而见

① 中西学人皆认为诗歌之本体性特征在于意象和声律(包含文体特征),如明王廷相《与郭价夫学士论诗书》:"言征实则寡余味也,情直致而难动物也。故示以意象,使人思而咀之,感而契之,邈则深矣。此诗之大致也。"王世懋《艺圃撷馀》:"老杜结构自为一家言,盛唐散漫无宗,人各自以意象、声响得之。"陈植锷《诗歌意象论》、夏之放《文学意象论》、汪裕雄《审美意象学》、Lewis, C. Day. The Poetic Image、Abrams M. H. The Mirror and the Lamp、Eliot. T. S. A collection of Critical Essays、Juhasz, Suzanne. Metaphor and the Poetry of Williams, Pound, and Stevens、Brooks, C. &R. P. Warren. Understanding Poetry 等持论同。

② "意象"实际上就是作者审美理想与审美情感通过想象所创造的符号,是引起读者再创造形象的语言符号,它能充分反映出作者独特的创作个性。如此一来,"意象"也就具备了抽象性、哲理性、象征性,具有了人类文化学上的意义,成为不同文化区域、不同文化层中人们文化活动和审美心理的符号,传达着不同的思维秘密。任何一种文学创作理论命题的提出,都是在作家相当长期的创作实践基础上所进行的理论总结,文学理论命题具有"滞后性";任何一位作家(哪怕是目不识丁的民间歌手)的文学创作活动都是一种有意识的实践活动,他所创作的文学作品无不是客观世界在其头脑里主观能动的反映,文学创作活动具有"主观性"。据此可以认为:作为观念而存在的"意象"大抵是随着人类理性思维的形成而产生的,从象形文字到"观物取象"(《易·系辞》)、"铸鼎象物"(《左传·宣公三年》)的文明进程中可见出其已渐由原始观念形态的思维方式发展为一种表现手法,进而演进成艺术技巧了。

义远”的意象艺术特点。嗣后,王逸亦对《楚辞》所涉之象的寓意问题进行了个案分析,其《离骚序》指出:“《离骚》之文,依《诗》取兴,引类譬谕,故善鸟香草,以配忠贞;恶禽臭物,以比谗佞;灵修美人,以媲于君;宓妃佚女,以譬贤臣;虬龙鸾凤,以托君子;飘风云霓,以为小人”,此语在《楚辞》意象研究史上具有里程碑意义:一方面,其以“依《诗》”之语,[1]抽去班固等固守“宗经”之旨的学者们贬抑《楚辞》“多称昆仑、冥婚、宓妃、虚无之语,皆非法度之政、经义所载”的理论支柱,为儒家经学文化背景下的《楚辞》文本之存在与研究提供了极其重要的合理性依据;另一方面,其研究思想、方法也为学界提供了参照,后世学者之《楚辞》意象研究多是在叔师此论基础上拓展与申发的。

齐梁之际,刘勰《文心雕龙·辨骚》在“征言”以“核”班固、王逸诸论时指出:“陈尧舜之耿介,称汤武之祗敬,典诰之体也;讥桀纣之猖披,伤羿浇之颠陨,规讽之旨也;虬龙以喻君子,云蜺以譬谗邪,比兴之义也;每一顾而掩涕,叹君门之九重,忠恕之辞也”,此论虽是彦和为调和汉人争论乃将《楚辞》纳入儒家经学阐释之范畴的情形下提出的,然其中对创作主体经营意象之目的考察、对“虬龙”诸象之寓意的阐释皆既能昭显出《楚辞》的意象特征,又能为后世学者提供借鉴。

迨至宋人朱熹,其《楚辞集注》则径直将《楚辞》意象艺术简要归结为“寓情草木,托意男女”,这种化繁为简的类型化、概念化论述就使得人们对《楚辞》意象特征有较为直观具体的把握。

明人汪瑗《楚辞集解》则借用“寓言”这一话语来考察《楚辞》意象问题,“其言虽寓,而其情则真。吾情欲如是而人不知之,无以自见,于是乎托人以言之”。尤其值得注意的是,汪氏还从“虚”、“实”之角度对其所谓之《楚辞》“寓言”进行了分类:一类是“寓言而虚者”,“如乘龙跨凤,登天涉云、扣阊阖、登阆风、邅道昆仑,发轫天津等语,皆寓言而虚者也”;另一类是“寓言而实者”,如《离骚》中的“回朕车以复路,退修吾初服,不忍与此终古,将远逝以自疏,此寓言而实者也”,于此,他不再以骚附经,引用儒家经典来为《楚辞》的合理性进行辩护,而是运用文学之眼光来看待《楚辞》所涉之“象”与所寄之“意”问题,直接视之为主体的纯粹艺术创作,这种研究思路对学者们正确认识和看待《楚辞》意象问题有较大参考作用,后来的鲁雁门《楚辞达》、钱澄之《屈诂》、屈复《楚辞新注》、陈本礼《屈辞精义》、刘熙载《艺概》诸书多沿袭汪瑗之说。

概括论之,由汉至清,《楚辞》意象研究取得了诸多成就,这既昭显出《楚辞》独特的文

---

① 为强化其此种观点,叔师于《离骚》后“叙曰”中复举证“夫《离骚》之文,依托《五经》以立义焉:‘帝高阳之苗裔’,则‘厥初生民,时惟姜嫄’也;‘纫秋兰以为佩’,则‘将翱将翔,佩玉琼琚’也;‘夕揽洲之宿莽’,则《易》‘潜龙勿用’也;‘驷玉虬而乘鹥’,则‘时乘六龙以御天’也;‘就重华而陈词’,则《尚书》咎繇之谋谟也;‘登昆仑而涉流沙’,则《禹贡》之敷土也”诸语以证明之,这就使得其以骚附经的做法更为明显。

学魅力与其作者高超的艺术技巧,又为历代读者解读《楚辞》提供了多方面的借鉴,自有其价值之所在。然而,也不应否认的是,受思维方式、学术传统诸因素之影响,古人的这种研究也具有杂感性、零碎性、局部性等特征,其论述文辞多以片言只语的形式出现在相关的《楚辞》注疏著作及某些诗话著作中,其关注重心多在“忠君爱国”之意的阐释与“香草美人”之象的解析上,缺乏全面性、系统性,亦多无相应之理论支撑,这就在一定程度上影响了读者对屈原及《楚辞》意象的接受。①

处在文献材料较为丰富、学术视野甚为开阔之时代的当今学者也从“意象”角度对《楚辞》展开了研究,其成果可概括为以下类型:

一、文本个案研究

即以《楚辞》作品为观照对象,从人类学、社会学、民俗学、宗教学、神话学诸角度审视其中所存意象之蕴涵。如熊良智《试论楚辞“荃”、“荪”喻君的原始意象》文运用人类学方法考察了“荃”、“荪”之“象”的寓意演变过程;周建忠《〈楚辞〉黄昏意象发微》文从社会学、民俗学角度切入,分析了“黄昏”意象的原型及其生成问题,范正声《巫术与象征——谈屈赋中的鸟兽草木意象》文探索了屈赋鸟兽草木意象的宗教文化渊源及其构成问题。其他代表性成果有李建国《屈骚意象论》、黄震云《楚辞通论》、杨义《楚辞诗学》、刘士林《离骚“求女”意象勾沉》、黄凤显《屈辞体研究》、董芬芬《〈离骚〉的主线意象及其寓意》、任强《屈辞中彭咸意象试析》等。

二、作家与“意象经营”问题考察

即以《楚辞》作者为考察中心,探索其成功构建诗歌意象之技巧与方法。如姜亮夫《简论屈子文学》文从民族性、主体个性、承袭性等层面探讨了《楚辞》意象体系得以生成的诸种原因;范正声《认同思维与意象创造——论屈赋的意象运用》文解析了《楚辞》作者经营意象的思维方式及心态;戴志钧《屈骚的意象、手法、风格——屈原艺术个性研究》文总结了屈原经营意象的基本方法与主要特征。其他代表性成果有潘啸龙《论〈离骚〉的抒情结构及意象表现》、毛庆《屈骚象征体系研究》、韦思《〈离骚〉的时间生命意识和意象型结构系统》、汤炳正《从包山楚简看〈离骚〉的艺术构思与意象表现》、阮艳萍《“香草”意象在屈原悲剧意识表现中的置换变形》等。

---

① 明人陈第于《屈宋古音义》中曾感慨:“予观注《离骚》者多矣,率搜索于句字,而忽略其大体。故但见其汪洋浩瀚,而不能究其托兴寓言之指归。则其惓惓故国之思,欲去而终不忍去,抑郁无聊,不欲死而终不能以不死者,无以发泄于千载之下矣!”即此之谓也。

三、接受研究

即探讨《楚辞》意象在古典诗歌意象发展史、中国文学发展史中的地位与价值诸问题。如郭建勋《论魏晋南北朝对楚辞的接受》文研究魏晋南北朝文士对《楚辞》“采摘”、“悲秋”意象等的接受情况；谢忠凤《李商隐无题诗与香草美人意象》文考察了李商隐无题诗对“香草美人”意象的承继与升华问题。其他代表性成果有王琰《屈骚和汉大赋意象浅论》、崔小敬《一杆风月无限烟霞——中国古典诗词中渔父意象探源》等。

不仅如此，台湾及海外学者也对《楚辞》意象问题进行过多层面考察。

台湾学者多选取特定作家所营造、作品所涉及之意象为对象，进行个案分析，并由个体到群体，进而衍出某些规律性结论。如陈秋吟《屈赋意象研究》将屈赋意象分成天文、地理、植物、动物四大类进行具体解析，并最终归纳了屈赋意象艺术的总体特征，吴旻旻《香草美人传统研究》分别从作家创作手法与读者解读方式两个层面历时考察了《楚辞》中所涉及的“香草美人”问题，王秋香《先秦诗歌水意象研究》从泛称水、特称水、水边洲渚三方面考察了《楚辞》“水”意象的意旨、用法及对后世诗歌之影响诸问题。其他较具代表性之成果有马美娟《中国古典诗歌中的“寄托”》、萧千金《〈楚辞·渔父〉的意象内涵和章法结构探析》、薛乃文《从〈离骚〉中的草木意象论屈原的人格精神》、苏慧霜《华藻要妙，酌奇翫华——论屈骚香草意象对唐代以前辞赋与乐府的影响》、王樱芬《听到了吗？是谁在说话——探讨〈离骚〉中有关女者意象》等。

欧、美学者多以西方文化视角对《楚辞》意象进行比较考察，表述出异域学术视野下的独特认知。如（英）霍克思《求宓妃之所在》（1960）从巫术、神话等角度研究了《楚辞》中的“神游”意象之蕴涵及其对汉魏文学之影响等问题，①（美）王靖献《衣饰与追求——〈离骚〉〈仙后〉比较研究》（1969）比较了《离骚》与《仙后》的寓意手法之异同，（美）陈世骧《“诗的时间”之诞生》（1973）探索了《离骚》中的“时间”意象之运用问题；（俄）H. T. 费德林《论屈原诗歌的独特性与全人类性》（1981）则着眼于社会学之视角考察了《离骚》的“取象”类型和《楚辞》意象之运用技巧。其他较具代表性之成果有（日）白川静《中国古代民俗》（1962）、（日）竹治贞夫《楚辞研究》（1978）、（法）桀溺《凤凰与长生鸟》（1988）等，其论多新颖可观，且具有一定的方法论意义。

一种认知的科学性与历史感的获得，有赖于在一个更高层次上达到理论对象的共时特征与历时展开的契合和研究方法的逻辑的与历史的统一。先贤虽在《楚辞》意象研究领域取得不少成就，然其间也有瑕疵存焉。从共时层面进行的研究多集中在对《楚辞》所

① 此处所涉西人之论述皆转引自尹锡康、周发祥主编之《楚辞资料海外编》。

涉的某一、某类意象进行个案解析之上,缺乏整体性、全局性观照,且在具体研究实践中还存在着知其然而不知其所以然的倾向——亦即多是着眼于解析《楚辞》所涉之"象"的具体蕴意,却较少对为何作者将此意寄寓于此象之中、《楚辞》意象如何经营诸问题进行考察。倘若从历时视角进行观照的话,学人之研究则多局限于《楚辞》本身,未能系统地将之置于中国诗歌发展史、意象史中作纵向观照并予其位置以合理界定。而且,由于对意象、意象构成的相关理论本身还缺乏在系统性归纳整理基础上的综合考察,各家持据不同,所论各异,使此研究领域本身就呈现出混淆局面,这在一定程度上也影响了学界对《楚辞》意象的合理认知。有鉴于此,立足文本,以原生材料之梳理为基础,在中国诗歌发展流程中考察《楚辞》意象的构成过程,实现历史之研究与逻辑的考察、理论审视与文本解析的统一,当是弥合隔阂、厘清混淆的有益尝试。

屈原及楚辞研究的分期及近三十年来的屈原及楚辞研究

北京语言大学　方　铭

以屈原为代表的楚辞作家创作的楚辞作品,是战国至秦汉时期中国文学史上瑰丽的文化遗产。屈原及其作品产生以后,屈原及楚辞的研究就开始了,到今天,屈原及楚辞研究已经有2200多年的历史了。屈原及楚辞研究历史之悠久,在中国所有的学术研究中,也只有孔子及经学研究的历史长度可以超越它。褚斌杰先生在分析屈原及楚辞学发展、繁荣的持久生命力的原因时指出,屈原及楚辞研究,不仅仅是出于个人的学术兴趣,"更主要的乃是千百年来人们对屈原及其作品的研究和探索,是作为人格理想的追求和完善,是作为民族精神的发掘和发扬来对待的。"①这个特点说明屈原及其楚辞研究,不仅仅是文学研究或者历史研究,同时,也是作为以孔子和经学为核心的中国传统思想和文化的重要组成部分,而发挥着重要的作用。也正因此,屈原及楚辞研究的历史广度和深度,也仅仅次于孔子及经学研究的广度和深度。也就是说,从事屈原及楚辞研究的学者的目标,不仅仅局限在历史的重现和复原这一基本学术目的,同时也要着眼于中国思想文化今天和将来的建设和重构。

一、屈原及楚辞研究的阶段划分

两千多年的屈原及楚辞学研究,如果粗线条划分,大体可以分为两个阶段,即自汉初至清末的古典屈原及楚辞学研究阶段,以及二十世纪的现代屈原及楚辞学研究阶段。古典屈原及楚辞学研究阶段体现的是中国本土学术研究的方法和价值判断,而现代屈原及楚辞学研究则体现的是西洋视野和中国本土学术精神结合的研究方法和价值判断。

当然,在古典屈原及楚辞学研究阶段,我们还可以再区分为两个阶段,即屈原事迹网罗及楚辞收集整理阶段和屈原及楚辞文献诠释阶段,这两个阶段划分的标志性人物是刘向,标志性事件是刘向完成《楚辞》的编辑。

二十世纪开始的现代屈原及楚辞学研究,与1949年为界,1949年前为第一阶段,1949年后为第二阶段。而1949年至今的屈原及楚辞研究,又可以大体以1979年为界,1949年至1976年为第一时期,1977年以后至当下为第二时期。当然,第二时期的屈原及

① 褚斌杰:《导论:百年屈学》,《屈原研究》,湖北教育出版社,2003年8月出版。

楚辞学研究还在持续发展之中。

为学术研究分期,实际是一件很困难的事情,我们在这里的区分,只是表明不同阶段的侧重点可能有不同,但并不一定有截然的研究鸿沟。实际上,对屈原事迹的网罗和对楚辞的收集整理、对楚辞文献的诠释、对楚辞的综合研究,在每一个阶段,都是可以很容易找到个案支持的。所谓你中有我,我中有你,特殊性和普遍性的交织,是楚辞学研究历史广泛性和深刻性的重要体现。

二、二十世纪初至1949年前的屈原及楚辞学研究

现代中国屈原及楚辞研究开始的标志是王国维1906年发表在《教育世界》总第140期之《屈子文学之精神》一文,从南北地域的不同解释南北文化的不同,由南北文化的不同解释楚辞的独特性,以"屈子南人而学北方之学者也"来解释屈原作品的伟大成就。但就地域文化研究屈原及楚辞而言,王国维的方法并没有什么新奇之处,楚辞辞楚的认识,早已是古典屈原及楚辞学者一致公认了的,但是,王国维的研究视角却与他接受西学的研究方法和价值判断相关,所以,王国维的研究可以看作是现代楚辞学的肇始。梁启超1922年在东南大学文哲学会的讲演稿《屈原研究》及1923年在清华学校讲课的讲义《要籍解题及其读法》之《楚辞》部分,1923年商务印书馆出版的谢无量《楚辞新论》,1926年北新书局出版的游国恩先生的《楚辞概论》等著作,则标志着现代楚辞学的完成。

1922年梁启超在东南大学的演讲《屈原研究》考察了屈原的历史及游历,楚辞产生的背景、屈原的思想、屈原的政治斗争、屈原对社会和人民的热爱、屈原的生死观、屈原的艺术特点等七个问题,梁启超能站在中国文学史的高度来考察屈原的价值;能运用二十世纪传入中国的西洋学术法则来考察屈原,比如哲学与文学的联系,历史的、地理的、环境的、自然的及个人经历诸因素与文学的关系,政治与文学的关系,心理学与创作的关系,等等;能立足于二十世纪民主革命的高度来考察屈原思想的积极意义;能站在世界文学发展史的高度,来概括屈原作品的艺术魅力和艺术价值。梁启超在研究方法和价值判断上的特点,未必能促使他在屈原及楚辞研究上得出与中国古典屈原及楚辞研究学者完全不同的结论,但是,他在研究方法和价值判断上具有了世界性特点却是毋庸置疑的。事实上,由于梁启超《屈原研究》在研究方法和价值判断上所具有的世界性的特点,必然使他的结论具有空前的创新性,而这个创新性最突出的表现就是梁启超把屈原及楚辞纳入了世界文化发展的格局之中了。梁启超1923年在清华学校讲课的讲义《要籍解题及其读法》之《楚辞》部分,也正是贯彻了他的这种新的革命性成果。

谢无量与游国恩先生的继承了梁启超的研究方法和价值判断。谢无量的《楚辞新论》用南北不同的文化传统来理解楚辞与《诗经》的不同特点,在讨论屈原的思想及影响

时从楚国的地理、音乐、屈原的政治抱负三方面入手,并对屈原及楚辞学术史进行了研究。游国恩先生的《楚辞概论》是对屈原及楚辞重要作品的全面论述,其内容涵盖了屈原及楚辞研究的重要方面,是比梁启超和谢无量的研究都深入和全面的,同时,游国恩先生在讨论楚辞的来源的时候,不是强调单一原因,而是充分考虑了当时的文化环境与自然环境、社会环境诸因素。他认为楚辞的产生受北方文学、南方文学和楚地民俗歌舞、山川地理的共同影响,如认为《诗经》、《道德经》及南方民歌等与楚辞皆有历史渊源;又认为楚辞创立了自由的新形式,是汉赋、六朝骈文及七言诗的鼻祖。游国恩先生还注意运用古典屈原及楚辞学研究的文献梳理和考订工作,在讨论作品及作家时,注意文学的演进规律及时代背景对作家的影响。游国恩先生在树立世界性研究观念的同时,并没有抛弃古典屈原及楚辞研究者的研究方法,自此而后,一直到1949年,现代屈原及楚辞研究者,大体都是遵循着这条路前进的,其中影响重大的学者包括郭沫若、闻一多等。

三、1949年至1976年的屈原及楚辞学研究

1949年以后,中国发生了巨大变化。这种变化对学术研究的影响是根本性的。学术研究不再是私人的事情,而是有明确地为政治服务的艰巨任务,也正因此,这个时期的一切学术研究都变成了政治生活和意识形态的一部分。当然,屈原研究也政治化和意识形态化了。

值得庆幸的是,屈原及楚辞作品在1949年的政治巨变后,并没有被划入反动阵营之中,相反,屈原及其作品得到了极大的关注,屈原也受到了空前的尊重。这一切的到来,也许有社会主义阵营主导的世界和平理事会的关怀,以及中国大陆主要领导人的楚文化背景,更重要的则是屈原本身所具有的巨大人格魅力和屈原精神的超越性特征,使新时代的领导人在民族虚无主义甚嚣尘上的文化环境中,发现了屈原及楚辞的重要价值。因此,在1949年至1976年之间,屈原及楚辞研究存在有大量非学术化的内容的同时,同样取得了重要进展。

1953年世界和平理事会确定屈原为世界四大文化名人之一,中国学术界也掀起了研究屈原的高峰,其中主要的论文,都收集在1957年作家出版社出版之《楚辞研究论文集》之中,该文集中最重要的文章是讨论屈原的爱国主义和人民性的问题的文章,如郭沫若的《伟大的爱国诗人屈原》、郑振铎《纪念伟大的诗人屈原》、唐弢的《人民的诗人屈原》、褚斌杰先生《屈原－热爱做过的诗人》、陆侃如《屈原－爱祖国爱人民的诗人》、李易《爱祖国爱人民的诗人》等,另外,还有讨论屈原现实主义、屈原的阶级出身、政治地位问题的一些论文。

梁启超等人开创的世界性视野,建立在方法多元和价值多元的基础上,但是,1949年

以后,多元的世界眼光和多元的价值判断归结为单一的唯物主义和阶级分析方法,这就不可避免地存在着政治化、标签化的研究思路。不过,由于屈原被确认为爱国主义诗人和人民的诗人,郭沫若、闻一多、游国恩、刘永济、姜亮夫、林庚等人研究屈原及楚辞的著作也得以出版或者重印,这些学者的学术素养保证了他们仍然在新时期极大地发展了屈原及楚辞学研究。

1949 年以后,随着文化普及运动的开展,如陆侃如和高亨等人合作编选了《楚辞选》,马茂元也有《楚辞选》问世,而文怀沙则试图把屈原的作品翻译成白话文,所有这些工作,即代表了主流意志主张普及屈原及楚辞作品的愿望,也为非专业研究着的屈原及楚辞学习提供了一个简易的平台。

四、1977 年以后的屈原及楚辞研究

大部分学者主张把 1949 年以后的楚辞研究以 1979 年为分界,但是,考虑到某种研究风格的变化,总有一个缓慢的过程,我们在分期的时候,应该重视的是带来这种缓慢变化的标志性事件,而不是仅仅关注这种变化的最终完成。1976 年结束了无产阶级文化大革命,虽然拨乱反正的工作到今天可能还没有结束,但是,最近三十多年文化和学术的变化,无不是从无产阶级文化大革命结束开始。因此,把 1977 年作为屈原及楚辞学研究的一个新阶段,无疑是合适的。

1977 年以后至今的三十多年,是屈原及楚辞研究史上最繁荣的时期,这不仅仅是源于这个阶段的屈原及楚辞学者的数量是过去 2200 年任何三十年都没有办法相比的,也是因为这个阶段有关屈原及楚辞研究的论文及著作众多,更重要的是,这个阶段的屈原及楚辞研究,既体现了对古典屈原及楚辞研究的重视,又体现了现代屈原及楚辞学的学术眼界和学术态度。

概括而言,最近三十年的屈原及楚辞研究,主要集中在楚辞文献整理、楚辞文本研究、屈原及楚辞的文化研究、屈原及楚辞的接受研究四个方面。

在文献整理方面,最重要的工作,是整理出版了大量的二十世纪以前古典屈原及楚辞研究的著作,如 1979 年上海古籍出版社出版了标点本《楚辞集注》,1983 年中华书局出版了标点本《楚辞补注》,嗣后,对历代屈原及楚辞研究著作的整理出版工作持续不断。另外,还有部分屈原及楚辞重要文献被影印出版,国务院古籍整理领导小组把中国屈原学会部分学者申请的《楚辞珍稀文献集粹》纳入出版资助规划,而国家社科基金重点项目和教育部人文社科基地也继续支持了《楚辞珍稀文献集粹》及《楚辞珍稀文献集粹提要》的整理和研究工作;崔富章、黄灵庚、周建忠等学者把精力投入到屈原及楚辞文献的目录研究、版本研究和楚辞文献提要研究方面,并且取得了重要成果。这些屈原及楚辞研究

的基础工作的开展，既是三十年来屈原及楚辞研究的重要成果，同时，也为三十年和以后的屈原及楚辞研究打下了坚实基础。

文献研究的成果还包括大量的学术性和普及性的楚辞新注本的涌现，1980年以后，中华书局先后出版了游国恩先生的《离骚纂义》、《天问纂义》，以及崔富章等学者共同完成的《楚辞学研究文库》，更是大量楚辞注本中具有标志性的成果。

对屈原、宋玉等人楚辞作品的分析和阐释，是楚辞文本研究方面的主要内容，由于楚辞文本研究方面涉及的问题多，所以，关注这一部分研究的著作和论文数量最多。几乎所有的楚辞作品，都有人进行细致研究，大到作者、创作时代、作品主题、作品艺术特点等全局性问题，小到某一个字词的训释，不同的研究者提出了许多有联系也有区别的观点。虽然这些论文未必都是有价值的，也未必解决了楚辞文本的所有问题，但是，这些众多的论文却为我们接近解决楚辞文本中的疑难问题和正确认识楚辞文本的价值提供了重要支持。

值得注意的是，最近三十年，出土文献研究给楚辞的文本阐释发挥了重要影响，同时也影响到对楚辞具体作家的评价方面，如汤漳平、谭家健等人对出土文献《唐勒赋》的研究，不仅促使我们改变二十世纪初期学者对宋玉赋和赋文学发展史的认识，也有助于我们全面了解楚辞重要作家宋玉的成就，并对楚辞与赋之间的演变关系有个较新的认识。

最近三十年的屈原及楚辞研究，实际上是逐渐摆脱政治化和意识形态化研究的过程，而这个过程，也就是逐渐建立屈原及楚辞研究的文化研究功能的过程。屈原及楚辞研究，归根结底是个历史文化问题。从历史发展和文化发展的角度去解读屈原及其思想及经历，才能还原屈原的真实面貌，了解屈原及其作品的文化价值。

在文化研究的旗帜下，学者们运用了比梁启超等人更多的研究方法和更丰富的价值判断。同时，随着对历史文化丰富性的认识，我们对屈原及楚辞的认识也更趋合理，比如关于屈原与楚文化的关系问题，八十年代至九十年代，随着对马王堆和曾侯乙墓挖掘成果的重视，主流意见强调楚文化的独立性和特殊性，而到了最近一些年，随着对郭店楚简研究的深入，楚文化和中原文化的密切关系又得到了学术界的重视。

最近三十余年的屈原及楚辞研究，是屈原及楚辞学术史研究及影响与接受研究成果最为突出的时期，学术界开始关注屈原及楚辞研究的历史，也关注屈原及楚辞对后代学者和诗人的影响与接受。既关注屈原及楚辞在中国古代各个不同时期不同地域不同作家身上体现出的差异性和共性，也关注屈原及楚辞在海外的研究状况和传播情况。虽然这项工作看起来还不很充分，但是已经引起越来越多的学者的重视。

古典屈原及楚辞学时期，屈原及楚辞研究是封闭的体系，二十世纪初至1949年，中国的屈原及楚辞学研究，是一个开放的体系。1949年以后，由于政治方面的原因，大陆的屈原及楚辞学研究不仅与台湾、香港、澳门的学者隔绝，也基本与日本、韩国及欧美国家的学者隔离,中国领导人与苏联在意识形态上的分歧导致中苏关系的恶化,也使苏联的屈原及楚辞研究学者与中国学术界脱离了关系。1977 年以后,这种局面在逐渐改善,今天,我们能有机会和港澳台学者及来自于日本、韩国等国的学者济济一堂,偶尔我们也会碰见俄罗斯、德国、法国、西班牙,南美、北美以及非洲、澳洲的楚辞研究学者和杰出的研究成果,这都表明最近三十年的确是让屈原及楚辞学研究全中国化和世界化了。

近三十年庄子屈原比较研究综述

漳州师范学院中文系　黄巧红

庄子和屈原是中国文化史上两颗璀璨的明星,他们同时出现于战国时代,一个在散文创作上取得了很高的造诣,创造了恢诡谲怪、神奇奥妙的哲理文;一个在诗歌创作上取得了辉煌的成就,创造了“惊采绝艳”、恢弘壮丽的骚体诗。在文体分类并不明显的先秦著作中,庄子与屈原的作品可以称得上是最具有文学特色的。时代和地域的相近,思想和文风的相通,使得后人多以“庄屈”或“庄骚”并称。

一、庄屈比较研究历史回顾

在文学没有独立之前,“庄骚”几乎就是“文学艺术”的代名词。最早将庄子与屈原并论的是唐代韩愈,他在《进学解》一文中评价自己的文章:“上规姚姒,浑浑无涯,周诰殷盘,佶屈聱牙,春秋谨严,左氏浮夸,易奇而法,诗正而葩,下逮庄骚,太史所录,子云相如,同工异曲。先生之于文可谓闳其中而肆其外矣”。从这里可以看出,庄骚是与子云、相如相提并论的,代表文人之祖,与经学相区别。此后历代学者时有庄屈并举之论。如宋代苏轼《和张安道读杜集》:“微言精老易,奇韵喜庄骚”;南宋谢枋得谈到苏轼《前赤壁赋》的篇章句字之法时说:“此赋学庄骚文法,无一句与庄骚相似,非超然之才、绝伦之识不能为也”;[①]曾巩在《祭欧阳少师文》中称欧阳修之文:“体备韩马,思兼庄屈”;陆游称自己:“材非异禀,家本至寒,苍雅遗书,守先臣之孤学;庄骚奇作,诵诸老之旧闻。窃慕隐居求志之风……”;[②]宋末元初人戴表元称赞曹子贞文:“读其文属辞庄屈之洁,析理孟荀之达,而比事左班之核也”[③]。在这里苏轼、谢枋得、曾巩、戴表元,都用庄屈来品评文章。

晚明开始还出现庄屈合注、合刻现象,如:明董逢元编《庄骚合刻二种七卷》,明俞安期编《庄骚合刻二种十二卷》,清徐州李向阳撰《庄骚注》,清代钱澄之的《庄屈合诂》,清代方人杰的《庄骚读本》等。另外还有些学者庄骚兼治。如:清代林云铭著有《楚辞灯》,

① (南宋)谢枋得:文章轨范(卷七)[M].郑州:中州古籍出版社,据光绪九年刊本影印,1991。

② (南宋)陆游:除宝谟阁待制谢表[A].陆放翁全集,渭南文集(卷一)[M].北京:中国书店,1986。

③ (元)戴表元:赠曹子贞编修序[A].剡源戴先生文集(卷十四)[M]四部丛刊本。

另有《庄子因》;胡文英著有《屈骚指掌》,亦有《庄子独见》。从批评角度来看,明代以前,学者多着眼于艺术文章的比较,明以后,多关注作者在作品中所体现出来的思想情感。这与当时的时代背景和士人心态有关,明末易代之际,外族入侵,而清代为异族统治,所以士子文人内心多愁苦失意,超脱此世的情怀与忠国之情、怨世之心相结合,这就赋予庄骚合称新的时代内涵,也体现了易代之际士人的特定情感心态。因此,文人在情感上往往"以《离骚》寓其忧,而以《庄子》寓其解脱。"①林云铭在《楚辞灯自序》中论及,"每当读骚,辄废书痛哭,失声仆地。因取蒙庄齐得丧忘是非之旨以抑哀愤"。研究爱国者,以明其忠君爱国之志,研究洒脱无为的庄子,以为解脱之法。这大概是明清文人研究庄屈的一种普遍的心态。

古人研究庄屈并无明显褒贬,但"五四"以降,由于特定的社会政治背景,学术界多贬庄扬屈,闻一多对屈原冠以"人民诗人"的美誉,在内忧外患的民族危机关头,屈原的爱国主义精神得到了很大的弘扬,而庄子的逍遥世外,则不切乎时代的需要。所以当时较少有人庄骚并论。至"文革"时期,整个古典文学研究,几乎是一片死寂,停滞不前的。

"文革"结束后,随着人们思想的解冻,古典文学研究又焕发生机,呈现出一派欣欣向荣的景象。人们又开始以一种现代的眼光和学术视野,对庄屈进行全方位、多角度的比较研究。自1981年以来,涉及庄屈比较研究的学术论文共有一百二十多篇,不仅数量可观,而且成果斐然。因此,本文在简要回顾庄屈比较研究的历史的同时,主要针对近三十年来的研究成果略作梳理。希望能够对后来的研究者有所裨益。

二、近三十年庄屈比较研究成果

以下主要从思想内涵、艺术风格、文化渊源及文学史意义三个方面,对近三十年的研究成果做分类整理,并对其中比较有价值的观点做简要论述。

(一)思想内涵的比较研究

庄子和屈原的作品虽然一为散文,一为诗歌。但是他们所呈现出的思想内涵已经超出了文学艺术的范畴,而达到了整个文化精神领域。赵明在《庄子与屈原——"诗哲"与"哲诗"之比较研究》一文中指出,"庄子既是哲人,又是诗人,确切地说,他是一位'哲诗',屈原则恰好是诗人而兼哲人,是一位'诗哲'……在文史哲汇流,真善美紧抱的时代,哲学正在诗意的沉思,文学还带着沉思的诗意,艺术与哲学在最高灵境相互融通。"②因此,庄屈的作品,都有着深广的思想内涵,而其中所折射出来的文化人格、审美追求、悲剧

① 钱澄之:四库全书总目提要,台湾商务印书馆。

② 赵明:庄子与屈原——"诗哲"与"哲诗"之比较研究,《楚辞研究论集》,武汉:湖北美术出版社,1999。

意味、处世哲学等等,都给后世留下了无限的阐释空间。

1. 人生观的异同

庄屈在个性精神方面有很多的相似点,他们都有狂狷的个性,深邃的思想,浪漫的情思。但是不同的身份地位,不同的人生经历,不同的理想追求,使他们的人生观呈现出不同的风貌。王存良、刘玉平认为,屈原以"美政"为终极理想,奉行的是积极入世的人生观;而庄子奉行无为而治,因此,他追求的是剔除形骸的出世精神。① 信阳师范学院的杨德贵在其《庄子与屈原个性精神比较》中指出,"庄子与屈原都是追求人格尊严与独立的富有个性化的人物,但他们的人格精神却有着不同的内涵。两人都有超凡脱俗之志,庄子的超脱是勘破世情之后的自保与自适,而屈原则是遭受打击之后以我主沉浮的自信去超越现实、开辟光明之路的不屈与抗争;两人都在追求人格的独立与完善,庄子是以残损肉体为代价换取健全的'道德',而屈原则是以内美带外美,以外美增内美,内外兼修。"②刘天栋进一步指出,屈原的思想近乎儒家的,屈原积极推行自己的美政思想,终生为之奔走号呼,这一点和积极入世、明知不可为而为之的儒家思想是相似的;而庄子是道家的代表人物,庄子的人生理想是努力追求精神上的超脱自由,主张化解物形,解除内在情志与欲望,作逍遥无待之游,达到"独与天地精神往来"的境界,思想渊源的不同是他们人生观差异的重要因素。③ 虽然个人的理想追求各有不同,但他们体现在作品中,对现实的批判,对人民苦难的同情,对自我生命价值的追寻,对人格尊严的自重是一致的。这亦是庄屈精神的不朽之处。

2. 美学思想的比较研究

庄屈的作品都极具审美特质,在80年代以前,学人多注重其艺术价值和哲学思想,而其美学意蕴并未得到充分的挖掘,随着80年代中期新一轮的美学热的兴起,学者们纷纷回到传统文化中去找寻、梳理美学思想。而在中国美学史上庄屈的作品是必不可少的美学原典材料。也是从这一时期开始,对二者的美学思想研究才真正进入自觉时期。

首先是郭维森先生在1988年第1期的《南京大学学报》发表一篇题为《屈原与庄子美学理想异同辨》,该文把屈原美学理想归结为三点来阐述,即所谓"纯粹美"、"崇高美"、"和谐美"。但主旨是贬庄褒屈,结论是屈原有这三种美,庄子则无。这样对屈原美学理想的归纳并无不当,但结论却颇有争议。时隔不久,曹文星即发表题为《也谈屈原与庄周的美学思想——兼与郭维森教授商榷》的文章,该文着重论述了庄子对个体人格的重视与对美好理想的追求,以及对现实社会的批判,以此证明庄屈二人均具有"纯粹美"、

① 王存良,刘玉平:庄子、屈原的人生观和审美观[J]. 中国古代文学研究,2006年第2期。
② 杨德贵:庄子与屈原个性精神比较[J]. 平顶山师专学报,2002年。
③ 刘天栋:论屈原与庄子的进退[J]. 和田师范专科学院学报,2009年。

"崇高美"、"和谐美"。[①] 随后,王存良在《庄子与屈原审美观比较》中又再进一步指出:对美和自由的追求是庄屈审美理想的共通处,他们追求的终极目标又是不一致的,庄子追求朴素、无为的自然之美;屈原则偏向于追求仁善的社会道德之美。(王存良,《三峡文化研究》第六辑)曹大中也认为:"屈原所主张的是光明崇高的人格修饰美,而庄周主张的是清静无为的人性天然美"。[②]

在作品的美感体验方面,曾雪梅、沈洪成在《超旷空灵与缠绵悱恻——庄子美学与屈原美学之比较》一文中指出:庄子和屈原的美学,给我们呈现的都是在现实压抑下飞升的灵魂。庄子以冷漠旷达来寻求解脱,屈原以哀怨自伤。因此,在艺术意境上,一为超旷空灵,一为缠绵悱恻。这开拓了中国美学的两种境界,一为洒脱,一为悲情。[③]

庄屈的美学思想在中国美学史上占有重要地位。李丽英认为:中国美学史可以从以下三条线索来把握:首先是儒家以道德为核心的理本体,它面对的是人的社会现实世界;其次是道家以自然物理为核心的道本体,它对应的是自然万物,提倡的是一种艺术的审美的人生,以《庄子》为代表;最后是以屈原为象征、以李贽"童心说"为代表的、以个人情感为核心的情本体,它直面的是人的情感世界。中国美学的思想就是建立在这三种思想的基础之上。[④] 以上的这些观点都把庄屈美学思想提到了源流的高度,也表明了庄屈美学思想在中国美学史上的重要贡献。

3. *悲剧意识的比较研究*

庄屈的思想在哲学层面的比较研究主要聚焦于庄屈作品中所呈现出来的深重的悲剧意味,屈原作品的悲剧意味是显而易见的,庄子似乎是乐观旷达之人,而其实深入去解读他的作品,我们也可以感受到其中所包含的深沉的悲剧意识。对此前人也多有论及,如深谙庄子悲剧意识的清代学者胡文英在《庄子独见 · 庄子论略》中指出:"人知三闾之哀怨,而不知漆园之哀怨有甚于三闾也。盖三闾之哀怨在一国,而漆园之哀怨在天下;三闾之哀怨在一时,而漆园之哀怨在万世"。因此,深刻的悲剧意识也是庄子思想的背景和底色。近三十年在庄屈悲剧意识的比较研究中较侧重于其悲剧根源的挖掘和探索。如李清章认为庄屈的悲剧归根到底是自我的悲剧,是他们自身个性的悲剧。[⑤] 而任玲则从哲学和社会学的角度来分析庄屈的悲剧,她认为深沉的宇宙意识与强烈的生命意识,使

---

① 曹文星:也谈屈原与庄周的美学思想——兼与郭维森教授商榷[J]. 贵州教育学院学报,1988年。

② 曹大中:屈原的人格修饰美与庄周的人性天然美[J]. 云梦学刊,1991 年。

③ 曾雪梅,沈洪成:超旷空灵与缠绵悱恻——庄子美学与屈原美学之比较[J]. 东南大学学报,2007 年第 9 卷(增刊)。

④ 李丽英:先秦美学的思想渊源[J]. 世纪桥,2008 年第 4 期。

⑤ 李清章:论庄子、屈原的自我悲剧[J]. 中国人民大学学报,1994 年第 1 期。

他们共同感受到宇宙无穷与生命有限这一最根本的矛盾冲突,这是他们悲剧意识得以产生的哲学基础。同时,对"至德之世"和"美政"的理想追求,这也与当时黑暗现实发生了激烈的冲突,这是二者悲剧意识产生的社会客观基础。① 阮艳萍则是综合运用西方现代心理学、人类学、文化学等方法来论证,她认为庄屈的悲剧不是偶然的,它有其深刻的民族文化根源,是楚文化悲剧母题的再现。②

另外,在庄屈悲剧意识的比较研究中也同样存在抑庄扬屈的倾向。比如有学者认为"屈原震撼人心的悲剧能使每个读者产生共鸣,它陶冶了每个人道德情感,使之达到或接近道德判断与实践意志,并由此充分领略到悲剧美、崇高美。而庄子的悲剧是不谴是非、顺应自然、悲观厌世、复古倒退的个人悲剧。"③执此相同或者类似观点的,也不在少数。因此,对庄子的悲剧精神,还有待进一步的挖掘研究。

4. 庄屈模式的形成及其对后代文士处世心态的影响

庄屈二人在遭遇人生困境时,一出世一弃世的人生选择,为后代文人开辟了两条不同的道路,影响深远。蔡觉敏在《庄骚两灵鬼,盘踞肝肠深——论庄子、屈原人生境界的同异及对后代士人之影响》一文中指出,庄子和屈原有不同的价值取向,但二者对士人的影响又统一于一体。他们超越世俗人生所进入的人生境界是对立互补的,这种对立互补使得他们的影响能够统一于后代士人身上,这种统一主要表现为三个方面:一是,在庄子、屈原行为间的折衷;二是,在不同时候引屈原或庄子为知己;三是,以旷达心态积极入世。④ 纵观历代士人处世心态,大抵如此。庄子绝世出尘,屈原以身殉"义",他们在各自的价值体系内达到了最高的境界,这些都是后代士人所难以企及的。更多的文人基于对屈原和庄子思想个性的融合完成了理想人格的塑造,即以出世的心态实践入世的理想,得意时,积极于功业;失意时,旷达自适,以求得心灵的圆满。所以,庄屈对后代士人的影响是以一种相互交融的互补的模式呈现的。这种模式也称为"庄屈模式",庄屈模式其实就是儒道在处世哲学上的相互融通。

关于庄屈模式最早的实践者,历来有较大争议,有人认为是从李白开始。最早有这种论点的是清代的龚自珍,他在《最录李白集》中说:"庄、屈实二,不可以并,并之以为心,自白始。"龚自珍的这种观点流播甚广,不少学者有专门的文章论及。其中较有影响的

---

① 任玲:试论庄子与屈原的悲剧意识形成基础[J]. 河南大学学报,1996 年第 1 期。

② 阮艳萍:从精卫、庄子到屈原中的楚文化悲剧母题[J]. 云南师范大学学报,2003 年第 1 期。

③ 周玉华,蒲东亮:试论《逍遥游》、《离骚》中人物的悲剧承载[J]. 零陵学院学报,2004 年第 4 期。

④ 蔡觉敏:庄骚两灵鬼,盘踞肚肠深——论庄子、屈原人生境界的同异及对后代士人之影响[J]. 重庆三峡学院学报,2008 年第 4 期。

如:王运熙《并庄屈以为心——李白诗歌思想内容一大特色》;[①]蔡觉敏《论李白的人生境界与并庄屈以为心》;[②]杨朝红《庄屈为心,儒貌道骨——李白的儒道纵横谈》。[③] 也有学者对此观点表示异议,如湖南师范大学李生龙教授在《论庄骚的融通与影响》[④]一文中则认为:龚自珍的这一说法并不完全符合历史事实,实际上从贾谊开始,就开始"并庄屈以为心"了,其后扬雄、冯衍、张衡、赵壹、阮籍、郭璞等都在融汇庄、骚方面有所发展。张亚欣也认为:贾谊的作品表现了明显的屈原情结和庄子思想。他借屈原为表征抒写哀怨之情,又以庄子寄托出世情怀,表露了他的复杂心态,也因此形成了抒情言志赋创作的屈庄模式,这对以后的文学创作文人心态的转变产生了开创性的影响。[⑤] 还有一种观点,认为庄屈模式到北宋的苏轼才真正达到融合、成熟。贾喜鹏的《苏轼生死观略论》,[⑥]郑平、赵彩花的《略论自屈原始历代士人处世思想的变迁》[⑦]都认同这种观点。

(二)艺术风格比较研究

庄屈作品作为在先秦典籍中最具文学特色的作品,其所呈现出的艺术风格的丰富性和多样化,对后世文学可谓影响深远。而在庄屈艺术风格的比较方面,主要聚焦于二者作品中所呈现出的浪漫主义色彩和具体创作意象的比较,另外,关于作品的语言风格方面的比较还相对缺乏。

1. 关于浪漫主义笔法

《庄子》和《楚辞》虽然一为哲理散文,一为抒情诗歌。然在艺术风格上,均具有极浓郁的浪漫主义色彩。这是他们的作品最大的相似点,因此,也最具有可比性。新中国成立后相当长时间内,受苏联和"左"倾思潮的影响,学术界几乎一致地以消极和积极来区别庄子和屈原的浪漫主义,80年代以来学术空气较自由,但仍有部分学者在对二者比较、评价的时候脱不了政治色彩。如张军的《屈原庄周浪漫主义比较论》就认为:屈赋充满了奋发向上、积极进取精神,但又流露出贵族的气息;而庄子则是建立在愤世精神的基础上,在一定意义上代表并包括了劳动人民的意志和愿望,却又杂有厌世、避世等消极因素。[⑧] 再如张啸虎在《屈原庄周浪漫主义比较观》一文中也认为;屈原属于积极浪漫主义,而庄周为消极或被动浪漫主义。[⑨] 另外,还有诸如革命浪漫主义、资产阶级浪漫主义等说

① 《当代学者自选文库——王运熙卷》,合肥:安徽教育出版社,1998年,页611。
② 蔡觉敏:论李白的人生境界与并庄屈以为心[J]. 求索,2006年第3期。
③ 杨朝红:《庄屈为心,儒貌道骨——李白的儒道纵横谈》,《电影译介》2006年第3期。
④ 李生龙:《论庄骚的融通与影响》,《中国文学研究》,2004年第2期。
⑤ 张亚欣:《贾谊辞赋中的屈庄模式》,《邢台学院学报》,2005年第4期。
⑥ 贾喜鹏:《苏轼生死观略论》,《韶关学院学报》,2007年第7期。
⑦ 郑平,赵彩花:《略论自屈原始历代士人处世思想的变迁》,《社科纵横》,2009年第3期。
⑧ 张军:《屈原庄周浪漫主义比较论》,《江汉论坛》,1983年第6期。
⑨ 张啸虎:《屈原庄周浪漫主义比较观》,《江汉大学学报》,1984年第4期。

法,这些观点,依然还带有特定时代的思想印记。90年代后,人们在关注庄屈的浪漫主义时,更注重的是作品表现形式和思想内涵的差异。如何炜在《庄子与屈原——在文体与主体之间》一文中指出:庄子和屈原,一为散文,一为诗体,屈原以情感为基质,作品多带有激情的迷狂。因此,他的浪漫风格多显得愁思沸郁而又端庄雍容;而庄子以哲思为基质,这种与众不同的哲思又使得行文少一分端庄,多一分机智调侃。因此,言语常带一种戏谑诙谐成分。[①] 这主要从文体差异来比较文风的差异。同一时期的雷德荣又进一步指出:庄文多用寓言形象来表现幽深的哲理;屈原则多引神话入诗,所以作品既哀怨缠绵又带有神秘气息。[②] 孙光则从情思韵致、想象境界、象征意味、语言风貌四个方面比较分析了屈骚和《庄子》浪漫主义表现形式的异同,并认为其同中有异,异大于同。而构成因素的区别也带来了整体风格的差异,虽然屈庄同为中国古代浪漫主义文学风格的奠基人,但屈骚郁愤缠绵、耀艳华逸;庄文淡远超然,汪洋恣肆。[③]

近年来关于庄屈的浪漫主义研究则有向更纵深更宽广的方向研究的趋势。不仅限于文本本身,还结合作品文化渊源、作家个性精神、人生阅历及时代特征等方面来作比较论述。另外,还有结合美学、历史学、文化学、心理学等相关学科来研究的。比较有代表性的作品有孙红《屈原庄子的思想及文风比较》,该文主要从作家个性精神、人生阅历,及时代背景来探讨。[④] 还有,刘生良《庄周屈原浪漫主义文学之再比较》综合运用美学、文化学、历史学来研究二者浪漫主义形成的原因及各自的特色。[⑤] 关于庄屈的浪漫主义比较,一些学者如王景琳、张啸虎、郭维森、赵艳弛、刘瑞武、檀晶、杨绍安等人也作了多方面的分析、比较,其中也有一些颇为中肯的学术卓见,兹不赘述。

游仙主题,也是庄屈比较研究的一个焦点,亦是浪漫主义笔法的呈现。庄屈作品中充斥着大量的游仙幻境的描述,这些神话传说、寓言故事使作品呈现出浪漫奇异的色彩。董运庭认为屈原《离骚》中的三次遨游,是屈原执著理想、九死不悔的精神历程,是"上下求索"的具体写照。而庄子的逍遥游,则是在现实中受挫从而转向寻求精神上的绝对自由,是逃避现实的。[⑥] 对庄子"逃避现实"的说法,朱小爱认为:庄子逍遥游的核心是个体精神的自由,虽然常指向天地宇宙,却不失有否定世俗、批判现实的精神,并引向心灵之路,这是哲人之游;与屈原相比自有其特殊的现实意义。[⑦] 王崇任着重从创作手法上来比

① 何炜:《庄子与屈原——在文体与主体之间》,《四川师范大学学报》,1992年第6期。
② 雷德荣:《〈庄〉、〈骚〉浪漫主义之比较》,《贵州大学学报》,1992年第1期。
③ 孙光:《屈庄风格浅论》,《河北大学学报》,1999年第2期。
④ 孙红:《屈原庄子的思想及文风比较》,《黑龙江教育学院学报》,2005年第3期。
⑤ 刘生良:《庄周屈原浪漫主义文学之再比较》,《唐都学刊》,2009年第2期。
⑥ 董运庭:《论屈原遨游、流浪与庄子的逍遥游》,《重庆师院学报》,1997年第4期。
⑦ 《精神的徜徉——庄子与屈原之"游"的比较》,《长沙理工大学学报》,2006年第2期。

较二者“神游”的异同,他认为屈原的神游是一种正面铺陈的写法,写出诗人去留两难的矛盾心境,庄子逍遥游采用的是反面衬托的“跳过法”,并没有正面描写何谓逍遥境界,而是借用鲲鹏、学鸠、冥灵、大椿、列子等例子来写“有所待”之境,真正对逍遥境界的正面描写只有一句:“若夫乘天地之气,御六气之辩,以游无穷,彼且恶乎待哉”。① 另外,庄子和屈原的作品中大量的游仙描写对后世的游仙文学产生了深远的影响,“它直接开启了魏晋时期发展成熟的游仙诗,并且也正是从庄子、屈原开始,游仙逐渐符号化为人们追求自由和美的象征形式”。②

2. 创作意象比较研究

庄屈的文章都以繁多的意象著称,大量的意象形成了意象群。但二者在意象的选取上各有异同。陈如碧在《〈庄子〉与屈骚意象比较》一文中揭示了庄屈在意象运用上的差别:①《庄子》中的意象不避卑贱,朝菌、刍狗、残疾人、瓦甓、屎溺等皆可用之,屈原笔下的意象则多高贵之物;②庄子的意象以天然为美并与“道”相联系,屈原以人工修饰为美,与情感好恶相联系;③庄子笔下意象以主观创造居多,屈原笔下意象多是楚文化产物。③ 这样的归纳真可谓精当。蔡觉敏又指出庄子和屈原的作品意象,甚至包括句式、情节有“重复”的特色。但是“庄子之文重在说理,屈原之诗重在抒情,故‘庄子是跳过法,离骚是回抱法’(刘熙载《艺概》),庄子之文中,思想在意象与意象之间,跳跃式前进如长江大河,虽然有小小漩涡,但最终流向‘道’去;而屈原之文是在‘回抱’对楚国和楚王的复杂情感,感情如汪洋大海,虽然也激荡不已,但自始至终只是在大海中回旋”。④

在意象创作方面,还有一个形象也备受关注,那就是“渔父”。《庄子》和《楚辞》均有《渔父》篇章,一样的题目,一样的对话体形式,相似的隐者形象,那么二者之间是否有内在的联系?楚辞名家徐志啸通过对这两篇文章作者的生活年代、创作时间、渔父形象、作品创作意图几个方面的比较研究,最后得出结论:屈原的《渔父》是受《庄子·渔父》启发而有意创作的,他借用了《庄子·渔父》中渔父的人物形象,故事框架及渔父与主人公的对话形式,只是变换了内容,改变了主题内涵,并借此为自己的思想感情表达和自我形象塑造服务。⑤ 这是个极有价值的发现。另外,还有更多的学者关注的是“渔父”这一形象所具有的独特的内涵。张少杰在《〈楚辞〉“渔父”形象内蕴探微》一文中指出:庄屈作品中“渔父”形象有着丰富的历史文化内涵,江边垂钓的表征下,其实是怀瑾握瑜的隐士,纵

---

① 王崇任:《屈原的“神游”与庄子的“逍遥游”》,《哈尔滨学院学报》,2008 年第 11 期。

② 凌郁之:《游仙文学刍论》,《兰州学刊》,2006 年第 9 期。

③ 陈如碧:《〈庄子〉与屈骚意象比较》,《云梦学刊》,2007 年第 4 期。

④ 《浅论庄子与屈原之作的“拉杂”——庄子与屈原比较之一》,《甘肃联合大学学报》,2004 年第 3 期。

⑤ 《〈庄子·渔父〉与〈楚辞·渔父〉》,《文学遗产》,2009 年第 4 期。

情山水的性情中隐藏着的是洞悉世事的智慧，来去自如的踪迹里难掩关怀人间的古道热肠。自庄屈后，这一形象就反复出现在中国文学作品中，成为一个独具特色的文化符号。[①] 所以，自屈原开始“在中国的文化中，渔父不再是一种职业，而垂钓也不再是一种休闲，它们已经共同演化为一种象征，一种寄托，一根中国人精神的支柱，它倚儒道、法自然、重节义，使得中国人悠然自得于天地之间，惯看秋月春风，花开花落，在淡然与坦然之间玩味人生的意趣，体验生命的大度，独享一份从容自在”。[②]

（三）庄屈文化渊源及文学史意义

1. 关于庄屈文化渊源关系的探讨

关于庄子和屈原的文化渊源，传统的说法是：庄屈同属楚文化系统。殷义祥、丹枫在《楚文化的特点及影响》[③]一文中，详细地论述了楚文化的特点及其对庄屈文风的影响。他们认为原始的楚文化具有神巫性、浪漫性、卓而不屈的文化精神，而庄屈的作品正是楚文化特点的呈现。这种观点，具有一定的代表性，许多学者在论及庄屈作品时，也多以此为背景。但 90 年代以来，也有不少学者通过对比、考证，陆续提出不同的观点。如孙克强在《庄屈风格渊源比较片论》[④]一文中通过对二者作品风格的比较，最后得出结论：作为宋国人的庄子，其作品更多的是体现了宋国的民族忧患和消极没落情绪；而屈原作品中的深厚的故国家园情怀和积极进取的精神，才是楚文化的代表。徐鑫斌、栾佳在《〈庄子〉文化背景楚宋辨》一文中也认为把庄子文化背景归于楚文化缺乏坚实的理论基础，他们从庄子的出生地，道家学术源流，宋与楚之间的文化差异入手，最后证明庄子的文化背景非楚乃宋。[⑤] 另外，韩翠丽在 2007 年第 4 期《学术论坛》上发表《论庄子不是楚文化的代表——兼论庄子和淮夷文化》，在这篇文章中，作者亦否定庄子为楚文化代表，但她认为更准确的提法应该是淮夷文化的代表者。理由是，庄子故里安徽蒙城地处淮河流域，且淮夷文化源远流长，《庄子》中表现出来的无神论思想，叛逆色彩，还有民本主义，都是淮夷文化中的重要因素。更有学人如楚辞名家方铭先生，甚至质疑“楚文化”这一提法。他在《从庄子与屈原的审美理想看“楚文化”》一文中认为，楚作为从西北关中迁徙到江南的小国，通过对汉阳诸姬姓的吞并，最终与天下共主周天子分庭抗礼。但它的政治制度、价值观念、技术实与北方民族渊源深远，“而论者以凄迷之巫风和忠君爱国归之于楚，殊不知楚既不是凡人皆忠君，而他国也并非无巫风忠臣……可以说，所谓的‘楚文化’并不是

① 张少杰：《〈楚辞〉“渔父”形象内蕴探微》，《职大学报》，2008 年第 3 期。

② 周德富，孟庆会：《渔父与隐士》，《教学大参考》，2006 年第 9 期。

③ 殷义祥，丹枫：《楚文化的特点及影响》，《吉林大学学报》，2001 年第 2 期。

④ 孙克强：《庄屈风格渊源比较片论》，《河南大学学报》，1993 年第 2 期。

⑤ 徐鑫斌，栾佳：《〈庄子〉文化背景楚宋辨》，《西南农业大学学报》，2008 年第 5 期。

独立的文化,只是华夏文化的一个分支,称'南方文化'更合理些。[①] 从这些论证可知对于庄屈的文化渊源及归属尚有待进一步厘清。

另外,关于屈原和庄子二者之间的学术传承关系,近年来在这方面的研究也有一定的突破。徐志啸通过比照《庄子》和《楚辞》的句式、词汇及意象,发现二者之间有诸多的相似性,因此认定《楚辞》在创作上受《庄子》影响。[②] 另外,河南社科院汤漳平研究员在1993 年第 4 期《文学评论》上发表《道家对楚赋的影响》,湖北师范学院柯伦教授 2000 年第 3 期《湖北师范学院学报》上发表《论楚地古道教与〈楚辞〉浪漫主义》,也都一致认为《庄子》对屈原的影响甚大。近年来,还有张松辉在《道家对先秦楚辞的影响》一文中,以更为详实的材料和细致的对比分析论证:庄子和屈原之间在学术上有直接的承继关系。[③]

2. 关于庄屈作品对中国文学影响

在中国文学史上,向以《风》、《骚》作为中国文学现实主义和浪漫主义的源头,而凡论及浪漫主义文学则以庄骚为先驱。但近年来,随着研究的深入,这样的说法也开始受到一些学者质疑,而其中最大的呼声就是对《庄子》艺术价值的重估。首先是黎远方在 1998 年第 3 期的《桂林市教育学院学报》发表《庄子浪漫主义是我国浪漫主义的源头——兼谈庄屈浪漫主义的区别》一文,该文从庄屈作品产生的时间、内容实质、风格特征等几个方面作了比较论述,并据此提出庄子的浪漫主义才是我国浪漫主义的源头。无独有偶,清华大学的孙明君教授在 1999 年第 1 期《学习与探索》上也发表了一篇题为《三源一流:中国诗史流变大势》,本文指出中国的诗学应该有三大源头:一是以《诗经》为代表的儒家诗学体系;二是以《庄子》为代表的道家诗学体系;三是以《楚辞》为代表的楚骚诗学体系。与他持同样观点的还有魏秀艳、高云斌,他们在《庄子——中国文学的奠基者》一文中也通过《庄子》与《诗经》、《楚辞》作比较,然后提出:庄子对中国文学有着开启之功,他崇尚自然,维护人的自然性情,是中国启蒙文学的渊源;他的审美情感开拓了诗的疆域。因此,《庄子》具有独特的诗史价值,它应与《诗》、《骚》并称为中国三大诗史之源。[④] 这些观点都主张将《庄子》的学术价值提到与《诗》、《骚》同等的高度,当引起学术界的关注。

综上所述,我们可知在近三十年来,庄屈的比较研究还是取得了不少成绩,研究范围在不断扩大,研究方法也在不断更新。但不难看到其中还存在着许多亟待解决的问题。

---

① 方铭:《从庄子与屈原的审美理想看"楚文化"》,《中国文化研究》,1996 年春之卷。

② 徐志啸:《诸子散文与屈骚》,《中州学刊》,1986 年第 5 期。

③ 张松辉:《道家对先秦楚辞的影响》,《船山学刊》,2003 年第 2 期。

④ 魏秀艳,高云斌:《庄子——中国文学的奠基者》,《内蒙古民族大学学报》,2002 年第 3 期。

1949 年前屈原否定论研究述评

漳州师范学院中文系　张静宇

长期以来,在中外学者对屈原与《楚辞》的研究中,由于资料的缺乏,一直存在着两个颇具争议而又难以彻底解决的问题,这就是对屈原生平的准确把握与对其作品真伪的甄别。由于近代西方文化的影响和学术上的疑古风气,怀疑古书、古人、古事,使得学术呈现强烈的怀疑精神,在这样的学术背景之下出现了“屈原否定论”。

“五四”以来,楚辞研究在思想倾向上也有过偏差,首先是廖季平、胡适、卫聚贤等人打着“疑古”旗号,疑古下的辩伪思潮也比较盛行,他们对楚辞性质、作者归属等问题,均提出怀疑。廖季平于 1920 年著《楚辞新解》,以《离骚》为秦博士所为之“仙真人诗”,宣称“屈原并没有这个人”。其后胡适《读楚辞》、何天行《楚辞新考》、卫聚贤《离骚底作者》,皆工同调,相助为澜。“屈原否定论”当即遭到梁启超、郭沫若、陆侃如、岑仲勉等人批评。这次论争持续时间较长,学者们都依自己的思维方法和学术特点以及对《楚辞》的个人理解总结出自己的观点,是新中国成立前“屈原否定论”的论争,本文就新中国成立前“屈原否定论”做一个整理。

一、廖季平《楚辞新解》和《楚辞讲义》对屈原的否定

因清末的疑古之风影响了整个学术界的思想动向,今经文学派的疑古辩古是带有政治上、学术上的革新因素的。廖季平是一个经学家,他的经学思想经历了一些变化,从“癸未今古”、“戊子尊今抑古”、“戊戌小大”到“壬寅天人”,后来又变为专就《六经》分天人大小,也被称为“经学五变”。廖季平强调“义从史出”的“重事”认识,在其著作《今古学考》中提出“平分今古”的主张,他实际上是厚今薄古的,这也是其经学思想矛盾多变的缘由。“在廖季平的时代,学风已渐趋浮躁,从‘致用’资治的角度,学者更加看重的是‘体系’而不是史实。”①其经学思想也体现在他的《楚辞新解》和《楚辞讲义》等学术研究中。

廖季平《楚辞新解》中对屈原的否定主要有以下几点:一、关于作品,他指出:“《离骚》旧本下有经,大约《离骚》为比正文,以下各篇皆为传记。”②二、关于《楚辞》内容,他指出:“《楚辞》为孔子天学,《诗》之传记,与道家别为一派”。廖季平把《楚辞》分为“屈子自

① 路新生:《中国近三百年疑古思潮研究》,上海人民出版社,2001 年 8 月。

② 廖季平:《楚辞新解》,《六译馆丛书》,四川存古书局,1934 年刊印。

作"和"屈子所传"两部分,"别为新解,以明天学。"他对屈原的一部分作品提出了怀疑,不难看出其受经学思想的影响。

廖季平的论点后来有所发展,廖季平在《四变记》中说:"按《楚辞》为《诗经》之支流,其师说见于上古天真论,专为天学详于六合之天。盖圣人于六合以外,存而不论。《诗》《易》之托物比兴,言无方体是也。《楚辞》乃灵魂学专门名家。详述此学,其根源与道家同。故《远游》之类,多用道家语。全书专为梦游,即《易》之游魂归魂,所说皆不在本世界。故有《招魂》掌梦之说。"

以上廖季平对《楚辞》的研究出发点是基于经学学术观念,承继这个观点,他在1918年《五变记》中进一步提出了《楚辞》"辞意重复,非一人之著述,乃七十博士为始皇所作仙真人诗,采风雅之微言,以就时君命"。他在《楚辞讲义》中与之前"天学"及"《诗》学"等论点与《楚辞新解》是一致的。《楚辞讲义》也提出了新的否定屈原其人其作的主要论点,他说屈赋25篇皆非屈原所作,是秦博士的作品。是由于"汉初人恶其出于秦,乃以有屈子名,遂归之屈,其实不然",他主要有以下新论点:

(1)变"《离骚》者、子屈子之所传也"为"秦博士作"。他在《楚辞讲义》第一课中说:"旧说以《笼辞》为屈原作,于则以为秦博士作。文见始皇本纪三十六年。"(《楚辞》为词章之祖,汉人恶秦,因托之屈子)因此他认定:"《秦本纪》始皇三十六年,使博士为《仙真人诗》,即《楚辞》也。"

(2)《卜居》、《渔父》中,虽有屈子名,但《卜居》为"天道变化",《渔父》为"地道安定","且二义相反,如水火、如冰炭、一人行事,不能如此相反",故此二篇是"秦博士借屈子之名,以明《易》'咸或'之义,文非屈子作。"

(3)变《楚辞》是"道家别一派"为"全同"。说此书"全与道家同宗旨"。

(4)说《楚辞》"最不可解者,莫过于词意重犯"。廖季平氏认为,这是秦始皇"使博士作,……词意自不免于重犯"。《九歌》、《九章》都是"九人各作一篇"。

(5)《招魂》、《大招》,"为道家神游说,与屈子全无关系",俱为秦博士作。

(6)"《离骚》即离绝世俗,'骚'为逍遥之合音",都是"言求仙魂游事"。

(7)只有《怀沙》一篇,是"屈子传,曾单提之,必此篇别有单行本也"。

(8)《屈原列传》"多驳文,不可通,后人删补。非原文。"

廖季平思想驳杂,在治学上持"有神论"的观念,这样的思想起点有明显的落后性,其中西古今思想相糅却没有形成一个体系。在《楚辞》研究中有一定的主观性,缺少实事求是的科学性,因研究上主导思想和方法上的错误,使得其研究结论经不起推敲。但其研究却引起了学术界广泛的关注,也为一些学者提供了新的思路,使得屈原研究有新的发展。

二、胡适《读楚辞》中对屈原的论断

新文化运动时的疑古思潮对中国传统文化态度是激越的，批判多于继承，否定多于肯定，也因批判传统文化而走向盲目否定的极端。胡适的思想的确立是有一定的渊源的，他个人认为其思想受赫胥黎和杜威的影响最大：“赫胥黎教我怎样怀疑，教我不信任一切没有充分证据的东西。杜威先生教我怎样思想，教我处处顾到当前的问题，教我把一切学说理想都看作待证的假，教我处处顾到思想的结果。……实验主义是进化论出世以后的科学方法。达尔文的生物演化学说给了我们一个大教训：就是教我们明了生物进化，无论是自然的演变，或是人为的选择，都由于一点一滴的变异，所以是一种很复杂的现象，决没有一个简单的目的地可以一步跳到，更不会有一步跳到之后可以一成不变。”①这对胡适的学术观念影响很大，1918年胡适曾提出：“研究问题，输入常理，整理国故，再造文明”的主张。对传统文化的再认识要从价值观念、思维方式上重新求得事物的真相和它的真实意义，以取代“外在真理”的迷信。

1921年6月胡适在一个读书会上作了个关于《楚辞》的演讲，第二年8月，胡适便把这个演讲稿整理成《读〈楚辞〉》发表于《努力周刊》增刊《读书杂志》第一期。胡适在这篇文章的第一节中首先写道：“屈原是谁？这个问题是没有发问过的。我现在不但要问屈原是什么人，并且要问这个人有没有。为什么我要疑心呢？”因为：一、“《史记》本来很不可靠，而《屈原贾生列传》尤其不可靠。”二、“传说中的屈原，若真有其人，必不会生在秦汉以前。”②并认为：“屈原明明是一个理想的忠君，但这种忠在汉以前是不会发生的，因为战国时代不会有这种奇怪的君臣观念。”“传说的屈原是根据一种‘儒教化’的《楚辞》解释的。但我们知道‘儒教’化古书解是汉人的拿手戏，只有那笨陋的汉朝学究能干出这种笨事！”“依我看来，屈原是一种复合物，是一种‘箭垛式’的人物，与黄帝、周公同类，与希腊的荷马同类。”“《屈贾列传》当是宣帝时人补的，那时虽秦亡之时已一百五十年了，这个理想的忠臣故事久已成立了”，因而也就有了所谓的“屈原”。“《天问》文理不通，见解卑陋，全无文学价值，我们可断定此篇为后人杂凑起来的。”由此不难看出，胡适的“屈原否定论”，除了认为《史记·屈原传》对屈原事迹记载不可靠与廖季平意见一致外，余则全不相同。在胡适看来：一、屈原之名的出现是在汉初而是先秦——与秦始皇时期；二、屈原是“一种复合物”与“箭垛式人物”，类同于远古时期的皇帝和周公，以及希腊的荷马。三、屈原是一个传说人物而不是历史人物。

胡适表明这样的观点，他谈到自己的用心：“屈原的传说不推翻，则《楚辞》只是一部

① 胡适：《介绍我自己的思想》，《胡适文选》二，上海亚东图书馆，1930年。

② 胡适：《读楚辞》，原载1922年9月3日《读书杂志》第1期。

忠臣教科书,但不是文学。……故我们必须推翻屈原的传说,打破一切村学究的旧注,从《楚辞》本身上去寻出他的文学兴味来,然后《楚辞》的文学价值可以有恢复的希望。"这是对研究屈原的另一种方式,彰显了其文学性。"五四"运动时中国人民进行反帝反封建斗争,屈原成为推行鼓舞人民争取自我解放的榜样。胡适受西方文明的影响,其对屈原的否定也是对中国人民思维认识上的否定,有一定的政治目的。

三、持"屈原否定论"的其他声音

20世纪30年代时,在当时的学术背景下,受廖季平、胡适二人的影响,持"屈原否定论"的学者涌现了很多,如许笃仁、丁迪豪、何天行、卫聚贤等人,廖季平、胡适的观点论述多有猜测成分,这些学者所否定的内容更为具体与充分。

许笃仁的《楚辞识疑》发表在1935年,论述了《离骚》、《怀沙》、《九歌》、《天问》,否定了屈原的著作权,指出为汉人作品,这在一定程度上发展了胡适的观点。他找了一些具体材料论证"《离骚》的作者是刘安",[①]《怀沙》是司马相如的作品,《天问》是西汉时的作品。丁迪豪对否定屈原的研究,主要表现在他1931年写成的《〈离骚〉的时代及其他》,丁文主要针对《离骚》非屈原作而发难。文章认为:"《离骚》是司马迁反射自己的身世并捏造事实,把楚曲《离骚》拍合到屈原身上的;人们现在所见到的《离骚》,其创作年代约在汉武帝太初元年(前104年)或稍后,其作者系汉代楚地人。"[②]并说:"这是信而有征的论断,不是捕风捉影的臆度。"何天行的《楚辞新考》1948年改名为《楚辞作于汉代考》,对屈原与《楚辞》进行了全面否定。其认为:屈原这个人物实际上是不存在的,因为屈原事迹及其名先秦典籍不载。屈原的名字只是《楚辞》编者刘向或刘歆所虚构的。西汉时代涉及屈原的文献如贾谊《吊屈原赋》,淮南小山《招隐十》,东方朔《七谏》等,均系西汉末之伪托或实际与屈原毫不相关,《史记·屈原传》的作者不是司马迁,而是刘向或刘歆,《离骚》的作者为淮南王刘安。班固《汉书·淮南王安传》,高诱《淮南子叙》,荀悦《汉纪·孝武帝纪》等,这些载籍先后记述了刘安在汉武帝或汉文帝时期奉诏作《离骚》的事实。卫聚贤《〈离骚〉底作者——屈原与刘安》一文,是作者在读了何天行《楚辞新考》后,表示完全赞同其观点而作为其之代序所写的。对何天行在《楚辞新考》中所提出的《离骚》为刘安作的说法做了一些补充,这主要表现在他对《离骚》诗句的笺释中。

许笃行、丁迪豪、何天行、卫聚贤四人的"屈原否定论"之内核大致如上。但值得注意的是,这四人对屈原的否定,显然较廖季平、胡适更为细密,并具体地着眼于《离骚》的文本及将其与有关资料结合起来进行具体考察,这在方法上则已是步入了多角度审视的

① 《楚辞研究》,1938年6月。

② 卫聚贤:《〈离骚〉的时代及其他》,《楚辞研究》,1938年6月。

范畴。

在屈原研究中,由于清末的疑古之风和西方文化的影响,新中国成立前出现“屈原否定论”也不是偶然。学者们依据自己的学术素养表明了自己的认识和立场,以一种全新的角度重新认识和评价屈原其人其作,这种观点的存在也有一定的合理性。他们对现有的材料和论断做了重新的思考,提出一些标新立异却错误的观点,在方法上也存在主观空泛的问题,对史学与文学概念认识也有歧误,因其影响比较大,所以从某种角度来说,也促进了屈原研究的进一步发展。因屈原研究中确实存在一些遗留问题,我们既要尊重历史正视屈原研究中的神圣化倾向,也要克服文化传统造成的心理障碍,客观精当地分辨这问题的实质,继承屈原文学传统,发扬屈原精神。

闻一多的楚辞研究

南通大学楚辞研究中心　叶军云

一

闻一多现象是中国近现代转型期的一个文化奇迹,对于考察现代知识群体的生存状态、人格体系提供了一种文化模本。闻一多短短的一生,大抵过的是诗人、学者的平静安定的生活,他的天才、苦功、机缘,使得他在诗画戏上各有收获。一轮"新月"沉没以后,继之而起的是杜甫庄子屈原,闻一多终于"在故纸堆里讨生活"、"在历史里吟味诗"了。在杜甫、庄子、屈原这些他自我人格的投影和宿主中,闻一多找到了"向内走"的路,很快就与情感浓郁的《楚辞》结"不解缘",闻一多的楚辞研究很有些特别。

首先,他的专业背景是西方美术。闻一多在清华十年(1912–1922年),中等、高等科各四年,前后各留一年,没有间断过美术的学习或实践。中等科时有中文、英文两科,其中英文分读本、默书、文法、图画、数、乐、博物七类。中等科前三年都有图画课,任教者前后有两位美籍女教师,司达尔(Miss Starr)教白描、画石膏像;里格尔特(Miss Lyggate)教写生。课上有炭画、水彩画练习,闻一多很有兴趣。蒲薛凤《忆清华级友闻一多》说:"吾级吴泽霖、方来、杨廷宝与本人,对绘画亦有兴趣,兼受美术教师司达女士之鼓励。唯一多铅笔与水彩画成绩特好,最受赏识,是为其留美学习绘画之根源。"①1916年11月闻一多又参加特别图画班。"入学第四年,无图画,西教员白西玲集级友之习画者十余人为特别图画班,每周习画一次,成绩甚富"②。高等科时与杨廷宝、方来等发起组织美术社,1920年9月18日被选为美术社书记。1922年7月16日到1925年7月闻一多留学美国,先后在芝加哥美术学院、珂罗拉多大学美术系、纽约艺术学院学习西画。在芝加哥美术学院,梁实秋说,"一多是学画的,在美术学院起初也很努力。学画要从素描起,这是画的根本功夫。他后来带了两大卷炭画素描给我看,都是大幅的人体写生,石膏像做模特儿。在线条上,在浓淡阴影上,我觉得表现都很不错,至少我觉得有活力。可是一多对于这基本的训练逐渐不耐烦,画了一年下来还是石膏素描,他不能忍了"③。在珂罗拉多大

---

① 闻黎明,侯菊坤:《闻一多年谱长编》,湖北人民出版社,1994年,第21页。

② 闻黎明,侯菊坤:《闻一多年谱长编》,湖北人民出版社,1994年,第40页。

③ 梁实秋:《谈闻一多》,方仁念编:《闻一多在美国》,华东师范大学出版社,1985年,第112页。

学美术系,学习绘画和美术史。美术史的课本用的是《阿坡罗》。其时,闻一多不再画素描,改习油画。闻一多对西班牙画家牟利罗和荷兰后印象派梵高的绘画很感兴趣。在纽约艺术学院,闻一多继续学画,尽管已经分心。1927年8月25日闻一多在《致饶孟侃》的信中还不无调侃地说道:“绘画本是我的原配夫人,海外归来,逡巡两载,发妻背世,诗升正室。最近又置了一个妙龄的姬人——篆刻是也。似玉精神,如花面貌,亮能宠擅专房,遂使诗夫人顿兴弃扇之悲。”①

其次,闻一多集中精力研究楚辞的时间不算太长,大约从1932年春天到1942年12月。1932年春天,闻一多仍在青岛大学,时游国恩也来青岛大学任教,闻游同住大学路一座红楼内,闻住楼上,游住楼下,此时闻一多正对《诗经》、《楚辞》兴趣浓厚,两人早晚都在谈论《诗经》、《楚辞》,闻一多并受鼓励亦治骚。1932年9月闻一多回到离别整整十年的母校国立清华大学,才得以在一个相对平静安定的环境中从事学术研究。1932年9月闻一多除教授大一国文外,还讲授“王维及其同派诗人”、杜甫、“先秦汉魏六朝诗”三门课。其中“先秦汉魏六朝诗”每周三小时,主要内容为“《诗经》及《楚辞》中之《九歌》”。此后1933、1934、1935、1936、1938、1940、1941、1942、1944年暑假过后,都要讲授《楚辞》。1933年9月29日闻一多《致饶孟侃》的信上说的“向外发展的路既走不通,我就不能不转向内走”。“向外走”指的是人改造社会,处理社会人事,求名求利,具体说来指的是从1925年7月留美回国直到1932年9月重回清华园,所经历的一系列的实验,包括在北京艺术专科学校任教务长、吴淞国立政治大学任训导长,武汉政府总政治部任艺术股股长、南京土地局任职、国立第四中山大学任外文系主任。“向内走”指的是人对话自我,从事学术研究,著述立名,具体说来指的是一系列的学术研究计划,包括毛诗字典、楚辞校议、全唐诗校勘记、全唐诗补编、全唐诗人小传补订、全唐诗人生卒年考、杜甫传记。事实证明,“向外走”的路只有“痛苦的记忆”,而“向内走”的路,“很有发展的希望”。并且,《楚辞校议》“已成三分之二。二年后可完工”。而在1942年12月8日《楚辞校补》的《引言》中又说:“《楚辞》恰巧是这三种困难都具备的一部古书……但情势迫我提早交卷,而全部的完成,事实上又不可能。我只好将这最下层,也是最基本的第三项——校正文字的工作,先行结束,而尽量将第二项——诠释词义的部分容纳在这里,一并提出。这实在是权变的办法,我本心极不愿这样做。可是如果这样来,能保证全部工作及早赶完,藉此可以腾出时间来多做点别的事,那对于自己还是合算的。在一部书上已经花上了十年左右的光阴,再要拖延下去,总会教人腻味的。……我目的本是想替爱好文艺而关心我们自己的文艺遗产的朋友们,在读这部书时,解决些困难。”②这里,“一部古书”、“一部书”、“这部书”都

① 1927年8月25日《致饶孟侃》,《闻一多全集》第12卷,湖北人民出版社,1993年,第238页。

② 闻一多:《楚辞校补·引言》,《闻一多全集》,第5卷,湖北人民出版社,1993年,第113页。

是指《楚辞》。时至1942年,闻一多已做理智的打算,那就是尽早结束《楚辞》的研究工作,“腾出时间来多做点别的事”。而从1932年春天算起到1942年12月恰“十年左右的光阴”。这里需要补充说明一点,从1943年到1946年也偶有研究《楚辞》,但时过境迁,早年的潜心研究已变为在夹缝中求研究,研究服务于民主革命斗争。

最后,闻一多“楚辞”研究起步比较晚,自1932年34岁才投身“楚辞”研究。闻一多是“抗战”时期“楚辞”研究的领袖人物。这点与郭沫若非常相似,郭沫若自42岁才投身“楚辞”研究,亦是“抗战”时期“楚辞”研究的领袖人物。而差不多同时代的楚辞研究者早在20年代就已发表见解。比较特别一点的例子是陆侃如。陆侃如,1903年生,1922年20岁在北京大学读一年级时,就应时任北京大学教授的胡适之邀,就胡适写于1922年8月28日,后刊于1922年《努力周报》增刊《读书杂志》第一期的《读〈楚辞〉》一文,发表“批评”。1922年10月14日,陆侃如写了《读〈楚辞〉》。之后一鼓作气,一发不可收,于1922年11月3日作《屈原研究》,又于1923年4月8日完成了长篇学术论著《屈原评传》,而此时的陆侃如才21岁。闻一多当时在美国,他在1923年9月12日《致闻家驷》的书信中说“近见报载有陆侃如之《屈原评传》出版,望寄一本来看看”①。其他,大部分与闻一多同时代的“跨世纪”学者,都参与了20世纪20年代楚辞研究第一个高潮的论争。这里需要简单说明一下,20世纪的楚辞研究共有四个高潮,20年代、抗战时期、50年代和“新时期”。20年代主要围绕“屈原有无其人”、“屈原列传是否可信”两大论题,但闻一多没有参加。抗战时期,以确定端午节为诗人节,重庆上演郭沫若《屈原》为标志。这批与闻一多同时代“跨世纪”的学者包括:廖平(1852年生)、梁启超(1873年生)、王国维(1877年生)、鲁迅(1881年生)、刘师培(1884年生)、谢无量(1884年生)、胡小石(1888年生)、胡适(1891年生)、苏雪林(1897年生)、游国恩(1899年生)、卫仲璠(1899年生),及少数出生在20世纪初的学者,如姜亮夫(1902年生)、陆侃如(1903年生)。闻一多、郭沫若没有参加这批学者在20年代的论争,哪怕像刘永济(1887年生)、蒙文通(1894年生)各自独立的研究也没有。整个20年代,闻一多还沉潜在他的“新月”之中。梁实秋说:“五四以后,一多最活跃的是文学方面,尤其是新诗。在清华园里,他是大家公认的文艺方面的老大哥。……一多对于新诗的爱好几近于狂热的地步。在清华的最后一年是他最愉快的一年。他写的诗很多,大部分发表在《清华周刊》的《文艺增刊》上,后来集结为一册,题名《红烛》,上海泰东出版。”这里指的是1923年9月诗集《红烛》由泰东图书局印行。1922年7月16日到1925年7月留美期间,闻一多有的只是“诗兴”、“画兴”、“戏兴”。1928年1月诗集《死水》由新月书店印行。“新月派”以1927年为界,活动阵地前期为《诗镌》,后期为《新月杂志》和《诗刊》。闻一多是《诗镌》的重要作家,徐志摩是主

---

① 1923年9月12日《致闻家驷》,《闻一多全集》第12卷,湖北人民出版社,1993年,第185页。

编。《新月杂志》闻一多和徐志摩、饶孟侃三人为编辑,1929 年 4 月 10 日《新月杂志》二卷二号出版,闻一多辞去该刊编辑名义。《诗刊》闻一多仅发表了一篇《奇迹》。梁实秋说:"《死水》于十七年一月出版以后,一多对于新诗的创作即不热心,他的兴趣已转到中国文学的研究,由诗人一变而为学者,但是大家对他的属望仍殷……结果是一多写出了一首《奇迹》。"①《奇迹》也是闻一多告别诗坛的压卷之作。有意思的是,闻一多第一篇中国文学研究论文却是发表于 1928 年 8 月 10 日出版的《新月》第 6 期,这是一篇泛论杜甫的未完稿。直到 1930 年 4 月武大《文哲季刊》第一卷第一期发表《少陵先生年谱会笺》第一部分,闻一多终于"甩去文学家的那种自由欣赏自由创作的态度,而改取从事考证校订的那种谨严深入的学究精神"。② 至此,闻一多进入了他人生的"学者"阶段,但兴趣仍不在"楚辞"。所以,整个 20 年代的楚辞争论,闻一多是个缺失。从这个意义上说,闻一多确实是楚辞研究的"后起之秀"了。

除此之外,闻一多楚辞研究终结,生命亦很快终结。朱自清说,闻一多"在被难的前三个月,更动手将《九歌》编成现代的歌舞短剧,象征着我们的青年农民的严肃的工作"③,1946 年 6 月 11 日《九歌新编》脱稿,1946 年 7 月 15 日闻一多遇难。

二

有人说闻一多的治学方法是"英雄欺人",也有人说闻一多常常得出"非常异义,可怪之论"。从《闻一多全集》第五卷《楚辞编 · 乐府诗编》有关"楚辞"的论著来看,闻一多的很多论点令人耳目一新,尽管有些需要再斟酌再商榷;论证方法包括传统的音韵学、古文字学、卜辞学,还有现代的民俗学、神话学、心理学、社会学、考古学、宗教学、文化人类学;论证过程常常"强词夺理",但却"滴水不漏"。闻一多在 1922 年 9 月 1 日《致梁实秋、吴景超》信中附诗《玄思》:"从我这荒凉的脑子里,常迸出些古怪的思想","我这荒凉的脑子里,常飞出些古怪的思想"。从闻一多我们知道,这些"新论"甚至"怪论"中包含着无限的"真",这些"怪论"的价值是很高的,"怪论"不是胡说八道、哗众取宠,为"怪"而"怪"。"怪论"的产生与"怪论的生产者"的专业背景、人生经历、接触地带、审美旨趣、个性气质、思维类型都有一定的关联。以下谈四点"怪论"。

(一)屈原死在怀王入秦以前

这一观点出现在闻一多 1935 年 4 月 3 日发表于天津《益世报》文学副刊的《读骚杂记》一文中。闻一多对于抽象的平庸的问题,不屑一顾,对于包含着创见而别人以为荒诞

① 梁实秋:《谈闻一多》,方仁念编:《闻一多在美国》,华东师范大学出版社,1985 年,第 149 页。
② 梁实秋:《谈闻一多》,方仁念编:《闻一多在美国》,华东师范大学出版社,1985 年,第 144 页。
③ 朱自清:《〈闻一多全集〉序》,《闻一多全集》第 5 卷,湖北人民出版社,1993 年,第 450 页。

不经的“怪论”,却很有兴味。

例如,王懋竑的“屈原死在怀王入秦以前”的“怪论”,尽管闻一多只作“似乎可信”的评价,并作“然而王懋竑的话果能成立”这样的假设,实际上,《读骚杂记》全篇的立论正是建立在此“怪论”的基础上。闻一多在《读骚杂记》第一段即将王懋竑的“怪论”之“真”简明扼要地论证了一番。论证的逻辑相当有意思。论据如下:①《列传》不可信,《渔父》是寓言。《列传》不可信,实质是要说,谏怀王入秦的不是屈原;《渔父》是寓言,实质是要说,顷襄王朝屈原和渔父江滨对白,非“实有其事”。②《列传》与《世家》矛盾。因为《列传》说谏怀王入秦的是屈原,《世家》说是昭睢。③屈赋中没有怀王被诱入秦的记录。结论:屈原死在怀王入秦以前。王懋竑的“怪论”真的“似乎”可信了。按照正常的推论:因为,《列传》与《世家》矛盾,所以,必有一假。又,《列传》为假,则,《世家》可真可假。另外,《渔父》是寓言,是“一篇子虚的文字”,而《渔父》据王逸的注,是顷襄王朝再被放逐的屈原与避世隐身的渔父在沅滨的对白。则王注不可信,屈原与渔父的对话乃他人揣摩之作,即决无顷襄王朝屈原与渔父之对话。那么,由谏怀王入秦的不是屈原,无顷襄王朝屈原与渔父之对话,以及屈赋中没有怀王被诱入秦的记录三点,不能推出“屈原死在怀王入秦以前”的结论。因为,显而易见,即令屈原死在顷襄王朝,于以上三点仍无妨害。谏怀王入秦的大可不必是屈原,楚国国政又不是舍屈原而其谁;屈原也大可不必碰见渔父,即使碰见也不必有这篇“对话”;至于,屈赋中无此记载,或许,“二十五篇连真带假的屈赋”呆在一边“默认”了呢?闻一多的“诡辩”在于他没有从正面论证,而是用了一个“反面推测”和一个“反证”。一个“反面推测”是“假定屈原真死在怀王入秦以前”,那么,《列传》与《世家》的“冲突”“避免”了,“寓言”也只是“寓言”了。“一个反证”是“至于二十五篇连真带假的屈赋中,对于怀王被诱入秦那样严重的事,绝没有露一丝口风”。由于这个“反面推测”,矛盾表面上消除了,而事实却没有得到澄清,且已经远离了事实。闻一多“英雄欺人”,他的论点有先入之见,论证过程强词夺理,结论明显有误,但却气盛言宜滴水不漏难以反驳。

正是在“屈原死在怀王入秦以前”这个“订正”的“史实”的基础上,闻一多才得以重新认识屈原的人格。闻一多认为屈原的自杀,最符合事实的解释是泄忿,另外,洁身也不悖情理。

(二)屈原是“文学弄臣”

1939 年寒假后闻一多“对于诗人屈原其人类似当代名伶的看法也提出来了,但未详细论述”,详细的论述在写于 1944 年 12 月,原载于 1945 年 10 月郭沫若主编《中原》第 2 卷第 2 期的题为《屈原问题——敬质孙次舟》一文中。

事情的起因是孙次舟于 1944 年 9 月在成都《中央日报》的《中央副刊》上发表题为《屈原是“文学弄臣”的发疑(兼答屈原崇拜者)》,12 月前后又发表题为《屈原讨论的最后申辩》,并在附白中转录了李长之给他信中的一句“昔闻一多先生亦有类似之说,以屈原与梅兰芳相比”,且在《申辩》中说道“闻一多先生大作如写成,定胜拙文远甚”。

于是,闻一多不得不开口了,“孙先生以屈原为弄臣,是完全正确地指出了一桩历史事实,不幸的是,他没有将这事实在历史发展过程中所代表的意义,充分的予以说明,这,便是误会之所由发生吧”,并说,“我以为在传统来源问题的探究上……此外便要数孙先生这次的‘发疑’,贡献最大”,但是,闻一多没有以“同盟军”的姿态出马,而是冒险作个“调人”①。所以,闻一多补充说“没有弄臣的屈原,哪有文学家的屈原”②,“我也不十分同意孙先生只称许一个‘天质忠良’‘心地纯正’和‘忠款与热情’的屈原。这些也许都是实情,但我觉得屈原最突出的品性,无宁是孤高和激烈”,“奴隶不但重新站起来做了‘人’,而且做了人的导师”③。

《屈原问题——敬质孙次舟》一文显然受到意识形态的影响。其话语“统治阶级”、“剥削阶级”、“封建生产关系的狭隘性的残余意识”、“高尔基”、“一个为争取人类解放而具有全世界历史意义的斗争的参加者”、“历史原是在这样的迂回过程中发展着,文化也是在这样的迂回中成长的”等,是闻一多自1944年暑假参加“西南文化研究会”,学习《论联合政府》、《新民主主义论》、《论敌后战场》等党的文献,《新华日报》、《群众》等党的刊物,以及《资本论》等马列主义经典著作之后,懂得用阶级和阶级斗争的观点分析问题,观察问题,认识到“现在的社会是不合理的,因为这社会里有阶级”;懂得了社会发展的规律,认识到“历史照螺旋形发展,从当初开始有奴隶的社会到今天刚好绕了一圈,现在又要到没有奴隶的社会了”;懂得了人民推动历史,劳动创造世界,认识到屈原是“一个为争取人类解放……的斗争的参加者”。

(三)屈原是“人民”的诗人

闻一多于1945年6月《诗与散文》诗人节特刊发表题为《人民的诗人——屈原》一文。人民性思想实际上是闻一多此时的基本思想,他说屈原“实质的等于领导了一次人民革命,替人民报了一次仇”未必符合屈原在当时历史中的真正作用,但反映了此时闻一多的思想。“人民的诗人”是闻一多对屈原人格的最后的认定,也是最高的评价。闻一多在此文中说“端午是一个人民的节日,屈原与端午的结合,便证明了未来屈原与人民还要永远结合着,也保证了未来屈原与人民还要永远结合着”。

---

① 闻一多:《屈原问题——敬质孙次舟先生》,《闻一多全集》第5卷,湖北人民出版社,1993年,第19-25页。

② 闻一多:《屈原问题——敬质孙次舟先生》,《闻一多全集》第5卷,湖北人民出版社,1993年,第19-25页。

③ 闻一多:《屈原问题——敬质孙次舟先生》,《闻一多全集》第5卷,湖北人民出版社,1993年,第19-25页。

闻一多论证“是什么使得屈原成为人民的屈原”,非常有意思。论点如下:一、屈原在身份上属于人民群众;二、屈原最主要的作品《离骚》和次要的作品《九歌》是人民的艺术;三、《离骚》喊出了人民的愤怒;四、屈原的死把人民的反抗情绪提高到爆炸的边沿。闻一多说,“以上各条件,若缺少了一件,便不能成为真正的人民诗人”。

(四)《离骚》是仙真人诗

闻一多关于《离骚》是“仙真人诗”的观点贯穿于他几乎全部研究《楚辞》的论著中,以《廖季平论离骚》和《离骚麋议》为著。

在《屈原问题——敬质孙次舟先生》文中,闻一多即说道,“我以为在传统来源问题的探究上,以前廖季平先生的《离骚》即秦博士的《仙真人诗》的说法,是真正着上了一点边儿。”[①]“质言之,依孙先生的看法,只可以解释这里面男人为什么要说女人话,还不能解释人为什么要说鬼话(或神话)。自‘驷玉虬以乘鹥兮,溘埃风余上征’以下一大段,中间讲到羲和,望舒,飞廉,雷师,讲到宓妃,有娀,有虞二姚,整个离开了这个现实世界,像这类的话,似乎非《仙真人诗》不足以解释。(当然不是秦博士的《仙真人诗》,屈大夫为什么不也可以作这样的诗呢!)……总之,我不相信《离骚》是什么绝命书,我每逢读到这篇奇文,总仿佛看见一个粉墨登场的神采奕奕,潇洒出尘的美男子,扮演着一个什么名正则,字灵均的‘神仙中人’说话,(毋宁是歌唱。)但说着说着,优伶丢掉了他剧中人的身份,说出自己的心事来”[②]。

另外,在《人民的诗人——屈原》文中,闻一多又说道,“《离骚》的形式,是人民的艺术形式,‘一篇题材和秦始皇命博士所唱的《仙真人诗》一样的歌舞剧’”[③]。

《廖季平论楚辞》原载于1949年10月《文学杂志》第2卷第5期,文中闻一多说道,“自来谈《离骚》谈得最离奇的,莫过于廖季平。谈得最透辟的,恐怕也要算他”[④],“任何读《离骚》的人,只要肯平心静气,忘掉太史公的传,王逸以来的注,就《离骚》读《离骚》,他的结论必与这相去不远”[⑤]。

这里牵涉到的人物是廖季平。廖季平(1852-1932),名廖平,季平是字,著名经学大师。其经学研究凡六变。正是作为其经学研究的一个组成部分,他研究《楚辞》,将之归入经学体系。他于1906年作《楚辞新解》,认为只有“《渔父》、《卜居》,乃为屈子自作”,

① 闻一多:《屈原问题——敬质孙次舟先生》,《闻一多全集》第5卷,湖北人民出版社,1993年,第19-25页。

② 闻一多:《屈原问题——敬质孙次舟先生》,《闻一多全集》第5卷,湖北人民出版社,1993年,第19-25页。

③ 闻一多:《人民的诗人——屈原》,《闻一多全集》第5卷,湖北人民出版社,1993年,第29页。

④ 闻一多:《廖季平论离骚》,《闻一多全集》第5卷,湖北人民出版社,1993年,第249页。

⑤ 闻一多:《廖季平论离骚》,《闻一多全集》第5卷,湖北人民出版社,1993年,第252页。

其他则为“屈子所传”,而“《楚辞》为孔子天学,《诗》之传记,与道家别为一派”;1912 年作《楚辞讲义》,认为“《离骚》是秦始皇自序,其他屈原的文章,多半是秦博士所作”;又于 1918 年作《五变记》,认为《楚辞》“辞意重复,非一人之著述,乃七十博士为始皇所作仙真人诗,采风雅之微言,以应君命”,“史公本《渔父》、《卜居》二篇为《屈原列传》,后人因以《楚辞》归之屈子,误矣”;再到 1921 年刻印的《楚辞讲义》,则愈走愈远,变本加厉,认为“《秦本纪》始皇三十六年,使博士为《仙真人诗》,即《楚辞》也”。从而全面否定了屈原其人与屈原作品的著作权,成为 20 世纪最早的“屈原否定论”。闻一多了解廖季平的观点,是通过谢无量的《楚辞新论》。

闻一多认为《离骚》是屈原作的“仙真人诗”。问题不限于此,闻一多更是抱着“仙真人诗”的观点去解读整篇《离骚》,换句话说,“仙真人诗”是闻一多研究《离骚》的基本点和出发点。

首先,来看什么叫“仙真人诗”。

“仙真人诗”是游仙诗的雏形。游仙诗是指借歌咏仙境以抒发情怀志向之诗。其特点为:以丰富的想象力、华丽的辞藻描写道教的洞天福地、神府仙界,神仙的传奇故事和人神交往,或修仙者得灵异、感悟等,曲尽幽妙,引人入胜。游仙诗在思想上往往表现出超越世俗社会局限的强烈愿望;在艺术上想象奇特,善于运用夸张、拟人、象征等各种修辞手法;而道家神仙典故的运用,则使游仙诗更具浪漫的色调。关于游仙诗的类型,从作者思想倾向出发,以富贵者而游仙,为游仙之正体,以坎坷者而游仙,为游仙之变体;从表现形式出发,以作者同神仙共游为古体,作者不在内仅神仙自游为近体。游仙诗源于汉代以前的歌赋,包括《楚辞》,秦博士作的“仙真人诗”,汉乐府中十九首郊庙歌中的《日出入》、《天马》等,而作为一种成熟的体裁,则是汉代以后的事。

闻一多认为,《离骚》中的避食谷实、餐英饮露、轻举登霞,上求帝女,下求宓妃、有娀、二姚,非“仙真人诗”不能以透彻地解释。

其次,谈谈闻一多是怎样运用“仙真人诗”的观点来解释《离骚》的。且以《离骚廛议》为例。

例一,惟庚寅吾以降。闻注:“本篇托为真人自述之词,故亦曰降……则庚寅为楚俗最吉之日,故真人自称以此日降生。”

例二,纷吾既有此内美兮,又重之以修能。闻注:“此文曰‘修态’,下文曰‘娥眉’,而通篇言‘修’,言‘好’,言‘美’者尤不胜枚举,皆真人自白之词也。”

例三,昔三后之纯粹兮,固众芳之所在。闻注:“纯粹谓精神之纯洁精粹,战国以来养生家术语也……此言芳草可以涤秽存清,辅体延年,炼形者宜佩服之;昔者三后,椒桂蕙茝,众芳并御,此其所以精神纯粹,视世长久也。”

例四,惟草木之零落兮,恐美人之迟暮。闻注:“美人,真人自谓。一说即后文之帝女、宓妃、有娀、二姚辈。服御芬芳,浮游求女,皆仙家所事事,而求女复必以芳草为资。"

例五,畦留夷与揭车兮,杂杜衡与芳芷。其中,留夷即芍药,杜蘅即杜若。闻注:"《本草》曰:'芍药……主邪气……益气',《本草》曰:'杜若……久服益精,明目,轻身,一名杜蘅'。"

例六,老冉冉其将至兮,恐修名之不立。闻注:"然则托志登仙者,未尝不以立名为务。修名犹远闻,日延之名,如彭咸赤松之辈是也。"

例七,朝饮木兰之坠露兮,夕餐秋菊之落英。苟余情其信姱以练要兮,长顑颔亦何伤。闻注:"朝露夕英,实阴阳之纯精,木兰秋菊,含自然之淑气。挹露于兰,拾英于菊,一举而兼两善,故弥觉可贵。《庄子·逍遥游篇》曰:'藐姑射之山,有神人居焉,……不食五谷,吸风饮露。'《吕氏春秋·求人篇》曰:'西至三危之国,巫山之下,饮露吸气之民。'此见存神人饮露传说之最早者。……避食谷食而饮露餐英,所需如此,简约之至矣。诚能如此,而得精神姱美,则虽颜色憔悴,形容枯槁,亦何伤哉?……凡此所称,实皆避谷服气,营养不给所致。《离骚》言因饮食练要而致顑颔,理亦犹是。"

例八,虽不周于今之人兮,愿依彭咸之遗则。闻注:"木根薜荔,菌桂胡绳,并茝蕙之属,皆养生之灵药,彭咸佩之,以致寿考,故欲依其遗则焉。"

例九,吾令羲和弭节兮,望崦嵫而勿迫。路曼曼其修远兮,吾将上下而求索。闻注:"自'朝发轫于苍梧兮'以下至乱词前,凡五段,皆游仙之词,而游仙之中心活动则为求女。注家于此咸求之过深,故遂滋异说。今案《淮南子·俶真篇》曰:'若夫真人,……驰于外方,休乎内宇,……烛十月,使风雨,臣雷公,役夸父,妾宓妃,妻织女。'曰:'妾宓妃,妻织女',则古神仙家固不讳言纵欲。此类思想之表现于文学者,如六朝以来小说家言所记神仙宴昵之事,其例甚繁,兹不备举,惟取汉晋人诗赋中语十余事以当举隅。……凡此并与《离骚》所言求女事密合,于以知《离骚》确为后世游仙诗不祧之祖。说者必谓求女为寓言,此以解后世作品则可,以解《离骚》由拘墟之见也。"

例十,索藑茅以筳篿兮,命灵氛为余占之。闻注:《大荒西经》曰:"'大荒之中有灵山,巫咸、巫即、巫盼、巫彭、巫姑、巫真、巫礼、巫抵、巫谢、巫罗十巫,从此升降,百药爰生。'氛盼声近,疑灵氛即巫盼。"

例十一,皇剡剡其扬灵兮,告余以吉故。闻注:"《山海经》每言神出入有光……"

例十二,既莫足与为美政兮,吾将从彭咸之所居。闻注:"上言'托彭咸之所居',下即继之以上高岩,据霓巅,摅虹扪天,吸露漱霜,与夫依风穴,冯昆仑云云,是彭咸所居乃在天上。"

需要指出的是,闻一多对《离骚》"仙真人诗"的解读,绝非字词句表面上的比附,而确有"同情之理解"。喜爱"焚香默坐"、"白日飞升",对宗教有着自己独到理解的闻一多,想必,较他人对"仙真人诗"要多一些领悟吧。

三

闻一多的《楚辞》研究另辟蹊径、异义纷呈,与其专业背景、人生经历、接触地带、审美旨趣、个性气质、思维类型都有一定的关联,如前所述;但这种关联绝不是一一对应、"立竿见影",这种"关联"与其说是"影响"不如说是"渗透",是润"物"细无声。以下仅从其专业背景、审美旨趣、个性气质来谈这种"关联"。

首先,闻一多留美三年学习的是西画。此在第一部分已经说过,不再赘述。所以,闻一多始终对色彩、线条、节律特别敏感。后来,画兴不起,才情转移。直到西南联大时期,有个学生交篇读书报告,关于李贺的诗歌,当然,这篇是汪曾祺代作的,说别人的诗都是在白底子上画画,李贺的诗是在黑底子上画画,所以颜色特别浓烈。闻一多对此还大为激赏,说道"比汪曾祺写得还要好!"这种对诗中有画画中有诗诗画相通的别样的领悟,不能说不是得益于早年的学画。

其次,关于闻一多的审美旨趣。梁实秋说,"在《清华周刊》里又不时地看到他的文学作品,他喜欢作诗,尤其是长篇的古诗排律之类,他最服膺的是以'硬语盘空'著称的韩退之",并说,在芝加哥"他对于当时美国所谓的'意象派'的新诗运动发生兴趣,特别喜爱的是擅细腻描写的 Fletcher。他说,'他是设色的神手,他的诗充满浓丽的东方色彩'①",珂泉"在英诗班上,一多得到很多启示。例如丁尼孙的细腻写法 the ornate method 和伯朗宁之偏重丑陋 the grotesque 的手法,以及现代诗人霍斯曼之简练整洁的形式,吉伯林之雄浑铿锵的节奏,都对他的诗作发生很大的影响。"②在清华园里,闻一多曾为梁实秋画了一幅"梦笔生花图",是一幅图案画的性质,一根毛笔生出无数缤纷的花朵,梁实秋评价说"颇见奇思"。在珂泉时,"一多给我画了一张像,他立意要画出我的个性,也要表示他手底腕力,他不用传统的画法,他用粗壮的笔调大勾大抹,嘴角撇得像瓢似的,表示愤世嫉俗的意味,头发是葱绿色,像公鸡尾巴似的竖着,这不知是表现什么。这幅像使得他很快意。我带回国,家里孩子们看着害怕,后来就不知怎样丢掉了"③。此事梁实秋在《谈闻一多》中也谈到,"有一天一多兴至要为我绘半身像,我当然也乐于做免费的模特儿。那幅油画像,真是极怪诞之能事,头发是绿色的,背景是红色的,真是'春风满须绿鬅松',看起来好吓人!他的画就是想走印象主义的路子"④。《谈闻一多》中还说道,"一多对西班牙的画家 Velasquez 的作品颇感兴趣,他画的人物差不多全是面如削爪狰狞可怖,可是气氛非常

---

① 梁实秋:《谈闻一多》,方仁念编:《闻一多在美国》,华东师范大学出版社,1985 年,第 99 页。
② 梁实秋:《谈闻一多》,方仁念编:《闻一多在美国》,华东师范大学出版社,1985 年,第 112 页。
③ 梁实秋:《谈闻一多》,方仁念编:《闻一多在美国》,华东师范大学出版社,1985 年,第 117 页。
④ 梁实秋:《谈闻一多》,方仁念编:《闻一多在美国》,华东师范大学出版社,1985 年,第 115 页。

厚重而深沉。梵谷的画,他也有偏爱,他爱他的那份炽盛的情感”①。

最后,闻一多的个性气质。先看看梁实秋、蒲薛凤、何兆武、钱穆,以及闻一多自己的评价,再谈谈闻一多与屈原。

梁实秋《谈闻一多》中说,“一多本性是好静的,他喜欢寝馈于诗歌艺术之中,根本不喜欢扰攘喧嚣的局面。但是情感爆发起来,正义感受了刺激,也会废寝忘食的去干,不过他不站出来做领导人,而且一旦发泄之后他会很快的又归于平静”,“他不善演说,因为他易于激动,在情绪紧张的时候满脸涨得通红,反倒说不出话②”。梁实秋还提到“他不是不喜欢美国,他是更喜欢中国”,闻一多是“民族气息极为浓烈的人”,“他虽然住在外国,但仍不能忘怀中国生活的情趣,在宿舍里用火酒炉煮水沏茶是常事。不喝茶还能成为中国人”③,“一多最喜欢‘焚香默坐’的境界,认为那是东方人特有的一种妙趣,所以特别欣赏陆放翁的两句诗:‘欲知白日飞升法,尽在焚香听雨中’……一多就携带着我这只香炉到纽约‘白日飞升’去了”。④

梁实秋《谈闻一多》中,颇有意味的是三个短句和一个暗示。三个短句:“闻一多如何成为‘斗士’,如何斗,和谁斗,斗到何种程度,斗出什么名堂,我一概不知”!⑤,“他为什么要把妻室孩儿送还家乡,独自留在青岛,我不知道,事实上他的家庭生活的情形,我也所知甚少”⑥,“文人不得已鬻印,亦可慨已!然而一多的脊背弯了,手指破了,内心闷积一股怨气,再加上各种各样环境的因素,以至成了‘千古文章未尽才’,这怪谁”⑦。一个暗示:梁实秋说闻一多,“在青大的国文系里他最欣赏臧克家。臧克家虽然后来变成左倾而且偏激,在做学生的时候还没有什么不稳的迹象”⑧,而闻一多在到昆明以后,在梁实秋看来,“似乎是变了一个人,于诗人学者之外又成了当时一般时髦人士所谓的‘斗士’”。⑨那么这个由诗人学者后来变成斗士的闻一多,在梁实秋看来,是否也“左倾”、“偏激”乃至“不稳”了呢?

蒲薛凤说:“闻一多富于情感,容易冲动,天真爽快,直言无隐,有时不免任性使气,喜欢反抗。伊在抗战初期,即高谈民主自由,反对独断专政;有时指摘现实,诋詈当局,其措辞之愤激粗暴,殊越出一般教授学人之风度。”

---

① 梁实秋:《闻一多在珂泉》,《梁实秋怀人丛录》,中国广播电视出版社,1991年,第17页。
② 梁实秋:《谈闻一多》,方仁念编:《闻一多在美国》,华东师范大学出版社,1985年,第115页。
③ 梁实秋:《谈闻一多》,方仁念编:《闻一多在美国》,华东师范大学出版社,1985年,第100页。
④ 梁实秋:《谈闻一多》,方仁念编:《闻一多在美国》,华东师范大学出版社,1985年,第121页。
⑤ 梁实秋:《谈闻一多》,方仁念编:《闻一多在美国》,华东师范大学出版社,1985年,第124页。
⑥ 梁实秋:《谈闻一多》,方仁念编:《闻一多在美国》,华东师范大学出版社,1985年,第98页。
⑦ 梁实秋:《谈闻一多》,方仁念编:《闻一多在美国》,华东师范大学出版社,1985年,第147页。
⑧ 梁实秋:《谈闻一多》,方仁念编:《闻一多在美国》,华东师范大学出版社,1985年,第162页。
⑨ 梁实秋:《谈闻一多》,方仁念编:《闻一多在美国》,华东师范大学出版社,1985年,第154页。

何兆武说:“闻先生的思想,主潮是早年和晚年是一以贯之的,本质上还是个诗人,对美有特别的感受,而且从始到终是一包热情,一生未曾改变过。”

钱穆说:“时诸人皆各择同室,各已定居。有吴雨生、闻一多、沈有鼎三人,平日皆孤僻寡交游,不在诸人择伴中,乃合居一室,而尚留一空床,则以余充之,亦四人合一室。室中一长桌,入夜,一多自燃一灯置其座位前。时一多方勤读《诗经》、《楚辞》,遇新见解,分撰成篇。”①

闻一多说:“我是幼稚的,重感情的,但是青年人的幼稚病,有时并不是可耻的,尤其是在一个启蒙的时期,幼稚是感情的先导,感情的冲动,才能发出力量。所以有人怕他们矫枉过正,我却觉得更要矫枉过正,因为矫枉过正才显得有力量。”并说,“我的性格喜欢走极端,我对一切旧的东西都反对,希望最好一点也不要留。”

闻一多于1943年11月25日《致臧克家》的信中说:“我只觉得自己是座没有爆发的火山,火烧得我痛,却始终没有能力(就是技巧)炸开那禁锢我的地壳,放射出光和热来。只有少数跟我很久的朋友(如梦家)才知道我有火,并且就在《死水》里感觉出我的火来。说郭沫若有火,而不说我有火,不说戴望舒、卞之琳是技巧专家而说我是,这样的颠倒黑白,人们说,你也说,那就让你们说去,我插什么嘴呢?”②

闻一多在《屈原问题——敬质孙次舟先生》中说,屈原有“火气”,有“反抗性”,《离骚》里有“哀怨和愤怒”,《离骚》中屈原就发了大脾气,尤其是结尾“已矣哉!国无人莫我知兮,又何怀乎故都?既莫足与为美政兮,吾将从彭咸之所居!”这是“坚强的决裂”。并说,“我也不十分同意孙先生只称许一个‘天质忠良’、‘心地纯正’和‘忠款与热情’的屈原。这些也许都是实情,但我觉得屈原最突出的品性,无宁是孤高和激烈。”③

尽管有学生称闻一多“从面貌到灵魂深处就是屈原”,笔者倒宁可认为闻屈在精神上是息息相通的,因为面貌也无从比较起。抗战时期,《楚辞》研究另一领军人物郭沫若,也是闻一多一生最敬佩的人,倒是委实自比过屈原,郭沫若说“我就是屈原!”

闻一多在《屈原问题——敬质孙次舟先生》接着说:“总之,我不相信《离骚》是什么绝命书,我每逢读到这篇奇文,总仿佛看见一个粉墨登场的神采奕奕,潇洒出尘的美男子,扮演这一个什么名正则,字灵均的‘神仙中人’说话,(毋宁是歌唱。)但说着说着,优伶丢掉了他剧中人的身份,说出自己的心事来,于是个人的身世,国家的命运,变成哀怨和愤怒,火浆似的喷向听众,炙灼着,燃烧着千百人的心——这时大概他自己也不知道是在

① 钱穆:《八十忆双亲 · 师友杂记》,北京三联书店,1998年,第210-211页。

② 1943年11月25日《致臧克家》,《闻一多全集》第12卷,湖北人民出版社,1993年,第381页。

③ 闻一多:《屈原问题——敬质孙次舟先生》,《闻一多全集》第5卷,湖北人民出版社,1993年,第19-25页。

演戏,还是在骂街吧!”①这里到底是那个名正则,字灵均的人在说话呢?还是,闻一多对于那个名正则,字灵均的人有“同情之理解”,借他的口,“说出自己的心事来,于是个人的身世,国家的命运,变成哀怨和愤怒,火浆似的喷向听众,炙灼着,燃烧着千百人的心”呢?这是戏中戏,故事中的故事。闻一多虽然没有如同郭君一般直白地说,“我就是屈原”,但是,他深切体验到屈原浓烈的情感,和屈原一样有火气,有脾气,一样孤高和激烈。

① 闻一多:《屈原问题——敬质孙次舟先生》,《闻一多全集》第5卷,湖北人民出版社,1993年,第19-25页。

朱季海与楚辞研究

南通大学楚辞研究中心 贾 捷 顾金春

他，因踽踽独行、并日而食而传为佳话，因文章伟异、皓首穷经而受学人仰止，因演绎朴学、夺越乾嘉而逸响于世。他，这位求真的智者，便是章太炎先生最小的入室弟子——朱季海先生。审视近现代之楚辞研究，朱季海先生虽则仅献《楚辞解故》一书，但朱氏其人、其书、其学堪称楚辞学史上一颗熠耀的明星。

一、其人：薪传学行 兀傲不群

朱学浩，字季海，1916 年生，上海县浦东三林塘人。其父孔文，字书楼，三林塘镇秀才，因阅读《瀛环志略》、《海国图志》等书刊，产生改良维新及教育救国的意愿。于光绪十八年(1892 年)，负笈东渡日本，求学于弘文学院、早稻田大学法学系。《千年古镇三林》言："朱孔文东渡日本，接受日本维新思想，日本的科学思想，令其大开眼界，遂立下教育救国的宏愿与决心。在他影响下，东渡留学，蔚然成风。"①朱孔文与杨度为日本留学时期的同班友人，尔后，朱孔文加入同盟会，与黄兴一同为国家救亡而奔走呼号。《上海县志》有传，云其曰："清法科举人，授邮传部主事。民国任松江军政分府司法部长、华亭地方审判厅、检察厅厅长、九江地方检察厅长、金坛县长、铨叙部秘书等职。"撰有《江州文钞》、《读史随笔》、《华亭司法纪实》、《法制新论》、《教授法通论》等书②。至今，浦东三林塘仍旧流传着"汤家的房子，火家的银子，朱家的儿子"这句民谣，朱家便指书香门第朱孔文一族。

朱季海先生幼年就读于九江同文学院，这是美国在中国最早创办的基督教教会学校。自幼在父亲引导下，朱氏背诵诗文，谙熟四书五经，后亦能评述《章氏丛书》。1932 年淞沪抗战，举家迁居苏州，转学至苏州东吴大学附中。朱氏插入一年级读书，与民国名士杨度之子杨公兆、蒋纬国为同班同学。

1933 年，朱季海先生始听章氏国学讲习班。因才华出众，记忆超群，章太炎先生收其为门徒。1935 年 9 月 16 日，章氏国学讲习会正式开办，朱季海先生任讲师，又为《章氏国学讲习会征求会员》的发起人。1936 年 6 月 14 日，章太炎先生因病逝世。其后，讲习会

① 《千年古镇三林》，《三林风情》，《三林风情》编委会，2005 年版，第 3 页。

② 王孝俭：《上海县志》，上海人民出版社，1993 年版，第 1000 页。

继续开办。七七事变,日军侵入苏州,朱氏与同门陪同师母汤国梨先生将国学讲习会迁入上海,更名为“太炎文学院”。朱季海先生教学不辍,与朱希祖等担任主讲教师,但1941年太平洋战争又致使学院停办。1946年12月,南京“国史馆”成立,经师母推荐,朱季海先生被破格聘用,担任南京“国史馆”简任协修,任职两年。50年代初期,朱季海先生分别在苏州第三中学及东吴大学执教。50年代中期,谢绝江苏省文史馆馆员之职务。自1966年6月“文化大革命”爆发至今,朱氏闭门却扫,潜心学术,淡泊名利,隐于市。朱季海先生现居苏州市清洲观前1号,他因孤傲而被学界称为苏州“三最”(资格最老,才气最大,性格最怪)老人,又因清苦被冠名为“三无”(无钱,无劳保,无人照顾)人员。在此等境遇下,出版朱季海先生的专著是何等不易。2008年12月25日,《中华书局》编审、副总编顾青教授来校讲学,笔者有幸从顾先生处获知中华书局已将《朱季海全集》之出版列入计划中。此举措必将使朱季海先生丰硕的文化成果得以保存、流播,实是欣幸。

朱季海先生之兀傲难群,究其原因,大抵受家学影响,按,《闵孝吉文选》言朱孔文云:“既归国,任广东、江西两省法官至久,一任铨叙部代理司长,以赋性鲠直,不能曲事上官,遂辞去,卜居苏州。孔文短身材,起居从容,无疾言厉色。书法作东坡体,能为古文辞,奉归有光为宗主,尝刊其所为文,凡数十篇,分贻亲故,然不肯以文自鸣也。孔文主江西法院时,与湘乡彭熙文,上海朱天梵,南昌万松华,绍兴田宿宇,吴兴孙墨千,及当地博雅之士,组卢阴书画社。中日战作,孔文适在穷居,无力走避,乃杜门,足不出户者八年,售其所藏书籍字画之属,以给衣食;不继,则以菜根和粥,饱之如饴。其公子学浩,师事章太炎,人有以钱赠者,学浩却之。或曰:‘奈绝炊何’,学浩报曰:‘吾家君誓不食于人’,异日见学浩典其羊裘,而衣絮,人愿代赎,学浩持不可;馈以米,亦不受。士穷节见,不独孔文之行,有此独特,即所以教其子者,今亦不可得而见之矣。”鉴于此,知深厚的家学影响对朱季海先生品性的形成起着至关重要的作用。

同时,朱氏不仅承继其师之学术,而且弘扬其师之品行。据《章太炎生平与学术自述》记载,1933年,“日本侵占承德,章氏发表《呼吁抗日电》”。1935年,“北平学生举行‘一二·九’抗日救国游行示威运动,上海学生亦北上请愿,章氏发表谈话,对学生爱国运动,深表同情,并吁请政府当局应善为处理,不应贸然以武力制止”①。1936年,章氏直至逝世,仍惦念着窳弱不堪的时局。朱氏次次目睹其师为救亡奔走呼唤,故其在师承中定会承担起救亡民族的使命。因此,朱氏天资过人,又蒙家学、师学的共同影响,其薪传学行、兀傲不群,自当必然。

① 章太炎:《章太炎生平与学术自述》,江苏人民出版社,1999年版,第268页。

二、其书:剖析毫厘 不失黍累

朱季海先生治骚始于抗战时期,29 岁始作《楚辞解故》,其在《后记》中言:"予治《楚辞》,岁在甲申,时倭祸方亟,实有哀郢之志。"

1963 年 12 月,《楚辞解故》第一版由中华书局上海编辑所编辑出版。1980 年 3 月,第二版由上海古籍出版社出版。第二版在第一版的基础上,首增《出版说明》及《楚辞解故三编》。另,1972 年台北宏业书局、1986 年台北新文丰出版公司(然未收《楚辞解故三编》)都曾影印《楚辞解故》。

在汇编第一版时,《楚辞解故》的部分条目曾发表于《语言研究》第二期(1957 年 12 月版)、第四期(1959 年 9 月版)及《中华文史论丛》第一辑(1962 年 8 月版)、第二辑(1962 年 11 月版)、第四辑(1963 年 10 月版)。以上内容经 1963 年汇编、整理成书时,朱季海先生又做出部分修订。朱氏将《语言研究》第二期《楚辞解故》之《前言》移为《后记》,又将"今乃试谋刊布,藉以就正博雅,因叙其本末如此,以为前言云尔",更换为"会《语言研究》为之刊布,因疏其本末如此,以为后记云尔"。另,新附《楚辞解故续编》及《楚辞解故及续编引用书目略》。

《楚辞要籍解题》言:"《楚辞解故》的体例,与过去注本略有不同,每篇都不录原文,而是以句为例,进行诠释。"①《楚辞著作提要》亦言:"在体例上,本书有别于大多注本之体,不录全文,仅以句为例,进行诠释。"②故从二书得知,本书在体例上较为突出特点是不录全文,以句为例。但不难发现,先于《楚辞解故》的注疏之书,如闻一多《楚辞校补》及何剑熏《楚辞拾审》皆未录全文,仅以疑难待考之句为例。因此,二书所言并不确切,相反,朱氏《楚辞解故》之体例较为明显的表现有如下几点:

第一,关于《楚辞》的编次,古本《楚辞章句》与今本所见稍有不同。朱季海先生在编排《楚辞解故》各篇时,一仍洪兴祖《楚辞补注》中古本《楚辞释文》的次第。朱氏选用此种编次,一改历代注疏篇目安排之旧习,足以显见其对《楚辞》各篇之审定。朱氏先编《解故》篇第为:《离骚》第一、《九辩》第二、《九歌》第三、《天问》第四、《九章》第五、《远游》第六、《卜居》第七、《渔父》第八、《招隐士》第九、《招魂》第十、《九怀》第十一、《惜誓》第十五、《大招》第十六。凡 220 则,末另附"阙文一事"、"阙文存疑一事"。次编《解故续编》,上承《解故》目次,并新收《七谏》第十二(未录《招隐士》第九、《九怀》第十一),凡 51 则。复次,编《解故三编》,新增《哀时命》第十四(未录《渔父》第八、《招隐士》第九、《九怀》第十一),凡 57 则。朱氏《楚辞解故》未质疑问难《楚辞释文》之《九叹》第十三、《九思》第十

---

① 洪湛侯:《楚辞要籍解题》,湖北人民出版社,1984 年版,第 430 页。

② 潘啸龙、毛庆:《楚辞著作提要》,湖北教育出版社,2002 年版,第 373 页。

七两篇,盖有疑而先贤已证。朱氏在《楚辞解故叙》中言:“今摭其未备,颇据楚语以定之。”此辑注类型多同楚辞诸家注释原则,正如顾炎武《日知录》言:“其有不合,时复改定;或古人先我而有者,则遂削之。”

第二,对于《楚辞》句中的字词注疏,朱氏则分条记述、校勘。先引原句,次以补注王逸《楚辞章句》、洪兴祖《楚辞补注》为主,兼录诸家笺注,再列相似的文词予以说解,后出按语。在分条记述《楚辞》原句时,朱氏亦收录王逸《楚辞章句》的注释内容作为考证条目。如《大招》第十六,第一则为“大招者,屈原之所作也;或曰景差,疑不能明也”。全书以“季海按”引出朱氏按语作为说明,与一般楚辞注疏专著略显不同之处在于:一句之下通常列引《楚辞》各篇中同类文词作为旁证,以此做出正面与反面说解,并以“又××”作为按语标志。如《九辩》“超逍遥兮今焉薄”之“超”字释义,朱氏先引原句,后引“又:众踥蹀而日进兮,美超远而逾迈”以及“又《九歌·国殇》:平原忽兮路超远”。经同文相互比较,推出“凡此诸文,或单言超,或超、远并举,皆谓远也。《方言·卷七》:‘钊,超,远也。燕之北郊曰钊。东齐曰超。’然则远谓之超,亦齐楚间通语尔”。同时,对同一句中不同词语的考证,朱氏则重复罗列各句,并对同句中的不同字词做出说解。此外,在1963年版《楚辞解故》之《九歌》与《九章》的目录中,各篇之下皆统计考证之条目,如《东皇太一》两条、《湘夫人》七条、《惜诵》八条、《涉江》三条等。

第三,朱氏《楚辞解故》校勘按语多用“××是也”、“××并是也”、“当从××”、“当据××改”或“××失之”等。如《离骚》“折若木以拂日兮”,季海按:“王注‘或说’得之,朱氏《补注》义是也。”另,《楚辞解故》中常用“代语”、“通语”、“转语”等训诂学术语。如“离骚”题解,朱氏言:“又以逢、离对举,知二者于楚俗为代语(此依用子云旧名,见《方言·第十》),离尤即逢尤矣”,“其以骚为忧者,《屈赋》无明文,今谓即是愁之转语,作楚音呼之如骚耳”。另如,《离骚》:“汤禹俨而求合兮,挚咎繇而能调。”朱氏云:“王云:‘调、和’自是通语,和、适义亦相近。”

另于称谓,《楚辞解故》多以“平”谓屈原。朱氏在考证中皆引述作者全名,唯有称其师章太炎及师公俞樾时用“太炎先生”、“俞先生”或“曲园先生”,以此示师门关系及敬仰之情。就《楚辞》单篇考证的命名方式,《楚辞解故》以《离骚解故》、《九章解故》、《九辩解故》等统一言之。

第四,凡是《楚辞解故》、《楚辞解故续编》与《楚辞解故三编》中有重复考证之条目,朱氏在每则之后用“*”标出以示说明,并视《三编》所证为定论。《楚辞解故》言:“释文前后有部分重复,如有异议,以后者为定。”其次,《楚辞解故》在字下加“.”,以此标注版本之异同。如《离骚》“杂申椒与菌桂兮”,朱氏引《重修政和证类本草卷第十二》“菌桂,味辛温,无毒。主百病,养精神,和颜色,为诸药先聘通使。久服轻身不老,面生光华,媚好常如童子。生交阯、桂林山谷岩崖间,无骨,正圆如竹,立秋采”,言:“凡字旁无点者《嘉祐补注》所出朱字《神农本经》,其加点者墨字《名医》因神农旧条而有增补者也。”

第五,朱氏《楚辞解故》后附“阙文一事”及“阙文存疑一事”。“阙文一事”,指朱氏引《盐铁论·相刺篇》:“文学曰:是以荆和抱璞而泣血,曰:‘安得良工而剖之!’屈原行吟泽畔,曰:‘安得皋陶而察之!’”论《渔父》篇并无“安得皋陶而察之”,“不知是其逸句,抑他书所记?又不知曼倩、文学,同所受耶?将文学四句,俱出曼倩,而今不尽见耶?予实孤陋,请俟多闻”。“阙文存疑一事”指东方朔《七谏》与庄忌《哀时命》俱言:“菎蕗杂于黀蒸兮,机蓬矢以射革。”朱氏谓“庄忌于朔,虽年辈居尊,而论世相接,曼倩何缘袭其全句?疑斯言本出屈宋遗文,二字俱治楚辞,故递相祖述耳”。

今考朱氏两处“阙文“之事,历代治骚者对此少有提及,朱氏提出疑点、做出论断,并求教于学人,可见其治学之严谨。又《离骚》“驷玉虬以乘鹥兮”,朱氏于此句后另附“论《公羊》说得失及《王度记》作者”之探讨,朱氏以“天子驾六”之礼考证《王度记》“苟非秦并天下后所造,即汉西京之撰矣,要非六国之书也”。又“椒专佞以慢慆兮”,王逸注云,椒为楚大夫子椒,朱氏“谓子椒是上官大夫字”。故朱氏就《淮南子·人间训》、《古今人表》、《元和姓纂》所言子椒、子兰,另列“附记一”、“附记二”、“附记三”分别论之。

与此同时,朱季海先生在考辨时甄别诸家,指陈得失,其言辞恳切,亦见其用功之勤,专研之深。朱氏言,自屈原作《楚辞》诸赋二十五篇,百余年间,楚人虽转相教传,定有委曲与遗义。朱氏扼腕《新校楚辞》一书不传,盛评黄伯思言,“盖屈、宋诸骚,皆书楚语、作楚语、名楚物,故可谓之楚辞”,视此为“寂寥千载之余”,片言居要、振聋发聩地概括《楚辞》一书之人,独黄伯思一人。故朱季海先生著《楚辞解故》,撷楚辞旧文所未解,“持此五耑(校勘、训诂、谣俗、名物、音韵)”,并核之楚事,“务使楚事、楚言,一归诸楚”,使“屈、宋故书,风貌乃仿佛可睹”①。由此观之,朱氏强调,训释、考证《楚辞》的核心前提是从楚事出发,以屈原时代楚国的语音、词义、风物为佐证,“辨章风谣,存其故俗”。

于校勘,朱季海先生“则‘幽拂’取诸太史公,‘谅风’取诸淮南王,‘厌塞’考之《方言》而后明,‘故宅’质诸骞公《音》而后定,是文字异同,颇轶出王、洪二君外,而屈、宋故书,风貌乃仿佛可睹”。如《离骚》“循绳墨而不颇”之“颇”字校正。“颇”一本作“陂”,王逸引《周易·泰卦》“无平不颇”证“颇”为本字,洪兴祖引《周易·泰卦》“无平不陂”述“陂”为本字。而朱氏认为,据《方言·第六》:“陂(偏颇)傜(逍遥)邪也。陈楚荆扬曰陂。”所载,“陂”是楚语,《方言》中并未言“颇”,故“陂”为本字。案,陆德明《周易音义·泰卦》注释“不陂”云:“彼伪反,徐:甫寄反,倾也。《注》同。又破河反,偏也。”推断“陆氏虽出又音,而不破字,知所见诸本,亦皆作陂也。今《章句》引《易》亦作颇者,盖后人不晓陂字古音,读《离骚》不谐,遂变其旧文,并改王《注》也”。朱氏按《招魂》言:“文异豹饰,侍陂陁些。”“陂”读逋禾切,为倾斜之

① 朱季海:《楚辞解故》,北京:中华书局,1980年版,第357页。

义,进而推知,陂为楚语,在《离骚》"循绳墨而不颇"中当用"陂"字。后人不知"陂"字古音亦是楚语,故将《哀时命》"履绳墨而不陂"中"陂"换为"颇"字。

于训诂,朱氏"则'拂'之为蔽,'判'、'胖'、'伴'之为弃,'淫'之为游,'服'之为服,或前贤所未知,或知之而未尽,自王逸以来,未能详说,今悉之参伍遗文,明其语楚,以见诸家义一切据通语立说者,时失其真,盖必先明楚语,而后楚辞始有达诂也"①。

正如以上所言,朱氏释《离骚》"赍菉葹以盈室兮,判独离而不服"之"判"字,可视为"于训诂"之典型。因王逸注"判,别也"。故历来诸家多承王逸之解而无异言。朱氏认为,孙诒让《札迻》同举《离骚》"赍菉葹以盈室兮,判独离而不服"、《抽思》"好姱佳丽兮,胖独处此异域"及《悲回风》"氾潏潏其前后兮,伴张弛之信期。"以证"判、胖、伴、叛字并通,盖分别离散之意"。是也。朱氏言:"今谓诸篇字异义同,孙说是也。以为分别离散,意亦不远,然未谙楚语也。"因此,朱氏凭依楚方言云:"《方言》:'拌,弃也。楚凡挥弃物谓之拌。'郭音伴,又普槃反。今湖南新宁人犹谓弃去曰'拌掉',音近'伴'(pan),作去声呼之;平江人则曰'拌开',音近'普槃反'(p'an),作平声呼之:是足以验郭音之确,而证楚语于未讳矣。"故朱氏由《方言》"拌"字及湖南新宁人、平江人读"拌"之音,推演出"诸言判、胖、伴、叛,皆读与拌同,皆挥弃之意"。由此可知,朱氏在孙诒让《札迻》考证"判"、"胖"等字的基础上,结合楚地习用之音韵及文字,证明拌、判、胖、伴、叛皆为弃义。故"伴张弛之信期"可译为"弃张弛之信期"。此比孙氏言"张弛任时,叛散无定也",庶几近于屈原之本义。闻一多言:"判,违弃也。"闻氏虽释义,却未详细论说。何剑熏《楚辞拾渖》言:"判假为偏。判,属邦母;偏,属滂母,为隔纽双声,可互用。此即今语偏要偏不要之偏。'判独离而不服'者,即偏独弃而不用也。"②何氏此说虽文意可通,但太过牵强。其凭借音韵学理论而强加于《离骚》之"判"与"偏"字,非但不是先秦时期的孤证,相反却为释义而释义,实在难与朱氏所证之言论相抗衡。

于谣俗,朱氏"则'指九天以为正'引《九歌》、贾谊《新书》。而平为此言,始状溢目前;明'步马'有二,而后诸文用语之殊,始委屈可理;'九嶷宾'既是征实之谈,必稽之楚乐,其义始见。'白蜺'之讽,致诸'良药','大鸟何鸣',讥丧厥体,盖荆王慕不死药,而屈子之微辞作"③。

另如《招魂解故》有"《章句》:《招魂》者,宋玉之所作也"一则(《楚辞集校集释》在汇集《楚辞解故》注疏条目时,将此条目遗漏),季海按:"楚有招魂,盖《春官》招弭之属。"由朱氏所言,知其破解《招魂》主旨即招屈原生魂以除疾病的方法,可分三步:首先,确定《招

① 朱季海:《楚辞解故》,北京:中华书局,1980 年版,第 357 页。
② 何剑熏:《楚辞拾渖》,四川人民出版社,1984 年版,第 11 页。
③ 朱季海:《楚辞解故》,北京:中华书局,1980 年版,第 357 页。

魂》、《大招》皆为春季招魂，与《周礼·春官》男巫招魂属同一时节。《招魂》曰："献岁发春兮，汩吾南征"，"湛湛江水兮，上有枫，目极千里兮伤春心"。《大招》亦直言："青春受谢，白日昭只。春气奋发，万物遽只。"朱氏据此知二文描述的季节皆在春季。朱氏认为，《周礼·春官》言男巫之职"春招弭，以除疾病"，郑玄《周礼注》云："招，招福也。杜子春读弭如弥兵之弥，玄谓弭读为敉字之误也。敉，安也。安凶祸也。招、敉，皆有祀衍之礼。"为男巫春季招魂之义，与《大招》春招正同。其次，《招魂》、《大招》与《周礼·春官》相应，皆为招四方也。《周礼·春官》言："男巫掌望祀、望衍、授号，旁招以茅。"郑玄注曰："杜子春云：望衍，谓衍祭也。授号，以所祭之名号授之。旁招以茅，招四方之所望祭者。玄谓衍读为延，声之误也。望祀，谓有牲粢盛者。延，进也，谓但用币致其神，二者诅祝。所授，类造攻说禬禜之神号，男巫为之招。"朱氏认为，《招魂》"何为乎四方些"，"正下招之辞。此下备陈四方之害，遍云不可以托止，即杜子春所说'旁招以茅，招四方之所望祭者'之比矣。贾公彦《疏》云：'旁，谓四方也'，是也。然旁招，谓于四方招之也。盖读《楚辞》二招，而《春官》'旁招'旧事，宛在目前矣"①。最后，朱氏据王逸注解及《招魂》原文，知《招魂》、《大招》中巫师性别与《春官》一致，皆为男性。朱氏云："玉云：'工祝招君'，王《注》：'工，巧也。男巫曰祝'，是楚俗亦招以男巫矣。"经朱氏以上考证，显然可直接推演出《周礼·春官》男巫春季招魂之职均与《招魂》、《大招》之招魂仪式相似。因《春官》记载男巫春招以除疾病之礼俗，故《招魂》、《大招》亦为招生者之魂以除病害。朱氏认为，王逸《楚辞章句》云："宋玉怜哀屈原，忠而斥弃，愁满山泽，魂魄放佚，厥命将落，故作《招魂》。欲以复其精神，延其年寿。"此恰"与玉偁帝告巫阳之语相应，甚得男巫招弭以除疾病遗意，可谓善说诗矣。"

于名物，朱氏"则琼芳之为蔓芳，疏麻之为野麻，皆求诸楚俗所有，风土所具，一本良史所书，地记所载，语无增益，而方物可晓也。"②除考辨"琼芳"、"疏麻"之外，又有"留夷"之为辛夷、"蕙茝"之为兰属、"雄鸠"之为布谷、"琼茅"之为蔓茅的名物考证。

另如，《离骚》"欲少留此灵琐兮"，王逸注云："琐，门镂，文如连琐，楚王之省阁也。"朱氏承王逸之说，且援引《说文·疋部》"㽟，门户疏窗也，从疋，疋亦声，囱象㽟形，读若疏"为证，言"琐"字当读为"㽟"，其云："《汉书仪》云：'青琐'，王《注》云：'琐，门镂'者，字借为㽟，正谓'门户疏窗'矣。《招魂》言'网户'，即此，其曰'刻方连些'者，犹王《注》云'文如连琐'也。""㽟谓之琐，故是楚俗，其字作琐者，亦可汉师以为'文如连琐'，故从琐书之。"又如《涉江》"乘舲船余上沅兮，齐吴榜以击汰。船容与而不进兮，淹回水而凝滞"，《方言·第九》云："舟自关而西谓之船；自关而东或是谓之舟，或谓之航。"朱氏引

① 朱季海：《楚辞解故》，北京：中华书局，1980 年版，第 346 页。
② 朱季海：《楚辞解故》，北京：中华书局，1980 年版，第 358 页。

《哀郢》"将运舟而下浮兮"、《惜诵》"魂中道而无杭"为证,云:"此所谓'自关西而东或谓之舟,或谓之航'也。"但朱氏认为"船"字并非仅用于自关而西之地。朱氏从《涉江》所言"舲船"及《淮南子·铨言训》曰:"方船济乎江,有虚船从一方来,触而覆之。"得出"船"字七国楚语确实有之,"淮南虽在关东,亦谓之'船'者,此楚之遗言也"。

于音韵,朱氏言:"篇中偶及一二,亦足以见拘牵《诗》音者莫能理《楚辞》,此戴君(东原)之见所以胜江(江有诰《楚辞韵读》),犹尚惜乎其业之未竟也。"朱氏虽言"偶及一二",但在审音中不囿旧说,据《楚辞》及先秦诸书的用韵特点,指明误音误字的韵读考辨,均胜各家所言。

如《离骚》"固时俗之工巧兮,偭规矩而改错。背绳墨以追曲兮,竞周容以为度",朱氏据宋玉《九辩》:"窃美申包胥之气盛兮,恐时世之不固。何时俗之工巧兮?灭规矩而改凿。"为据,认为"固在鱼部,此与凿相叶,是楚音读凿如错,自宵入鱼,与诸夏别也"。朱氏以为,《离骚》"错"当作"凿",叶"度"字,故此叶韵正与《九辩》"凿"叶"固"同理。又云:"今书作错者,当缘汉师不明楚音,只据关西语定之,以就度韵,遂失其读耳。""《九辩》之文,独存其真者,徒以下与教、乐相协,故得免于窜改也"。值得称颂的是,朱氏在借助音韵审查误字的基础上,引"《离骚》'不量凿而正枘兮,固前修以菹醢。'《九辩》'圜凿而方枘兮,吾固知其钽铻而难入。'"为证,认为屈宋用比常以"凿"、"规矩"、"枘"对应为喻。因此,朱氏以为东方朔《七谏》"固时俗之工巧兮,灭规矩而改错。却骐骥而不乘兮,策驽骀而取路",虽完全拟《九辩》:"何时俗之工巧兮,背绳墨而改错。却骐骥而不乘兮,策驽骀而取路。"而作,但因不明宋玉比拟时之惯用词,强改"背绳墨"为"灭规矩",徒取其貌。朱氏由此认为,自东方朔起,"错"、"凿"二字及其用韵已经开始相互混用。又,《离骚》"路曼曼其修远兮",洪兴祖《楚辞补注》曰:"曼,漫,并莫半切。《集韵》:'曼曼,长也,谟官切。'"朱氏按敦煌本《楚辞音》"曼曼,亡半反",得出此音"与今本及洪音正合;观骞公《音》,知隋人于此不作平声读也。"

朱季海先生言:"持此五耑,以观《解故》,亦可得其大略矣。"值得关注的是,除考据之外,朱氏在《楚辞解故》中亦谈及义理。就朱季海先生在楚辞义理研究方面取得的成就,当代学人至今无人论及。《楚辞书目五种》、《楚辞要籍解题》以及《楚辞学通典》等专著,大多受"五耑"所羁绊,集中论述其考据之功,并认定是书曲附考据,不讲义理,致使学界在评述其书之学术价值时多有偏颇,有失全面。大凡考据、辞章、义理,"合则美,偏则成病"。因此,于《楚辞解故》一书,朱季海先生言其"皆考之故书,核之楚事,而后能览其义理也"。

如《远游》"闻赤松之清尘兮,愿承风乎遗则"一句,多数治骚先贤依从洪兴祖《楚辞补注》所言,以《列仙传》言:"赤松子者,神农时雨师也。服水玉以教神农,能入火自烧。往往至昆仑山上,常止西王母石室中,随风雨上下。炎帝少女追之,亦得仙俱去。至高辛时，复为雨师，今之雨师本是焉。”为据，论赤松子其人，但不及精深。唯独朱氏另辟蹊径，据《远游》所云，赤松子以“虚静”、“无为”为教，知赤松自身汇集了稷下道家的思想，“稷下道家，虽可说是黄老之学的代表，然正因黄老之学是指一绵延有时的思想潮流，而稷下道家则是黄老之学在战国时期发展最为兴盛之阶段”。① 因而，朱氏又据《韩诗外传》之记载，进一步追溯道家产生的源流。朱氏按《韩诗外传》卷五子夏对哀公言：“帝喾学乎赤松子。”推演以赤松子为代表的道家黄老之思在帝喾之前早已产生。之后，朱氏又引《远游》“闻赤松之清尘兮，愿承风乎遗则”、“轩辕不可攀援兮，吾将从王乔而娱戏”中所见赤松、王乔之神职，以及《天问》“彭铿斟雉，帝何飨？受寿永多，夫何久长？”中彭祖之职掌，得出赤松、王乔、彭祖在楚地神仙之术中各有所司。另按，洪兴祖在注疏《天问》彭祖之职时，除引《庄子·刻意》记述：“吹响呼吸，吐故纳新，熊经鸟申，为寿而已矣。此道引之士，养形之人，彭祖寿考者之所好也。”为证，又引《汉书·王褒传》记载王褒《圣主得贤臣颂》言：“休征自至，寿考无疆，雍容垂拱，永永万年。何必偃卬诎信若彭祖，响嘘呼吸如乔松。”论定彭祖除兼斟雉服食之术，又兼赤松“吹响呼吸，吐故纳新”之职。故朱氏言，以“彭祖寿考者”本属泛指之观点，推出上古神仙之术多有混同，故不必备于一仙之一身也。由此可见，朱氏多从梳理历代文献入手探寻文本内证，并据此来考订上古时期神话传说中仙人职掌的神仙道术问题。朱氏以上剖析义理之处，涉及神话学学科，思辨性极强。

三、其学：气往轹古　超逸先贤

陈平原先生在“学术史丛书”总序中写道：“所谓学术研究，说简单点，不外‘辨章学术，考镜源流’。通过评判高下、辨别良莠、叙述师承、剖析潮流，让后学了解一代学术发展的脉络与走向，鼓励和引导其尽快进入某一学术传统，免去许多暗中摸索的工夫——此乃学术史的基本功用。”②因此，通过略陈朱季海先生研治《楚辞解故》之方法，总结朱氏治学之规律，以惠后林。

（一）摭其未备，核楚语、楚事、故书定之

一方面，朱氏在《楚辞解故》序中言：“凡为《楚辞》，解其土风而可知也。自淮南王、太史公、刘向、扬雄论述大义，班、贾、王二三君子，既宣之矣。近世学者，无替旧闻，转相起发，然遗逸多有。今摭其未备，颇据楚语以定之，庶欲共江南黎献，辨章风谣，存共故俗，使九畹愈滋，百亩弥望，则必有与我同好者矣。”同时，朱氏又在《后记》中再次强调“明楚语”的价值。朱氏言：“自王逸以来，未能详说，今悉之参伍遗文，明其语楚，以见诸家义一切据通语立说者，时失其真，盖必先明楚语，而后楚辞始有达诂也。”依朱氏所言，唯有

① 陈鼓应：《管子四篇诠释》，商务印书馆，2006 年版，第 204 页。

② 陈平原，米列娜：《近代中国的百科辞书》，北京大学出版社，2007 年版，第 1 页。

先定楚语方可达估。朱氏明楚语,如确定楚方言殊语的办法是“以类族观”,现其条理。此种方法似于“递训”的训释原则,即以甲即乙、甲即丙,推出乙丙互通。如《招魂》有“挫糟冻饮”一则,朱氏就王逸训“挫”为“捉”,作出合理的推导与训释。朱氏取《汉书·王吉传》“冯式撙衔”之注解作为论据,臣瓒曰:“撙,促也。”颜师古曰:“撙,挫也,音子本反。”朱氏言:“寻师古谓之挫,臣瓒谓之促;犹《招魂》谓之挫,《章句》谓之捉矣。”故挫、撙、促、捉互训。朱氏从《汉书》的注疏中,通过比类验证王逸注释的正确性。又如《云中君》:“浴兰汤兮沐芳,华采衣兮若英。”朱氏据《方言》:“华,荂,晠也。齐楚之间谓之华。”认为“华”字楚语谓“晠(shèng)”,炫耀之义。朱氏云:“此言华者,正谓衣饰之美晔如也。采衣即五彩之衣。”非王逸所云“五彩华衣”之义。朱氏除证楚语之外,亦辨通语、雅言。如《九辩》“忠昭昭而愿见兮,然露曀而莫达”,朱氏对“曀”字释义,“寻《晏子春秋·内篇谏下·晏公嬖妾死章》:‘仲尼闻之曰:星之昭昭,不若月之曀曀’孙星衍《音义》引《诗·邶风》‘曀曀其阴’《毛传》‘如常阴曀曀然’,亦是也”。由此推论出,《九辩》“宋玉之辞,‘昭昭’与‘露曀’相对,犹仲尼以昭昭、曀曀为对文也;是阴沉曰曀,亦齐、鲁、卫、楚之间通语尔”。

另一方面,综观朱季海先生之考证,诚如朱氏在《后记》中所言,其治学之关键还在于“皆考之故书,核之楚事”,故朱氏无论考证谣俗,抑或校勘、训诂等均运用考故书、核楚事的方法。如《离骚》“步余马于兰皋兮,驰椒丘且焉止息”,朱氏先据《说苑·正谏篇》:“楚昭王欲之荆台游,于是令尹之西驾安车,步马十里,引辔而止,曰:‘臣不敢下车,愿得有道,大王肯听之乎?’”(亦见《渚宫旧事》,文句小异,其言步马则同)中“步马”当译为“使马慢行”之楚事,又按楚书《淮南子·人间训》言:“徐行而出门,上车而步马,颜色不变。其御欲驱,抚而止之。”中“步马”之语境义,补正王逸《楚辞章句》注:“步,徐行也”的准确性。通过核楚事、楚书考究朱骏声《离骚赋补注》与俞樾《读楚辞》引《左传》证“步马”是“习马”为非。朱氏认为“步马”自有二义,但《春秋传》言“步马”,不能与《离骚》中“步马”之义相等同,故朱骏声与俞樾“二君隶事误也”。

《楚辞解故》的出版说明曾评述朱氏《楚辞解故》之考证“是一部属于考据范畴的专门著作”,“他在王逸《楚辞章句》、洪兴祖《楚辞补注》的基础上,对具有浓厚地方色彩的《楚辞》,根据荆楚、淮楚之间的方言、风土、习俗等文献资料和出土文物,从校勘、训诂、谣俗、名物、音韵五个方面,作了比较全面的探索,在《楚辞》研究领域中有其特色,具有一定的参考价值。”①

(二)钟情王、洪,又兼论各家

朱氏《楚辞解故》考证之诸多条目均引述王逸、洪兴祖二家之说,同时亦在考辨中推

---

① 朱季海:《楚辞解故》,北京:中华书局,1980年版,第1页。

崇王念孙、王引之、孙诒让的论断。朱氏精于推理,对以上各家“肯定多、圆通多、发挥多、补证多,驳论多、纠正多”。① 朱氏以王逸《楚辞章句》及洪兴祖《楚辞补注》作为释义标准,并以此为基准进行辨析,但朱氏常在录入《楚辞解故》中,因考证需要而就《楚辞章句》及《楚辞补注》的注疏原文做出省改。如朱氏释《离骚》“擥木根以结茝兮”一则,先引原句,后列王逸所言:“擥,持也。根之喻本。言己施行,常擥木引坚,据持根本。”因朱季海先生仅针对“擥”字说解,故省略了下句“贯薜荔之落蕊”的注释内容。

又如《离骚》:“謇吾法夫前修兮,非世俗之所服。”中“服”字之考释,王逸《楚辞章句》释“服”有“服行”与“服佩”二义,朱氏据《离骚》下文言:“进不入以离尤兮,退将复修吾初服。”及《涉江》:“余幼好此奇服兮,年既老而不衰。”中“服”之旨意,推知各篇“虽摅辞不同,其假服饰以见意则一也”。因此,朱氏推出王逸言“佩服”之义近之,并言“服行”则于“结茝”四句,“语气不复相贯也”。又《离骚》“何桀纣之猖披兮,夫唯捷径以窘步”,朱氏以王逸《楚辞章句》的注疏为基础,论定此处“夫唯”即楚语。朱氏先引《老子》篇中“夫唯弗居,是以不去”,“夫唯不可识,故强为之容”,又引《离骚》“夫维圣哲以茂行兮,苟得用此下土”,王逸注云:“言天下之所以立者,独有圣明之智,盛德之行,故得用事天下,而得万民之王。”王逸释此句,用“故”与“夫维”对应,故朱氏据此云:“录叔师之言,妙达屈平辞气,其曰‘故得’云云,信足为楚语传神矣。”并由此证明《离骚》言“夫唯捷径以窘步”、“夫维圣哲以茂行兮”、“夫唯灵修之故也”及《老子》等楚书凡称“夫唯”,必多与“故”或“是以”相连。朱氏云:“楚人言‘夫唯’,犹云‘只以’、‘正因’之比,多用于诠释所由。”此处,朱氏正是在王逸旧注的基础上有所引申和发挥。又《招魂》“晋制犀比,费白日些”,王逸注:“费,光貌也。”洪兴祖《楚辞补注》曰:“费,耗也。昲日光也。”孙诒让《札迻》谓费、曊字同,义皆可从。朱氏言,洪氏以“费”为“耗”之义为非,并另举《淮南子·墬形训》言:“扶木在阳州,日之所曊。”证明孙氏是也。朱氏据此知“费、曊,语楚,光照一也”,“费”为光照之义,并无“耗”义。此后,朱氏又在《楚辞解故三编》中引吴大澂《读古陶文记》有“城易昲”的记载,证明昲、曊虽不见《说文》,费为借字,但昲在陶文已经存在,因“吴氏所记,皆陈介祺物,大抵出于山东,盖七国齐器,然曊、费亦齐楚通语矣”,故曊、费、昲字同,光照之义在上古当常有之,并非洪兴祖所言“费,耗也”。不难看出,朱氏无论依从、补充,抑或否定各家旧说,多有所凭据。

(三)挖掘内证,甄别作品

朱季海《楚辞解故》多以楚辞文本作为内证。朱氏通过寻找同篇之中上下文在内容、语言上的相互关系,又按在创作作品时与屈原相去不远的宋玉、淮南小山、刘安、王逸等

① 周建忠:《精于声训 他山攻玉——评何剑熏其人其学其书》,《西南民族大学学报》,1999 年第1期,第80页。

人接受、承袭屈原体现出的用语特点,终以《楚辞》各篇作为相互印证,舍远求近,探屈原作《楚辞》时的最初本意。如《九辩》"余萎约而悲愁"一则,朱氏后引"又:柯仿佛而萎黄。"为据,且在按语中援引《离骚》"虽萎绝其亦何伤"。朱氏据此云:"平赋'萎绝',犹玉赋'萎约'、'萎黄',盖楚语如是。"朱氏寻慧琳《大藏音义·七十六》引《仓颉篇》:"萎黄,病也。"论定"萎黄"、"萎绝"、"萎约"俱谓病也。朱氏云:"楚言:病谓之萎,自人通于草木,初无异辞。"故朱氏在考证时多以《楚辞》原文及拟骚作品作为论据。正如前文所述,朱氏言《离骚》:"固时俗之工巧兮,偭规矩而改错。"中"错"当本作"凿"字,其立论依据便是参照宋玉《九辩》及东方朔《七谏》的原始文本。凡此论证,不需赘述。

(四)邻壁之光,可以攻玉

朱氏并非局限于楚音、楚俗、楚字的校理与探索,同时还借助物理学、天文学、民俗学及考古学等诸学科知识,说解各家的疏证,考订诸家得失,最终破译《楚辞》词语释义的疑难之处。如《天问》:"白蜺婴茀,胡为此堂?"(《楚辞集校集释》漏收朱氏对"白蜺"一词的考辨,于读者实为缺憾)许慎《说文解字》云霓(霓与蜺同):"屈虹青赤,或白色阴气也,从雨,儿聲,五雞切。"宋邢昺《尔雅注疏》引晋郭璞音义云:"虹双出:色鲜盛者为雄,雄曰虹;暗者为雌,雌曰蜺。"段玉裁《说文解字注》据郭璞音义而注"霓"云:"据此,似青赤为虹,白色为霓。"朱氏认为,许慎言"屈虹青赤","盖虹双出,色鲜盛者为雄虹,其色以赤青为序;暗者为雌霓,其色反雄虹之序,故云'屈虹青赤'也"。朱氏此说精准恰当,用"青赤"、"赤青"之序来表述"霓"、"虹"呈现出的色带差别,此解是许慎言"霓"为"屈虹青赤"的合理阐释。而段氏"青赤为虹"不可凭信。

同时,郝懿行《尔雅义疏》另据《说文》言:"按白色二句,盖别一义,非谓霓也,白蜺见《楚辞·天问》。"又云:"《楚辞·悲回风篇》云:'处雌蜺之标颠',《远游篇》云:'雌蜺便娟以曾挠',皆郭义所本也。"郝氏于此暗指许慎言"霓"为"白色"有误,进而在《楚辞》中推出"白蜺"与"雌蜺"所指不同。朱氏据郝氏之说言:"以物理言之,凡云气中水珠愈细,折散日光诸色聚合愈密,愈近于白色,此所谓'白色阴气'。"因而,朱氏用物理反射原理补正了许慎关于"霓"字的正确释义,《天问》中"白蜺"即许慎言"白色阴气"。朱氏言:"许君生于千载之上,独能据色序以明虹、霓之异,苟天下之至精,孰能与于斯乎?"此外,朱氏引宋玉《九辩》"骖白霓之习习兮",《注》云:"骖驾素虹,而东西也。"推知"白霓"即"素虹"。另,引《礼记·聘义》曰:"气如白虹,天也。"《史记·鲁仲连邹阳列传》邹阳狱中上书曰:"白虹贯日,太子畏之。"推出"素虹"与"白虹"同,并与"白蜺"相对。朱氏云:"以物理言之,素虹亦可有其雌,但书传未有言'雄霓'者,盖许君谓之'阴气'明无雄也。"因此,朱氏通过两次运用物理学科知识论证"白蜺"一词,证明许慎言"白色阴气"正是屈原用"白"饰"蜺"的最佳解释。

总之,朱季海先生治骚由楚语到文本、由文本到科学,由科学到文化、由文化到旧学,

由旧学到新知。此外,《楚辞解故》亦有白璧微瑕之处,但瑕不掩瑜。如《楚辞解故》在训诂笺注时,也存在一些值得商榷的问题:

其一,朱氏《楚辞解故》之部分结论过于主观,因缺乏论据而草下决断。黄灵庚先生言,“然细审之,其言‘楚辞’盖有失之于滥。如《离骚》‘皇览揆余初席兮’之‘览’,朱氏但引《老子》‘玄览’一事谓‘楚语’。然则‘览’字复见存《国策》、《吕览》,岂亦言‘楚遂语’欤?唯小疵不足掩其大醇”①。另如《离骚》“折若木以拂日兮”中“拂”字释义,王逸注言:“拂,击也;一云蔽也。”朱氏认为,王逸所注“或说”得之。朱氏按《离骚赋补注》已引《悲回风》“折若木以蔽光”为证,又据《史记·屈原列传》引《怀沙》之赋言“修路幽拂兮”,而《史记索引》与《史记正义》俱言《楚辞》于此作“幽拂”,知《离骚》原本作“拂”,东汉他本始改为“蔽”字。朱氏由此推知“蔽”谓之“拂”,为郢楚遗言。此处,朱氏甄选“蔽”字训释“拂”之词义,是正确之举。但将其定为楚方言,有误。何剑熏先生已反驳朱氏之说,“何氏据韩《诗》‘茀’作‘蔽’,证此为读‘实南北皆然,故亦通语也’。又曰:‘凡今音之轻唇,古皆读重唇,非楚语如是,古语皆然’”。故朱氏之说多有局限。此外,朱氏“论定《大招》作者”一则,其言《大招》是淮南大山所作,“其曰‘大’者,望《招隐士》言之”。朱氏将《大招》与《招隐士》并提,其论证视角远高于历代治骚者。此虽为新说,但朱氏仅只提及,而未作详细论证和说明。

其二,朱氏参阅《楚辞》注本有限,导致朱氏的部分论断重蹈旧辙,殊不知文人学者已早有论述但其未能察觉。例如,《楚辞》注本自汉以来不胜枚举,朱氏《楚辞解故及续编引用书目略》中仅列出关涉楚辞类之《楚辞章句》、《楚辞音残卷》、《楚辞集注》、《离骚草木疏》、《楚辞韵读》、《屈原赋注》、《离骚赋补注》、《读楚辞》、《楚辞考异》、《楚辞校补》等书,故朱氏的参考注本明显有限。正如董楚平先生所言:“当年朱季海先生著《楚辞解故》,用了湖北丛本《楚辞章句》,其引文由于版本错误,留下诸多遗憾。”②从《楚辞解故及续编引用书目略》列举《楚辞章句》的参考版本来看,朱氏只参校了湖北丛书翻隆庆重雕宋本,引文校勘的缺失确实有之。又如《九辩》“忠昭昭而愿见兮,然露曀而莫达”,朱氏谓露当作黔,露即黔之坏字。《说文·云部》:“黔,云覆日也,从云,今声。”是也。朱氏另举《九辩》已云:“阴阳不可与俪偕。”《释文》以阴作黔,证明露当本作黔,黔与阴义同。此论点固然正确,但王夫之《楚辞通释》早已论说,其言:“露,当作黔,与阴同。”朱季海先生本可避免,却因没有参阅《楚辞通释》而重复论之。

耄耋之年的朱季海先生,至今每有心得则记之,生命不息,学术不断。虽然生活困

① 黄灵庚:《〈楚辞〉文献学百年巡视》,《文献》,1998年第1期,第144页。
② 董楚平:《读黄灵庚〈楚辞章句疏证〉等书》,《文学评论》,2009年第1期。

顿,但"玉树坚牢"①,心态乐观。笔者多次拜谒朱季海先生,朱先生常言:"中国传统文化的主线仍在,我仅以一个支点,便可以撬起地球。"同时,据《困境中的突破:"探访民间学术部落"》记载,朱季海先生在给杭州友人的信中更是表明对学术的热爱,对生命的珍惜。其言:"酒醒深夜,红烛照花,非情之所钟,谁能如此?生命是宝贵的,只有宝贵的生命才会在任何情况下都能保住那股激情和希望的。强烈的渴求正是生命的动力,有什么不好呢?诗兴勃发,令人欣羡,为什么要终觉黯然呢?生命之花是不凋谢的,心灵之光,明于红烛。"②

智者乐,仁者寿。朱季海先生兀兀穷年,宠辱不惊,凸显出一代名师的治学历程。

① 吕国利:《困境中的突破:"探访民间学术部落"》,《社会科学报》,2005 年 5 月 19 日,第 1 页。

② 吕国利:《困境中的突破:"探访民间学术部落"》,《社会科学报》,2005 年 5 月 19 日,第 1 页。

评李陈玉之《楚词笺注》

《职大学报》编辑部 周秉高

明末李陈玉所著《楚词笺注》一书在楚辞学史上颇有名气,但由于此书除清康熙年间有个“魏学渠刻本”外,再未正式出版过,所以学界真正看到此书者似乎为数不多,全面评介此书者也似乎为数不多。

李陈玉此书“自叙”开宗明义,阐述了“笺疏传注”之含义,并一一作了评论,而褒“笺”贬“注”是其核心。李陈玉褒“笺”,称“笺”为“上上人语”。李氏“自叙”中之所谓“笺”,似乎不同于其他古人笼统的“表识”书义,因为他攻击“毛公于诗本注与疏而乃谓之‘笺’”(一般称为“毛传郑笺”)为“世之不正其名者”。李陈玉之所谓“笺”,似乎相当于今日之层次分析。在骚学史上,重视层次分析,并对楚辞作品的层次进行分析,李陈玉并非首创,且其理论上矫枉过正,实践上也并未成功,但毕竟是对王逸以来传统注骚方法的又一次革命,值得肯定。李陈玉贬“注”,称“注”为“下下人语”,且其所“注”多有浅见谬论,但书中确实不乏新意灼见,而这正是李氏此书价值之所在。兹证如下。

一、李氏褒“笺”并非首创,且矫枉过正

李陈玉云:

> 笺之为言也,线也,不多之谓也,读者之悟与作者之意相遇于幽玄恍惚之地,一线孤引,竟欲忘言其文,反略于作者而以作者为我注脚。此为上上人语也。

在这段文字中,李陈玉用的是比喻。所谓“线”,意同“纲举目张”之“纲”。只有“纲举”,方能“目张”。因此,所谓“线也”,所谓“一线孤引”,即从纵的角度和整体上去把握作品的思想内容及其“脉络次第”,也就是强调要对文学作品进行层次分析。骚学史上,从王逸到洪兴祖,诸多注家一味顺文滚解,“句栉字比,求先故推义,类入泥入水”,而“不先寻其纲领”,致使阅读不能深入,不能全面了解作品的结构层次,从而不能正确把握作品的思想内容。所以,能反对这种传统做法,要有勇气,是一次革命。不过,李陈玉并非首创。

宋代朱熹《楚辞辩证》一书早已明确地批评前人此种治骚之法。其在《离骚辩证》中云:

大率前人读书,不先寻其纲领,故一出一入,得失不常,类多如此。①

其在《九歌辩证》中云:

……全然不见其语意之脉络次第。至其卒章,犹以"遗玦"、"捐袂"为求贤,而"采杜若"为好贤之无已,皆无复有文理也。②

其在《九辩集注》中又云:

旧本此章误分"窃美申包胥"以下为别章……既断语脉,又不叶韵,又使章数增减不这,今皆正之。③ 在实践上,朱熹的《楚辞集注》一书放弃王逸的"顺文滚解"法,改为"放《诗传》之体例,以章为断,先释字义,然后通解章句内之意。"④进而在"章"的基础上,又进一步将几章内容相同的加以合并,"各标章次以别之"⑤。朱熹是骚学史上第一个倡导并实践层次分析法之学者(详见拙文《朱熹反王逸功过论》)。因此,李陈玉《楚词笺注》一书褒"笺",重视作品的层次分析,是正确的,但决非首创。

李陈玉不仅不是首创,而且在理论的阐述上也远不如朱熹高明。朱熹重视层次分析,但并不轻视或否定注疏训诂。他不仅文内详注,而且书名也明确题为"集注"。李氏却诬"注"为"下下人语"。此说大谬。实际上,没有"句栉字比",何来"一线孤引"?注疏训诂,乃治骚之基础,亦为所有治学之基础,更是"笺"之基础。要想看懂古代的文学作品,注疏训诂是第一步,是必由之路。清代著名学者戴震言之有理:

由文字以通乎语言,由语言以通乎古圣贤之心志。譬之适堂坛之必循其阶而不躐等。⑥

① (宋)朱熹:楚辞集注[M],上海古籍出版社,1979年,第182页。
② (宋)朱熹:楚辞集注[M],上海古籍出版社,1979年,第187页。
③ (宋)朱熹:楚辞集注[M],上海古籍出版社,1979年,第126页。
④ (宋)朱熹:楚辞集注[M],上海古籍出版社,1979年,第174页。
⑤ (宋)朱熹:楚辞集注[M],上海古籍出版社,1979年,第120页。
⑥ (清)戴震:戴震集[M],上海古籍出版社,2009年。

其又云：

文字之鲜能通，妄谓通其语言；语言之鲜能通，妄谓通其心志，而曰傅合不谬，吾不敢知也。①

所以，在欣赏古代文学作品（如楚辞）时，无注不明，少注不精，错注不通。即如李陈本人，其在"笺注"《离骚》时云：

又念《离骚》为楚词开篇，不妨仍为中下人，入泥入水，便开篇使知大意，则以后曲折，竟如破竹矣。是以《离骚》有笺而复有注。

此段文字足证：要想知道作品之"大意"，不能光有"笺"，而且还必须得有"注"，因此，把"笺"褒为"上上人语"，却把"注"贬为"下下人语"，显然是说不通的。也打个比方，"笺"为宝塔，"注"即基础。没有深固扎实的基础，哪来高耸入云的宝塔？李陈玉矫枉过正，谬矣！

二、评其《离骚》之"笺"

李陈玉将《离骚》"分作十四段"。其中"虽体解吾犹未变兮，岂余心之可惩"和"怀朕情而不发兮，余焉能忍与此终古"两处确为《离骚》"乱"辞以前三大层次的交界处。这是正确的。但李氏未能如朱熹所说将具有"一意"的几章合并，从而使作品的层次更加清楚。如，他将《离骚》第一大层次割裂为八小段，既未能概括出第一大层之中心，也未能说清各层之间的内在联系。《离骚》第一大层次的中心本为回顾，讲过去，即诗人回顾自己的志向、遭遇和决心，三层之间逻辑关系十分紧密，而李陈玉之八小段分别为："本非可离之人"；"焉有可离之端"；"致妒之由"；"乃衅所由"；"妒已入矣"；"衅已成矣"；"生性不能改"；"便有抽身引退之思"，此八个段意是否符合诗歌原意姑且不论，就算按此意思，第一大层次最终结论是："便有抽身引退之思。"如果这是正确的话，那么，为何下文中诗人又要"上下求索"？前后矛盾，显然不是诗人本意。《离骚》第二大层次本为求索，是讲未来，是前边"回顾"的必然发展，而李氏割裂为与前八小段并列的三个小段，其与前边和后边的关系就很难说清楚。另外，这三个小段是相对独立的，但三段之间的关系李氏没有

① （清）戴震：戴震集[M]，上海古籍出版社，2009年。

说清楚。“女媭劝责”与“陈词重华”是因果关系,然李陈玉将“女媭劝责”释为“见众妒之必不容”,似乎与上边的内容有重复之嫌,与下文关系也不清不楚。因为上文写清了“灵修数化”和“众芳芜秽”,所以引出“女媭劝责”。此层是想说明,在现实生活中,不仅君王不理解自己,党人嫉妒自己,连自己最亲近的人也不理解自己,所以诗人只能“济沅湘以南征兮,就重华而陈词。”但李陈玉似乎未看懂这一点,只是泛泛地说:“历举前世善败非好为婞直以犯人之情,直是事君之道当然耳。”此与本层大意简直是牛头不对马嘴,自然也就更说不清与下层“上下求索”的关系。《离骚》第三大层次本是通过灵氛与巫咸这两个假想的人物,集中表现屈子在“走”与“留”之间的矛盾心理,即“离骚”之本意——不能不离,离又不可。在李陈玉所分之第 12 段中,灵氛劝离——“勉远逝而无狐疑”,此“远逝”之地,即前屈原问卜时所说“思九州之博大”的“九州”,就是离开楚国,像其他许多人那样也去“楚材晋用”。但巫咸非是,他没有劝屈子“远逝”他国,而是“勉升降以上下兮,求矩矱之所同”,即劝屈子仍像第二大层次中“上下求索”那样,继续留在国内、朝中,“上下”求同。这两个巫师的卜词,有着本质的区别,一个劝离开楚国谋求发展,一个劝留在楚国继续上下求同。假托的是两个巫师,实际是诗人自己头脑中两种思想的尖锐矛盾和激烈斗争。这才引起了下边大段文字,即诗人自己详细分析非走他国不可的原因。在李氏所分第 13 段的开头,屈子唱道:“灵氛既告余以吉占兮,历吉日乎吾将行。”此句十分重要。前边有两个人为他占卜,一为灵氛,一为巫咸。灵氛告的是“吉占”,那么巫咸告的是什么“占”? 屈原没有明确说出,但他明显舍弃了巫咸之占,即舍弃了“留”的思想。历来注家认为巫咸之占与灵氛之占相同,李陈玉在其所分第 12 段的评语中也写道:“……巫咸百神确然告余不可淹留,一如灵氛所言。”恐怕这种说法不合诗歌实际。还有,李陈玉归纳他的第 13 段大意为:“言从此便割绝矣”,而最后 4 句却是“陟升皇之赫戏兮,忽临睨夫旧乡。仆夫悲余马怀兮,蜷局顾而不行。”将此“不愿走”之意同前边之“想要走”混为一谈,显然不妥。要之,李陈玉对《离骚》之“笺”,各大层次交接之处,他看出来了,但各大层次相互之间及各大层次内部小层次之间的关系,他未能讲清楚。

三、评其《天问》之“笺”

李陈玉在“自叙”中写道:“《天问》则有注无笺”。而实际上,他对《天问》是有所“笺”的,只是不够细致罢了。其云:

> 《天问》当分作三大段。自“曰遂古之初”起至“曜灵安臧”止,为上段,共四十四句,是问天上事许多不可解处。自“不任汩鸿”至“乌焉解羽”止,共六十八句,为中一段,是问地上事许多不可解处。自“禹之力献功”起至末“忠名弥彰”

止,共二百六十一句,为后一段,是问人间事许多不可解处。

此分法基本符合《天问》层次之实际,而且这是李陈玉之首创。因为从王逸以来,历代注家均沿用王逸的观点,以为《天问》"文义不次序"①,朱熹是第一个主张对作品作层次分析的,但他对《天问》的层次也没有理清楚。汪瑗《楚辞集解》干脆对《天问》不予置喙。然李陈玉对这块"硬骨头"首次举起了"解剖刀",并准确地剁到了三个大骨头的关节之处,实在难能可贵。另外,在第二大层次的开头,李陈玉写道:

> 此段欲问地上事许多不可解处。而先从鲧禹问起者,盖地上事自鲧父子治水平土后始有可问处;亦以前女媭之詈以鲧方之,故胸中不平丢开,许多圣贤不问,而数数为鲧致诘也,大有为鲧辩屈之意在。

这段话解释第二大层次开头的意义,属于结构问题,所以还是"笺"。此前王逸、洪兴祖和朱熹等辈均未对此引起重视,故所注亦均不中肯。李陈玉对此不但重视,而且做出了比较明确的解释,在整个骚学史上自有其不可小视的价值。李氏解说第二大层先问鲧禹有两条原因:一为鲧禹有治水平土之功,二为"以前女媭之詈以鲧方之"。第一条有理,第二条牵强。清人蒋骥讲了三条理由,全文如下:

> 问天之后,未及问地而先问禹者,禹有平地之功;又,《尔雅》释地至九河,皆禹所名;而鼎象之铸、《山经》之作,语言遐异者,多托之于禹。故先地而致问也。②

第一条理由与李氏相似,而第二、第三条理由,似比李氏更加客观、更加有力。李陈玉对《天问》所"笺",仅此两点,但都有创新意义。可惜的是,他未能对《天问》作更多更细的解剖。

四、评李陈玉对《九歌》等楚辞作品之"笺"

李氏"自叙"有云:"《九歌》以下则笺详而注略"。事实并非如此。《九歌》11 篇,李氏仅对《东皇太一》和《云中君》两篇有非"详"之"笺",如其谓《东皇太一》"此章分两段"、谓《云中君》"此章分两段"云云。而对其他作品的层次,李氏均未有析。即使对上

① (宋)洪兴祖:楚辞补注[M],北京:中华书局,1983 年,第 85 页。
② (清)蒋骥:山带阁注楚辞[M],上海古籍出版社,1984 年,第 77 页。

述两篇之所“笺”,亦极粗疏,绝非方家所为。对《九章》和《远游》、《卜居》和《渔父》诸篇,李氏亦无所“笺”,更谈不上“详”。真不知其“自叙”中“《九歌》以下则笺详而注略”一语从何而来!尤其《远游》最后92句,乃“远游”之主体,内容丰富详略有致,手法多变,感情发展波澜起伏,跌宕有致,而且有些描写特别生动,堪称绝唱。然而李氏竟诬之曰:“满篇虽是盛夸仙游,其实都是无聊极思也。”这仿佛一个小学生在评论鲁迅的作品一样。

李陈玉对《九辩》层次的划分,与朱熹“集注”相同,也是“九分法”,并无新意,且对各层大意的归纳亦属皮相之论,未能说清各层之间内在的逻辑关系,仿佛《九辩》是杂乱无章的一盘散沙。其对《招魂》之“笺”,应该说大致脉络是把握住了,但不够精细,连王逸所云“外陈四方之恶,内崇楚国之美”这两点都未能明确表达出来。相反,他将“四方之恶”理解为“备写世间谋害忠良恶状”,恐怕与作者原意不甚吻合,也不利于读者深入领会此篇强烈的爱国主义思想感情。“魏学渠刻本”只对《大招》的前92句有“笺注”,其后阙佚。其对《大招》仅剩之“笺注”,亦无新意。

综上所述,李陈玉《楚词笺注》一书褒“笺”,重视对作品的层次分析,但他对楚辞作品层次的解析,实际上很不成功,并无多少价值。

五、评李陈玉所“注”

传统注释,要求逐字逐句,要求有根有据,要求旁征博引,李陈玉则贬之为:“句栉字比,求先故推义,类入泥入水,现学究身说法,此为下下人语也。”所以,他书中所“注”,不屑逐字逐句,极少引经据典,只谈自己看法。极端者如《卜居》之“注”,共17处,前16处每“注”仅2字。过录如下:

(1)尽职,(2)周旋,(3)守分,(4)沽名,(5)任直,(6)投时,(7)高蹈,(8)卑谄,(9)方正,(10)圆熟,(11)矫持,(12)浮沉,(13)当先,(14)落后,(15)高举,(16)卑污。

第17处略多一些,才12字:“詹尹亦可人,此唐宋小赋之祖。”还如其对《惜诵》“忠何辜遇罚兮”以下22句之“注”,仅有“有口无舌”、“有目无睛”、“有胸无心”、“有天无日”和“千古至言”等数词。如此之“注”,倒是简略,但主观性、随意性压过了客观性、严谨性。另外,李陈玉为楚辞作“注”,往往以批评“旧注”的身份出现,故其中不少“注”,“离经叛道”,独创一说,这是好的,但因为是“离经叛道”,独创一说,所以偏激之处,在所难免。

(一)其明显有误或可备一考之注,有以下例子

1. **在《离骚》解题中他写道:**“骚乃文章之别名,自是风之一种,故风骚尝合言之。……骚之为体,一如乐府,南方自有此体,二南广汉之诗便已肇端,不创自屈原。”

按:先有《离骚》然后才有“骚”名,焉能反末为本?

2. **其“解题”有云:**“《离骚》大意,只为‘好修’二字,与人异趣,为人所忌。”又云:“古

语有之：‘贤奸不同国而治，薰莸不共器而陈。’《离骚》取义本此。”

按：《离骚》主旨，题目已经表明：离别的忧愁，即不能不离，离又不可的矛盾痛苦。李氏以为“好修”等等，实不中肯。

3. **其释“又重之以修能”句云：**“‘重’，旧作再重之重，非乃轻重之重也。盖有才而行，则将轻之，是故以修能自重。”

按：洪兴祖补注云：“重，再也，非轻重之重。”李注与洪注针锋相对，而洪注为是。

4. **其释“夕揽洲之宿莽”句云：**“宿莽，乃陈草芜秽未经芟薅，喻小人臭秽丛杂。无‘揽’之者，将阻险盘踞不死矣。‘朝搴’‘夕揽’，朝夕为国家进贤、锄奸也。旧注并以宿莽为香物，盖始于郭璞之误。郭以卷心草为宿莽，故有赞曰：‘卷葹之草，板心不死。’屈平嘉之，讽咏以比，取类虽迩，兴有远旨，不知‘卷葹’即后女媭所云‘薋菉葹以盈室’，三恶草也。”

按：王逸、洪兴祖、朱熹等皆以宿莽为香草；汪瑗以宿莽为香木。李陈玉否定上述诸人之说。而其后诸骚家均仍以宿莽为香物。李氏此注，可备一考。

5. **其释“恐美人之迟暮”句云：**“‘美人’，旧以况君。味下‘灵修’，乃妇悦其夫之称，后复有‘众嫉予娥眉’、‘谣诼谓予善淫’之语，则‘美人’当曰自况明矣。”

按：从古至今，楚辞中“美人”一词，注释最为纷纭。王逸云：“美人，谓怀王也。”洪兴祖云：“屈原有以美人喻君者，‘恐美人之迟暮’是也；有喻善人者，‘满堂兮美人’是也；有自喻者，‘送美人兮南浦’是也。”其实，“美人”之训，不能就词论词，必须在搞清作品层次的基础上联系上下诗意方可作出判断。即使李陈玉同一书内，对“美人”一词之注也并不相同。如，在为“上下求索”中之“美人”作注时，李氏云：“求女者，求贤君之譬也。”又云：“但前有‘众女嫉予蛾眉’、‘谣诼谓予善淫’之语，则知其以‘美人’自况，此则到处求媒，又以美人况君。比喻变迁，倏忽无端，此《离骚》之情也。”看来，李陈玉完全被屈原搞糊涂了。另外，李氏拘泥于就词论词，将此处“美人”注为“自况”，从而对诗歌的层次理解也就全乱了。从“日月忽其不淹兮”至“来吾道夫先路”，本是一个层次，如按李注，“美人”为“自况”，那么，“吾”为谁“导夫先路”？故细读原诗，此处“美人”一词，王逸之注为是。

6. **其释“何桀纣之昌披兮，夫惟捷径以窘步”句云：**“当日怀王之祸，受亏只在‘捷径’两字，到败绩时尚不悟也。即如秦令绝齐、召会结姻，上官、子兰辈人人以为结好息民，省无数劳攘，可谓‘捷径’矣，岂知伏兵见执，是‘幽昧’也，老死不归，是‘险隘’也。予之不从，岂惮殃哉？正恐殃及君国耳。”

按：诗句本说桀纣，李氏却要坐实楚史，二者相距远矣。且《离骚》作时，恐怕尚无“伏兵见执”“老死不归”等事。李氏此注可备一考。

7. **其释“悔相道之不察兮，延伫乎吾将反”句云：**“‘相道’，即前所云‘来吾道夫先路’也。苦心佐助而不蒙察，便当告退。然犹延伫不去，但曰‘吾将反’而已，盖眷念君王，尚冀行运未远，回车以待旧路，即孟子‘王庶几改’、三宿濡滞之意。”

按:李氏此注与他注不同。王逸云:"察,审也。""言己自悔恨,相视事君之道不明审,当若比干伏节死义。"洪补注云:"屈原去之,则是不察于同姓事君之道,故悔而欲反也。"朱熹亦注曰:"乃追恨前日,相视道路未能明察,而轻犯世患,遂引领跂之,而将旋转吾车,以复于昔来之路,庶几犹得及此惑误未远之时,觉悟而还归也。"由上数注可知,李氏注"察"为"蒙察",误也。其对全句意义之理解更谬。

8. 其释《天问》"该秉季德"等句云:"此数段旧解不明。昔夏启时,有扈之君先流于民间,如楚怀王孙心,为人牧牛。故曰'牧竖后嗣'。"

按:"旧解不明",李注更误。清人首创新义,注"该"为"亥",是为殷人远祖王亥。"该秉季德",即云亥承父德。近人王国维以卜辞为证,广征博引,遂成定谳。

9. 其释"稷维元子……何逢长之"等句云:"……且纣之生,材力过人,冯弓挟矢,殊能皆天将也。既无道之资惊上帝而切怒之矣,则便当使之不禄,何逢长之,而使居天位邪? 旧以此为稷及武王事,误。"

按:此八句历来注释甚乱。王逸、洪兴祖对前六句的注释能说通,但云"既惊帝切激,何逢长之"为周武王事,大谬。尤其将"帝"注为纣,更谬。朱熹看懂了前四句,将"帝"注为"帝喾",且与"稷"联系起来(其云:"稷,帝喾之子弃也"),可信。但他对后四句感到迷惑,云"其他文多不可晓。"既不同意王、洪之注,自己又解释不清,故其云:"注以为后稷,补以为武王,未知孰是,今姑阙之。"李陈玉不同意此层为说"武王事",正确;但将"帝"注为"上帝"(如其在《天问》注中所称之"西洋天主教"),西化了,先秦人大概不会这么认知。他认为此八句仍在说纣事,更谬。

10. 其释"兄有噬犬弟何欲,易之以百两卒无禄"句云:"旧注以为秦子鍼之事,未必是否。详其语意,其兄有犬,善搏噬,每得出猎之利。其弟欲之,以百两相易。殆易后而弟死,在兄则得利,在弟则妨生。同一小物而同气之亲利害相反,此又何也?"

按:所谓"旧注",即王、洪之注,其有《春秋》、《左传》、《国语》为佐证。李陈玉仅凭"详其语意",就作否定,实不可信。

11. 其释"荆勋作师何长,悟过更改我又何言"句云:"……世间事皆起于小,若彼此悟过更改,则又何言乎。屈子言外之意,谓吾与上官、子兰辈亦不过一时之争耳,吾岂敢尤人,今当端居悟过,寻其端绪而改更之,难道上天不为人作主而复有何言乎?"

按:王逸对此四句注曰:"屈原征往事以讽耳,……欲使楚王觉悟。"此言得之。李陈玉反认为是屈原自己要"悟过更改"并与上官、子兰辈妥协,大谬。《离骚》中屈原坚定地唱道:"亦余心之所善兮,虽九死其犹未悔"。《渔父》中,"渔父"力劝屈原不要"凝滞于物",而应"与世推移",但屈原斩钉截铁地回答道:"宁赴湘流葬于江鱼之腹中,安能以皓皓之白,而蒙世俗之尘埃乎?"《卜居》中诗人也反复强调:"宁与黄鹄比翼乎,将与鸡鹜争食乎"。屈子在其绝笔《惜往日》中仍在怒斥上官、子兰辈为"嫉贤"、"嫫母"、"谗妒"。总之，屈原从来没有“悟过更改”之意。李陈玉以自己一腐儒之心去揣度屈子纯洁高尚的人格和坚强不屈的意志，实在荒谬！

12. 其释《九歌》“河伯”云：“河伯，水神。楚乡祀江，亦称河者，统名耳。”其在《九歌》“笺注”最后总结中又写道：“‘河伯’，即洞庭江汉之神，合江楚之人凡水俱名‘河伯’。”

按：李氏此注，属“想当然”。《尚书·禹贡》有云：“九江孔殷”，唐人孔颖达疏曰：“江以南，水无大小，俗人皆呼为江。”①由此可知，绝无李氏所谓“统名”之可能。前人对“河伯”一词的认知大相径庭。《左传》哀公六年曾载楚昭王“弗祭”河神，故王逸对“河伯”一词之注颇伤脑筋，其博引《山海经》、《穆天子传》、《抱朴子》、《博物志》等古籍，强称“河伯”为“冯夷”，显然荒谬。洪兴祖不表态。朱熹老实，改注曰：“大率黄河之神耳。”②汪瑗似乎对春秋战国历史之衍变不甚明了，故拘泥旧典云：“今九河在《禹贡》属冀州，非楚之所得祭，而祭之者，僭也。屈子之作，亦不过借此题目写己之兴趣耳，无暇于他及也。”③因有前人如此争议，所以李陈玉要别开生面，注为“统名耳”，“合江楚之人凡水俱名‘河伯’”。“合”者，当也，大概也。李陈玉可以假想，但这显然不合“江以南，水无大小，俗人皆呼为江”这个古人习俗。倒是清人胡文英有了新证，其云：“河伯，黄河之神也。楚自威王灭越之后，掠地至鲁，皆属楚境，故滨河，土俗祀之。”④胡文英此说与《史记·楚世家》“楚威王伐齐，败之于徐州”⑤之载相符。另外，王夫之敏锐，恰恰从《左传》昭王“弗祀”这一记载中发现春秋时楚国就已经有了祭祀河神的事情。其云：“楚昭王有疾，卜曰河为祟。昭王谓非其境内山川，弗祀焉。昭王能以礼正祀典，故已之；而楚国尝祀之矣。”⑥又，董说《七国考》卷九曰：“陆机《要览》，楚怀王于国东偏起沈（沉）马祠，岁沈白马，名飨楚邦河神，欲崇祭祀拒秦师。卒破其国，天不佑之。”⑦怀王祭祀河神，且“岁沈白马”，可见十分隆重，屈原身逢其时，焉能不知？要之，祭祀河神一事，春秋时民间已有，只是昭王“弗祭”；到战国后期，不但民间有祭，而且怀王也已隆重祭祀，故《九歌》之有《河伯》，必然也。

13. 其释《哀郢》“将运舟而下浮兮，上洞庭而下江”句云：“忽上又忽欲下，总是心事乱耳。”

---

① (唐)孔颖达：尚书正义/十三经注疏[M]，北京：中华书局，1980年，第44页。
② (宋)朱熹：楚辞集注[M]，上海古籍出版社，1979年，第44页。
③ (明)汪瑗：楚辞集解[M]，北京古籍出版社，1994年，第134页。
④ (清)胡文英：屈骚指掌[M]，北京古籍出版社，1979年，卷二，第15页。
⑤ (汉)司马迁：史记(楚世家)[M]，北京：中华书局，1982年，第1721页。
⑥ (清)王夫之：楚辞通释[M]，上海人民出版社，1975年。
⑦ (明)董说：七国考[M]，上海古籍出版社，1987年。

按:骚学史上,对此二句注释纷纭。王逸、洪兴祖和朱熹均未作注。汪瑗注曰:"方将运舟而东浮也,则又将上洞庭逆流而溯矣。方且逆流而溯也,则又将顺流而下江矣。……然谓之曰下江,则此时盖已过夏水而入大江矣。"①汪氏此说,逻辑不通,既然"逆流而溯"才能"上洞庭",为什么又要"顺流而下江"?且此时屈子尚未过夏水也。蒋骥则云:"'上洞庭而下江',上下,谓左右。礼:东向西向之席,俱以南方为上。今自荆达岳,东向而行,洞庭在其南,故以洞庭为上而江为下也。"②蒋氏此注有误,因为屈原当时在夏水上流荡,而夏水还在长江之北,怎么能说洞庭在南而长江在北呢?愚著《楚辞原物》时方明何谓"夏水",并知此时屈子尚在"夏水",进而理解到所谓"上洞庭而下江"一句之真意是:为上洞庭而下江。当然,这也仅仅是一家之说。所以,李氏此"注",可备一考。

14. **其释《思美人》之义云:**"此篇虽是思君,然较诸篇用意又别。诸篇尚有愤懑处,此篇全是自信自娱,不用向人怨尤。……"

按:能看出此篇"较诸篇用意又别",可谓有眼力。但说"此篇全是自信自娱,不用向人怨尤",显然与全诗实际不合。"登高吾不说兮,入下吾不能","命则处幽吾将罢兮,……独茕茕而南行兮,思彭咸之故也。"这哪里"全是自信自娱"?

15. **其在《悲回风》"笺注"之最后处云:**"此作,屈子将沉渊之绝笔也,亦是一篇自祭文。……中间'施黄棘之枉策'一语,盖秦楚尝盟于黄棘。后怀王遂;被执武关,祸始于黄棘之盟。楚以此受枉,故曰'枉策'。屈原自以身虽死,魂魄犹应历次为秦之厉,亦如秦人黄棘之所施枉楚者,将复枉秦也。鬼无形,故曰'借光景以往来'。文辞甚深,解者愦愦,故为节其大意如此。"

按:"绝笔"之说,上承朱熹。朱熹曾云:"《悲回风》又其临绝之音,以故颠倒重复,倔强疏卤,尤愤懑而极悲哀。"然此说大谬,因《悲回风》之作,尚在湘西,并非屈子"绝笔"。黄棘,是地名,也是物名。王逸注为物名,洪补注为地名。朱熹主王说驳洪补,其《楚辞辩证》云:"'施黄策之枉策',补注据《史记》楚怀王二十五年入与秦盟于黄棘,其后为秦所欺,卒以客死。今顷襄王又信任奸回,将亡其国,故言己之所以假延日月,无以自处者,以其君欲复施黄棘之枉策也。其说虽有事证,然与此文理绝不相入,不若旧说之为安也。"李陈玉此处沿用洪补之说。要之,李氏此注并无创新,是此书败笔之一,反诬他人"愦愦",可笑之极。

16. **其在《九歌》解题中云:**"《九歌》之外又有《九章》,疑即《九辩》之别名,以应骚中之语。"而其在《九辩》解题中又云:"按《九辩》即前《离骚》中所云夏乐章名。……补此《九辩》以配《九歌》。"

---

① (明)汪瑗:楚辞集解[M],北京古籍出版社,1994年,第175页。
② (清)蒋骥:山带阁注楚辞[M],上海古籍出版社,1984年,第119页。

按:前后矛盾,孰是孰非？由此可知,李氏此著,三十日之内完成,即兴而为,并未通篇反复玩味,仓促而成者也。

不过,应该指出,以上十六例,尽管有些明显偏激或存在舛误,但极大多数是李陈玉自己的观点,且往往以批判“旧注”的身份出现。这种态度,对于治骚者来说,十分难能可贵,后人应该向他学习。

(二)《楚词笺注》中还有不少确属真知灼见之注

1. **其在《离骚》“笺注”最后写道:**“凡曲终曰‘乱’。盖八音竞奏,以收众声之局,犹之涉水者截流而渡,将到岸也,故曰‘乱’。楚词有‘乱’,故知其原人乐谱,非仅词而已。”

按:此乃灼见。可惜,三百多年之后的今天,仍有不少学者断章取义,误解班固“不歌而诵谓之赋”之语,坚持认为:“除《九歌》以外,如《离骚》、《九章》等盖已皆‘诵’而不‘歌’。”①由此更可知李陈玉标新立异之可贵。详见拙文《“兮”字与楚辞的音乐性》。

2. **其释“纷吾既有此内美兮”句时云:**“‘纷’,言其盛,所负内美者非一也。此字文势,当在‘既’字之下,而提居‘吾’字之上,此文章家倒句。”

按:此注别致,可备一考。

3. **其释“惟党人之偷乐兮,路幽昧以险隘”句云:**“‘偷乐’者,明知国事蕴伏祸端,大家且偷一时之安乐。二字是党人病根,一味为其富贵受享,说到国家正经事上,谁肯担干系？止为此二字在胸中,所以战守俱废,互相遮瞒;有一人出头来做,必然互相排挤。此千古公患,不独灵均之楚事为然。”

按:李氏此“注”,颇为深刻。

4. **其释“羌内恕己以量人兮,各兴心而嫉妒”句云:**“‘恕己量人’四字,说尽末世陋习。自己本可做好人,而曰‘我不能’,谓之‘恕己’;他人要做好人,则曰‘我不能,彼亦不能’,谓之‘量人’。不知人各有志,何可一断也？”

按:又一别致辞之说。

5. **其释“女媭之婵媛”句云:**“从来诠者,谓女媭为屈原姊,不知何所根据。盖起于袁崧之误。袁崧因夔州秭归县有屈原旧宅在,遂谓秭归以屈原姊得名。曰屈原有贤姊,闻原放逐,亦来归喻乡人,冀其见从,因名曰秭归,即《离骚》所谓‘女媭婵媛’也。后人遂于宅之东北立女媭庙,捣衣石犹存。此与徐氏貂婵同妄矣,则何不便名‘姊归’？其称‘秭’,岂有讹乎？不知秭归之地,志称归乡,原归子国,舜典乐官夔封于此故郡名夔州。乐纬曰:昔归典叶声律,然则‘归’即‘夔’,后人乃读为归来之‘归’。宋忠曰:‘归’即‘夔’,归乡盖夔乡矣。郦道元好奇而不能辨,遂两志之《水经注》,故世互相沿习。按:天上有须女星,主管布帛,嫁娶人间使女,谓之须女。须者,有急则须之谓,故《易》曰‘归妹以须,反归

① 汤炳正:屈赋新探[M],济南:齐鲁出版社,1984年,第387页。

以娣’,言须乃贱女及其归也。反以作‘媭’。‘媭’者,正妃之次。古者,国君一娶九女,娣姪从之,后人加女,于须下,犹娣姪之文,本不从女,后人各加‘女’于其旁也。汉吕后妹、樊哙妻,名吕媭,犹生男名奴耳。屈原所云女媭,明是从上美人生端。女媭乃美人使唤下辈,见美人迟暮,辄亦无端诟厉。”

按:李氏此“注”,推翻历来众注,可谓创新。对此,今已众所周知矣。

6. **释“众不可户说兮,孰云察余之中情”句云:**“旧以‘众不可户说’下为屈子自言,非也。”

按:“旧”者,王逸也。其为此句“章句”云:“言己之心志所执,不可户说人告,谁当察我中情之善否也。”李陈玉驳之,极是。

7. **其释《天问》“圜则九重,孰营度之”等句时云:**“上问无形无像,到此方问有形有像。世传天有九重,地有四维八干,营度初作。即今西洋天主教称世界为天主所造是也。不谓中国数千年前已有人作此想矣。”

按:将屈原作品与西洋文化作比较,明末李陈玉大概是中国第一人。

8. **其释“出自汤谷,次于蒙汜”句云:**“有形有像中无大于日月,故又取而单问之。汤谷,即阳谷。日出处海波如沸,故又名汤谷。”

按:此“注”别致。

9. **其释“何勤子屠母,而死分竟地”句云:**“世传禹治水时自化为熊以通轩辕之道。涂山氏见子而惭遂化为石。时方孕启,禹曰‘归我子’,于是石破北方而启生。其石在嵩山,即化石也。若果如此解屈原,亦是与痴人说痴话也。”

按:李陈玉一笔抹倒古来所有注骚之人,勇气可嘉,然李氏不知此乃神话也。

10. **其释“吴获迄古,南岳是止”等句云:**“旧以两男子为泰伯、虞仲,非也。盖言泰伯之德可至古人让国而居南岳之境,则宜其后有贤者出,乃有阖庐弑君、夫差亡国此两男子,何邪?”

按:此处之“旧”,指王逸等人。王逸注云:“两男子,谓泰伯、仲雍也。”李陈玉此“注”,又甚别致,可备一考。

11. **其释“会朝争盟”等句云:**“此段言周武伐纣之事。……武王师至,苍鹰群集,如白鱼赤鸟之异,非旧注‘将帅鹰扬’之谓也。”

按:李氏所谓“旧注”,即王逸之注,其云:“言武王伐纣,将帅勇猛如鹰鸟群飞。谁使武王集聚之者乎?”王逸之注为喻人;李氏之注为喻禽。二说可以并存。

12. **其释《湘夫人》“袅袅兮秋风,洞庭波兮木叶下”句云:**“写得凄清空冥,千古词人拾沈不尽。”

按:此“注”极是。

13. **其释《惜诵》“曰君可思而不可恃”句云:**“千古至言。”

按:李陈玉曾任知县七年,后官至侍御史,最终“旋里”隐居。故此“注”乃李氏多年仕途之心得。

14. **其释“怀沙”云:**“旧谓‘怀沙石以自死’,非也。看前《涉江》、《哀郢》,当是寓怀于长沙,谓当抱石沉渊结局于此耳。”

按:李陈玉此“注”,承袭汪瑗之说,再次驳倒史迁之说。

15. **其在《招魂》题解中云:**“古有招魂之文,疑皆死后为文,若楚词所云,则生前忧郁,魂魄离散,故为文以招,即古人所云‘收召魂魄复得为人’之谓也。小说载唐马周落魄将死,有异人为之收召,决其百日之内必大遇主。其说虽幻,然自古相传,当有其理。宋玉为屈子招魂,或亦戏作以相慰于寂寥之中耳。又,今江楚之俗,凡有重病,辄令巫师迎所祀鬼神,载酒肉夜出,名曰收魂。盖亦招魂之遗俗也。安知屈子得罪后,忧郁所伤不有病苦,其亲爱不有巫觋祷祀之事乎?”

按:李陈玉此“注”,持之有故,言之成理,可备一考。

16. **其在《招魂》题解中又云:**“第《招魂》韵下用‘些’,楚人土音,所以相呼也。凡鬼神之事,阴阳本隔,多以声音感之。阳声相呼,绵绵不绝;阴神既感,自将隐隐随之。阳声先入为导,阴神后随自至。此《招魂》之‘些’所自来也。《大招》韵下用‘只’。‘只’本古韵,见于毛诗不一。大索于四方上下鬼神,楚之方言未可概通,必用中原古韵,此《大招》之‘只’所自来也。”

按:李氏云《招魂》之“些”乃楚人土音,可信;阳声阴神云云,不可信。云《大招》之“只”“本古韵”,可信;云“大索于四方上下鬼神,楚之方言未可概通,必用中原古韵”,不可信。

结 论

(1)李陈玉《楚词笺注》“自叙”表达的主要意图是褒“笺”贬“注”。

(2)李氏褒“笺”,重视对作品进行层次分析,在骚学史上虽非首创,但值得肯定。

(3)李氏褒“笺”,理论上矫枉过正,实践上并非成功。

(4)李氏贬“注”,且书中不少“注”随意、偏激,但也有不少“注”离经叛道,独创一说,难能可贵。

《楚辞书目五种》及《续编》未见书目

刘毓庆　张　燕

【按】本文所收书目为姜亮夫先生《楚辞书目五种》及崔富章先生《楚辞书目五种续编》未见著录者，检索范围为成文出版社《中国方志丛书》。

1. **骚赋**

明葛佩撰。

葛佩，字鸣玉，吴县人。见《吴县志》(18号)卷五十六上艺文考一，十五页(927页)。

【著录】《江苏省苏州府志》(5号)卷一百三十六艺文一，十六页(3223页)。

《江苏省吴县志》(18号)卷五十六上艺文考一，十五页(927页)。

2. **楚辞古韵四卷**

清汤濩撰。

汤濩，字圣宏，一字昭夔，吴县人。见《吴县志》卷五十六下艺文考二，二页(933页)。

【著录】《江苏省苏州府志》(5号)卷一百三十六艺文一，二十七页(3229页)。

《江苏省吴县志》(18号)卷五十六下艺文考二，二页(933页)。

3. **增广楚词**

明陈必诚撰。

陈必诚，字拙生，常熟人，举人。见《重修常昭合志》卷二十五人物之四耆旧，五十页附《陈必诚传》(1533页)

【著录】《江苏省苏州府志》(5号)卷一百三十八艺文三，十一页(3279页)。

【按】《江苏省重修常昭合志》(153号)卷四十四艺文，七页(2971页)。著录为《增广楚辞》；另，《陈必诚传》著录为《增广楚词》。

4. **楚辞补注**

清章梦易撰。

章梦易，字两生，同里人，著有《易筌》、《诗源》等。见《吴江县志》卷三十二人物九文学，三十页附《顾伟传》(954页)

【著录】《江苏省苏州府志》(5号)卷一百三十八艺文三，四十一页(3294页)。

【按】《江苏省吴江县志》(163号)卷四十六撰述二书目，九页(1330页)，著录作《楚词补注》。另，《章梦易传》著录作《楚辞攺注》。

5. 风骚嗣响二十卷

清顾有孝撰。

顾有孝(1619－1689),字茂伦,吴江人,以诗名于时。见《吴江县志》卷三十二人物九隐逸,三十九页(972页)。

【著录】《江苏省吴江县志》(163号)卷四十六撰述二书目,九页(1329页)。

【按】《江苏省苏州府志》卷一百三十八艺文三,四十二页(3294),著录为《风骚词响》二十卷。

6. 骚苑四卷(四库本《骚苑》前三卷)

明黄省曾辑。

黄省曾(1490－1540),字勉之,吴县人。见《吴县志》(18号)卷六十六上列传三,二十三至二十四页(1178页)。

【著录】《江苏省吴县志》(18号)卷五十六上艺文考一,十五页(928页)。

7. 骚经标注

明钱贵撰。

钱贵,字元抑,长洲人。弘治戊午举人,官鸿胪寺丞。著《吴越纪馀》、《易通》。见《吴县志》卷六十七列传五,二十四页(1221页);另见《四库全书总目提要》史部二十二载记类存目。

【著录】《江苏省吴县志》(18号)卷五十七艺文考三,五页(955页)。

8. 离骚明义

清任大任撰。

任大任,字钧衡,同里人。见《吴江县志》(163号)卷三十二人物九,三十页(954页)。

【著录】《江苏省苏州府志》卷一百三十八艺文三,四十四页(3295页)。

【按】《吴江县志》(163号)未见著录此书。

9. 离骚注

明李向阳撰。

李向阳,字孝乾,徐州人。天启甲子举人,授金山卫教授。见《铜山县志》卷五十人物传,二页(1462页)。

【著录】《江苏省铜山县志》(32号)卷二十艺文考诗文评注,十八页(1082页)。

10. 离骚注

清张正纲撰。

张正纲,字敦五,上元人,乾隆壬辰进士。见《重刊江宁府志》卷四十文苑,八页(1675页)。

【著录】《江苏省重刊江宁府志》(128号)卷五四艺文,十二页(2120页)。

《江苏省上江两县志》(41号)卷十二中艺文中,二十二页(225页)。

11. **饮骚作离骚注(《冷士嵋答贺瞻度大理书》:所赐饮骚,受而读之,咀味无已。盖古今注骚者不一,大概皆支离附会者多,迨后朱子书成,人推尚之。然亦止于音叶而疏义不详。足下是书笺解明切,而意义复联贯而有条,为前所未有,较之诸家可谓集大成矣。)**

清贺宽撰。

贺宽,字瞻度,号柘庵,丹阳人。顺治九年进士,大理寺评事。

【著录】《江苏省重修丹阳县志》(409 号)卷三十五书籍,二十一页(2021 页)。

12. **离骚注**

清沙张白撰。

沙张白,字介人,号定峰,江阴人。见《江阴县志》(457 号)卷十七人物二文苑,二十页(1965 页);另见《四库全书总目》卷一百八十二作“原名一卿,字介臣”。

【著录】《江苏省江阴县续志》(24 号)卷二十艺文二,十二页(1083 页)。

13. **离骚浅注**

明徐鸣时撰。

徐鸣时,字君和,横塘人。崇祯乙亥贡生,官武宁知县。见《吴县志》(18 号)卷六十六上列传三,三十八页(1185 页)。

【著录】《江苏省宜兴荆溪县志》(156 号)卷十艺文载籍,七页(1352 页)。

【按】《江苏省吴县志》(18 号)未见著录此书。

14. **离骚阐义**

清任晟撰。

任晟,字曙堂。补博士弟子员,道光乙酉以拨萃贡成均。见《宜兴荆溪县志》(156 号)卷八文学,五十一页(1027 – 1028 页)

【著录】《江苏省宜兴荆溪县志》(156 号)卷十艺文载籍,七页(1352 页)。

【按】《宜兴荆溪县志》(156 号)《任晟传》中著录为《离骚述意》。

15. **楚词正音**

清罗咏撰。

罗咏,字二西,高邮人。廪生。

【著录】《江苏省三续高邮州志》(402 号)卷六艺文志上书目经类,一页(967 页)。

16. **楚词纂注**

明王之桢撰。

王之桢,字筠长,盐城人。贡生。见《淮安府志》(397 号)卷二十二隐逸,四十七至四十八页(2458 – 2459 页)。

【著录】《江苏省淮安府志》(398 号)卷三十八艺文,三页(3559 页)

《江苏省淮安府志》(397号)卷三十艺文书目,百四十九页(3559页)。

【按】《淮安府志》(397号)《王之桢》传中著录为《楚辞纂注》。

17. **离骚敷衽**

清袁邦鼎撰。

袁邦鼎,字大樽,通州人。举乾隆六年乡试。见《通州直隶州志》卷十二人物志下文苑传六十六页附《袁潞传》(633页)。

【著录】《江苏省通州直隶州志》(43号)卷十六艺文志集部,一百四页(836页)。

18. **离骚解**

清陈殿夔撰。

【著录】《江苏省上江两县志》卷十二中艺文中,二十二页(225页)。

19. **离骚经贯**

清汤鹏乎撰。

【著录】《江苏省上江两县志》卷十二中艺文中,二十二页(225页)。

20. **离骚解**

清梅增亮撰。

梅增亮(1786-1856),字伯言,上元人。道光进士,官户部郎中。见《上江两县志》卷二十四中耆旧,七一页(617页)。

【著录】《江苏省上江两县志》卷十二中艺文中,二十二页(225页)。

21. **离骚补注**

清端木瑚撰。

【著录】《江苏省上江两县志》卷十二中艺文中,二十二页(225页)。

22. **离骚注**

清王邦采撰。

王邦采,字贻六,无锡人。诸生。见《无锡金匮县志》(21号)卷二十二文苑,二十七页(386页)。

【著录】《江苏省无锡金匮县志》(21号)卷三十九艺文著述,二十一页(695页)。

【按】《无锡金匮县志》(21号)《王邦采传》中称其笺注"离骚更别有解会"。

23. **离骚集解**

清邵烜撰。

邵烜,字振飞,无锡人。诸生。见《无锡金匮县志》卷二十二文苑,二十六至二十七页(385-386页)

【著录】《江苏省无锡金匮县志》(21号)卷三十九艺文,二十二页(659页)。

24. 楚词定论

清何忠相撰。

何忠相，字罕勋，号一山，崇明人。居常熟，乾隆副贡。见《崇明县志》（168 号）卷之十二人物文苑，十四页（899－900 页）。

【著录】《江苏省崇明县志》（168 号）卷十六艺文集部，二十一页（1384 页）。

25. 离骚解

明孙元化撰。

孙元化（1582－1633），字初阳，上海人，万历举人。见《宝山县志》卷九列传，八至九页（822－823 页）

【著录】《江苏省宝山县志》（407 号）卷十二艺文，五页（1412 页）。

26. 骚苑补一卷（按：是书续吴县黄省曾《骚苑》而作，文渊阁存目。）

明张所敬撰。

张所敬，字长舆，人称黄鹤先生，上海人。诸生。见《上海县志》（169 号）卷十八人物一，四十七至四十八页附《张武传》（1410－1411 页）。

【著录】《江苏省松江府续志》（143 号）卷三十七艺文志子部补遗类书类，三十六页（3661 页）。

《江苏省上海县志》（169 号）卷二十七艺文类书类，一五页（2451 页）。

27. 骚苑绮语六卷（文渊阁存目，《云间志略》分《楚范》、《楚语》、《楚林》、《楚翼》四目，《楚范》乃论骚题材及造字用韵诸类，凡十二门）。

明张之象撰。

张之象（1496－1577），字月鹿，一字玄超，晚号王屋山人，上海县人。太学生。见《上海县志》（169 号）卷十八人物一，三十九页附《张萱传》（1393－1394 页）

【著录】《江苏省青浦县志》（16 号）卷二十七艺文书目子部，七至八页（1816－1817 页）。

【按】与张之象《楚骚绮语》当为同一书而题名略不同。

28. 楚林

明张之象撰。同上。

【著录】《江苏省上海县续志》（14 号）卷二十六艺文，十七页（1630 页）。

29. 楚翼

明张之象撰。同上。

【著录】《江苏省上海县续志》（14 号）卷二十六艺文，十七页（1630 页）。

30. 读骚列论

清顾成天著。

顾成天,字良哉,号小厓,康熙辛酉举人。雍正庚戌赐进士,授翰林院编修。见《南汇县志》卷十四人物志,三十页(1003页)

【著录】《江苏省南汇县志》(42号)卷十二艺文志集部楚辞类,七页(851页)。

【按】姜亮夫《楚辞书目五种》著录有《读骚别论》,疑为同一书。另,《上海县志》亦著录为《读骚别论》。

31. **楚辞九歌解**

清顾成天著。同上。

【著录】《江苏省南汇县志》(42号)卷十二艺文志集部楚辞类,七页(851页)。

【按】姜亮夫《楚辞书目五种》著录有《九歌解》,疑为同一书。

32. **离骚经补注**

清闵如璧撰。

闵如璧,字荆庭。有《南溪吟》。

【著录】《江苏省南汇县志》(42号)卷十二艺文志集部楚辞类,七页(851页)。

33. **楚词新志**

清于鬯撰。

于鬯(1862–1919),字醴尊,一字东厢,号香草,南汇人。光绪贡生。见《南汇县续志》卷十三人物志,二十三页(598页)

【著录】《江苏省南汇县续志》(425号)卷十二艺文志集部楚辞类,八页(532页)。

34. **释骚(王氏续通考)**

宋林至撰。

林至,字德久,华亭人,淳熙进士,官秘书省正字。见《嘉兴府志》(53号)卷五十嘉兴列传十九页(1312页)。

【著录】《江苏娄县志》(137号)卷十二艺文,十七页(533页)。

35. **楚词注二卷**

杨甲先撰。

杨甲先,字鼎传,杨怀远子,诸生。见《重刊续纂宜荆县志》卷九之一艺文载籍,三十三页(658页)。

【著录】《江苏省重刊续纂宜荆县志》(396号)卷九之一艺文载籍,三十三页(658页)。

【按】县志中未见其传。

36. **楚词评**

蒋炎光撰。

蒋炎光,字驭日,号醉吟居士,宜兴人。诸生。见《重刊宜兴县志》(399号)卷三人物志文苑,三十一至三十二页(339–340页)

【著录】《江苏省重刊续纂宜荆县志》(396 号)卷九之一艺文载籍,三十四页(659 页)。

37. **屈词指要**

陈朝熙撰。

【著录】《江苏省重刊续纂宜荆县志》卷九之一艺文载籍,三十四页(660 页)。

38. **楚辞咀剩九卷附录一卷**

清李蓁撰。

李蓁,字如玉,宜荆人。诸生。见《江苏重刊续纂宜荆县志》卷七之一人物儒林,六至七页(190 - 191 页)。

【著录】《江苏省重刊续纂宜荆县志》卷九之一艺文载籍,四十页(672 页)。

39. **绎骚**

宋林至撰。同《释骚》。

【著录】《浙江省嘉兴府志》(53 号)卷八十一经籍二集部楚辞,三十二页(2488 页)。

【按】与林至《释骚》疑为同一书。

40. **九歌八卷(杭氏艺文志)**

明周履靖撰。

周履靖,字逸之,晚号梅颠道人,秀水人。见《嘉兴府志》卷五十三秀水隐逸,六十二页(1468 页)。

【著录】《浙江省嘉兴府志》(53 号)卷八十一经籍二集部楚辞,三十二页(2488 页)。

41. **骚坛秘语二卷**

明周履靖撰。同《九歌八卷》。

【著录】《浙江省秀水县志》(57 号)卷七艺文志,六页(377 页)。

42. **离骚解(浙江通志)**

明黄洪宪撰。

黄洪宪,字懋忠,秀水人。隆庆辛未进士,官至少詹事。见《嘉兴府志》卷五十二秀水列传,二十三页(1406 页)。

【著录】《浙江省嘉兴府志》(53 号)卷八十一经籍二集部楚辞,三十二页(2488 页)。

《浙江省秀水县志》(57 号)卷七艺文志,五页(376 页)。

43. **楚辞古音**

清朱乾撰。

朱乾,字赞文,秀水人。乾隆辛酉拔贡。见《嘉兴府志》卷五十二秀水列传,七十四至七十五页(1431 - 1432 页)

【著录】《浙江省嘉兴府志》(53 号)卷八十一经籍二集部楚辞,三十二页(2488 页)。

【按】《浙江省嘉兴府志》(53 号)《朱乾传》中著录为《楚词古音》。

44. **楚辞集注（末附后语、附览、辨证三种）**

清蒋之翘撰。

蒋之翘，字楚稺，秀水人。见《嘉兴府志》（53 号）卷五十三秀水文苑，四十页（1457 页）

【著录】《浙江省嘉兴府志》（53 号）卷八十一经籍二集部楚辞，三十二页（2488 页）。

【按】姜亮夫《楚辞书目五种》著录有蒋之翘《七十二家评楚辞》，疑为同一书。

45. **校正楚辞二卷**

明朱长春撰。

朱长春，字太复，号海瀛，乌程人。万历癸未进士，历知尉城、常熟、信阳三县，入为刑部主事。见《湖州府志》（54 号）卷七十五人物传文学二，十七页（1432 页）。

【著录】《浙江省湖州府志》（54 号）卷五十八艺文略三，三十八页（1117 页）。

46. **枕骚馀录**

明姚龙之撰。

【著录】《浙江省湖州府志》（54 号）卷五十九艺文略四，三十页（1132 页）。

47. **楚词释文十七卷**

清张鑑撰。

张鑑（1768－1850），字春冶，号秋水，乌程人。嘉庆副贡生。见《湖州府志》（54 号）卷七十六人物传文学三，三十七页（1455 页）。

【著录】《浙江省湖州府志》（54 号）卷六十艺文略六，十六页（1165 页）。

48. **离骚绎（钱士升序）**

明孙茂芝撰。

孙茂芝，字若英，号汉房，嘉善人。诸生，由贡选沔阳州判。见《嘉善县志》（59 号）卷二十四人物志文苑，八页（459 页）。

【著录】《浙江省嘉善县志》（59 号）卷三十书籍，七页（588 页）。

49. **离骚解（见家藏本，存）**

清何长聚撰。

何长聚，字焕奎，号鑫园，光泽人。见《光泽县志》（221 号）卷十五列传，三页（1085 页）。

【著录】《福建省光泽县志》（221 号）卷十三经籍略子部，五页（1005 页）。

50. **诗骚古赋**

宋陈知柔撰。

知柔（？－1184），字体仁，号休斋居士，永春人。绍兴十二年进士，授台州判官，知循州、贺州。见《永春县志》卷十九儒林传，二页（679 页）；另见《永春州志》卷十人物名儒，十页（1016 页）

【著录】《福建省永春州志》(222 号)卷十二艺文一书目,一页(1296 页)。

【按】《福建省永春县志卷》(231 号)十七艺文志,一页(576 页),著录为《诗骚古赋杂著古学并图》二卷。

51. **楚辞释音**

宋吴棫撰。

吴棫,字才老,崇安人,宣和六年进士。见《崇安县新志》(238 号)卷二十二儒林,五页(553 页)

【著录】《福建省崇安县新志》(238 号)卷十八艺文小学类音韵,四十三页(495 页)。

52. **楚辞音考一卷(佚)**

宋朱熹撰。

朱熹,字仲晦,崇安人。见《崇安县新志》卷二十二儒林,六至八页(555 -560 页)。

【著录】《福建省崇安县新志》(238 号)卷十八艺文小学类考订,四十三页(495 页)。

53. **离骚解**

宋陈正己撰。

陈正己,字思立。仙游人。见《仙游县志》卷三十九人物志文苑,三页(802 页)。

【著录】《福建省仙游县志》(242 号)卷四十六下艺文志著述,三页(945 页)。

54. **诗骚本草通十二卷**

明黄圣年撰。

黄圣年,字逢永,龙山人。当阳教谕。见《顺德县志》卷二十四列传四,二十二页附《黄维贵传》(2245 页)

【著录】《广东省顺德县志》(187 号)卷十七艺文略一子部,二十七页(1621 页)。

55. **离骚解**

清罗国器撰。

罗国器,字跃剑,号岭南,大良人。雍正丙午举人。见《顺德县志》卷二十五列传五,四十九页(2441 页)。

【著录】《广东省顺德县志》(187 号)卷十八艺文略二集部,四十六页(1716 页)。

56. **离骚测一卷**

清吴懋清撰。

吴懋清,字回溪,吴川人,嘉庆举人。见《吴川县志》卷七人物传,五十八至五十九页(291 -292 页)。

【著录】《广东省高州府志》(68 号)卷五十二(794 页)。

《广东省吴川县志》(66 号)卷九艺文,二十四页(355 页)。

57. 天问测一卷

清吴懋清撰。同上。

【著录】《广东省高州府志》(68 号)卷五十二(794 页)。

《广东省吴川县志》(66 号)卷九艺文,二十四页(355 页)。

58. 九家集选(此编选屈原、宋玉、司马相如、扬雄、司马迁、江淹、鲍昭、李白、苏轼之著作为一集,故曰九家集选。)

明黎遂球编。

黎遂球(1602 - 1646),字美周,番禺人。天启举人。见《广州府志》(1 号)卷一百二十列传九,十七至十九页(138 - 139 页)。

【著录】《广东省广州府志》(1 号)卷九十六艺文略七集部四,四页(613 页)。

59. 离骚经注(卷数无考)

清张鹏展撰。

张鹏展(? - 1840),字南崧,上林县人。乾隆五十四年进士,官至朝廷通政使司通政使。见《上林县志》卷十一人物部上列传,四页(621 页)。

【著录】《广西省上林县志》(134 号)卷十三艺文部上,三页(759 页)。

60. 楚骚明解

明何惺撰。

何惺(1597 - 1679),字君憬,号象山,钟祥人。诸生。见《钟祥县志》卷二十先民传二,七页(1067 - 1068 页)。

【著录】《湖北省钟祥县志》(学生 174 号)卷十四艺文上,三页(685 页)。

【按】《钟祥县志》之《何惺传》以惺为清人,《艺文》著录其书则为明人,惺实为明末清初人。

61. 拟骚天答

清胡瑶华撰。

胡瑶华,侍郎胡作梅之女,钟祥人。适宋氏早寡,另著有《花鉴纲目》、《中馈录》、《柏舟集》、《羌笛吟》、《韵玉》、《鹤鸣》。见《钟祥县志》卷十四艺文上,八页(696 页)。

【著录】《湖北省钟祥县志》(学生 174 号)卷十四艺文上,八页(696 页)。

62. 楚辞疏义(无卷数)

明张颂撰

张颂,字德容,富顺人。弘治乙卯举人,任通判。见《富顺县志》卷十一人物上,五十三页(1275 页)。

【著录】《四川省富顺县志》(学生 12 号)卷十五艺文,十三页(1797 页)。

63. 楚辞补辑(麐少好楚辞,因于古书中搜考佚文,辑为此编,未竟而卒,其父秉安搜其箧

得残零之稿,汇次为二册)。

清王廖撰。

王廖,字圣游,诸生,井研人。见《光绪井研志》卷三十五乡贤六,二十六页(1719－1720 页)

【著录】《四川省光绪井研志》(学生 225 号)卷十五艺文五,二十二至二十三页(997－998 页)。

64. 离骚注

明汪陛延撰。

汪陛延,一名三奇,字确安,黄冈人,诸生。

【著录】《湖北省黄冈县志》(学生 171 号)卷二十三艺文志著述集部,六十页(3349 页)。

《湖北省黄州府志》(346 号)卷三十五艺文志集部一,一页(1205 页)。

65. 骚注

清杨懋官撰。

杨懋官,字德懋,江夏人。天启丁卯副榜,授河南嵩县教谕。见《江夏县志》卷六人物隐沦,九十四页(850 页)。

【著录】《湖北省江夏县志》(341 号)卷八艺文,十页(1068 页)。

66. 离骚存疑(佚)

清熊仕徵撰。

熊仕徵,字渭熊,崇阳人。顺治甲午恩拔,任吉安州同知。见《崇阳县志》卷七选举贡士,八十页(1067 页)。

【著录】《湖北省崇阳县志》(学生 201 号)卷十一艺文子部,二五页(1542 页)。

67. 离骚增注

清胡翘元撰。

胡翘元,字羽尧,饶州府乐平县人,乾隆辛巳进士。官庶吉士、翰林院编修、光禄寺少卿、山东学政等。

【著录】《江西省饶州府志》(255 号)卷二十六艺文一书目(2718 页)。

68. 楚辞集注

明张旭著撰。

张旭,字廷曙,休宁人,成化甲午举人。历官孝丰、伊阳、高明知县。见《休宁县志》选举卷九,二十六页(620 页)。

【著录】《安徽省休宁县志》(627 号)卷二十三艺文书目,三十页(2632 页)。

69. **离骚天问注解一卷**

清王棠著撰。

王棠,字勿翦,一字名友,歙县人。撰《知新录》三十二卷。见《歙县志》卷七人物志文苑,十一页(1141 页)。

【著录】《安徽省歙县志》(246 号)卷十五艺文志书目,十三页(2359 页)。

【按】《歙县志》卷七人物志文苑十一页王棠传中,著录为《离骚天问注》。

70. **离骚幽致集二卷**

清吴大先撰。

吴大先,字维则,澄塘人。见《歙县志》(714 号)卷八之九人物志士林九页(1334 页)、《歙县志》(246 号)卷十人物志士林十三页(1576 页)。

【著录】《安徽省歙县志》(246 号)卷十五艺文志书目,十六页(2365 页)。

《歙县志》(714 号)卷九之一书目十二页(2048)。

【按】《歙县志》(246 号)卷十五书目十六页、《歙县志》(714 号)卷九之一书目十二页著录为"吴大光《离骚幽致集》";而《歙县志》(246 号)卷十人物志士林十三页、《歙县志》(714 号)卷八之九人物志士林九页著录为"吴大先"著有"《离骚致幽集》"。

71. **楚词考义一卷**

清王克掞撰。

王克掞,字幼藻,一字至泉,乾隆四十二年举人。治学专心于经史,好考据,多著述。见《山东省胶州志》卷二十八列传八人物,十八至十九页(1102－1103 页)。

【著录】《山东省胶州志》(383 号)卷二十志十艺文,三页(816 页)。

72. **楚词志疑一卷**

清薛世道撰。

薛世道,字何思,胶州人,雍正甲辰举人。见《胶州志》卷二十八列传八人物,十一页(1088 页)。

【著录】《山东省胶州志》(383 号)卷二十志十艺文,三页(816 页)。

73. **屈子集传七卷**

清刘玉珂撰。

刘玉珂,康熙辛卯举人,又有《睿玑图读法一卷》。见《蒲城县新志》卷十人物志儒林二十二页附《刘玉珂传》(404 页)。

【著录】《陕西省蒲城县新志》(249 号)卷六艺文子类,二页(189 页)。

74. **天问解一部**

明王徵撰。

王徵,字良甫,泾阳人。天启壬戌进士。见《泾阳县志》卷十一选举表,四页(388 页)。

【著录】《陕西省泾阳县志》(236 号)卷九艺文志集属,四页(334 页)。

75. **离骚经注一卷**

清张华撰。

张华,号抱影居士,西华人。见《西华县续志》卷十艺文志,一八页,县志中未见其传。

【著录】《河南省西华县续志》(101 号)卷十艺文志,一八页(483 页)。

76. **骚赋杂文一卷(归愚集十卷)**

宋葛立方撰。

【著录】《江苏省丹阳县志》卷三十五书籍,二十二(2004 页).

77. **楚辞论**

清罗以靖撰。

罗以靖,字顺之,宜黄人,廪贡生,曾主方亭书院讲席。见《抚州府志》卷六十人物文苑,十四页(1018 页)。

【著录】《江西省抚州府志》(253 号)卷七十八艺文子部三页(1264 页。)

【按】《江西省抚州府志》(253 号)卷六十人物文苑十四页《罗以靖传》中著录为《楚辞论释》。

78. **楚辞评注八卷**

清何辉宁著。

何辉宁,字逵鸿,临川人,别号甑峰。雍正癸丑进士,历署行唐、庆云等县,补授平谷县。见《抚州府志》卷五十八人物志儒林一至二页(985 页)。

【著录】《抚州府志》(253 号)卷七十八艺文子部一页(1263 页)。

论《古文析义》与《楚辞灯》篇章总评之修订

(香港)中文大学中文系　陈炜舜

一、引言

清初学者林云铭(1628－1697),字西仲,闽县人,以评点学著称,有《古文析义》、《庄子因》、《韩文起》、《楚辞灯》等数种评点著作传世。《庄子因》、《韩文起》、《楚辞灯》三书分别聚焦于庄子、韩愈、屈原,以人为纲,不仅阐析作品文脉,更推求作者之思想义理;而《古文析义》则以文为纲,内容繁富,有"课子弟"的功用。《古文析义》与其他三书颇有互见之篇章,包括与《庄子因》互见的两篇(《二编》二篇)、与《韩文起》互见的四十七篇(《初编》十九篇,《二编》二十八篇)及与《楚辞灯》互见的八篇(《初编》二篇,《二编》六篇),且两两间的评注文字时有差异,盖林氏于迻录之际,亦尝再作修订。《庄子因》初稿成书于康熙二年(1663 年)、增注本成于二十七年(1688 年),《古文析义初编》成于二十一年(1682 年)、《二编》成于二十六年(1687 年),《韩文起》成于三十二年(1693 年),《楚辞灯》成于三十六年(1697 年)。《古文析义》(以下简称《析义》)晚于《庄子因》初稿之面世,故互见篇章之评注内容是在《庄子因》的基础上加以增删;反之,该书又较《韩文起》、《楚辞灯》为早,故《韩》、《楚》二书的相关篇章则多以《析义》之评注文字为本。笔者于年前曾撰一稿,讨论《古文析义》与《韩文起》篇章总评之修订,认为修订可分为标题调整、文本增删、圈点更动及总评修订四种情况。四种情况中,又以总评修订较多。而修订的方式,又可分为增补及删改两类。至于《古文析义》与《楚辞灯》之互见篇章亦与《韩文起》类似,主要在于总评的修订。有见及此,本文拟以《析义》与《楚辞灯》篇章总评之修订为题,以期更全面地观照林云铭对《楚辞》乃至古文辞认知与诠释之历程。

二、《古文析义》与《楚辞灯》互见篇章评注之修订

《析义》初编录有《卜居》、《渔父》两篇,盖因两篇作品中的散文比重较高。二编则有《湘君》、《东君》、《山鬼》、《国殇》、《涉江》、《怀沙》等篇,则皆韵文矣。《山鬼》总评道:

"余将来尚有全《骚》注解,呈政海内,以俟知音。"[①]可见林云铭在为《析义》评注这些篇章时,已有作屈辞全注的打算。至康熙三十六年(1697 年)春,《楚辞灯》付梓,林氏亦于同年去世。比对互见篇章,可知《楚辞灯》在圈点及总评方面视《析义》有所更动,注文方面则几乎无所改易。先看圈点:以《湘君》为例,如"不行"、"谁留"、"未来"、"飞龙"等字面之侧皆有墨点……[②]而《析义》则无。[③]《析义》"望夫君兮"侧有白圈○○○,[④]《楚辞灯》则无。[⑤] 如是不一。总评方面,仅《渔父》、《国殇》两篇全无差异,其余六篇则大率可归结为删略与增补两种情况。兹将诸篇之修订情况表列如下:

表一

篇 目	删 略	增 补	直接挪用
《湘君》	√		
《东君》		√	
《山鬼》	√	√	
《国殇》			√
《涉江》	√	√	
《怀沙》	√	√	
《卜居》		√	
《渔父》			√

由表一可见,《楚辞灯》直接挪用《析义》总评者仅《国殇》、《渔父》两篇,于总评段中或段末有所增补者有《东君》、《山鬼》、《涉江》、《怀沙》、《卜居》五篇,单纯删略《析义》总评者仅《湘君》一篇,而《山鬼》、《涉江》及《怀沙》更兼有删略及增补之处,可称为删补。本节即据此将修订情况分为删略、增补及删补三点,分目论析之。

(一)删略情况

《析义》及《楚辞灯》之互见篇章中,单纯删略之例仅一处,即《湘君》一篇:

---

① (清)林云铭:《(精校)古文析义二编》(宣统元年己酉(1909)石印本)卷三,第 25b 页。

② (清)林云铭评注:《楚辞灯》(康熙三十六年(1697)挹奎楼刊本)卷二,第 7a 页。

③ (清)林云铭:《古文析义》二编卷三,第 24a 页。

④ (清)林云铭:《古文析义》二编卷三,第 24a 页。

⑤ (清)林云铭评注:《楚辞灯》卷二,第 7a 页。

表二

篇 目	《析义》总评	《楚辞灯》
《湘君》	此与《湘夫人》二章皆《离骚》求女之意，暗喻楚王。媒劳二字，即《离骚》媒拙之意，暗喻楚王之近臣。自始至终不能一遇，即《离骚》高丘无女、闺中邃远之意，信谗齌怒、成言悔遁之意，暗喻己不得于君。此皆无待论也。但各章文字，要还他本章题目。旧注句句尽解作被放思君，不特章章可以移用，且上下文理竟成牛鬼蛇神，荒诞不通。此其第一谬也。次则如此章吹参差认作自己吹，驾飞龙亦认作自己驾，夫既自吹矣，尚不知谁思而衍问耶？旧谓不思湘君而思谁，又当添出蛇足矣。邅于洞庭而不进，何为也？旧谓念楚国而返故居，何时不可念，乃于迎神时而往，尤不诚矣。更可笑者，以女婵媛认作屈原姊，不知婵媛二字，通言女之容，非娶一人得专，且神之遇与不遇，原尚不知，姊何由知之而太息？旧谓责原不改行从俗，是正直不能遇神，邪曲方能遇神，几于慢神泄愤矣。余痛扫诸解，分出段落，而上下衔接神情，庶不为筌蹄所掩，有识者其许我乎？	此与《湘夫人》二章皆《离骚》求女之意。媒劳二字，即《离骚》媒拙之意。自始至终不能一遇，即《离骚》高丘无女、闺中邃远之意。此皆无待论也。但各章文字，要还他本章题目。旧注句句尽解作被放思君，不特章章可以移用，且上下文理竟成牛鬼蛇神，荒诞不通。此其第一谬也。次则如此章吹参差认作自己吹，驾飞龙亦认作自己驾，夫既自吹矣，尚不知谁思而衍问耶？旧谓不思湘君而思谁，又当添出蛇足矣。邅于洞庭而不进，何为也？旧谓念楚国而返故居，何时不可念，乃于迎神时而往，尤不诚矣。更可笑者，以女婵媛认作屈原姊，不知婵媛二字，通言女之容，非娶一人得专，且神之遇与不遇，原尚不知，姊何由知之而太息？旧谓责原不改行从俗，是正直不能遇神，邪曲方能遇神，几于慢神泄愤矣。余痛扫诸解，分出段落，而上下衔接神情，庶不为筌蹄所掩，有识者其许我乎？

《楚辞灯》将"暗喻楚王"、"暗喻楚王之近臣"、"暗喻己不得于君"三处删掉，显示林云铭对《湘君》乃至《离骚》之解读逐渐形成一家之说的过程。考《析义》论《湘君》，源自朱熹《楚辞集注》：

此篇本以求神而不答，比事君之不偶。①

故从林云铭从所删文字来看，《析义》将求见湘君及《离骚》求女解释为求通于君，亦即将不遇湘君及闺中邃远解释为不得于君，乃是本于朱熹之论而发挥，且尚能自圆其说。不过，朱熹解"心不同兮媒劳"句云：

此章又别以事比求神而不答也……至于合昏而情异，则媒虽劳而昏不成；

① （宋）朱熹：《楚辞集注》，台北：文津出版社，1987年，第34页。

结友而交疏,则今虽成而终易绝;则又心志睽乖,不容强合之验也。求神不答,岂不亦犹是乎!①

将“心不同兮媒劳”与“交不忠兮怨长”句合看,认为只是以婚姻、交友之事理来比况求神,可谓比喻之中,又有比喻焉,所言甚是。而《析义》将“心不同兮媒劳”之媒与《离骚》中的雄鸠等“拙媒”对应,却值得商榷。盖《湘君》此处之媒只是比喻,前后文并未明言祭者需凭借雄鸠之类的中介来求通于神。故《析义》将“心不同兮媒劳”之媒坐实为“楚王之近臣”,未免胶柱鼓瑟。进而言之,《析义》既以此媒乃楚王近臣之喻,不难推知,其以湘君乃至《离骚》所求之女为楚王之喻无疑。

其后,林云铭在著《楚辞灯》时,认知有所改变。仅从《楚辞灯》删去三语的情况,未必能看出太多端倪。但若比照林氏关于《离骚》的论述,便颇为了然。《析义》不收《离骚》,而《楚辞灯》中此篇总评论求女一节云:

其叙求女皆古贤后,如虙妃骄傲,既不足求,有娀、二姚又不能求,盖惟不能求,所以成其为贤后。原意谓牝鸡无晨,君所听信者,必如古贤后则可,不然未有不为夏喜、殷妲、周褒、晋骊之续。《史记》所谓其词微者,盖指此也。武王十乱,邑姜与于九人之数,才德相当,不足为嫌,故取为同类之比。行媒解佩,即介绍致币也,又何狎侮之有?旧注皆作求贤君之词,但问“闺中邃远”句,既比求贤君而不遇矣;“哲王又不寤”句,更比何人耶?②

由此可知,林云铭对求女一节的诠解,已从《析义》之求通于君转变为求贤妃矣。再观《楚辞灯》于《九歌》前有总论一篇,其中论二《湘》云:

若《湘君》、《湘夫人》二篇,即《离骚》求女之意。③

足见林氏对求女的诠解内容虽已转变,但始终认为这段情节与二《湘》求通于神的含义是一致的。换言之,林云铭对《湘君》的诠解,也如《离骚》求女一般,从求通于君转变为求贤妃矣。然而,《楚辞灯》之《九歌》总论及《湘君》总评皆未明确标示此意,而止于删除三处与新诠解有可能产生扞格的文字,并略谓二《湘》“即《离骚》求女之意”。究其缘由,

---

① (宋)朱熹:《楚辞集注》,台北:文津出版社,1987 年,第 34 页。
② (清)林云铭评注:《楚辞灯》卷一,第 20a－b 页。
③ (清)林云铭评注:《楚辞灯》卷一,第 20a－b 页。

或因林氏当时年老体衰,或因书贾催稿甚频,故仅作草草交代而已。

(二)删补情况

前文谓《山鬼》、《涉江》及《怀沙》三篇总评皆有删补情况,兹将删补处表列于下:

表三

篇 目	《析义》总评	《楚辞灯》
《山鬼》	……时解不能分出段落,或谓以山鬼自比,荒唐附会,已属可笑。或又谓"沅湘之间,其俗尚鬼,凡有祭祀,必令巫觋歌舞以娱神。屈子放逐之后,见其词章鄙俚而更定之。"此《九歌》所由作,皆与思君之意无涉。然各篇语意各有不同,又不可一概抹却也。余将来尚有全《骚》注解,呈政海内,以俟知音。	……时解不能分出段落,或谓以山鬼自比,荒唐附会,已属可笑。而又把"灵修"与"君思我"句,俱作怀王,谬误何太甚也?若怀王肯思原,《离骚》诸篇岂复作乎?按《涉江》章,言顷襄放己之处,"深林杳以冥冥,乃猿狖之所居,山峻高以蔽日,下幽晦以多雨,霰雪纷其无垠,云霏霏其承宇",与是篇言处幽篁苦境,语语吻合。则知是篇作于顷襄之时,与怀王了无交涉。且灵修既指怀王,何以能留之于山上?若能留之,又何以有"孰华予"之叹?所思公子,或指在朝有知原如《史记》所谓莫敢直谏者,亦未可知。乃又解作所留之灵修,世岂有称其君为公子之人乎?《集注》既辟前注之非,而不自知其谬尤甚,真不可解。
《涉江》	……末以阴阳易位、欲去而远逝作结,是不能去,不忍去念头,为此无聊之极思。若作实话,何异说梦!	……末以阴阳易位、欲去而远逝作结,是不能去,不忍去念头,为此无聊之语耳。……
《怀沙》	旧注过于穿凿,遂棼如乱丝,使读者有望洋之叹。吾不能无异议于王叔师矣。	旧注过于穿凿,遂棼如乱丝。……

《涉江》、《怀沙》所删文字甚少,带有个人感情色彩,且乃前文之补充,即便删去也不太损害文意,故笔者将并入后文"增补"部分合论之。至于《山鬼》,则增删处之篇幅颇为显著。为便讨论,仅将其总评未有更动之前半迻录如下:

按山鬼即《庄子》所云"山有夔"之类,如俗所谓山魈是也。《左传》云:"使人入山林,不逢不若,魑魅魍魉,莫能逢之。"言其以不见亲近为幸,则不当列入祀典,明矣。奈灵均既放,而处于山林幽篁之中,自分不能生还,与人道永隔而与鬼路渐通。虽欲不亲近,有不可得者。故借题发意,以自写其无聊之况耳。篇中凡五转。思鬼不遇一转。遇神不留二转。思人而怨之三转。怨人不得四转。思人无益五转。段落甚明。细绎其立言之旨,只篇首数语是思鬼,还他祀鬼本题目,余以遇神转入思人,见山林幽篁之中,必不可久处者,迨至人不可思,

> 少不得终其身与鬼为侣。悲怆极矣。时解不能分出段落,或谓以山鬼自比,荒唐附会,已属可笑。……①

这段文字首先释题,提出山鬼即是山魈一类的精怪,并引《左传 · 宣公三年》中“王孙满对楚子”之内文为证。又进而认为屈原流放在野,不得不与常人避之唯恐不及的山鬼相亲近。然后,林云铭又将全篇分出层次,认为只有篇首数语与祭祀山鬼有关,其后五转则只是作者“借题发意,以自写其无聊之况”,并寄寓了自身僻处荒野、“少不得终其身与鬼为侣”的感慨。朱熹云:“此篇鬼阴而贱,不可比君,故以人况君,鬼喻己,而为鬼媚人之语也。”②而林云铭在如此论述基础上,自然反对朱熹之说。

再观表三《楚辞灯》所删《析义》总评之内文,“或又谓”之语,大抵依据王逸和朱熹的《九歌序》。王逸以为:

> 昔楚南郢之邑,沅湘之间,其俗信鬼而好祠。其祠必作歌乐鼓舞以乐诸神。屈原放逐,窜伏其域,怀忧苦毒,愁思沸郁;出见俗人祭祀之礼,歌舞之乐,其词鄙陋,因作九歌之曲。上陈事神之敬,下见己之冤结,托之以风谏,故其文意不同,章句杂错,而广异义焉。③

提出《九歌》的内容主要仍在于寄托忠君之心。朱熹不再拘泥于寄托说,直谓屈原“因彼事神之心,以寄吾忠君爱国,眷恋不忘之意。是以其言虽若不能无嫌于燕昵,而君子反有取焉”。④ 而《析义》总评进一步强调《九歌》的创作动机“皆与思君之意无涉”,亦即在于改编祭神乐歌,而非出于思君之意。不过,林氏此处又承袭王逸“文意不同”的看法,指出“各篇语意各有不同,又不可一概抹却”。换言之,林氏认为屈原在改写《九歌》的内容时不期然流露出忠君爱国之思是有可能的,但逐句索隐、妄加比附则甚不可取。

不过,林云铭在编纂《楚辞灯》时却删去了此段,并另作增补。究其缘由,盖有两端,其一,“《九歌》所由作,皆与思君之意无涉”一语可能导致误解,让读者以为《九歌》全无思君之意;其二,旧注、尤其是朱注如何“荒唐附会”,尚待举例说明。观朱熹解《山鬼》之“灵修”云:“谓前所欲媚者也。”又解“怨公子兮怅忘归,君思我兮不得闲”云:“公子,即所欲留之灵修也。鬼采芝于山间,而思此人,虽怨其不来,而亦知其思我之不能忘也。”⑤《楚

---

① (清)林云铭:《古文析义》二编卷三,第25b页。
② (清)林云铭评述,[日]秦鼎补义、东条保标注:《标注补义庄子因》,第44页。
③ (汉)王逸章句,(宋)洪兴祖补注:《楚辞补注》,北京:中华书局,2002年,第55页。
④ (宋)朱熹:《楚辞集注》,台北:文津出版社,1987年,第29页。
⑤ (宋)朱熹:《楚辞集注》,台北:文津出版社,1987年,第45页。

辞灯》总评对此加以驳斥，认为朱熹既然于《九歌序》不太赞成王逸的寄托说，却又于注《山鬼》时将灵修、君、公子等比附为怀王，可谓自相矛盾。此外，林云铭进而比对《山鬼》与《涉江》的某些文字，认为二者对于江南之野的描写颇为接近，可见两篇作品都写成于屈原晚年、亦即遭顷襄王流放之时；若朱熹以《山鬼》为思念怀王之语，更为不伦。林云铭对朱熹的批评颇有道理，通过文本比对来考察《山鬼》的写作年代，亦具有一定的说服力。然而，忠君之思既是不经意的流露，那么屈原在顷襄王时代就未必不能在作品中显现出怀王的追念（即便《山鬼》真如林氏所论，作于顷襄之世）。至其所谓"灵修既指怀王，何以能留之于山上"、"世岂有称其君为公子之人"、"所思公子，或指在朝有知原如《史记》所谓莫敢直谏者"等语，则无疑与其指责的朱熹一般，虽不欲重蹈寄托说之覆辙，却究竟坠入了逐句索隐、妄加比附的怪圈。

（三）增补情况

除去《山鬼》，《楚辞灯》于《析义》总评段中或段末有所增补者有《东君》、《涉江》、《怀沙》、《卜居》四篇。而考其增补内容，又可分为探讨章法（《东君》、《卜居》）及考证析理（《涉江》、《怀沙》）两方面。兹于本目逐一论述之。

1. 探讨章法

《楚辞》篇章的内在结构，一向是林云铭着意之处。如前论其将《山鬼》分为篇首数语及五转即是。也有某些篇章的结构，于《析义》总评中论析不足，故《楚辞灯》加以补充者。如《东君》一篇，《析义》总评云：

> 楚政日非，贤士寥落，兵挫于秦久矣。日者，君象也。帝出乎震，民所共瞻，而以己之声色娱人，即与民同乐之意。民得同乐，自乐其乐，亦以歌舞娱君，其爱戴何如乎？然后毕集群策出兵以除贪残之敌，饮至策勋，直易事耳。何尝是祀日？何尝不是祀日？睠顾楚国，情见乎词如此。①

谓此篇既是祀日，又含眷顾楚国之意，所言极是，正合乎《九歌》总评"各篇语意各有不同"之说。所谓"帝出乎震、与民同乐"、"民得同乐，自乐其乐，亦以歌舞娱君"、"毕集群策出兵以除贪残之敌，饮至策勋"，从文意推进的层面点出了几段文字之间的联系。至《楚辞灯》之总评，又增补了以下文字：

> 开首"抚余马"，是日将出而迎其神；结尾"撰余辔"，是日将入而送其神；篇中"灵之来"，是日方中而悦其神。按节铺叙甚明。乃旧注把余字俱作日自称，

① （清）林云铭：《古文析义》二编卷三，第25a页。

已觉不成文理,况其错误又不止此乎!①

将“抚余马”、“灵之来”、“揽余辔”的举动与日将出、日方中、日将入的时间先后,以及迎神、悦神、送神的祭祀环节相扣,可谓深得文心,章法昭然。不过,林云铭讥评“旧注把余字俱作日自称,已觉不成文理”,虽可自圆其说,却始终只是一家之言。观其夹注:

表四

正文	夹注
1. 照吾槛兮扶桑	东方之微明,已照入棂槛。
2. 抚余马兮安驱	叙迎日神。
3. 操余弧兮反沦降	日神自称,有利器不可假人意。
4. 揽余辔兮高驰翔	日入而登高方得追送微光。②

在林云铭看来,第1、2、4诸句之“吾”、“余”皆为祭祀者自谓,唯有第3句之“余”乃“日神自称”。如此解读之下,祭祀者与日神的自白穿插交错,反而难觅章纪。且描述祭祀者的篇幅骤然增加,而关于日神行动及心理的书写无乃过少,全篇灵动飞扬的浪漫气息亦随而减少,似不太可取。

《析义》及《楚辞灯》论《东君》之章法,系从宏观整体的角度入手,而《楚辞灯》于《卜居》总评之补论,则主要着眼于部分内容。先观《析义》总评:

> “蔽障于谗”四字,是一篇之纲。盖惟蔽障,所以三年不得复见也。灵均为国之忠、立身之洁,滨九死而不悔,岂有此吉凶去从之问?但以竭智尽忠,上不见察于君,下不见谅于俗,无处告语,故劈空撰出问卜公案,以为借龟策之陈词,庶几可质诸鬼神,以自白其廉贞。此无聊之极思也。中段八个“将”字,语意低昂,隐隐可见。然世亦无许人悖道求合之鬼神,詹尹所谓“卜以决疑、不疑何卜”者也。篇中计八易韵,亦《骚》之遗音。其“呢訾栗斯”、“喔咿嚅唲”、“突梯絜楹”等语,王注不知其何所据,先辈谓当以意会之,斯得之矣。③

此段文字首先解卜居之题,而解题之先又指出此篇写作动机乃源于屈原“蔽障于谗”、“借龟策之陈词”的无聊极思,并非真有所疑。此说当承自朱熹。④ 然朱熹注郑詹尹

① (清)林云铭评注:《楚辞灯》卷二,第21a-b页。
② (清)林云铭:《古文析义》二编卷三,第24b-25a页。
③ (清)林云铭:《古文析义》初编卷三,第4b页。
④ (宋)朱熹:《楚辞集注》,台北:文津出版社,1987年,第113页。

“神有所不通”之语，以为“惠迪者未必吉，从逆者未必凶”。[①] 詹尹身为太卜，当深知天道，发此茫然之论，似与其身份不合。林云铭则认为，某些世事虽不可解，然天道福善祸淫之理却不会变。屈原正义之士，清楚自己所作所为合乎天道，无所疑虑，故郑詹尹才会鼓励屈原“用君之心，行君之意”。如此说来，郑氏可谓屈原之知己矣。中段八个“宁”字问句，八个“将”字问句，正如洪兴祖所言，“上句皆原所从也，下句皆原所去也”。[②] 不过，《析义》总评虽已论述篇首小引、对话、八对问句及郑詹尹之答话，却于屈原问话之结语——亦即“此孰吉孰凶”至“谁知吾之廉贞”一段一未有涉及。朱熹谓此段为“因而自叹之词”。[③] 而《楚辞灯》总评则于“隐隐可见”四字后增补了以下文字：

> 末发感慨一段，明知其当为廉贞，不当为溷浊，无奈举世颠倒，动得悔尤，难甘默然，只得多此一问。[④]

换言之，林云铭认为这段文字的功能非仅为屈原结语之感慨，更有解释前此发问动机的功能。如是而观，这段文字在章法上确然承上启下，俨然构成全篇中一个重要的环节。

2. 考证析理

前文谓林云铭在《楚辞灯》的《山鬼》总评中增入《涉江》与《山鬼》部分文字异同之比较，以推求《山鬼》乃至《九歌》的写作年代，已有考证意味。《九章》诸篇的写作次序，也是《楚辞灯》非常关注的课题：林氏除撰成《九章总论》外，又在各篇总评中进一步透过文本解读和比对的方式考察写作年代。观《九章》诸篇，《析义》仅录入《涉江》、《怀沙》二篇，其总评于写作年代亦所论甚少。而《楚辞灯》不但几乎全录了《析义》总评的原文，且增入了不少考证内容。如《析义》中《涉江》总评云：

> 屈子初放涉江，气尚未沮，故开口自负，说得二十分壮。先哀南夷不知用贤，取道时徘徊顾望，犹以端直无伤自慰，似不知后面之穷苦者。迨涉历许多荒凉地面，忽转而自哀，方知见疏于君之后，不知改行从俗，宜至于此。再思古人忠贤者，往往未必见用。又以守道不恤穷达为是，亦无用改悔也。还是幼好奇服、老而不衰口吻。末以阴阳易位、欲去而远逝作结，是不能去，不忍去念头，为

① （宋）朱熹：《楚辞集注》，台北：文津出版社，1987年，第115页。
② （汉）王逸章句，（宋）洪兴祖补注：《楚辞补注》，第177页。
③ （宋）朱熹：《楚辞集注》，第115页。
④ （清）林云铭评注：《楚辞灯》卷四，第12b页。

此无聊之极思。若作实话,何异说梦!①

这段文字,主要是将《涉江》作文意串讲,尚未涉及写作年代之考证。至《楚辞灯》则删去"若作实话,何异说梦"二句,将"为此无聊之极思"改作"为此无聊之语耳",并于此后增入一段内文:

按原之放江南,虽曰东楚,却是由东而至南。如郢都为荆州,而鄂渚为武昌,则在郢之东矣。《哀郢》所谓"遵江夏",即此也。湘江在长沙,乃过岳州洞庭而东行,《哀郢》所谓"上洞庭而下江",即此也。从此上沅,发枉陼,宿辰阳,入溆浦,皆在辰州,则至南耳。故《哀郢》又有"淼南渡"句。仲春而放,其曰"欸秋冬之绪风",以余寒尚未尽。绪者,余也。山高蔽日,故又有雪。总是一事,不可以字句为疑。②

参照林云铭论《哀郢》云:"屈子被放九年,料不能复归郢都,故有是作。"又云:"其追叙起行日,沿路怀忧;及既到后,登坟远望,而以谗人嫉妬之害,与非罪弃逐之冤,找说于后。"③换言之,《涉江》作于顷襄初放之际,《哀郢》则作于既放九年之后,两篇所言及的流徙路线及景物季候,自然相同,两篇所言及的地点、路线和季节当可比照互证。

再观《析义》的《怀沙》总评,除有与《涉江》一般的文意串讲外,亦罗列了篇中的不少字面,以勾勒其章法句法。其言曰:

此灵均绝笔之文,最为郁勃,亦最为哀惨。其大意总自言守正竭忠,而世道颠倒。人不能知,以致招谗被放,把一生经济学术无处施展,亦无处告语,惟有古圣人堪称相知,又不相待,则容身于世,尚有何益?计惟有杀身成仁一着,留法则于将来,傥于千百年后觅得不谋面之知己,便是方以类聚,亦无异于一堂之相亲也。末段乱词,归之天命,见得当死不怖,即圣贤所以立命处。篇中曰"常度",曰"初本迪"、曰"前图"、曰"内厚质正"、曰"文质疏内"、曰"材朴委积"、曰"仁义谨厚"、曰"怀质抱情",皆是自己本领。曰"羌不知"、曰"众不知"、曰"孰知"、曰"莫吾知",皆是自己冤抑。其章法句法,承接照应,无不井然。旧注过于

① (清)林云铭:《古文析义》二编卷三,第26b页。
② (清)林云铭评注:《楚辞灯》卷三,第21b页。
③ (清)林云铭评注:《楚辞灯》卷三,第41a-b页。

穿凿，遂棼如乱丝，使读者有望洋之叹。吾不能无异议于王叔师矣。[1]

将篇中交错穿插的字面归纳成“自己本领”和“自己冤抑”，使文中形成一种矛盾的张力，益发显现出屈原遭遇之不公、沉江之不幸。不过回观王逸旧注，虽未如林氏般串讲勾勒，但训诂文字尚算平实。唯如“进路北次”句，王逸解为：“言己思念楚国，愿得君命，进道北行，以次舍止，冀图还归。”[2]林云铭则并不赞成，注云：“北行向汨罗而止。”[3]此盖其批评王注“过于穿凿”之故。至《楚辞灯》总评，则删去了“使读者有望洋之叹，吾不能无异议于王叔师矣”二句，并增入了以下内容：

即开首四句，明明自叙往汨罗起行之时，原以五月五日沉水，则四月起行，适当其候。乃洪兴祖认作被放之始，自仲春行至孟夏，才到江南，不但篇末“进路北次”句茫无来历，即初放由郢至迁所亦用不着两月程途。按《涉江》篇，言至迁所，有“霰雪无垠”句，孟夏岂有雪乎？《招魂》篇乱词云：“献岁发春兮，汨吾南征。”末又云：“目极千里兮伤春心。”世无中途招魂之理，然则当春之到迁所久矣。或又因乱词有“沅湘分流”句，遂解“徂南土”作“溯沅湘”，不知汨罗在长沙府湘阴县，名曰屈津。沅出蜀郡至长沙，湘出零陵亦至长沙，贾谊投书湘流，托之以吊者，为其能顺流而下也。谓汨罗为沅湘之分流则可，若谓溯沅湘而上达汨罗则悖矣。且原欲自沉日久，《惜往日》篇既云“临沅湘之玄渊，遂自忍而沉流”，《渔父》篇又云“宁赴湘流，葬于江鱼之腹中”矣。若见沅湘，何待溯乎？总之读古人书，毋论本文注疏，一字不容放过，则无不可读之书矣。[4]

这段考证文字，主要是论述《怀沙》一篇的写作时间及地点。洪兴祖补注“滔滔孟夏”句云：“屈原以仲春去国，以孟夏徂南土也。”[5]此说无疑忽略了屈原长期窜伏于江南之野的事实，且过高估算了从郢都至迁所路途所花费的时间，故遭到林云铭的批驳。其次，所谓“解‘徂南土’作‘溯沅湘’”，乃是朱熹之语。[6] 林云铭指出，汨罗处于沅湘的下游，可说是沅湘的分流。“汨徂南土”之南土指汨罗江畔固然无误，但若谓屈原是上溯沅湘而抵达汨罗，则绝不可能。且《惜往日》、《渔父辞》两度讲到要自沉于湘流，可知屈原其时本自处

---

① （清）林云铭：《古文析义》二编卷三，第28b页。
② （汉）王逸章句，（宋）洪兴祖补注：《楚辞补注》，第145页。
③ （清）林云铭：《古文析义》二编卷三，第27a页。
④ （清）林云铭评注：《楚辞灯》卷三，第45b－46b页。
⑤ （汉）王逸章句，（宋）洪兴祖补注：《楚辞补注》，第141页。
⑥ （宋）朱熹：《楚辞集注》，台北：文津出版社，1987年，第88页。

于沅湘之岸，不必再溯。其论甚韪。

此外，《楚辞灯》中《怀沙》总评的增益文字亦有析理之处。盖屈原之行未必合乎儒家的中庸之道，其人被斥为狂狷景行之士。而林云铭景仰屈原，故于《楚辞灯》中尽量援屈入儒。如前所言，《析义》的《怀沙》总评将屈原怀才不遇的悲剧情态分析入理，但这种“最为郁勃，亦最为哀惨”的情调，毕竟与儒家所推崇的中和理念存在着颇大的扞格。故林氏复以“杀身成仁”、“当死不怖，即圣贤所以立命处”等语加以弥合调解。至编纂《楚辞灯》时唯恐不足，又在“旧注过于穿凿，遂棼如乱丝”句前加入了以下文字：

> 要知此番之死，实因被放九年不复，谗谀用事，楚国日就危亡。以平日从彭咸之意，为尸谏之史鱼，冀君一悟，以保其国。非怨君，亦非孤愤也。[①]

将屈原与赴水之彭咸、尸谏之史鱼相提并论，并强调其所为皆出于忠君爱国，“非怨君，亦非孤愤”，尤其可见林云铭调和屈、儒的苦心。然而正如明末许学夷所云：“屈原之忠，忠而过，乃千古定论。今但以其辞之工也，而谓其无偏无过，欲强跻之于大圣中和之域，后世其孰信之？此不足以扬原，适足以累己耳。”[②]林云铭之论，反映出他对屈原思想和性格的理解依然存在着不少误区，这是在当时的学术环境中难以避免的现象。

三、结语

康熙二十一年，《析义》初编付梓，收录《楚辞》作品两篇；二十六年，二编成书，收录《楚辞》作品六篇，合计八篇。至康熙三十六年，《楚辞灯》问世，收录屈原作品二十五篇，前此八篇悉在其中。对于《析义》固有的《楚辞》篇章，《楚辞灯》并非单纯过录，亦时有更订。考其更订，主要在圈点和总评两处。互见的八篇作品的总评中，《楚辞灯》一字不易地采用《析义》原文者有二篇(《国殇》、《渔父》)，占四分之一。其余六篇有删略、有增补，亦有删而后补者。根据这些情况，可以了解林云铭楚辞作品的认知与变化。如从《楚辞灯》对《析义》所收《湘君》总评的删略，可知《析义》将湘君与巫者的关系比拟成楚王与屈原的关系，认为《离骚》所求之女与二《湘》类近，皆为楚王之隐喻，而《楚辞灯》则将《湘君》求通于神及《离骚》求女解为求贤妃。从《楚辞灯》对《析义》所收诸篇总评的增补，可见其如何进一步疏通章法、考证析理。如其对《卜居》“此孰吉孰凶”一段的章法分析、对《涉江》、《怀沙》创作时地的考察等，言之皆有理据。不过，由于受到儒家思想的规范，《楚辞灯》在分析《东君》时将“余”解作祭祀者自谓而非“作日自称”，削弱了全篇的浪漫

① (清)林云铭评注:《楚辞灯》卷三，第45b页。
② (明)许学夷:《诗源辨体》，北京:人民文学出版社，1998年，第34页。

气息；在讨论《怀沙》时，强调屈原“非怨君，亦非孤愤”，刻意援屈入儒，类似的瑕疵始终难以避免。由于《析义》所录《楚辞》作品数量有限，就其更订情况来探讨林云铭楚辞学思想的发展变化，仍有管中窥豹之憾，还望大雅君子有以教我。

评《史记·屈原列传》两段议论文字系后人羼入说

华中师范大学　温洪隆

为了探索解决《史记·屈原列传》中的疑难问题,汤炳正先生1962年10月发表了长篇论文《〈屈原列传〉新探》①,提出今本《史记·屈原列传》中的两段议论文字都是刘安《离骚传》中的文字,"由'离骚者犹离忧也……'到'……虽与日月争光可也',由'虽放流……'到'……岂足福哉'这两段文字,都是后人割取《离骚传》语羼入本传者",原本《史记·屈原列传》没有这两段议论文字。

汤先生此论的关键是司马迁没有见到过刘安的《离骚传》,所以无法采入《史记·屈原列传》。可是没有任何古代典籍记载司马迁曾说他没有见过刘安的《离骚传》,那么汤先生怎么知道司马迁没有见到过刘安的《离骚传》呢?请看他是怎样论述的:

今按,司马迁当时并未见过刘安的《离骚传》,今本《屈原列传》所引刘语,乃后人所羼入者。因为司马迁的《史记》和刘安的《离骚传》,都写成于汉武帝之时;刘安的《离骚传》之写成,虽略早于《史记》,而司马迁实未得见。所以在《史记·淮南王传》中,只云:"淮南王安为人好读书鼓琴,不喜弋猎狗马驰骋。亦欲以行阴德,拊循百姓,流誉天下。时时怨望厉王死,时欲叛逆,未有因也。"而关于淮南王所著书与辞赋,则一字未及。至班固撰《汉书》时,《淮南王传》全袭《史记》,惟于"流名誉"句下,始增补下列一段:"招致宾客方术之士数千人,作为内书二十一篇,外书甚众。又有中篇八卷,言神仙黄白之术,亦二十余万言。时武帝方好艺文,以安属为诸父,辩博善为文辞,甚尊重之。每为报书及赐,常召司马相如等视草乃遣。初,安入朝,献所作内篇,新出,上爱秘之。使为《离骚传》,旦受诏,日食时上。"《淮南子》高诱序亦云:"(上)使为《离骚赋》(当为传之误,说详后),自旦受诏,日早食已上,(上)爱而秘之。"考司马迁书例,凡前人著述,或叙其书目篇卷,或录其作品全文,对淮南王所著书,如迁已得见,则例无不加著录之理。但淮南王书及《离骚传》等,当时虽已献之于朝,而并未宣布于世。故司马迁并未得见,当然更无从著录于本传,更无从采入《屈原列传》。淮南王书当时之所以未布于世,推其原因,盖不外武帝"爱秘"之,故未予宣布;继因淮南王以造反被诛,故又不便宣布。迨元成之世,刘向校书中秘,始得淮南王书而叙录之(见高诱《淮南子》序)。而《离骚传》亦当同时出现。故班固撰《汉书》,始得据其所见以补《史记·淮南王传》之缺。因此,司马迁既未见过刘安的《离骚

① 新建设编辑部编:《文史》第一辑,北京:中华书局,1962年10月。

传》，则今本《史记·屈原列传》所引用的《离骚传》，并非原本《史记》所固有，乃后人羼乱之文，而且由于羼乱者学识卑劣，以致前后矛盾，文理不通，历代学人，咸受其累。

汤先生的论证，可概括成四点：

一是按照《史记》的体例，“凡前人著述，或叙其书目篇卷，或录其作品全文”，可是司马迁在《史记·淮南王列传》中“关于淮南王所著书与辞赋”，一个字的记录都没有，可见司马迁没有见过刘安的《离骚传》，所以他不可能将《离骚传》采入《屈原列传》。

二是班固《汉书·淮南王传》和高诱《淮南子·序》方才说到汉武帝的时候淮南王刘安著书和写辞赋的事，这书和《离骚赋（传）》虽然献给了朝廷，但是被汉武帝藏起来了，司马迁见不着，所以他不可能将《离骚传》采入《屈原列传》。

三是《离骚传》被汉武帝藏起来以后，没有向外宣布，到了西汉后期元帝、成帝的时候，刘向校定宫中秘籍，才将《淮南子》校定，向外公布，《离骚传》也应当在这个时候同时出现。生活在西汉早中期的司马迁当然见不着西汉后期才出现的《淮南子》和《离骚传》，所以他不可能将《离骚传》采入《屈原列传》。

四是汤先生还认为《史记·屈原列传》《〈屈原列原〉新探》曰：中前一段议论文字是《离骚传》的“前半部”，后一段议论文字是《离骚传》的“后半部”，“前半后半不仅文笔风格完全一致，而且结构层次也脉络相通”，都是刘安《离骚传》中的文字，所以后一段议论文字司马迁也同样看不到，不可能将它采入《史记·屈原列传》。

既然司马迁因为见不着《离骚传》而没有将它采入《史记·屈原列传》，那么现在《史记·屈原列传》中那两段出自刘安《离骚传》中的议论文字就是后人羼入的了。

乍一看来，汤先生的论证言之凿凿，有根有据，使人信以为真。但是仔细剖析一下，他的每一条论证都是值得商榷的。现在我们不妨就对他的论证逐条加以剖析：

一

汤先生说《史记》的体例，“凡前人著述，或叙其书目篇卷，或录其作品全文”。这话说得过于绝对。的确，《史记》中有的传记是记叙了传记主人的书目篇卷的，例如《陆贾列传》就记叙了“陆生乃粗述存亡之征，凡著十二篇，每奏一篇，高帝未尝不称善，左右呼万岁，号其书曰《新语》。”有的传记也收录了传记主人的作品全文，例如《李斯列传》就录了他的《谏逐客书》等文章。但是汤先生说的是“凡前人著述……”，“凡”就是凡是、所有的，如果解成大凡，汤先生的命题便不能成立。《史记》真的凡是前人的所有著述都在该人的传记中“叙其书目篇卷，或录其作品全文”吗？显然不是，例如《汉书·艺文志》记载贾谊有书“五十八篇”，而《史记·贾生列传》中对贾谊的《新书》（或称《贾谊书》）并没有“叙其书目”，更没有列出“篇卷”；虽然收录了贾谊的《吊屈原赋》、《鹏鸟赋》全文（按，在

《秦始皇本纪》、《陈涉世家》中还收录了贾谊的《过秦论》),可是贾谊大量的其他作品如著名的《陈政事疏》、《论积贮疏》等都没有收录。是司马迁没有见过贾谊的其他著述吗?显然不是,因为在《贾生列传》中司马迁就说过"贾生数上疏,言诸侯或连数郡,非古之制,可稍削之",便是《陈政事疏》中"欲天下之治安,莫若众建诸侯而少其力。力少则易使以义,国小则亡邪心。令海内之势如身之使臂,臂之使指,莫不制从"等语所述内容的概述,说明司马迁是见过贾谊的奏疏的。司马迁见过贾谊《新书》中的《陈政事疏》等奏疏,既没有叙其书目,也没有录其全文,可以证明汤先生所说的"考司马迁书例,凡前人著述,或叙其书目篇卷,或录其作品全文"的论断不能成立。前提不能确定,由此推论出的"对淮南王所著书,如迁已得见,则例无不加著录之理"的论断也就同样不能成立。因此汤先生以《史记·淮南王列传》没有记录淮南王的著作为由,来证明司马迁没有见到过刘安的《离骚传》,也就难于使人信以为真了。

二

汤先生以《汉书·淮南王传》和高诱《淮南子·序》为依据,证明刘安的《淮南王书》和《离骚传》写作于汉武帝的时候,献给汉武帝以后就被汉武帝藏起来了,没有向外宣布,所以司马迁没有见到,这些论断同样不能成立。《汉书·淮南王传》和高诱《淮南子·序》的记载,并不能说明《淮南王书》和《离骚传》作于汉武帝时。汤先生所引《汉书·淮南王传》:"淮南王安为人好书鼓琴,不喜弋猎狗马驰骋。亦欲以行阴德,拊循百姓,流名誉。招致宾客方术之士数千人,作为内书二十一篇,外书甚众。又有中篇八卷,言神仙黄白之术,亦二十余万言。"是说:刘安喜欢读书弹琴,不喜欢打猎。也想通过暗中积德来安抚百姓,在天下有个好名声。他招来几千宾客方术之士,写作《内书》二十一篇,《外书》很多。还写了《中篇》八卷,说的是神仙之事和提炼黄金白银的技术,也有二十多万字。这里虽然说到了刘安著书,却没有说明他著书的时间,更没有说明是在汉武帝时著书。"时武帝方好艺文,以安属为诸父(诸父是对伯叔的通称),辩博善为文辞,甚尊重之。每为报书及赐,常召司马相如等视草乃遣。"是说:当时汉武帝正爱好艺文,因为刘安是他的叔父(按,刘安是刘邦的孙子,汉武帝是刘邦的曾孙,所以刘安是汉武帝的叔父),口才好,见识广,善于写文章,所以很尊重他。每当要写回信和有关赏赐的文书,常常叫来司马相如等人帮他起草,才派人送出去。这里只说到汉武帝尊重刘安的原因,并没有说到刘安在汉武帝时组织人写书和写作《离骚传》,更没有说到刘安将《离骚传》献给汉武帝。"初,安入朝,献所作《内篇》,新出,上爱秘之。使为《离骚传》,旦受诏,日食时上。"是说:当初刘安来到朝廷,献上他所作的《内篇》,刚出来,皇上喜爱它,就将它秘藏起来了。皇上叫他写《离骚传》,他天亮时接受皇上的诏令,吃早饭时就已经写好献上来了。这里虽然说到了刘安向皇上献书和皇上叫他写《离骚传》,但是这皇上指的是谁?是汉文帝?汉景帝?汉武帝?没有明说。也许有人会说:这还要问吗?上段提到"时武帝",这里承接上文,当然是汉武帝了。我们说:不。因为这段文字一开始就说:"初,安入朝",读过《汉书》的人都应该知道:用"初"字是追述往事,如果是承接上文"时武帝",就不应该用"初"字。因此这皇上究竟指的是谁也就值得研究了。再说这段话中明明说的是皇上将刘安献的《内篇》藏起来了,又叫刘安写《离骚传》,并没有说将《离骚传》也藏起来,汤先生怎么连带一起将它变成《离骚传》也被汉武帝藏起来了呢?这不是太令人莫名其妙吗?

剖析了汤先生引用《汉书·淮南王传》中的问题,我们还要剖析一下汤先生引用高诱《淮南子·序》中的问题。汤先生的引文为:"(上)使为《离骚赋》(当为传之误,说详后),自旦受诏,日早食已上,(上)爱而秘之。[①]"其实这不是《淮南子·序》的原文,原文应是:"安为辨达,善属文,皇帝为从父。数上书,召见,孝文皇帝甚重之,诏使为《离骚赋(当作传)》,自旦受诏,日早食已,上爱而秘之。"[②]是说:刘安口才好,通达事理,善于写文章,皇帝是他的伯父(按,此皇帝是指汉文帝,汉文帝是刘邦的儿子,刘安是刘邦的孙子,所以汉文帝是刘安的伯父)。刘安多次上书汉文帝,被召见,汉文帝很重视他,叫他写《离骚传》,刘安从天亮早朝时接受诏令,吃早饭时就已经写好,皇上喜爱《离骚传》将它秘藏起来。《汉书·淮南王传》所载和《淮南子·序》所载最大的不同之是:对叫刘安写《离骚传》的人是谁这个问题,前者含糊其词说是"上(皇上)",后者明确指出是"孝文皇帝"。如果我们注意到了《汉书·淮南王传》在叙述这件事的时候用了一个"初"字,是指当初、从前,是追述往事,也就知道《汉书·淮南王传》中"上爱秘之"的"上"不是指汉武帝,而是指从前的另一个皇帝。联系到《淮南子·序》已明确指出是汉文帝叫刘安写《离骚传》并"爱而秘之",两处记载互相引证,就可说明叫刘安写《离骚传》的人是汉文帝。这些情况,汤先生是知道的,可是他为了证明自己的《离骚传》写成于汉武帝时,汉武帝将它藏起来了,司马迁见不到,不可能将它写入《屈原列传》,《屈原列传》中那段议论文字是后人羼入的等论断,于是便将《淮南子·序》中的"孝文皇帝甚重之,诏使为《离骚赋》,自旦受诏,日早食已,上爱而秘之"改为"(上)使为《离骚赋》(当为传之误,说详后),自旦受诏,日早食已上,(上)爱而秘之。"将"孝文皇帝甚重之"隐去,用一个"(上)"字代替它,而"(上)"是泛指皇上,便可以解为汉武帝,偷梁换柱,以成其说。因为如果不将"孝文皇帝"隐去,那么叫刘安写《离骚传》并"爱而秘之"的人便是汉文帝。即使汉文帝在晚年才召见刘安,让他写《离骚传》并"爱而秘之",他死后还经过汉景帝,在位十六年;又经过汉武帝,在位五十

---

① "日早食已上,(上)爱而秘之",汤先生所引,标点有误,当标为"日早食已,上爱而秘之",毋须再添"(上)"字。"日早食已"即"日早食毕"之意,刘勰所谓"淮南崇朝而赋骚"也。

② 引文见中华书局1954年12月第一版《诸子集成》第七册《淮南子》高诱《叙》。

四年,《离骚传》的写定的时间就要向前推。司马迁约死于汉武帝末年汉昭帝初年,《离骚传》的写定的时间,距离司马迁之死便相隔七十多年,在这段时间内,司马迁就有可能见到《离骚传》。因为汉文帝将《离骚传》"爱而秘之",他死后便不能秘藏了,谁能保证经过这么长的时间,《离骚传》就一定不会传出来呢?作为太史令的司马迁就一定看不到它而不能将它采入《屈原列传》呢?

1982 年 6 月端阳节前后,在楚国的故都湖北江陵举行中国屈原学会成立大会,会前商定这次会议的内容之一是要讨论屈原否定论,而屈原否定论虽然起源于清代末年民国初年的学者廖平,但现在影响大的否定屈原论还是胡适先生的屈原箭垛人物论,至今国外的学者还以它为根据来否定屈原其人。为了正本清源,我向大会提交了一篇万余字的稿子《评屈原箭垛人物论》①,逐条反驳了胡适先生屈原箭垛人物论的依据,附带也简要地申述了我的上述意见,对汤先生的《史记·屈原列传》中的两段议论文字系后人羼入说提出了质疑。汤先生参加了这次大会,并被推选为会长,应当看到了我这篇稿子。1982 年 2 月汤先生对我的质疑有了回应,他将发表在《文史》上的《屈原列传新探》作了修改,并将题目改名为《屈原列传理惑》,收入齐鲁书社出版的《屈赋新探》一书中,重新发表。这次,汤先生公布了高诱《淮南子·序》的原文,没有隐去"孝文皇帝",也没有用"(上)"去代替"孝文皇帝",使一般的读者不查高诱《淮南子·序》原文便知道叫刘安写《离骚传》的是汉文帝。这是汤先生对我 1982 年 2 月对他论证的质疑的善意回应,这种实事求是的态度应当受到欢迎。不过令人十分遗憾的是他在公布《淮南子·序》原文以后加了一段话,其中最为重要的是:"孝文皇帝甚重之,'文'字显系'武'字之误"。'皇帝为从父'句,因既误'武'为'文',故世系关系不得不改。实则孝文帝时,刘安年尚幼小,所谓招致宾客著书立说等一切活动,都跟他的年龄不相适应,故应以《汉书》为是。"②这段话的中心意思是说:高诱《淮南子·序》中记载的孝文皇帝叫刘安写《离骚赋(当为传)》并将此传"爱而秘之",应该是汉武帝叫刘安写《离骚赋(当为传)》并将此传"爱而秘之"的误写,因为孝文帝时刘安年龄还小,不能招致宾客著书立说,换句话说只有到汉武帝的时候,刘安长大了才能著书立说并写《离骚传》,所以"文"字应该改成"武"字。以此继续为自己将《淮南子·序》中的"孝文皇帝甚重之,诏使为《离骚赋(当为传)》"改为"(上)使为《离骚赋(当为传)》"进行辩解。所以汤先生虽然公布了《淮南子·序》的原文,实际等于没有公布一样,还是坚持自己原来的论证。

① 中国屈原学会编辑齐鲁书社出版的《楚辞研究》一书附录的一九八二年中国屈原学会成立大会论文总目索引列有拙文《评屈原箭垛人物论》篇目。其后拙文发表在《华中师范大学学报》一九八五年五期,中国人民大学书报资料社《中国古代近代文学研究》全文转载。

② 汤炳正:《屈赋新探》,济南:齐鲁书社,1984 年,第 5 页。

刘安在汉文帝的时候真的是年龄还小不能著书立说写《离骚赋(当为传)》吗?我们还是来看看事实吧:根据《史记·汉兴以来诸侯王年表》记载,刘安一生共入朝四次,分别是汉文帝后元六年(前158年)、汉景帝五年(前152年)、中元四年(前146年)、汉武帝建元二年(前139年)。再根据《史记·淮南王列传》、《汉书·淮南王传》"孝文八年(前172年)"刘安兄弟"四人皆七八岁"的记载,可以推算出刘安生于汉文帝元年(前179年),进一步还可以推算出刘安四次入朝的时候分别是二十二岁(文帝时)、二十八岁(景帝时)、三十四岁(景帝时)、四十一岁(武帝时),无论哪一次他都不是年幼。既然刘安在汉文帝后元六年(前158年)入朝的时候已经二十二岁,按照古例,男子二十岁行冠礼,表示已经成年,怎么刘安已经二十二岁,汤先生却认为他"年尚幼小","所谓招致宾客著书立说等一切活动,都跟他的年龄不相适应"呢?已经二十二岁并且"善为文辞"的刘安,怎么在汤先生的笔下突然变成一个还不能写文章的小孩子了呢?如此说来,汤先生用刘安在"孝文帝时,刘安年尚幼小,所谓招致宾客著书立说等一切活动,都跟他的年龄不相适应"为理由,来否定《淮南子·序》的记载,实在是出于想当然,从而他作出的"'孝文皇帝甚重之','文'字显系'武'字之误"的论断,无法令人信服。汉文帝叫刘安写《离骚传》的客观事实,不是汤先生主观臆断就可以随意改变的。据《史记·文帝纪》记载:"孝文皇帝,高祖(刘邦)中子也",据《史记·淮南王列传》记载:"淮南厉王长者,高祖(刘邦)少子也",而刘安是淮南厉王刘长的儿子,也就是刘邦的孙子,汉文帝理所当然是刘安的伯父,《淮南子·序》说"皇帝为从父(从父是对伯父、叔父的通称)",完全符合客观事实,哪里是如汤先生所说的"因既误'武'为'文',故世系关系不得不改"呢?汤先生说"应以《汉书》为是",可是他却无视《汉书·淮南王传》"初,安入朝,献所作内篇,新出,上爱秘之"的记载,既不顾这段话是追叙往事,又不顾"爱秘"的是《淮南子·内篇》,只在"时武帝方好艺文"一句中取了他所需要的"武帝"二字,同时又将《淮南子·序》"孝文皇帝甚重之,诏使为《离骚赋》,自旦受诏,日早食已,上爱而秘之"中的"孝文皇帝甚重之"隐去,留下他所需要的"诏使为《离骚赋》,自旦受诏,日早食已,上爱而秘之",再将"武帝"二字放在"诏使为《离骚赋》"的前面,于是他的汉武帝叫刘安写《离骚传》,武帝将《离骚传》藏起来了,司马迁见不着,不能采入《屈原列传》等论断便这样"成立"了。如此按其所需、断章取义、偷梁换柱、移花接木所形成的论证,又怎能令人信服呢?

可能有人要说王逸《楚辞章句叙》还说过:"孝武帝恢廓道训,使淮南王安作《离骚经章句》",可以证明是汉武帝叫刘安写《离骚传》。可是王逸是说"作《离骚经章句》",是给《离骚》作注解,一个早上是不可能完成的,再说《离骚传》是评论文字而不是注解,因此尽管《隋书·经籍志四》也用了《楚辞章句叙》的说法,还是难以让人相信《离骚经章句》就是《离骚传》。

三

汤先生说淮南王书献给了朝廷,被汉武帝藏起来了,没有向外公布,直到西汉后期"元[①]成之世,刘向校书中秘,始得淮南王书而叙录之。而《离骚传》亦当同时出现"。"因此司马迁未见过刘安的《离骚传》。"这话是在告诉读者淮南王书和《离骚传》都藏在"中秘",但又含糊其词。到了1984年2月汤先生重新发表那篇论文,在说明淮南王书没有向外公布的原因时加了如下一段话:

> 所谓"爱秘",当谓置之手边,秘不示人,或谓置于刘向《七略》所谓"秘室之府";并不是付之"太常、太史、博士之藏",供史官披阅。[②]

方才正式认为淮南王书和《离骚传》是放在武帝"手边"或者放在"秘室之府"。

我们前面对汤先生第二点论证所作的的剖析,已经说明接受刘安献书和叫刘安写《离骚传》并"爱而秘之"的人是汉文帝而不是汉武帝。如果所谓"爱秘"真的是像汤先生所说那样"置之手边,秘不示人",那么汉文帝死了以后,自然便不能放在手边、秘不示人了,司马迁也就可能看到淮南王书和《离骚传》。不过汤先生又说淮南王书和《离骚传》或者还可能是放在"秘室之府",等到西汉后期刘向校书的时候才传出来,所以生活在西汉早中期的司马迁见不着,因此司马迁能否见到"秘室之府"的藏书就成了我们要同汤先生商榷的焦点问题了。

据刘歆《移书让太常博士》、《七略》、《汉书·艺文志》、《隋书·经籍志》和宋代章如愚《群书考索》的记载,所谓藏书的"秘室之府"(或简称"秘府")和刘向校书中秘的大致情况是:焚书坑儒的秦王朝被推翻以后,到了汉朝,废除了秦朝的挟书之律,大收篇籍,"天下众书,往往颇出",《诗》、《书》、《易》、《礼》、《春秋》……等儒家经典相继出现。汉武帝还命令公孙弘大开献书的渠道,以致书积如丘山。可是那些书有缺损,穿书简的绳子有的断了,书简脱落。汉武帝知道了,心中难过,"于是建藏书之策,置写书之官,下及

① 《移书让太常博士》、《汉书·艺文志》、《楚元王传》等均载汉成帝诏刘向校书,刘向校书事当与元帝无关,此"元"字系汤先生误用。

② 汤炳正:《屈赋新探》,济南:齐鲁书社,1984年,第6页。

诸子传说,皆充秘府","外则有太常太史博士之藏,内则有延阁、广内秘室之府"①,在宫外有太常的属官太史②博士藏书的地方,宫内有延阁、广内阁秘密藏书的府库。不只是将经书甚至连诸子传说,都放到宫中"秘府"里保存起来。这些藏书的"秘府"除了延阁、广内外,还有石渠、石室、兰台、麒麟、天禄等馆阁③。武帝死了以后,经过汉昭帝、宣帝、元帝,历时五十多年,所藏的书并没有得到很好的整理,"或脱简,或脱编",有的书甚至散失了。到了"精于《诗》《书》"的汉成帝的时候,他伤心"学残文缺",便下令让光禄大夫刘向领头校理宫中五经和诸子、诗赋等秘书④,另外还让其他人校理兵书、数术、方技等书。每校完一书,便由刘向"条其篇目,撮其指意",写篇叙录,可惜现在只留下《战国策》、《管子》、《晏子》、《列子》、《荀子》、《邓析子》、《说苑》七书的叙录。刘向校书二十年,七十二岁卒。哀帝即位,又让刘向的儿子刘歆继续完成他的父亲未竟之业,刘歆于是总群书而奏《七略》。

了解汉代秘府藏书和刘向校书的基本情况以后,我们便可以来商榷司马迁是否可以看到"秘室之府"藏书的问题。汤先生引用刘歆《七略》"秘室之府"和"太常太史博士之藏"等话的目的很清楚,是说那些藏在"秘室之府"的"秘书"是在宫中,不是供宫外太常太史博士披阅的,司马迁是太史,所以看不到那些宫中秘书。其实并非如此,司马迁是太史公,是可以看到这些宫中藏书的,依据有四:一、《史记·太公自序》刘宋裴骃《集解》引魏人如淳说:"(卫宏)《汉仪注》:太史公,武帝置,位在丞相上。天下计书,先上太史公,副上丞相,序事如古《春秋》。"《文心雕龙·史传》说:"在汉之初,史职为盛,郡国文计,先集太史之府,欲其详悉于体国,必阅石室,启金匮,抽裂帛,检残竹,欲其博练于稽古也。"《隋书·经籍志》说:"武帝置太史公,命天下计书,先上太史,副上丞相,开献书之路,置写

---

① 唐欧阳询《艺文类聚》卷十二《帝王部·汉武帝》:"刘歆《七略》曰:'孝武皇帝,敕丞相公孙弘广开献书之路,百年之间,书积如丘山,故外则有太常太史博士之藏,内则有延阁、广内秘室之府。'"汤先生说是"刘向《七略》",但据《汉书·艺文志》:"歆于是总群书,而奏其《七略》",梁阮孝绪《七录序》以及《隋书·经籍志》亦采其说,又《汉书·艺文志》颜师古注引如淳曰亦作"刘歆《七略》",故《七略》应为刘向之子刘歆所作。

② 《汉书·百官公卿表》:"奉常,秦官,掌宗庙礼仪,有丞。景帝中六年,更名太常。属官有太乐、太祝、太宰、太史、太卜、太医六令丞。"

③ 参见宋章如愚撰《群书考索》卷三十八《馆阁》及《群书考索续集》卷三十五《官制门·汉馆阁》。又扬雄《答刘歆书》:"为郎之岁,……得观书于石渠。"《汉书·百官公卿表》:"中丞在殿中兰台,掌图籍秘书。"班固《西都赋》:"天禄、石渠,典籍之府。"《汉书·楚元王传》师古引《三辅旧事》:"石渠阁在未央大殿北,以藏秘书。"唐杜佑《通典》卷二十六:"御史中丞居殿中,掌兰台秘书及麒麟、天禄二阁,藏之于内禁。"《太平御览》卷二百二十五:"中丞有石室,以藏秘书图籍之属。"皆可证石渠、石室、兰台、麒麟、天禄等馆阁是藏书秘府,当是章如愚之说所本。

④ 《汉书·刘向传》:"上(汉成帝)方精于《诗》《书》,观古文,诏向领校中五经秘书。"《汉书·艺文志》:"至成帝时,以书颇散亡,使谒者陈农求遗书于天下,诏光禄大夫刘向校经传、诸子、诗赋"。

书之官,外有太常太史博士之藏,内有延阁、广内秘室之府。司马谈父子,世居太史,探采前代,断自轩皇,逮于孝武,作《史记》一百三十篇。”这里的“计书”,《文心雕龙》称它为“文计”,《隋书》将它放在《经籍志》中叙述,并说“武帝时,计书既上太史,郡国地志固亦在焉”,很明显是指图书而言,当是地方上报的图书,与称为账簿的“计簿”、“计籍”有别。而这些记载又同司马迁所说的太史公“罔罗天下放失旧闻”,“天下遗文古事,靡不毕集太史公”可以互相引证,说明那些收集来的书籍的确是“先上太史公”。既然那些收集来的书籍“先上太史公”,作为太史公的司马谈、司马迁父子怎么会看不到收集起来以后又藏入秘府的书呢?二、汉朝藏书的馆阁有个名叫石室,汉高祖刘邦和他的功臣所立“使河如带,泰山若厉,国乃灭绝”的誓词就藏在那里,即所谓“与功臣剖符作誓,丹书铁契,金匮石室,藏之宗庙。”颜师古作注说:“以金为匮,以石为室,重缄封之,保慎之义。”《太平御览》卷二百二十五也记载:“中丞有石室,以藏秘书图籍之属。”而司马迁说:“迁为太史令,紬史记石室金匮之书。”既然司马迁如此明确地说他看过石室中的秘书,汤先生为什么偏要说他看不到秘书呢?三、顾炎武说:“汉时天子所藏之书,皆令人臣得观之。故刘歆谓外则有太常太史博士之藏,内则有延阁、广内秘室之府,而司马迁为太史令紬石室金匮之书,刘向、扬雄校书天禄阁……”既然汉时天子所藏之书人臣可以看,司马迁也说过他的确看过石室金匮所藏的书,汤先生又为什么偏要说他看不到呢?四、刘向所校定的《战国策》,也是宫中秘书,刘向称它为“中书余卷”,原来“错乱相糅莒”。这部也藏在宫中的秘书《战国策》,是不是一定要等到西汉后期刘向校定以后才出现呢?显然不是,西汉时的司马迁早就看过它。班固说司马迁写《史记》“采《世本》《战国策》”,据宋人姚宽说《史记》采用《战国策》有“九十三事”。又据台湾学者郑良树列表分国统计,《史记》采用《战国策》实际有一百四十九处,大家熟悉的《史记·刺客列传》中的荆轲刺秦王事,几乎全部采用《战国策·燕策三·燕太子丹质于秦亡归》,这就充分说明司马迁看过没有整理之前的《战国策》,如果也像汤先生说淮南王书和《离骚传》要到刘向校书以后人们才能看见,那怎么解释这些事实呢?莫非是汤先生又要说今本《史记》所引用的《战国策》中的史料都是“学识卑劣”的后人羼入的呢?我们如果放弃偏见,认真思考思考,经过秦始皇焚书坑儒的大难之后,朝廷的藏书被烧了,汉朝收集到的书又“皆充秘府”藏起来了,如果真的司马迁又看不到,即使有天大的本事,没有资料,他也写不出《史记》啊!

因此可以知道:汉朝“秘室之府”所藏的书,并非是一定要等到西汉后期刘向校定以后人们才能见到,汤先生用这种论证来说明司马迁见不到《离骚传》,因而不可能将《离骚传》中的话采入《史记·屈原列传》等论断,实在不能成立。

既然宫中秘书司马迁可以看到,那么汤先生用“继因淮南王以造反被诛,故又不便宣布”来说明司马迁看不到《离骚传》的论证,也就毋须再作剖析了。

四

汤先生说《史记·屈原列传》第一段议论文字出自刘安《离骚传》，那有班固《离骚序》和刘勰《文心雕龙·辨骚》①可以作证，也是楚辞研究者公认的事实。而他还说第二段议论文字也是出自刘安《离骚传》，却没有提出有力的证据，仅以前、后段议论文字"不仅文笔风格完全一致，而且结构层次也脉络相通"为由，便作出此论断，那就值得商榷了。我们还是来看看这两段议论文字，第一段为：

《离骚》者，犹离忧也。夫天者，人之始也；父母者，人之本也。人穷则反本，故劳苦倦极，未尝不呼天也；疾痛惨怛，未尝不呼父母也。屈平正道直行，竭忠尽智，以事其君，谗人间之，可谓穷矣。信而见疑，忠而被谤，能无怨乎？屈平之作《离骚》，盖自怨生也。《国风》好色而不淫，《小雅》怨诽而不乱，若《离骚》者，可谓兼之矣。上称帝喾，下道齐桓，中述汤武，以刺世事，明道德之广崇，治乱之条贯，靡不毕见。其文约，其辞微，其志洁，其行廉，其称文小而其指极大，举类迩而见义远。其志洁，故其称物芳；其行廉，故死而不容。自疏濯淖污泥之中，蝉蜕于浊秽，以浮游尘埃之外，不获世之滋垢，皭然泥而不滓者也。推此志也，虽与日月争光可也。

第二段为：

屈平既嫉之，虽放流，眷顾楚国，系心怀王，不忘欲反，冀幸君之一悟，俗之一改也。其存君兴国而欲反复之，一篇之中，三致意焉。然终无可柰何，故不可以反，卒以此见怀王之终不悟也。人君无愚、智、贤、不肖，莫不欲求忠以自为，举贤以自佐，然亡国破家相随属，而圣君治国累世而不见者，其所谓忠者不忠，

① 班固《离骚序》："昔在孝武，博览古文，淮南王安叙《离骚传》，以'《国风》好色而不淫，《小雅》怨悱而不乱，若离骚者，可谓兼之矣。蝉蜕浊秽之中，浮游尘埃之外，皭然泥而不滓。推此志，虽与日月争光可也。'斯论似过其真。"刘勰《文心雕龙·辨骚》："昔汉武爱《骚》，而淮南作《传》，以为'《国风》好色而不淫，《小雅》怨诽而不乱，若《离骚》者，可谓兼之。蝉蜕秽浊之中，浮游尘埃之外，□然涅而不缁，虽与日月争光可也。'"按，班固《离骚序》："昔在孝武，博览古文，淮南王安叙《离骚传》"等语，人们容易误认为汉武帝使刘安作《离骚传》，其实"昔在孝武，博览古文"二句，即《汉书·淮南王传》所谓"时武帝方好艺文……"是指武帝时事；"淮南作《传》"即《汉书·淮南王传》："初，安入朝，献所作《内篇》，新出，上爱秘之。使为《离骚传》，旦受诏，日食时上。"是追叙往事，指文帝时事。前文已作剖析，兹不赘述。又王逸《楚辞章句叙》："孝武帝恢廓道训，使淮南王安作《离骚经章句》"。所谓章句便是作注解，要给《离骚》作注，一个早上不能完成，所指不可能是《离骚传》。

而所谓贤者不贤也。怀王以不知忠臣之分,故内惑于郑袖,外欺于张仪,疏屈平而信上官大夫、令尹子兰,兵挫地削,亡其六郡,身客死于秦,为天下笑,此不知人之祸也。《易》曰:"井渫不食,为我心恻,可以汲。王明,并受其福。"王之不明,岂足福哉!

第一段议论文字紧接"忧愁幽思而作《离骚》"之后,先释题,再说明人遇穷困、疾痛,便呼天、呼父母以抒发怨愤痛苦,藉以引出屈原信而见疑,忠而被谤,便因怨而作《离骚》,从而说明屈原写作《离骚》的动机。接着综合叙述了《离骚》的思想内容和艺术特色,对《离骚》的成就和屈原的崇高人格作出了高度评价,极尽赞美之词。第二段议论文字承接前文所叙楚怀王不听屈原忠谏而三次受秦欺骗之事立论,先说屈原遭嫉而被放流,还心系怀王,思念君国,终究不能回朝,可见怀王始终没有醒悟。再说无论什么样的君主都想找到忠臣、贤臣来帮助自己,可是由于无知人之明,他们认为的忠臣、贤臣不是真正的忠臣、贤臣,所以亡国破家的事不断发生。两段文字各说各的事,表达的感情各不相同,笔法也不一样,中间没有必然的联系,很难说它们文笔风格完全一致,而且结构层次也脉络相通,都是《离骚传》中的文字。汤先生通过这样的论证来说明《史记·屈原列传》后一段议论文字也是后人羼入,难以使人信服。

通过以上四方面的剖析,我们可以清楚看出汤先生作出的司马迁"并未见过刘安的《离骚传》"的论断难以成立,因而他的建立在此论断基础上的"今本《屈原列传》所引刘语(按,指传中的两段议论文字),乃后人所羼入者"也同样不能成立。

汤先生说只要删去今本《屈原列传》中的两段议论文字,《屈原列传》中所存在的一切问题都可"迎刃而解"。其实并非如此,例如胡适先生提出的:"既'疏'了,既'不复在位'了,又'使于齐',又谏重大的事,一大可疑。"①即使删去那两段议论文字,疑问还是依旧存在。与其想方设法为《史记·屈原列传》存在的问题辩护,倒不如像前人那样:承认《史记》这部伟大的历史著作的确也还存在问题,并分析出这些问题之所以产生的原因,可能更加切合实际。班固就说《史记》"甚多疏略,或有抵牾",刘勰也谈到张衡指出过《史记》中的错误,并分析之所以出错的原因:写纪传要编年记事,不能泛泛议论,年代久远的事有不同的说法难以周密,事情多了开头和结尾又容易疏漏,这就是汇总的困难。还有,同一事件往往和几个人有关系,每个人的传中都写就会重复,只在一个人的传中写又会不周到,这又造成选配资料的不容易。除了这些原因之外,也有可能由于史料欠缺,屈原的生平事迹和创作活动本来就难以完全弄清楚,我们也就不要过于苛求司马迁了。

明代凌稚隆《史记评林》在《屈原列传》评论中引用余有丁的话说:"序(叙)事未毕,

① 胡适《读楚辞》,载《胡适文存》二集卷一。

中间杂以论断,与《伯夷传》略同,盖传之变体也。唯伯夷、屈原,太史之所重慕,故详论之。”司马迁在《伯夷列传》、《屈原列传》中大发议论,除了因为他敬重这两位伟人以外,应当还同他因李陵事件而受腐刑的身世有关,借此抒发他的怨愤。钱钟书先生评论《伯夷列传》时说:“此篇记夷、齐行事甚少,感慨议论居其泰半,反论赞之宾,为传记之主。司马迁牢愁孤愤,如喉鲠之快于一吐,有欲罢而不能者”[①]。明乎此,那两篇传中的议论文字是千万不能删去的。

汤先生发表此论已有四十八年,在此期间出版的《史记》和选了《屈原列传》的选本(包括大学教材、中学课本),我所看到的都没有将这两段议论文字删去,可见大众已经对汤先生的论断作出了选择,似乎毋须再提此事。再者,汤先生给我的印象是一位厚道的学者,而且已经作古多年,为尊者讳,为死者讳,我本不想写这篇稿子。但是考虑到与汤先生本想通过他的那篇文章探索解决《屈原列传》中的疑难问题的愿望相反,国外的屈原否定论者却以此为据,将汤先生“纳入否定屈原的体系”之中,客观效果很不理想,使得汤先生不得不站出来声明:“拙作是不能为否定屈原的存在帮忙的”[②];而且还考虑到至今还有学者认为汤先生这篇文章对《史记·屈原列传》作了较彻底的清理,恢复了《屈原列传》的本来面目;再次还考虑到像汤先生这样严谨治学的老专家在遇到与自己观点不同的资料时尚且出现此等问题,将其中的问题提出来,对于我们后辈治学如何做到求真务实也有一定的警示作用,我又觉得还有再商榷的必要,所以写了这篇稿子,说了自己的想法,敬请方家读者赐正。

---

① 钱钟书:《管锥编》第一册,北京:中华书局,1979年,第306页。

② 汤炳正:《屈赋新探·后记》,济南:齐鲁书社,1984年,第426页。

王逸作品及《楚辞章句》成书考略

苏州大学文学院 江 瀚

一

王逸,字叔师,东汉南郡宜城(今湖北宜城县)人。生卒年不详,据现有资料推测,约生活于安帝和顺帝时。安帝元初(114－120年)中举上计吏,任校书郎之职。顺帝时官至侍中,后出任豫章太守①。《后汉书·文苑列传》称他的作品除《楚辞章句》行于世外,"其赋、诔、书、论及杂文凡二十一篇。又作《汉诗》百二十三篇"②,然多有亡佚。《隋书·经籍志》记载:"梁有王逸《正部论》八卷,后汉侍中王逸撰;……亡"③。《正部论》不见于新旧二《唐书》,当在隋唐之世亡佚。零星残句散见于《文选》、《北堂书钞》、《艺文类聚》等书。

明人张溥辑有《王叔师集》,分"赋"、"楚辞序"、"论"、"骚"、"诗"五大类。"赋"类辑两篇:《机赋》、《荔支赋》;"楚辞序"收十七篇:《楚辞章句序》、《离骚章句》、《九歌章句》、《天问章句》、《九章章句》、《远游章句》、《卜居章句》、《渔父章句》、《九辨章句》、《招魂章句》、《大招章句》、《惜誓章句》、《招隐士章句》、《七谏章句》、《哀时命章句》、《九怀章句》、《九叹章句》;"论"类一篇:《折武论》;"骚类"即《九思》,包含《逢尤》、《怨上》、《疾世》、《悯上》、《遭厄》、《悼乱》、《伤时》、《哀岁》、《守志》九章;"诗"类收《琴思楚歌》一篇。清人严可均辑王逸作品一卷,收入《全后汉文》卷五十七,较张溥所辑,缺《琴思楚歌》一诗。

《机赋》一篇,严氏所辑,题为《机妇赋》,内容亦比张溥所收有所增加,张溥所收《机赋》共273字,而严可均所辑共计334字,比张溥多收61字。《机妇赋》是一篇描写纺织工具和织布女子的作品。以织机为主要描写对象,这种题材在古代辞赋类作品中较为罕见。汉人常常用辞赋描写某类具体生活物品,如刘向写有《雅琴赋》、《围棋赋》;刘歆作有

① 王逸任豫章太守事,蒋天枢先生在《〈后汉书·王逸传〉考释》一文中引唐写本《文选集注·离骚注》中陆善经语"逸字叔师,南郡宜城人。为校书郎中。注《楚词》。后为豫章太守也",认为王逸"守豫章在任侍中之后,可无疑也"。(蒋天枢撰:《楚辞论文集》,陕西人民出版社,1982年版,第203页。)

② 《后汉书》,北京:中华书局,1965年,第2618页。

③ 《隋书》,北京:中华书局,1973年,第998页。

《灯赋》;王褒有《洞箫赋》;马融有《琴赋》、《长笛赋》、《围棋赋》、《樗蒲赋》;班固有《竹扇赋》、《白绮扇赋》(已佚)等,其渊源可上溯至屈原的《橘颂》。这种写作风气也对王逸产生了影响,在王逸所存世的两篇赋作中,另一篇《荔枝赋》也是咏物之作。严可均所辑《荔枝赋》比张溥多出首尾两小节,不过即使是严可均所辑,文辞亦颇为支离,似有散逸,当非完帙。《荔枝赋》开篇先写汉皇圣明,四方纳贡,短短一段后转入正题,对荔枝进行了详细描写。先写荔枝树的总貌:"其形也,暧若朝云之兴,森如横天之彗,湛若大厦之容,郁如峻岳之势。修干纷错,绿叶蓁蓁。角亢兴而灵华敷,大火中而朱实繁。灼灼若朝霞之映日,离离如繁星之着天。"次写荔枝果实之色:"皮似丹罽,肤若明珰。润侔和碧,奇喻五璜";接着描写荔枝的美妙滋味:"口含丹液,心受芳气。兼五滋而无常主,不知百和之所出";最后对荔枝给予高度推崇,认为"卓绝类而无俦,超众果而独贵"。[①] 与屈原的《橘颂》比较,王逸的这篇作品仅仅是对荔枝作了色香味等方面的客观描写,缺乏屈原借橘树坚贞品格以自励的深厚内蕴,整体思想相形之下单薄许多。不过王逸对荔枝的形象描绘,对后世作家也产生了影响。比如孔稚珪《谢赐生荔枝启》:"绿叶云舒,朱实星映。离离昔闻,晔晔今睹。信西岷[②]之佳珍,谅东鄙之未识。角卯兴而灵华敷,大火中而朱实繁。灼灼丹华吐白,离离繁星着天。稚珪死罪死罪。"[③]几乎完全袭用王逸《荔枝赋》中相关语句[④]。又如白居易的《荔枝图序》中相关描写:"壳如红缯,膜如紫绡,瓤肉莹白如冰雪,浆液甘酸如醴酪。"[⑤]其中"红缯"二字,即脱胎于王逸的"丹罽"。

《折武论》只有短短的19字,原文当不会如此之少,后人所辑,应为零星残句。全文为:"苞含六艺,游览百家。用道德为弓弩,仁义为铠甲。"[⑥]此文写作背景不明,《王叔师集》中本文下张溥注曰:"《北堂书钞》载王逸《临豫州教》云:'举遗逸于山薮,黜奸邪于邦国"[⑦]。蒋天枢先生在《〈后汉书·王逸传〉考释》一文中考证云:"或疑叔师有官豫州事,其事如果有之,则有两种可能:其一,曾任豫州刺史;其二,曾以特任专使出临豫州。考后汉刺史秩仅六百石,职在巡行所部郡国(灵帝时改刺史为州牧,以朝廷重臣为之,州任始

---

① 严可均:《全上古三代秦汉三国六朝文》,北京:中华书局,1958年,第784页。

② 《孔詹事集》作"岷",见张溥《汉魏六朝百三家集》,光绪已卯夏信述堂重刻本。

③ 邓庆寀辑:《闽中荔枝通谱》卷五,明崇祯刻本。

④ 张溥在文后注云:"《艺文》于其上既脱写王逸赋,又以《七命》误连为一耳。"(《孔詹事集》,光绪已卯夏信述堂重刻本。)张溥认为孔稚珪未袭用王逸文字,乃《艺文类聚》收辑有误。按,今通行本《艺文类聚》"角卯兴而灵华敷"句前有"王逸赋〇已见上"几字(见中华书局上海编辑所排印本《艺文类聚》,中华书局,1965年版,第1497页。)然考之《闽中荔枝通谱》,则孔稚珪《谢赐生荔枝启》前后相续,文气连贯,首尾完整,似非《艺文类聚》脱写误入,若果如此,则《闽中荔枝通谱》亦可补通行本孔稚珪《谢赐生荔枝启》之遗漏。

⑤ 《白居易文集校注》,北京:中华书局,2011年,第365页。

⑥ 严可均:《全上古三代秦汉三国六朝文》,北京:中华书局,第789页。

⑦ 《王叔师集》,张溥《汉魏六朝百三家集》,光绪已卯夏信述堂重刻本。

重)。官卑而权重,为仕途中要职。叔师如曾任刺史,本传绝不应削其事不载。今本传既无之,其他残存记载亦无此迹象。此其可疑者一。特任专使之职,例载各帝《本纪》中,详载人选及出使地域,尤以顺帝汉安元年以八人'分行州郡'事,备列八使姓名及原任职位。顺桓间专使中既不见王逸之名,则以特使临豫州之可能亦不大。而且《临豫州教》残句,语意与特使之职亦不合。此其可疑者二。以此推之,似无官豫州事。"[①]据此推测,豫州当为豫章之误。综观《折武论》全文,大致是提倡仁义教化,偃武修文之意,不出传统儒家思想范围,则此文大概也作于任豫章太守之时。

至于《琴思楚歌》,"实际就是《九辩》'靓杪秋之遥夜兮'以下十八句的注语"[②],《琴思楚歌》的编者删去了《九辩》王逸注中文词末尾的"也"字,略微改动文词,"如改'摧折'为'摧绕',改'年齿已老将晚暮'为'时节晚暮年齿老',改'追逐'为'逐追',从而使原本已大致押韵的句子音韵更加谐美"[③]。《琴思楚歌》因非王逸有意而作,可搁置不论。

王逸在楚辞学史上乃至在中国文学史上产生深远影响的作品,是《楚辞章句》。

二

王逸在《离骚》之后《叙》中,自述作《楚辞章句》一书缘由时说:

> 屈原履忠被谮,忧悲愁思,独依诗人之义而作《离骚》,上以讽谏,下以自慰。遭时暗乱,不见省纳,不胜愤懑,遂复作《九歌》以下凡二十五篇。楚人高其行义,玮其文采,以相教传。至于孝武帝,恢廓道训,使淮南王安作《离骚经章句》,则大义粲然。后世雄俊,莫不瞻慕,舒肆妙虑,缵述其词。逮至刘向,典校经书,分为十六卷。孝章即位,深弘道艺,而班固、贾逵复以所见改易前疑,各作《离骚经章句》。其余十五卷,阙而不说。又以壮为状,义多乖异,事不要括。今臣复以所识所知,稽之旧章,合之经传,作十六卷章句。[④]

依照王逸之言,《楚辞》的成书过程是,屈原先写了《离骚》,后又写了《九歌》等二十五篇作品,共计二十六篇(计:《离骚》1 篇;《九歌》11 章;《天问》1 篇;《九章》9 章;《远游》1 篇;《卜居》1 篇;《渔父》1 篇;《大招》1 篇,正合 26 篇之数[⑤]),到了汉代,首先刘安为

---

① 蒋天枢撰:《楚辞论文集》,陕西人民出版社,1982 年,第 203－204 页。

② 陈松青:《王逸注解〈楚辞〉的文学视角》,《中国文学研究》,2003 年第 1 期,第 81 页。

③ 陈松青:《王逸注解〈楚辞〉的文学视角》,《中国文学研究》,2003 年第 1 期,第 81－82 页。

④ 洪兴祖:《楚辞补注》,北京:中华书局,1983 年,第 48 页。

⑤ 按,《汉书·艺文志》题"屈原赋二十五篇",与王逸言屈原赋二十六篇矛盾,在《大招》下王逸注:"屈原,或言景差"。因《大招》篇的归属不同,导致了《汉志》和王逸统计屈原作品的数量有所不同。

《离骚》作了注解，引起了世人对楚辞的兴趣，纷纷创作楚辞体的作品。至刘向，他将流传于世的屈原和其他人的作品，分成了十六卷。班固和贾逵各自注释了其中的一卷即《离骚》，均名为《离骚经章句》，其余十五卷没有注，即就已经注解的而言，也是乖谬之处甚多，最后王逸自己对十六卷全部作了注解也即所谓“章句”。

不过，在后世书目记载中，关于《楚辞章句》的书名和卷数却互有差异。《隋书·经籍志》题为：“《楚辞》十二卷”，注：“并目录。后汉校书郎王逸注。……梁有《楚辞》十一卷，宋何偃删王逸注，亡。”①《旧唐书·经籍志》所录名为“《楚词》十六卷。王逸注”。②《新唐书·艺文志》题为“王逸注《楚辞》十六卷”③。晁公武《郡斋读书志》题为“楚辞十七卷”，晁氏注曰：“右后汉校书郎王逸叔师注”。④ 陈振孙《直斋书录解题》亦题为“楚辞十七卷”，注曰：“汉护都水使者光禄大夫刘向集，后汉校书郎南郡王逸叔师注，知饶州曲阿洪兴祖庆善补注”。⑤《宋史·艺文志》：

《楚辞》十六卷　楚屈原等撰
《楚辞》十七卷　后汉王逸章句⑥

一般认为，《志》中所记十六卷本，是西汉刘向所辑；十七卷本，是王逸在刘向十六卷本的基础上，附加自己的《九思》一卷，增至十七卷而成。这两种本子并行于世，因此导致著录不同。

但仔细观察以上书目可以发现，除了《隋书》其他几部史书所记载的王逸本《楚辞》，均为十六卷或十七卷，独《隋书·经籍志》记载的两种《楚辞》，一为十一卷，一为十二卷，其中缘由值得探究。

汤炳正先生在《〈楚辞〉成书之探索》中，根据五代王勉《楚辞释文》的篇次目录，对今本《楚辞》的编订成书过程，提出了自己的看法，他认为《楚辞章句》的成书，并不是一个时代完成的。以时代为序，大致可以分成五组：

第一组仅是屈原《离骚》和宋玉《九辩》的合集，编纂时间在先秦，编纂者是宋玉。对于宋玉为何只选入《离骚》而没有选择屈原的其他作品，汤炳正先生推测：“盖《离骚》当时流行最广、影响最大，它是最足以代表屈原的精神面貌和艺术成就的诗篇。所以单独

① 《隋书》，中华书局，1973 年，第 1055 页。
② 《旧唐书》，中华书局，1975 年，第 2051 页。
③ 《新唐书》，中华书局，1975 年，第 1575 页。
④ 《郡斋读书志校证》，上海古籍出版社，1990 年，第 803 页。
⑤ 《直斋书录解题》，上海古籍出版社，1987 年，第 433 页。
⑥ 《宋史》，北京：中华书局，1977 年，第 5327 页。

研究《离骚》,直到汉代犹存此风。……即在屈赋全部结集之后,而学者仍以《离骚》为单独研究的对象,则在先秦时代宋玉只选录了屈原的代表作《离骚》和自己的代表作《九辩》结为一集,并不是没有原因的"①。

第二组在《离骚》、《九辩》的基础上,增加了《九歌》、《天问》、《九章》、《远游》、《卜居》、《渔父》和《招隐士》七篇,共计九篇。增补时间是在汉武帝时,编纂者是淮南王刘安或刘安众宾客如淮南小山辈。是"当时所搜集到的流传于寿春乃至广大楚国旧域里的屈原作品的一个结集。所以这一组作品的纂辑,乃历次增补过程中收获最大的一次。凡当时所认为是屈原的作品,几乎被全部收入"②。刘安或其宾客在搜辑增入屈原的作品后,再附上己作一篇。至于《招魂》篇,在汉代虽然已经流传,并被司马迁写入《史记》,但因为是宋玉的作品,因此这次结集没有采入。

第三组在第二组九篇的基础上,又增入《招魂》、《九怀》、《七谏》和《九叹》四篇,凡十三卷。"增辑时间,当西汉元、成之世;其增辑者即为刘向。"③由于屈原的作品已经在第二次结集时搜罗完毕,这次增辑是增添了跟伤悼屈原有关的作品。

第四组比第三组增加《哀时命》、《惜誓》和《大招》三篇,计十六卷,"这一组作品的增辑,既不出于一人之手,也不在一个时期,而是在较长的时期里由不同的人一篇一篇地增辑起来的。增辑者已不可考;增辑的时期当在班固以后,王逸以前"④。第四组作品就是王逸作《楚辞章句》所依据的本子。

第五组,王逸在第四组十六篇的基础上,增入已作《九思》,成十七卷。"把《九思》附入《楚辞章句》的,乃王逸自己;其叙及注文,乃后人所为"⑤。

汤炳正先生关于《楚辞》成书过程的推测,见解新异,推论严密,在《楚辞》学研究史上产生了很大影响,被很多学者推举引用,几成定论。不过,有一个问题汤炳正先生没有讨论,《隋书·经籍志》记载的十一卷本和十二卷本两种《楚辞》(按,十二卷本王逸注《楚辞》,包括《目录》一卷,实际和何偃删王逸注所成十一卷本《楚辞》相同),和《楚辞章句》成书过程的五组划分不一致,不免使人困惑。

黄灵庚先生基于简帛文献,另辟蹊径,提出了独特的看法。针对王逸所言刘向"典校经书,分为十六卷"一句,黄灵庚先生认为"王逸这段话前后只是在说《离骚》一篇,并没用涉及《离骚》一篇以外的其他作品。他说,淮南王刘安作《离骚经章句》虽是'大义粲然',可是没用分卷或分章,及至刘向则'分为十六卷'。这'分为十六卷'也是对《离骚》一篇

① 汤炳正:《屈赋新探》,济南:齐鲁书社,1984年,第95-96页。
② 汤炳正:《屈赋新探》,济南:齐鲁书社,1984年,第98页。
③ 汤炳正:《屈赋新探》,济南:齐鲁书社,1984年,第102页。
④ 汤炳正:《屈赋新探》,济南:齐鲁书社,1984年,第105页。
⑤ 汤炳正:《屈赋新探》,济南:齐鲁书社,1984年,第106页。

分卷、分章而言,与《离骚》以外的其他作品毫不相干”。[①] 黄灵庚先生并引南宋赵希弁《读书附志》卷下《楚辞类》所录吕祖谦《离骚章句》分《离骚》为十六章之例为证,认为“定刘向集《楚辞》十六卷说法始于王逸《楚辞章句》,诬也”[②]。然后黄灵庚先生据六朝遗物“象牙书签”,认为六朝时期流传的王逸《楚辞章句》为十一卷本:“王逸所辑《楚辞》本有十六卷(篇),但是其所作《楚辞章句》只有十一卷,依次为《离骚》、《九辩》、《九歌》、《天问》、《九章》、《卜居》、《渔父》、《招魂》、《招隐士》、《九怀》、《九叹》。……今本《七谏》以下五篇的注释,原本阙如。今所见者,恐非出自王逸,大概为其子王延寿或王逸之后、东汉一无名氏所作,然仍托名为‘校书郎中王逸作’”。[③]

结合黄灵庚先生的考证,可以对汤炳正先生的推测作一些修补,即《楚辞章句》成书第四阶段的十六卷本,是王逸所辑。王逸注解了其中的十一卷,加上《目录》共成十二卷,这就是《隋书·经籍志》记载的本子。

王逸的十一卷本《楚辞章句》,在后代得到不断的搜辑增补,至唐时,已成十六卷本,为新旧两《唐书》所记载。其后王逸《九思》一篇亦附于《楚辞章句》之后,成十七卷。据目前材料所知,十七卷本最早是五代时王勉所作《楚辞释文》。至北宋仁宗朝,陈说之按作者时代顺序将十七卷《楚辞章句》篇次重新调整,后世刻本相沿不改,流传至今。

---

① 黄灵庚:《楚辞与简帛文献》,人民出版社,2011 年,第 49 页。
② 《楚辞与简帛文献》,第 49 页。
③ 《楚辞与简帛文献》,第 58 页。

《楚辞章句》所引“或曰”蠡测二则

南通大学楚辞研究中心　张祝平

屈宋辞赋“逸响伟辞、卓绝一世”，王逸《楚辞章句序》云:“楚人高其行义,玮其文采,以相教传。至于孝武帝,恢廓道训,使淮南王安作《离骚经章句》,则大义粲然。后世雄俊,莫不瞻慕,舒肆妙虑,缵述其词。逮至刘向,典校经书,分为十六卷。孝章即位,深弘道艺,而班固、贾逵复以所见,改易前疑,各作《离骚经章句》。”《天问》“自太史公口论道之,多所不逮;至于刘向、杨雄,援引传记以解说之,亦不能详悉。”(王逸《楚辞章句·天问叙》)有汉一代模仿屈宋者辈出,并形成《楚辞》集本,而为《楚辞》传注者甚夥。东汉王逸鸿通博学,对屈原“慕其清高,嘉其文采,哀其不遇而闵其志”,而许多传注“义多乖异,事不要撮”，因此“复以所识所知,稽之旧章,合之经传”,作《楚辞章句》流传于世,成为汉世保存至今的《楚辞》總集大成之作。《四库全书总目提要》评价云:“逸注虽不甚详赅,而去古未远,多传先儒之训诂。”王逸在《楚辞章句》,中所引40余则“或曰”、“或谓”、“或云”保存了他以前的汉人旧说,虽为零篇断简,不足以窥汉代《楚辞》传注全貌,但也可为蠡测王逸之前的传注情况提供一些的珍贵的佐证。本文以《四库全书》之《楚辞章句》本,参之于黄灵庚先生《楚辞章句疏证》(中华书句2007年版)对此仅作一些探讨。

一、可以窥见王逸之前汉代旧本及传注的一些原貌

《诗经》由于口耳相传、泥壁封藏,以至于流传过程中产生方言各异、记录讹误、简牍断残等多种状况,致使汉代出现了文本、传注各自相异的“四家诗”,而《楚辞》同样也有类似的情况:

1. 璆锵鸣兮琳琅。

璆、琳、琅,皆美玉名也。《尔雅》曰:“有璆、琳、琅玕焉。”锵,佩声也。《诗》云:“佩玉锵锵。”言已供神有道,乃使灵巫常持好剑以辟邪,要垂众佩,周旋而舞,动鸣五玉,锵锵而和,且有节度也。或曰:“纠锵鸣兮琳琅。”纠,错也。琳琅,声也。谓带剑佩众多,纠错而鸣,其声琳琅也。(《楚辞章句》卷二《东皇太一》)

按:“璆锵鸣兮琳琅。”此句“或曰”引作:“纠锵鸣兮琳琅”。除解释不同外,说明此句

当时还有另一种文本。

2. 操吴戈兮被犀甲。

> 戈,戟也。甲,铠也。言国殇始从军之时,手持吴戟,身被犀铠而行也。或曰:“操吾科。”吾科,楯之名也。(《楚辞章句》卷二《国殇》)

按:“操吴戈兮被犀甲。”此句据“或曰”所云应有另一种文本作“操吾科兮被犀甲”。

3. 应龙何画,河海何歷?

> 有鳞曰蛟龙,有翼曰应龙。歷,过也。言河海所出至远,应龙过歷游之,无所不穷也。或曰:禹治洪水时,有神龙以尾画,导水径所当决者,因而治之。(《楚辞章句》卷三《天问》)

按:“应龙何画,河海何歷?”黄灵庚《楚辞章句疏证》本作“河海应龙,何尽何歷”。盖其底本选用清同治十一年金陵书局重刻汲古阁毛表校刊洪兴祖《楚辞补注》。黄氏曰:“《章句》备列二说,所见本或别,未之能断。以韵定之,二句协锡韵,则旧作当作‘应龙何画,河海何歷?’也。尽,画之讹。”[①]此外从“或曰”言“禹治洪水时,有神龙以尾画,导水径所当决者,因而治之”来看,王逸当时所见到另一种版本作:“应龙何画,河海何歷?”

4. 行不群以巅越兮,又众兆之所咍。

> 咍,笑也。楚人谓相啁笑曰咍。言己行度不合于俗,身以巅堕,又为人之所笑也。或曰:“众兆之所异”,言己被放而巅越者,行与众殊异也。(《楚辞章句》卷四《惜诵》)

按:黄灵庚言“‘或曰’之说,其未审咍为楚语。”[②]其实“或曰”之言正是反映了“众兆之所咍”句当时的另一版本作“众兆之所异”,“或曰”对此做了疏解,王逸认为亦可备一说,所以列之于后。

5. 乘舲船余上沅兮,齐吴榜以击汰。

> 吴榜,船棹也。汰,水波也。言己始去,乘窗舲之船,西上沅湘之水,士卒齐

---

① 黄灵庚:《楚辞章句疏证》,北京:中华书局,2007年,第1043页。

② 黄灵庚:《楚辞章句疏证》,北京:中华书局,2007年,第1295页。

举大棹而击水波,自伤去朝堂之上,而入湖泽之中也。或曰:"齐悲歌",言愁思也。(《楚辞章句》卷四《涉江》)

按:"齐悲歌",黄灵庚言"《文选》卷二八《乐府》下《短歌行》'悲歌临觞',李善注引王逸注:'悲歌,言愁思也。'其引'或曰',则敚'齐'字,然唐人所据本有此说"。[①] 实际上李善所引乃王逸引"或曰"之说,表明唐代所据《楚辞章句》本就有"或曰"之说。王逸所见"齐吴榜以击汰"句,另一版本就为"齐悲歌以击汰"。

6. 哀蟋蟀之宵征。

见蜻蛚之夜行,自伤放弃,与昆虫为双也。或曰:宵征,谓"七月在野,八月在宇,九月在户,十月蟋蟀入我床下。"是谓宵征。征,行也。(《楚辞章句》卷八《九辩》)

案:此节黄灵庚校勘曰:"《北堂书钞》卷一五四引'征'作'作'。按:'征'作'作'讹也。"[②]从王逸所据本作"哀蟋蟀之宵征"以及"或曰"言"宵征,谓……是谓宵征"。可见古版本皆为"宵征",而不是"宵作"。"或曰"所言可以见古本之原貌而证后出之本的讹误。

7. 去君之恒干。

恒,常也。干,体也。易曰:"贞者事之干也。"或曰:"去君之恒闬",闬,里也。楚人名里曰闬也。(《楚辞章句》卷九《招魂》)

按:"或曰"揭示"去君之恒干",别本为"去君之恒闬"。

8. 砥室翠翘。

砥,石名也。翠,鸟名也。翘,羽也。挂曲琼些挂,悬也。曲琼,玉钩也。言内卧之室,以砥石为壁,平而滑泽;以翠鸟之羽雕饰玉钩,以悬衣物也。或曰:僮室,谓僮佪曲房也。(《楚辞章句》卷九《招魂》)

---

① 黄灵庚:《楚辞章句疏证》,北京:中华书局,2007年,第1358页。

② 黄灵庚:《〈九辩〉"悲秋"首章校勘》,见《宋玉及其辞赋研究——2010年襄樊宋玉国际学术研讨会论文集》,北京:学苑出版社,2010年,第144页。

按:黄灵庚云:“若从‘或说’,砥读如儃,犹‘低佪’作‘儃佪’之比。儃,犹儃佪,回曲貌。”[1]黄氏之说是。“砥室翠翘”句,另一版本作“儃室翠翘”。

9. 二八侍宿,射遞代些。

射,猒也。诗云:“服之无射。”遞,更也。言使好女十六人侍君宴宿,意有猒倦,则使更相代也。或曰:“夕遞代”,夕,暮也。(《楚辞章句》卷九《招魂》)

按:黄灵庚曰:“若从‘或曰’,读射作夕,古字通用。”[2]“射遞代些”,实际上王逸引“或曰”言别本作“夕遞代些”。且王逸明知有两种版本,所以他也并存了两种解释。射,猒也,厌倦之意。而夕,暮也。意思不同,并非通用。

10. 芙蓉始发,杂芰荷些。

芙蓤也秦人谓之薢茩。言池水之中有芙蓉,始发其华,芰蓤杂错,罗列而生,俱盛茂也。或曰:“倚荷”,谓荷立生水中。特倚之也。(《楚辞章句》卷九《招魂》)

按:“杂芰荷些”,“或曰”表明别本作“杂倚荷些”。

11. 文异豹饰,侍陂陁些。

陂陁,长陛也。言侍从之人皆衣虎豹之皮、异采之饰,侍君堂隅,卫阶陛也。或曰:“侍陂池”,谓侍从于君游陂池之中也。(《楚辞章句》卷九《招魂》)

按:“侍陂陁些”,“或曰”别本作“侍陂池些”。“陂陁”与“陂池”,以王逸和某人看来并非一处场所,亦非一种情景。一为高堂之陛,侍从静立于此侍卫;一为园囿之池,侍从伴君游赏。

12. 娱酒不废,沉日夜些。

言虽以酒相娱乐,不废政事,昼夜沉湎,以忘忧也。或曰:娱酒不发。发,旦也。诗云:“明发不寐。”言娱乐日夜湛乐。又曰:“和乐且湛。”言昼夜以酒相乐也。(《楚辞章句》卷九《招魂》)

---

① 黄灵庚:《楚辞章句疏证》,北京:中华书局,2007年,第2016页。

② 黄灵庚:《楚辞章句疏证》,北京:中华书局,2007年,第2025页。

按:“娱酒不废”,“或曰”揭示别本作“娱酒不发”。“废”与“发”字形相似而异,诗解相差,王逸言“不废政事”,又言“昼夜沉湎”不近实情,而“或曰”引《诗》为证,训“发”为“旦”较为贴切。

13. 目极千里兮伤春心。

> 言湖泽博平,春时草短,望见千里,令人愁思而伤心也。或曰:“荡春心”,荡,涤也。言春时泽平,望远可以涤荡愁思之心也。(《楚辞章句》卷九《招魂》)

按:“目极千里兮伤春心”,“或曰”言别本作“目极千里兮荡春心”。一为令人愁思而伤心,一为涤荡愁思之心,两者恰恰相反。

14. 悲楚人之和氏兮,献宝玉以为石。遇厉武之不察兮,羌两足以毕斮。

> 斮,断也。昔卞和得宝玉之璞而献之楚厉王,或毁之以为石。王怒,断其左足。武王即位,和复献之。武王不察视,又断其右足。和乃抱宝泣于荆山之下,悲极血出,于是暨成王。乃使玉人攻之,果得美玉,世所谓和氏之璧也。或曰:“两足毕索”,索,尽也。以言玉石易别于忠佞,尚不能知,己之获罪,是其常也。(《楚辞章句》卷十三《七谏·怨世》)

按:“或曰”之言明别本作“羌两足以毕索”。

从上所举14则“或曰”看出的文本和传注与王逸所据相异,我们可以推测这样几点:

一是流传过程中产生了文本相异,因而带来了传注的相异,对于《楚辞章句》有些文本相异我们可以用古字相“通”来进行训释,有些则更应从相“异”的角度进行训释。而王逸之所以用“或曰”保存了一些相异的文本以及传注,就是看到了它的“异”而不是“同”,只不过是在这些相异的文本以及传注中,选取了自己认为较为合理的另一说列出而已。

二是这些文本的相异大多是在传抄和记录过程中产生的差异,而字音或字形近似,尽管各家训释不同,但于整首诗文义并无大碍。相较于《诗经》“四家诗”传本差异显著而言,《楚辞》文本差异并不太明显。说明《楚辞》特别是屈原作品的流传过程和形式相当完整和成熟稳健。

三是从上面所举14则中,《招魂》一篇就占了7则,而《楚辞章句》中引“或曰”40余则,《招魂》一篇就占了14则,可见《招魂》一篇在流传和阐释过程中问题与争议最多。司马迁云《招魂》为屈原所作,王逸在《大招序》言“《大招》者,屈原之所作也,或曰景差,疑不能明也”。“《惜誓》者,不知谁所作也,或曰贾谊,疑不能明也。”皆抱着存疑不断的态度，唯独《招魂》一篇，他敢于一反司马迁之说，断定“《招魂》者宋玉之所作也”。并说宋玉招屈原之魂。可见他是定有依据的。笔者推测这依据之一就是“或曰”的作者，王逸之前的旧注者，也是认定《招魂》为宋玉之所作的，这点王逸和“或曰”作者是一致的。我们可以从这一思路去进行研究。

二、可以窥见汉代比兴说诗的轨迹

“比”、“兴”之说法，最早见于《周礼 · 春官》：“大师……教六诗：曰风，曰赋，曰比，曰兴，曰雅，曰颂。”（《周礼注疏》卷二十三）孔子在《论语 · 阳货》篇云：“诗可以兴，可以观，可以群，可以怨”，《泰伯》篇云“兴于诗，立于礼，成于乐”。《周礼》和《论语》提到比兴，将比兴与诗歌紧密联系起来，《周礼》说的是教学内容，孔子所言是诗的作用，提到了“兴”可兴发情感的作用。都没有涉及比兴的具体含义。

有汉一代继续以比兴说诗，《毛诗大序》又将“六诗”改为“六义”：“故诗有六义焉：一曰风，二曰赋，三曰比，四曰兴，五曰雅，六曰颂。”（《毛诗正义》卷一）《毛传》说《诗》在116处标注了“兴”字，但未指出兴之具体所指。何晏《论语集解》引孔安国的话云“兴，引譬连类”。这是对“诗可以兴”的解释，将诗之兴与譬喻连类结合，虽然指的仍然是用诗，但对后人解诗并且理解诗人作诗之法兴中含比，兴比一体留下了深远的影响。

后人讲到汉代比兴，常举汉代经学家郑众的话云：“时礼乐自诸侯出，颇有谬乱，不正。孔子正之，曰比，曰兴。比者，比方于物也；兴者，托事于物也。”并举郑玄在引用了郑众以上的话后对比兴得解释：“比，见今之失，不敢斥言，取比类以言之；兴，见今之美，嫌于媚谀，取善事以喻劝之。”（《十三经注疏 · 周礼注疏》）其实从解诗角度具体阐释比兴得就是《楚辞章句》所举的“或曰”：

（一）先看“比”

1. 与女游兮河之渚，流澌纷兮将来下。

流澌，解冰也。言屈原愿与河伯久游河之渚，而流澌纷然，相随来下，水为污浊，故欲去也。或曰：流澌，解散。屈原自比流澌者，欲与河伯离别也。（《楚辞章句》卷二《河伯》）

2. 采三秀兮于山间，

三秀，谓芝草也。或曰：三秀，秀材之士，隐处者也。

石磊磊兮葛蔓蔓。

言已欲服芝草,以延年寿,周旋山间,采而求之,终不能得,但见山石磊磊,葛草蔓蔓。或曰:言石、葛者,喻所在深也。(《楚辞章句》卷二《山鬼》)

(二)再看“兴”“比”一体

1. 靁填填兮雨冥冥,猨啾啾兮狖夜鸣。

风飒飒兮木萧萧言已在深山之中,遭雷电暴雨,猿狖号呼,风木摇动,以言恐惧,失其所也。或曰:雷为诸侯,以兴于君。云雨冥昧,以兴佞臣。猿猴善鸣,以兴谗人。风以喻政,木以喻民。雷填填者,君妄怒也。雨冥冥者,群佞聚也。猿啾啾者,谗夫弄口也。风飒飒者,政烦扰也。木萧萧者,民惊骇也。(《楚辞章句》卷二《山鬼》)

2. 山峻高以蔽日兮,下幽晦以多雨。霰雪纷其无垠兮,云霏霏而承宇。

室屋沉没与天连也。或曰:日以喻君,山以喻臣。霰雪以兴残贼,云以象佞人。“山峻高以蔽日”者,谓臣蔽君明也。“下幽晦以多雨”者,群下专擅施恩也。“霰雪纷其无垠”者,残贼之政害贤人也。“云霏霏而承宇”者,佞人并进满朝廷也。(《楚辞章句》卷四《涉江》)

“或曰”所云之“兴”有这样几个特点:一是将自然景物与政治气候紧密联系起来,带有浓厚的象征意义。二是这种自然之景完全是诗人为了表达某种象征意义而预设的,与《诗经》中的纯自然景物触发诗人之情的眼中景是不同的,是诗人脑中景。王逸因之而提出了读诗的“依诗取兴”,也即解诗者应根据诗的具体情况而读出具体兴什么。三是比兴一体,兴即比也。

“或曰”比兴之说无疑对王逸解诗产生了影响。王逸《离骚序》云 :“《离骚》之文,依诗取兴,引类譬喻。故善鸟香草,以配忠贞; 恶禽臭物,以比谗佞;灵修美人,以媲于君;宓妃佚女,以譬贤臣;虬龙鸾凤,以托 君子;飘风之霓,以为小人。其词温而雅,其义皎而朗。凡百君子,莫不慕其清高, 嘉其文采,哀其不遇,而愍其志焉。”其具体解诗与“或曰”如出一辙,随处可见。

1. 雷师告余以未具。

雷为诸侯,以兴于君。言已使仁智之士如鸾皇,先戒百官将往适道,而君怠堕告我严装未具。(《楚辞章句》卷一《离骚》)

2. 飘风屯其相离兮。

回风为飘,飘风,无常之风。以兴邪恶之众也。(《楚辞章句》卷一《离骚》)

3. 沅有芷兮澧有兰。

言沅水之中有盛茂之芷,澧水之外有芬芳之兰,异于众草,以兴湘夫人美好亦异于众人也。(《楚辞章句》卷二《湘夫人》)。

4. 乱曰:鸾鸟凤皇日以远兮。

鸾凤,俊鸟也。有圣德君则来,无德则去,以兴贤臣难进易退也。(《楚辞章句》卷四《涉江》)

5. 皇天之不纯命兮。

言德美大,称皇天,以兴君。(《楚辞章句》卷四《哀郢》)

6. 悲回风之摇蕙兮。

回风谓之飘风,飘风回邪,以兴谗人。(《楚辞章句》卷四《悲回风》)

汉代这种比兴解诗之风对后出的郑玄也产生了影响,如果说前面所说郑玄解说比兴之言"比,见今之失,不敢斥言,取比类以言之;兴,见今之美,嫌于媚谀,取善事以喻劝之"。政治化倾向是受郑众影响的话,那么下面所举郑玄释《诗》之"兴",从解读方法到内容格式与"或曰"与王逸比兴说诗也别无二样:

兴者,扶胥之木生于山,喻忽置不正之人于上位也;荷华生于隰,喻忽置有

美德者于下位。此言其用臣颠倒,失其所也。《诗·山有扶苏》

兴者,云:梅实尚余七,未落,喻始衰也,谓女二十,春盛而不嫁,至夏则衰。(《诗·摽有梅》)

兴者,喻王当屈体以得贤者,贤者则猥来就之,如飘风之入曲阿然,其来也为长养民。(《大雅·曲阿》)

从《毛传》以兴释《诗》,到"或曰"、王逸引《诗》释《楚辞》,比兴释《楚辞》,再到郑玄比兴释《诗》,我们分明看到了汉代传注《诗》、《骚》之间的相互影响,以及比兴释诗的发展轨迹。

王逸《离骚章句》引《诗》考辨

(台湾)静宜大学中文系 鲁瑞菁

一、引言

本文题为《王逸“离骚章句”引《诗》考辨》,研究问题意识集中在东汉王逸《离骚章句》如何面向经典(尤其是《诗经》),形成一个固定的、权威的、注释的知识形态系统,以成就《楚辞》一书——更准确地说是屈原作品——其自身成为骚体文学、文化传统中之经典模范与泉源。本文录出王逸《离骚章句》引《诗》各条,计得16条,并逐条加以“按”语讨论。

王逸《离骚经后序》云:

> 逮至刘向,颜师古读如本字。典校经书,分为十六卷。孝章即位,深弘道艺,而班固、贾逵复以所见改易前疑,各作《离骚经章句》。其余十五卷,阙而不说。又以壮为状,义多乖异,事不要括。今臣复以所识所知,稽之旧章,合之经传(鲁按,洪兴祖《楚辞补注》云:“八字一云:稽之经传”),作十六卷章句。虽未能究其微妙,然大旨之趣,略可见矣。

揆诸此段文意,王逸是重在《离骚》文字词之训诂,并稽合于经传——其中自然包括《诗经》,甚至最重要者即是《诗经》——作出合乎义理的训诂,以矫正先前各家说之谬误,以定后进者之嫌疑。

王逸《离骚经后序》又云:

> 夫《离骚》之文,依托《五经》以立义焉。“帝高阳之苗裔”,则“厥初生民,时惟姜嫄”也;“纫秋兰以为佩”,则“将翱将翔,佩玉琼琚”也;“夕揽洲之宿莽”,则《易》“潜龙勿用”也;“驷玉虬而乘鹥”,则“时乘六龙以御天”也;“就重华而敶词”,则《尚书》咎繇之谋谟也;“登昆仑而涉流沙”,则《禹贡》之敷土也。

揆诸此段文意,王逸是重在《离骚》文句旨之撮合,并参照于经传——其中自然包括《诗经》,甚至最重要者即是《诗经》——运用引托连类的方式,与《离骚》文句旨之义理相互生发、引申。综括而言,由于王逸《离骚章句》引《诗》之目的在于稽证、会通《诗》、《离骚》字词之训诂与引申、托类《诗》、《离骚》句旨之义理,为其用经学——尤其是《诗经》学——解《离骚》的意识形态服务。因此,本文在以"按"语形式讨论王逸《离骚章句》引《诗》条目时,自然将焦点集中在以下两个方面:一方面,是《毛传》、《郑笺》对《诗》字词之训诂,与《离骚章句》对《离骚》字词之训诂的比较、对照,以资论定各例是否有王逸所指称的,稽之于《诗》,以见《离骚》字词大旨之趣。另一方面,是《毛序》、《毛传》、《郑笺》对《诗》旨、《诗》句的阐述,与《离骚章句》对《离骚》句旨的发扬,以资论定各例是否有王逸所指称的,《离骚》之文依托《诗》以立句旨之义。以上两方面内蕴即构成本文的主要内容。

二、王逸《离骚章句》引《诗》考辨

编号	出处	《离骚》文本	王逸《离骚章句》及本人按语
1	离骚经后序1		诗人怨主刺上曰:"呜呼!小子!未知臧否。匪面命之,言提其耳。"风谏之语,于斯为切。然仲尼论之,以为《大雅》。引此比彼,屈原之词,优游婉顺,宁以其君不智之故,欲提携其耳乎!(页49) 鲁按, 《大雅·抑》"于呼!小子!未知臧否。匪手携之,言示之事。匪面命之,言提其耳"。《大雅·抑·毛序》"卫武公刺厉王,亦以自警也",王逸引《诗》句脱"匪手携之,言示之事"八字,《诗》"呜呼"句,《郑笺》"于乎!伤王不知善否。我非但以手携挈之,亲示以其事之是非;我非但对面语之,亲提撕其耳。此言以教道之,孰不可启觉",《郑笺》得其精义。王逸引《诗》比《离骚》,以屈原优游婉顺之词,亦面命耳提之语,实因其君不智,而风谏陈辞矣。此例可谓《骚》依托《诗》以立风谏之旨也。
2	离骚经后序2		"帝高阳之苗裔",则《诗》"厥初生民,时惟姜嫄"也。(页49) 鲁按, 《大雅·生民》"厥初生民,时惟姜嫄"。《大雅·生民·毛序》"尊祖也。后稷生于姜嫄,文武之功起于后稷,故推以配天",《毛传》"生民,本后稷也。姜,姓也。后稷之母,配高辛氏帝焉",《郑笺》"言周之始祖其生之者,是姜嫄也。姜姓者,炎帝之后,有女名嫄,当尧之时,为高辛氏之世妃,本后稷之初生,故谓之生民"。是《诗》旨颂美姬周一族之源始,推源文武之功起于后稷,是恩深而义厚也。《离骚》"帝高阳之苗裔兮",王逸《楚辞章句》"屈原自道本与君共祖,俱出颛顼胤末之子孙,是恩深而义厚也",《诗·毛传》姬周高辛氏古帝之名可与《离骚》熊楚高阳氏古帝之号比肩,又《诗》旨、《离骚》句同叙上古著名族群之源始、血缘所从出、功业之深远。此例王逸引以为"《离骚》之文,依托'五经'(《诗》)以立义焉"之证,虽不免断章取义,然《诗》、《离骚》句意实有可通之处,此所谓《离骚》之文依托《诗》以立句旨之义也。

续 表

编号	出处	《离骚》文本	王逸《离骚章句》及本人按语
3	离骚经后序3		"纫秋兰以为佩",则"将翱将翔,佩玉琼琚"也。(页49) 鲁按, 《郑风·有女同车》"将翱将翔,佩玉琼琚"。《郑风.有女同车》"将翱将翔"句,《毛传》"佩有琚玊禹,所以纳闲",孔颖达《疏》"言其玉声和谐,行步中节",是《诗》句乃以佩玉明其既仁且德之举止、容态也。《离骚》"纫秋兰以为佩",王逸《楚辞章句》: 纫,索也。兰,香草也,秋而芳。佩,饰也,所以象德。故行清洁者佩芳,德仁明者佩玉,能解结者佩觿,能决疑者佩玦,故孔子无所不佩也。言已脩身清洁,乃取江离、薜芷,以为衣被;纫索秋兰,以为佩饰;博采众善,以自约束也。 是以佩芳、佩玉并言,所以象德之善也。此例王逸引以为"《离骚》之文,依托'五经'(《诗》)以立义焉"之证,虽不免断章取义,然《诗》、《离骚》句意实有可通之处,此所谓《离骚》之文依托《诗》以立句旨之义也。
4	离骚4	朕皇考曰伯庸	朕,我也。皇,美也。父死称考。《诗》曰:"既右烈考"。伯庸,字也。屈原言我父伯庸,体有美德,以忠辅楚,世有令名,以及于己。(页3) 鲁按, 《周颂.雝》"既右烈考",《毛传》"烈考,武王也",《郑笺》"烈,光也。……光明之考……"王逸以"美"释"皇",又举《雝》诗"烈考"释"皇考",是直以"皇"、"烈"为形容词,以"考"为名词,"皇考"即"烈考",亦我父伯庸也。《雝》诗又有"假哉皇考"句者,《郑笺》"斥文王也",指太祖,王逸《章句》则不用此义。《郑笺》释"皇考"为"文王",合于《传》义,《毛传》又释"烈考"为"武王"。《尚书.雒诰》亦云"烈考武王",《雝》诗"烈考"乃成王禘祭称其父武王之诗,是《雝》诗以"烈考"指称父祖武王,以"皇考"指称太祖文王。王逸举《雝》诗"烈考"释"皇考",称"屈原言我父"云云,不用《诗》之训义也。 《雝》"既右烈考",《郑笺》"烈,光也";又《诗·小雅·宾之初筵》"烝衎烈祖",《郑笺》"烈,美也",是"烈"俱用为形容词。皇者,辉煌也;烈者,光烈也,俱因有光辉而得美好之义也,王逸《章句》"体有美德"、"世有令名"云云,亦俱从"皇"("烈")字生训。又《离骚》下文有"皇览揆余初度兮",亦以一"皇"字代称"皇考";然"恐皇舆之败绩",则以"皇"字代称"君"。是"皇"字为形容词,状高贵者,至于确指为谁人,则随文而称许也。又王逸云"父死称考",则因《尔雅·释亲》"父曰考,母曰妣"也。 又《周颂·雝·毛序》:"禘太祖也。"王先谦引蔡邕《独断》"《雝》一章十六句,禘太祖之所歌也",云"鲁说也"(页1029)。陈乔枞引《白虎通》、韦玄成之说,云"则鲁家之说以此'禘太祖'为祀文王也。郑用鲁义"(页4328),毛、鲁二家说同,并说《雝》为"禘太祖"所作诗。 《雝》"既右烈考,亦右文母",《郑笺》"子孙所以得考寿与多福者,乃以见右助于光明之考与文德之母。归美焉",虽然《骚》句"朕皇考"云云,并无"禘太祖"之意,亦无"见右助"之意,不免断章取义之嫌;但是仍有归美我父,下逮及于已身之意。是此例所谓《离骚》之文依托《诗》以立句旨之义也。

续 表

编号	出处	《离骚》文本	王逸《离骚章句》及本人按语
5	离骚5	忽奔走以先后兮	奔走、先后,四辅之职也。《诗》曰:“予聿有奔走,予聿有先后。”是之谓也。(页9) 鲁按, 此例并释于编号6。
6	离骚6	忽奔走以先后兮,及前王之踵武	踵,继也。武,迹也。《诗》曰:“履帝武敏歆。”言己急欲奔走先后,以辅翼君者,冀及先王之德,继续其迹,而广其基也。(页9) 鲁按, 《章句》今本原作: 踵,继也。武,迹也。《诗》曰:“履帝武敏歆。”言己急欲奔走先后,以辅翼君者,冀及先王之德,继续其迹,而广其基也。奔走先后,四辅之职也。《诗》曰:“予聿有奔走,予聿有先后。”是之谓也。 以上所引,王逸并释于“忽奔走以先后兮,及前王之踵武”二句下,乃今本错乱之误也。盖“踵,继也”以下至“而广其基也”,乃释后句“及前王之踵武”一句;“奔走先后,四辅之职也”以下至句末,乃释前句“忽奔走以先后兮”一句,依《章句》训诂体例,前后句之释不应颠倒,今还原其次如编号5、6。 以下先释编号5。《大雅·绵》“予曰有疏附,予曰有先后,予曰有奔奏,予曰有御侮”,《毛传》云“率下亲上曰疏附,相道前后曰先后,喻德宣誉曰奔奏,武臣折冲曰御侮”,《郑笺》云“予,我也,诗人自我也。文王之德所以至然者,我念之曰:此亦由有疏附、先后、奔奏、御侮之臣力也。疏附,使疏者亲也;奔奏,使人归趋之”。《离骚》“忽奔走以先后兮”句,乃化用《诗》句,王逸以“四辅之职”释“奔走先后”,乃《毛传》训“奔走”、“先后”义之概括,且相应于《郑笺》之“有疏附、先后、奔奏、御侮之臣力也”。换言之,王逸认为《离骚》之“奔走以先后”实《诗》“疏附、先后、奔奏、御侮”四者概括而言,乃属于四类臣辅当尽力辅佐于王政之事。此例《章句》引《诗》“奔走”、“先后”作书证,以释《离骚》“奔走”、“先后”之义,此所谓稽之于《诗》,以见《离骚》字词大旨之趣;而《诗》、《离骚》句意亦有可通之处,即所谓《离骚》之文依托《诗》以立句旨之义也。 以下再释编号6。《大雅·生民》“履帝武敏歆”,《毛传》“武,迹;敏,疾也。从于帝而见于天,将事齐敏也”,《郑笺》“祀郊禖之时,时有大神之迹,姜嫄履之,足不能满履其拇指之处,心体歆歆然”,此说姜嫄履神迹而孕之神话;《离骚》文“及前王之踵武”,《章句》云“冀及先王之德,继续其迹,而广其基也”,有先“继续”先业、后“发扬”先业之义。《诗》、《离骚》句意不符。此例王逸引《诗》“武”字作书证,以释《离骚》之“武”字(王逸释武为迹,乃义训;又申言广其基,迹、基,乃声训),此所谓稽之于《诗》,以见《离骚》字词大旨之趣也。

续 表

编号	出处	《离骚》文本	王逸《离骚章句》及本人按语
7	离骚7	余虽好修姱以鞿羁兮，謇朝谇而夕替	谇，谏也。《诗》曰："谇予不顾。"替，废也。言己虽有绝远之智，姱好之姿，然以为谗人所鞿羁而系累矣。故朝谏謇謇于君，夕暮而身废弃也。（页14） 鲁按， 《陈风·墓门》"夫也不良，歌以讯之。讯予不顾，颠倒思予"，《毛传》"讯，告也"，《郑笺》"歌，谓作此诗也。既作又使工歌之，是谓之告。予，我也。歌以告之，汝不顾念我言，至于破灭。颠倒之急，乃思我言。言其晚也"，是此"讯告"非一般之"讯告"，而是下作诗歌以陈上之"谏告"，依《毛序》之说尤其特指陈国乐工作诗歌以谏告陈佗也。进而言之，《墓门》诗所言，乃陈佗于破灭、颠倒之急，始思用忠谏之言，然为时已晚矣，故《毛序》以为刺。而王逸申言《离骚》句义，则以楚王信谗人搬弄，废弃忠谏之言不用；言下之意，则有暗喻楚王于破灭、颠倒之急，若欲思忠贞之言，则不亦为时已晚哉？此例《章句》引《诗》"谇"字作书证，以释《离骚》"谇"字之义，此所谓稽之于《诗》，以见《离骚》字词大旨之趣；而《诗》、《离骚》句意亦有可通之处，即所谓《离骚》之文依托《诗》以立句旨之义也。
8	离骚8	怨灵修之浩荡兮，终不察夫民心	上政迷乱则下怨，父行悖惑则子恨。灵脩，谓怀王也。浩犹浩浩，荡犹荡荡，无思虑貌也。《诗》曰："子之荡兮。"言己所以怨恨于怀王者，以其用心浩荡，骄傲放恣，无有思虑，终不省察万民善恶之心，故朱紫相乱，国将倾危也。夫君不思虑，则忠臣被诛；忠臣被诛，则风俗怨而生逆暴，故民心不可不熟察之也。民，一作人。（页14） 鲁按， 《陈风·宛丘》"子之汤兮"，《毛传》"汤，荡也"，《郑笺》"游荡无所不为"。《陈风·宛丘·毛序》"刺幽公也。淫荒昏乱，游荡无度焉"，《序》、《笺》二者义合。王逸以"无思虑貌"训"荡"，与"游荡"义别。然《章句》串讲句意时又云"用心浩荡，骄傲放恣"，则亦"游荡"义也。又以《诗》之"刺幽公"之诗旨，移作《骚》文怨刺楚怀王之意；以陈幽公之淫荒昏乱，游荡无度，类比楚怀王相似之用心行止，则于史实亦若合符节也。此例《章句》引《诗》"荡"字作书证，以释《离骚》"荡"字之义，此所谓稽之于《诗》，以见《离骚》字词大旨之趣；而《诗》、《离骚》句意亦有可通之处，即所谓《离骚》之文依托《诗》以立句旨之义也。 又《九歌》"心飞扬兮浩荡"、《哀时命》"志浩荡而伤怀"，《章句》并解"志放貌"，非"无思虑貌"；而《九辩》"然潢洋而不可带"句，王逸《章句》"潢洋，犹浩荡也，不着人貌。言……然浩浩荡荡而不可带"，是"浩荡"意同"潢洋"，亦即浩浩荡荡，此处"不着人貌"之义，与《离骚章句》"无思虑貌"义别，由此一例亦可见注疏学业之难也。 又《章句》"上政迷乱则下怨，父行悖惑则子恨"二句、"夫君不思虑"云云，皆似为或曰、另说，盖与《章句》简明训释风格不合，且为重复、蛇足之言，王逸不为也。

续 表

编号	出处	《离骚》文本	王逸《离骚章句》及本人按语
9	离骚 9	悔相道之不察兮,延伫乎吾将反	延,长也。伫,立貌。《诗》曰:"伫立以泣。"言己自悔恨,相视事君之道不明审,当若比干伏节死义,故长立而望,将欲还反,终己之志也。(页 16) 鲁按, 《邶风·燕燕》"伫立以泣",《毛传》云"伫立,久立",王逸以"延伫"即"长立而望",义与《毛传》小别,皆所以表示依依留恋、徘徊之离情也。然《离骚》句叙写离别者有悔恨仕途不明、将反归隐之志,而其情又依恋不忍遽去;《诗》文则描绘送行者不忍离别之情,《诗》、《离骚》言状貌、情感则同,然所以致此之原因则异。此例王逸引《诗》"伫"字作书证,以释《离骚》"伫"之字义,此所谓稽之于《诗》,以见《离骚》字词大旨之趣也。 又《章句》训"相"为视也,《章句》误释;《尔雅·释诂》"相,导也"(更多证据可参黄灵庚《楚辞章句疏证》,页 219—220)。又《章句》"当若比干伏节死义"一句释误,盖涉前句《离骚》之文"伏清白以死直兮,固前圣之所厚",《章句》之释而来,《章句》云"言士有伏清白之志,以死忠直之节者,固乃前世圣王之所厚哀也。故武王伐纣,封比干之墓,表商容之闾也";然《离骚》之文接续"悔相道"二句则说还归隐退之志,非所以伏清白之志、以死忠直之节意也。黄灵庚氏释"延伫乎吾将反"之"反"为反本,即首丘之义,谓"古之谓人死必归反其列祖之居,俗称'回老家',其葬则必择列宗所在"(页 222),并误。
10	离骚 10	步余马于兰皋兮,驰椒丘且焉止息。	步,徐行也。泽曲曰皋,《诗》云:"鹤鸣于九皋。"土高四堕曰椒丘。言己欲还,则徐步我之马于芳泽之中,以观听怀王。遂驰高丘而止息,以须君命也。(页 16) 鲁按, 《小雅·鹤鸣》"鹤鸣于九皋",《毛传》"皋,泽也",《郑笺》"皋,泽中水溢出所为坎"。王先谦引《韩诗》云"九皋,九折之泽"(页 639),则"皋"即"折泽"也,折、曲同义。是王逸训诂同《韩诗》,与《毛传》小异。《小雅·鹤鸣》"鹤鸣于九皋,声闻于野",《毛传》"言身隐而名著也",《郑笺》"喻贤者虽隐居,人咸知之"。《后汉书·杨震传》"野无鹤鸣之士"、《后汉书. 杨赐传》"速征鹤鸣之士",王先谦以为,皆喻指隐士而言,二杨皆《鲁》说(页 639)。然则《毛》、《鲁》说大同小异,其所以小异者,在于声闻不闻而已。又《易林·师之艮》"鹤鸣九皋,避世隐居,抱道守贞,竟不随时",乃言隐者之志行;《骚》文"步余马"二句,亦言退隐之志行,正《离骚》下文"进不入以离尤兮,退将复修吾初服"之意也。而王逸"言己欲还"、"以观听怀王"、"以须君命"云云,突显屈原依违于仕、隐的矛盾心情,更为传神。此例《章句》引《诗》"皋"字作书证,以释《骚》"皋"字之义,此所谓稽之于《诗》,以见《离骚》字词大旨之趣;而《诗》、《离骚》句意亦相通,即所谓《离骚》之文依托《诗》以立句旨之义也。
11	离骚 11	赍菉葹以盈室兮	赍,蒺藜也。菉,王刍也。葹,枲耳也。《诗》曰:"楚楚者赍。"(页 19) 鲁按, 此例并释于编号 12。

续 表

编号	出处	《离骚》文本	王逸《离骚章句》及本人按语
12	离骚12	赍菉葹以盈室兮，判独离而不服	又曰："终朝采菉。"三者皆恶草，以喻谗佞盈满于侧者也。女媭言众人皆佩赍、菉、枲耳，为谗佞之行，满于朝廷，而获富贵，汝独服兰蕙，守忠直，判然离别，不与众同，故斥弃也。（页19） 鲁按， 《小雅·楚茨》"楚楚者茨"，《郑笺》"茨，蒺藜也"。《小雅·采绿》"终朝采绿"，《郑笺》"绿，王刍也，易得之菜也"。赍、菉，《离骚章句》作赍、菉；《毛诗》、《郑笺》作茨、绿，然二者释同，是字异训同之例。《小雅·楚茨》： 楚楚者茨，言抽其棘。自昔何为，我蓺黍稷。我黍与与，我稷翼翼。我仓既盈，我庾维亿。以为酒食，以享以祀，以妥以侑，以介景福。 《诗》句有田莱多荒，饥馑降丧，伐除蒺藜，树种黍稷，重飨祭祀、重农之政之意也，而《离骚》句则以搠草兴喻谗佞，乃王逸《离骚经前序》"《离骚》之文，依《诗》取兴，引类譬谕"之例也。是《诗》、《离骚》不同旨。 又《小雅.采绿》"终朝采绿，不盈一掬。予发曲局，薄言归沐"，乃旷怨之深，忧思不专于事也，其句旨与《周南·卷耳》"采采卷耳，不盈顷筐。嗟我怀人，置彼周行"同，又与《卫风·伯兮》"自伯之东，首如飞蓬。岂无膏沐，谁适为容"同。然《离骚》句则以菉草兴喻谗佞，亦王逸《离骚经前序》"《离骚》之文，依《诗》取兴，引类譬喻"之例也。是《诗》、《离骚》不同旨。此例王逸引《诗》"茨"、"绿"字作书证，以释《离骚》之"赍"、"绿"字义，所谓稽之于《诗》，以见《离骚》字词大旨之趣也。
13	离骚13	世并举而好朋兮，夫何茕独而不予听。	茕，孤也。《诗》曰："哀此茕独。"言世俗之人，皆行佞伪，相与朋党，并相荐举。忠直之士，孤茕特独，何肯听用我言，而纳受之也。（页20） 鲁按， 《小雅·正月》"哿矣富人，哀此茕独"，《毛传》"哿，可。独，单也。"《郑笺》"此言王政如是，富人已可，茕独将困也"，《正月》诗旨在陈述衰世之时，富人得志，茕独之人内心忧伤，以刺周幽王之政；《离骚》句之旨在标举孤茕特独之士，不同流合污之洁；女媭之言，亦深哀之也。此例王逸引《诗》"茕"字作书证，以释《离骚》之"茕"字义，所谓稽之于《诗》，以见《离骚》字词大旨之趣；又《章句》虽断章取义，然《诗》、《离骚》句旨亦大同小异，即所谓《离骚》之文依托《诗》以立句旨之义也。
14	离骚14	望瑶台之偃蹇兮	石次玉曰瑶。《诗》曰："报之以琼瑶。"（页32） 鲁按， 《卫风·木瓜》"报之以琼瑶"，《毛传》"琼瑶，美玉也"。《木瓜》诗旨在陈施报之礼。依《毛序》说，则美齐桓公救卫而封之，卫人思欲报之也。《离骚》句则无此旨也。此例王逸引《诗》"瑶"字作书证，以释《离骚》之"瑶"字义，所谓稽之于《诗》，以见《离骚》字词大旨之趣也。

续 表

编号	出处	《离骚》文本	王逸《离骚章句》及本人按语
15	离骚15	望瑶台之偃蹇兮，见有娀之佚女	有娀，国名。佚，美也。谓帝喾之妃，契母简狄也。配圣帝，生贤子，以喻贞贤也。《诗》曰："有娀方将，帝立子生商。"《吕氏春秋》曰："有娀氏有美女，为建高台而饮食之。"言己望见瑶台高峻，睹有娀氏美女，思得与共事君也。(页32) 鲁按， 《商颂·长发》"有娀方将，帝立子生商"，《毛传》"有娀，契母也。将，大也。契生商也"，《郑笺》"帝，黑帝也。禹敷下土之时，有娀之国亦始广大，有女简狄，吞鳦鸟卵而生契，尧封之于商，后汤王因以为天下号，故云"帝立子生商"。王逸"谓帝喾之妃，契母简狄也。配圣帝，生贤子"云云，是主契有人父，感天(吞卵)而生之说，与《郑笺》说同，属调合今古文家说。而《商颂·玄鸟》"天命玄鸟，降而生商"，《毛传》"有娀氏女简狄，配高辛氏帝，帝率与之祈于高禖而生契"，主契有人父，不感天而生之说，则是古文家说。《诗》旨在述商契之封立，《离骚》之文在以有娀喻贞贤，《诗》、《离骚》旨意不同。此例王逸引《诗》"有娀"作书证，以释《离骚》"有娀"之义，所谓稽之于《诗》，以见《离骚》字词大旨之趣也。又《吕氏春秋·音初》篇"有娀氏有二佚女，为之九成之台，饮食必以鼓"，《章句》引《吕氏春秋》乃撮引之，以与《离骚》句意互证，即所谓《离骚》之文依托书以立句旨之义也。
16	离骚16	折琼枝以为羞兮，精琼靡以为粻	精，凿也。靡，屑也。粻，粮也。《诗》云："乃裹糇粮。"言我将行，乃折取琼枝，以为脯腊，精凿玉屑，以为储粮，饮食香洁，冀以延年也。(页42) 鲁按， 《大雅·公刘》"乃裹糇粮"，《郑笺》"乃裹粮食"。《孟子·梁惠王篇下》引《公刘》诗"乃积乃仓，乃裹糇粮，于橐于囊。思戢用光。弓矢斯张，干戈戚扬，爰方启行"句，云"故居者有积仓，行者有裹粮'粮'，清仿宋大字本作'囊'。也，然后可以爰方启行"。《庄子·逍遥游》"适百里者，宿舂粮；适千里者，三月聚粮"，《离骚》句旨意亦在启行前之准备储粮也。至于"饮食香洁，冀以延年"云云，乃王逸之引申也。此例王逸引《诗》"粮"字作书证，以释《离骚》之"粻"字义，此所谓稽之于《诗》，以见《离骚》字词大旨之趣；而《诗》、《离骚》句意亦有可通之处，即所谓《离骚》之文依托《诗》以立句旨之义也。

三、结语

自《楚辞》在汉代结集之初，汉人即以评价《诗经》同等的标准评价《楚辞》，(梁)刘勰《文心雕龙·辨骚》云：

> 自风雅寝声，莫或抽绪，奇文郁起，其《离骚》哉！固已轩翥诗人之后，奋飞辞家之前，岂去圣之未远，而楚人之多才乎！昔汉武爱《骚》，而淮南作《传》，以

为《国风》好色而不淫,《小雅》怨诽而不乱。若《离骚》者,可谓兼之。蝉蜕秽浊之中,浮游尘埃之外,皭然涅而不缁,虽与日月争光可也。班固以为露才扬己,忿怼沉江;羿浇二姚,与左氏不合;昆仑悬圃,非经义所载;然其文辞丽雅,为词赋之宗,虽非明哲,可谓妙才。王逸以为诗人提耳,屈原婉顺,《离骚》之文,依经立义,驷玉虬乘鹭,则时乘六龙,昆仑流沙,则禹贡敷土,名儒辞赋,莫不拟其仪表,所谓金相玉质,百世无匹者也。及汉宣嗟叹,以为皆合经术;扬雄讽味,亦言体同《诗雅》。四家举以方经,而孟坚谓不合传,贬任声,抑扬过实,可谓鉴而弗精,玩而未核者也。

刘勰虽谓汉人言《离骚》“四家举以方经,而孟坚谓不合《传》”,然班氏《汉书·艺文志》有云:“大儒孙卿及楚臣屈原离谗忧国,皆作赋以风,咸有恻隐古《诗》之义。”是班固亦以《离骚》比肩于《诗》,可谓汉人在读《离骚》之时,总先树立一《诗经》典范在前。这种面向经典(尤其是《诗经》)的作法,一方面形成一个固定的、权威的、注释的知识形态系统;另一方面促成《离骚》一文成为骚体文学、文化传统中之经典模范与泉源。第就王逸《离骚章句》而言,其面向《诗经》典范以成就《离骚》自身成为骚体文学模范者有以下三方面内容:

其一,《离骚》之文,依《诗》取兴:

《离骚》之文,依《诗》取兴,引类譬谕,故善鸟香草,以配忠贞;恶禽臭物,以比谗佞;灵脩美人,以媲于君;宓妃佚女,以譬贤臣;虬龙鸾凤,以托君子;飘风云霓,以为小人。(《离骚经前序》)

此一方面重在《诗》、《离骚》取譬兴象之物的承续与拓展,所谓《离骚》之文取譬兴象之物即如善鸟香草、恶禽臭物、灵脩美人、宓妃佚女、虬龙鸾凤、飘风云霓等等;王逸由这些取譬兴象之物而引类譬喻出如忠贞、谗佞、君主、贤臣、君子、小人等一系列固定政教意义之系统,对日后中国文学的比兴思维、技法、系统之发展具有重大的影响。

其二,《离骚》之字词义,合于《诗》之字词义:

逮至刘向,颜师古读如本字。典校经书,分为十六卷。孝章即位,深弘道艺,而班固、贾　逵复以所见改易前疑,各作《离骚经章句》。其余十五卷,一作篇。阙而不说。又以壮为状,一作扶。义多乖异,事不要括。一作撮。今臣复以所识所知,稽之旧章,合之经传,八字一云稽之经传。作十六卷章句。虽未能究其微妙,然大旨之趣,略可见矣。(《离骚经后序》)

此一方面重在《诗》、《离骚》文字词训诂义理的稽合互证,乃是两汉经学文化氛围下所形成的书面注疏知识系统,全然不同于西周至春秋早期礼乐昌明时期——亦是三百篇《诗》集结时代——重视诗乐礼仪的文化氛围①;亦不同于春秋中叶外交礼典场合,重视口头赋《诗》言志的文化氛围;也不同于战国诸子著述立说,引《诗》证事、说理、论学的文化氛围。

其三,《离骚》之文,依托《诗经》以立义焉:

> 夫《离骚》之文,依托《五经》以立义焉:"帝高阳之苗裔",则"厥初生民,时惟姜嫄"也;"纫秋兰以为佩",则"将翱将翔,佩玉琼琚"也;"夕揽洲之宿莽",则《易》"潜龙勿用"也;"驷玉虬而乘鹥",则"时乘六龙以御天"也;"就重华而陈词",则《尚书》咎繇之谋谟也;"登昆仑而涉流沙",则《禹贡》之敷土也。(《离骚经后序》)

此一方面重在根于《诗》(五经)、《离骚》文字词训诂义理的稽合、互证基础之上,对《诗》(五经)、《离骚》文句旨义作连类之触发引申。而在具体操作中,时见断章取义方法之运用;换言之,《诗》(五经)有时只是作为比附、想象、联想的中介,《诗》(五经)句的本旨、本事不必成为所关注的重点。以上三方面内容是与王逸称《离骚》为"经",并视屈原为圣人②,具有一致的、系统的逻辑思维,且亦是经学昌明时代,经传注疏之学发扬下的产物。本文之作在于考辨王逸《离骚章句》之引《诗》,指出其目的在于稽证、会通《诗》、《离骚》字词之训诂与引申、托类《诗》、《离骚》句旨之义理,为其用经学——尤其是《诗经》学——解《离骚》的意识形态服务③。本文乃是《王逸〈楚辞章句〉引〈诗〉释义》及《王逸〈楚辞章句〉引书考论》二文的先行部分研究成果,换言之,本文的研究将是整个研究论题的第一阶段;第二阶段则是对王逸《楚辞章句》引《诗》现象进行研究;第三阶段则是对王逸《楚辞章句》引书现象进行全面考论。

---

① 《骚》体文学本是一种以带"兮"字咏叹调、声义兼及的文体;而王逸《楚辞章句》全然刊落《骚》体声音的部分,使《骚》成为视觉的、书面的、文字的文献,也易于《楚辞》自身形成其稳固的、权威的系统。

② 参拙作,《"〈离骚〉称经"与汉代章句学》,《静宜人文社会学报》第一卷第二期(台中:静宜大学人文暨社会科学院主编,2007 年 2 月),页 1—30。又参拙作,《论王逸〈楚辞章句〉的圣人观》,《台湾学术新视野·中国文学之部(一)》(台北:五南出版社出版,2007 年 6 月),页 23—64。

③ 至于"《离骚》之文,依《诗》取兴"的问题,可参见拙作,《论〈毛诗·传、笺〉与〈楚辞章句〉说"兴"之异同》,《先秦两汉学术》学报第六期(台北:辅仁大学中国文学系编印,2006 年 9 月),页 1—31。

胡文英《屈骚指掌》成书体例研究

南通大学楚辞研究中心　季晓菁

自汉以来,《楚辞》注本薪火相传、蔚为大观。胡文英《屈骚指掌》乃清代一部见解精微、考证翔实的重要楚辞注本。该书在体例上具有如下特色。

一、篇目次第之例

《屈骚指掌》一书,有关其篇数之分合及篇目次序,胡氏对前代多有继承,亦不乏创新,先行阐述,以见相互发明之处。

(一)专取屈作

游国恩先生在《楚辞的流传与编辑》中分析,《楚辞》的流传是由于人们对屈原的爱护、同情,及后辈对屈作的爱好与祖述。① 作为"总集"的《楚辞》,虽收众多作家作品,但以屈作最多,且其他作家作品的创作内容多围绕纪念屈原展开。《史记》载述:"屈原既死之后,楚有宋玉、唐勒、景差之徒者,皆好辞。而以赋见称,然皆祖屈原之从容辞令,终莫敢直谏。"②《隋志》叙曰:"弟子宋玉,痛惜其师,伤而和之。其后贾谊、东方朔、刘向、杨雄,嘉其文采,拟之而作。"③这一内容的界定,决定了屈原作品乃《楚辞》主体,屈原已然成为了《楚辞》的形象符号,且对屈作的探析更是后世学者研究的重心。

明周用《楚辞注略》序曰:"后世词人,拟游仙等作,以驰浩荡之怀,以为本于离骚,屈子之志荒矣!岂惟后世,自宋玉以下,亦或以轻举放志为乐,则自其当时师弟子之间,已失其旨。"④遂宋玉、景差以下诸篇不录而唯注屈辞。明黄文焕《楚辞听直·凡例》主张"以其词之与原无涉者,不宜存也"、"或词为原作,而其意其法,为能与原并驱,不足存也"、"词在涉不涉之间,意与法在欲并未能并之际,动袭多句,曲折味少",⑤以此裁汰屈

① 《游国恩楚辞论著集》,北京:中华书局,2008 年版,第 198 页。

② (汉)司马迁:《史记·屈原贾生列传》,北京:中华书局,1982 年版,第 2491 页。

③ 长孙无忌等撰:《隋书经籍志》,北京:商务印书馆,1955 年版,第 111 页。

④ 姜亮夫:《楚辞书目五种》,上海:上海古籍出版社,1993 年版,第 68 - 69 页。

⑤ (明)黄文焕撰:《楚辞听直》见《四库全书存目丛书 集部二》,济南:齐鲁书社,1997 年版,第 413 页。

原之外作品。在“以各逞新说为特征的明清阶段”,[①]专取屈作为对象而引发的研究课题引人注意,如钱澄之《屈诂》、林云铭《楚辞灯》、徐焕龙《屈辞洗髓》、蒋骥《山带阁注楚辞》、戴震《屈原赋注》、陈本礼《屈辞精义》皆是如此。

胡氏亦专取屈作辑注,他认为《楚辞》诸作“谓抒其感奋则得矣,至和平恳恻,有关于性情政治之得失,终莫能与屈赋并也”。[②] 可见,胡氏尤重视屈作之情感秉性、政治理念,与其注《庄子独见》有相通之处:“以心相印”[③]、用心注《骚》,遂“删诸家,摒除《九辩》诸作之外,收入二《招》,第名之曰《屈骚》”。[④]

(二)第名“屈骚”

《四库全书总目提要·集部·楚辞类》提及:“裒屈、宋诸赋,定名《楚辞》,自刘向始也。”[⑤]鲁迅称:“屈原起与楚,被馋放逐,乃作《离骚》。逸响伟辞,卓绝与世。后人惊奇文采,相率效仿,以原楚产,古称‘楚辞’。”[⑥]故“楚辞”之名包含屈原辞赋以及宋玉以下的作品。

取“骚”之名,有源可溯。王逸在认定的屈作篇目下皆题“离骚”,以此为屈原作品的通称,为后人以“骚”概指屈原作品乃整个楚辞开了先河。王国维《宋元戏曲史序》:“楚之骚,汉之赋,六代之骈语,唐之诗,宋之词,元之曲,皆所谓一代之文学,而后世莫能继焉者也。”[⑦]王鸣盛在《屈骚指掌》序言:“至萧统始以诸篇皆谓之‘骚’”,梁《昭明文选》卷三十二、三十三列《骚》为一目,下含《离骚经》、《九歌》(六首)、《九章》(一首)、《卜居》、《渔父》、《九辩》(五首)、《招魂》、《招隐士》;[⑧]“刘勰《辨骚》亦然”,胡文英是书“题署大氏从萧刘氏”,[⑨]而为了区别专取屈作之例,于是另取题名以标明研究对象,曰“屈骚”。

(三)篇目分合

尽管专以屈作为注之楚辞注本甚多,但较之前人,《屈骚指掌》有关篇目分合仍有特色。

王逸《楚辞章句》卷一后序曰:“而屈原履忠被谮,忧悲愁思,独依诗人之义而作《离

① 周建忠:《关于楚辞研究的对象审视与历史回顾——楚辞研究一百年》,贵阳:《贵州社会科学》,1997年第5期。

② (清)胡文英:《屈骚指掌·凡例》,北京:北京古籍出版社,1979年版。

③ 此胡文英《庄子独见·读庄针度》所述。

④ (清)胡文英:《屈骚指掌·凡例》,北京:北京古籍出版社,1979年版。

⑤ (清)永瑢、纪昀主编:《四库全书总目提要》,海口:海南出版社,1999年版,第637页。

⑥ 鲁迅:《汉文学史纲要》,北京:人民文学出版社,1973年版,第20页。

⑦ 王国维:《宋元戏曲史》,上海:上海古籍出版社,1998年版,第1页。

⑧ (梁)萧统选,李善注:《昭明文选》(中),北京:京华出版社,2000年版,第7页。

⑨ (清)胡文英:《屈骚指掌·王序》,北京古籍出版社,1979年版。

骚》,以上讽谏,以下自慰。遭时暗乱,不见省纳,不胜愤懑,遂复作《九歌》以下凡二十五篇。"[①]《楚辞章句》中认定屈原的作品凡二十五篇,若加上《大招》,则二十六篇,与最早注录《汉书·艺文志》"《屈原赋》二十五篇"不符,此亦成为后世判定二《招》是否为屈原作品的先兆。

依屈作二十五篇之定论,明黄文焕对此进行了探讨。《九歌》篇数,黄以为"歌以九名,当止于《山鬼》……既增《国殇》、《礼魂》共成十一,仍以九名者,《殇》、《礼》皆鬼,虽三仍一。"此论颇有争议,然黄氏对二《招》的论述,却影响后世。于《大招》言"本领深厚,更非原莫能及";于《招魂》则取史迁"读《离骚》、《天问》、《招魂》、《哀郢》,悲其志"之说,以为"又似亦原之自作,则存《招魂》亦并存原耳。即《招魂》从来属玉,《大招》未必非差,而其词专为原所作,足以原并,则固足存矣。"[②]以此为据,皆归于原。清林云铭对黄氏二《招》之说更有发展,在《楚辞灯》卷四篇章后续补为《招魂》:"作于流放九年,自招其魂。"《大招》其后曰:"源自流放以后,念念不忘怀王,冀其生还楚国,断无客死归葬寂无一言之理,骨肉归于土,魂魄无不之,人自以君为归,升屋履危,北面而皇,自不能已,特谓之大,以别于自招,乃尊君之词。"[③]此言更具合理性。清蒋骥《山带阁注楚辞·楚辞篇目》附论曰:"余采黄维章、林西仲语,并载《招魂》、《大招》,以正《汉志》二十五篇之数,然《大招》自汉以来,以相传为原作。"[④]胡文英承黄文焕、林云铭、蒋骥等说,将二《招》并归屈作。

于《九歌》,胡氏以为《湘君》《湘夫人》及《大司命》《少司命》皆作一篇,合庙分献,各歌其辞。《湘夫人》题解"以余观之,有山即有神,有神即不能无配,而分而为二者,土俗于二处致祭也";《少司命》题解"盖大司命主生,少司命主死,合庙分祭也"。此承周用之说,后被王邦采、吴世商、顾成天等采纳。蒋骥在《楚辞余论》卷上论《九歌》亦曰:"《九歌》本十一章,其言九者,盖以神治类有九而名。两司命,类也;湘君与夫人,亦类也。神之同类者,所祭之时与地亦同,故其歌合言之。"[⑤]

(四)篇目次第

于篇目次第方面,胡文英采严谨治学之法,《凡例》云"屈赋年次已远,无可考次其先后。至近时坊本,多以意颠倒旧章,非王逸原书次第,未免为有识所笑"。故《屈骚指掌》"篇章次序概依王逸本先后次序,盖亦慎而阙疑之意也"。卷首有乾隆二十六年辛巳夏五月王盛鸣《序》。次乾隆五十一年丙午春三月胡氏《自序》。次《凡例》十二则。次汉司马迁《屈原列传》。次唐沈亚之《屈原外传》。次《目录》。

① (汉)王逸撰:《楚辞章句》十七卷,明隆庆五年朱氏夫容馆刻本。

② (明)黄文焕撰:《楚辞听直》见《四库全书存目丛书 集部二》,齐鲁书社,1997年版,第508页。

③ (清)林云铭撰:《楚辞灯》见《四库全书存目丛书 集部一》,齐鲁书社,1997年版,第756页。

④ (清)蒋骥撰:《山带阁注楚辞》,上海古籍出版社,1958年版,第28页。

⑤ (清)蒋骥撰:《山带阁注楚辞》,上海古籍出版社,1958年版,第184页。

其篇目编排体例如下：

卷之一　《离骚》。

卷之二　《九歌》(《湘君》《湘夫人》合一歌;《大司命》《少司命》合一歌):《东皇太一》、《云中君》、《湘君》、《湘夫人》、《大司命》、《少司命》、《东君》、《河伯》、《山鬼》、《国殇》、《礼魂》、《天问》。

卷之三　《九章》:《惜诵》、《涉江》、《哀郢》、《抽思》、《怀沙》、《思美人》、《惜往日》、《橘颂》、《悲回风》。

卷之四　《远游》、《卜居》、《渔父》(篇末附有《沧浪水考》)、《招魂》、《大招》(篇末附有《云梦泽考》)。

胡氏虽仍王逸之旧例,然自述考订之结果于书中。以为《离骚》"先述祖父、中及其姊、末曰无国人,玩其严整,应是被疏放时,回秭归故居所作"。《九歌》诸篇中,《河伯》篇"河伯为黄河之神,楚自威王灭越之后,掠地至鲁,皆属楚境,故滨河土俗祀之,屈子过之,因为作乐章以寓意",并订误王逸"谓作于湘沅之间者"之说;《国殇》、《礼魂》皆作于郢都。《九章》各篇,考证"非作于一处一时":《惜诵》自郢都将往江南,继《离骚》后所作;《涉江》由湖北至湖南途中所作;《哀郢》怀王将入秦、迁屈子于岳州时作;《抽思》、《思美人》作于今之江南;《怀沙》、《惜往日》作于今之湖南;《悲回风》作于郢都。《远游》作于今之江南,继《惜诵》篇而作。《卜居》当怀王时,在郢都作也。《渔父》篇,作于荆沔之间。《招魂》怀王时,作于今之江南。《大招》篇,作于今之湖南。①

于篇目格式方面,亦有创建。王逸《楚辞章句》将《九歌》、《九章》各篇篇名至于篇末,《屈骚指掌》则异于此,胡文英将标题列于正文之前,此亦洞悉思索,以求明晓之举。胡氏《凡例》解释:"屈赋列题与左,古也。第古人帛卷由左先展,故识之曰右某篇,欲使学者见题辨物,或所求非此篇,则仍卷之,非有他意也……今既用逐篇纸卷则先展其右……从《文选》之例",以触目即见,便于检阅。

二、笺注编纂之例

《屈骚指掌》注文首页于右第一行顶格题为"《屈骚指掌》卷一",次行下两字署名"武

① 胡氏于《惜诵》篇中"欲儃佪以干傺"下注"干傺止于内而不遣出"、"愿曾思而远身"注"深思其故,而不与群小并列"。于此可见,大约《惜诵》篇乃郢都将往江南所作。于《涉江》篇以为旧说错乱,则详考涉江之征纪行,并"参以现在郡县之名"。于《怀沙》篇,释曰"作于顷襄王怒而迁之之后,安于一死",但胡氏细究文本由"浩浩沅湘"、"分流汩兮",可知屈原犹未至于湘阴之地,以此判定是篇非绝笔之作。《悲回风》为寓言、无聊之言,以自托。《卜居》论"放"乃"始在国中任政,后出为都,无事则不能见,有似于放"。《渔父》篇,因渔父虽为隐士,犹得而识屈,故揣作于荆沔间。《招魂》文本"路贯庐江兮左长薄"、"汩南归郢都",可知,已穿出庐江之地,而不觉大薄长洲之地已在之左,已脱离于此,故考其作于江南。

进胡文英绳崖注”。次行下两字题《离骚》,以下题解。① 题解次行顶格为《离骚》正文。版心上部题书名《屈骚指掌》,紧下署篇目,鱼尾下刻卷次及页数。

是书每半页九行,每行十八个字,各篇分注,以两句一节、四句一节为主,均采用双行夹注,评注用小字。先解字词音义,后疏通句义,采用传统的随文注释,此为正文篇章训释的基本体例。如:《离骚》:“何桀纣之昌被兮,夫惟捷径以窘步。”注云:“昌与猖同,被音披。猖被,放纵无检束,如不介马而驰之类也。捷径窘步,喻以私智行小道,故至于颠覆也。”

胡文英注文简约明确,不涉繁琐。姜亮夫《楚辞今译讲录》云:“此书的注简单,训诂和义理也如此,但非常明确。”②

(一)笺注训释之例

1. 字形解释③

屈骚字句,各本均不甚同。胡文英以“语句浑厚,上下文虚神和洽者”为准。

(1)直接释形,简洁明了。如《离骚》:“齐玉𫐄而並驰”注云:“𫐄,字从车从人,倚一之象。”《东君》:“观者憺忘归。”注云:“憺字从心,从詹,有所注也。”

(2)点明异体字。①某与某同:《九章·悲回风》:“孤子唫而抆泪兮。”注云:“唫与吟同。”《远游》:“长乡风而舒情。”注云:“乡与响同。”②某某同:《九章·思美人》:“高辛之靈晟兮。”注云:“晟盛同。”《招魂》:“菎蔽象棋,有六簙些。”注云:“簙博同。”③某同某:《九章·惜往日》:“辟与此其无异。”注云:“辟同譬。”《远游》:“悼芳草之先蘦。”注云:“蘦同零。”《大招》:“长爪踞牙。”注云:“踞同锯。”④某与某同行:《離骚》:“夫维圣哲之茂行兮”注云:“茂与懋同行。”

(3)点明古今字。《屈骚指掌》字之古今,胡氏“酌之洪兴祖朱晦庵诸本”,并结合文意用字。于“别无深义而怪者”,胡氏疑“恐系扬雄刘向增入,则从恒用之字。稍有可疑,及与周秦史子集互相根据者,仍用古字”。《天问》:“蠭蛾微命,力何固?”注云:“蠭,古蜂字。蛾,古蟻字。”《九章·橘颂》:“后黄嘉树,橘徕服兮。”注云:“徕古来字。”

(4)点明通假字。《九章·抽思》:“何独乐斯之蹇蹇兮。”注云:“蹇通作謇。”《招魂》:“红壁沙版,玄玉之梁。”注云:“沙,与纱通。”

① 《屈骚指掌》于各篇题下均有题解,阐发主旨,或交代写作时地。另,《九歌》、《九章》中,先在总题下,总论创作题旨及创作时地,其后各篇题注下则详细论述。如《九歌》总题下对“九”数、篇目分合及各篇寓意做总体说明:“九歌共十一篇,《湘君》《湘夫人》合庙分献,各歌其辞。《大司命》《少司命》亦然。祭之所有九,故为《九歌》(此承蒋骥《山带阁注楚辞》:‘神之类有九而名。’)。内惟《东皇太一》《国殇》、《礼魂》三篇,无寓意。《云中君》、《东君》二篇,正说祭司,略有寓意。余六篇,则借祭神而写离合之思,期望之意。”《九章》总题下总述各篇创作时地。

② 姜亮夫,《楚辞今译讲录》,北京:北京出版社,1983年版,第21页。

③ 此处涉及字形,文本及注文均采用原文繁体,以示区别。

按:异体字、古今字、通假字皆为异文。

(5)一作。用以指明不同版本或他书引文的文字差异。如《招魂》:“像设君室。”注云:“君,一作居。”

2. 音韵标注

胡氏释音,以自然为贵,认为“楚辞之音,约分三等,其同声相谐者,不论唇舌齿喉,平上去声,概从古韵相通……至不同声者,乃取土音读之;无可读者阙之”,所取之标准清晰明确,且不失学术谨慎态度。

(1)直音。①某,某声/某,音某某声:《离骚》:“扈江离与薜芷兮。”注云:“扈音污去声。”《卜居》:“屈原既放,三年不得复见。”注云:“复去声。”②某,音某:《九歌·少司命》:“秋兰兮青青。”注云:“青音精。”《九章·思美人》:“羌冯心犹未化。”注云:“冯音平。”③某,音某又音某:《离骚》:“岂惟纫乎蕙茝。”注云:“茝音改又音蔼。”④某,古音某:《离骚》:“餐秋菊之落英。”注云:“英古音央。”⑤某,读若(如)某:《离骚》:“恐嫉妒而折之。”注云:“折,读若致。”《九歌·云中君》“华采衣兮若英。”注云:“华,读如华丽之华。”段玉裁曰:“拟其音曰读,凡言读如、读若者是也。”[①]

(2)音韵。如《卜居》:“将呢訾栗斯,喔咿嚅唲以事妇人乎?”注云:“喔,攫搉反;咿,却异反;嚅,吁遇反;唲,乌洼反。”[②]屈骚之音,楚音也。然楚地甚广,其音亦繁杂,而学者多泥沈约韵书,欲强屈子从沈约,则过矣,缘沈吴音,往往与楚音不同。胡文英对吴音之研究,功力勘勤,曾著有《吴下方言考》,故对吴楚音不同之说有理有证。虽如此,胡氏在注音时亦注意两者兼注,以俟后人考辨。例《九章·哀郢》:“憎愠惀之修美兮。”注云:“愠字,吴音鸟陨切,楚音胡混切。”此外,胡文英对旧本误解亦提出批证,《离骚》:“又重之以修能。”注云:“能字与均字本属一韵,他解叶入佩韵”,以为此说牵强不可从,并注明“下凡本有韵,而不必叶者,多仿此”。

3. 文脉阐释

(1)直释文意,此种方法用简洁明了的语言对字词及章句进行层面阐释,在《屈骚指掌》中较为常见,占训释大部分。《九歌·河伯》:“乘水车兮荷盖,驾两龙兮骖螭。”注云:“水车,激水之车;荷盖,以荷为盖也;驾两龙,两服也;龙无角曰螭。”《离骚》:“后辛之菹醢兮,殷宗用之不长。”注云:“纣之菹醢贤人,自谓有命在天而无虞矣。孰知不徒丧身,并坠其宗耶。”

(2)譬喻阐释,此类在掌握诗句大意之后,进而进入文脉喻意的阐释。《九歌·河伯》:“流澌纷兮将来下,子交手兮东行。”注云:“流澌纷披,则道通矣,故可以交手东行,观

---

① (汉)许慎撰,(清)段玉裁注:《说文解字注》,上海古籍出版社,1981年版,第161页。

② 胡氏解字多在一句后统一标注,而此处直接在字下夹注,或是此处注音过多,以避繁累之嫌。

于大海。”道路畅通乃屈原上谏不再受小人之阻,故点明“以喻阴党既消,自可以致君至治也,将请也”。又《九歌·少司命》:“秋兰兮蘼芜,罗生兮堂下。”注云:“此言秋兰亦如蘼芜之多,绕堂阶而生,则为芳易矣。”此是对文本的直接阐释,但未能体现引申之意,故后续曰“喻国家教化盛行,则熏陶渐染,成就人材亦易。盖怀王承威王之烈,始固全盛也”。今人蒋天枢承其之说,论“秋兰、蘼芜罗列堂下,托喻群贤列在殿陛”。按:胡文英虽以喻阐释文脉,但释文常在政治上加以发挥,难免穿凿附会,有失屈作本旨。

(3)引他注之,相互发明。《九歌·少司命》:“登九天兮抚彗星。”注文引《左传》“天之有慧,以除秽也”句,言“神之力可以抚持慧柄,而扫除秽恶也”。于《九歌·东君》篇:“緪瑟兮交鼓。”胡氏采王逸旧说“急张弦而对击鼓也”。按:王逸注“緪”急张弦也;交鼓,对击鼓也。

(4)承上启下。四库馆臣在评点清代学者之《庄子》注本中提到“以时文之法解古书”、“以八比法诂《庄子》”。胡文英生于清代,著《庄子独见》,评注之法易受八股文风影响,由此可见,同为胡文英创作的《屈骚指掌》多少亦受八股关联。八股文乃明清科举考试所用文体,其中所谓“承题”就有“承上启下,将破中意义加以承接引申,递进说明”。[①]《离骚》:“日月忽其不淹兮,春与秋其代序。”注云:“原言已之如此朝夕孜孜,日月已不淹留,所以起下恐美人之迟暮也。”此法的运用,不仅将文意梳理清晰,更体现了文脉结构之严整。如《九章·悲回风》:“草苴比而不芳。”此前后六句“万变其情岂可盖兮,孰虚伪之可长。鸟兽鸣以号群兮,草苴比而不芳。鱼葺鳞以自别兮,蛟龙隐其文章。故荼荠不同亩兮,兰茝幽而独芳。”姜亮夫驳王、朱以来,各家虽强为之说,然不能通其义如故,以为当“以一义贯穿之”。[②] 正如胡氏所注:“承上虚伪难长,起下幽而独芳。”因前草苴“虚伪难长”,故而不芳,突出后“兰茝”高洁秉性,独自幽芳。注释不拘泥个别字词,而其旨意自出,释文简洁明了,且使读者一气贯之。

4. 错简、脱简、衍文整理

胡文英认为屈赋中多有错简,缘古者竹帛分裂,师承各异,遂失正定。于文本中第注曰“宜在某句之上下,疑在应在某句上下”。如《离骚》:“及荣华之未落兮,相下女之可诒。”注:“此二句,疑应在‘宓妃之所在’下,‘解佩攘’句上。”然不妄发议论,乃求文本的完整性,不愿读者肆为凌躐,得注者之意,忘作者之神也。

又《离骚》:“曰黄昏以为期兮,羌中道而改路。”洪兴祖《补注》曰:“此二句王逸无注,至下文‘羌内恕己以量人兮’始发羌字之义,疑后人所增也。”然胡文英以为此二句为衍文,《抽思》篇有“黄昏为期”二句,或系重出也。再《天问》:“汤谋易旅,何以厚之。”胡氏

① 黄强:《八股文与明清文学论稿》,上海:上海古籍出版社,2005 年版,第 28 页。

② 崔富章,李大明主编:《楚辞集校集注》,武汉:湖北教育出版社,2003 年版,第 1803 页。

谓此恐是错简,从顺乎文章结构,文气连贯考虑,以为若移于'何道之'之下,便于'桀伐蒙山'一气相乘。"由此足见,胡氏极为重视屈原作品的错简整理。

(二)训释用语之例

1. 表直释,肯定用语

(1)某,某也。用以直接说明某词的意义,此为解释的基本形式。如《离骚》:"孰云察余之善恶。"注云:"善恶,所善所恶也。"《远游》:"徐弥节而高厉。"注云:"厉,奋举也。"

(2)某,谓某(也)/某,即某(也)。"谓"与"即"多用于以具体的来解释抽象的字句,以狭义释广义、以别名释共名,相当于现代汉语中"指的是"。《九章·惜诵》:"惜诵以致愍兮。"注云:"诵……谓直言而无隐也。"《九歌·湘君》:"荪桡兮兰旌。"注云:"荪,即兰花所结之兰荪也。"

(3)某,(即)所谓某也。用"所谓"可以分析词义或者串讲句义。如《九歌·大司命》:"老冉冉兮既极,不浸近兮愈疏。"注云:"老既至而不自亲于君,谚所谓日远日疏也。此亦古人宁乞怜于君父之意也。"《天问》:"伏匿穴处,爰何云?荆勋作师,夫何长?"注云:"楚先王筚路蓝缕,以处草莽,所谓伏匿穴处也。楚武王荆尺,始陈其众,所谓荆勋作师也。"

(4)某,言某(也)。"言"字相当于现代汉语中的"说的是",一般用于"随文立训",说明词语在特定上下文中的含义或串讲词句的引申义。如《九歌·云中君》:"謇将憺兮寿宫。"注云:"憺,恬也。寿宫,上寿之宫。言神将安恬于上寿之宫也。"《招魂》:"封狐千里些。"注云:"千里,言其多。"

(5)某,犹(云/言)某(也)。相当于现代汉语的"等于说",一般用于以同义词或近义词作释,也用作词义的延伸意义。如《天问》:"登立为帝,孰道尚之。"注云:"道,犹引导。"《九章·惜诵》:"余幼好此奇服兮。"注云:"服,被服,犹云佩也,包下冠剑杂佩诸物而言。"

(6)某,某貌。貌,相当于现代汉语的"……的样子"。用来说明被训释词所表示的状态或者性质。如《九歌·云中君》:"聊遨游兮周章。"注云:"周章,急欲去而不能久留之貌。"《九章·哀郢》:"淼南渡之焉如。"注云:"淼,水大貌。"

(7)或曰。对梳理文章意义有参考价值的说法给予保留比较。如《招魂》:"晋制犀比,费白日些。"注云:"犀比,以犀合博具也,或曰,即如今骨牌类耳。"按:"如今"乃以今物释古物,以今语释古语。

以上皆为训诂之常用语。

2. 表怀疑,否定用语

郭在贻称胡文英《屈骚》山川地理考辨详审,①胡氏于书中鸟兽草木,必闻见确切、曲释其形,并曾两涉楚南,三留楚北。然《屈骚》中禽鱼草木及山水地理等繁多,一些因年代或地理原因无可查阅出处,胡氏治学之严谨,都当阙疑,以俟天下后世广搜博识。

(1)某,未详。如《招魂》:“倚沼畦瀛兮,遥望博。”注云:“倚沼畦瀛,未详。”又《离骚》:“畦留夷与揭车兮。”注云:“留夷揭车,未详其形。《尔雅》:揭车,苎舆。余按楚省有揭香而未有揭车,俟更考也。”胡氏虽未确解“留夷揭车”,但列《尔雅》与己揣测之见,体现了作者查阅与思考的过程。

(2)某,或某、或某。两“或”标明选择阙疑之意,仅聊表一说,以供读者参考。《远游》:“晞余深兮九阳。”注云:“九阳或以为即旸谷,于夕字不合;或云阳同屿,屿山在辽西。”胡氏解“九阳”为“旸谷”,汪瑗引《淮南子》“日出汤谷”,胡氏解此与“夕”字意义不合,此乃独见,未敢确论,故又以另一说“同屿”解之。

(3)某,疑即某也。“疑”表怀疑之意,无确切旁证,不确定。如《天问》:“天式从横。”注云:“《白虎通》‘天弓,虹也’。天式,疑即天弓也。”《九歌·大司命》:“空桑兮从女。”注云:“空桑,疑即空桐也。”按:各家均注“空桑”为山名,引《山海经》“东曰空桑之山”为证,此处胡氏疑为“空桐”,牵强不可尽信。

(4)某,误也。指出前代经籍或注疏中的勘误,纠以正解。如《大招》:“煎鰿臛雀。”注:“《博雅》以为鲋,误矣。”王夫之、蒋骥等皆简单注“鰿,小鱼,今作鲫”。而胡文英不仅指出《博雅》之误,更是细考了鰿非鲋,且将鰿与鲋的特点罗列翔实:“鰿鱼似鲤而小,今处处有之。《博雅》以为鲋,误矣。鲋鱼,江南俗谓之土鲋鱼,亦曰痴捕鱼,附土而行,性好静,得穴则累日不出,故《士婚礼》,鱼用鲋,取女子不出闺门而附夫之义,今用鰿,缘婚礼不尽在仲春也。《庄子》‘车辙鲋鱼’、《易》‘井谷射鲋’。乃鲋之小者,俗名护沙郎,大则成土鲋鱼也。鰿鱼取鳞比如积义,今时沿用鲫字,亦误于郭景纯不以鰿为鱼,及杜少陵借用缔字鲫之故耳。”此亦颇见功力。

3. 表打比方,修辞用语。“屈赋”比兴杂出,通过注释显现其情感蕴育千回百折

(1)某,喻某/某以喻某。“喻”为比喻象征的常用字。如《离骚》:“乘骐骥以驼骋兮。”注云:“骐骥,喻法度之可行者。”《九章·思美人》:“惮举趾而缘木……惮褰裳而濡足。”注云:“举趾缘木,喻夤缘;褰裳濡足,喻失足。”按:夤缘,喻攀附权贵,向上巴结,《旧唐书·令孤楚牛僧孺传赞》“乔松孤立,萝茑夤缘,柔附凌云,岂曰能贤”。

(2)某,言某。经常用来对句子的含义作出说明,在此为解释词句的比喻义。如《九歌·山鬼》:“被薜荔兮带女萝。”注云:“被薜荔而带女萝,言其芳洁也。”《天问》:“感天抑

① 《郭在贻语言文学论稿》,杭州:浙江古籍出版社,1992年版,第198页。

坠,夫谁畏惧?"注云:"感天抑地,言其精诚。"

(3)某,犹某(也)/犹言某(也)。"犹"、"犹言"常常用以解释句义,此与"言"的用法相似,譬喻词句的引申意义。如《九章·惜诵》:"忽忘身之贱贫。"注云:"贱贫,犹言微末也。"《卜居》:"黄钟毁弃,瓦釜雷鸣。"注云:"弃黄钟、鸣瓦釜,犹之用谗人而舍贤士也。"

(4)某,谓某也。一般用于释词,有时还用来说明比喻义。如《离骚》:"恐美人之迟暮。"注云:"美人,谓君也。"《九章·思美人》:"思美人兮,擥涕而伫眙。"注云:"美人,谓怀王。"

(5)某,如某。"如同"之意也。例《离骚》:"惟庚寅吾以降。"注云:"降,如'维岳降神'之降。"按:《诗·大雅·嵩高》:"嵩高维岳,骏极于天。维岳降神,生甫及申。"降,诞生之意。《九章·悲回风》:"翼遥遥其左右。"注云:"翼遥遥,如鸟翼之分而远去也。"

三、引用典籍之例

胡文英嗜《骚》、研《骚》、注《骚》最久,且修改至三四稿,又二十五年方成是书,花其大半生之心血,用力甚勤。故胡氏注屈骚,重己之学问思辨。然在字词意义的解说及有关于典故、神话传说、名物、地理等方面亦援引相关典籍,非空妄、独断之言,以求注说理之是、神之顺、情之曲挚,能阐释奥义并发明言外之意。

现将《屈骚指掌》所引典籍分类阐释,大致可分"引用《楚辞》相关典籍"、"引用《楚辞》原典篇目"、"引用《楚辞》之外典籍"。

(一)引用《楚辞》相关典籍

胡文英以为屈骚之注,一坏于穿凿,此乃心躁;再坏于诡随,此乃心浮;有义袭躐等诸弊,故"不看诸解"。纵观《屈骚指掌》,引《楚辞》学相关著作者屈指可数,主要有五臣注、班固、王逸、朱熹、洪兴祖、郭璞、林云铭、蒋骥等。此与陈本礼《屈辞精义》在卷首附有"参引三十七家注本"相距甚远。但胡文英作注并非空言疏释,其取屈赋篇目,参照班氏原文;用字今古,酌之洪兴祖、朱晦庵诸本;于名物之训亦比照杨子云、郑康成、郭景纯、张楫、陆机、邢昺等人。胡文英引《楚辞》相关注者之说主要有以下几个方面:

1. 直释为注

此种方式以他家之注为主要内容,或后加以简要阐释。如《九歌·湘君》:"望涔阳兮极浦。"注云:"涔阳,王逸云'江碕名'。按:王氏全注为:"岑阳,江碕名,近附郢。"参"《水经注》云:'澧水入县左右涔水。'涔阳,即湖南省澧州的涔阳浦,在洞庭湖西北岸与长江相接处。”[①]《大招》:“脍苴蓴只。”胡注:“王逸注,苴蓴,蘘荷也。”按:此处采王逸说为正,此说与胡氏洽和:“余按蘘音洋,湖南有七月蘘荷盆子姜之谚,盖亦时食也。”

胡文英作屈注,先重实践,故引他注极为少数。于求之不得者,再检诸解之是非,其有是者,无论前贤时彦,一定表其名、扬其姓,注明出处与来源,绝不擅自称己之见。

2. 补充为注

《九歌·湘夫人》题解注:“《中山经》‘洞庭之山,帝之二女居之’。郭景纯云‘天帝之二女,处江为神。《离骚》、《九歌》所谓湘夫人为帝子者是也’。”按:引郭璞注充实《中山经》之说,以求其完整。

《天问》:“洪泉极深,何以窴之。地方九则,何以坟之。”胡注:“窴音珍。吴楚谓塞为窴,与深坟二字声本相谐。郑康成云‘古者声窴、填、尘同也’。孔颖达曰‘窴音田,又音珍是也’。王逸注‘分也,谓九州之地有九品,禹何以能分别之也’。”按:此处郑玄及孔颖达从音韵角度补充胡氏之说,而王逸则从意义角度阐释。

《大招》:“醢豚苦狗。”胡注:“醢豚,以豚和醢,盖若今肉丸之类也。《礼·内则》,濡豚包苦实蓼。郑注,谓是苦荼,苦狗,以苦制其腥也。”按:胡氏先完成对“醢豚苦狗”的注释,继而以《礼》及郑注补充说明己之注解,使内容更加清晰。

3. 刊落旧说

胡文英《屈骚指掌》引他注多意在批驳前人、刊落旧说,提出独到之见。《九歌·河伯》题解:“林西仲谓不设祭,故茀曰与游。”然胡文英在《九歌》题下解,《河伯》篇应属“借祭神而写其离合之意”篇,故反问“夫苟不设祭,歌此何为也?”又《九章·惜诵》:“何辜以遇罚兮,亦非余之所志也。”班氏以为此乃“露才扬已”之说,胡文英认为班氏没有深究这两句的意义,应注“以忠遇罚,人或疑其价值,故曰‘非余之所志’”。

胡文英作注阐发精义,不盲目跟风、不愿依傍前人,是其研《骚》善思考的结果,他始终坚守以批判的精神治学、以严谨的态度注《骚》。

(二)引用《楚辞》原典

胡文英除了引用楚辞注本及其他典籍解《骚》,还善于以《骚》释《骚》[②],忠实地与原典、篇章内容相互对照、印证,从文本角度出发,更能体现作注的真实性与准确性。胡氏以篇目互解的方式注《骚》,主要体例如下:某,某篇;某,如某篇;某,即某篇;某,谓某篇。

屈赋篇目中有前后字句相似者,胡文英作注时点明并相互阐释。如《九章·哀郢》:“忠湛湛而愿进兮。”解释“湛湛”为盛大流行的样子,并指出《招魂》篇有“湛湛江水兮上有风”。又如《九歌·东君》:“箫钟兮瑶虡。”胡文英并未详解该句,而是点出与《招魂》篇

① 周建忠,贾捷:《楚辞注评》,南京:凤凰出版社,2009 年版,第 48 页。
② 以《骚》释《骚》引用情况,详见《附录》。

中“铿钟摇虡”意义相同。胡氏在《招魂》篇“铿钟摇虡”下注为“铿,钟声之疾而散也。铿钟而摇虡。任意撞击,则然也”。不仅注释精练,更将单独的篇目联系为整体观之,融会贯通,易于理解。然,胡氏有时太刻意强调前后字词相同而望文生义,误解其意义也相同,没有联系文中语境。如《礼魂》篇:“传芭兮代舞。”胡文英解释“代舞”即“代国之舞”,原由为《大招》篇“代秦郑卫,鸣竽张只”句,此处理解偏颇。《楚辞章句》解释较为合理:“代,更也。言祠祀作乐而歌,巫持芭而舞,讫以复传与他人更用之也。”[①]“代”与“传”相对应,解为“更替”更宜。此后洪兴祖、朱熹、蒋骥等皆采用此说。

此外,胡文英篇目互解,还注重寓意相联。屈赋二十五篇作品中,其情感抒发多有关联性,故可相互引证发明。如《九章·惜诵》:“愿曾思而远身。”注为“深思其故,而不与群小并列”,与《渔父》篇所谓“深思高举”同意,两者都表现了屈原不愿同流合污的思想。又如《九章·哀郢》:“民离散而相失兮。”胡文英将其与《离骚》篇对比,以为两篇都有离别之意,差别仅在于《哀郢》篇此处表达的情感更为强烈。再如《九章·惜诵》:“恐情质之不信兮,故重著以自明。”重著,此即反复申诉之意,以表明心意。胡氏通过举《离骚》篇“九天为正”,来呼应《惜诵》篇“苍天为正”,点明“重著”的内容,使读者心领神会,并通过作注反复咏叹“以天作证”,更突显作者心迹之无他。

(三)引用《楚辞》之外典籍

经部:《禹贡》、《尚书》、《诗经》、《毛诗注疏》、《周礼》、《礼记》、《月令》、《左传》、《穀梁传》、《论语》、《春秋文耀钩》、《孝经纬》、《尔雅》、《博雅》、《说文解字》、《六书故》、《诅楚文》、《周易》。

史部:《史记》、《汉书》、《后汉书》、《晋书》、《宋书》、《周书》、《新唐书》、《竹书纪年》、《逸周书》、《汉志》、《风赋》、《国语》、《战国策》、《越绝书》、《水经注》、《岳阳风土记》。

子部:《家语》、《论语》、《荀子》、《孟子》、《韩非子》、《太公金匮》、《本草纲目》、《淮南子》、《吕氏春秋》、《山海经》、《老子》、《列子》、《庄子》、《列仙传》、《周易》。

集部:宋玉《风赋》\《神女赋》\《好色赋》、枚乘《七发》、司马相如《子虚赋》\《上林赋》\《大人赋》、东汉乐府《上山采蘼芜》、古乐府《长歌行》、《古诗十九首》、潘岳《射雉赋》、陆机《文赋》、张协《杂诗》、陶渊明《归去来兮词》\《归园田居》、谢灵运《石壁精舍还湖中作》、鲍照《代淮南王》、江淹《别赋》、陈子昂《登幽州台歌》、孟浩然《望洞庭湖赠张丞相》、李白《登金陵凤凰台》、杜甫《今夕行》、白居易《琵琶行》、沈亚之《屈原外传》、刘禹锡《酬朗州崔员外》、韩愈《郑群赠簟》、《橘柚垂华实》、苏轼《水调歌头》\《赤壁赋》、姜夔《寄田郎》、王俭造《白苎歌》、刘澄之《山川记》。

---

① 崔富章,李大明主编:《楚辞集校集注》,武汉:湖北教育出版社,2003 年版,第 995 页。

通过对比同地区同年代的楚辞注本《山带阁注楚辞》之《采摭书目》,胡氏所引书目,大抵皆于蒋氏一书,可见胡氏亦参考了前人成果,并加以简化、补充、修订。从上述引用的典籍再结合文献内容进一步研究,可以发现以下几个特点:

其一,内容上,一方面是为了训释、考证《楚辞》中的地理名物。

王鸣盛序为"余读其书,于地理名物考索最精",这也是胡氏注《骚》的特色之一。如《离骚》篇释"木兰",引《史记》"优孟曰'斋以姜枣,荐以木兰'";《山鬼》篇以《尔雅》补充注释"女萝"为"唐蒙"之说。另一方面,典籍提供了相关神话、历史、天文等知识材料,点出故实,使注释更加丰富、可信。例《天问》篇"羿焉彃日,乌焉解羽",以《淮南子》叙述传说"羿射十日中其九日,日中乌尽死,堕其羽翼"。另《远游》篇:"餐六气而引沆瀣兮。"引《左传》"医和曰'天有六气,阴阳风雨晦明也'"、《史记》"所谓上池水也",以此介绍"六气"所谓何物也。

其二,以诗词文释《骚》。

集部中列引了大量的诗词文,体现了古今诗人心性相通之处。如《离骚》:"纷总总其离合兮,班陆离其上下。"注云:"纷总二句,皆飘风云霓,交相为蔽之象也。太白诗'总为浮云能蔽日,长安不见使人愁'即此意也。"《远游》:"往者余弗及兮,来者吾不闻。"王逸注云:"三皇五帝不可逮也;后虽有圣我身不见。"而胡文英以陈子昂《登幽州台歌》"前不见古人,后不见来者"释之,用大家熟悉的诗文准确地将字句背后的深意一语道破,使人豁然开朗。

其三,以《庄》释《骚》。

胡文英不仅嗜《骚》,亦喜《庄》,曾著有《庄子独见》一书,故在注《骚》的过程中引用《庄子》诗文达二十八则①,成为此书中引用次数最多的一部典籍,进而展现了庄屈思想的共通之处。因《远游》与《庄子》中皆有幻游的情节,故胡氏颇为关注彼此的关系,在《远游》篇中引《庄》注十二则,这亦是作者研庄屈的学术成果体现。

在整理统计完成书体例后,《屈骚指掌》基本面貌已呈现。可知是书虽然曾发下豪语,不看诸解,然在名物训诂、文意阐释中亦多所参引,正如姜亮夫先生所指"他可能参考过许多书,在这些书中找出最重要、最好的、最简单明了的来作注"。② 且在修订正误的过程中,必定需考前人之学,加之己见,另立新说。毛庆在回顾明清的《楚辞》学研究时曾言"明清之际尤其是清初的学者们订误意识过强了一些,这种偏颇的心理导致有的人几乎

① 详见《附录》。

② 姜亮夫:《楚辞今译讲录》,北京出版社,1983 年版,第 21 页。

全盘否定前代的研究成果,如李陈玉、林云铭、朱冀、王邦采等”,[①]只是胡文英更定旧说的学术态度更加严谨、谦卑,他不愿见到“注家取己所长,击人所短,甚至苦相排挤,俾其人无立锥之地而后已”。所以,《屈骚指掌》仍然参阅了众多前人的见解,并非仅凭个人臆断、毫无根据之谈。其中,更难能可贵的是作者于山川地理、名物训诂更是重实践之功,以期精确解读屈辞,不误屈志矣。

① 毛庆:《略论明清之际屈学研究思想之嬗变与发展——兼及对楚辞学史的贡献》,《武汉水利电力大学学报》(社科版),第19卷第5期,1999年9月。

《楚辞灯》作者林云铭考

漳州师范学院　陈　燕

一、林云铭生卒年考

关于林云铭的生平,《四库全书总目提要》中集部楚辞类关于《楚辞灯》的提要中记载:

> 国朝林云铭撰。云铭字西仲,侯官人。顺治戊戌进士。官徽州府通判。①

又《清诗纪事·林云铭》:

> 字西仲,福建闽县人。顺治十五年戊戌进士,官徽州府推官。②

林云铭出生的材料不多,但是林云铭喜欢在著书时写下自序,我们可以根据其文章中的描述来推知。林氏自传性质的文章总共有三篇。《挹奎楼选稿》卷五中《癸卯小像自赞》云:"萧萧花发暗中催,三十六年一梦回。"林云铭自注云:"时年三十有六,为黄冠之服。""癸卯"即康熙二年(1663年)往前推之三十五年,乃是1628年,即崇祯元年;卷五中《丁巳小像自赞》云:"五十年来,拂乱颠撅愈出愈奇。",③"丁巳"即康熙十六年(1677),往前推之四十九年,乃是1628年,正是崇祯元年;卷六中《损斋记》云:"乙巳春,林子行年三十有八",《自塑小像记》云"余行年三十有八,历宦者七载"④"乙巳"即康熙四年(1665年),往前推之三十七年,乃是1628年,为崇祯元年。又《挹奎楼选稿》中还有一篇关于林云铭生年的记载。卷十一《哭亡室蔡孺人文》云:"汝少吾七岁,未及中身之年"其题目下有小标云:"(蔡氏)讳捷,字步仙。生于崇祯乙亥十月十六日巳时。顺治辛丑以覃恩敕封

---

① (清)永瑢等撰:四库全书总目提要[M],北京:中华书局,2005:414。

② 钱仲联等撰:清诗纪事[M],江苏:江苏古籍出版社,1987:2114。

③ (清)林云铭:挹奎楼选稿[M],四库丛书存目丛书,济南:齐鲁书社,1997:集230。

④ (清)林云铭:挹奎楼选稿[M],四库丛书存目丛书,济南:齐鲁书社,1997:集230。

孺人。康熙壬戌十月四日辰时,卒于杭。”①推之,林云铭之妻生于崇祯乙亥(1635 年),林云铭比她大七岁,乃是 1628 年,为崇祯元年。《狱中祝灶文》“乙卯冬十又二月丁丑之夕…今行年四十又八”②“乙卯”正是康熙十四年(1675 年)推之,亦为崇祯元年(1628)由此,我们可以肯定林云铭生于崇祯元年(1628)。

林云铭的卒年,《闽侯县志》、《福建郊区志》都记载是康熙三十六年(1697 年),但是没有考证,且许多地方对此都有争议,四川大学图书馆的邓元煊先生在其文章中以“卒年不详”③作结;李星先生认为其“约清圣祖康熙十二年(即 1673 年)前后在世”,④以林氏作品中出现的“老惫异域”、“毕生不逾跬步”推测林云铭大概是到古稀之年才辞世,差不多是卒于 1704 年左右。其曾孙林春枝在《江南徽州府西仲林公传》记载是“其卒也,遂葬于杭”。林宣治在《林云铭传》中记载:

> 他卒于 70 岁,葬于杭州西子湖畔。⑤

观林云铭的著作可知,最晚的为《楚辞灯》,完成于康熙丁丑(1697 年),此后再没有林氏的作品问世,由此我们可以假设林云铭卒于此年或是其后不久。《古文析义合编》中有其子林沅的《跋》云:“岁甲戌,祝融为虐,家徒四壁,嗣先君子丁丑见背。”⑥古人称其父仙逝为“见背”,而丁丑年正是康熙三十六年(1697 年),由此可知林云铭确实是卒于此年。

福建文管会珍藏的《廉江林氏家谱》中云:

> 林云铭,字道昭,兆熊次子,行九,以《春秋》中顺治戊子(1648 年)乡试举人,戊戌进士(1658 年),授江南徽州府推官,号西仲。卒于康熙丁丑(1697 年)七月十九日,享年七十。⑦

由此,我们清楚地知道林云铭确实是卒于康熙丁丑(1697 年),而《楚辞灯》正是他生前的最后一部著作。

---

① (清)林云铭:挹奎楼选稿[M],四库丛书存目丛书,济南:齐鲁书社,1997:集 230。

② (清)林云铭:挹奎楼选稿[M],四库丛书存目丛书,济南:齐鲁书社,1997:集 230。

③ 邓元煊:林云铭及其《楚辞灯》[J],四川师范大学学报,1995 年 2 期。

④ 李星:一本有益的楚辞教科书——林云铭《楚辞灯》校注余论[J],陕西理工学院学报,1985 年 1 期。

⑤ 林伟功等主编:林瀚暨廉江林氏先贤文选[M],1999:159 - 160。

⑥ 林云铭:详订古文析义合编[M],清嘉庆十一年(1806 年)的刻本(八卷)。

⑦ 乐隐学舍塾师族人林复臻重修抄录,廉江林氏家谱,1926:13。

二、林云铭的生平事迹考

关于林云铭的生平事迹,《清史》没有记载,所以不能详细知道,但是可以用他自己所作一个文章来做一个大致的总结:

呵呵此老是谁聊?也曾芸窗挟策,也曾上苑看花,也曾南郡刑明,也曾中泽无家。今日科头跣足,任行海角天涯。先离东冶,后弃富沙。举目山河大地,纵横不尽烟霞。我疑此老何能尔?想是胸中必有一部南华。①

"芸窗挟策"指的是在书斋里勤奋读书,可以指林云铭青年时期;"上苑看花"指的是顺治十五年考上进士;"南郡邢明"指的是林云铭在新安任推官;"中泽无家"是指林云铭辞官后,"泊挈眷武林,四壁萧然"②"先离东冶,后弃富沙"指的是林云铭遭耿精忠叛变限于牢狱中后居富沙,后寓居杭州。如此,可以按照这些脉络来整理:

第一时期是其青少年时期(1628-1658年):

据《闽侯县志》记载,其父名为兆熊,邑诸生,云铭少时为人构讼陷狱,几不免,云铭与伯兄云镶发奋读书,于清顺治十五年(1658年)中进士。《四库全书总目提要》里的《楚辞灯》小序中有引王晫《今世说》:"云铭少嗜学,每探索精思,竟日不食。暑月家童具汤请浴,或和衣入盆。里人皆呼为'书痴'。"③而对于发生在此期间的有趣事,林氏于其文章中提到一二事。其一,林云铭少时家里颇为贫困,其父林兆熊是一个慷慨的善士,同族人谁要有困难,他都不吝啬钱财帮忙,"常务解人之纷,周人之急,倾橐无所吝,坐是货产骤落"。而如此以后,家中开始衰败,而其父又高洁,不肯向人低头,"随当晨饮不举,不肯作寒乞态"④。而其母是一个有学识坚强的女性,时家境没落,其母以女工贴补家用,夜里也不休息,常继续替人缝补襦裙,"日拮据女红以佐饘粥,夜分犹搰搰不眠。所御粗布襦裙,瀚濯补缀"。⑤ 如此这般家境,其父仍坚持每天执一文章督促他读书,其母点授章句训勉,稍长,其父为其请老师来给林云铭兄弟讲学,十年如一日。林氏深厚的文学功底正是得力于这样的日积月累。其二,顺治丁亥年(1647年),海寇入犯省城,林云铭饱受战乱之苦。当时米价疯长,米铺几乎无米可售,甚至出现人食人的局面,"城中米价果涌十数倍,

① (清)林云铭:挹奎楼选稿[M],四库丛书存目丛书,济南:齐鲁书社,1997:集230。
② (清)林云铭:挹奎楼选稿[M],四库丛书存目丛书,济南:齐鲁书社,1997:集230。
③ (清)永瑢等撰:四库全书总目提要[M],北京:中华书局,2005:414。
④ (清)林云铭:挹奎楼选稿[M],四库丛书存目丛书,济南:齐鲁书社,1997:集230。
⑤ (清)林云铭:挹奎楼选稿[M],四库丛书存目丛书,济南:齐鲁书社,1997:集230。

人饥相食,死者僵尸塞途”。[①]

第二时期是为官时期(1658-1667)

云铭中进士后,授江南徽州府(今安徽歙县)推官。此点在《四库全书总目提要》和《廉江林氏家谱》都有提及,而林氏自己在其诗歌《登碑纪事》中亦有载“万物当刍狗,海波传警息。己亥夏六月,蹂躏江南北。官民不知兵,相继自顿踣。延及宛与池,闻风堕疆域。新安失唇齿,讹言相煽惑。强者思走险,弱者竞逃匿。我为新安吏,蒿目徒恻恻。”[②]己亥正是顺治十六年(1659年)。《清史稿·志三十四》记载新安乃徽州境内的新安江,在西面。在徽州任官期间,他治事精敏,听断如神,不但是本府的案子,就是附近府县的疑难大案,也多请他剖理。《古文析义合编》中丁灏勛序言:“戊戌己亥间从先君游于两江幕府即知有晋江林西仲先生司李新安,品行高洁,治狱多年”。[③] 林氏在也在其文章中自云“余理新安,碌碌无状,每当秉谳大狱,深丑烛奸术疏,惟有反复服念,不轻裁决,直至罪无可疑”。[④] 又《述怀歌》中云“二十摘鬓银案前,三十跃马曲江边”。[⑤] 林云铭提倡读书,他说:“后人不患不如古人之作,特患不好古人之读,尤痛为后学针砭”[⑥]。林云铭在徽州为推官时,见狱吏的儿子汪棣园读书勤勉,把他请到衙署里来供以伙食,亲自教诲,视若亲子。10多年后棣园为福建提学使,感及云铭恩德,也为福建培养了许多人才。因此其孙林春枝说云铭:“公能造士,即又士造闽,公之遗泽远矣!”[⑦]顺治十六年(1659年),郑成功水师入长江,时云铭在徽州推官任上,值当地兵叛,云铭与郡守共同守城。其诗歌《登碑纪事》“己亥夏六月,蹂躏江南北。官民不知兵,相继自顿踣。延及宛与池,闻风堕疆域。新安失唇齿,讹言相煽惑。强者思走险,弱者竞逃匿。我为新安吏,蒿目徒恻恻。七月方上旬,防兵反攻逼。骁骑薄西城,飞矢流如织。空拳宿城头,有气难吞贼。海谍七人来,诡辞夸战克。廿三抵郡内,狼狈为鬼蜮。歼之演武场,观者无人色。相挈避挑衅,半城生荒棘。叛兵拔营行,所至掠新特。更闻祁门令,邑陷奔屶崱。万山尽伏莽,民心多反侧。纷纷羽书驰,军情何其亟。议战苦无兵,议守忧无食。书生何所能,惟有死报国。”[⑧]描写的正是这一事件。己亥年六月正是顺治十六年(1659年),《国朝贤媛类征初编》卷二《林云铭妻蔡氏》载:“先生(林云铭)以顺治戊戌成进士,授江南徽州府推官。次年,海

① (清)林云铭:挹奎楼选稿[M],四库丛书存目丛书,济南:齐鲁书社,1997:集230。
② (清)林云铭:挹奎楼选稿[M],四库丛书存目丛书,济南:齐鲁书社,1997:集230。
③ 林云铭:详订古文析义合编[M],清嘉庆十一年(1806年)的刻本(八卷)。
④ (清)林云铭:挹奎楼选稿[M],四库丛书存目丛书,济南:齐鲁书社,1997:集230。
⑤ (清)林云铭:挹奎楼选稿[M],四库丛书存目丛书,济南:齐鲁书社,1997:集230。
⑥ (清)林云铭:挹奎楼选稿[M],四库丛书存目丛书,济南:齐鲁书社,1997:集230。
⑦ (清)林云铭:挹奎楼选稿[M],四库丛书存目丛书,济南:齐鲁书社,1997:集230。
⑧ (清)林云铭:挹奎楼选稿[M],四库丛书存目丛书,济南:齐鲁书社,1997:集230。

寇犯江南,伪谍四逼,至徽营兵叛,先生与郡守蔺矢登碑死守。”[①]可见,林云铭在任徽州推官期间,能够忠于职守,勤于政事,政绩颇佳。《福建通志·文苑传》有载:“时诸大吏,苍江左者,以徽素称善地,每有所求索,不应,则于审案中爬梳其瑕衅谙驳。指参承间官,则解任候质,久之,事无左验,不能坐以赃罪,则奏请予官如故。云铭在徽九载,去而复,复而去,凡如是者三,后遇裁缺拂袖归里。……初居省会,筮仕后始迁建宁。”[②]但他不善于巴结上司,因此倒被上司乘隙为难,解任候质,其文云:“余行年三十有八,历宦者七载,辄以不善逢合获罪。”[③]无证可据,又复官如故。《白门治狱》一诗中自述:“白门路半千,一岁三往复,滞迹城南寺,盈床尽文牍。昼夜不停披,情辞马戒心目。”[④]可见他为处理疑难案件而奔波是何等辛劳!他任推官9年,却不能升迁。他在《述怀长歌》中感慨:“同时巧宦多超迁,我独九载空萦牵!”[⑤]他在徽州9年,去而复,复而去3次。康熙六年(1667年)终被裁缺回乡,迁居建宁。

第三时期是在闽闲居时期(1667-1676年):

林云铭因“朝议汰冗员”被裁后就返乡,隐居建溪专注于学问,常与友人促膝长谈,并且有不少著作问世。“余向寓建州,颇有志于理学,常以得遇名贤,得读异书为快。”[⑥]康熙十三年(1674年)三月,时耿精忠叛变,林云铭拒绝投降后,耿精忠囚其18个月,至清兵破闽始获释,“余归故里后,遁迹建溪七年,不复作出处,想耿逆变乱后,幽囚十有八月,就戮者三,不复作生死思,泊挈眷武林,闭户读书”。[⑦] 对与此次的牢狱之灾,林氏感触颇深,与此他写作了大量的文章和诗歌,而且他内心认为自己可能性命不保,接近死亡:

《狱中祝灶文》:

> 今行四十有八,虽不谓寿亦非夭殇可。……使死而无知,则将化为游云,荡为轻风,散为尘埃野马,往来太虚中,与造物者游,其于苦乐之数,总无所与。[⑧]

林云铭画有自己的小像在家,在甲寅闽变时,家中小像被老鼠咬去一把,正是头的部分,又因林家皆是信神之人,故其妻与子皆大哭,以为林云铭被害,林云铭在狱中也梦见

① (清)李桓:国朝贤媛类征初编[M],湘阴李氏:清光绪十七年(1891年)。
② (清)林云铭:挹奎楼选稿[M],四库丛书存目丛书,济南:齐鲁书社,1997:集230。
③ (清)林云铭:挹奎楼选稿[M],四库丛书存目丛书,济南:齐鲁书社,1997:集230。
④ (清)林云铭:挹奎楼选稿[M],四库丛书存目丛书,济南:齐鲁书社,1997:集230。
⑤ (清)林云铭:挹奎楼选稿[M],四库丛书存目丛书,济南:齐鲁书社,1997:集230。
⑥ (清)林云铭:挹奎楼选稿[M],四库丛书存目丛书,济南:齐鲁书社,1997:集230。
⑦ (清)林云铭:挹奎楼选稿[M],四库丛书存目丛书,济南:齐鲁书社,1997:集230。
⑧ (清)林云铭:挹奎楼选稿[M],四库丛书存目丛书,济南:齐鲁书社,1997:集230。

自己的头落下,后来回忆此事,也是认为"失头为余当死之期"[①]。可见,他对于这次的变故是报着必死的决心的。但是他也更加珍惜余下的时间,认为"得头为余再生之岁月"。[②]这次的变故对林云铭的生活产生了极大的影响。林云铭的家被毁了,生计也成了一个困难。"贫乏桩粮短褐穿,妻儿相向泪潺湲。"[③]于是林云铭被迫离家,迁往杭州。观察林云铭作于此后期的著作我们可以发现,弥漫的是一种屈愤不平之气。林云铭好友毛际可在为林云铭的《吴山彀音》作序写道:"王师平寇,林子始挈家累播迁异地,数米析薪以供晨夕,而文章倍胜曩时,盖经忠难艰阻之后,志愈苦,而思愈沉,兼挟以忠,愤不屈之气行乎其间。"[④]

第四时期是在杭州闲居时期(1676-1697年):

对于林云铭在杭州的生活,资料上没有记载,只能从林云铭自己的文章中找到一点儿蛛丝马迹。迁居杭州后,他生活得比较艰辛,《清诗纪事初编》说他"居杭州,以卖文为活"。[⑤] 但卖文为生也不能保证生活所需,故其《述怀歌》中云:"飘摇风雨危欲迹,饥来草具辍杯棬。寒怯衣单手足卷,摊书夜读窥昔贤。"[⑥]这是这样一种生活潦倒的状态,他把全部的精力致力于王阳明的理学的学习"读阳明先生全集,反复辨析……泊挈武林,局户读书,四壁萧然,不复作饥饱寒暖想,但此心当湛然廓然之顷"。[⑦] 观林云铭此时所做的文章,较多的是对于人生的思考,颇似陶渊明的生活。但是可以肯定的是,林云铭晚年的主要生活在于学问,其重孙林春枝在《江南徽州府推官西仲林公传》中记载:"侨寓武林,日与两浙诸名士仇沧柱、毛会侯辈讲学论文,至老不倦。"[⑧]

三、林云铭著作考

林云铭的著作写作时间没有很确切的考证,但可以根据零星的材料考证大致的时间。林伟功主编的《林瀚暨廉江林氏先贤文选》里有林宣治的记载林云铭最初的作品有《楚辞灯》(四卷)、《韩文起》(十二卷)、《庄子因》,在这之后有《四书讲义》、《吴山彀音》、《古文析义》及《西仲文集》。至于《四书讲义》和《西仲文集》如今已不复见,而除此之外另有《挹奎楼稿》(十二卷)和《损斋焚余》(十卷)。

---

① (清)林云铭:挹奎楼选稿[M],四库丛书存目丛书,济南:齐鲁书社,1997:集230。
② (清)林云铭:挹奎楼选稿[M],四库丛书存目丛书,济南:齐鲁书社,1997:集230。
③ (清)林云铭:挹奎楼选稿[M],四库丛书存目丛书,济南:齐鲁书社,1997:集230。
④ (清)林云铭:吴山彀音[M],四库丛书存目丛书补编,济南:齐鲁书社,1997:补3。
⑤ (清)林云铭:挹奎楼选稿[M],四库丛书存目丛书,济南:齐鲁书社,1997:集230。
⑥ (清)林云铭:挹奎楼选稿[M],四库丛书存目丛书,济南:齐鲁书社,1997:集230。
⑦ (清)林云铭:挹奎楼选稿[M],四库丛书存目丛书,济南:齐鲁书社,1997:集230。
⑧ 林伟功等主编:《林瀚暨廉江林氏先贤文选》[M],1999:159-160。

(一)《挹奎楼稿》

成书于康熙丙子岁立夏(即1696年),林云铭在《挹奎楼稿自序》后有"康熙丙子岁立夏"字样。另外,在文本中仇兆鳌序,其尾注有"康熙丙子岁,春望后甬江年家眷弟,仇兆鳌,题于西湖舟次。"[①]其常见版本是康熙三十五年陈一夔的刻本,另有康熙六十年书林聚升堂刻本,二者均收录在中国古籍善本书目中。

(二)《庄子因》

成书于康熙癸卯,林云铭在《挹奎楼庄子因序》小标"癸卯"是康熙二年(1663年),此时他的书稿已经有刊印出版,考证《庄子因》版本,可知前后有两个版本而后因书稿毁于闽变烽火中,因此回杭州后他又对《庄子因》重新修订、增注,康熙戊辰(1688年)在杭州重版,在《庄子因》自序中有"康熙戊辰秋望,西湖画舫"[②]字样。其在《增注庄子因自序》中云"余注《庄》二十有七年矣。"[③]上推27年,正是康熙壬寅(1662年),可证明林云铭始注于1662年,隔年即出版《庄子因》,是为康熙二年(1663年)挹奎楼本,后毁于康熙甲寅(1674年),迁杭州后,再注,是为清康熙五十五年(1716)文盛堂的刻本。《庄子因》共六卷,1662年成稿刊印的本子只有康熙二年的挹奎楼本,而其后的版本都是林云铭居杭后增注的本子,有:清康熙五十五年(1716年)文盛堂的刻本,名为《增注庄子因》;清乾隆四十五年(1780年)白云精舍重刻本;清嘉庆二年(1797年)刻本,清潘霨校并跋;日本宽政九年(1797年)刻本,名为《补义庄子因》;后明治丙戌(1886年),东条保以此为底本作标注,是为《标注补义庄子因》(简成《标注庄子因》);清光绪六年(1880年)培本堂重刊白云精舍本;清胡元博的手抄本,出版时间不详,考胡元博是道光九年(1829年)的进士,其成书大概是1821年至1850年;民国二年(1913年)千顷堂石印本;民国十六年(1928年)扫叶山房石印本;

(三)《古文析义》

林云铭先后编过两部,第一为六册,后为八册,后合成《古文析义合编》。前后两编的成书时间无从考证,大概于1644年以后,因《古文析义》有1644年至1911年的版本。合编成书于康熙壬戌年,其书中有丁灏勖跋云此书作于林云铭寓居武林二三年之后,林云铭在《古文析义》中"康熙壬戌岁春王正月望日晋安林云铭"[④]字样,并且有最早的版本林氏于康熙二十六年(1687年)自刻本为依据。主要版本有康熙二十六年(1687年)的晋安林氏自刻本(十六卷),清嘉庆十一年(1806年)的刻本(八卷),清咸丰八年(1858年)刻

① (清)林云铭:挹奎楼选稿[M],四库丛书存目丛书,济南:齐鲁书社,1997:集230。
② (清)林云铭:庄子因[M],白云精舍重刻本,清乾隆四十五年(1780年)。
③ (清)林云铭:增注庄子因[M],清乾隆四十五年(1780年),白云精舍重刻本。
④ (清)林云铭:古文析义合编[M],上海:上海鸿文书局,1915年。

本(十六卷),清宣统元年(1909年)石印本(初编六卷,二编八卷),民国元年(1912年)石印本(初编六卷,二编八卷),民国三年(1915年)上海鸿文书局的印行本(初编六卷,二编八卷)。以上是保存完整且出版时间确定的版本,另有《增订古文析义合编》,出版时间不确定,皆为1644年至1911年,有十六册本和十四册本(初编六卷,二编八卷)。

(四)《韩文起》

林云铭很早就开始做关于韩文的注释,成书之余,却没于闽变烽火中,其《韩文起序》中"所录稿亦不轻易示人,闽变之后与所注群书一时俱没,然幸此书习之最久,犹历历可记忆,所登《古文析义》前后篇常以额限为憾,近养病西湖杜门三载……急命余子沅校录问世。"[①]林云铭于康熙丙辰(1676年)迁居杭州西湖,可知书成在此之后,其书自序中有"癸酉"(1693年)有:康熙三十二年(1693年),林氏挹奎搂刻本,四册十二卷;上海会文堂书局民国四年(1915)的挹奎楼刻本;另有出版于康熙年间(1662-1722)的刻本,但目前还无法考证其具体的时间。

(五)《损斋焚余》

成书于康熙甲寅年,在《挹奎楼稿自序》中,林云铭有"余向为文懒不自惜,成则辄弃其草,及抱刴建溪七年,方辑得《损斋焚余》十卷"[②]字样,林云铭在康熙丁未被裁回乡,迁居建溪,由此推知,七年之后就是康熙甲寅。而其诗《述怀歌》中"四十朝议汰冗员,武彝有约峰头眠……"[③]其下有小注"著《损斋焚余》十卷",[④]林云铭生于崇祯元年(1628年),到康熙甲寅,刚好是其四十六岁之际,故而可以确定《损斋焚余》是在这期间完成的。另外从《吴山鷇音》中洪图光序的描述也可知道"当其司李新安薄书之暇及归隐建溪抱刴之余,所著《损斋焚余》十卷"[⑤]字样,林云铭任新安时是"乙亥"(即1659年,后甲寅(1674年)闽变后隐居建溪。有:清康熙十年(1671年)林氏自刻本;后清朝聂先编的《百名家诗钞》收录本;另有出版于康熙年间(1662-1722年)的刻本,但目前还无法考证其具体的时间。

(六)《吴山鷇音》

成书于康熙二十三年,其序中有"康熙甲子岁腊月望日晋安林云铭西仲氏自题于西泠旅次"[⑥]字样,"康熙甲子"正是康熙二十三年。有清康熙年损斋刻本和增刻本,另有绿荫堂清聂先、曾玉孙编的《百名家词钞》收录本。

---

① (清)林云铭:挹奎楼选稿[M],四库丛书存目丛书,济南:齐鲁书社,1997:集230。

② (清)林云铭:挹奎楼选稿[M],四库丛书存目丛书,济南:齐鲁书社,1997:集230。

③ (清)林云铭:挹奎楼选稿[M],四库丛书存目丛书,济南:齐鲁书社,1997:集230。

④ (清)林云铭:挹奎楼选稿[M],四库丛书存目丛书,济南:齐鲁书社,1997:集230。

⑤ (清)林云铭:挹奎楼选稿[M],四库丛书存目丛书,济南:齐鲁书社,1997:集230。

⑥ (清)林云铭:挹奎楼选稿[M],四库丛书存目丛书,济南:齐鲁书社,1997:集230。

（七）《楚辞灯》

林云铭开始注《楚辞灯》的时间大概是与注《庄子因》的时间是相同的。其序中云“及筮仕后，所见所闻，皆非素习，以故动罹谴诃。每当读《骚》，辄废书痛哭失声仆地。因取《蒙庄》齐得丧忘是非之旨，以抑哀愤，二书各有评释”①。另外林氏《古文析义》中有载早些年注的《楚辞》中的几篇：《湘君》、《东君》、《山鬼》、《国殇》、《涉江》、《怀沙》、《卜居》、《渔父》。与现在的《楚辞灯》中的诸篇相比，内容是有所增益的。而后其再注又“毁于回禄”②，到康熙丁丑年（1697 年）才成书，其《楚辞灯·自序》中有“康熙丁丑岁孟春望日晋安林云铭西仲氏题于西泠之挹奎楼③。有：康熙三十六年（1697 年）挹奎楼本；日本宽政十年（1798 年）刻本；清同治十一年（1872 年）孔氏岳抄本（清孔昭仁校并跋）。

① （清）林云铭：楚辞灯［M］，台北：广文书局，2006 年。
② （清）林云铭：楚辞灯［M］，台北：广文书局，2006 年。
③ （清）林云铭：楚辞灯［M］，台北：广文书局，2006 年。

试论《楚辞》人称代词的韵律错位现象及相关问题

[日]京都大学中国语学中国文学专修　萧振豪

引　言

有关《楚辞》的人称代词,向来是上古语法研究的重要材料之一,不少学者已就此作通盘的研究,诸如廖序东《论屈赋中人称代词》已提出不少独特的见解。① 然而关于人称代词与文学以至韵律的关系,论者相对较少。小南一郎(KOMINAMI Ichirō)(1973 年)论述《离骚》中的英雄形象,提到《离骚》中往往插入“余”、“予”等字打乱句子节奏的情况,认为这反映带有偏执狂性质的主人公强调自我的清洁精神,以及其面对的危机。② 先看看小南一郎所举的《离骚》句式的“基本形”和节奏被打乱的文例:③

□□□○□□兮	路曼曼其修远兮
□□□○□□	吾将上下而求索

小南一郎的说法富有启发性,既探讨《楚辞》的文学特质,同时也在韵律的层面上有所反映,如能掌握人称代词的节奏变化,对理解《楚辞》文本的文脉转折将有更深一层的体会。不过小南一郎并没有就此再作发挥,而有关《楚辞》中的人称代词出现时节奏淆乱的特点,虽然学者已有言及,但至今仍未见对相关语例的全面分析。本文作穷尽式的考察,所发现的人称代词韵律问题亦远比小南一郎所提到的更为复杂,是故本文拟分析人称代词影响韵律与句式的具体原理,并兼及探讨相关的韵律及文学问题。

在进入具体分析以前,必须先交代《楚辞》的所谓“基本句型”问题,否则所谓“打破基本节奏”亦无从谈起。刘熙载(1813 - 1881 年)《艺概》卷三已提到“句腰”的概念:

> 骚调以虚字为句腰,如“之”、“于”、“以”、“其”、“而”、“乎”、“夫”是也。……如“帝高阳之苗裔兮”、“摄提贞于孟陬兮”,“之”、“于”两字为腰。……《九

---

① 廖序东:《论屈赋中人称代词》,《楚辞语法研究》,北京:商务印书馆,2006 年,第 1 - 19 页。

② 小南一郎:《中国诗文选 6 楚辞》,东京:筑摩书房,1973 年,第 143 - 144 页。

③ 原文两句高低一致,此处为突显“吾”字是添加成分,冒头一格以便比对。

歌》以"兮"字为句腰,……如"吉日兮辰良"……"浴兰汤兮沐芳"。……①

刘熙载还提到平仄的问题,与本文无关暂置不论。虽然刘熙载比小南一郎多提出了《九歌》的句型,但其实两者的看法并没有任何差异,同样是把"基本句型"视为"3|虚|2(|兮)"(|代表停顿处,下同),只是《九歌》的虚字改为"兮";至于《离骚》上句多出"兮"字,似乎两家都视之为"基本句型"后缀的羡余成分。黄耀堃全面分析骚体的句式,总结为四式八类,整理如下表:(_代表押韵句)②

A式	A	α,β兮	3≤α≤6;3≤β≤6;α+β<6+6
	A'	α,β,$\underline{\theta}$兮	α ≒ 4;β ≒ 4;θ ≒ 3
B式 (离骚型)	B	α兮,$\underline{\beta}$	α≥5;β≥5
	B'	α兮,$\underline{\beta}$	α≤5;β≤5
C式 (九歌型)	C1	3兮3	隔句押韵,换韵首句多入韵;两韵之间出现多于一个"兮"字
	C2	3兮2	
	C3	2兮2	
D式	α兮,$\underline{\beta}$兮		

当中D式及A'类极少,可以不论。A式A类上下句去掉"兮"字一般不超过12字,而最常见的是B式和C式,姑且粗略分称"离骚型"和"九歌型",前者B类最常见的句型为"6兮,6"(12字),B'则为"4兮,4"(8字)。

如果仔细比对黄说与刘说,不难发现黄说以"兮"字为中心,而刘说则着重"句腰","九歌型"句腰中的"兮"字与"离骚型"其他虚词无别。然而后文将提到,"兮"字的位置与节奏变化的弹性有紧密关系,"离骚型"与"九歌型"的韵律特性并不相同,采用刘说分析将不能看出两者的差别。因此本文折衷二家,A类超出12字,B类超出12字,B'类超出8字,即可视为句式延长;"5兮,5"句式则划入B'类,视为"4兮,4"的延伸。至于C式中的C3,"兮"字前部只要插入一字即成为C2,C2"兮"字后部插入一字即成C1,因此似乎应对C式延长从严定义,只承认超出"3兮3"(6字)的句子。不过,本文并不否定"句腰"的客观存在,若只就句式而言,C式与B类下句往往相同,而A类下句和B式上句也可视为同类。

① 刘熙载:《艺槩[概]》,《续修四库全书》影印同治刻古桐书屋六种本,上海:上海古籍出版社,1995年,第517b页。

② 黄耀堃:《两汉辞赋乱辞考》,《新亚学术集刊》,1994年,第13期,第287-305页。

一、两类“韵律错位”

行文至此,好像一直令人有“插入人称代词的结果就是句子延长”的印象。这里不妨先以金属变形时原子的错位作比喻,在外力影响之下,金属中两层原子、离子之间产生滑动,导致金属形状改变,而由于自由电子令金属键(metallic bond)的作用仍然维持,金属从而带有延展性(ductility)的特点。延展的结果当然不一,有的导致左右长度增加(图上),有的只是原子位置改变,长度并无变化(图下)。①

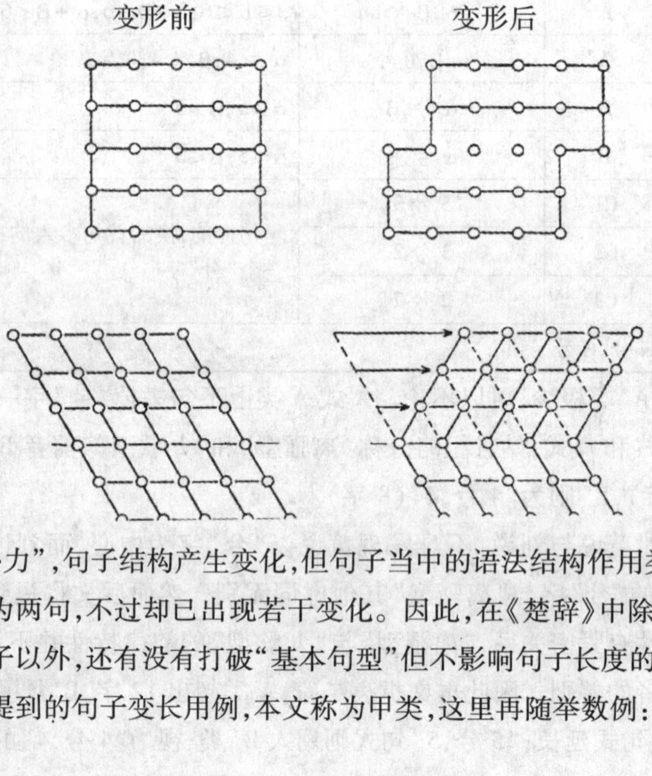

由于某种“外力”,句子结构产生变化,但句子当中的语法结构作用类似于金属键,句子仍然不致分裂为两句,不过却已出现若干变化。因此,在《楚辞》中除了小南一郎所提到句子变长的例子以外,还有没有打破“基本句型”但不影响句子长度的例子?

小南一郎所提到的句子变长用例,本文称为甲类,这里再随举数例:

纷吾既有此内美兮,又重之以修能。(《离骚》)

忳郁邑余侘傺兮,吾独穷困乎此时也(《离骚》)

哀南夷之莫吾知兮,旦余济乎江、湘。(《九章·涉江》)

怀信侘傺,忽乎吾将行兮(《九章·涉江》)

理弱而媒不通兮,尚不知余之从容。《九章·抽思》)

---

① 例图采自工藤英明译:《金属塑性加工の力学》(東京:コロナ社,1967年),页17。原书为Thomsen, Erich G.; Yang, Charles T.; Kobayashi, Shiro. *Mechanics of Plastic Deformation in Metal Processing*. New York: The Macmillan Company, 1965.

从引例可以看到，人称代词不一定只出现于第一字，因此不能视为简单的句首衬字。此外又有按照"基本句型"但节奏已有错位的乙类：

吾令羲和弭节兮，吾将上下而求索（《离骚》）（*吾令羲|和|弭节兮）

登大坟以远望兮，聊以舒吾忧心。（《九章·哀郢》）（*聊以舒|吾|忧心）

皇览揆余初度兮，肇锡余以嘉名。（《离骚》）（*皇览揆|余|初度兮）

仆夫悲余马怀兮，蜷局顾而不行。（《离骚》）（*仆夫悲|余|马怀兮）

金属变形之于韵律错位、变形（distortion of prosody，下简称"韵律错位"），当然只是类比关系，不一定包括所有可能性（读者也可作其他联想，如地震中的地面不但可以拉长或移位，更可下陷乃至断裂）；《楚辞》中当然也并非所有出现第一人称代词的地方都会出现韵律错位现象。不过由金属变形的比喻，却可引出两项重要的疑问：根据不同金属的属性，其错位情况与程度各有不一，那么黄说中的四式，其韵律错位程度有否差别？在《楚辞》中，导致韵律错位现象的"外力"又是什么？

二、人称代词与"自我"

现在不妨先回答后者。无论是甲类还是乙类，当韵律错位出现时，经常伴随出现数类词组或语法现象，下文将一一说明。不过，从金属变形的比喻出发，容易让人觉得所谓的"外力"就是人称代词，当人称代词插入句子间，句子自然就长于"基本句型"。此外，如果说插入了人称代词就能强调自我，感觉好像有点肤浅；如果《楚辞》并非一味把"吾""我"等字强阑入文，那么人称代词如何与文句产生作用，强调主人公的某种特质？这两点看起来分别是韵律和文学的问题，但其实可一并考虑。首先看看甲类的例子，并尝试还原为"基本句型"：

"吾"字例：

原句	"基本句型"
虽体解吾犹未变兮（《离骚》）	虽体解吾未变兮/虽体解犹未变兮
耿吾既得此中正（《离骚》）	耿吾得此中正/吾既得此中正
吾将远逝以自疏（《离骚》）	吾远逝以自疏/将远逝以自疏
吾方高驰而不顾（《九章·涉江》）	吾高驰而不顾/方高驰而不顾
吾将荡志而愉乐兮（《九章·思美人》）	吾荡志而愉乐兮/将荡志而愉乐兮
吾且儃佪以娱忧兮（《九章·思美人》）	吾儃佪以娱忧兮/且儃佪以娱忧兮
吾独乖剌而无当兮（《七谏·初放》）	吾乖剌而无当兮/独乖剌而无当兮

"余"字例:

原句	"基本句型"
余既不难夫离别兮(《离骚》)	余不难夫离别兮/既不难夫离别兮
余既滋兰之九畹兮(《离骚》)	余滋兰之九畹兮/既滋兰之九畹兮
余独好修以为常(《离骚》)	余好修以为常/独好修以为常
忽独与余兮目成(《九章·少司命》)	忽与余兮目成/独与余兮目成
余将董道而不豫兮(《九章·涉江》)	余董道而不豫兮/将董道而不豫兮

这里特别挑选了可以简单还原为"基本句型"的例子,小南一郎和 A. C. Graham(葛瑞汉)都把"吾"视为后加的部分,如"虽体解吾犹未变兮"的原句便可据此定为"虽体解犹未变兮"(但 Graham 在这里反而认为"犹"字不算在内,①可谓自相矛盾)。但这些句子中与副词同时出现,"虽体解吾未变兮"和"虽体解犹未变兮"其实同样符合"基本句型",很难说哪一种较合于《楚辞》韵律。因此把人称代词断定为被加插入原文的"外力",似乎有点难度,把引例中的副词视为后加也未尝不可。

再看"耿吾既得此中正"一例,此句并不能省节为"＊耿既得此中正",而只能是"耿吾得此中正",或顶多是把"耿"字删去变成"吾既得此中正",人称代词与副词并存;这时 Graham 却认为"吾"字当视为羡余不算在内,足见 Graham 的说法矛盾。"余"字例中的"忽独与余兮目成",也只能改为"忽与余兮目成"或"独与余兮目成",而不能改为"＊忽独与兮目成"。再看看以下的例子:

尚不知余之从容(《九章·抽思》)
孰知余之从容(《九章·怀沙》)
孰知余之从容(《哀时命》)

《哀时命》乃西汉严忌(庄忌)作品,当然可以不论;但从《九章》内的两例来看,"余"属原生性,如果勉强要说"羡余部分","尚(不)"反而才是所谓羡余的部分,何况"＊尚不知之从容"不成句。

既然人称代词与副词哪一个元素造成韵律错位的问题无法一概而论,倒不如由另一个角度出发,也就是韵律错位出现时,人称代词与副词同场出现。问题由此变为:人称代词和副词同场有何意义?与韵律错位有何关系?这些副词或表现已成或同时的时态("既"、"方"),或表现人事状态("犹"、"独"),或表现决定与命令("且"、"将"),全部指

① A. C. Graham, "The prosody of the Sao 骚 poems in the Ch'u Tz'u 楚辞." In Asia Major, vol. 10 Part 2, 1963, pp. 133－134.

向主人公此时此地（here and now）的状态。因此，比较准确的说法是，主人公强调“自我”，具体强调的是其当下状态。主人公对个人在“当下”的情景十分重视，“余既滋兰之九畹兮”、“耿吾既得此中正”强调的是人事的既成状态，“虽体解吾犹未变兮”强调状态（信念）的持续，“吾独乖剌而无当兮”、“余独好修以为常”对他我之别的坚执，“吾将荡志而愉乐兮”、“吾将远逝以自疏”两句则是从当下的时态出发，强调未来的路向。主人公无论讲述过去还是未来，总由当下出发，强调当下处境与前因后果的关系，即高洁的主人公如何走到当下，以及在当下应如何面对的问题。

三、祈使与韵律错位——兼论“原离骚说”

只凭几个副词便得出以上的结论似乎有点武断，以下再援引更多“吾将”的文例：

甲类	乙类
吾将上下而求索（《离骚》）	延伫乎吾将反（《离骚》）
朝吾将济于白水兮（《离骚》）	历吉日乎吾将行（《离骚》）
吾将从彭咸之所居（《离骚》）	忽乎吾将行兮（《九章·涉江》）
吾将从王乔而娱戏（《远游》）	命则处幽吾将罢兮（《九章·思美人》）

如前文所述，当然还有带有“吾将”但没有韵律错位现象的句例。[①] 这些例子以及乙类的例子，更难说人称代词和副词何者后加。反之，如果说“吾”、“将”同场强调自我状态，当中某些例子因而出现不同程度的韵律错位，三种情况都可妥善解释。除了“吾将”，《离骚》尚有“吾令”：[②]

吾令羲和弭节兮
吾令凤鸟飞腾兮
吾令帝阍开关兮
吾令丰隆乘云兮
吾令謇修以为理
吾令鸩为媒兮

《九章·惜诵》又有“吾使”：

---

① 如“吾将过乎句芒”（《远游》）、“吾将往乎南疑”（《远游》）、“吾将以为类兮”（《九章·怀沙》）等。

② 此外尚有“吾欲”，仅《九思·伤时》“吾欲之兮九夷”一例。

吾使厉神占之兮

“令”和“使”固然不是副词而是动词,不过和“吾将”的性质相同,同样起祈使作用,可以并观。值得注意的是,除了“吾令”最后一例,其他文例全部都是乙类韵律错位,而且所有“令”字前都要加上“吾”字。Graham 固然把“吾”字删去不论,以求回到“基本句型”,如“吾令謇修以为理”被分析作“[吾]令謇修以为理”。Graham 提到星川清孝(HOSHIKAWA　Kiyotaka)援引的句首“使役助动词”例:

命灵氛为余占之(《离骚》)

使湘灵鼓瑟兮,令海若舞冯夷。(《远游》)

星川清孝提到这些例子并无“而”、“以”、“其”等虚词,也就是说句腰被实字填满,不过其实星川清孝只是藉此比较九歌型和离骚型的句式,[1]而 Graham 便由此提出自己的看法,认为“吾令”句式中动词“令”后所配的双音节名词,后一字不应算作一独立音节,而应视为“句腰”(Graham 称作”key”)。因此“吾令羲和弭节兮”被 Graham 分析作“＊吾令羲|和|弭节兮”,[2]实际上这并没有解决问题,首先这和 Graham 在其他地方的处理手法不一致,其次因为这样分析仍然属乙类韵律错位。何况句腰被实字填满后,实际已不作“＊吾令羲|和|弭节|兮”而作“吾令羲和|弭节|兮”读,“和”字还能算是句腰吗?

或许是日语中的使役形动词令星川清孝敏感地观察到“令”字句的特殊情况,而将“句首使役助动词”句放回本文的脉络,不单是“吾将”、“吾令”,连单出现“令”字也能造成韵律错位现象。这一方面再次驳斥人称代词后加导致甲类韵律错位的说法,另一方面更让人跳离人称代词的框架,从“自我”层面观察“吾将/令”和“令”的深层意义,亦即“将”和“令”的祈使意味。《离骚》中无论是“吾将/令”还是“令”,都带有强烈的个人愿望与意志,如果仔细观察这几句用例的所在位置,以及人称代词出现的频率:(方括所示数字乃该句在《离骚》中的句数序)

<u>吾</u>令羲和弭节兮[191,乙类],望崦嵫而勿迫。路曼曼其修远兮,<u>吾</u>将上下而求索[194,甲类]。饮余马于咸池兮,总余辔乎扶桑。折若木以拂日兮,聊逍遥以相羊。前望舒使先驱兮[乙类],后飞廉使奔属[乙类]。鸾皇为余先戒

① 星川清孝:《楚辞の研究》,奈良:养德社,1961 年,第 103 - 104 页。

② “The prosody of the Sao 骚 poems in the Ch'ú Tzú 楚辞.” p. 145.

兮[乙类],雷师告余以未具[甲类]。吾令凤鸟飞腾兮[203,乙类],继之以日夜。飘风屯其相离兮,帅云霓而来御。纷总总其离合兮,斑陆离其上下。吾令帝阍开关兮[209,乙类],倚阊阖而望予。时暧暧其将罢兮,结幽兰而延伫。世溷浊而不分兮,好蔽美而嫉妒。朝吾将济于白水兮[215,甲类],登阆风而绁马。忽反顾以流涕兮,哀高丘之无女。溘吾游此春宫兮[特殊句式],折琼枝以继佩。及荣华之未落兮,相下女之可诒。吾令丰隆乘云兮[223,乙类],求宓妃之所在。解佩纕以结言兮,吾令謇修以为理[226,甲类]。纷总总其离合兮,忽纬繣其难迁。夕归次于穷石兮,朝濯发乎洧盘。保厥美以骄傲兮,日康娱以淫游。虽信美而无礼兮,来违弃而改求。览相观于四极兮,周流乎天余乃下[甲类]。望瑶台之偃蹇兮,见有娀之佚女。吾令鸩为媒兮[239,句子缩短],鸩告余以不好。

在这40句中,出现了8次"吾将/令"(另有2次单独出现的"使"),16次人称代词,韵律错位13次(包括1次句子缩短),此外又有特殊句法,以及上、下句兼有人称代词的情况。主人公在上天下地求索之际,一直以几近征敛的方式命令神、兽,俨然是地位甚高的人物。在探索的旅途中,主人公不断察觉到所追求对象的缺失或追求的困难,在踏上下一路途的同时又再有新的命令。通过人称代词与"使役助动词",主人公寻找同伴(其实也是和主人公"自我"相契的对象)的意志跃然纸上,而人称代词的密集出现,也让读者清楚地了解到主人公多么注重自我。通过"吾将/令"可知,旅途的叙事并非过去式,每一点都是"当下",因此主人公不断修改自己的未来计划,这又在呼应前文所述,主人公对当下状态的强调。

现在回到小南一郎的论述。小南一郎不计算"吾"字入内还与所谓"原离骚"有关,即认为"原离骚"中句式整齐不带"吾"字,后来插入"吾"字破坏原有节奏,成为现存的《离骚》。[①] 在传承的过程中,一如戏曲唱白加入衬字,这种说法本来是情理中事,然而,如何证明这些多出的"吾"字全属后人所加,而非"原离骚"特意加入以讹乱节奏的效果?"原离骚"已不可见,要复元原文已不可能。此外,上文又引例说明某些例子难以说明"吾"字后出,某些例子不能删去"吾"字,某些例子即使"吾"、"将"并存,也没有令句子延长,反映即使利用"原离骚"的概念,仍不能涵盖所有相关文例。

本文着眼于人称代词与副词、祈使的关系,提出两者相辅相成,并暗示后者的作用可

① 《中国诗文选6 楚辞》,第134页。

能比人称代词更突出。韵律错位作为“基本句型”的变形,可视为主人公自述声音的变奏,在强调自我状态时,亦往往通过不寻常的节奏突显个人的声音。不过,这种看法和小南一郎的构想要面对同样的问题,也就是在不了解韵律错位的出现层次及“原离骚”具体的情况下,如何证明韵律错位是作者(群)有意识地运用的手法?如果再考虑到《楚辞》作者不一的游唱文学性质,更难论述所谓“主体性”的存在。对于这一问题,或许只能换一个角度考虑,即《楚辞》在实际传唱的过程中,韵律错位现象与人称代词的关系,一为传唱者所发觉,便可以据以模仿:

吾独乖剌而无当兮,心悼怵而耄思。(东方朔《七谏·初放》)

冰炭不可以相并兮,吾固知乎命之不长。(《七谏·自悲》)

自古而固然兮,吾又何怨乎今之人!(《七谏·谬谏》)

驷跛鳖而上山兮,吾固知其不能升。(严忌《哀时命》)

心恍慌其不我与兮,躬速速其不吾亲。(刘向《九叹·逢纷》)

九年之中不吾反兮,思彭咸之水游。(《九叹·离世》)

弃捐药芷与杜衡兮,余柰世之不知芳何?(《七谏·怨世》)

怜余身不足以卒意兮,冀一见而复归。(《七谏·自悲》)

悲不反余之所居兮,恨离予之故乡。(东方朔《七谏·自悲》)

云余肇祖于高阳兮,惟楚怀之婵连。(《九叹·逢纷》)

余辞上参于天坠兮,旁引之于四时。(《九叹·离世》)

余幼既有此鸿节兮,长愈固而弥纯。(《九叹·离世》)

道修远其难迁兮,伤余心之不能已。(《九叹·思古》)

悲余性之不可改兮,屡惩艾而不迻。(《九叹·远游》)

在仿作的过程中,作者不一定了解韵律错位的具体原因,但诸如“吾固知……”、“吾又何……”、“……余……之不……”、“余……既有此……”等都已成为套语,仿作者或多或少已经注意到“我”的变奏而灵活运用。退一步来说,运用这些套语而填入字句,所反映的也自然与主人公的自我有关,因此就算假设原作传唱者毫无利用韵律错位表达自我的意识,这种套语最终也在事实上(de facto)成为表达这一意识的媒介。成为套语意味着成为《楚辞》体的标记之一,(甲类)韵律错位于焉成为一股力量,传唱时因此而把没有延长的句子据以改写也在情理之中。

不过,流传中并不是没有与套语—韵律错位抗衡的力量,《离骚》中的“皇览揆余初度兮”,一本作“皇览揆余于初度兮”,前者是乙类,后者属甲类。按照陆侃如的说法,“依《楚辞》通例,‘余’字用于领格时,若所统属的名词不是单字,则必加‘之’字于其后”,[①]虽然这里加的不是“之”而是“于”。如果不依陆说,“于”属自由增添,如依陆说则“于”字按文法不可不加。“皇览揆余初度兮”无论合不合语法,都可视为“皇览揆余于初度兮”合于“基本句型”的形式,节奏整齐的句子中忽然冒出不协调的韵律错位句子,在传唱中被修整为“基本句型”也不足为奇(即使有可能不合语法)。话说回来,“基本句型”与“韵律错位”或许存在制约作用,但最终与“自我”有关的韵律错位现象,无论属原生性抑或属套语,仍能存活下来,足以说明这一现象的客观存在及其内在含义。即使《楚辞》作者不一,文本层次不一,韵律错位现象在《楚辞》中仍能保持其一致性。

四、乙类与切分音:略论折腰句

上文提到的主要是甲类韵律错位的延长情况,现在看看乙类的情况。乙类由于句子没有延长,因此提及的学者较少,连后代仿作的情况也不多,同时乙类也受“基本句型”的约制。乙类主要依靠破坏“句腰”,即透过人称代词的位置及语法关系,破坏“基本句型”的原有节奏。乙类韵律错位可分为三小类,“吾”、“余”两字在《楚辞》中只出现于“基本句型”的第1、2、4(句腰)位,[②]出现在第1位的第一小类(a小类)已见于上文讨论祈使的部分(如“吾令羲和弭节兮”),而与句腰有关的则有以下两种小类:

	1	2	3	4	5	6	(兮)
b小类			○	吾/余/我	○		
c小类				吾/余/我	○		

一般而言,“句腰”所用的虚词独立性相对较大,从韵律而言,即使读为“3|虚|2(|兮)”也没有问题,虚词前后的停顿(caesura)相对稳定。不过人称代词的性质与这些虚词相异,一般不能独立为一字,尤其当人称代词与其他字句形成主谓、领格、动宾等关系时,把人称代词置于句腰,便无可避免地更动了“基本句型”的节奏。先举b小类的例子:

鸾皇为余先戒兮(《离骚》)(*鸾皇为|余|先戒兮)
迷不知吾所如(《九章·涉江》)(*迷不知|吾|所如)
聊以舒吾忧心(《九章·哀郢》)
昔君与我成言兮(《九章·抽思》)

---

① 陆侃如编:《屈原》,上海:亚东图书馆,1923年,附录页2-4。

② 《论屈赋中人称代词》,《楚辞语法研究》,页5。“The prosody of the Sao 骚 poems in the Ch'ú Tz'ú 楚辞.”p. 132.

众果以我为患(《九章·抽思》)

造父为我操之(《九章·思美人》)

风伯为余先驱兮(《远游》)

太一为余听之(《九叹·远逝》)

北斗为我折中兮(《九叹·远逝》)

b 小类中的人称代词与句腰前后都不可随意切割,c 小类则只与后段相接,与前段的停顿较为明显。c 小类的其中一部分比较没有争议:

惟庚寅吾以降(《离骚》)

延伫乎吾将反(《离骚》)

甲之鼂吾以行(《九章·哀郢》)

虽重追吾何及(《七谏·哀命》)

其他的例子如下:

忳郁邑余侘傺兮(《离骚》)

溘埃风余上征(《离骚》)

仆夫悲余马怀兮(《离骚》)

乘舲船余上沅兮(《九歌·涉江》)

入溆浦余儃佪兮(《九歌·涉江》)

心郁邑余侘傺兮(《九章·惜诵》)

曾歔欷余郁邑兮(《九章·悲回风》)

仆夫怀余心悲兮(《远游》)

尤其是"仆夫悲余马怀兮"一句,不能解作"仆夫悲余|马怀兮"。不过,有学者认为"余"字在此当读为"而",[①]如果读"余"为"而",则这一些例子只属"基本句型"。但无论如何,即使把这些例子排除在外,跨停顿的乙类韵律错位现象仍然客观上存在。

提到 b、c 小类乙类韵律错位的跨停顿性质,星川清孝认为人称代词有"重念/アクセント"的性质,[②]相比起其他虚词来说,人称代词的意义指向本来就相对实在。"基本句

① 张剑:《楚辞余字别解》,《学术研究》,1989 年,第 4 期,第 22 页。

② 《楚辞の研究》,第 124 页。

型”的轻重节奏可以大略分析如下：

○	○	○	|虚|	○	○	(兮)
重			轻	重		

冯胜利分析如下：[①]

OX‖: XXX XXX|X

○ (σσ)Δ(σσ)(兮)

同样把句腰的“功能词”设为轻读（Δ）。有关《楚辞》的基本韵律问题，非本文所能涵盖，当另文探讨；但应当重读的人称代词放进轻读处，加上节奏的变换，成为了“切分音”（syncopation）的节奏模式。切分音本属于音乐的概念，移用到文学上，有没有相关的定义可供参考？余光中《中西文学之比较》提到：

> 所谓切分法，乃是违反节奏的常态，不顾强拍上安放重音的规律，而让始于弱拍或不在强拍开端之音，因时值延伸而成重音。我写《越洋电话》，就是要是用切分法，赋诗句以尖新偶傥的节奏。开头的四行是这样的：“要考就考托福的考试/要迷就迷很迷你的裙子/我说，Susie/要签就签上领事的名字。”这样的句法，本身是否成功，还很难说，恐怕要靠朗诵的技巧来强调，才能突出吧。[②]

余光中的试作，诚如其本人所说，很难说是非常成功的作品，不过他对切分法移用到文学作品的具体说明却值得参考。《楚辞》中的乙类 b 和 c 小类韵律错位，一方面以语法的手段改变句腰与前后字的节奏关系，取消了若干停顿；另一方面又以人称代词改变句腰的方式，改变了句腰的轻重。以“鸾皇为余先戒兮”为例，如果依照冯胜利的分析，恐怕只能读为：

鸾	皇	|为	余|	先	戒|	兮
(σ	σ)	(σ	σ)	(σ	σ)	

从“基本句型”的角度来看：

① 冯胜利：《论三音节音步的历史来源与秦汉诗歌的同步发展》，《语言学论丛》，第三十七辑，2008 年，第 38 页。

② 余光中：《诗与音乐》，《余光中集》，天津：百花文艺出版社，2003 年，第七册，第 568 页。本材料承陈子谦先生告示，谨此致谢。

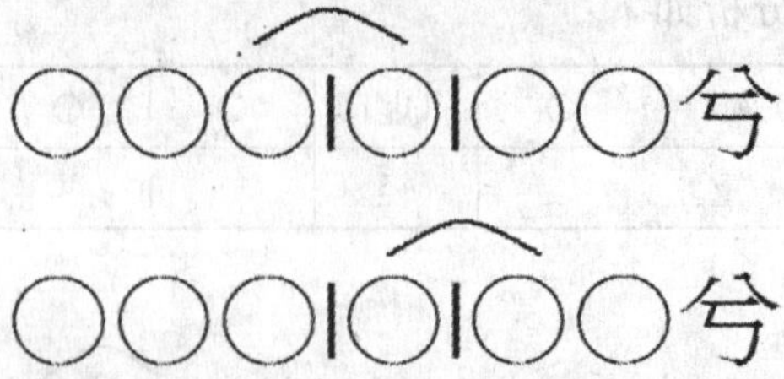

早于余光中的试验,《楚辞》中已使用切分法,而这些文例都与人称代词息息相关。除了典型的乙类,甲类韵律错位在改变句式后,也能达致类似的效果。《楚辞》中B式的甲类,一般以13字为最多,即上句保留"基本句型",下句增入一字成7字,这种情况最为典型,先援引相关文例:

原句	"基本句型"
愿俟时乎吾将刈(《离骚》)	愿俟时乎吾刈/愿俟时乎将刈
退将复修吾初服(《离骚》)	退复修吾初服/退将修吾初服
历吉日乎吾将行(《离骚》)	历吉日乎吾行/历吉日乎将行
余独好修以为常(《离骚》)	余好修以为常/独好修以为常

雷师告余以未具(《离骚》)
谣诼谓余以善淫(《离骚》)
孰云察余之中情(《离骚》)
孰云察余之善恶(《离骚》)
又莫察余之中情(《九章·惜诵》)
尚不知余之从容(《九章·抽思》)
羌不知余之所臧(《九章·怀沙》)
众不知余之异采(《九章·怀沙》)
不如反余之故乡(《惜誓》)
命灵氛为余占之(《离骚》)
周流乎天余乃下(《离骚》)
亦非余心之所志(《九章·惜诵》)

第一组已在前文提到,在改为七言的同时节奏也相应改变。第二组中"余"字后都有"于"、"之"等虚词,首二例改为"基本句型"即成"雷师告余未具"及"谣诼谓余善淫"(乙类b),后面各例按陆侃如说,在双音节之前、"余"字之后,不得不加上"之"字,但如果不管语法的问题,改回"基本句型",仍然是人称代词处于句腰的乙类b。因此,这一类可以视为在乙类的基础上转换而成的甲类韵律错位，按本文的定义归为甲类，但称之为"甲乙混合型"也未尝不可。第三组中的"余"字处于第3或第5位，不合《楚辞》的一般情况，在三组中最接近散文韵律。松浦友久（MATSU'URA Tomohisa）提到"韵律节奏（韵律リズム）"与"意义节奏（意味リズム）"两类的分别，以唐诗为例：[①]

烟花|三月|下扬|州

从"韵律节奏"上而言，韵律当为2|2|2|1，但从意义上言却是2212。这种情况在唐诗中比比皆是，但并不触及唐诗的"腰"（"月"和"下"中间的停顿处）；[②]相反《楚辞》的这种韵律错位，由于句中或末三字中带有虚字的缘故，其节奏与唐诗并不一致，而反而近于所谓"折腰句"。[③] 由于牵涉到《楚辞》整体韵律的问题，有些问题没有办法在此展开，现在只能指出数项重点以供参考：

(1)"命灵氛为余占之"是诸例当中最典型的折腰句，可以读为"命灵氛|为余占之"；

(2)"雷师告余以未具"一类，把虚字放在第五字，在古风中属于散文句法，可参照王力《汉语诗律学》所举刘禹锡《吐绶鸟词》"越人偶见而奇之"一例。[④]"孰云察余之中情"一类，读为3|4抑或4|3尚待研究，不过这一类本属乙b，被延长后完全失去《楚辞》的原有节奏。

(3)把人称代词置于七言中的第五字，本来就极为罕见，粗检王力《汉语诗律学》，无论是近体诗抑或古风，未见"代名词—副词—动词（SdV）"例。

---

① 松浦友久：《リズムの美学—日中詩歌論》，东京：明治书院，1991年，第16－19页。

② 这可以解释为何"下扬州"中韵律节奏与意义节奏出现矛盾但在唐诗被视为普通句式使用，但"折腰句"却成为别格。

③ 本文所指的"折腰句"，用例见元韦居安《梅磵诗话》卷上谓"七言律诗有上三下四格，谓之折腰句"。又名"折句"，见《苕溪渔隐丛话前集》卷三十六：苕溪渔隐曰：六一居士诗云："静爱竹时来野寺，独寻春偶过溪桥。"俗谓之折句。卢赞元雪诗云："想行客过梅桥滑，免老农忧麦垅干。"效此格也。余亦尝云："鹦鹉杯且酌清浊，麒麟阁懒画丹青。"此外又称"折腰体"，《中兴间气集》卷下收崔峒《清江曲内一绝》，下注"折腰体"，末句"南山南是岳阳城"属折腰句。然而"折腰体"尚有其他含意，为明晰起见本文采用"折腰句"一名。案《诗人玉屑》卷二引"折腰体"云："谓中失粘而意不断。"此指格律失粘而言。又有以《楚辞》C式为"折腰体"者，见张正体《楚辞新论》。然而本文所提到的"折腰句"，不独指上三下四的句法，可兼指影响"腰"的句法，松浦友久举例中有"莫教不得已人听"一例，亦非上三下四句式。胡仔纂集：《苕溪渔隐丛话前集》丛书集成初编本，上海：商务印书馆，1937年，第237页。韦居安：《梅磵诗话》，丁福保辑：《历代诗话续编》，北京：中华书局，1983年，第545页。高仲武：《中兴间气集》，《唐人选唐诗十种》，上海：上海古籍出版社，1987年，第289页。魏庆之：《诗人玉屑》，上海：上海古籍出版社，1978年，第34页。张正体：《楚辞新论》，台北：商务印书馆，1991年，第186页。《リズムの美学—日中詩歌論》，第21页。

④ 王力：《汉语诗律学》，上海：上海教育出版社，2005年，第483页。

(4)折腰句乃切分法的一种,切分法没有明言出现的位置,而折腰句则必牵涉到“腰”。至于折腰句与轻重律的关系尚待研究。

简而言之,凡影响到句腰,其韵律将出现根基性的改变。《楚辞》的“句腰”在各文学体裁中别为一格,有极高的研究价值,而既有句“腰”,自然便有相应的“折腰”句。这里还提及近体诗及古风的“腰”,日后研究相关问题时,似乎应当把《楚辞》的韵律也作为参照项来考虑。

五、韵律错位、人称代词与B、C两式在《楚辞》中的分布

读者读到此处,或许已经初步对观察到以下的现象:1. 引例绝大部分来自《离骚》及《九章》,《九歌》引例较少;2. 引例绝大部分是B式,A式和C式都极少;3.《楚辞》中的第一人称代词有“我”、“吾”、“余”、“朕”、“予”,然而韵律错位现象却集中在前三种,后两种几乎没有韵律错位现象。这三点对了解《楚辞》带来怎样的启示?

小南一郎隐约提出了一个概念,也就是《九歌》属合唱与独唱交错,《离骚》主人公拒绝“合唱”,转而完全独唱。① 这一双关的评论巧妙地同时指出《九歌》与《离骚》在歌唱形式与强调自我两方面的差异,现在不妨把强调自我、句式与韵律错位的分布放在同一脉络考虑这一问题。《九歌》与《离骚》的差异不只在韵律错位方面有所反映,还有B式(离骚型)与C式(九歌型)的差别,句式有所不同,所衍生的韵律当然也不一,因此不能不考虑,两者的句式差异反映了两者的什么特质?首先最容易理解的当然是对“我”的强调,诚如小南一郎所说,《离骚》及类《离骚》的一系作品(如《九章》、《九辩》、《九叹》等)内容属主人公的自述,当中不少地方强调了自我的状态;《九歌》中的人称代词虽然也不算少,但其内容却是招降神灵,牵涉的并非个人状态而反而是“人神恋爱”中“巫之一身二任”的人称问题,即巫觋招降神灵过程当中巫、神难分而造成人称代词所指模糊的现象。② 因此前者第一人称代词较多,韵律错位现象也较多,这一点已无疑问。余下的问题是,这与B式和C式有何关系?

上文提到,若只就句式而言,C式与B类下句往往相同,而A类下句和B式上句也可视为同类。A式较少韵律错位,可能与A式接近《诗经》体有关,《诗经》相形之下韵律错位现象绝少。C式既然与B类下句句式完全相同,然而B类下句的韵律错位却不乏其例,反映B类句腰的虚字与C式的“兮”字扮演的功能不一,“兮”字按闻一多说虽能“代替”虚字,但如果考虑到“兮”字本身的韵律功能,两者仍有一定的差距。C式的韵律错位

① 《中国诗文选6楚辞》,第143页。

② 钱钟书:《管锥编》,北京:中华书局,1979年,第598-600页。刘永济又有“九歌宾主词诸家异同表”,刘永济:《屈赋通笺》,北京:人民文学出版社,1961年,第93-98页。

只有 5 例,当然也全出现在《九歌》,现在全部移录:

扬灵兮未极,女婵媛兮为余太息!(《湘君》)(甲类)

交不忠兮怨长,期不信兮告余以不间!(《湘君》)(甲类)

朝驰余马兮江皋,夕济兮西澨。(《湘夫人》)(甲类)

满堂兮美人,忽独与余兮目成。(《少司命》)(甲类)

余处幽篁兮终不见天,路险难兮独后来。(《山鬼》)(甲类)

首先最注目的当然是这 5 例全属甲类,一者由于"兮"字横梗当中,没有办法改变句腰,而且句子太短的话也难以作太大的节奏变化,因此难以转换为乙类。而更重要的是,由于 C 式韵字前出现多于一个"兮"字,"兮"字带来的节奏感比 B 式更密集更强烈,而 C 式"兮"字置于句腰也导致句子相对较重视前后的平衡,①因此 C 式韵律的顽固性较强,韵律错位所遇到的阻力自然也较大。星川清孝尝试改写《湘君》成每句以"兮"字结尾,本文再将之修改为完整的 B 式:②

原句(C 式)	改写(B 式)
君不行兮夷犹,蹇谁留兮中洲?	君不行而夷犹兮,蹇谁留于中洲?
美要眇兮宜修,沛吾乘兮桂舟。	美要眇而宜修兮,沛吾乘于桂舟。
令沅湘兮无波,使江水兮安流。	*令沅湘无波兮,使江水安流。
望夫君兮未来,吹参差兮谁思?	望夫君而未来兮,吹参差而谁思?
驾飞龙兮北征,邅吾道兮洞庭。[……]	驾飞龙而北征兮,邅吾道于洞庭。[……]

从上文可见,"令沅湘兮无波"两句都有"使役助动词",这在 B 式中十分明显,不过却没有办法成为"基本句型",因为即使前加"吾"字,这两句也随之变为乙类韵律错位。更重要的是,这两句的先天缺陷,在 C 式中因为"兮"字的缘故被隐没其中,令这 12 句的字数完全相同,这又再次说明"兮"字的韵律与语法功能。总而言之,由于 C 式的种种限制,C 式并不能用以表达离骚型的内容,而且也不利于表达个人的声音,因此离骚型中几乎运用 B 式。至于九歌型的部分,留意上文所引的 C 式韵律错位中,不是巫招降失败,或主人公强调孤独状态,就是像《离骚》一样上下求索,而其他部分总是相对稳定。

现在要谈到最后一个问题,也就是人称代词在韵律错位的分布问题。《楚辞》中"吾"的使用次数比"我"多得多,而韵律错位现象也相对较多。关于"我"和"吾"的关系,自俞

① 或者可以说 C 式的内在韵律波动,不在于甲类,而在于 C1、C2、C3 式的转换。

② 《楚辞の研究》,第 102 页。

敏以来,已有看法认为两者是强弱型式的分别,即弱形式为“吾”(* ŋa),强型式为“我”(* ŋal),冯胜利更据此认为上古曾存在韵素敏感型的轻重韵律。[①] 根据这一理论,应能看到《楚辞》中的韵律错位现象多用重形式的“我”字以强调自我,但事实却是“吾”字不单韵律错位现象较多,连出现的次数也较多。至于“余”字,一般认为上古与“予”字同属一字,不过两者在《楚辞》中有明显区别,[②]“予”字与韵律错位产生关系而“余”则相反正可说明这一点。学者尝试对这几个第一人称代词加以区别,如认为“余”、“予”属谦称,“朕”为尊称,“我”属通称,[③]沙加尔(Sagart)更认为“吾”字在东周因“我”字类推而成,并取代了层次较古的“余”。[④] 但《楚辞》的第一人称代词用法与上古文献出现颇大的分歧,这些说法是否与《楚辞》相合,有待进一步研究,而韵律错位现象似乎应在考虑之列。

结　语

本文提到不少导致韵律错位的元素,包括人称代词、副词、祈使、句腰、语法等,其实还有不少元素未有提及,如押韵(“予”字多置在韵脚处与上声相押)、修辞(避复)、版本异文等,因此有关《楚辞》的韵律错位及人称代词问题,可谓甚为复杂。而从本文也可清楚看到,《楚辞》的人称代词问题是文学—语法—韵律三位一体的问题,从外在形式到作品内部,处处有互为表里的关连,因此跨领域的研究不可或缺,从韵律方面理解《楚辞》的文脉转折,或许是《楚辞》文学分析的一条新路向。关于《楚辞》的韵律形式,仍有很多问题难以解决,只能留待另文再行探讨。

---

① 《论三音节音步的历史来源与秦汉诗歌的同步发展》,《语言学论丛》,第 25 页。

② 董洪利:《楚辞中第一人称代词“余”和“予”的用法》,《北京大学学报(哲学社会科学版)》,1983 年,第 4 期,第 74 - 76,96 页。

③ 洪波:《上古汉语第一人称“余(予)”、“我”、“朕”的分别》,《语言研究》,总 30 期(1996 年第 1 期),第 80 - 87 页。按朱熹也尝试用相同的角度观察,朱熹在《九章 · 涉江》注提到“余平而吾倨也”。

④ 沙加尔著,龚群虎译:《上古汉语词根》,上海:上海教育出版社,2004 年,第 155 - 159 页。

楚辞影响研究

楚辞的传播

浙江大学古籍所 崔富章

公元前299年,秦昭王遗楚怀王书,要求约会。怀王赴约,"昭王诈令一将军伏兵武关,号为秦王。楚王至,则闭武关,遂与西至咸阳,朝章台,如蕃臣,不与亢礼。楚怀王大怒,悔不用昭子言。秦因留楚王,要以割巫、黔中之郡。楚王欲盟,秦欲先得地。楚王怒曰:'秦诈我而又强要我以地!'不复许秦。秦因留之。"被扣三年后,"怀王卒于秦。秦归其丧于楚。楚人皆怜之,如悲亲戚!"①公元前209年,项梁起兵反秦,范增"往说项梁曰:'陈胜败故当。夫秦灭六国,楚最无罪。自怀王入秦不反,楚人怜之至今,故楚南公曰'楚虽三户,亡秦必楚'也。今陈胜首事,不立楚后而自立,其势不长。今君起江东,楚蜂午之将皆争附君者,以君世世为楚将,为能复立楚之后也。'于是项梁然其言,乃求楚怀王孙心民间为人牧羊,立以为楚怀王,从民所望也。"②楚怀王被骗囚秦而死,归丧之日,"楚人皆怜之,如悲亲戚"。九十年之后,项梁起兵吴中(今浙江湖州,楚令尹黄歇——春申君封地,尚有下菰城遗址,即太史公所谓"吾适楚,观春申君故城"之所在),依然高扬楚怀王旗号——"从民所望也"!司马迁记录的两个历史瞬间,前后相隔近一个世纪,楚怀王竟然阴魂不散——"楚人怜之至今"!悲愤之情凝聚,迸发出"楚虽三户,亡秦必楚"之铮铮誓言。如此厚重而鲜活的历史一幕,给我们以生动启示:像《招魂》、《大招》这类的特别制作,以及整个以"存君兴国"为主旋律的屈原诗歌创作,植根于楚国社会的深厚土壤之中,艺术地再现人民的呼声,是"从民所望也";"楚人高其行义,玮其文采,世相教传",代代传诵,形成持久且历久弥新的传播能力,是亦"从民所望也"!

楚人的执著,楚人的自信而不回,南公的豪情万丈,自有其家国民族底气在。春秋五霸,楚庄王问鼎中原。战国七雄,楚国稳居前三,拥有两湖两江吴越旧地在内的长江中下游,北至淮、泗的广阔疆域,是数一数二的富庶大国。由于楚怀王的政策方针失误(太子熊横既送秦作人质,复送齐作人质,适足以彰显其错乱),加之以楚国社会的结构状况远没有像秦国那样有组织、有效率,可迅速集中力量办大事的水平,几度大战,损失不堪,以怀王三十年入秦不返为标志,由盛转衰。即位的顷襄王又不成器,在位长达三十六年,颓

① 司马迁:《史记·楚世家》,中华书局点校本,第1729页。
② 司马迁:《史记·项羽本纪》,中华书局点校本,第300页。

势遂不可逆转。历考烈王二十五年，幽王十年，哀王三月，至王负刍五年(前 223 年)覆亡。先是秦始皇派李信将二十万兵欲攻取楚国，荆人“大破李信军，入两壁，杀七都尉，秦军走。始皇闻之，大怒，自驰如频阳，见谢王翦曰：‘寡人以不用将军计，李信果辱秦军。今闻荆兵日进而西，将军虽病，独忍弃寡人乎！’……王翦曰：‘大王必不得已用臣，非六十万人不可。’……王翦果代李信击荆。荆闻王翦益军而来，乃悉国中兵以拒秦。王翦至，坚壁而守之，不肯战。荆兵数出挑战，终不出。王翦日休士洗沐，而善饮食抚循之，亲与士卒同食。……荆数挑战而秦不出，乃引而东。翦因举兵追之，令壮士击，大破荆军。至蕲南，杀其将军项燕，荆兵遂败走。秦因乘胜略定荆地城邑。岁余，虏荆王负刍，竟平荆地为郡县。”①李信大败，“荆兵日进而西”，重压之下，秦始皇被迫作出重大调整，举倾国之师六十万人攻楚，手握重兵身经百战的统帅还要临阵示弱装孙子，显然，直到战国末年楚国的力量仍不可小觑，对抗六十万敌军，“数出挑战”，士有斗志，民心未散，绝非其他五国所可同日而语。太史公曰：“秦既得意，烧天下《诗》、《书》，诸侯史记尤甚，为其有所刺讥也。”②从秦昭襄王(一说惠文王)特制《诅楚文》，到楚南公发誓“亡秦”，秦楚之间，恩怨殊多，楚史记更是在劫难逃。楚国的国史被秦始皇烧掉，流传的记载实在太少，左徒屈原的履职状况，诗人屈原的创作流亡生活，我们仅能从司马迁《史记·屈原贾生列传》和刘向《新序·节士》篇，略得其梗概；而《楚辞》的传播线索，也只有从汉代文献开始条理。

一、两汉时期

公元前 175 年，年少得志的贾谊(前 200 - 前 168 年)失势，贬长沙王太傅。及渡湘水，为赋以吊屈原。其辞曰：

> 共(恭)承嘉惠兮，俟罪长沙。侧闻屈原兮，自沉汨罗。造托湘流兮，敬吊先生。遭世罔极兮，乃陨厥身。呜呼哀哉，逢时不祥！鸾凤伏窜兮，鸱枭翱翔。阘茸尊显兮，谗谀得志；贤圣逆曳兮，方正倒植。世谓伯夷贪兮，谓盗跖廉；莫邪为顿(钝)兮，铅刀为铦。于嗟嚜嚜兮，生之无故！斡弃周鼎兮宝康瓠，腾驾罢牛兮骖蹇驴，骥垂两耳兮服盐车。章甫荐屦兮，渐不可久；嗟苦先生兮，独离此咎。③

这是我所见到的以屈原为描写对象的较早的文学作品，从《吊屈原赋》的内容可知，贾谊读过《离骚》、《九章》诸篇，且神理相接，敬仰屈原的为人。1977 年 7 月，安徽阜阳县

① 司马迁：《史记·白起王翦列传》，中华书局点校本，第 2339 - 2341 页。
② 司马迁：《史记·六国年表序》，中华书局点校本，第 686 页。
③ 司马迁：《史记·屈原贾生列传》，中华书局点校本，第 2492 页。

罗庄双古堆发掘西汉第二代汝阴侯夏侯灶（？－前165年）墓，出土《仓颉篇》、《诗经》、《周易》等多种古籍（竹简、木简、木牍写本），1983年第2期《文物》发表的《阜阳汉简简介》中写道："阜阳简中发现有两片《楚辞》，一为《离骚》残句，仅存四字；一为《涉江》残句，仅存五字，令人惋惜不已。另有若干残片，亦为辞赋体裁，未明作者。如：'□橐旖（兮）北辰游。'"1987年秋，参与整理的韩先生（山东邹平人）来杭，我曾询及《楚辞》简，韩先生说可能不止两片，残简中应该还有，由于不太熟悉《楚辞》文本，特费劲，未能一一查对。我们今天面对这些辞赋残简，可以想象，当年贾谊读的《离骚》、《九章》等屈原作品，应该就是如同阜阳汉简一般的手写本。

搜集、阅读这类手写本的，还有稍晚于贾谊的淮南王刘安（前180－前122年）。他是刘邦的孙子，汉文帝八年（前172年）封阜陵侯，十六年（前164年）改封淮南王，都寿春（今安徽省寿县。楚国最后之故都，历考烈王、幽王、哀王、负刍，近二十年）。阜阳乃寿春近地。刘安及其宾客得搜罗屈原作品以成专集，并有《离骚传》之作。汉武帝建元二年（前139年），刘安入朝，"献所作《内篇》，新出，上爱祕之。使为《离骚传》（按颜师古注：传谓解说之，若《毛诗传》），旦受诏，日食时上。又献《颂德》及《长安都国颂》。每宴见，谈说得失及方技赋颂，昏莫然后罢。"[①]刘安的《离骚传》完成于公元前139年，不知佚于何时，幸有好事者将《离骚传》叙文窜入司马迁《史记·屈原列传》之中[②]，前后分作两处，辑出如下：

《离骚》者，犹离忧也。夫天者，人之始也；父母者，人之本也。人穷则反本，故劳苦倦极，未尝不呼天也；疾痛惨怛，《正义》曰：上七感反，下丁达反。惨，毒也。怛，痛也。未尝不呼父母也。屈平正道直行，《正义》曰：寒孟反。竭忠尽智，以事其君，谗人间之，可谓穷矣。信而见疑，忠而被谤，能无怨乎？屈平之作《离骚》，盖自怨生也。《国风》好色而不淫，《小雅》怨诽而不乱，《正义》曰：诽，方畏反。若《离骚》者，可谓兼之矣。上称帝喾，下道齐桓，中述汤武，以刺世事。明道德之广崇，治乱之条贯，靡不毕见。其文约，其辞微，其志洁，其行廉，其称文小，而其指极大，举类迩而见义远。其志洁，故其称物芳。其行廉，故死而不容。自疏濯淖污泥之中，《索隐》曰：濯，音浊。淖，音闹。污，音乌故反。泥，音奴计反。蝉蜕于浊秽，《正义》曰：蜕，音蜕，去皮也。又他卧反。以浮游尘埃之外，不获世之滋垢，皭然泥而不滓者也。徐广曰：皭，疏静之貌。《索隐》曰：皭，

① 班固：《汉书·淮南衡山济北王传》，中华书局点校本，第2145页。

② 汤炳正：《〈屈原列传〉理惑》，《屈赋新探》，济南：齐鲁书社，1984年2月第1版，第1－23页。本篇初发表于《文史》第一辑（1962年），篇题《〈屈原列传〉新探》。

音自若反。泥,音涅。滓,音淄。又并如字。推此志也,虽与日月争光可也。《正义》曰:言屈平之仕浊世,去其污垢,在尘埃之外。推此志意,虽与日月争其光明,斯亦可也。

虽放流,眷顾楚国,系心怀王,不忘欲反,冀幸君之一悟,俗之一改也。其存君兴国,而欲反覆之,一篇之中,三致志焉。然终无可奈何,故不可以反,卒以此见怀王之终不悟也。人君无愚智贤不肖,《索隐》曰:此已下,太史公伤楚怀王之不任贤,信谗,而不能返国之论也。莫不欲求忠以自为,举贤以自佐。然亡国破家相随属,而圣君治国累世而不见者,其所谓忠者不忠,而所谓贤者不贤也。怀王以不知忠臣之分,故内惑于郑袖,外欺于张仪,疏屈平而信上官大夫、令尹子兰,兵挫地削,亡其六郡,身客死于秦,为天下笑,此不知人之祸也。《易》曰:"井泄不食,向秀曰:泄者,浚治去泥浊也。《索隐》曰:向秀字子期,晋人,注《周易》。为我心恻,张璠曰:可为恻然,伤道未行也。《索隐》曰:张璠亦晋人,注《易》也。可以汲。王明,并受其福。"《易象》曰:求王明受福也。《索隐》曰:京房《易章句》言我之道可汲而用。上有明主,汲我道而用之,天下并受其福,故曰"王明并受其福也"。王之不明,岂足福哉! 徐广曰:一云"不足福"。《正义》曰:言楚王不明忠臣,岂是[足]受福,故屈原怀沙自沉。[按:刘安事迹具《史记·淮南衡山列传》、《汉书·淮南衡山济北王传》。著有《离骚传》,佚。本文辑自南宋光宗绍熙年间(1190-1194年)建安黄善夫家塾刊《史记集解索隐正义》一百三十卷之卷八十四《屈原贾生列传》,双行夹注凡不标《索隐》、《正义》者,系录刘宋裴骃《集解》之文。]

从刘安的《叙》文内容分析,《离骚传》实不限于《离骚》一篇,举凡《九歌》、《九章》、《天问》、《远游》、《卜居》、《渔父》等都囊括在内,这应该是刘安及其宾客搜集到并认定的屈原作品的全部,[①]也是刘向、刘歆《七略》著录"屈原赋二十五篇"的源头。因此,章太炎先生断言:《楚辞》"定本出于淮南"[②]。当年汉武帝命刘安"为《离骚传》,旦受诏,日食时上"。自"旦"至"日食"时,最多只有四小时光景。合理的推断,应该是刘安早有《离骚传》成书,临场加写(或改定)《总叙》而已。二百年之后,班固评论说:"昔在孝武,博览古文,淮南王安叙《离骚传》,以'《国风》好色而不淫,《小雅》怨诽而不乱,若《离骚》者,可谓兼之。蝉蜕浊秽之中,浮游尘埃之外,皭然泥而不滓;推此志,虽与日月争光可也'。斯论

① 汤炳正:《〈楚辞〉成书之探索》,《屈赋新探》,济南:齐鲁书社,1984年2月第1版,第100-101页。

② 章炳麟:《訄书·官统中》,徐复点注,上海古籍出版社,2000年12月第1版,第549页。

似过其真。又说‘五子以失家巷’，谓伍子胥也。及至羿、浇、少康、贰姚、有娀佚女，皆各以所识有所增损，然犹未得其正也。”（引自洪兴祖《楚辞补注》卷一载王逸《楚辞章句叙》末双行小字附“班孟坚序曰”。）目睹刘安《离骚传》进呈本的东汉校书郎中班固所谓“淮南王安叙《离骚传》”一语，切合当年场景，“叙”字得其实。他不赞成屈原高洁的志趣可与日月争辉，另当别论。他又具体批评刘安书中的名物训诂，则恰恰证明唐初颜师古注“若《毛诗传》”是正确的，“离骚赋”论者可以休矣。

刘安之所以致力于搜集、注解《楚辞》作品，除本人喜爱，门客成群，以及深厚的地域文化氛围之外，更大的背景是自汉高祖刘邦至汉武帝刘彻等最高领导偏爱楚歌楚调，并且亲自参与创作。司马迁《史记·酷吏列传》张汤传记载：“始，长史朱买臣，会稽人也（今浙江省建德县洋溪乡幽径村有朱买臣墓），读《春秋》。庄助（今浙江省嘉兴市区有庄墓，俗称“将军墓）使人言买臣，买臣以《楚辞》与助俱幸，侍中，为太中大夫，用事。而汤乃为小吏，跪伏使买臣等前。已而汤为廷尉，治淮南狱，排挤庄助，买臣固心望。”班固《汉书·严助传》：“严（庄）助，会稽吴人，严夫子（庄忌）子也，或言族家子也。郡举贤良（前140年），对策百余人，武帝善助对，由是独擢助为中大夫。”又《朱买臣传》：“会邑子严助贵幸，荐买臣，召见，说《春秋》，言《楚词》，帝甚说之，拜买臣为中大夫，与严助俱侍中。”朱买臣“以《楚辞》与助俱幸”，刘安进呈《离骚传》，以及银雀山汉墓出土的《唐勒赋》竹简写本（字体属早期隶书，当是西汉文、景至武帝初期书写成的，[①]三者几乎是同年代发生的人事作品。十几年之后，庄助正是因为与刘安往来密切，被酷吏张汤论死，张汤亦因此招致朱买臣等怨愤而最终送命。政治上的谋反大狱亦不能冲淡朝廷的艺文风气：“宣帝时修[循]武帝故事，讲论六艺群书，博尽奇异之好，征能为楚辞九江被公，召见诵读。”[②]《太平御览》卷八五七引《七略》云：“宣帝诏征被公，见诵楚辞。被公年老，母衰，每一诵，辄与粥。”

公元前122年，刘安谋反事发，“上使宗正以符节治王，未至，安自刑杀。”[③]刘向（公元前77年－前6年）的父亲刘德（与河间献王刘德重名）奉命参与治淮南王狱，“淮南有《枕中鸿宝苑祕书》，书言神仙使鬼物为金之术，及邹衍重道延命方，世人莫见，而更生（刘向本名）父德武帝时治淮南狱得其书。更生幼而读诵，以为奇，献之，言黄金可成。”[④]在刘氏诸王中，刘安以“好书”闻名，刘德治狱所得，恐不只一种而已，寓目者更不计其数，刘安和他的宾客所采集的楚辞文本，《离骚传》的草稿、副本，皆有可能。迨成帝之世，刘向“领校

---

① 吴九龙：《银雀山汉简释文》，文物出版社，1985年12月版《秦汉魏晋出土文献丛书》。

② 班固：《汉书·王褒传》，中华书局点校本，第2821页。

③ 班固：《汉书·淮南衡山济北王传》，中华书局点校本，第2153页。

④ 班固：《汉书·楚元王传》附刘德、刘向，中华书局点校本，第1928－1929页。

中五经秘书”，得见刘安《离骚传》进呈本，并以所读所见，增辑为《楚辞》十六卷（一说十三卷）。东汉安帝元初间（114－120 年），校书郎王逸继承刘安、刘向之传统，以其所识所知，稽之旧章，合之经传，撰著《楚辞章句》十六卷（一说十七卷），含屈、宋作品《离骚》、《九歌》、《天问》、《九章》、《远游》、《卜居》、《渔夫》、《九辩》、《招魂》、《大招》等十一篇，汉代辞赋家王褒《九怀》、东方朔《七谏》、刘向《九叹》、庄忌《哀时命》、贾谊《惜誓》、王逸《九思》等六篇，总十七卷。一说，十六卷为王逸进呈本，署“校书郎臣王逸上”。《九思》一篇别署“汉侍中南郡王逸叔师作”，为进呈后编入之私家别行本。总《叙》曰：

> 屈原履忠被谮，忧悲愁思，独依诗人之义而作《离骚》，上以讽谏，下以自慰。遭时暗乱，不见省纳，不胜愤懑，遂复作《九歌》以下凡二十五篇。楚人高其行义，玮其文采，世相教传。至于孝武帝，恢廓道训，使淮南王安作《离骚经章句》，则大义粲然。后世雄俊，莫不瞻慕，舒肆妙虑，缵述其词。逮至刘向，典校经书，分为十六卷。孝章即位，深弘道艺，而班固、贾逵复以所见改易前疑，各作《离骚经章句》，其余十五卷，阙而不说。又以壮为状，义多乖异，事不要括。今臣复以所识所知，稽之旧章，合之经传，作十六卷章句，虽未能究其微妙，然大旨之趣，略可见矣。①

《总叙》之外，王逸又特撰《天问后叙》云：“昔屈原所作，凡二十五篇，世相教传，而莫能说《天问》，以其文义不次，又多奇怪之事。自太史公口论道之，多所不逮。至于刘向、扬雄，援引传记，以解说之，亦不能详悉。……今则稽之旧章，合之经传，以相发明，为之符验，章决句断，事事可晓，俾后学者永无疑焉。”②

公元前 278 年屈原自沉汨罗，至公元前 175 年贾谊渡湘水作《吊屈原赋》，屈原作品“其所以经百余年兵火厄难而不至毁灭，且进而获得‘通邑大都’之流传，必有为其学者师师相传，持守以呵护之，始能如是。王逸‘世相传教’之言，当有大量事实为之依据也。”③年代殊邈，书简有阙，文献不足征，莫得其详，意以为“楚人高其行义，玮其文采，世相教传”者，不仅于口耳相传，必有教本、讲义之类，或有“笺识”，以及陈述全篇大旨之文，置于篇首篇末，或散在字里行间，历世累积，到汉代逐渐形成章句体。王逸把刘安的《离骚传》径称作《离骚经章句》，可见刘安之书亦是“具文饰说”，即具列本文，逐章逐句加以解说，

---

① 清康熙元年毛氏汲古阁翻刻宋本《楚辞章句补注》卷一，浙江大学图书馆藏本。

② 录自《楚辞章句补注》卷三，版本同上。

③ 蒋天枢：《论〈楚辞章句〉》，见其所著《楚辞论文集》，陕西人民出版社，1982 年 7 月第 1 版，第 218 页。

而冠总《叙》以论全篇大旨，所以王逸誉之为“大义粲然”。经过刘向、王逸的接力传播，形成了我们今天所能看到的《楚辞》文本系统。

王逸说“太史公口论道之，多所不逮”。其实，司马迁对屈原的人品和作品，有深度理解：“余读《离骚》、《天问》、《招魂》、《哀郢》，悲其志。适长沙，观屈原所自沉渊，未尝不垂涕，想见其为人。”他阅读过大量文献，辅之以实地考察，写下了著名的《史记·屈原贾生列传》，是我们得以了解屈原生平事迹的核心文献。数十年之后，刘向辑《新序》三十卷，“大抵采百家传记，以类相从，故颇与《春秋内外传》、《战国策》、《太史公书》，互相出入”，[①]其《节士》篇内的《屈原传》，正可与《史记·屈原列传》相互补充，相互发明，则屈原生平大貌，略得仿佛矣。《史记·屈原列传》还附有《渔父》、《怀沙》两篇作品，跟《章句》本文字差异殊多，这说明西汉时期楚辞传本有多种，东汉以后，刘安——刘向——王逸的传本取得主流地位，这就是传至今天的《楚辞》文本，司马迁所见本等相继失传了。

二、魏晋南北朝时期

（一）郭璞（276－324）《楚辞注》三卷

即载于《晋书》本传，复著录于《隋书·经籍志》、《唐书·经籍志》，或谓佚于天宝（756 年）、广明（880－881 年）诸乱中。1940 年，胡光炜（小石）教授遍查群籍所引遗说，撰集《楚辞郭注义征》，辑录二百四十余条，三万五千言。初刊《图书月刊》，1941 年 12 月；后辑入《胡小石论文集》，上海古籍出版社 1962 年 6 月排印本。

姜亮夫先生曰：“敦煌本智骞《楚辞音》‘兹’、‘鸩’、‘理’、‘鸩’等字下，并引郭本，当即本书佚文。”关于郭注在楚辞学发展史上的特别意义，姜先生认为“引《山海经》、《穆天子传》等奇说，以为屈赋注释者，始于郭璞，成于智骞，为《楚辞》注家一大派别。洪兴祖《补注》，实又本之。盖体认其方法义类，则谓今传《楚辞》为郭、骞一派之传，不为过言矣。”[②]他进一步指出：“洪《补》是承袭汉代王逸系统来的，它又采取了郭璞一派的方法，似乎增加的是些奇奇怪怪的材料（这些材料是从郭璞开始使用的，在以前没有，这是楚辞学的一大进步）。”[③]

（二）刘杳（487－536 年）《楚辞草木疏》一卷

《隋书·经籍志》著录：《离骚草木疏》二卷，刘杳撰。《唐书·经籍志》、《新唐书·艺

① 纪昀等：《四库全书总目》卷九十一，北京：中华书局，1965 年缩小影印乾隆六十年（1795 年）浙江刻本，第 772 页。

② 姜亮夫：《敦煌写本隋释智骞〈楚辞音〉跋》，原载《中国社会科学》1980 年第 1 期。辑入《楚辞学论文集》，上海古籍出版社，1984 年 12 月第 1 版，第 367－385 页。有云南人民出版社《姜亮夫全集》本。三本讹误甚多。2008 年 12 月浙江大学出版社第一版《国学丛考》收载精校本。

③ 姜亮夫：《楚辞今绎讲录》，北京出版社，1983 年 11 月第 2 版，第 19 页。

文志》改作《离骚草木虫鱼疏》二卷,皆不确。其书不知佚于何时。吴仁杰《离骚草木疏》四卷自跋称"昔刘杳为《草木疏》二卷,见于本传,其书今亡矣"。

梁普通四年(523 年),阮孝绪撰集《七录》,内篇四"文集录"著录:"楚辞部五种五帙二十七卷;别集部七百六十八种八百五十八帙六千四百九十七卷;总集部十六种六十四帙六百四十九卷;杂文部二百七十三种四百五十一帙三千五百八十七卷。右四部一千四十二种一千三百七十五帙一万七百五十五卷。"[①]阮氏于"别集部"、"总集部"之前特设"楚辞部",《隋书·经籍志》传承《七录》成例,集部之首亦设置楚辞类,著录十部二十九卷(通计亡书合十一部四十卷)。《唐书·经籍志》以下的正史艺文志,直到清代的《四库全书总目》,皆在集部之首设置"楚辞类"。依照分类体例,楚辞类著作本应划入别集类或总集类。这种极特殊的类目设置,必有缘故。考阮孝绪《七录序》称:"有梁普通四年岁维单阏仲春十有七日,于建康禁中里宅始述此书。通人平原刘杳从余游,因说其事。杳有志积久,未获操笔,闻余已先着鞭,欣然会意,凡所抄集,尽以相与,广其闻见,实有力焉。斯亦康成之于传释,尽归子慎之书也。"[②]"凡所抄集,尽以相与",《七录·文集录》楚辞部之设置,创始于阮孝绪,幕后推手则非《楚辞草木疏》作者通人刘杳莫属。而《隋书·经籍志》楚辞类小序以"气质高丽,雅致清远"品屈原,似亦非楚辞学家如通人刘杳者所不能言。

(三)刘勰(约 466 – 约 539 年)

刘勰《文心雕龙》十卷,成书于南朝齐和帝中兴元年、二年间(501 – 502),是中国文学理论批评史上第一部有严密体系的文学理论专著。全书五十篇,第五篇《辨骚》从文体论角度提出"楚辞者,体宪于三代,而风杂于战国,乃雅颂之博徒,而辞赋之英杰"的著名论断,"骚经九章,朗丽以哀志;九歌九辩,靡妙以伤情;远游天问,环诡而惠巧;招魂大招,耀艳而采华;卜居标放言之致,渔夫寄独往之才",进而认定屈宋作品"气往轹古,辞来切今;惊采绝焰,难与并能矣!"[③]梁武帝天监(502 – 519 年)初,刘勰出仕,兼任东宫通事舍人的时间较长,昭明太子萧统"深爱接之",共同"讨论篇籍,商榷古今"。《昭明文选》与《文心雕龙》"选文订篇"多有契合之处,谅非偶然。屈原、宋玉的主要作品辑入《文选》之后,极大地提升了楚辞的传播力和影响力。刘勰、刘杳,都是促成这一重大事件的关键人物。

(四)萧统(501 – 531 年)

萧统主编《文选》三十卷,成书于公元 526 年以后的数年间。梁武帝中大通三年(531

---

① 阮孝绪:《七录序》,载《广弘明集》卷三,上海古籍出版社,1991 年影印《宋碛砂大藏经》本,第 114 页。

② 阮孝绪:《七录序》,载《广弘明集》卷三,上海古籍出版社,1991 年影印《宋碛砂大藏经》本,第 113 页。

③ 《文心雕龙·辨骚第五》,据敦煌唐写本校改。

年)春,萧统游园,荡舟坠水得疾,四月卒,谥号昭明,故后人习称《昭明文选》。全书收录作家一百三十人,作品五百十三篇,按文体分类编次,依次赋、诗、骚、七、招、册、令等三十八类。其中,卷十六"骚上",卷十七"骚下",计辑入屈平《离骚经》,《九歌》六篇(《东皇太一》、《云中君》、《湘君》、《湘夫人》、《少司命》、《山鬼》),《九章》一篇(《涉江》),《卜居》,《渔父》;宋玉《九辩》(九段选五),《招魂》;刘安《招隐士》等。其他卷次中,还辑入宋玉《风赋》、《高唐赋》、《神女赋》、《登徒子好色赋》、《对楚王问》五篇作品。

《文选》为楚辞的研究和传播提供了广阔的平台。"唐代以诗赋取士,唐代文学又和六朝文学具有密切的继承关系,因而《文选》就成为人们学习诗赋的一种最适当的模板,甚至与经传并列。宋初承唐代制度,亦以诗赋取士,《文选》仍然是士人的必读书,甚至有'《文选》烂,秀才半'的谚语(陆游《老学庵笔记》)。王安石当国,以新经学取士,此后《文选》才不再成为士人的课本。然而作为一部文学作品的精粹选本,其历史价值和资料价值则依然不废。"阅读、研治《文选》成为一种专门的学问,号称"文选学"。楚辞得以搭上这艘大船,自是受益匪浅。随着《文选》的热销,特别是借助《文选》长期作为士人课本的优势地位,楚辞的传播力度,影响所及,深入人心,决非单本《楚辞》的时代所可比拟的了。

三、隋唐五代时期

(一)释智骞《楚辞音义》一卷

《隋书·经籍志》集部楚辞类著录"楚辞音一卷,释道骞撰。"小序称:"隋时有释道骞,善读之,能为楚声,音韵清切,至今传楚辞者,皆祖骞公之音。"

日本宽平三年(891年)藤原佐世编《日本国见在书目录》,著录有:"楚辞音义,释智骞撰。又尔雅音决三卷,释智骞撰。急就章音义一卷,释智骞撰。"关于作者法号,《隋书·经籍志》著录作"道骞","道"系"智"之误。唐释道宣《续高僧传》卷三十,宋晁公武《郡斋读书志后志》卷一、王应麟《玉海》卷四十四皆作"智",可证《日本国见在书目录》作"智"正确。姜先生认为"智骞"又是"智騫"之讹,"騫"误为"骞"则由来已久,见其所著《敦煌写本隋释智騫楚辞音跋》。关于书名,据敦煌残卷之内容考之,当系音义类著作,且以义为主,亦当以《日本国见在书目录》著录为准。

敦煌石室所出精写本《楚辞音义》残卷,首尾不具,起《离骚》"驷玉虬以乘鷖兮",至"杂瑶象以为车",凡释正文一百八十八,注文九十六。残卷不避杨广名讳,当成书于梁、陈、隋之间。"遍洞字源,精闲通俗",智騫为当时一小学名家,慕智者大师(智顗,楚人)之布化,"晚以所学,退入道场",[①]入慧日寺(寺址浙江省余杭县博陆镇西),与智果同事导

① 唐释道宣:《续高僧传》卷三十附隋东都内慧日道场释智果传。近代上海频伽精舍排印高丽藏本。嘉兴藏本在卷四十。

述。智果师事智顗,当知楚音。智骞既精通字学,职司唱导,发声洪亮,咬字清切,《音义》类著述频出,读《楚辞》韵脚"能为楚声"以协韵,固渊源有自矣。

残卷体例,音、义并重。"每目必有音,亦多订正字形,又引群书以明训诂,又时时以己意断之。"其订正字形,或征录传本,辨其正误;或正其六书,以得本义;或考据训诂,务求确当,非任情更张故常者可比。"其六书之学,根柢极厚,实超轶其声韵之上。其所是正,多为后世所本,以今通行宋以来王逸《章句》本、洪兴祖《补注》本、朱熹《集注》本照之可知,宋以后各本,皆以骞公本为圭臬者也。""其中引用旧籍,有当注意之一事,则引郭璞说是也。……引《山经》、《穆传》奇说,以为屈赋注释者,始于郭而终成于智骞,为《楚辞》注家一大派别。洪兴祖《补助》实又本之,盖体认其方法义类,则谓今传《楚辞》为郭、骞一派之传,不为过言矣。"①

1935 年,姜亮夫师旅欧访古,摄制影片以归,影印辑入《敦煌音义汇考》一书中(杭州大学出版社,1996 年 12 月第 1 版)。

(二)唐公孙罗《文选音决》十卷,《文选钞》六十九卷

两书久佚。日本宽平三年(891 年)藤原佐世编《日本国见在书目录》著录。《唐书·经籍志》著录"文选六十卷,公孙罗撰","文选音十卷,公孙罗撰"。《新唐书·艺文志》著录"公孙罗注文选六十卷,又音义十卷"。两唐书著录书名、卷数稍异,与《日本国见在书目录》著录同为公孙罗两书则一,"谓之音决者,盖采摭诸家旧音而审决之也"。②

"陈、隋之际,江、淮间之为文选学者,乃倡古人为文或取方音为韵之说以释之。此见公孙罗之《文选音决》。骞公之以楚音读楚辞,必与此派有渊源。《文选·离骚》:'夕揽洲之宿莽。'《音决》云:'莽,协韵亡古反,楚俗言也。凡协韵者,以中国为本,旁取四方之俗以为韵,故谓之协韵。然于其本俗,则是正也,非协也。'又:'伤灵修之数化。'《音决》云:'化,协韵呼戈反,楚之南鄙言。'又:《招魂》'参目虎首,身若牛些。'《音决》云:'牛,曹合口呼谋,齐鲁之间言也,楚辞用此音者,欲使广知方俗之言也。'又:《招魂》'湛湛江水兮上有枫,目极千里兮伤春心。'《音决》云:'枫,方凡反。心,素含反。案:方凡、素含,皆楚本音,非协韵,类皆放此,而称"协"者,以他国之言耳'。此论协韵之义甚明,以为时人以中华之音读之不协者,依方音读之自协。故《文选》中音读不和者,公孙皆为协韵以通之;且出其方域,以明协韵所本。"③传世《楚辞补注》、《楚辞集注》中的反切音训,乃至明翻宋

① 姜亮夫:《敦煌写本隋释智骞楚辞音跋》。

② 周祖谟:《论文选音残卷之作者及其方音》,1939 年 4 月。辑入周祖谟《问学集》,北京:中华书局,1966 年 1 月第 1 版,第 177 – 191 页。

③ 周祖谟:《骞公楚辞音之协韵说与楚音》,原载《辅仁学志》九期。辑入周祖谟《问学集》,第 168 – 176 页。《音决》诸条,系由《文选集注》转引(日本金泽文库旧藏转写本残卷。1936 年《京都帝国大学文学部景印旧钞本》第三集、第八集)。

本《楚辞章句》中由后人插入的反切音训，多由《文选》音而来。例如《招魂》“目极千里兮伤春心”洪兴祖补注：“心，旧音苏含切。”“旧音”者，实源出公孙罗《文选音决》也。

（三）唐李善《文选注》六十卷

梁萧统编《文选》三十卷，为世所重，陈、隋间，隋、唐间，先后有萧该、曹宪、公孙罗等为“文选学”作《音义》若干卷。唐代以诗赋取士，利禄所在，士人以《文选》为学习诗赋的课本，社会需求量上升，辅导读物亦应时而生。唐高宗显庆三年（658 年），李善注《文选》六十卷，书成进呈。卷三十二“骚上”，卷三十三“骚下”。其注释，采取王逸《章句》，略有删节。传世全本以南宋淳熙八年（1181 年）尤袤（延之）池阳郡斋（今安徽贵池）刻本为最早，北京大学图书馆收藏。中华书局于 1974 年影印出版。

（四）唐五臣《文选注》三十卷

唐玄宗开元六年（718 年），工部侍郎吕延祚以探究“述作之由”为名，组织吕延济、刘良、张铣、吕向、李周翰等五人重注《文选》三十卷，卷十六“骚上”，卷十七“骚下”。《离骚经》一篇，张铣作小序（亦采自王逸小序，唯开头增“史记云屈原字平”一句，“字平”乃“名平”之误），正文或一句或二句加注，首六句分别由李周翰、吕延济、刘良、吕向、张铣作注，五人反复交叉，犹似集体讨论分头记录之作品，大多不出王逸《章句》范围。“其疏通文义，亦间有可采。唐人著述，传世已稀，固不必竟废之也。”（《四库全书总目》）传世全本以南宋绍兴三十一年（1161 年）建阳崇化书坊陈八郎宅刊本为最早（卷二十一至二十五为补钞），台北中央图书馆收藏，1981 年影印公世。

北宋末，南宋初，明州刊《六家文选》六十卷（先五臣注，次李善注，以五臣注为主），日本足利学校藏原版初印本，无一缺页（其他诸家藏明州本《六家文选》均系绍兴二十八年十月修版补版过半之印本。绍兴二十八年十月庐钦修版刊记有“文选版岁久漫灭殆甚”语。据“岁久漫灭”云云推断，明州本《六家文选》或当刊版于宋高宗南渡之前），此弥足珍贵之善本，由日本汲古书院于 1974 年影印公世。2008 年 3 月人民文学出版社重影汲古书院本，卷面清秀，赏心悦目，直教人爱不释手。

（五）南唐（937－975 年）王勉《楚辞释文》一卷

《宋史·艺文志》总集类著录“王勉《楚辞章句》二卷，《楚辞释文》一卷，《离骚约》二卷”，位置在宋遵度《群书丽藻》一千卷《目》五十卷之后，徐锴《赋苑》二百卷《目》一卷之前[1]。徐锴（921－975 年）系南唐著名学者，宋遵度生卒年不详，中华书局点校本《宋史·艺文志》改“宋”作“朱”，是。考《宋史》卷四百三十九（列传第一百九十八·文苑一）《朱昂传》：“昂少与熊若谷、邓洵美同学。朱遵度好读书，人号之为‘朱万卷’，目昂为‘小万

① 《宋史》卷二百九艺文志第一百六十二（艺文八），上海古籍出版社，缩小影印清乾隆四年（1739年）武英殿校刊本，1986 年 12 月第 1 版，第 660 页。

卷'。"朱遵度能编纂上千卷的大类书,可见"朱万卷"名不虚传。"小万卷"朱昂(925-1007年)是宋初著名文人,以工部侍郎致仕,"前后所得奉赐,三之一购奇书,以讽诵为乐。"史家以"小"目之,则是朱遵度齿长,"朱万卷"名声卓著,始有"小万卷"之名续后也。余嘉锡先生认为:"王勉虽不知何时人,然既厕于遵度与锴之间,疑亦南唐人也。《宋志》自有楚辞类,独勉所著三书入之总集为不可解。余尝推求其故,其楚辞自为一类者,用《宋中兴艺文志》之旧,(楚辞九家,十二部,一百四卷。)此三书入总集者,必因北宋国史艺文志之旧也。(北宋国史,有三朝、两朝、四朝,凡三部,其艺文志皆无楚辞类,此当出于三朝志。)然则勉之《楚辞释文》自南渡以前,已收入中秘,林虙及晁公武所得之本,殆即自秘阁钞出而失其姓名,由是言楚辞者遂不知有王勉矣。"①晁公武《郡斋读书志》著录"楚辞释文一卷,未详撰人,其篇次不与世行本同。盖以离骚经、九辩、九歌、天问、九章、远游、卜居、渔父、招隐士、招魂、九怀、七谏、九叹、哀时命、惜誓、大招、九思为次。按今本九章第四、九辩第八,而王逸《九章注》云'皆解于《九辩》中',知《释文》篇第盖旧本也,后人始以作者先后次第之尔。或曰天圣中(1023-1032年)陈说之所为也。"②陈振孙《直斋书录解题》亦著录"离骚释文一卷,古本,无名氏。洪氏得之吴郡林虙德祖,其篇次不与今本同。今本首骚经,次九歌,……《释文》亦首骚经,次九辩,而后九歌。"③

南宋高宗绍兴十九年至二十四年七月(1149-1154),洪兴祖知饶州,刊《楚辞补注》十七卷,附古本《释文》一卷,《考异》一卷(陈振孙《直斋书录解题》一一著录,详阅徐小蛮、顾美华点校本,上海古籍出版社,1987年12月第1版,第433、434页)。数月之后,绍兴二十四年十二月,洪兴祖忤秦桧,流放昭州(今广西平乐一带)编管,次年卒。洪氏自刊本未得畅行于世。其后有书坊翻刻,将原附《考异》一卷、古本《释文》一卷删除(散附《补注》中),秘阁所藏又下落不明,王勉《楚辞释文》等三书,遂一并失传。④ 姜亮夫先生认为:"大抵释氏'音义'一类书,实为'释文'一体之先导。'音义'起于江左,一时风会所趋,'音'也,'义'也,'音义'也之类,遂尔繁隆。"我们透过洪兴祖《楚辞补注》所引,尚能仿佛古本《楚辞释文》之状貌,"此书大例,仅在考文字字形、音韵而已"。(姜师《洪庆善楚辞补注所引释文考》)《补注》所录《释文》凡一百十八则(除《卜居》、《渔父》两篇外,十五篇都有涉及),多以为校正本文字形、字音之助。约可分为三类:字形之变异,字音之注

① 余嘉锡:《楚辞释文考》,1946年,《大公报》文史周刊4期。辑入《四库提要辨证》,北京:中华书局,1980年5月第1版,第1228页。

② 晁公武:《郡斋读书志》卷四(上),宋淳祐九年(1249年)黎安朝宜春郡斋刻本。1931年上海商务印书馆景印本,辑入《续古逸丛书》和《四部丛刊三编》中。

③ 陈振孙:《直斋书录解题》卷十五,徐小蛮、顾美华点校,上海古籍出版社,1987年12月第1版,第433、434页。

④ 陈振孙:(?-1262)尝收藏洪兴祖得自吴郡林虙德祖藏古本《离骚释文》一卷(即所谓自秘阁钞出而失其名者),亦不知飘落何所矣。

反切，偶有言义训者。如《离骚》“日月忽其不淹兮”，洪氏曰：“忽，《释文》作曶。”按：曶，从曰，不从日。《说文·曰部》：“曶，出气词也。从曰，象气出形。”段玉裁注：“此与《心部》‘忽’，音同义异。忽，忘也。若《羽猎赋》蛮曶如神、傅毅《舞赋》云转飘曶、汉《樊敏碑》奄曶灭形，皆出气之意，倏举之皃，本当用此字，不当作‘忽’（忘）字也。《扬雄传》‘于时人皆曶之’，则假曶为忽。《古今人表》仲忽作‘中曶’，许云‘郑太子曶’，则未识名字取何义也。今则‘忽’行而‘曶’废矣。”虽然唐以来《离骚》传本皆写作“忽”（日月忽其不淹兮、忽奔走以先后兮、忽驰骛以追逐兮、忽反顾以游目兮、日忽忽其将暮、忽反顾以流涕兮、忽纬繣其难迁、忽吾行此流沙兮、忽临睨夫旧乡等），但《离骚》句意，皆非从心之忽（忘也），亦非从日之“昒”［昒］（《说文·日部》：“昒，尚冥也。从日，勿声。”段玉裁注：“冥者，窈也，幽也。自日入至于此，尚未日出也。”日将出未出之际，尚未明也。引申为昏昧，不明白之义），而是从曰之曶，象气出之形，引申为飘曶、奄曶，瞬间消失，急、疾、速之义。姜师谓“依文义当作倏忽解，速也，则为飔然”，说的应是此“曶”而非彼“忽”，亦非“昒”（《屈原赋校注》误认作昒）。当年王逸入东观呈《楚辞章句》前二十年左右，许慎亦曾校书东观，致力于《说文解字》之撰著，王逸于“曶”、“昒”、“忽”三字之音同义异，应该是明了的。南唐王勉《楚辞释文》作“曶”，正是保存了王逸本之原貌，吉光片羽，弥足珍贵。而世人每不介意，多认“忽”为本字，以“曶”为俗字，甚或以“曶”为误字，实不足为训。《九章·悲回风》“岁曶曶其若颓兮，旹亦冉冉而将至。”王逸注：“年岁转去，而流没也。春秋更到，与老会也。”传世《楚辞章句》正德本、夫容馆本、日本庄允益本，毛晋绿君亭刊《屈子》、汲古阁翻宋《楚辞补注》本，皆作“曶曶”，王逸以“流没”释“曶曶”，正是“曶”字本义之引申，是王逸原本之遗存者（旹亦古时字）。“予既滋兰之九畹兮”，王逸注“滋，莳也。”《释文》“滋”作“莳”。“忍尤而攘诟”，王逸注“诟，耻也。”《释文》作“询”，是皆可证宋人称《释文》曰“古本”为不诬也。洪氏书所引《释文》一百十八则（不含《目录》十七条），姜先生一一考释，“具体分析之，则所录故说，不论其字形、字音，皆有据，虽浅而非妄，则可知也”。①

王勉《楚辞释文》尚有一标志性特色，那就是它的篇目排列顺序，跟宋代通行本《楚辞》，大不同。例如通行本“九辩第八”，《释文》本却是“九辩第二”。洪兴祖将《释文》各篇顺序，一一注记于《楚辞补注》目录各篇之下，并加说明：“按《九章》第四、《九辩》第八，而王逸《九章》注云‘皆解于《九辩》中’，知《释文》篇第，盖旧本也，后人始以作者先后次第之尔。”洪氏之后，晁公武《郡斋读书志》、陈振孙《直斋书录解题》皆著录《楚辞释文》一卷（陈题《离骚释文》），所列篇次，与《楚辞补注》所录相同（《解题》著录之本，就是洪兴祖

① 姜亮夫：《洪庆善〈楚辞补注〉所引〈释文〉考》，原载《南开大学学报》1980年第3、4期，辑入《楚辞学论文集》，上海古籍出版社，1984年12月第1版，第387－422页。

藏本)。晁氏、陈氏并采录洪兴祖之特别说明,至"以作者先后次第之"者何人,晁氏加"或曰天圣中陈说之所为也"一句,陈氏则引"朱侍讲按:天圣十年(1032 年)陈说之序,以为旧本篇第混并,乃考其人之先后,重定其篇第。然则今本,说之所定也。"古本《楚辞释文》以其"篇次不与今本合",特为宋代学者所瞩目。近千年之后,所谓"篇第混并"的独特景观,依然具有吸引力,微言大义,发人深思。信之者奉为圭臬,据以回溯漫长的《楚辞》成书过程,认定"《楚辞释文》中所保留下来的篇目次第,就是汉代古本《楚辞》的本来面貌,从这里完全反映了《楚辞》一书的纂辑过程和纂辑者的主名。"[①]疑之者以为"《章句》十六卷今次,即刘向原次,《释文》本为民间误倒","《章句》今传之次,即刘向原本,无可疑。然《释文》篇次,引《九怀》冠于汉代诸家之首,刘彦和曾明言之,则《释文》旧本,必有自来。"[②]或信或疑,思之虑之,如切如磋,如琢如磨,佚书《楚辞释文》一卷,真当是不可磨灭之作也。

(六)日本大江匡衡《文选集注》一百二十卷卷首二卷

8 世纪初,《楚辞》十六卷本已经传到日本。公元 730 年(天平二年七月),奈良正仓院文书《写书杂用帐》(收入《大日本古文书》之一),记有"离骚三帙十六卷"。一百六十一年之后,平安朝臣藤原佐世奉敕编撰《日本国见在书目录》,著录"楚辞家卅二卷:楚辞十六王逸、楚辞音义释智骞撰、楚辞集音新撰、离骚十王逸、离骚音二、离骚经润一",计六种。其中有"新撰"者,可见日本学者已经开始做研究了。在日本,楚辞传播的更大平台在《文选》。公元 718 年(元正天皇养老二年),《养老令》有"进士取明闲实务,并读《文选》、《尔雅》者。"收载有屈、宋主要作品的《文选》在奈良时代(710 – 784 年)初期就已经列入大学寮教材,成为官方取士的必读书。藤原佐世《日本国见在书目录》著录"文选卅昭明太子撰、文选六十卷李善注、文选钞六十九卷公孙罗撰、文选音义十李善撰、文选音决十公孙罗撰、文选音义十释道淹撰、文选音义十三曹宪撰、文选抄韵一、小文选九"等众多文献。

日本文选学风行,有一中坚力量引人关注,那就是天皇后宫一直有讲习《文选》之传统,并逐渐养成"侍读《文选》"之世家。平安朝早期,"侍读《文选》"是菅原家的家学,以昭明太子三十卷为底本,添上李善注,扩为六十卷,是为宫中定本。平安朝中期,大江匡衡(953 – 1012 年)享有"侍读《文选》"殊荣,奉旨编撰《集注文选》,他于长保二年(1000年)九月初完成四十余卷,由藤原道长(966 – 1027 年)交书法大家藤原行成(972 – 1028年)誊写上呈天皇与皇后。宽弘元年(1004),《文选集注》一百二十卷卷首二卷完成。大

① 汤炳正:《〈楚辞〉成书之探索》,见其所著《屈赋新探》,济南:齐鲁书社,1984 年 2 月第 1 版,第 85 – 109 页。

② 姜亮夫:《洪庆善〈楚辞补注〉所引〈释文〉考》,辑入《楚辞学论文集》,第 400、401 页。

江匡衡有诗云:“执卷授明主,从容冕旒褰。尚书十三卷,老子亦五千。文选六十卷,毛诗三百篇。加以孙罗注,加以郑氏笺。搜史记滞义,追谢司马迁。叩文集疑阙,仰惭白乐天。”大江匡衡出身于“侍读《白氏文集》”之世家,学术造诣非凡,他不再固守李善一家注本,而是集诸家之长,所谓“加以孙罗注”,当是指采集公孙罗《文选钞》六十九卷、《文选音义》十卷等。诗句点到即止,“集注”当然不只公孙罗一家而已。“宫中为《集注文选》的献书举行了最高规格的入宫仪式。……这本书最终是以皇后中宫彰子,也就是‘御注’的名义纳入图书寮的。这就是藤原行成为何在日记中谈到此书时称之为‘仰注文选’的原因。也就是现在仅存的《文选集注》之残卷为何没有留下任何编撰者的线索的原因。”①

日本镰仓时代(1192－1333年)金泽文库旧藏抄本《文选集注》残卷,出自大江匡衡《文选集注》转抄本,②存二十余卷。其中卷六十三“骚一:屈平　离骚经上卷”,起“帝高阳之苗裔兮”,止“恐导言之不固”。卷六十六“骚四:宋玉　招魂　刘安　招隐”。《离骚》先王逸注(有删节),次《音决》,次陆善经注。《招魂》、《招隐》亦先王逸注(有删节),次《钞》,次《音决》,次五臣注,次陆善经注。《集注》各条之末,时有“今按”,当是集注者之判断语。《集注》所引“《音决》”,源出公孙罗《文选音决》十卷;引“《钞》”者,源出公孙罗《文选钞》六十九卷。(公孙罗两书久佚,皆著录于《日本国见在书目录》。其后的《旧唐书·经籍志》、《新唐书·艺文志》亦见著录,书名、卷数稍异。)《集注》引“陆善经曰”,源出陆氏《文选注》。陆氏注成于开元二十年(732年)以后,③上距五臣注不过二十年,陆氏在征引文献资料和注释方面当有所突破和创新,惜其书失传。《文选集注》保存了公孙罗、陆善经的部份成果,殊为可贵。例如《离骚》“夕揽洲之宿莽”,《集注》引《音决》:“莽,协韵亡古反,楚俗言也。凡协韵者,以中国为本,旁取四方之俗以韵,故谓之协韵。然于其本俗,则是正音,非协也。”以方音读方言文学,识见不为不高,惟当时尚不知音有古今之变也。再如关于王逸生平,陆善经注云:“逸字叔师,南郡宜城人,后汉校书郎中,注《楚

① 陈翀:《〈文选集注〉之编撰者及其成书年代考》暨所引藤原道长、藤原行成日记。载张伯伟编《域外汉籍研究集刊》第六辑,2010年5月,北京:中华书局,第1版,第501－513页。

② 陈翀认为:“基本可以确定现存《文选集注》为日本平安中期大学寮大江家纪传道之代表人物大江匡衡(953－1012年)为一条天皇侍讲《文选》时受敕命所撰集的《集注文选》的转抄残卷。”见其所著《〈文选集注〉之编撰者及其成书年代考》,版本同上。

③ 《大唐新语》卷九:“开元中,中书令萧嵩以《文选》是先代旧业,欲注释之。奏请左补阙王智明、金吾卫佐李玄成、进士陈居等注《文选》。”《玉海》卷五十四引《集贤注记》:“开元十九年三月,萧嵩奏王智明、李玄成、陈居注《文选》。先是,冯光震奉敕入院校《文选》,上疏以李善旧注不精,请改注。从之。光震自注得数卷。嵩以先代旧业,欲就其功,奏智明等助之。明年五月,令智明、玄成、陆善经专注《文选》,事竟不就。”陆注《文选》,当成书于开元二十年五月以后。《日本国见在书目录》未见著录,但著录有陆善经注《周诗》十卷、陆善经注《三礼》卅卷、陆善经注《论语》六卷等。

词》,后为豫章太守也。"多项内容为《后汉书》本传所无,"其言当本于谢承、薛莹、华峤、谢忱、袁山松等五家后汉史。"[①]《离骚》"纫秋兰以为佩"王逸注:"……故行清洁者佩芳,德仁明者佩玉,能解结者佩觿,能决疑者佩玦,故孔子无所不佩也。"日本大阪大学图书馆怀德堂文库藏西村时彦《楚辞王注考异》稿本云:"《文选》各本无此三十四字。古钞本陆善经引王逸曰:'佩者所以象德。故仁明者佩玉,能解结者佩觿,能决疑者佩玦。孔子无所不佩。屈原自以行清贞,故佩芳兰以为兴也。'可知《文选》删节王注,而陆氏引亦与今本不同。后人任意窜改,今之所传,非王氏之旧也。"《离骚》"曾歔欷余郁邑兮"王逸注:"曾,累也。歔欷,惧貌。或曰:曾,重也。歔欷,哀泣之声也。郁邑,忧也。"西村时彦《楚辞王注考异》云:王注"或曰","与唐写《文选》残本'陆善经曰:曾,重也。歔欷,悲泣之声。郁邑,忧愁之皃'大同小异。陆氏所见王注,若有此'或曰',则陆氏必无此注,可知'或曰'是窜入陆注也"。今本《楚辞章句》内某些注文,以及"或曰"云云,各家解读,见仁见智,西村时彦依据陆善经注文,作出新的解说,自可成一家之言。由此可见,转抄本《文选集注》残卷之文献价值,尚有待深入研讨,大力开发。[②]

① 蒋天枢:《〈后汉书·王逸传〉考释》,见其所著《楚辞论文集》,陕西人民出版社,1982 年 7 月第 1 版,第 203 页。

② 陈翀:《〈文选集注〉之编撰者及其成书年代考》文末推测:"这部《集注文选》原本极有可能并没散佚,依旧完好保存在现在的天皇的私人书库——现在的京都东山御文库中。"卷六十四骚二、卷六十五骚三等百余卷或可重现人间,当真令人期待!

西汉《郊祀歌》十九章与《九歌》

[日]奈良女子大学 谷口洋

《汉书·礼乐志》所载《郊祀歌》十九章,是继承《诗经》的《雅》、《颂》以及《楚辞·九歌》而出现的中国历史上第三套较完整的祭祀歌谣。今看其歌词,的确深受《雅》、《颂》和《九歌》的影响,尤其是与《九歌》的关系很密切,我们在此看得出《九歌》在西汉如何被接受。而且,《郊祀歌》成立时的情况比《九歌》清楚些,因此《郊祀歌》研究对《九歌》研究有所裨益。

尽管《郊祀歌》研究近来多起来了,但是目前的论点集中在其成立和汉武帝祭祀的关系,对《郊祀歌》歌词的史的研究还不够深,因此其文学史上的意义还没有全面地被阐明。本文由此探索《郊祀歌》的几点问题,以填补西汉文学史的一个空白,同时试图开拓《楚辞》研究的新视野。

一、《郊祀歌》有不少骚体篇章

我们略看西汉《郊祀歌》十九章,就发现其表现是各种各样的。就形式而言,《练时日》等八首是三言体,《帝临》等八首是四言体,《天地》等四首是杂言体(关于《郊祀歌》的篇数,《汉书·礼乐志》云十九章,但其中第十章《天马》实有两首,因此共有二十首)。既然包含不少四言体诗歌,那么我们就应该探索《郊祀歌》与《诗经》的关系。可是,《郊祀歌》的多样性不能只理解为《诗经》的影响。

其实,三言体和杂言体,基本上都是《楚辞》的变体。《郊祀歌》的杂言体歌谣包含不少四言句,因此当然应该考虑《诗经》的影响,可是与《楚辞》的关系也是不可忽略的。王先谦《汉书补注》在《天地》"神奄留,临须摇"句下说:

> 此"留"下当有"兮"字,而班氏删之。即上下文八字、七字句,皆有"兮"字,无则不成一体。此班氏例删之文。下《天马歌》及《司马相如传》可互证也。

《天地》开头几句为四言体,后来转为七言体,其后四言、七言交叉出现。后半虽然基本上是七言体,但是"神奄留,临须摇"这两句三言夹在其中,可见其章法十分错落。依王说,《天地》原来的格式是如此的:

天地并况兮惟予有慕,爰熙紫坛兮思求厥路。
恭承禋祀兮缊豫为纷,黼绣周张兮承神至尊。
千童罗舞兮成八溢,合好效欢兮虞泰一。
九歌毕奏兮斐然殊,鸣琴竽瑟兮会轩朱。
璆磬金鼓兮灵其有喜,百官济济兮各敬厥事。
盛牲实俎兮进闻膏,神奄留兮临须摇。
长丽前掞兮光耀明,寒暑不忒兮况皇章。(下略)

如上的格式都见于屈宋赋,如:

滔滔孟夏兮草木莽莽,伤怀永哀兮汩徂南土。
眴兮杳杳,孔静幽默,郁结纡轸兮离慜而长鞠。(《九章·怀沙》)
悲忧穷戚兮独处廓,有美一人兮心不怿。
去乡离家兮徕远客,超逍遥兮今焉薄。
专思君兮不可化,君不知兮可奈何?(《九辩·二》)

如此来看,杂言体的《天地》原来就是《楚辞》体作品。王氏又在《天门》"饰玉梢以舞歌,体招摇若永望"两句下说:"此上句中皆有'兮'字,此二句'歌'下有'兮'字,班氏删之。"《天门》也有五言句,如:"幡比翅回集,贰双飞常羊",但是王氏认为:"'翅'、'飞'下皆有'兮'字。"如此一来,《天门》的这些句子都变为骚体,如:"饰玉梢以舞歌兮,体招摇若永望"、"幡比翅兮回集,贰双飞兮常羊"等。

《景星》前半是四言体,后半是七言体。王氏就这首诗也说:"此歌亦每四字下有'兮'字。"依他说,《郊祀歌》的四章杂言体诗歌中,除了《日出入》为唯一的例外,其他三章都是《楚辞》体的。王福利先生依据王先谦的说法,试图恢复这些篇章的骚体原型。①

王先谦认为班固删去了原来应有的"兮"字,这并不是他的武断,他以《天马歌》、《司马相如传》两个例子为证。《天马歌》就是《郊祀歌》第十章(实有两首),其歌词都是三言齐言体,可是见于《史记·乐书》的歌词却是"太一贡兮天马下,沾赤汗兮沫流赭"如此的骚体。"○○○兮○○○"的格式,不仅见于《九辩》(见上),而且是《九歌·山鬼》、《同·国殇》等篇的核心格式,因此可以说《天马》原来也是一首《楚辞》体歌谣。②

① 王福利:《郊庙燕射歌词研究》,北京大学出版社,2009年,第95-98页。

② 萧涤非先生也说:"汉人原有此一种省去'兮'字以创为三言之办法,且似惯用此办法者。"见《汉魏六朝乐府文学史》,人民文学出版社,1984年,第39页。

王氏又举出《司马相如传》为例，但这大概是他的疏忽，此处应举《贾谊传》。贾谊的《鹏鸟赋》，在《史记·屈原贾生列传》是带“兮”字的骚体，可是在《汉书·贾谊传》中几乎全部的“兮”字都被去掉，成为以四言为主的杂言体。

如此看来，王先谦的看法基本可以肯定，《郊祀歌》中的八首三言诗和三首杂言诗(《日出入》为例外)原来带有“兮”字。这些歌谣都可以看作《楚辞》体的，而它的数量比《诗经》式的四言体还要多，占整个《郊祀歌》的过半数。那么我们可以进一步而说：尽管西汉《郊祀歌》中也有《诗经》的因素，可是影响最大的莫过于《楚辞》。

其实，如上的论证并不够完整。《郊祀歌》除了《天马》两首以外，还有六首三言齐言体。王福利先生认为这些篇章“并未见其必为骚体之证，所以，如不加细考地也将此等乐章理解为骚体的变化，亦由删减‘兮’字所致，便有些不确了”。这是十分谨慎的态度。况且，带“兮”字的格式并不限于《楚辞》，《楚辞》的歌谣也不都是带“兮”字的，而汉初带“兮”字的歌谣不一定是与《楚辞》有关的[①]。如果承认王先谦的说法，《郊祀歌》的章法就是与《楚辞》相同的了，但是我们不能单凭这一点论断《郊祀歌》是继承《楚辞》的。下一节我们从不同的角度，更具体地探索《郊祀歌》与《楚辞》的关系。

二、《郊祀歌》四言体篇章中《雅》、《颂》的影响只在表层

下面我们看看《郊祀歌》的用词。先看四言体篇章。《帝临》是《郊祀歌》第二篇，其全篇如下：

> 帝临中坛，四方承宇。绳绳意变，备得其所。清和六合，制数以五。海内安宁，兴文匽武。后土富媪，昭明三光。穆穆优游，嘉服上黄。

这篇纯属四言体，其中有不少词语来自《诗经》。如“绳绳”，见于《大雅·抑》：“子孙绳绳，万民靡承”，《周南·螽斯》：“螽斯羽薨薨兮，宜尔子孙绳绳兮”等。“昭明”见于《大雅·既醉》：“君子万年，介尔昭明”。“穆穆”一词常见于《雅》、《颂》，如《大雅·文王》：“穆穆文王，於缉熙敬止”，《周颂·雝》：“相维辟公，天子穆穆”等。“优游”也见于《诗经》，如《小雅·白驹》：“慎尔优游，勉尔遁思”，《大雅·卷阿》：“伴奂尔游矣，优游尔休

---

① 关于最后一点，参见拙作《〈史记〉中秦末汉初的歌谣与传说——围绕荆轲、项羽、刘邦、吕后的带歌谣的故事》，《中国文学报》78，2009，京都。野田雄史先生也主张，《楚辞》与“楚歌”是不可混淆的两个概念。参见《楚辞与楚歌——作为文学作品之舞台的楚》，《中国文学论集》31，2001，福冈。

矣”等。尽管“穆穆”、“优游”等语也见于《楚辞》,[①]可是如此短小的篇章中出现四条《诗经》的词语,而且整篇是《诗经》式的四言体,那么我们基本可以肯定《帝临》一篇与《诗经》的关系最密切。上面指出的词语都是集中出现于《雅》、《颂》,这一点也适合于《郊祀歌》的制作目的。

《朱明》也比较类似于《诗经》:

朱明盛长,旉与万物。桐生茂豫,靡有所诎。敷华就实,既阜既昌。登成甫田,百鬼迪尝。广大建祀,肃雍不忘。神若宥之,传世无疆。

第六句“既阜既昌”显然是模拟《诗经》的表现。“既〇既〇”常见于《诗经》(在十一首诗共见十五次),其绝大多数集中在《雅》、《颂》,如《小雅·信南山》:“既沾既足,生我百谷”、《周颂·执競》:“既醉既饱,福禄来反”等,而这些诗句都是庆贺丰收或丰裕的。《朱明》的作者熟练掌握这个表现传统,而把它引进到作品里。其他还有“甫田”、“肃雍(肃雝)”等词语[②]也是《诗经》特有的。与高祖时唐山夫人所作的《安世房中歌》相比,虽然同样多用四言体,但《郊祀歌》四言体篇章积极吸取《诗经》的词语,是十分突出的现象。

可是,如果作为《诗经》的模拟作品而看,我们则不能不说《诗经》对《郊祀歌》的影响还是部分的、表面的。仿效《诗经》的四言诗,在西汉还有例子。下面看一下相传为汉初学者韦孟所作的《讽谏诗》:

肃肃我祖,国自豕韦,黼衣朱绂,四牡龙旂。彤弓斯征,抚宁遐荒。总齐群邦,以翼大商。迭彼大彭,勋绩惟光。

“肃肃”、“黼衣”、“朱绂[③]”、“四牡”、“龙旂”、“彤弓”都是来自《诗经》的词语,句中第三字用“斯”、“惟”等虚字也是常见于《诗经》的句法。依《汉书·韦贤传》的记载,韦孟当了汉高祖弟弟楚元王交、其子夷王郢客、孙子王戊三人的傅,《讽谏诗》是为讽谏王戊而作的。这篇诗充分展示作者[④]对《诗经》造诣很深,足以教训王族。

---

① 《远游》:“形穆穆以浸远兮,人群而遁逸”、《大招》:“三公穆穆,登降堂只”、《九章·惜往日》:“封介山而为之禁兮,报大德之优游”。

② “甫田”见于《齐风·甫田》与《小雅·甫田》,“肃雝”见于《周颂·清庙》:“於穆清庙,肃雝显相”等。

③ 今本《毛诗·小雅·采芑》作“朱芾”。

④ 《汉书·韦贤传》又云:“或曰,其子孙好事,述先人之志而作是诗也。”那么,这篇诗或非韦孟本人之作。可是孟五世孙贤“兼通《礼》、《尚书》,以《诗》教授,号称邹鲁大儒。”贤少子玄成也有《自劾诗》、《戒子孙诗》之作,都是仿效《诗经》的四言诗,可知韦氏子孙也是精通《诗经》的。

与此相比，我们不能不说《郊祀歌》已经脱离了《诗经》的表现传统。《帝临》的“清和”一词，虽然魏晋以后常见，但是《郊祀歌》以前仅见于《汉书·贾谊传》的《上疏陈政事》：“海内之气，清和咸理”，①应属于当时的新语。“六合”原来是出于《庄子》的，如《齐物论》：“六合之外，圣人存而不论；六合之内，圣人论而不议”，也见于《楚辞·哀时命》：“衣摄叶以储与兮，左袪挂于榑桑。右衽拂于不周兮，六合不足以肆行”。可见它原来是道家的词汇，尽管其道家气味在汉代淡薄了一些，变成指代“天下”的普通名词。“海内安宁”也是战国以后的表现，《诗经》里也不无类似的观念，如《商颂·玄鸟》：“四海来假，来假祁祁”，《同·长发》：“相土烈烈，海外有截”等，但是“海内”一词在战国时代、尤其是战国晚期的文献里出现得较多，如《战国策》、《荀子》、《庄子》外杂篇、《韩非子》、《吕览》等。至于“兴文匽武”，虽然《尚书·武成》有“偃武修文”之语，但这是伪古文，可以信赖的例子却是汉代的，如《史记·留侯世家》：“今陛下能偃武行文，不复用兵乎？”《郊祀歌》是赞美汉武帝大一统的作品，这一主题是不能单凭《诗经》的传统而表现出来的。

西汉的神灵观念当然也影响《郊祀歌》的表现。《帝临》有“后土富媪”一句，张晏释之云：“媪，老母称也。坤为母，故称媪。”有些清儒不赞同此说，以“媪”为“煴”的假借，如吴仁杰《两汉刊误补遗》云：“‘媪’当为‘煴’字之误也。……案字书，‘煴’有两义，一曰烟煴，天地合气也。一曰郁烟也。‘富媪’以烟煴为义。”沈钦韩《汉书疏证》甚至云：“‘媪’、‘煴’形近而误。……释为媪母，其俗同于小说之后土夫人也。”管神灵叫做“媪”，听起来的确太俗，也不见于先秦古籍，难怪严谨的清儒们对此怀有疑问。可是，既然后土神具备母性，那么人们管她叫“媪”就是很自然的，我们不妨推想西汉人有这样概念。如果这个推想没错的话，“后土富媪”一句表示《郊祀歌》大胆地吸取当时的神灵观念。

《朱明》的“百鬼迪尝”一句也展示西汉神灵观念的新阶段，而这有确凿的文献依据。颜师古云：“百鬼，百神也。”这里的“百鬼”看起来可以替换为“百神”，但是“百神”一词是见于《诗经》的普通的词语，至于“百鬼”，西汉以前几乎绝无仅有的，而《史记·封禅书》却有两条记载。其一为：五利将军栾大被任命为“天道将军”时，“于是五利常夜祠其家，欲以下神。神未至而百鬼集矣，然颇能使之”。其二为：武帝采纳越人勇之之言，“乃令越巫立越祝祠，安台无坛，亦祠天神上帝百鬼，而以鸡卜。上信之，越祠鸡卜始用”。这两条资料表明：“神”与“百鬼”之间存在着明显的阶级差别，而汉武帝周围的方士们并不排斥“百鬼”，武帝本人也不仅信仰“神”，而且深信“百鬼”。《朱明》不云“百神迪尝”而云“百鬼迪尝”，正反映着如上的情况。

《郊祀歌》偶尔出现古怪的表现。《朱明》“甹与”一词，颜师古释为“言开舒也”，似通，但无明证。王先谦却认为：“‘甹与’犹‘敷施’。《书·皋陶谟》‘翕受敷施’，《夏纪》

① 此文又见于《新书·数宁》。

作‘翕受普施’。此谓阳气盛长普施万物耳。”考证精密,但或许过于穿凿。“桐生”也是个生僻的词语,颜师古云:“桐读为通。……言草木皆通达而生”,未免望文生义。刘攽云:“桐,幼稚也。《扬子》云:‘师哉!师哉!桐子之命。’”《扬子》引文见于《法言·学行》,无名氏《音义》云:“桐子,音通,与‘侗’同。亦音同。未成人也。”按《论语·泰伯》云:“子曰:狂而不直,侗而不愿,悾悾而不信,吾不知之矣。”何晏《集解》引孔安国云:“侗,未成器之人。”刘说似可信。《史记·乐书》云:“至今上即位,作十九章,……通一经之士不能独知其辞,皆集会五经家,相与共讲习读之,乃能通知其意,多尔雅之文。”《郊祀歌》的歌词创作,过于追求高古深奥,却离开了《诗经》本来的传统,以至于佶屈聱牙。总之,《郊祀歌》的四言体篇章虽然力图以《雅》、《颂》为典范,但结果只能吸取部分词语,已不再是《诗经》本来的面貌了。

三、《郊祀歌》三言体、杂言体篇章深受《九歌》的影响

那么《楚辞》对《郊祀歌》的影响如何呢?第一章《练时日》是三言齐言体,而受《楚辞》的影响很深:

> 练时日,侯有望。爇膋萧,延四方。九重开,灵之斿。垂惠恩,鸿祜休。灵之车,结玄云。驾飞龙,羽旄纷。灵之下,若风马。左仓龙,右白虎。灵之来,神哉沛。先以雨,般裔裔。灵之至,庆阴阴。相放怫,震澹心。

“九重开”,颜师古云:“天有九重,言皆开门而来降厥福。”天有九重,见于《天问》“圜则九重,孰营度之”的观念。以“灵”表示神灵是《九歌》的通例①,而“灵之车,结玄云”二句也与《九歌·大司命》“广开兮天门,纷吾乘兮玄云”如出一辙。“驾飞龙”的形象,在《楚辞》以及与楚文化有关的文献里不胜枚举,如《离骚》:“为余驾飞龙兮,杂瑶象以为车”,《九歌·湘君》:“驾飞龙兮北征,邅吾道兮洞庭”,《庄子·逍遥游》:“藐姑射之山,有神人居焉,……乘云气,御飞龙,而游乎四海之外”,《淮南子·览冥》:“乘雷车,服驾应龙,骖青虬”等等。“左仓龙,右白虎”,也见于《礼记·曲礼上》:“行,前朱鸟而后玄武,左青龙而右白虎”,但是我们应该注意的还是《九辩》的“左朱雀之茇茇兮,右仓龙之跃跃”。“庆阴阴”的“庆”,王念孙《读书杂志》卷四云:“‘庆’读为‘羌’,发声也。”“羌”就是《楚辞》特有的发声字。“放怫”就是“仿佛”,也多见于《楚辞》,如《九章·悲回风》:“存髣髴而不见兮,心踊跃其若汤”,《远游》:“时髣髴以遥见兮、精晈晈以往来”等。

① “灵”在《九歌》又指神又指巫,与《郊祀歌》的“灵”专指神有所不同,但是这里要注意两者在表现上非常接近。

《郊祀歌》不仅吸取《楚辞》个别的词语,而且继承《楚辞》、尤其是《九歌》整篇的构思。《练时日》是迎神曲,开头“练时日”一句与《东皇太一》“吉日兮辰良”相同。但是与《东皇太一》主要描绘迎神祭祀不同,《练时日》接着“爇膋萧,延四方”之后,就开始神灵华丽的出游,而这一段却与《云中君》以下诸篇相似。如《云中君》:“灵连蜷兮既留,烂昭昭兮未央。蹇将憺兮寿宫,与日月兮齐光。龙驾兮帝服,聊翱游兮周章。灵皇皇兮既降,猋远举兮云中”,把“灵”的行动逐一地描绘出来,这正是《练时日》采用的方法。《大司命》:“广开兮天门,纷吾乘兮玄云。令飘风兮先驱,使涷雨兮洒尘。君回翔兮以下,逾空桑兮从女。……高飞兮安翔,乘清气兮御阴阳”这样的天神形象也对《练时日》给以影响。

在《练时日》,迎神祭祀的具体描绘就在后半,如:

> 灵已坐,五音饬。虞至旦,承灵亿。牲茧栗,粢盛香。尊桂酒,宾八乡。灵安留,吟青黄。遍观此,眺瑶堂。众嫭并,绰奇丽。颜如荼,兆逐靡。被华文,厕雾縠。曳阿锡,佩珠玉。侠嘉夜,茝兰芳。澹容与,献嘉觞。

“灵已坐,五音饬”相当于《东皇太一》最后二句“五音纷兮繁会,君欣欣兮乐康”。“牲茧栗,粢盛香。尊桂酒,宾八乡”四句,就是从《东皇太一》“蕙肴蒸兮兰藉,奠桂酒兮椒浆”二句脱胎而来的。《练时日》下半句子的语言表现都与《东皇太一》有很密切的关系,如“灵安留,吟青黄”与“疏缓节兮安歌”、“遍观此,眺瑶堂”与“瑶席兮玉瑱”、“众嫭并,绰奇丽”与“灵偃蹇兮姣服”、“侠嘉夜,茝兰芳”与“芳菲菲兮满堂”等。最后“澹容与,献嘉觞”又回到“君欣欣兮乐康”,描绘神人融洽而做总结。如此来看,《练时日》明显是从《九歌》演进而来的,而且在《东皇太一》的基础上把其他篇章的因素引进过来,可谓别开生面。

《练时日》也有《楚辞》以外的因素。“侯有望”,“侯”可训为“乃”,《尔雅·释诂》:“侯,乃也”;又可训为“维”,《释诂》:“伊、维,侯也。”这种用法不见于《楚辞》,而见于《诗经》,尤其是《雅》、《颂》,如:《大雅·文王》:“上帝既命,侯服于周”、《周颂·载芟》:“侯主侯伯,侯亚侯旅,侯强侯以”等。“爇膋萧”也见于《大雅·生民》:“载谋载惟,取萧祭脂,取羝以軷”、《礼记·郊特牲》:“既奠,然后爇萧,合膻[①]、芗”等儒家典籍。这些都是用经典之文而加上权威性。“鸿祜休”虽然作为词语不见于先秦典籍,可是颜师古云:“鸿,大也。祜,福也。休,美也”,都是古书常训,可视为拟作“尔雅之文”。至于“兆逐靡”,孟康虽云:“‘兆逐靡’者,兆民逐观而猗靡也”,但此处为何出现“兆民”却语焉不详。或有

① 依郑玄注,“膻”应作“馨”。

人释"兆"为"逃[1]"，又有人释为"众多[2]"，都认为是女巫的姿态，但于义未安。这不也是与《朱明》一样，太讲究高古深奥，造成"不能独知其辞"的情况吗？

尽管偶有如上的例子，《郊祀歌》的三言体篇章仍深受《楚辞》、尤其是《九歌》的影响。它不仅吸取《九歌》的词汇，而且借用《九歌》中的神灵的形象，整篇的构思也袭用《九歌》。与四言体篇章仅用《诗经》的个别词语相比，我们可以说《楚辞》对《郊祀歌》的影响远远超过《诗经》。

下面看一下杂言篇章。以《日出入》为例外，《郊祀歌》的杂言体篇章主要由三言、四言、七言组成。其中《天地》、《景星》两篇都以四言开始，后转七言。今看其四言部分，偶有学《诗经》的地方。如《天地》："爰熙紫坛，思求厥路"，"爰"、"厥"等都是不见于《楚辞》而见于《诗经》的语词。"恭承禋祀，缊豫为纷"的"禋祀"，也不见于《楚辞》而见于《诗经》的《雅》、《颂》，如《小雅·大田》："来方禋祀，以其骍黑"、《大雅·生民》："不康禋祀，居然生子"等。"百官济济，各敬厥事"二句也用了"济济"、"厥"等多见于《雅》、《颂》的文字。

至于七言部分，却带有鲜明的《楚辞》色彩。如"九歌毕奏斐然殊"，"九歌"是夏启之乐，见于《离骚》、《天问》[3]。依《左传》的记载，《九歌》是歌颂地上的帝德的，《文公七年》云："《夏书》曰：'戒之用休，董之用威，劝之以《九歌》。'九功之德皆可歌，谓之《九歌》。"其实《九歌》也是天上之乐，《山海经·大荒西经》云："开上三嫔于天，得《九辩》与《九歌》以下。"《天地》的"九歌毕奏"，既是歌颂汉武帝的帝德的，又是款待天上的神灵的，因此下句云："鸣琴竽瑟会轩朱。"颜师古云："轩朱即朱轩也"，其实"轩朱"就是天上的古帝王，王先谦云："轩朱谓轩辕、朱襄二帝会集也。"《天地》的这二句表示：地上歌颂帝德的音乐演奏得很精美，天上的古帝王也为此应和。既基于《楚辞·九歌》向神灵奉献乐舞的主题，又加上歌颂地上帝德的新主题。

《天地》还有两句三言句夹在七言句中："神奄留，临须摇"。"奄留"就是"淹留"，也出于《楚辞》，如《离骚》："时缤纷其变易兮，又何可以淹留"、《九辩》："时亹亹而过中兮，蹇淹留而无成"等。"须摇"，如晋灼云："须摇，须臾也。""须臾"一词是常见的，最普通的意思是时间极短，但在此与"奄留"为对，只释为"一会儿"并不恰当。其实"须臾"与"逍遥"有关联，如《离骚》"折若木以拂日兮，聊逍遥以相羊"下句，《文选》的文本作"聊须臾以相羊"。"逍遥"、"相羊"等词都有自由自在、悠闲漫步的意思，"须臾"原来也是一个系列的词，因此才可以与"淹留"相配合。但由于"须臾"也有毫不停留的含义，所以引申为

---

① 小竹文夫日译：《汉书》上册，东京：筑摩书房，1977 年。

② 泽口刚雄：《乐府》，东京：明德出版社，1969 年。

③ 《离骚》："启《九辩》与《九歌》兮，夏康娱以自纵"、《天问》："启棘宾商，《九辩》、《九歌》。"

时间极短的意思。无论如何,"神奄留,临须摇"二句袭用《楚辞》的词语,其神灵逍遥的形象也是见于《九歌》的。

从如上的观察,我们可以得出初步的结论:《郊祀歌》的四言体篇章以《雅》、《颂》为样板,三言体篇章深受《楚辞》的影响。这是与从句型的分析得出的结论相符合的。至于杂言体篇章,王先谦认为其句型基本都是骚体,但从用词的分析来说,四言体部分还是接近于《诗经》的,三言、七言等部分才与《楚辞》有密切的关系。

更重要的是,《郊祀歌》对《诗经》的态度与对《楚辞》的态度有很大的差距。《郊祀歌》吸取《诗经》,专门在于使用个别词语。《郊祀歌》的作家依靠《诗经》的经典权威,偶用其"尔雅之文",以提高作品的权威。有时太讲究高古深奥,以至于佶屈聱牙的地步。毋庸讳言,它不过是笨拙的模拟。与此相反,《楚辞》对《郊祀歌》的影响不止于词语的袭用,而至于神灵出游的形象、神人融洽的主题等深层部分。它不止于表面上的模拟,而是较全面的继承。

《郊祀歌》的制作是国家大典中很重要的一部分,对汉朝来说是很重大的、很崇高的任务。在制作过程中,作者们应该参看了过去的国家祭祀音乐的歌词——《雅》、《颂》以及《九歌》。《郊祀歌》主要以《雅》、《颂》以及《九歌》为样板,是理所当然的。虽然如此,《诗经》在汉代已是古典,尽管它有最高的权威,但是已不能仅靠它满足汉朝祭祀的要求。与此相比,《楚辞》的表现传统在西汉仍有生命力,况且汉家出于楚,喜爱楚声。以数量而论,《郊祀歌》之模拟《诗经》与模拟《楚辞》是相颉颃的,但是从影响的深度来论,《郊祀歌》的骨干在《楚辞》,尤其是《九歌》。

四、《郊祀歌》如何脱离《九歌》

上面我们探讨了《郊祀歌》如何吸取《九歌》,其实《郊祀歌》并不是《九歌》的仿制品,它身上分明留有西汉这个时代的烙印。下面看一下《郊祀歌》与《九歌》有什么差别。

《日出入》是《郊祀歌》中最有特色的作品。它句法错落不齐,内容别具一格。开头云:"日出入安穷?时世不与人同",叹息人生短促,这种思想是在《诗经》中见不到。可是"故春非我春,夏非我夏,秋非我秋,冬非我冬"这样表现也是不见于《楚辞》的,有点像民间谚语或者古乐府。叹息人生的内容,类乎民歌的表现,都与《郊祀歌》的要求格格不入。后半有云:"吾知所乐,独乐六龙。"应劭注云:"武帝愿乘六龙,仙而升天。"最后一句说:"訾黄其何不徕下!"应劭注云:"訾黄一名乘黄,龙翼而马身,黄帝乘之而仙。"向往仙界属于个人愿望,也不适于《郊祀歌》。

但《日出入》也有资格被列入《郊祀歌》中。"六龙"是天神所驾驶的,《周易·乾·彖辞》曰:"时乘六龙以御天。"《韩非子·十过》云:"昔者黄帝合鬼神于泰山之上,驾象车而六蛟龙。”这种观念是楚文化所共有的,《初学记》卷一引《淮南子》云:“爰止羲和,爰息六螭,是谓悬车[①]”,“六螭”就是“六龙”。枚乘《七发》:“漂漂焉如轻车之勒兵,六驾蛟龙,附从太白。”1990年河南省淅川县徐家岭9号墓出土的春秋神兽像,头上戴着六条小龙,这表示“六龙”观念在楚文化中是相当古老的。至于“乘黄”,是“河出绿图,地出乘黄”(《墨子·非攻下》)的神兽,与龙关系密切,《淮南子·览冥》云:“凤凰翔于庭,麒麟游于郊,青龙进驾,飞黄伏皂”。姜亮夫先生就“六龙”称:“《楚辞》言龙驾,或八或六,皆寓言,非实际。……六龙之说,为春秋战国来习用之神话[②]。”其说良是,这种将神话形象变为抒发个人情感的手段,正是《楚辞》以及汉代以后的诗歌的发展过程。可是就《日出入》而言,应该说逆之亦为真,它把汉朝天子的个人形象换成天上的神灵。《日出入》看起来是抒发武帝个人对仙界的向往,其实它表现了汉朝天子与神灵的交流,那么与《郊祀歌》其他的篇章就没有什么差别了。

《天马》两首不但原是楚调歌(见上),而且内容上与《楚辞》也有密切的关系,同时与《日出入》也有相同之处。其第一首如下:

> 太一况,天马下。沾赤汗,沫流赭。志俶傥,精权奇。籋浮云,晻上驰。体容与,迣万里。今安匹,龙为友。

“容与”是常见于《楚辞》的形容词,跨越浮云而跑上去的样子与《远游》“载营魄而登霞兮,掩浮云而上征”如出一辙。至于第二首,则云:“天马徕,从西极。涉流沙,九夷服。”“天马徕,开远门。竦予身,逝昆仑。”从西极来的天马带“予”一起回到昆仑。这两首歌歌颂瑞应的出现,同时也抒发对天上的向往。

依《史记·乐书》,汲黯见《天马》歌而说:“凡王者作乐,上以承祖宗,下以化兆民。今陛下得马,诗以为歌,协于宗庙,先帝百姓岂能知其音邪?”的确,《天马》两首不像《诗经》的《颂》那样直接歌颂祖宗,其音乐也不会是很高古的,难怪严谨的汲黯以为不合乎王者之乐。文颖释“竦予身,逝昆仑”一句云:“言武帝好仙,常庶几天马来、当乘之往发昆仑也”,认为《天马》的主题与《日出入》一脉相通。赵敏俐先生把《日出入》一首与《天马》二首为一类,认为:“借歌颂自然神和瑞应之物来抒写统治者个人祈求长生不老的心怀[③]”。赵先生看透了《日出入》与《天马》有共同的主题,的确是慧眼,但是既然收于《郊祀歌》,那么这些篇章的意义已不止是个人的心怀。如果说这些歌是武帝自作的,或是文人替武

---

① 今本《淮南子·天文》作“爰止其女,爰息其马”。
② 姜亮夫:《楚辞通故》第三辑,齐鲁书社,1985年,第771页。
③ 赵敏俐:《汉代乐府制度与歌诗研究》,商务印书馆,2009年,第155页。

帝个人而作的，那么不妨说其主题是表现武帝的个人情感。但是，作一首歌与把它列入国家祀典，完全是两回事。听到汲黯的话，丞相公孙弘说："黯诽谤圣制，当族。"这虽不免有点阿谀，但作为臣下不能不如此说，而我们也不能把这些篇章简单地说成投皇帝的个人爱好。《天马》之所以被列入《郊祀歌》，还有更深刻的理由。

在《天马》第一首，太一派来的天马自由自在地来往于天地之间，而以龙为友，它正是《日出入》所渴望的"訾黄"。《汉书·礼乐志》把这首歌紧接《日出入》之后，令人感到"訾黄"真的出现了，可谓编辑至妙。在第二首，天马从西极来而平定边境，然后开天门而回昆仑，这不正意味着平定天下的汉武帝也会登仙，自由自在地来往于天地之间吗？以《连时日》为首，《郊祀歌》各篇叙述天神降临而与人交欢，而《日出入》抒发腾空交神的愿望，正好成为对比。至《天马》，来往于天地的工具已经得到了，人也可以腾空交神了。当然，这里所谓的"人"并不是一般人，而只有一个"天子"汉武帝。我们应该说：在《郊祀歌》十九章的逻辑上，《日出入》、《天马》等歌借抒发个人祈求长生不老的心怀，而歌颂统治者与天神自由交流的能力。

说到这里，我们还要论及《郊祀歌》的章数。这个问题自然涉及《郊祀歌》的成立过程。《郊祀歌》不是一时一人之作，有些篇章后面注明其制作的年代与动机。年代可考的篇章中最早的是元狩元年（前122年）作的《朝陇首》，最晚的是太始三年（前94年）作的《象载瑜》，其间有28年之久。但《汉书·礼乐志》说："以李延年为协律都尉，多举司马相如等数十人造为诗赋，略论律吕，以合八音之调，作十九章之歌。"好像武帝汇集很多人士而集中地进行制作，使粗心的读者容易误会。其实李延年初见武帝在元鼎五年（前112年），此时司马相如已经去世了。《史记·乐书》云："至今上即位，作十九章，令侍中李延年次序其声，拜为协律都尉。"也写得很简单。估计武帝即位以后，祭祀制度日趋完善，随之产生了不少祭祀歌谣，于是使李延年"次序其声"，进行编辑工作。这比较合于实情，可是不无疑问。综合《史记·外戚世家》、《史记·佞幸传》、《汉书·外戚传》等记载，李延年在李夫人去世（大概是元封年间）之后逐渐失宠，终于被灭族，而此时李广利在大宛而免刑。李广利太初四年（前101年）回到长安，此时李延年已不在世，可《天马》第二首倒是此年作的，而《象载瑜》尚未写成。如此来看，今本《郊祀歌》也不是由李延年编订的。其篇名也不无混乱，如《史记·乐书》把《天马》第一首叫做"《太一》之歌"，《汉书·武帝纪》的"《宝鼎》之歌"在《郊祀歌》十九章中被命名为《景星》。至于十九章的篇数却无二致，可是《天马》有二首，因此实有二十章。

其实"十九"是与黄帝有关的圣数。《韩诗外传》卷四："封黄帝之子十九人，非法义也。"《庄子·在宥》："黄帝之立为天子十九年，令行天下。"《庄子》在寓言中也用"十九"，如《养生主》："今臣之刀十九年矣，所解数千牛矣，而刀刃若新发于硎。"这段话与黄帝无涉，但仍然带着某些神秘色彩。了解"十九"这个数目的神秘性，关于《郊祀歌》的上述混乱都迎刃而解。大概由于武帝的祭祀歌逐渐增加,李延年在世时经过整理而编为十九篇。可是其后又作了几首新曲,不得不重新整理,因此《天马》有了两首,部分篇章也改变了题目,以至成为现在的十九章二十首。关于《郊祀歌》的成立,近年研究日趋精密,至于十九章篇数的意义,却无人谈及,所以在此附带提及。

《九歌》的"九"原来也是圣数。王逸释为"阳数"、"极数",近年石川三佐男先生考证,"九"与葬送有关,是代表死者世界的圣数①。与"九"的神圣性相比,"十九"的神秘有点失去了宗教性,而结合于帝王的政治权威。"九"到"十九"的如此变化,正反映着《郊祀歌》与《九歌》的共同点与差距。

《九歌》与《郊祀歌》都以祀神为主题,可是人与神的距离有较大的差别。在《九歌》,人与神不能直接交流。迎神曲《东皇太一》专门描绘地上的祭祀,第二篇《云中君》以后才开始神灵的出游。且《九歌》的神灵是捉摸不定的,如;"灵皇皇兮既降,猋远举兮云中"(《云中君》)、"荷衣兮蕙带,倏而来兮忽而逝"(《少司命》)等,因此有"思夫君兮太息,极劳心兮忡忡"(《云中君》)、"结桂枝兮延伫,羌愈思兮愁人"(《少司命》)的叹息。与此相反,在《郊祀歌》第一章《练时日》,开头四句叙述祭祀后就出现了神灵自由自在的出游,而地上的祭祀也因此出现了高潮,呈现出人神之间的幸福的交流。《练时日》既是迎神曲,又是十九章的纲领。在以后诸篇,尤其在三言、杂言的篇章,篇篇出现神灵的出游、迎神的成功以及神人的融洽这一系列主题。在《日出入》、《天马》等篇,作中人物(就是地上的帝王)企图自己攀缘天上,而与神灵交流。这既表示战国秦汉宗教观念的变化,又表示地上政治权威的变化。《郊祀歌》基于《九歌》,而建立了与《九歌》迥然不同的新世界。它与汉赋一样,是汉文化吸取楚文化而产生了全新的东西的一个好例子。《郊祀歌》把《九歌》改变为适于汉朝的新艺术。

① 石川三佐男:《楚辞新研究》,东京:汲古书院,2002 年。

楚辞对阮籍《咏怀诗》人物意象构建的影响

南通大学范曾艺术馆 王业强

一、历史人物

王逸在《离骚章句·序》中说过,“《离骚》之文,依诗取兴,引类譬喻,故善鸟香草,以配忠贞;恶禽臭物,以比谗佞;灵修美人,以媲于君;宓妃佚女,以譬贤臣;虬龙鸾凤,以托君子;飘风云霓,以为小人”。这样的总结,也可解作屈原楚辞中历史人物意象的题中之义。在诗人的笔下,这种比兴几乎浓郁至分不清人、物两者界限的程度。由此,我们认为,屈原和楚辞的创造之处不仅在于“把自然的具体部位的美的比喻变成了某些方面品质或美的意象”①,还体现于诗人笔下的历史人物意象在其浪漫主义的热情之中表面上弱化了本身的历史性,故而“其辞温而雅”,却有极强的感染力。阮籍没有这样的热情,但他与屈原一样通过渲染和对比,将历史人物意象置身于现实与缥缈的交互变化之中。于此,阮籍《咏怀诗》对屈原文学创作有所继承。所以,阮籍《咏怀诗》也有屈原楚辞之“温而雅”的特色,并且有过之而无不及。较之继承,发展当是必然。以下着重论之。

阮籍《咏怀诗》中出现了较多的历史人物意象,诗凡17首。按照诗中诗人对这些历史人物意象的态度,我们将其分为以下几类:

第一,以之作为反面例证的。此类凡9首。诸如,“赵李”(其五)、“东陵”(其六)、“安陵”、“宠阳”(其十二)、“李公”、“苏子”(其十三)、“梁王”(其三十一)、“尼父”(其四十)、“高子”、“三闾”(其五十一)等。

第二,以之作为正面例证的。此类凡8首。诸如,“采薇士”(其九)、“杨朱”、“墨子”(其二十)、“孔圣”(其三十二)、“庄周子”(其三十八)等。

作为反面例证的历史人物,大多生前在名利场里经历了潮起潮落,由繁华富贵鼎盛一时,到身败名裂一败涂地。盛极必衰,乐极必哀,这便是历史的发展规律,也是诗人从“以往社会之现象”所得出的总结认识。在诗中,对于这些历史人物,诗人一方面多持以旁观者的冷眼相待的态度,另一方面又似含劝慰语气,但都从根本上隐含了“垂示”当代的暗示和讽喻。所谓暗示,即诗人依据这些历史人物的命运,比附令其不满的现实中的

① 黄震云:《楚辞通论》,长沙:湖南教育出版社,1997年版,第248页。

一切也必将步其后尘,成为历史,归寂虚无。所谓讽喻,主要是诗人针对上层统治阶层的争权夺利和尔虞我诈而作的铮铮劝慰——即使一旦成功,所有的荣耀富贵也必将被历史遗弃。诗人在此即奉劝那些蝇营狗苟者,远离世间纷乱的权利争斗,使一切各得其所,各守已任,才能追求和实现和谐的社会状态。其他的历史人物则多是诸子百家中对后世影响深远的儒、道、墨的创立者或践行者。诗人此为,即欲以此探讨、追寻"和"的社会状态下的思想构成。这也是诗人为从思想上改造社会而进行的一种尝试。

每一个历史人物都是一段历史。而历史又是发人深省的。诗人以一段段的历史为镜,鉴证自己对现实的思考。这种思考在重温人物的历史中展开,在对这段历史的讨论中结束。其虽以历史之名,却又含沙射影地对现实进行了理性的批判,夹杂了诗人对人生观、世界观、价值观的深刻思索。

从这种思索里,我们窥见的是诗人对现实的"白眼"以及内心深处渴望"青眼"的矛盾。不管是作为正面还是反面例证,《咏怀诗》中的历史人物意象都被笼罩在了层层的悲观迷雾之中,故而多着悲剧色彩,因此诗人的结论中也通常充斥着悲观厌世的论调。虽然如此,但这并不能掩盖阮籍的儒家兼济天下的功名之志。《咏怀诗·其十五》中的"昔年十四五,志尚好书诗"即道此志。但之所以造成如此的矛盾,关键就是诗人对死亡的恐惧。在他的眼中,死亡包括了一般意义上的生命的自然消亡,更包括了生命被意外剥夺的难虞之虑。后者也更能够迫使诗人体现悲观情绪的抒发欲望。

"阮籍喜用李斯事以为诫",①不是没有缘由的。李斯,可以说是中国历史上的一个悲情十分浓厚的人物。他的命运,也给后人带来了深刻的启迪。阮籍更是从中有所感悟。

诸多历史的前车之鉴,令诗人在其生活的血雨腥风的环境中,不由产生了这种消极中带有哲思的欲望。消极并非不思进取,而是对于死亡的无可奈何;哲思则指,诗人"通古今之变",以冷眼旁观名利场中的纷纭变幻,构建玄理稀释人生的痛苦。这种欲望也是诗人借助《咏怀诗》中这些历史人物所要表达的一个主要目的。这样一种悲观的情绪和态度,也是在魏晋时期的社会现实土壤中孕育出的悲美思想的体现。

《咏怀诗》中的这些历史人物已然成了典故。这些典故除了事典或语典的自身的意义之外,在审美上还具有独特的作用。《魏晋南北朝诗学》中引用刘永济先生的话说:"故用典所贵,在于切意。切意之典,约有三美:一则意婉而尽,二则藻丽而富,三则气畅而凝。"②典故的这一功用,使得阮籍诗歌意蕴充足,含蓄委婉,使人莫辨指实,而确感实有所指。这在一定程度上使得阮籍诗歌呈现出了"归趣难求"的风格。虽然,与屈原藉以表达的积极的入世态度相比,阮籍则正好相反。

---

① 陈伯君:《阮籍集校注》,北京:中华书局,1987年版,第228页。

② 刘永济:《文心雕龙校释》,北京:中华书局,1962年版,第140页。

二、神仙人物

（一）传统——屈原楚辞中的神仙人物意象

神仙人物意象在中国文学史上的出现，可以追溯到屈原《楚辞》和《山海经》。但从文学性而论，《楚辞》则当是大规模将神话素材引入文学创作的开始，其中不乏众多神仙人物意象的出现。屈原《楚辞》中的此类人物意象，从性质上讲，其附着的神话色彩更为明显。作为一种较原始的、带有宗教色彩的文学意象，最终作用是以其神性和仙性焕发出了诗人内在矛盾中折射出的人性光彩。

《楚辞文化背景研究》中言：

> 《楚辞》的抒情主人公形象，诞生于楚国巫风和求仙特盛的文化心理氛围之中，它以浓厚的神性和仙性为《楚辞》增添了无比瑰丽的色彩。……作品所表现出来的抒情主人公的神性和仙性因素，只不过是具有象征意义的表层特质，而那人性因素则是体现其思想内涵的深层特质。毫无疑问，诗歌抒情主人公对于世俗的深刻揭露，对于腐败现实的无情批判，都表现着诗人那愤世嫉俗的精神，而且为抒情主人公的精神内核。而他的神性和仙性都不过是这精神内核的外化和象征，是诗人理想和现实不可调和的矛盾的艺术化反映。[①]

因为神仙人物意象带有一定的宗教色彩——其原型意义的体现者，故而，在表现诗人精神内核的过程中，这种特性也会进入人们的审美世界并得以稳定地传承。神仙人物意象在后世的传承中，渐渐交杂了神性和仙性。屈原楚辞中的此类人物意象虽并非完全是神性的，但越到后世，这种神性便越来越被仙性所替代。这是从意象色彩上得出的对其性质的判断。正基于此，这也构成了此类人物意象内涵发生变化的重要原因。这种差别虽然细微，但却构成其意蕴区别的荦荦大端。荣格在《心理学与文学》里提出了“集体无意识”的概念。[②] 从其概念的内涵来看，屈原楚辞中的此类人物意象大多是集体无意识的主要内容——原型。这种原型“存在于所有的个人之中，它是集体的、普遍的、非个人的。它不是从个人那里发展而来，而是通过继承与遗传而来”，“只有通过后天的途径才有可能为意识所知，它赋予一定的精神内容以明确的形式”。[③] 屈原在“信巫鬼，重淫祀”的文化环境中，无意识地将当地的和传统的神话引入文学创作，并以一种原始的诗性思

---

① 赵辉：《楚辞文化背景研究》，武汉：湖北教育出版社，1995 年版，第 99 页。
② 荣格：《心理学与文学》，北京：生活·读书·新知三联书店，1987 年版，第 94 页。
③ 荣格：《心理学与文学》，北京：生活·读书·新知三联书店，1987 年版，第 95 页。

维抒发着自己的哀怨。这种无意识在其作品中处处可见。

阮籍《咏怀诗》中的神仙人物意象在精神内核上基本秉承了屈原楚辞中的创作精神和艺术手法,但在意象内涵上却存在着明显的细微差别。下文论及。

(二)阮籍《咏怀诗》中神仙人物意象存在的背景考察

《文心雕龙·明诗篇》中言:"正始明道,诗杂仙心。"阮籍《咏怀诗》即多杂仙心。自屈原至阮籍,整个神话意象都经历了一个由集体无意识的原型到个人有意识的转变的阶段。正始时期的"诗杂仙心"从形式上很明显地继承和模仿了屈原,是个人的有意识创作行为。时代迁移中的这一转变,使得此类意象的内涵也发生了变化,这包括其内涵中体现出的宗教色彩和性质的变化。

《魏晋玄学论稿》在谈到魏晋思想背景时指出:

> 汉末之后,中国政治混乱,国家衰颓,但思想则甚得自由解放。此思想之自由解放本基于人们逃避苦难之要求,故混乱衰颓实与自由解放具因果之关系。黄老在西汉初为君人南面之术,至此转而为个人除罪求福之方。老庄之得势,则是由经世致用至此转为个人之逍遥抱一。又其时佛之渐盛,亦见经世之转为出世。①

《黄老学论纲》也指出:"东汉末年所产生的'黄老道',即是道教的前身。黄老学对道教形成的影响,是沿着它的养生思想,以及这种养生思想的神仙化而表现出来的。"②

魏晋的时代社会背景,使一度黯淡的道家思想观和人生观重新活跃起来。受其影响的"逍遥抱一"和"养生思想"便是明证。"值得指出的是,随着养生之风的日益发展,当时还出现了一批隐遁谷穴以求淡泊,依赖于松、乔导引之术而求长生的半道家半神仙家式的人物。"③到魏晋时代的阮籍时,此类人物意象的性质已经侧重仙性,这是性质上的差别。

在意象的象征内涵的差别则要根据具体的文本来分析。在此之前,我们有必要对此类意象在屈原到阮籍这一时间段内做一纵向的和横向的梳理。

自东汉末年以来,文人已经屡将此类性质的神仙人物意象引入创作过程中。

汉代乐府古辞中多见此类意象。如《吟叹曲·王子乔》④、《平调曲·长歌行》、《西门

① 汤用彤:《魏晋玄学论稿》,上海:上海古籍出版社,2001年版,第196页。

② 丁原明:《黄老学论纲》,济南:山东大学出版社,1997年版,第319-320页。

③ 丁原明:《黄老学论纲》,济南:山东大学出版社,1997年版,第321页。

④ 逯钦立:《先秦汉魏晋南北朝诗》,北京:中华书局,1983年版,第261页。以下先秦至南北朝时期引用的作品,没有特别说明,均出自该书。不再一一作注。

行》中的“自非仙人王子乔，计会寿命难与期。人寿非金石，年命安可期。贪财爱惜费，但为后世嗤”、《艳歌》，等等。

三曹居多，“七子”几无。

曹操诗歌作品《气出倡》里的“仙人玉女”；《陌上桑》中的“西王母”、“东君”、“羡门”、“赤松”；《秋胡行》里的“神人”、“赤松”、“王乔”，等等。

曹丕诗歌作品《折杨柳行》中的“仙童”、“老聃”、“彭祖”、“王乔”、“赤松”并有评论；《孟津诗》中的“曜灵忽西迈，明烛继望舒”；《芙蓉池作诗》中的“寿命非乔松，谁能得神仙。遨游快心意，保己终百年”，等等。

曹植诗歌作品《飞龙篇》中的“二童”、“神皇”；《升天行》的“众仙”；《五游咏》的“王子奉仙药，羡门进奇方”、“上帝”；《远游篇》的“仙人翔其隅，玉女戏其阿”；《仙人篇》的“仙人”、“韩终”、“王乔”、“王母”、“湘娥拊琴瑟，秦女吹笙竽”、“河伯献神鱼”、“不见轩辕氏，乘龙出鼎湖”；《妾薄命行》的“想彼宓妃洛河，退咏汉女湘娥”；《远游篇》的“夜光明珠，下隐金沙。采之谁遗，汉女湘娥”；《陌上桑》的“望云际，有真人”；《杂诗七首》的“翘首慕远人，愿欲托遗音”，等等。

与阮籍同为“竹林七贤”的其他诗人中，嵇康诗歌涉及的此类意象较多。诸如其《代秋胡歌诗》的“思与王乔，乘云游八极”、“受道王母，遂升紫庭”；《四言诗》的“凌阳赞路，王子奉轺。婉娈名山，真人是要。齐物养生，与道逍遥”；《游仙诗》的“王乔弃我去，乘云驾六龙。飘飖戏玄圃，黄老路相逢。授我自然道，旷若发童蒙”；《五言诗三首》的“俗人不可亲，松乔是可怜”，等等。

由上可知，这一时期，此类意象被引入文学创作中，绝大多数寄寓了延年长寿的愿望。从文学内涵和文学审美上来看，这自然要逊色于屈原楚辞中的侧重神话色彩的此类意象。萧兵在《楚辞的文化破译——一个微宏观互渗的研究》从文学审美的角度详细地比较了神话文学和仙话文学的各个方面[①]。这里，不再赘述。从中，可以发现神话文学的文学审美内涵更丰富而且审美价值要比仙话文学高。可供参考。

（三）阮籍神仙人物意象内涵考察

从屈原楚辞到曹植的游仙诗，以幻化色彩的描写比附现实抒发情感的手法，虽然得到了传承，但其间却夹杂了浓重的仙话养生气息，大大减弱了参与现实的力度。但阮籍五言《咏怀诗》基本上沿袭了屈原和曹植诗歌中神仙意象所蕴涵的重在现实的文学精神。这在其《咏怀诗》中有着明显的体现。

阮籍对此类意象的运用，与以上所列纵横时期的诗人有所不同。他承继了屈原楚辞

① 萧兵：《楚辞的文化破译——一个微宏观互渗的研究》，武汉：湖北人民出版社，1991 年版，第1131 页。

乃至《诗经》中的模式,但象外之意却更加深广,带有玄理色彩。

第一,阮籍《咏怀诗》中的此类人物意象多与一种模式相结而成。《楚辞诗学》中已经概括了这样的一种模式:

> 饶有兴味的是,在吟诵芳草的美好之时,总不能拂去随时序代谢而发生的草木凋零的阴影。这里的芳草妙喻是与时间意识相交织的,草木凋零感乃是具象化的时间体验。《离骚》精心安排了句式机制,……二是"比"和"赋"两种句式交替使用,芳草比喻之后继以敷陈感慨的句子,二者相互间隔和推移,形成了"比——赋——比——赋"的句式组合。①

这种模式在屈原楚辞中很常见,不仅仅被用在吟诵芳草之时,其他方面亦然。其中的神仙人物意象描写也是如此。诸如,《离骚》中的这段话:

> 饮余马于咸池兮,总余辔乎扶桑。折若木以拂日兮,聊逍遥以相羊。前望舒使先驱兮,后飞廉使奔属。鸾皇为余先戒兮,雷师告余以未具。吾令凤鸟飞腾兮,继之以日夜。……世溷浊而不分兮,好蔽美而嫉妒。

前面描述了一段由神仙人物意象构成的幻图,后面紧密联系实际发表感慨。这样的感慨,掺进了大量的议论成分。我们姑且称楚辞中的这种模式为叙述加议论的组合。这种组合包含了上述的比赋组合,是比较全面的。诸如此类以议论结尾的诗歌结构,在《诗经》里已见萌芽,在以后渐趋成熟。这在庄子和屈子文学中已成蔚然之势。但论影响后世之甚者,则非屈原楚辞莫属,因为,楚辞兼具了这种组合的强烈的文学性和说理性。

盖受此影响,阮籍《咏怀诗》中普遍存在这样的结构。《咏怀诗》中16首涉及神仙人物意象的诗歌,都与其整首诗中可以充当诗眼的句子形成鲜明的对比,并于对比之中,见出诗人对现实的议论性的深刻思考。诸如:

> 二妃游江滨,逍遥顺风翔。交甫怀环佩,婉娈有芬芳。……如何金石交,一旦更相忘。(其二)
>
> 春秋非有托,富贵焉常保。……自非王子晋,谁能常美好。(其四)
>
> 轻薄闲游子,俯仰乍浮沉。焉见王子乔,乘云翔邓林。独有延年术,可以慰我心。(其十)

---

① 杨义:《楚辞诗学》,北京:人民出版社,1998年版,第65页。

……开轩临四野，登高有所思。丘墓蔽山冈，万代同一时。千秋万岁后，荣名安所之。乃悟羡门子，噭噭今自嗤。(其十五)

晷度有昭回，哀哉人命微！……安期步天路，松子与世违。焉得凌霄云，飘飖登云湄。(其四十)

独坐山岩中，恻怆怀所思。王子一何好！绮靡相携持。……置此明朝事，日夕将见欺。(其五十五)

昔有神仙士，乃处射山阿。乘云御飞龙，嘘噏叽琼华。可闻不可见，慷慨叹咨嗟。自伤非畴类，愁苦来相加。下学而上达，忽忽将如何！(其七十八)

……三山招松乔，万世谁与期？存亡有长短，慷慨岂焉知？……不见季秋草，摧折在今时。(其八十)

昔有神仙者，羡门及松乔。……人生乐长久，百年自言辽。白日陨隅谷，一夕不再朝。岂若遗万世，登明遂飘飖。(其八十一)

这样的组合结构，让诗人在诗这样的文体中，有了较大的议论空间。这也可能与阮籍时期玄学对文学的影响有着很大的关系。陈寅恪先生在《陶渊明之思想与清谈之关系》中指出，魏晋玄谈之风，“实始于郭林宗，而成于阮嗣宗”。[①] 这种玄谈之风在阮籍诗歌创作中即被用来作阐发议论之用。虽然，这样的意象在诗歌的位置不定，但却从整体上体现出了叙述加议论的组合。

当然，阮籍诗歌中神仙人物意象的作用也并不尽如此。《咏怀诗》中有的诗篇就是这种意象的组合。究其内容，则见仁见智。诸如，其六十五：

王子十五年，游衍伊洛滨。朱颜茂春华，辩慧怀清真。焉见浮丘公，举手谢时人。轻荡易恍惚，飘飖弃其身。飞飞鸣且翔，挥翼且酸辛。

诗里描写了多个神仙人物意象。通篇之中，惟觉形象缥缈，视觉恍惚。虽然其中亦露诗人点拨之笔，但要得其确解，往往不可。这可能是嗣宗用笔太甚的缘故，容易造成理解上的困难。

再如其十九：

西方有佳人，皎若白日光。被服纤罗衣，左右佩双璜。登高眺所思，举袂当朝阳。寄颜云霄间，挥袖凌虚翔。飘飖恍惚中，流眄顾我傍。悦怿未交接，晤言

① 陈寅恪：《金明馆丛稿初编》，北京：三联书店，2001 年版，第 208 页。

用感伤。

整首诗刻画了一个神仙佳人的形象,但其确旨,几无从考证。

第二,阮籍《咏怀诗》中此类意象其象外之意,更加丰富。

首先,与屈原楚辞相比,阮籍《咏怀诗》中的此类意象,体现出了明显的有意识性。另外,诗人以之表达的情感,也远不是屈赋所主要发抒的忠君恋阙,而是着重于对人生思考的放大和深化。

其次,与以上诗人诗歌中的此类意象相比,《咏怀诗》中的此类意象蕴涵非只求仙并寓出世之志如此简单,而多以仙喻俗,寄寓了对现实的深刻思考。这与之前大多数诗人以此主要表露求仙延年的鄙俗思想相较,确当是一种进步。人性因素依然是"体现其思想内涵的深层特质"。

由以上分析可知,虽然阮籍《咏怀诗》中的此类人物意象色彩与屈原楚辞中的不尽相同,或已有很大不同,但从内涵上讲,二者之间还是存在着相当程度上的一致。

常若松《人类心灵的神话——荣格的分析心理学》在谈到集体无意识的构成原则时说:

> 原型的先在性结构决定了无意识必定具有超验性,但是单纯的超验永远是无意识的。原型要想在现实中有所体现,它必须使自身的潜在意识与现实意识中的情境统一起来。只有在这种统一中,我们才能看到原型的心理能量效应——原型意象的显现。原型仅是一种潜意识,它是空洞的,只有与具体情境结合起来,它才会受到激发,有所显现。①

屈原楚辞中的神仙人物意象自诞生于文学史以来,便居于原型意象的地位。这样的原型意象是一种"潜意识",是"空洞"的,"只有与具体情境结合起来,它才会受到激发,有所显现"。阮籍诗歌和屈原楚辞中的此类意象都是在与诗人各自的情感思想相结合之后,才会是实在的,有血肉的。因为二人在具体的情感抒发上,肯定会存在不同之处,故而其意象内涵也在此体现出不同。但,阮籍承继了屈原楚辞的艺术表现手法。他在具体的环境中,虽然没有抒发如屈原般的忠君恋阙的情怀,却将屈原的高尚人格纳入到了自己构建的人格理想中,也继承了屈原以虚幻脱离现实的创作思路,表现了与屈原趋近共同的现实观。这些都是二人诗歌中此类意象所体现出的一致之处。

① 常若松:《人类心灵的神话——荣格的分析心理学》,武汉:湖北教育出版社,1999 年版,第 113 页。

如果说,二者之间存有差别的话,那就是针对从细微处着眼的关于其应用此类意象究竟是有意识还是无意识的问题而言的。屈原所处环境巫术氛围浓厚,其也耳濡目染。可以说,他对此类意象的运用是无意识的。但阮籍则不同。他身处的时代由于多种因素的综合作用,使得这类意象在文学创作中得以复兴。阮籍以此入诗的文学创作行为,当是有意识的。如果说,屈原诗歌中的此类意象的引入是"本能存在"①,且只是为了"使难以理解的现实呈现出种种戏剧性的属性",使"人们在对世界假想性的把握中宣泄了种种令人不安的情绪"②,而呈现出一种无意的主动性,那么,阮籍以此类意象入诗则呈现出有意的被动性。

另外,这种原型虽是空洞的,但却给人以形象上的审美初感,并且影响了后世。屈原诗歌里的神仙人物意象,随着诗人的情感起伏,自由翱翔于诗人编织的神幻世界里,听任诗人情感的驱遣。这种可能共源于庄子文学和屈原诗歌的灵动飞舞的审美初感,装饰了诗人情感的浪漫,从而带有浓厚的文学气息。这点在阮籍《咏怀诗》中亦有比较明显的表现。

阮籍诗歌虽"杂以仙心",却又超于仙心。这主要体现于其对神仙人物的向慕,非止或不在求仙,而在对那种飘摇虚幻的审美状态的体验。这在诗中有所体现。《咏怀诗·其十》中王子乔的乘云而翔,《咏怀诗·其四十》中安期与松子的凌云飘摇,等等。这些状态伴随着一种灵动性,一种诗人对周身现实寄予的理想体验与哲学感悟。这自然与阮籍的良好的玄学素养有关。这种虚静中的灵动,盖是玄学人士所趋好的。嵇康在《兄秀才公穆入军赠诗》(息徒兰圃)中更加诗意地描绘出了这样的状态:"目送归鸿,手挥五弦。俯仰自得,游心太玄。"如此诗意的灵动感悟,便是承继庄屈而来。

---

① 荣格:《文学与心理学》,北京:三联书店,1987年版,第96页。
② 袁行霈:《中国文学史》(第一卷),北京:高等教育出版社,1998年版,第39页。

汉宋楚辞注释话语中的君臣观念变化

——以《楚辞章句》、《楚辞补注》、《楚辞集注》为例

河北大学 孙 光

屈原在三家的注释话语中毫无疑问都是"忠君"的,在这一点上并无不同。但注释者对笔下注释形象的阐释中不可避免地会带有时代政治思想和文化影响的印记,虽然"忠君"是由汉至宋乃至整个封建社会中的最高原则,但在不同的时代形式和文化背景下,其"忠"的内涵和表现方式还是有差别的。在我们的讨论范围里,这种差别的影响尽管细微,但确实存在,而从三人不同的注释话语中也就可以看出士人君臣观念的某种变化。

"士"是中国古代社会中一个极其重要的特殊阶层,本文无意对此阶层的产生缘起和发展源流做出梳理和说明——诸多前贤对此已多有精辟之见,毋庸置喙了,与我们论题相关的是"以道自任"的这个阶层在逐渐发展壮大的过程中对于"道"与"势"关系的认识也在逐渐调整。士阶层自认掌握着社会的最高价值——道,但他们却没有保证此价值实现的足够外部条件,因为社会的最高权力——势——掌握在君主的手中,那么,如何实现"道"就成了一个复杂而微妙的问题。"道统是没有组织的,'道'的尊严完全要靠它的承担者——士——本身来彰显。因此,士是否能以道自任最后必然要归结到他和政统的代表者——君主——之间是否能保持一种适当的个人关系。""适当"是一个具有极强分寸感的要求,需要士人对对社会政治和文化的现实环境有正确的理解和认识,并在此基础上摆正自己在君臣关系中的位置。而对于一个因掌握了文化而在精神上高自期许的阶层,这个"适当"位置的寻找注定是一个艰难的、不断调整的过程。

在以原始儒家为代表的早期士人的观念中,"道"是高于一切的终极价值,当然也高于"势"。"笃信好学,守死善道。危邦不入,乱邦不居。天下有道则见,无道则隐。邦有道,贫且贱焉,耻也;邦无道,富且贵焉,耻也。"(《论语·泰伯》)"天下有道,以道殉身;天下无道,以身殉道。未闻以道殉乎人者也。"(《孟子·告子上》)"古之贤人,贱为布衣,贫为匹夫。食则饘粥不足,衣则竖褐不完。然而非礼不进,非义不受……子夏贫,衣若县鹑。人曰:子何不仕?曰:诸侯之骄我者,吾不为臣;大夫之骄我者,吾不复见。"(《荀子·大略》)因为"道"高于"势",则掌握着"道"的士人在君臣关系中也扮演着引导者的角色:"君子之事君也,务引其君以当道,志于仁而已。"(《孟子·告子下》)士可以为君主之"师",竭尽心力导君以"道",使之归"仁"。"士与王侯在政统中可以是君臣关系,但在道

统中则这种关系必须颠倒过来而成为师弟。"[①]"道统"是理论范畴,而"政统"才是现实的存在,虽然在某种时刻确实存在过君主师事士人的胜景,但事实是,不论是凄惶一生"志于道"的孔子,还是藐视王侯养其"浩然之气"的孟子,都不曾真正有机会引领哪一个君主走向他们理想的"道"的境界,而他们在这一过程中始终坚持的带有理想主义色彩的近乎于悲壮的抗争,则激励了后世无数士子为达到这一境界而不懈奋斗。

经过了暴秦的压抑和汉初短暂的自由与振奋之后,随着专制政治的巩固和思想统治的强化,西汉中期以后,士人被越来越多地正式纳入到封建统治系统之中,成为国家机器的重要组成部分,"士"逐渐转化为"士大夫",而随着身份的变化而来的是思想上的认同。在某种程度上,这个"被体制化"的过程实际上是自觉进行的,士人们以自己的学问和识养制定了一系列典章制度和礼义规范,确立了"君尊臣卑"的原则,把君主置于纲常教化的顶端。在这个体系之中,他们自己的位置又能在哪里呢?司马迁《报任少卿书》中云:"上之不能纳忠效信,有奇策才力之誉,自结明主;次之又不能拾遗补阙,招贤进能,显岩穴之士;外之又不能备行伍,攻城野战,有斩将搴旗之功;下之不能积日累劳,取尊官厚禄,以为宗族交游之光宠。"这段"所以自惟"是太史公惨遭不幸后的愤懑之语,有批判嘲讽之意蕴涵其中是毫无疑问的,但是从中我们可以看出当时社会对于士人价值的主流评判取向。当君臣之间不再有相对的平等,士人需要通过效忠君主而取得禄位,在对君主的绝对忠诚的前提下来实现个人的价值的时候,依附性的增强就是不可避免的了。但是,这个以"道"相尚的阶层从来不曾放弃自己的价值立足点,在规划社会思想文化统治体系时依然将其作为最高的理论范畴,君主拥有现实中的权威,但要在理论上受"道"的约束,士人们期望着"道"与"势"能够在新的时代条件下达成新的动态平衡。而除了维护"道"的满腔热忱之外,这一并不掌握其他实用技能的群体所仅能凭借的就是自己的文化素养——这种素养又大多只能以文辞言语的形式表达出来。从战国纵横之士的"以唇吻奏功"到汉末党锢诸子"以口舌救世",这个人类最柔软的器官在士人那里被赋予了最重要的使命。在社会常态之下,这个使命相对单一,就是"谏君"。"臣"对"君"的依附性越来越强,自然不可能再以"师"的身份来"引其君以当道",所剩下的就只有"谏"之一途了。虽然"谏"不始于汉,但汉代却是"谏"真正确立地位和发挥作用的重要时期。"士"通过"谏"来拾遗补阙,匡正君过,实现自己的道义承担;"君"通过"纳谏"来完善品行,巩固统治,树立良好的舆论形象,君臣由此各得其所。

汉代君王的纳谏从高祖就开始了:"昔高祖纳善若不及,从谏若转圜,听言不求其能,举功不考其素。"(《汉书·梅福传》)史家的说法多少有美化的成分,但刘邦虽有轻侮大臣的无赖习气,却并不缺乏知人善任的眼光和气度,他明了自己所以得天下的主要原因

---

① 余英时:《士与中国文化》上海:上海人民出版社,1987年版,第105页。

就是任用了“人杰”,为了保有这个偌大的天下,也采纳了陆贾的建议而初步奠定了社会思想文化的基础。以宽俭仁惠著称的文帝多次下诏“举贤良方正能直言极谏者,以匡朕之不逮。”(《汉书·文帝纪》)“每朝,郎官者上疏,未尝不止辇受,其言不可用,置之;言可采,未尝不称善。”(《汉书·爰盎传》)贾山屡次上书,“其言多激切,善指事意,然终不加罚,所以广谏争之路也”。(《汉书·贾山传》)武帝好大喜功,其纳谏亦充满了个人的喜好和随意的倾向:“孝武皇帝好忠谏,说至言,出爵不待廉茂,庆赐不须显功(颜师古曰:‘谓谏诤合意即得官爵,不由荐举及累功也。’),是以天下布衣各厉志竭精以赴阙廷自炫鬻者不可胜数。”(《汉书·梅福传》)谏诤成了入仕之一途,自然会更加激起士人热情。“四方之士多上书言得失,自炫鬻者以千数。”(《汉书·东方朔传》)随着选举制度的日趋完善,这种熙熙攘攘、群情高涨的景象也成了历史,进谏逐渐恢复了常态。

当进谏褪去了谋官求禄的世俗作用,其本来的道义承担价值才能开始彰显。但这一过程又是与君主专制政体的完善和强化进程相一致的,就不能不染上异样的色彩了。“谏”的本义就是要限制君主不可肆意妄为,在君权绝对化的大势之下,“谏”能否起作用、起多大的作用更多地取决于君主个人的气度容量、甚至一时的情绪。《汉书·元帝纪》有记载:“宣帝所用多文法吏,以刑名绳下,大臣杨恽、盖宽饶等坐刺讥辞语为罪而诛。”颜师古注云:“刑名者,以名责实,尊君卑臣,崇上抑下。宣帝好观其《君臣篇》。”一方面是对君主的忠诚越来越成为主动的自觉,另一方面是“谏”之不慎就会危及身家性命,既要践履臣责,也要全性保身,对“谏”的坚持程度和方式选择就成了士人所必须面临的最艰难、也是最能考验其品性的问题。一般来说,在相对太平的社会之中,面对强势君主,士人对全身的需求更强一些,会更多地注意进谏的方式方法,典型者如东方朔之流;而衰微的乱世会激发起士人的基于道义承担的济世热情勇气,不再过多顾忌自身安危,典型者如汉末诸贤的“以口舌救世”。

东汉自王莽的篡夺中重新确立了汉室政统,政权前期的相对稳定也令人振奋,历来重视名分的士人当然欢欣鼓舞,对各种保障君主权威的措施高度认同,忠诚愈加发自内心。“其君天下也,炎之如日,威之如神,函之如海,养之如春。是以六合之内,莫不同原共流,沐浴玄德,禀养太和,枝附叶著。”班固的这篇《答宾戏》是针对东方朔《答客难》而发,却完全没有了汉初士人束缚初加于身时的那种压抑和痛苦之感,而仿佛一件原本尺码过小的衣服穿久了也会适应甚至喜爱了一样,完全是一派如沐春风的心悦诚服。在这种心境之下,屈原指斥君过的直言极谏当然是不合时宜的,遭到批判就顺理成章了。

王逸生活在东汉由盛转衰的时期,外戚擅权、宦官乱政的迹象逐渐显露,士大夫的济时清世活动亦由此触发。和帝时,外戚窦氏兄弟权倾天下,朝廷便多有谏争:“永元之际,天子幼弱,太后临朝,窦氏凭盛戚之权,将有吕、霍之变。幸汉德未衰,大臣方忠,袁、任二公正色立朝,乐、何之徒抗议柱下,故能挟幼主之断,剿奸回之逼。不然,国家危矣。”(《后汉书·朱乐何列传》)何敞屡次切谏,招致窦氏嫉恨,敞云:“夫忠臣忧世,犯主严颜,讥刺贵臣,至以杀身灭家而犹为之者,何也?君臣义重,有不得已也。”(《后汉书·何敞传》)再如虞诩,“好刺举,无所回容,数以此忤权威,遂九见谴考,三遭刑罚,而刚正之性,终老不屈”。甚至准备着“将从史鱼死,即以尸谏”。(《后汉书·虞诩传》)士人们所标榜的“忠”和“君臣之义”无疑是他们危言危行、不避祸患的主要心理支撑,而这种以“忠”为前提的“君臣之义”也正是王逸对屈原的定位,对屈原“进不隐其谋,退不顾其命”之“谏”的赞赏亦无疑源于这种“婞直之风”的激发。王逸与班固,对屈原之“谏”所持态度迥异,但在恪守君臣之道的意义上其实是完全一致的,同属于一个君尊臣卑、臣附属于君的话语系统。

魏晋南北朝的动荡和分裂导致了君权的衰落和儒学思想统治地位的式微,随着而来的是人的觉醒,士人比以往更为强烈地意识到了自身独立价值的存在。建安士人慷慨激昂地追求功名事业,要“建永世之业,流金石之功”,“戮力上国,流惠下民”,着眼点主要在个体声名的确立而非对君主的忠诚。正始之音的主旋律是“忧生之嗟”,其所忧的内涵更多倾向于个体生命的存亡而非曹魏政权的危机。甚至,在西晋最为兴盛的太康时期,朝野上下弥漫的却是肆于物欲、贪图权势的风气,而不是为新政权效力的高昂激情。东晋南朝的世家大族在政坛上占据举足轻重的地位,但他们更为关注的还是自身权势的保持和扩张……如此等等的种种现象,虽然个中原因复杂,但最根本之处其实就在于士人对“自我”的重视,这“自我”既包括传统价值观赞许的建功立业的精神追求,也包括其不认同甚至反对的权利富贵的物质享受。在这样的“自我”意识里面,“忠君”所占的比例无疑是不会很高的。可以说,整个魏晋南北朝是士人和君主关系相对较为疏离、士人群体“忠君”观念较为淡薄的一个时期。

至唐,情况有所改变。唐代大一统的社会政治形势和较长时期稳定上升的国势重新激发了士人投身其中的参与热情,而唐代社会所特有的开放性和包容性和君主政体的逐渐成熟也为促进君臣关系向一个新的方向发展提供了可能。《新唐书》卷九十七《魏征传》记录了魏征对唐太宗的一次进谏,他直言不讳地批评太宗与贞观初年相比,在生活奢侈、纵欲劳人、亲近小人等十个方面不能恪守始终,言辞激烈,毫不留情。而太宗闻奏后,曰:“朕今闻过矣,愿改之,以终善道。有违此言,当何施颜面与公相见哉!方以所上疏,列为屏障,庶朝夕见之,兼录付史官,使万世知君臣之义。”唐太宗的从谏如流自是史家津津乐道的话题,但这番言辞中体现出来的不仅仅是一个封建君主虚心接受了大臣的批评,这种接受的态度倒是更值得注意的,它不是高高在上的施舍性赐予性的接受,那种坦诚和谦逊更像是对待一个诤友的逆耳忠言。在唐敬宗宝历年间的一次“贤良方正直言极谏”科的考试之中,一个叫舒元褒的考生在对策中写道:

我太宗、玄宗,明圣之资,海内从化。而房、杜、姚、宋,当至理之代。皆尽启沃之力,咸有匡辅之道,主圣臣贤,君臣道合,是以贞观、开元与汉之功臣有异,而两朝功德事业,光乎史册。(《文苑英华》卷490《直言》,中华书局,1966年。)

虽不免稍有溢美之辞,但还是基本符合事实的。唐代之所以迅速发展兴盛,与“主圣臣贤”的良好合作是密不可分的,而这种被称为“君臣道合”的合作,已经有了基于共同奋斗目标的些许平等意味了。

宋王朝虽然积贫积弱,国势不盛,却是我国封建社会的成熟形态,对君臣关系的认识也有了更进一步的发展。首先是君主延续了唐代明君对君臣之间这种同道共治的相对平等关系的意识。《续资治通鉴》卷一二太宗太平兴国八年十一月条载:

帝又曰:“朕历览前书,大抵君臣之际,情通则道合,故事皆无隐,言必可用。朕励精求治,卿等为朕股肱耳目,设有阙政,宜悉心言之。朕每行一事未当,久之寻绎,惟自咎责耳,固不以居尊自恃,使人不敢言也。”

君臣之间首先要“情通”,之后才能“道合”,臣下才能尽心竭力,畅所欲言,而要做到“情通”,君主就要放下身架,“不以居尊自恃”。如果说太宗此言或多或少还有些自我标榜的空泛之意,神宗在面临王安石不愿奉诏任职的时候所说的一段话就更为切实和有意味了。《续资治通鉴》卷六十七神宗熙宁三年六月条载:

乙巳,安石谒告,请解机务。帝怪安石求去,曰:“得非为李评事乎?朕与卿相知,近世以来所未有。所以为君臣者形而已,形固不足累卿;然君臣之义,固重于朋友。若朋友与卿要约勤勤如此,亦宜少屈。朕既与卿为君臣,安得不为朕少屈?”安石欲退,帝又固留,约令入中书。安石复具奏,而合门言:“有旨,不许收接。”安石乃奉诏。

宋神宗的这段话可以和前面唐太宗对魏征所言的那段有相似之处,但明显语调更恳切,那种言语之中蕴涵的殷切渴望之意使君主的姿态放得更低。

与君主这种认识相应的是宋代士大夫对自身价值和责任的更高期许。宋代是封建王朝中文官政治的顶峰,“偃武修文”的国策方针和科举制度的完备使得大批士人进入官僚机构。这其中不仅包括作为此前各王朝官僚主体的上层士人,更包括大批来自于社会下层的寒门士子,而后者因其早年困顿的生活经历而深知民生疾苦和政事之弊,亦由此奠定了他们坚定而切实的济世之志的思想基础。同时,时代文化的全面高涨也给宋代士人提供了较前代任何一朝都优越的读书进学条件,活字印刷术的发明使得典籍的流传和获得更为容易,书院的广泛设立使得学习和讨论更为便捷,科举与入仕的紧密结合则是向学的极大动力……如此等等,既造成了是苏轼所言的“释耒耜而读书者,十室而九”的盛况,也使得宋代学者掌握了远超越于前辈的知识,具备了源于此种高深学识素养的宏大眼界和恢弘气魄。他们比前代士人更自信、更有担当,而且,在富于个性的同时,也更理智。在与君主的关系这个重大问题上,这种个性和理智都体现得非常明显。作为儒学的重要发展阶段,宋学和汉学相比,显然更具有怀疑精神,这也显示了宋人的学术气魄和思考的独立性,但这种怀疑不是针对君主政体的,相反,君主集权经过漫长历史时期的检验,已经被证明了是行之有效的,宋代士人对君主自觉的忠诚是无可置疑的,他们所有的努力都是为了使这一政体更加完备而已,其中也包括了为他们自己寻找和确定一个合适的位置。他们怀着“先天下之忧而忧,后天下之乐而乐”、“以天下为己任”的道义承担,怀着“为天地立心,为生民立命,为往圣继绝学,为万世开太平”的宏大抱负,觉醒了的富于独立性的人格自然不愿意接受汉唐士大夫笼罩于君主权威之下的卑微和顺从,所以,“打破‘士贱君肆’的成局自始至终是宋代儒家的一个最重要的奋斗目标。”①但是,这种“打破”又不是停留在先秦儒家那种基于批判立场的单纯强调道高于君的舆论阶段,而是在承认君主权势和地位的前提下尽可能地张扬自己的价值,以此来帮助甚至指导君主达到更高的道德水平,从而实现自己的济世之志。“有笔头千字,胸中万卷,致君尧舜,此事何难?”(苏轼《沁园春》)苏轼虽然是化用了杜甫的成句,但其中的自信和乐观却是远远过之的,即使受挫也不改昂扬情调,实际上也是代表了一代士子的典型心理。

在这种心理的作用下,宋代士大夫们在和君主的交往中,往往有意识地追求一种相对的平等,甚至以师友自居。前引王安石对宋神宗的态度就是明显例证。相同者还有反对王安石变法的司马光,也是因君主不用其言而不惜违命不肯奉召。他们的心目中,是“以天下为己任”的,他们对君的态度取决于君对他们所持之“道”的态度,这样,在忠诚于君的大前提下,他们关注的焦点会随着“天下”大势的趋向而有所调整。

两宋之交是国家存亡的危急关头,异族入主的奇耻大辱极大激发了士大夫们的英雄主义精神,爱国成为最强烈的时代之音。而封建时代的爱国若想成为现实,首先离不开君主的支持,而从根本上讲,君主与国也是不可分割的;其次要求个体执著的信念。所以,在洪兴祖的注释话语中,屈原对国家的忠诚与对君主的忠贞是纠结在一起的,但在其中又蕴涵了具有某种独立意义的个体人格操守。《离骚》:“苟余情其信姱而练要兮,长顑颔亦何伤?”王注:“言己饮食清洁,诚欲使我形貌信而美好,中心简练,而合于道要,虽长顑颔,饥而不饱,亦何所伤病也。何者?众人苟欲饱于财利,己独欲饱于仁义也。”洪补:

---

① 余英时:《中国知识人之史的考察》,广西师范大学出版社,2004 年版,第 325 页。

“言我中情实美，又择要道而行，虽颜色憔悴，形容枯槁，亦何伤乎？彼先口体而后仁义，岂知要者。或曰：有道者，虽贫贱，而容貌不枯，屈原何为其顑颔也？曰：当是时，国削而君辱，原独得不忧乎？”洪兴祖这里和王逸一样肯定了屈原对“仁义”的坚持，但更强调其“忧”至“顑颔”的原因是“国削而君辱”，在他的观念中，“国”与“君”是紧密相连的，如果国家受到损害，君主自然是首当其冲的受害者。而士人，则是可以凭借其高迈的人格精神超越于乱世之上，甚至以自身的毁灭将这种精神张扬到极点。

朱熹生活的时代，朝政更为昏乱，整个社会都弥漫着愚妄贪婪之风，“士无常守”，“世乱俗薄”，作为通晓古今、以整治世道人心为已任的旷世大儒，朱熹对君主的忠诚是绝对自觉不容置疑的，并且他也努力在倡导这种忠诚，他的通过遍注儒家经典所建立的庞大的理学思想体系中，君主也是高居顶端的。而在此危急之时，他是比较清楚地意识到了改变现状的根源就在君主身上，也企图以自己的努力来引导君主奋发有为，在其短暂的几十日立朝时期，所做的工作就是为宁宗讲《大学》，这似乎就是一种暗示，暗示着这位儒学大师在某种程度上在扮演着“帝王师”的角色。这种角色意识在楚辞的注释语言中也有流露。

《离骚》“忽奔走以先后兮，及前王之踵武。”王注：“言己急欲奔走先后，以辅翼君者，冀及先王之德，继续其迹而广其基也。”朱注：“言所以趋君之所向，而或出其前，或追其后，以相导之者，欲其有以蹑先王之遗迹也。”王注是“辅翼”——帮助，而朱注是“相导”——引导，这其中作用的区别是如此分明。

《离骚》“昔三后之纯粹兮，固众芳之所在。”王注：“言往古夏禹、殷汤、周之文王，所以能纯美其德而有圣明之称者，皆举用众贤，使居显职，故道化兴而万国宁也。”朱注：“言三王所以有纯美之德，以众贤辅之也。”君主所以有德，王逸以为是任用众贤的结果，而朱熹以为是众贤辅之的结果，体现出来的仍然是被动和主动的分别。

《离骚》“汤禹严而求合兮，挚咎繇而能调。”王注：“挚，伊尹名，汤臣也。咎繇，禹臣也。……言汤、禹至圣，犹敬乘天道，求其匹合，得伊尹、咎繇，乃能调和阴阳，而安天下也。”朱注：“挚，伊尹名。咎繇，舜士师。言升降上下，而求贤君与我皆能合乎此法者，如汤之得伊尹，禹之得咎繇，始能调和而必合也。”首先，双方对咎繇身份的解释值得重视，“臣”与“士师”的差别不在实际的政治地位，而是“道”与“势”的关系不同，在朱熹的注解中，“道”是高于“势”的。其次，抛开所谓“调和阴阳”的阴阳观念不说，二人注释话语中臣与君的主体性也是不一样的。王注中君是主体，臣子是君主“敬乘天道”加以选择的对象，是被动的；朱注中臣是主体，需要君与自己在“合乎此法”的基础上才能建立良好的合作关系。

《九辩》：“骥不骤进而求服兮，凤亦不贪餧而妄食。”朱注：“言士不求君，君当求士也。”

《九辩》:“愿寄言夫流星兮,羌倏忽而难当。”王注:“欲托忠策于贤良也。行疾去亟,路不值也。”朱注:“寄言,欲附此言以谏诲其君也。”此处的“谏诲”一词很有意味:既有臣对君的“谏”,又有师对生的“诲”,恐怕这是朱熹煞费苦心造出的词语吧,很真实生动地反映了这位大儒的理想和无奈。就像他总结《九辩》最后一章的文意时说的:“此章首言前圣之可法,次言己志之不伸,次愿乞身以远去,而终不忘于吁天以正其君,文意方足。”时刻把“正其君”作为自己自觉的责任承担,甚至不在意得志与否,但所能凭借的武器呢?除了形而上的“道”之外,恐怕也只能是“吁天”了。他们和原始儒家站在在野的批判立场不同,他们是体制之中不可缺少的重要部分,并且对此有相当的自觉。从王逸到朱熹,士人的君臣观念在变化,但封建社会士人依附于君的共同命运,是不会改变的。而对于那些意识到了这种命运并努力与之抗争的士人来说,他们的失败虽然强化了这种命运的悲剧性,却在身躯倒下的同时树立起了精神的尊严,并以此启迪和激励了后来者对成功的渴望。

政局困窘下宋朝诗人的屈骚情怀

(台湾)静宜大学中文系　张简坤明

一、前言

赵宋自立国之后,行右文政策,文化上有崭新的发展,在政治方面却出现令人担忧的局面。赵宋自开国以来,就长期遭受北方少数民族的侵扰;如辽、金、元等。强烈的民族情怀与忠君爱国意识,使宋代文人义无反顾地肩负统一天下、扫除异族的重大责任。因此对历史上忠君爱国的文人志士充满企慕,希望由他们身上获得精神上的支撑和鼓舞,将异族赶出宋朝疆域。

屈原的高尚情操,不仅受到百姓与士大夫的敬仰和爱戴,同时也受到统治阶层的首肯与推崇。宋神宗出于定国安民的需要,追封屈原为忠烈公,并将农历五月五日为端午节,命令全国纪念屈原。北宋中后期以后,党争十分激烈,引起一连串的"文字冤狱",如:崇宁党禁、绍兴党禁、庆元党禁等,使很多文人名士被罢免、丧失生命。而屈原的遭贬也是党争的后果所造成的,宋代诗人所处的政局困窘、他们的遭遇,因而和屈原产生共鸣关系。屈原所面临的斗争,也是新旧党之争。如:

> 上官大夫与之同列,争宠而心害其能。怀王使屈原造为宪令,屈平属草稿未定。上官大夫见而欲夺之,屈平不与。因谗之曰:"王使屈平为令,众莫不知,每一令出,平伐其功,以为'非我莫能为也'。王怒而疏之。"

党争下的宋代诗人所面临同样的问题,迫使宋代诗人在内心里产生巨大的政治压力,他们对现实和未来充满了疑惑与思考,继而产生"士不遇"的心理郁结、悲愤、忧虑、失落、逃避等。宋代诗人想要借助前代忠臣烈士屈原来抒发自己内心的痛苦、失落,这种难以抗拒的压力感直接影响到宋代诗人的创作心态。在政局困窘下宋朝诗人的屈骚情怀,约可分为三种。本文将分三点论述,(一)忠君爱国情怀;(二)重塑正确文统观;(三)塑造人生典范。提出个人浅见,供与会学者参考。

二、宋朝诗人的屈骚情怀

宋代诗人面临政局困窘的问题,迫使他们在内心产生巨大的政治压力,他们对现实和未来充满了疑惑与思考;必须借助忠臣烈士——屈原来抒发自己内心的痛楚;在政局困窘下的宋朝诗人,所呈现的屈骚情怀,约可分为三种:

(一)忠君爱国情怀

唐以前文人对屈原的评论主要是褒扬和贬抑两种。褒扬者如刘安、司马迁等从屈原人格高洁的角度,认为“其志洁”、“其行廉”,“推其志也,虽与日月争光,可矣”,贬抑者如班固、颜之推等则从屈原言行过激的角度,认为屈原“露才扬己”、“显暴君过”、“忿怼不容,沉江而死”。朱熹:

窃尝论之:原之为人,其志行虽过于中庸而不可维法,然皆出于忠君爱国之诚心。

明确点出“忠君爱国”是屈原的精神。梅尧臣《答韩三子华韩五持国韩六玉汝见赠述诗》:

圣人于诗言,曾不专其中。因事有所激,因物兴以通。
自下而磨上,是之谓国风。雅章及颂篇,刺美亦道同。
不独识鸟兽,而为文字工。屈原作离骚,自哀其志穷。
愤世嫉邪意,寄在草木虫。

赞美屈原忠君忧国之心。而苏东坡《屈原塔》:

楚人悲屈原,千载意未歇。精魂飘何处,父老空哽咽。
至今沧江上,投饭救饥渴。遗风成竞渡,哀叫楚山裂。
屈原古壮士,就死意甚烈。世俗安得知,眷眷不忍决。
南宾旧属楚,山上有遗塔。应是奉佛人,恐子就沦灭。
此事虽无凭,此意固已切。古人谁不死,何必较考折。
名声实无穷,富贵亦暂热。大夫知此理,所以持死节。

对屈原忠君爱国、坚持死节的人格与情操大加赞赏。对屈原遭遇的同情与不平,寄托自己与屈原一样的拳拳忧国之心。陆游《哀郢》:

远接商周祚最长,北盟齐晋势争强。章华歌舞终萧瑟,云梦风烟旧莽苍。
草合故宫惟雁起,盗穿荒冢有狐藏。离骚未尽灵均恨,志士千秋泪满裳。

委命仇雠事可知,章华荆棘国人悲。恨公无寿如金石,不见秦子婴系颈时。

陆游平生喜读《楚辞》,写下不少作品。如:《冬日诗》、《秋夜怀哭中诗》、《夜寒》、《遣怀》等诗,都足以证明陆游对屈原牺牲自己的生命,希望能惊醒顷襄王的迷惘;目的没有达成,但忠君爱国的精神足以照耀千古。

(二)重塑正确文统观

中国文学发展来看,以儒家为代表的“诗教”和以屈原为代表的“骚怨”是两大主要取向。屈原作品的爱国精神、深挚情感、浪漫气质与象征手法,对宋代诗人的创作有非常深远的影响。梅尧臣以为:

圣人于诗言,曾不专其中。……屈原作离骚,自哀其志穷。
愤世嫉邪意,寄在草木虫。

梅尧臣重视屈原作品批判现实的传统,正是正确文统的表现;他认为屈原的《离骚》寄意草木,愤世嫉俗,哀其处时不当,是有感而发而不是无病呻吟。陆游以为:

公去蓬山轻,公归蓬山重。锦囊三千篇,字字律吕中。
文章实公器,当与天下共。吾尝评其妙,如龙马受鞚。
燕许亦有名,此事恐未梦。呜呼大厦倾,谁可任梁栋。
愿公力起之,千载传正统。时时醉黄封,高咏追屈宋。
我如老苍鹘,寂寞愁独弄。杖屦勤来游,雪霁梅欲动。

因为屈宋代表着文学的正统,所以他希望自己能够以高歌鸿文,完成起衰振危、改造社会的责任。将屈原作品视为文学的正统,是希望重塑屈原著作在宋代诗人心中的地位。又如:

我读豳风七月篇,……屈宋遗音今尚绝,咸韶古奏更谁传?
吾曹所学非章句,白发青灯一泫然。

诗的真正价值、妙处,不在藻绘精工,而在于创作者人格是否伟大,情感是否真挚。

屈原作品被重塑为文学正统,证明了宋代诗人对屈原精神与文学价值的重视。中国文学“怨”的传统,再度受到重视。孔子曾说:“诗可以兴、观、群、怨”的理论。《楚辞·惜诵》提倡“发愤以抒情”;司马迁《报任少卿书》:“《诗》三百,大抵圣贤发愤之所为作也”;

韩愈的不平之鸣，都是怨的传统。宋代诗人有壮志难酬的不平之鸣，所以对屈原"发愤以抒情"，表示一定程度的理解与同情。屈原作品出之于"忠君爱国"之真情，更奠定了《楚辞》屈原的文学正统地位。

(三)塑造人生典范

屈原"其志洁，其行廉"，"濯淖污泥之中，蝉蜕于浊秽，以浮游尘埃之外，不获世之滋垢，皭然泥而不滓者也。推此志也，虽与日月争光可也。"其崇高人格惊天地，泣鬼神，给人一种慷慨悲壮的美感。他的忠君爱国、舍生取义，正是中国传统士大夫的人生理想与道德理想，他以生命为代价来实践自己的精神追求，具体生动地展现个人文人的人格力量与精神之美。宋代是一个尚名节、重廉耻、尊儒学的社会，这种士林风范的形成，也成为整个宋代臧否人物的人格标准。屈原一生所显现出来的忠君爱国、直言敢谏的崇高人格标准，成为宋代诗人的人生典范。

林逋是宋初著名隐逸诗人，以人格高洁而成名当代。其云：

> 治世谁能吊屈平，且披湘帙散幽经。春阳尽吐芊芊草，霄极长垂两两星。
> 半壁烟岚图太华，一筑风雪访支硎。雅吟为惠将何比，明月珊瑚海气腥。

感叹现实社会中没有人了解屈原，表达对屈原孤忠的一往情深。尹洙：

> 白玉徒为洁，幽兰未谓芳。穷羞事令尹，疏不忘怀王。
> 冤骨销寒渚，忠魂失旧乡。空余楚辞在，犹与日争光。

司马光对屈原忠贞人格与《楚辞》的光辉，有非常高的评价。由此可见，宋代初期的诗人对屈原的人格形象，有充分认知与理解。

在宋代诗人中，苏轼对屈原与其作品的评价，最具代表性。其《屈原塔》中，对屈原的爱国精神表达深切的敬意。而陆游一生坎坷的遭遇，和屈原颇多相似。在报国无门、老骥伏枥、困守家中时，发出如《哀郢》诗的感慨。又如：

> 沙市三日风，万鼓鸣船头。欲去不得发，卧对青灯幽。
> 听儿诵离骚，可以散我愁。睡起铜瓶响，欣然唤茶瓯。
> 吾道无淹速，风伯非所尤。

屈原的精神俨然成为诗人痛苦心灵的家园，屈原的人格典范，可以抚慰人心。

宋朝末年戴复古于不少作品中，对屈原的人品与作品给予高度的评价。如：

管领风光此会稀,座中客宾总能诗。神仙有洞寻难见,山水当轩看转奇。
春不再生陶侃柏,人来多打李邕碑。因思屈贾伤古今,国有忠臣无用时。

布衣不换锦官袍,刺骨清寒气自豪。腹有别肠能贮酒,天生左手惯持螯。
蝇随骥尾能千里,鹤在鸡群在九皋。贤似屈平因独醒,不禁憔悴赋离骚。

屈原身处战乱衰退的末世,和戴复古所处的宋末乱世非常相似;因此发出共鸣的感触,他把屈原忧国、爱国的精神,当做作人生的典范,心向往之。

三、结论

宋代诗人对同处动荡不安、党争不断的屈原,寄予无限的共鸣。敬仰他的爱国精神,佩服他有病呻吟、有所为而作的《楚辞》创作,把它视为中国“怨”传统文统之一,给予崇高的地位;屈原不怕牺牲、直谏敢言的人格形象,宋代诗人将它视为人生的典范。

悲秋传统和时不我待的感伤

——李贺与楚辞代表作家之比较

江苏信息学院 胡敦飞

“悲秋”,这一中国古典诗歌永远也说不尽的话题,其源头究竟在何处?人们常说“宋玉悲秋”,然而这一传统,却非宋玉首创。

《诗经·小雅·四月》:“秋日凄凄,百卉具腓。乱离瘼矣,奚其适归?”《秦风·蒹葭》:“蒹葭苍苍,白露为霜。所谓伊人,在水一方。”由此,《诗经》已肇悲秋之先声。然而,人们并不把《诗经》看作悲秋文学的源头,理由主要有三:一是相关诗篇的数量少;二是悲秋意识不够明显;三是对后世影响不大。

具有明显的悲秋意识,首次在诗中大量咏叹秋景的是屈原。更重要的是,他把秋日的萧瑟与内心的凄凉相融合,形成悲秋的基调。屈原的后继者宋玉,则以其代表作《九辩》,使悲秋艺术臻于成熟。汉代以降,历代文人悲秋之作不胜枚举,如曹丕的《燕歌行》、杜甫的《秋兴八首》等,即为此类之精品。

中唐诗人李贺,因其遭遇的不幸,加上敏感的心灵,他的悲秋意识十分强烈。据笔者统计,在其二百四十余首诗中,“秋”字出现80次,“悲”字出现16次,“愁”字出现35次。另外,与秋景相关的“衰”字出现8次,“枯”字出现7次。虽然不能说出现这些字的地方都与悲秋有关,但是此类字眼的频繁出现,是一个值得关注的现象。同时,通读李贺作品不难发现,与此相关的大部分诗句所抒发的即为悲秋之情。

一

“‘自古逢秋悲寂寥’,诗人们每每将悲情愁绪与草木摇落、万物凋零的秋景联系在一起,以秋景抒其仕途失意之感喟。”①可见,“悲秋”包含两方面内容:一是萧瑟的秋景,二是哀情。

屈原描写秋景的诗句有:“惟草木之零落兮,恐美人之迟暮”(《离骚》)、“袅袅兮秋风,洞庭波兮木叶下”(《九歌·湘夫人》)、“乘鄂渚而反顾兮,欸秋冬之绪风”(《九章·涉江》)、“悲秋风之动容兮,何回极之浮浮”(《九章·抽思》)等。屈原笔下的秋景,总体特

① 吴洁:《屈原与宋玉悲秋之比较》,《中国楚辞学》第八辑,中国屈原学会编,北京:学苑出版社,2007年,第156页。

征是草木凋零,而且他所描写的是动态的过程。造成这一悲凉气氛的是“秋风”,这是屈原反复咏叹的,如上面所举的四个例子中,即有三处写到秋风。如果说屈原的“悲秋”是象征对时世、命运的哀叹,那么“秋风”则象征造成种种困境的邪恶力量。

屈原之后,宋玉的《九辩》继承并发展了悲秋文学。其发展主要表现在两个方面:一是在篇幅上,大段地描写秋景;二是在范围上,大量具有秋的特征的景物,悉收眼底。朱碧莲认为:“在借景抒情、情景交融这点上,《九辩》可说是青出于蓝而胜于蓝。”[①]如《九辩》中向来被称道的第一段,以“悲哉,秋之为气也”发端,写尽了秋的肃杀。屈原写秋景,只言及植物(草木)和气候变化(秋风);宋玉除此之外,还大量写到动物的反应,如燕子辞归、秋蝉噤声、鹍鸡悲鸣、蟋蟀夜吟等。而且宋玉写人的感受也更为具体,如“独申旦而不寐兮,哀蟋蟀之宵征”。正如颜翔林先生所说:“宋玉的《九辩》,其悲秋境界更偏重于描写多重的意象、过程的意象、变幻的意象,而这些意象,渗透着诗人的审美体验。”[②]鲁迅先生评《九辩》曰:“虽驰神逞想,不如《离骚》,而凄怨之情,实为独绝。”[③]

明胡应麟云:“‘袅袅兮秋风,洞庭波兮木叶下’,形容秋景入画;‘悲哉,秋之为气也!憭慄兮若在远行,登山临水兮送将归’,模写秋意入神;皆千古言秋之祖。六代、唐人诗赋,靡不自此出者。”[④]李贺继承了屈宋的悲秋传统,在诗中大量描写秋景,抒发悲情。根据情与景的关系,可将他们悲秋的文字大致分为三类:

(一)为情造景,景由情生

《离骚》:“惟草木之零落兮,恐美人之迟暮”,诗人并未直接面对草木零落的景象,这两句诗的字面意思是想到草木会在秋天凋零,担心美人迟暮。实际情形是先有美人迟暮之感,草木零落是因情而设,故诗人用“惟”而不是用“见”或“视”等。《九辩》:“窃悲夫蕙华之曾敷兮,纷旖旎乎都房”,宋玉的这两句诗也是想象之景,但与屈原不同的是,他不是直接写秋景如何萧瑟,而是想到昔日春暖花开,从而与眼前的风雨飘摇作对比。宋玉早年也曾得楚王赏识,但在创作此诗时,当已遭到排挤,故下文言“闵奇思之不通兮,将去君而高翔”。正是他的身世之感,使他想到蕙草的今昔变化。同时,这里的蕙草又有象征之义,“以为君独服此蕙兮,羌无以异于众芳”,宋玉是把这种香草作为自身的象征。这样,秋风中的蕙草,既与宋玉同病相怜,又融合一体。

李贺《夜坐吟》的第五、六句:“为君起唱《长相思》,帘外严霜皆倒飞”,《长相思》系乐府曲名,“此题或写思念行人久戍,或言行人久留在外,思念亲人”[⑤]。“严霜倒飞”,显然

① 朱碧莲:《楚辞论稿》,上海:生活·读书·新知三联书店上海分店,1993年,第190页。
② 颜翔林:《楚辞美论》,上海:学林出版社,2001年,第330页。
③ 鲁迅:《汉文学史纲要》,《鲁迅全集》第九卷,北京:人民文学出版社,1981年,第375页。
④ 胡应麟:《诗薮》,上海:上海古籍出版社,1979年,第5页。
⑤ 刘衍:《李贺诗校笺证异》,长沙:湖南出版社,1990年,第206页。

是作者的想象之辞,言所唱之歌感情深沉,连寒冷的秋霜也被感动。

各类作品对景物的描写虽然很大程度上是源于作者的创造,但往往是作为实景来写的。上述这种描写秋景的方式,则是作者直接或间接地告诉读者,这并非他们的眼中之景,而是心中之景、想象之景。虽然同出于想象,但是上述几例中,屈原是类比联想,宋玉是抚今追昔,李贺则逸出常轨。

(二)景物作为背景出现,情景交融

这种情况是作者把秋景作为实景来描写,在诗中的作用是陪衬、烘托。《湘夫人》全篇是写湘君等待湘夫人,盼而未至。开头两句"袅袅兮秋风,洞庭波兮木叶下",描绘秋风不绝、湖面泛波、落叶飘零的景象,为全诗定下了基调,预示湘君爱情追求的空幻。

《九辩》:"皇天淫溢而秋霖兮,后土何时而得漧",这两句描写秋雨连绵,但这并非诗人真正要悲叹的。"块独守此无泽兮,仰浮云而永叹",自身找不到出路,是令宋玉长叹的内在原因。这样,秋雨连绵的背景,又具有了象征义,用来象征楚国政治环境的险恶。再如"靓杪秋之遥夜兮,心缭悷而有哀",背景是深秋的漫漫长夜,夜长则难寐,难寐的根本原因在于心中有哀。

李贺的悲秋之作,大量是把秋景作为抒发感情的背景来描写的。如那首著名的《雁门太守行》的第三、四句:"角声满天秋色里,塞上胭脂凝夜紫",秋夜的号角声弥漫天空,战士之血与塞土一起冻凝成紫色。秋的肃杀之气与战场上的悲凉之境,融合一体。"在中国文化中,秋本来就是与悲凉、萧瑟、肃杀相对应的,战国时期的邹衍创阴阳五行说,便将秋季与西方、白色、干燥、辛味、商声等归于'金行',金即金属,和兵器、战争连在一起,主肃杀。"①秋之所以和战争联系在一起,是因为古代的统治者经常选择在秋天用兵,主要原因有:天气凉爽,庄稼成熟、军粮充足,农事较闲、有充裕的时间等。这样,战争的残酷就增加了秋的肃杀之感。再如《宫娃歌》的第五至八句:"寒入罘罳殿影昏,彩鸾帘额著霜痕。啼蛄吊月钩阑下,屈戌铜铺锁阿甄",其中的秋景描写给人的整体感觉是寒冷、寂寥。然而这只是作为背景呈现的,诗人真正要突出的是阿甄的失意、孤独,并借此表达对所有宫女的同情。

(三)秋景被作为直接咏叹的对象

《抽思》:"悲秋风之动容兮,何回极之浮浮",悲叹秋风使草木变容,北极星都仿佛在浮动。《涉江》:"乘鄂渚而反顾兮,欸秋冬之绪风",叹秋冬的余风令人心惊。《九辩》:"悲哉,秋之为气也!萧瑟兮,草木摇落而变衰"、"皇天平分四时兮,窃独悲此方廪秋"等,也是把秋景直接作为咏叹的对象。这几例中,虽然作者都是直接感叹秋景,但仅仅是在为秋天的来临而感到悲伤吗?"令人'悲伤'的既不是秋天,也不是秋'气',而是秋天透

---

① 孟修祥:《楚辞影响史论》,武汉:湖北人民出版社,2003年,第146-147页。

过种种迹象来揭示灵魂苦痛的方式。”①秋景只是诗人情绪的载体,虽被直接咏叹,却不具备独立的意义。屈原之悲是怀王多怒,如秋风动容,令人担忧;以及遭受政治打击,被放逐僻远之地,感叹楚国政局如秋冬的余风,令人心寒。而宋玉借秋景要传达的感情,即宋玉的“悲秋”实质,“是抒写‘贫士’的悲惨生活和凄怨之情”②。或者如金荣权先生所说的:“秋气之可悲,一方面是社会背景的写照,……另一方面又是自我命运的缩影……”③

李贺的《莫种树》:“园中莫种树,种树四时愁。独睡南窗月,今秋似去秋。”这里,诗人直接把秋天树木的凋零作为咏叹的对象,以至不愿看到这种景象,而产生不要在园中种树的想法。其实李贺悲叹的依然不是秋之本身,而是感叹自身命运如经秋之树。当把秋景作为直接咏叹的对象时,无论是屈原、宋玉、还是李贺,他们都并非为悲秋而“悲秋”,而是将本事隐去,借秋景为载体,来抒发自己的哀怨之情。

可见,通过描写秋天肃杀、悲凉的景象,来抒发缠绵悱恻、痛苦忧伤的感情,屈原已开其端。至宋玉则开始大段描写秋景,使悲秋文学获得高度发展,所以人们谈起“悲秋”,往往想到宋玉。李贺继承了这一文学传统,并加以发展。屈原的悲秋,既有对国家前途的担忧,也有对自身命运的哀叹。宋玉的悲秋,很有深度,描写秋景十分细致,“譬如写凋零的树木,作者就细致地铺陈了枝、叶、柯各个部分和色、体各种性状以及每个局部的细微特征,使树木枯萎衰败的景象和由此而生的伤感及其变化低沉情绪表现得淋漓尽致。”④但是宋玉的悲秋主题较为狭窄,正如吴广平先生所说:“宋玉《九辩》的‘母题’,不外因悲秋而发身世之感。”⑤李贺在范围上有所拓展,除感慨自身命运之外,也借写秋景表示对国家命运的担忧,如《还自会稽歌》等。而且,他由屈原写别人(或言神,如湘君等)的悲秋,转而为别人而悲秋,如《九月》、《宫娃歌》等对宫女的同情,《王濬墓下作》对历史人物的追忆,《官不来》对友人的贬官寄予愤慨和同情等。

二

“中国文学中有所谓悲秋主题,但悲秋的实质不是对这一特定时间的感伤,而是对生命凋零的哀叹。”⑥既然担心生命凋零,回到人自身,生命长度无法改变,唯有提高生命质量,在有限的时间里,做出一番事业。然而机遇往往不如人意,在岁月蹉跎中消耗着生

---

① [法]郁白:《悲秋:古诗论情》,叶萧、全志刚译,桂林:广西师范大学出版社,2004 年,第 34 页。

② 曹文心:《宋玉辞赋》,合肥:安徽大学出版社,2006 年,第 61 页。

③ 金荣权:《宋玉辞赋笺评》,郑州:中州古籍出版社,1991 年,第 170 页。

④ 黄震云、张鹤:《楚辞的文学思想》,《中国楚辞学》第十辑,中国屈原学会编,北京:学苑出版社,2007 年,第 103 页。

⑤ 吴广平:《宋玉集》,长沙:岳麓书社,2001 年,第 17 页。

⑥ 傅道彬:《晚唐钟声:中国文学的原型批评》,北京:北京大学出版社,2007 年,第 102 页。

命,令人顿生时不我待的感伤。《离骚》:“汩余若将不及兮,恐年岁之不吾与”,“老冉冉其将至兮,恐修名之不立”,“恐鹈鴂之先鸣兮,使夫百草为之不芳”……诗人反复感慨时光易逝,担心年老无成。钱钟书先生评曰:“言之不足,故重言之。不及壮盛,田光兴感;复生髀肉,刘备下涕;生不成名而身已老,杜甫所为哀歌。后时之怅,志士有同心焉。”[①]

李贺的体弱多病,加剧了他的时光迫促感。表达此类思想感情的诗句,诸如:“惟见月寒日暖,来煎人寿”(《苦昼短》)、“束发方读书,谋身苦不早”(《春归昌谷》)、“奈尔铄石,胡为销人”(《日出行》)等。钱钟书《谈艺录》云:“细玩昌谷集,舍侘傺牢骚,时一抒泄而外,尚有一作意,屡见不鲜。其于光阴之速,年命之短,世变无涯,人生有尽,每感怆低徊,长言永叹。”[②]这种时不我待的感伤又可分为两个层次:

(一)“时不可兮骤得”——失望中的希望

“时不可兮骤得”语出《九歌·湘夫人》,关于“骤”字,各家解释有所不同,笔者较为同意张元勋先生的看法:“‘不可骤得’就是‘不会很快得到’”[③]。洪兴祖《楚辞补注》云:“不可再得则已矣。不可骤得,犹冀其一遇焉。”[④]上文所举的《离骚》中的几个诗句,皆属于这种情况,诗人是“恐年岁之不吾与”、“恐修名之不立”等,皆有一个“恐”字,这是表示担忧,但未绝望。“产生生命焦虑的真正原因在于对生命不朽的渴望”[⑤],只要有一线希望,屈原就会汲汲追求,正如《离骚》中的名句:“路曼曼其修远兮,吾将上下而求索”。

李贺以皇孙自居,又自负其才,曾经一度认为,只要机遇来临,将彻底改变自身的命运,如“我今垂翅附冥鸿,他日不羞蛇作龙”(《高轩过》)。《出城寄权璩、杨敬之》的第三、四句:“自言汉剑当飞去,何事还车载病身”,创作此诗时,诗人依然充满自信,以“汉剑”自比,虽一直怀才不遇,但尚抱希望,只是多了几分牢骚与愤慨。《南园十三首》其四的最后两句:“桥头长老相哀念,因遗戎韬一卷书”,在仕进无路之后,李贺不甘心就此沉沦,从而萌发弃文从武、立功沙场的想法。

屈原只要心存一点希望,就会努力追求,其目标相当明确,虽有牢骚和怨愤,但是他“上下求索”的态度是占主导地位的。李贺则较多描写环境的压力,既愤慨,又无奈;甚至想另辟蹊径,弃文从武、功成封侯,其实这种想法也只能是空有豪情而已。

(二)“时不可兮再得”——希望归于空幻

怀王终不可谏,顷襄既立,屈原被放逐到更僻远的江南,又加上郢都残破,楚国再无希望,屈原也清醒地看到自己的政治理想终归空幻。《哀郢》:“楫齐扬以容与兮,哀见君

---

① 钱钟书:《管锥编》,北京:生活·读书·新知三联书店,2007年,第896页。
② 钱钟书:《谈艺录》(补订重排本),北京:生活·读书·新知三联书店,2001年,第179页。
③ 张元勋:《九歌十辨》,北京:中华书局,2006年版,第83页。
④ 洪兴祖:《楚辞补注》,北京:中华书局,1983年版,第68页。
⑤ 孟修祥:《楚辞影响史论》,武汉:湖北人民出版社,2003年,第80页。

而不再得”,“背夏浦而西思兮,哀故都之日远”。《远游》:“聊仿佯而逍遥兮,永历年而无成。”这些诗句中,诗人的感情主要是“哀”和无奈,因为他已明确君不可复见,故都不可再回,所以彻底绝望。

李贺《开愁歌》的第三、四句:“我当二十不得意,一心愁谢如枯兰”,《马诗二十三首》其九:“飂叔去匆匆,如今不豢龙。夜来霜压栈,骏骨折西风。”或是直抒悲情,或是以马自喻,不再抱任何希望。

绝望之后,诗人寻求解脱,但李贺与屈原采取的方式不同。屈原选择水死,以摆脱一切烦恼。李贺认为“屈平沉湘不足慕”(《箜篌引》),有时他希望隐居,“老去溪头作钓翁”(《南园十三首》其十);有时甚至想要使灵魂在感官的放纵、刺激中迷醉,以求得解脱,如“青钱白璧买无端,丈夫快意方为欢”(《相劝酒》)、“劝君终日酩酊醉,酒不到刘伶坟上土”(《将进酒》),即“诗人产生了对人类生活意义的深深的质疑,使得诗人转而颓废、绝望、放纵自我”①。

在屈原和李贺的作品中,虽同样表现出“悲秋”的情调和时不我待的感伤,但是其内在原因是有区别的。屈原是忠心为国,却遭谗被放,身处僻远,忧念朝廷;叹时光易逝,身老蛮荒,报国无门。李贺渴望求取功名,致身显达,在现实中却屡屡碰壁,抑郁沉沦,遂生岁月蹉跎之感。

① 何志钧:《论李贺感士不遇诗歌的特色》,《西藏大学学报》,2003 年第 3 期,第 61 页。

梦窗词对屈宋作品的接受

河北大学文学院　田玉琪　张雅丽

吴文英(约1205－1268年),号梦窗,又号觉翁,为南宋著名词人。在两宋词史上,他通常和辛弃疾、姜夔二人一起被称为“南宋三大家”,其最突出贡献当是与姜夔一起,形成词坛典雅一派,推动了宋词在内容与形式上的不断发展。龙榆生先生曾说:“词家之典雅派,亦至梦窗始正式建立。”①关于梦窗词的总体风格,大体可用“沉厚密丽”四字来概括,“沉厚”指的是其思想内容和情感内涵的深厚与博大,而“密丽”则是指其独特的艺术表现方式,如密集的意象、艳丽的辞藻、跳跃的思维方式等等。这种风格特点的形成,当然是受众多因素合力影响的结果。在影响梦窗词风格的众多因素中,对前代作家作品的接受与传承是一个十分重要方面。吴文英所喜爱的前代作品,总的来看有几个比较鲜明的特点:一是多具浪漫特色,想象力丰富;二是在内容上多沉郁感伤;三是多讲究语言的凝炼、奇异和色彩②,而又以受屈原、宋玉、杜甫、李贺、苏轼等人影响最深。下面我们试从梦窗词对屈原、宋玉作品接受的角度作一论述。

一、荷花·兰蕙·橘树·奇异世界

梦窗词中包含着大量的与楚辞相关的意象,如荷花、兰蕙、橘树等。在这些意象中,我们从一个侧面可以看到词人对高洁品格的向往与追求,这与屈原的人格精神比较接近,一定意义上说也是屈原作品培育的结果。

(一)对荷花、兰蕙的钟爱与屈原一脉相承

在梦窗词中,有大量的“香草”意象,在这些“香草”意象中,吴文英对于荷花和兰蕙十分钟爱。

在四季花卉中,吴文英最喜爱的是荷花,在梦窗三百四十首词中,咏荷词就有六首,词中写到“荷”、“莲”、“芙蓉”、“红衣”等的就有近五十处。而在写荷花时,词人较喜欢用拟人化“红衣”一词,如:

红衣香在南岸。(《隔浦莲近·泊长桥过重午》)

---

① 龙榆生:中国韵文史[M],上海:上海古籍出版社,2002年,第104页。

② 田玉琪:徘徊于七宝楼台——吴文英词研究[M],北京:中华书局,2004年,第105页。

新浴红衣，绿水带香流。（《江神子·送翁五峰自鹤江还都》）

池上红衣伴倚阑。（《鹧鸪天·化度寺作》）

应该说，“红衣”一词的本源，就是屈原的《离骚》。更为明显的是，吴文英受屈原影响，化用其词语，赋予他笔下的荷花以美丽高洁的品格，用以衬托人物个性。如：

集楚裳，西风催著。正明月，秋无极。（《大酺·荷塘小隐》）

记行云梦影，步凌波、仙衣剪芙蓉。（《八声甘州·和梅津》）

“楚裳”和“仙衣”是对屈原《离骚》中“进不入以离尤兮，退将复修吾初服。制芰荷以为衣，集芙蓉以为裳。不吾知其亦已兮，苟余情其信芳”的化用。通过检索发现，“楚裳”一词在《全宋词》中仅见梦窗使用，“仙衣”虽有多处，但用以指荷花的，也为梦窗独家，两处吴文英皆借用荷花来表达对隐逸生活的向往和对高洁志趣的赞美。

梦窗词中有大量的兰蕙意象，也多从屈原作品中脱胎而出，表现主人公美好的品格。如《锁窗寒·玉兰》云：“遗芳掩色，真姿凝澹，返魂骚畹。”《绛都春·为郭清华内子寿》云：“旧日汉宫，分得红兰滋吴苑。”《蕙兰芳引·赋藏一家吴郡王画兰》云：“奉车旧畹，料未许、千金轻价。”等等，这些都是对屈原“余既滋兰之九畹兮，又树蕙之百亩”的化用。再如《锁窗寒·玉兰》云：“最伤情，送客咸阳，佩结西风怨。”《江南春·赋张药翁杜衡山庄》：“天与此翁，芳芷嘉名，纫兰佩兮琼玦。”《蕙兰芳引·赋藏一家吴郡王画兰》云：“湘佩寒，幽梦小窗春足。”等等，这些都是对屈原《离骚》“扈江离与辟芷兮，纫秋兰以为佩”的化用。不仅如此，梦窗词中还常用《离骚》中兰蕙并举的手法写人物，如用“兰情蕙盼”（《瑞鹤仙》）形容女子姣好的容貌和纯洁的感情，用“兰清蕙秀”（《玉烛新》）形容女子的美丽聪慧，用“兰蕙疏绮”（《齐天乐·赠姜石帚》）形容书房的高雅脱俗，用“兰蕙满襟怀”（《高山流水·丁基仲侧室善丝桐赋咏，晓达音吕，备歌舞之妙》）表现女子的兰心蕙质，等等。

除了荷花和兰蕙之外，梦窗词中还常写到“菊”、“桂”、“杜若”、“江蓠”等屈原作品中常见的香草名称，它们的特性也多与屈原作品中的特性相同。以香草配君子、美人，作为梦窗词常见之法，受屈原的影响十分明显。

（二）梦窗词中之“橘”正为屈原《橘颂》之橘

屈原在《橘颂》中赞美橘树“受命不迁，生南国兮”、“深固难徙，更一志兮”、“苏世独立，横而不流”的品格，进而来表明自己苏世独立和不肯移徙的情操。在梦窗词中也经常提及和赞美橘树，他将橘树作为一种高尚品格的代表，作为自己人生情志的象征，其词中之橘正是屈原《橘颂》之橘。如《一寸金》（秋压更长）云：“叹画图难仿，橘村砧思，笠蓑有约，莼洲渔屋。”词中“橘村”指的正是吴文英所向往的隐逸高洁之地。《宴清都·送马林屋赴南宫,分韵得动字》云:“家林秀橘霜老,笑分得、蟾边桂种。”这一句既有对友人美好祝愿,更有对友人高洁品格的期许。我们再看下面一段文字:

“行藏,多是客,莺边话别,橘下相逢。算江湖幽梦,频绕残钟。好结梅兄矾弟,莫轻侣西燕南鸿。”(《江南好》)

词中,“梅兄矾弟”指的是忠贞不二的高朋,“西燕南鸿”则指代随环境而改变的小人。吴蓓女士在《梦窗词汇校笺释集评》这几句说:“因莺飞春天,橘红秋季,‘莺’、‘橘’二字则指向春来话别,秋来相逢意,一绾合时序,便寓时光轮转、会聚无常之叹。又,莺乃翩飞轻灵、移动便利之物,莺边话别,便有轻易离别之意。橘乃‘受命不迁’、‘深固难徙’之物……橘下相逢,乃是一种必然、一种值得等待的期许。”①

应该说,“橘”在宋词中,是比较常见的词语,但其最常见方式乃是作为江南常见树木出现于词中,用其作为自然物象的本意。梦窗词中之“橘”,乃主要用屈原作品中象征意义,还是比较特殊的现象。

(三)梦窗词中奇幻景象与屈原神话世界

在屈原的作品中,他常常为我们勾画出一个充满着绮丽想象的神话世界。在这个世界里,主人公或遗世而独立,或佩戴着香草和美玉,乘着龙凤去遨游太空、无所拘束。这种浪漫、奇幻、高洁的特点也在梦窗词中屡见。我们看《水龙吟》词:

有人独立空山,翠髯未觉霜颜老。新香秀粒,浓光绿浸,千年春小。布影参旗,障空云盖,沉沉秋晓。驷苍虬万里,笙吹凤女,骖飞乘、天风袅。　　般巧。霜斤不到。汉游仙、相从最早。皴鳞细雨,层阴藏月,朱弦古调。问讯东桥,故人南岭,倚天长啸。待凌霄谢了,山深岁晚,素心才表。

这首词是写松树的,题为“赋张斗墅家古松五粒”,开头将松树作仙人来写,“有人独立空山”,乃化用屈原《九歌·山鬼》中句:“若有人兮山之阿”、“表独立兮山之上”等,随后写松树之高大,生命之长久。上片结韵:“驷苍虯万里,笙吹凤女,骖飞乘、天风袅”对松树卷曲的枝干进行了浪漫的想象,由现实进入到神仙世界中,其中“驷苍虬万里”则是化用《离骚》中“驷玉虬以乘鹥兮”之句,这使全词充满了激情和无穷的想象。再如《满江红·淀山湖》词:

---

① 吴蓓:梦窗词汇校笺释集评[M],杭州:浙江古籍出版社,2007年,第419页。

云气楼台,分一派、沧浪翠蓬。开小景、玉盆寒浸,巧石盘松。风送流花时过岸,浪摇晴练欲飞空。算鲛官、祇隔一红尘,无路通。神女驾、凌晓风。明月佩,响丁东。对两蛾犹锁,怨绿烟中。秋色未教飞尽雁,夕阳长是坠疏钟。又一声、欸乃过前岩,移钓篷。

这首词是为苏州淀山湖而作,其中"算鲛宫、只隔一红尘,无路通。神女驾、凌晓风。明月佩,响丁东"几句是对淀山湖的浪漫幻想,用虚笔将整个淀山湖变幻为人间仙境,想象着生活在鲛宫中的仙女,凌风飞行时玉佩随风轻响的美丽情景。其中"明月佩,响丁东"正是化用屈原《九章·涉江》"被明月兮佩宝璐"之句。

当然,在梦窗词的奇异世界中,并不总是能和屈原的作品联系上,但往往在高大、高洁、浪漫、奇幻的特点方面与屈原作品颇为一致,它们在相当程度上受到了屈原作品的影响。如:

长安父老相语,几百年见此,独驾冰轮。(《凤池吟·庆梅津自畿漕除右司郎官》)

霓节飞琼,鸾驾弄玉,杳隔平云弱水。(《无闷·催雪》)

天吴驾云阆海,凝春空灿绮。(《莺啼序·丰乐楼节斋新建》)

炼成宝月,飞来天上,银河流影。(《水龙吟·寿尹梅津》)

关于吴文英的人品,历史上还是有一定争议的,其中突出的问题是吴文英和贾似道的交往,而随着学者们的不断努力研究,可以得出基本的结论是:吴文英与贾似道的交往在贾氏擅权之前,与吴文英的人品并无大碍。而通过梦窗词中大量的和屈原作品相关的意象表现来看,吴文英的内心世界确实有着非常高大、高洁的方面,并且也充满了对高大形象、高洁人格的向往,不然,他很难在其作品中反复称引如此众多的美好、奇特的事物。这对梦窗词总体风格的形成显然有着极为重要的意义。

二、忧国·悲秋·伤怀·纪梦

梦窗词中,忧国、悲秋、伤怀、纪梦是持久的主题,为梦窗词情感内涵的精华所在,这也与接受屈原、宋玉作品的影响相关联。

(一)梦窗词中的爱国情怀与屈原精神

屈原和吴文英都是对于时代极其敏感的文人,而他们生活的时代又具有一定的相似性,都面对着国运不兴、山河破碎的现实。屈原的爱国之情主要表现为对国家命运的担忧、对奸佞的势不两立以及九死不悔的爱国之志。在梦窗词中,虽然并没有屈原式的呐喊,但面对残破江山,其愁肠百结的心情在不少词作中有反复表现。如:

乘半暝,看残山濯翠,剩水开奁。(《声声慢·和沈时斋八日登高韵》)

几番时事重论,坐中共惜斜阳下。(《水龙吟·送万信州》)

莫登临,几树残烟,西北高楼。(《高阳台·过种山,即越文种墓》)

飞红若到西湖底,搅翠澜,总是愁鱼。莫重来,吹尽香绵,泪满平芜。(《高阳台·丰乐楼分韵得如字》)

后不如今今非昔,两无言、相对沧浪水。怀此恨,寄残醉。(《金缕曲·陪履斋先生沧浪看梅》)

把残云、剩水万顷,暗熏冷麝凄苦。(《古香慢·赋沧浪看桂》)

如《高阳台》、《古香慢》等词,陈洵在《海绡说词》、杨铁夫在《梦窗词笺释》中皆以之为宋亡后梦窗怀念故国之作,学界虽然大都不赞成这种观点,但梦窗所抒词情之悲、忧国之痛,的确十分感人。

在抒情方式上,梦窗词对国家命运的忧患意识往往和咏物、恋情、节令等词交融在一起,这就显得格外顿挫曲折。我们看下面这首词:

大溪面。遥望绣羽冲烟,锦梭飞练。桃花三十六陂,鲛宫睡起,娇雷乍转。去如箭。催趁戏旗游鼓,素澜雪溅。东风冷湿蛟腥,淡阴送昼,轻霏弄晚。洲上青蘋生处,斗春不管,《怀沙》人远。残日半开,一川花影零乱。山屏醉缬,连棹东西岸。栏干倒、千红妆靥,铅香不断。傍暝疏帘卷。翠涟皱净,笙歌未散。簪柳门归懒。犹自有、玉龙黄昏吹怨。重云暗阁,春霖一片。(《瑞龙吟·德清清明竞渡》)

全词前两段描写了德清清明竞渡情景,场面阔大、气氛热烈,完全是一番太平热闹景象。但是词人在换头处以"洲上清蘋生处,斗春不管,《怀沙》人远"引发了后段中的悲凉气氛,让我们从热闹的场景中体会到作者的家国悲叹。后段中既有"栏干倒、千红妆靥,铅香不断"的香艳,也有"残日半开,一川花影零乱"的凄凉。"斗春不管,《怀沙》人远"之句,既是怀念屈原,也是作者对家国衰落的自悲,并且包含着对南宋统治者偏安江南的批判。我们再看这首词:

盘丝系腕,巧篆垂簪,玉隐绀纱睡觉。银瓶露井,彩箑云窗,往事少年依约。

为当时、曾写榴裙,伤心红绡褪萼。黍梦光阴渐老,汀洲烟箬。莫唱江南古调,怨抑难招,楚江沉魄。薰风燕乳,暗雨梅黄,午镜澡兰帘幕。念秦楼、也拟人归,应翦菖蒲自酌。但怅望、一缕新蟾,随人天角。(《澡兰香·淮安重午》)

这是一首重午爱情词,表达相思之苦,其中有往事之回忆,更有相见之期盼,柔情蜜语充溢字里行间。然换头一句“莫唱江南古调,怨抑难招,楚江沉魄”显得格外悲凉和无奈,揣测词人言外之意:一方面,逝者永远不能复活,屈原故国也永不会再兴,然另一方面,谁又能真正记取历史兴亡的教训呢?在如此柔美缠绵的爱情词中,竟也有时运的感慨!通常来说,词人完全不必如此。其原因正在于词人不能自已的忧国忧时情怀。

(二)梦窗词中悲秋、伤怀与屈原、宋玉有着高度的一致性

在屈原和宋玉作品中都存在较浓的悲秋情绪,如屈原《涉江》:“乘鄂渚而反顾兮,欸秋冬之绪风。”《抽思》:“悲秋风之动容兮,何回极之浮浮。”宋玉《九辩》:“悲哉,秋之为气也!萧瑟兮草木摇落而变衰”等等,而在这些悲叹秋风萧瑟、草木摇落的背后,往往是诗人对年华老去、功业无成的哀叹:“老冉冉其将至兮,恐修名之不立”(《离骚》)“老冉冉兮既极,不浸近兮愈疏”(《大司命》),“时亹亹而过中兮,蹇淹留而无成”(《九辩》)。这种悲秋、伤怀情绪影响着几千年来中国人的文化心理。

吴文英一生羁旅漂泊,他对“秋”十分敏感,特别是中年以后。其三百四十首词中共用二百三十处“秋”(不包括“秋社”、“秋娘”等专有名词中“秋”),大部分属于词人中年以后的“悲秋”的情感。其词亦多伤怀,人生老大、功业无成为其恒久之叹。

他喜欢用《九辩》“摇落”一词,其中有草木零落之叹,亦有人生失意之悲。如《声声慢·咏桂花》云:“正摇落,叹淹留、客又未归。”《采桑子慢·九日》云:“楼高莫上,魂消正在,摇落江蓠”等等。我们看下面这首《瑞鹤仙·丙午重九》词:

乱云生古峤。记旧游惟怕,秋光不早。人生断肠草。叹如今摇落,暗惊怀抱。谁临晚眺。吹台高、霜歌缥缈。想西风、此处留情,肯著故人衰帽。闻道。萸香西市,酒熟东邻,浣花人老。金鞭骤袅。追吟赋,倩年少。想重来新雁,伤心湖上,销减红深翠窈。小楼寒、睡起无聊,半帘晚照。

词中“记旧游惟怕,秋光不早”为回忆年轻时豪情逸兴,可想词人当年意气风发之景象。“人生断肠草”句陡转直下,“如今摇落”时节在秋,“暗惊怀抱”叹息人生理想之无着。全词慨叹岁月漂零,功业无望。其格调颇与屈原“老冉冉其将至兮,恐修名之不立”境界相近。这样的词作在梦窗词中非常多。吴文英爱将自己比作春秋时期越国名臣范蠡和战国时期纵横家苏秦,很多时候,虽然吴文英写后的是范蠡功成后的归隐和苏秦功

成前的困苦，而这正隐藏着词人建立功业的渴望和信心，因为范蠡归隐前、苏秦困顿后都是成就一番功名的。然而，吴文英的功业理想在现实中难以实现，这种内心的失落之感就充分地表现在其悲秋的作品之中。

难能可贵的是，与悲秋、伤怀的情感相一致，在梦窗一些咏物词中，有时会隐约表现出一种怨怼的情感：自伤美丽，怨叹时运不济。如：

露痕千点，自怜旧色，寒泉半掬，百感幽香。（《惜黄花慢·菊》）

浅薄朱唇，娇羞艳色，自伤时背。（《丁香结·秋日海棠》）

慵整堕鬟，怨时迟暮，可怜憔悴，啼雨黄昏。（《风流子·芍药》）

小池面，啼红怨暮。（《杏花天·重午》）

其中“怜”、“伤”、“怨”等字，皆是词人感性词语，用拟人化的手法表达作者的感慨。对《丁香结·秋日海棠》中“自伤时背”，陈洵在《海绡说词》中以之为“贤者退而穷处”①，刘永济以为“暗露梦窗自伤生不逢时之意”②，这种分析是合理的。结合词人的人生与时代境况，我们可以感受到它们正是词人理想不能实现的怨辞，是对时代环境的委婉批判。这种怨怼情绪在屈原的作品中是层出不穷的，不过，屈原表现得都十分直接，如火焰之喷发，梦窗词不然，大都十分含蓄。这与词体的表现方式有关，也与词人的词学主张密不可分。吴文英作词强调柔婉，主张“发意不可太高，高则狂怪而失柔婉之意”，这就使他在抒发怨恨的情绪时相当的隐微不露。

（三）梦窗词的梦幻描写与宋玉《高唐》、《神女》二赋

宋玉在《高唐赋》、《神女赋》中首次将爱情用梦幻的形式表现出来，将神女也写得极为神秘多变，给人以朦胧迷离之感。宋玉的两赋对后代的爱情描写产生了十分重要的影响，梦窗词亦为显著。

梦窗词中有大量的恋情词，“行云”、“行雨”、“巫山”、“楚山”、“楚峰”、“楚梦”等这些宋玉作品中的原有或相关词语，成为梦窗爱情词、甚至咏物词中程式化的语言。这一点在宋代和柳永词十分相近。不过，与柳永相比，吴文英在使用这些词语时又比较典雅，摒弃了柳词的俗艳气息，如：

新烟初试花如梦，疑收楚峰残雨。（《齐天乐》）

画船帘密藏香，飞作楚云狂。（《风入松·邻舟妙香》）

---

① 唐圭璋：词话丛编[M]，北京：中华书局，1986年，第4681页。

② 刘永济：微睇室说词[M]，上海：上海古籍出版社，1987年，第91页。

梦雨离云,点点漏壶清怨。(《倦寻芳·上元》)

与典雅的特点相联系,梦窗词用宋玉作品中意象最突出的特征还是凄迷与哀怨,与原作的美好欢乐不同,悲剧性乃为其最大特征。如:

楚梦秦楼相遇,共叹相违。(《昼锦堂》(舞影灯前))
近欢成梦,断云隔、巫山几层。(《庆春宫》(残叶翻浓))
被西风,又惊吹、梦云分散。(《倦寻芳》)
寄残云、剩雨蓬莱,也应梦见。(《瑞鹤仙·晴丝牵绪乱》)

梦窗恋情词的悲剧性,固与其爱情悲剧相关,亦是词人人生失意、南宋国运不兴的一种反映。

再者,梦窗词中存在数量众多的带有梦幻构思特点的作品,不仅在其爱情梦词中,亦见于咏物、节令、交游等其他词作中,这也与宋玉《高唐赋》、《神女赋》中梦幻与现实的交织展现有着历史渊源。吴词突出的表现是入梦与醒梦、虚幻和真实对比,在同一首词中,将梦中的美好与现实的孤寂结合,带有沉重的感伤色彩。举一个简明的例子:

柳暝河桥,莺晴台苑,短策频惹春香。当时夜泊,温柔便入深乡。词韵窄,酒杯长。翦蜡花、壶箭催忙。共追游处,凌波翠陌,连棹横塘。　十年一梦凄凉。似西湖燕去,吴馆巢荒。重来万感,依前唤酒银罂。溪雨急,岸花狂。趁残鸦、飞过苍茫。故人楼上,凭谁指与,芳草斜阳。(《夜合花·自鹤江入京泊葑门外有感》)

此词上片极写往日欢乐,下片倍抒今日凄凉,用换头“一梦”陡转。清人周济曾言梦窗词如“空际转身,非具大神力不能”①,这种空际转身的特点,正与其梦幻构思方式有着密切的关系。梦幻构思客观上使吴文英词在章法结构上呈现出较大的时空跳跃性,也产生了一定的迷离朦胧的特点。

总之,梦窗词在多个方面接受了屈原、宋玉作品的影响。屈宋作品中高大、高洁意象,特别是屈原在作品中表现的卓然不群的人格特征,深刻影响了梦窗词,而作者在词中表现的人生、家国、爱情等内容,多沉痛感伤,既远承屈宋精神又体现出自己的时代特点。不仅如此,梦窗词在浪漫想象及梦幻构思等方面,屈宋作品影响的痕迹也较为明显。

① 唐圭璋:词话丛编[M],北京:中华书局,1986年,第1633页。

屈原事迹及思想研究

汉代屈原评价之变迁

[日]日本东北大学　矢田尚子

屈原作为楚辞文学的开创者,自古以来就被人们称为"悲剧性忠臣"。这一形象的定夺,源于后汉王逸编注的《楚辞章句》。

但在王逸《楚辞章句》之前,屈原"悲剧性忠臣"的这一形象还没有得以确立,对于屈原及其作品《离骚》人们也持有否定性看法。

那么,王逸的《楚辞章句》又是怎样驳倒否定性的立论,为屈原确定"悲剧性忠臣"这一肯定性形象的呢?

此次发表,首先对于前后汉时有关屈原的评价进行简单的阐明。继之,将从王逸在注释中应用了什么样的手法?这些手法的应用是否为赞誉屈原而服务来加以论述。

一、王逸之前的屈原评价

首先,对于王逸之前有关屈原的评价进行简单的说明。

(一)贾谊《吊屈原赋》

论及屈原最早的文章当属《史记·屈原贾生列传》所收录的贾谊的《吊屈原赋》。据《史记》记载,贾谊仕于汉文帝朝,并得汉文帝之信任,但因遭谗言而被贬长沙。前往长沙途经湘水之时,贾谊作了这篇《吊屈原赋》。

作品的前半部分对于生逢乱世沉江自杀的屈原给予了同情。

恭承嘉惠兮　俟罪长沙
侧闻屈原兮　自沈汨罗
造托湘流兮　敬吊先生
遭世罔极兮　乃陨厥身

但后半部分笔锋忽转,对于屈原这一处世行为贾谊却表达了否定的看法。虽卷入是非之中并遭迫害,但贾谊认为这是屈原自己所造成的。前往他国并被任用的话不是很好的事情吗?何以对楚国恋恋不忘?贾谊对此进行了批判。

般纷纷其离此尤兮
亦夫子之辜也
瞝九州而相君兮
何必怀此都也

而文中最后的部分,把未远离浊世,却执意要洁身自好而终遭落魄的屈原喻作,污渎中被蝼蚁侵蚀了的鳣鲟的死骸。以此来强调不应置身于浊世。

凤皇翔于千仞之上兮
览德辉而下之
见细德之险微兮
摇增翮逝而去之
彼寻常之污渎兮
岂能容吞舟之鱼
横江湖之鳣鲟兮
固将制于蚁蝼

(二)刘安《离骚传》

淮南王刘安的《离骚传》作为最早注释楚辞的文章,原文早已失传,只能在王逸《楚辞章句·天问》后所附的《班孟坚序》,以及司马迁《史记·屈原贾生列传》中看到其残存的一部分。

刘安给予《离骚》以极高的评价,评其兼有《诗经》国风、大雅、小雅之长。并且赞誉其浮游尘埃之外,出淤泥而不染,志高品洁,可与日月争辉。

昔在孝武,博览古文。淮南王安叙离骚传,以国风好色而不淫,小雅怨诽而不乱,若离骚者,可谓兼之。蝉蜕浊秽之中,浮游尘埃之外,皭然泥而不滓。推此志,虽与日月争光可也。

但此文中并没有提到屈原,故无法判明此赞誉是称赞《离骚》这一作品,还是屈原本人,抑或是《离骚》中的主人公。

(三)司马迁《史记·屈原贾生列传》

第一部把《离骚》这一作品与屈原这一人物相结合的是《史记·屈原贾生列传》,司马迁视《离骚》为屈原的自传。司马迁在引用刘安《离骚传》(单线部分)的同时,也提出了自己对于屈原及《离骚》的看法(双线部分)。

> 屈平正道直行,竭忠尽智,以事其君,谗人间之。可谓穷矣。信而见疑,忠而被谤,能无怨乎。屈平之作离骚,盖自怨生也。国风好色而不淫,小雅怨诽而不乱。若离骚者,可谓兼之矣。上称帝喾,下道齐桓,中述汤武,以刺世事。明道德之广崇,治乱之条贯,靡不毕见。其文约,其辞微,其志洁,其行廉。其称文小而其指极大,举类迩而见义远。其志洁,故其称物芳。其行廉,故死而不容。自疏濯淖汙泥之中,蝉蜕于浊秽,以浮游尘埃之外,不获世之滋垢,皭然泥而不滓者也。推此志也,虽与日月争光可也。

“其文约,其辞微,其志洁,其行廉”,可见对于《离骚》这一作品的评价也是对于屈原这一人物的评价。据此看来,司马迁将《离骚》辞简意深与屈原志洁行廉相联系,因为视《离骚》为屈原的自传,所以,对于作品本身的评价便是对于屈原这一人物的评价。

但《屈原贾生列传》最后的“太史公曰”处,如同之前所论及的贾谊的《吊屈原赋》一样,对于屈原的处世态度提出了异议。

> 太史公曰:余读离骚、天问、招魂、哀郢,悲其志。适长沙,观屈原所自沉渊,未尝不垂涕想见其为人。及见贾生吊之,又怪,屈原以彼其材,游诸侯,何国不容,而自令若是。

以屈原这样的才能,前往他国并得以被任用不是很好的事吗?为何屈原却没有这样做?批判中也流露出了哀惜之情。

(四)扬雄《反离骚》(《汉书·扬雄传》)

据《汉书》记载,扬雄《反离骚》用《离骚》之语与其主题,但对《离骚》所吟咏之事,却提出了质疑和反驳性的观点。

> 先是时,蜀有司马相如,作赋甚弘丽温雅。雄心壮之,每作赋,常拟之以为式。又怪屈原文过相如,至不容,作离骚,自投江而死,悲其文,读之未尝不流涕也。以为君子得时则大行,不得则龙蛇,遇不遇命也。何必湛身哉。乃作书,往往摭离骚文而反之,自峪山投诸江流以吊屈原,名曰反离骚。

此文的起始部分凭吊屈原为楚的“湘累”。天道未开,志洁而命运不济,乱世之中身遭离乱,心生绝望之感,对于这样一个不幸的人物屈原寄予了同情。

因江潭而浙记兮
钦吊楚之湘累
惟天轨之不辟兮
何纯洁而离纷
纷累以其淟涊兮
暗累以其缤纷

但于结尾部分,对于屈原的处世却提出了批评性的观点

昔仲尼之去鲁兮
斐斐迟迟而周迈
终回复于旧都兮
何必湘渊与涛濑
溷渔父之餔歠兮
絜沐浴之振衣
弃由聃之所珍兮
蹠彭咸之所遗

孔子离开鲁国周游各国,但最终仍返回了旧都。屈原为何自沉湘水?

凭吊屈原为赋后自沉湘水之事以反驳贾谊的《吊屈原赋》。除此之外,扬雄沿用《离骚》主题以对其一一加以反驳,可见其对屈原及《离骚》所持有的批判性态度。

(五)班彪《悼离骚》(《艺文类聚》卷五十六　杂文部二　赋)

后汉时有关屈原的评价,首先是班固的父亲班彪的《悼离骚》。

后汉班彪悼离骚曰:
夫华植之有零茂
故阴阳之度也
圣哲之有穷达
亦命之故也
惟达人进止得时
行以遂伸
否则诎而坼蠖

体龙蛇以幽潜

《艺文类聚》仅收录这些,故无法窥其全貌。但基于此可见,班彪对未能做到进止"得时"之"达人"的屈原所持有的是一种否定性的看法。

(六)班固《离骚经章句序》

据王逸所言,当时除淮南王刘安的《离骚传》之外,还有班固和贾逵据《离骚》所注的《离骚章句》。

其中,班固所著仅存序文,系为收录于王逸《楚辞章句》中的《班孟坚序》。序中班固批判了屈原那未加深虑而"忿怼沈江"的行为。

> 今若屈原,露才扬己,競乎危国群小之间,以离谗贼。然责数怀王,怨恶椒、兰,愁神苦思,强非其人,忿怼不容,沉江而死。亦贬絜狂狷、景行之士,称昆仑、帝阍、宓妃、虚无之语,皆非法度之政,经义所载。谓之兼诗风雅,而与日月争光,过矣。

屈原"露才扬己"故自招非难。不仅如此,屈原责怨怀王与当权者,愁深苦思,忿怼不容而投江自沉,班固对于屈原这种有欠深虑的行为加以了批判。所以班固将批判的矛头指向了《离骚》。班固认为:"《离骚》贬低了那些怀有洁志、崇高理想以及德行高尚之人,多写昆仑、帝阍、宓妃这些虚无缥缈之事,这些都不合法度及文章经义。"尽管如此,刘安评《离骚》兼《诗经》国风、大雅、小雅之长,可与日月争光。班固认为刘安的评论过誉甚多不合事实。

班固虽批判《离骚》的内容有悖于经书,但最后班固对于《离骚》的修辞却予以了肯定性的评价。

> 然其文弘博丽雅,为辞赋宗。后世莫不斟酌其英华,则象其从容。自宋玉、唐勒、景差之徒,汉兴,枚乘、司马相如、刘向、杨雄,骋极文辞,好而悲之,自谓不能及也。<u>虽非明智之器,可谓妙才者也。</u>

《离骚》之文雄奇丽雅,作为"辞赋之宗"对后世产生了深远的影响。战国时的宋玉、唐勒、景差,及汉代的枚乘、司马相如、刘向、扬雄等都深受其影响,他们也对屈原的才能给予了赞誉。所以班固不称其为"明智",而称其为"妙才"。持有此观点的班固虽对于屈原的生存理念及创作态度持否定性看法,但对于《离骚》在修辞方面对后世所产生的影响却予以了肯定。

二、《楚辞章句》《离骚》后序之王逸的屈原评价

如前所述,在王逸《楚辞章句》之前,有关屈原的评价是肯定与否定的说法兼而有之。即使是一个人的评价也多为毁誉各有之的情况。

但对于前人的观点王逸又是怎样看待的呢?在此通过其《楚辞章句》之《离骚》后序来管窥其对屈原的评价。

(一)王逸《楚辞章句》《离骚》后序:

> 叙曰:昔者,孔子叡圣明喆,天生不王,定经术,删诗书,正礼乐,制作春秋,以为后王法。门人三千,罔不昭达,临终之日,则大义乖而微言绝。其后,周室衰微,战国并争,道德陵迟,谲诈萌生。于是杨、墨、邹、孟、孙、韩之徒,各以所知著造传记,或以述古,或以明世。而屈原履忠被谗,忧悲愁思,独依诗人之义而作离骚。上以讽谏,下以自慰。遭时暗乱,不见省纳,不胜愤懑,遂复作九歌以下凡二十五篇。楚人高其行义,玮其文采,以相教传。

在论述屈原与《离骚》之际,王逸首先论述了孔子的功绩。

王逸称孔子睿圣明哲,虽无法成为王者,确定经典学术,删定《诗经》、《尚书》,使《礼》、《乐》雅正,作《春秋》以使后世治国者得以效法。但孔子死后,大义离乱而微言断绝。此后周室衰微,群雄纷争,社会离乱。于是诸子出,各自以其学著书立说。诸子之中,忠君爱国的屈原却身遭谗言,忧郁悲愤,故效《诗经》而作《离骚》。于君有讽谏之用,于己则聊以自慰。

继之,王逸反驳班固对于屈原的评价,而赞赏了屈原的处世态度,强调屈原是舍身尽忠之忠臣。

最后论述了《离骚》这部作品本身。关于《离骚》创作之经纬及内容本身,王逸将其观点全部著录于《离骚》前的序中,并且依五经为证,对《离骚》的内容予以了高度的评价。

> 离骚之文,依托五经以立义焉。帝高阳之苗裔,则诗厥初生民,时惟姜嫄也。纫秋兰以为佩,则将翱将翔,佩玉琼琚也。夕揽洲之宿莽,则易潜龙,勿用也。驷玉虬以乘鹥,则易时乘六龙以御天也。就重华而敶词,则尚书咎繇之谋谟也。登昆仑而涉流沙,则禹贡之敷土也。故智弥盛者,其言博,才益劭者,其识远。屈原之词诚博远矣。自孔丘终没以来,名儒博达之士,著造词赋,莫不拟则其仪表,祖式其模范,取其要妙,窃其华藻。所谓金相玉质,百歳无匹,名垂罔

极,永不刊灭者也。

王逸强调《离骚》系为宗经之作,并举出数句以具体说明其宗经之源。最后对于作者屈原的学识与才能给予了极高的赞誉。王逸认为孔子死后,“名儒博达之士”为文之时莫不效仿、模拟屈原之作。

管窥此文章可见,为了引起人们的注意,文中最初及最后部分出现了“孔子”的名字。王逸认为屈原的《离骚》继承了孔子《诗经》之微言大义。

那么,王逸的这一观点在《楚辞章句》中又是如何得以反映的呢?

三、与《诗经》之关联

如前所论,王逸在序文中写道:“屈原效《诗经》而作《离骚》”,为了说明楚辞之源系为《诗经》。王逸在《楚辞章句》中多引用《诗经》之文作注。

表 1 《楚辞章句》王逸注所引用书目之统计

《诗》 102	《尚书》 17	《论语》 13	《淮南子》 12
《易》 11	《左传》 7	《尔雅》 4	《山海经》 4
《世本》(《帝系》) 3	《周礼》 2	《河图括地象》 2	《礼记》 2
《春秋》(佚文) 1	《司马法》 1	《传》 2	《禹大传》 1
《孝经》 1	《列仙传》 1	《吕氏春秋》 1	《孟子》 1
《相玉书》 1	《援神契》 1	《陵阳子明经》 1	

《楚辞章句》注文中所引用的书目共计 23 种,191 次。其中《诗经》的引用次数最多,计 102 次,占全部的 53% 。

日本学者宫野直也在其《〈楚辞章句〉引书考》一文中,以四部备要本《楚辞补注》为底本,对王逸所引用的书目进行了同样的统计,发现《诗经》的引用次数占半数以上。因此,宫野先生的结论是:王逸认为诸如《离骚》等这些楚辞作品的地位与《诗经》并重,这也许就是王逸多引用《诗经》作注的原因之所在。

表 2 《楚辞章句》诸篇注文之《诗经》诗句引用次数之统计(计 102 次)

〔1〕离骚:13	〔2〕九歌:10	〔3〕天问:2
〔4〕九章:11	〔5〕远游:2	〔6〕卜居:0
〔7〕渔父:0	〔8〕九弁:5	〔9〕招魂:8
〔10〕大招:4	〔11〕惜誓:0	〔12〕招隐士:0
〔13〕七谏:6	〔14〕哀时命:2	〔15〕九怀:3
〔16〕九叹:35	〔17〕九思:1	

除引用《诗经》诗句之外,是否再无其他将楚辞作品与《诗经》生搬硬套关联起来的注

释手法了呢？为此我们来看一下《招隐士 · 序》。

《楚辞章句》《招隐士 · 序》

招隐士者，淮南小山之所作也。昔淮南王安，博雅好古，招怀天下俊伟之士，自八公之徒，咸慕其德而归其仁，各竭才智，著作篇章，分造辞赋，以类相从。故或称小山，或称大山。其义犹诗有小雅、大雅也。小山之徒，闵伤屈原，又怪其文升天，乘云，役使百神，似若仙者，虽身沉没，名德显闻，与隐处山泽无异。故作招隐士之赋，以章其志也。

"以类相从。故或称小山，或称大山。"此句意义虽难明了，但文中又有"招隐士者，淮南小山之所作也"，"小山之徒"之语，故"大山"、"小山"并非是某一个人的名字，应是指刘安的宾客们。那么，基于"大""小"文字本身这种简单的联想，而将其注解为《诗经》的小雅、大雅实为不当。

四、与孔子之关联

除与《诗经》之关联外，还有一点值得注意，那就是王逸注中，楚辞诗句与孔子的关联。

(例1)《楚辞章句 · 离骚》

纷吾既有此内美兮
又重之以修能
扈江离与辟芷兮
纫秋兰以为佩(＊)

(＊王逸注)纫，索也。兰，香草也。秋而芳。佩，饰也，所以象德。故行清洁者，佩芳。德光明者，佩玉。能解结者，佩觿，能决疑者，佩玦。故孔子无所不佩也。言己脩身清洁，乃取江离与辟芷，以为衣被，纫索秋兰，以为佩饰。博采众善，以自约束也。

"孔子无所不佩也"，《论语 · 乡党篇》有此语。在论述君子(孔子)服饰处可见。

君子不以绀緅饰。……必有寝衣，长一身有半。狐貉之厚以居。去丧无所不佩。(＊)

(＊)孔安国曰:去,除也。非丧则备佩所宜佩也。

《论语·乡党篇》是说:除服丧时以外,都佩玉。而王逸却引用其来注释与其并无什么关联的,《离骚》主人公(王逸认为是屈原)佩带各种香草之事。

(例2)《楚辞章句》《离骚》

屈心而抑志兮
忍尤而攘诟(＊)
伏清白以死直兮
固前圣之所厚

(＊王逸注)尤,过也。攘,除也。诟,耻也。言己所以能屈案心志,含忍罪过而不去者,欲以除去耻辱,诛谗佞之人,如孔子诛少正卯也。

此处,王逸认为"屈心而抑志兮,忍而攘诟尤"是指如"如孔子诛少正卯"一样"诛谗佞之人"。孔子诛少正卯之语见于《荀子·宥坐篇》。

孔子为鲁摄相,朝七日而诛少正卯。门人进问曰:夫少正卯鲁之闻人也,夫子为政而始诛之,得无失乎。孔子曰:居,吾语女其故。人有恶者五,而盗窃不与焉。一曰心达而险,二曰行辟而坚,三曰言伪而辨,四曰记丑而博,五曰顺非而泽。此五者,有一于人,则不得免于君子之诛。而少正卯兼有之。故居处足以聚徒成群,言谈足以饰邪营众,强足以反是独立。此小人之桀雄也。不可不诛也。

王逸将屈原"诛谗佞之人"比作孔子"诛少正卯"之事。但孔子作为摄相诛恶人少正卯,与《离骚》的主人公为了洗刷耻辱而"诛谗佞之人",含忍罪过,实属不同之事,故此注实不适切。

(例3-1)《楚辞章句》《九章·涉江》

朝发枉陼兮
夕宿辰阳
苟余心其端直兮
虽僻远之何伤(＊)

(＊王逸注)僻,左也。言我惟行正直之心,虽在远僻之域,犹有善称,无害疾也。故论语曰:子欲居九夷也。

此处的引文出自《论语·子罕篇》。

子欲居九夷。或曰:陋,如之何。子曰:君子居之,何陋之有。

《九章·涉江》的主人公言:"只要我的心正直,即使在偏僻遥远之地,又有何妨害"。而孔子所言的却是:"像自己这样的君子居住于此的话,当地的人因受到君子的影响,此地也不再是远僻之地了"。因此,此处注释所引用的《论语》也不合原文之意。

"适九夷"之文在《九歌·湘夫人》、《九怀·昭世》的注释中也可看到。

(例3-2)《楚辞章句》《九歌·湘夫人》

九嶷缤兮并迎
灵之来兮如云
捐余袂兮江中
遗余褋兮醴浦(*)
搴汀洲兮杜若
将以遗兮远者

(*王逸注)褋,襜襦也。屈原设托,与湘夫人共邻而处,舜复迎之而去,穷困无所依。故欲捐弃衣物,裸身而行。将适九夷也。

(例3-3)《楚辞章句》《九怀·昭世》

览旧邦兮滃郁①(*1)
余安能兮久居②(*2)
志怀逝兮心憀栗
纡余辔兮踌躇
(*1王逸注)下见楚国之乱危也。
(*2王逸注)将背旧乡,之九夷也。

上述例文中"适九夷"之注实为多余。但如参看王逸《九思·伤时》的注文就可明白,王逸是将楚辞作品的主人公比作孔子,主人公对于现在所处的环境心存不满,故想离开此地,而孔子也恰有此举,于是,王逸认为主人公"适九夷"也。

迫中国兮迮狭①(＊1)

吾欲之兮九夷(＊2)

超五岭兮嵯峨(＊3)

观浮石兮崔嵬

①(＊1)无所用志,故云窄。

(＊2)子欲居九夷。疾时之言也。

(＊3)超,越也。将之九夷,先历五岭之山。言艰难也。

提及到孔子名字的注释还有以下文章。

(例4-1)《楚辞章句》《卜居》

詹尹乃释策而谢曰:

夫尺有所短(＊1)

寸有所长(＊2)

物有所不足(＊3)

智有所不明(＊4)

数有所不逮(＊5)

神有所不通(＊6)

(＊1)骐骥不骤中庭者也。

(＊2)鸡鹤知时而鸣。

(＊3)地毁东南。

(＊4)孔子厄于陈也。

(＊5)天不可计量也。

(＊6)日不能夜光也。

(例4-2)《楚辞章句》《九弁》五

圆凿而方枘兮

吾固知其钼铻而难入

众鸟皆有所登棲兮(＊1)

凤独遑遑而无所集(＊2)

(＊1)群佞并进处官爵也。

(＊2)孔子棲棲而困厄也。

这些语句见于《论语·卫灵公篇》。用孔子之轶事来作注,也就是将主人公的悲苦类比于孔子的悲苦。

在陈绝粮,从者病,莫能兴。子路愠见曰:君子亦有穷乎。子曰:君子固穷,小人穷斯滥矣。

基于以上注释可见,王逸在注楚辞时,大量引用孔子的名字、《论语》原文及有关孔子的话语。但这些引用却并不恰当,偏离了楚辞原文之意,尤其在为数不少的地方还作了不必要的注释。

五、结语

如最初本文所论述,王逸之前有关屈原的评价可谓是肯定与否定的说法兼而有之。尤其是班固,对于屈原这种处乱世退而苟全,有悖于《诗经》、《论语》所推崇的处世态度予以了严厉的批评。对于《离骚》这一作品虽肯定了其修辞方面的成就,但却批评其内容有悖于经书。

针对以上评论,王逸在《楚辞章句·序》中提出了截然相反的观点。王逸强调屈原是继孔子之志的人物,《离骚》是依傍《诗经》之作。

实际上,参看《楚辞章句》王逸注便可发现,王逸注是将楚辞诸作品与《诗经》相联系,并在其注中反复应用这一手法,对班固所言的否定性观点予以了反击,使屈原及楚辞作品的社会地位得到了一定的提升。

在今天的我们看来,王逸的这种注释手法不失为一种牵强附会,也未能真正提升楚辞文学的社会地位。西汉末至东汉,儒家及孔子的地位急剧提升,如考虑这一历史背景的话,王逸注对儒家及孔子地位的提升也起到了一定的作用。

屈原知识结构刍议

金陵科技学院 刘树胜 云南大学 刘泽

一、屈原庞大、有序的知识结构

宋黄伯思《新校楚辞序》说:“盖屈宋诸骚,皆书楚语,作楚声,纪楚地,名楚物,故可谓之《楚辞》。”其所谓楚语、楚声、楚地、楚物,除去其内容上的特色外,客观上也显示了屈原在知识构成上的特点。楚语、楚声可以视为屈原的语言学知识,楚地可以视为屈原的地理学知识,楚物则可以看成是屈原的植物学、动物学等方面的知识。这既反映了屈原作品内容上的独特,也体现了屈原知识层次的广博。然而,黄伯思的这段话并非针对知识结构而言,所以,仅从这几个方面认知屈原的知识构成,还未免显得过于简单。阅读屈原的作品,我们不禁为其中那纯洁高大的形象、浓烈的情感、奔腾的想象和联想所折服,而其庞大的知识结构正是造成这一效果的重要手段。

通过对屈原二十几篇作品的全面统计,我们发现,屈原的知识结构是非常庞大而有序的。说它庞大,是因为其中包括政治知识、哲学知识、修养知识、教育知识、天文历法知识、历史知识、地理知识、神话知识、祭祀知识、音乐歌舞知识、恋爱婚姻知识、植物知识、动物知识、农业知识、手工业知识、建筑知识、交通知识、服饰知识、饮食知识,还有运用得极为娴熟的语言学知识;说它有序,是因为在这众多的知识类型里,政治理想的实现与忠君爱国的情怀成为一条主线,将其他知识有机地贯穿起来。翻开屈原的作品,仿佛进入了一个璀璨琳琅的知识长廊,让人目眩神夺,叹为观止。我们难以将其详细的情况做完全的归纳,在这里只作简要的阐述,以期达到尝脔知鼎的效果。

(一)具有主导功能的知识类型

1. 政治方面的知识

应该承认,屈原首先是一个政治家。他的政治知识首先表现为他的美政理想。《离骚》在乱辞中说:“既莫足与为美政兮,吾将从彭咸之所居。”点明了诗人一生追求的就是要实现所谓的美政。屈原的政治主张概括起来就是举贤授能和修明的法度,反对腐朽的贵族势力“背绳墨以追曲”及“任人唯亲”。他主张把真正有才能的人提拔起来治理国家,诗中举出了许多史实,说明他反对世卿世禄的不合理,赞扬从下层举荐贤才,这在当时是进步的、开明的主张。民本思想是其政治思想的一个核心,他从史实中总结出一条真理,

"皇天无私阿兮,览民德焉错辅。夫唯圣哲以茂行兮,苟得用此下土。"

在他的政治知识层面上,他指出了君王的行为标准是:"昔三后之纯粹兮,固众芳之所在。杂申椒与菌桂兮,岂维纫夫蕙茝!彼尧舜之耿介兮,既遵道而得路","汤禹俨而祗敬兮,周论道而莫差";他还从另一角度为君王的行为提供了反面教材,列举了夏启、五子、后羿、浞、浇、夏桀、后辛等失道之君亡国破家的历史教训。最后得出了"举贤而授能兮,循绳墨而不颇"的结论。

他还指出了忠臣的标准:"岂余身亡殚殃兮,恐皇舆之败绩。"他从不计较个人的安危,担心的是国家的存亡;"乘骐骥以驰骋兮,来吾导夫先路。"他愿意为国家走上坦途而作一名马前卒;"余固知謇謇之为患兮,忍而不能舍也;指九天以为正号。夫唯灵修之故也。"他明知忠言直谏会带来祸害,但始终不放弃自己的责任,表现了对祖国的无限忠诚;"陟升皇之赫戏兮,忽临睨夫旧乡。仆夫悲余马怀兮,蜷局顾而不行。"屈原始终保持受命不迁的崇高志节,表现了对祖国的依恋。

2. 哲学方面的知识

屈原不同于与他同时代的先秦诸子,他并不是一个哲学家。在《汉书·艺文志》所列举的十家里,找不到一个适合于屈原的准确位置,但他的哲学思想却是客观存在的。在他的作品里,我们发现,他的思想是非常复杂的:他为了阐发美政理想,往往言称尧、舜、禹、汤、文、武、周公这些儒家所推崇的历史人物,标举他们所倡导的举贤授能的政治作为,这些思想无疑属于儒家思想的范畴;为了澄清楚国当时"惟夫党人之偷乐兮,路幽昧以险隘"的黑暗吏治,纠正当时那种"众皆竞进以贪婪兮,凭不厌乎求索。背绳墨以追曲兮,竞周容以为度"的风气,他主张修明法度,标举"规矩""绳墨",这显然属于"法不阿贵,一民之规"的法家思想;在他遭遇疏远、免官、流放的重重打击,各种尝试失败之后,他曾产生过"悔相道之不察兮,延伫乎吾将反。回朕车以复路兮,及行迷之未远"的犹豫彷徨,产生过"欲远集而无所止兮,聊浮游以逍遥""何离心之可同兮,吾将远逝以自疏"的想法,产生过"远游""卜居"那样的思想苗头,产生过"何不哺其糟而啜其醨""何不淈其泥而扬其波"的念头,这些想法与道家的纵浪大化、安命处顺思想极其相近;又据《史记·屈原列传》的记载,屈原有过负责楚国内政与外交事务的经历,有联齐抗秦的战略思想,可知屈原还具有纵横捭阖、决定嫌疑的纵横家思想。

3. 历史方面的知识

为了从历史上找到一条可行的政治出路,为了使自己的观点更具说服力,为了总结历史上成败利钝的经验教训,屈原调动了大量的历史知识。其历史知识大致上包括三个层面:神话传说中的历史、尧舜禹及西周春秋战国的历史、楚国的历史。《离骚》"就重华而陈词"时说:"启《九辩》与《九歌》兮,夏康娱以自纵。不顾难以图后兮,五子用失乎家巷。羿淫游以佚畋兮,又好射夫封狐。固乱流其鲜终兮,浞又贪夫厥家。浇身被服强圉兮,纵欲而不忍。日康娱而自忘兮,厥首用夫颠陨。夏桀之常违兮,乃遂焉而逢殃。后辛之菹醢兮,殷宗用而不长。”从夏启放纵到五子内乱,从后羿乱流到寒浞谋篡,从过浇纵欲到脑袋搬家,从夏桀违理逢殃到纣王残虐灭宗,几乎是一部夏商周昏君乱臣的灭亡史;而巫咸劝说他留下来等待时机的一段话,“汤禹俨而求合兮,挚咎繇而能调。苟中情其好修兮,又何必用夫行媒?说操筑于傅岩兮,武丁用而不疑。吕望之鼓刀兮,遭周文而得举。宁戚之讴歌兮,齐桓闻以该辅”,则是从夏禹重用皋陶到商汤重用伊尹,从武丁拔擢傅说到周文王提拔姜尚,再到齐桓公发现宁戚,近乎是一部前世贤臣遭遇明君的际遇史。至于《天问》篇,记载了夏代的禹娶涂山、启益争国、羿浞动乱、大鲧治水、嫦娥窃药、少康中兴;记载了商代的成汤伊尹、汤伐夏桀、玄鸟生商、王亥牧羊、王恒复仇、昏微际遇;还记载了周代的武王伐纣、昭王出游、穆王周游、幽王覆灭、齐桓身死等,从而把夏商周的兴亡作了系统的概括,虽以质疑的口吻出现,实际上却是不容置疑的用意——成败利钝完全取决于君王的德行和用人制度,与《离骚》规讽的用意基本一致。从主观意图和实际效果上讲,这些历史知识还是围绕着政治知识而展开,为政治知识服务的。

4. 修养方面的知识

从性格的角度讲,屈原是一个追求完美的理想主义者,具备丰富的修养知识。他不仅要求别人达到人格的完善,比如奉劝君王弃秽改过、心地纯粹、延揽人才、亲贤远佞,批判党人苟安享乐、追名逐利、违背规矩、造谣中伤等等,他对自己的要求更是周详而高远。抛开与生俱来的内美,他还有一套完整的修养计划,即卓越的素质修养和卓异的品质修养。《离骚》所说的“修能”,亦即《史记·屈原列传》所说的“入则与王图议国事,以出号令;出则接遇宾客,应对诸侯”和“博闻强志,明于治乱,娴于辞令”,这些都属于素质修养的范畴。多能、实用、有补于国事,是素质修养的终极目的;至于他在作品里屡屡称说的“扈江离与辟芷兮,纫秋兰以为佩”、“制芰荷以为衣兮,集芙蓉以为裳”、“揽木根以结茝兮,贯薜荔之落蕊”等等,均属于以象征手法表现的品质修养。高尚、修洁、卓尔不凡是品质修养的最高境界。

此外,屈原曾经做过三闾大夫,掌管过王族的子弟教育事务,具备教育方面的知识是情理中的事情。他有明确的教育目标,即“冀枝叶之峻茂兮,愿俟时乎吾将刈”;他有自己独特的人才培养方案和方法,这就是“滋兰九畹”、“树蕙百亩”,还要“畦留夷与揭车”、“杂杜衡与芳芷”,根据国家所需培养各类专门人才。

以上内容,都与政治有着比较明显的联系,从而成为屈原知识结构里的主轴,贯穿其生命的始终并将其他知识有机地连接起来,从中可以看出屈原的思想主流。

(二)作为辅助功能的知识类型

1. 天文历法方面的知识

天文历法在中国古代社会生活中起着重大作用,它不仅是君王用来占验为政吉凶的工具,也是民间用来预测一年气候和收成的工具。作为国君高级顾问和重要辅佐的屈原,对天文历法知识的掌握也是很娴熟的。翻开《离骚》,可以看到他对岁星纪年的了解,可以看到他对神话中风神飞廉、月神望舒、日御六龙的描述;打开《九歌》,从《东君》可以发现他对日御羲和、太阳运行规律及星宿的熟谙,从《云中君》可以看出他对云月特征的把握,从《大司命》、《山鬼》等可以看到他对各种风雨特征的了解:披阅《天问》,可以发现他对神话传说中造化未分之前、天体形成和日月星辰知识的了解与怀疑。

2. 地理方面的知识

《四库全书总目·史部·地理类叙》谓:"古之地志,载方域山川风俗物产而已。"《尚书·禹贡》云:"别九州,随山浚川,任土作贡。"《周礼·夏官·职方氏》称:"掌天下之国,以掌天下之地,辨其邦国、都鄙、四夷、八蛮、七闽九貉、五戎、六狄之人民,与其财用、九谷、六畜之数要,周知其之利害,乃辨九州之国,使同贯利。"由此可见地理知识所包括的范畴。《史记·屈原列传》中只记载了屈原在楚国境内的足迹和出使齐国的经历,但他的地理知识却已经超越了自己的国界,甚至超越了客观的现实空间。他的地理知识包括自然地理知识和神话地理知识。自然地理知识包括作品中山川河流名称的记述、风物的描写,如《河伯》里的黄河的性格、《山鬼》里於山的环境、《涉江》里溆浦的风景,等等;神话地理知识包括神话色彩比较明显的《离骚》、《天问》、《九歌》中出现的九州、昆仑、悬圃、九嶷、沅湘、汉北等客观存在的地名、山名、水名,等等。这些地理名词几乎包括了后世中国版图的绝大部分,像西方的流沙、北方的冰原、南方的炎热、东方的日出等,体现了屈原广博的地理知识和欲图一统天下的政治理想。

3. 植物方面的知识

屈原在植物学方面的知识,早已为前人所重视,已经有相当多的研究成果问世,如《离骚草木疏》等。据初步统计,《楚辞》一书中提到的植物种类超过一百种(仅九歌中就出现过20余种花草、17种树木),其中香木类有34种,香草22种。这些植物的全株或花、果,至少有一部分有香气;提到的臭草有11种,恶木5种。这些植物不是枝干或某一部分有刺,就是蔓生的杂草野藤,或味道苦辣者。这些植物常常被当做抒情的载体,寄托着屈原的思想。王逸《楚辞章句·离骚序》称:"离骚之文,依诗取兴,引类譬喻,故善鸟香草,以配忠贞;恶禽臭物,以比谗佞。"此外,还有一些植物被当做写景的对象,或者属于实用之物。

4. 动物方面的知识

屈原动物学的知识也非常丰富,他的作品里涉及的动物,有羽族、毛族、甲族、鳞族四类,其中包括现实动物和神话动物。羽族如鸾鸟、凤凰、鹈鴂、鸷鸟、燕雀、乌、鹊、鸡、鹜、鸩、雄鸠、玄鸟、黄鹄、白雉、鸱等;毛族如马、牛、麋、鹿、猿狖、狐、豺、狼、豹、狸、熊、象、犬、豨等;鳞族有虬、龙、蛟、螭、雄虺、蝮蛇、灵蛇、鲮鱼、雌蜺、鱼等;甲族有鼋、龟、鳖等;昆虫类有赤蚁、玄蜂、蝉等。从这个统计中可以看出,屈原为了完成神游,将这些现实的和神话的动物任意驱遣,这得力于他对动物知识的熟谙。

5. 服饰方面的知识

从考古发现可以看出,楚国的纺织业非常发达,这为爱好修饰的楚国人讲究"楚服南冠"准备了条件。屈原非常注重服饰的修洁,在他的作品里出现过各种各样的服饰类型。其中包括衣服(如上衣、下裳、亵衣等)及衣服的各个组成部分(如袂、襟等)、冠(如峨冠、切云),更多的是装饰(佩饰、花环、衣带、环佩、琳琅等),还懂得一定的制作方法(如制、集、纫、贯等)。在他的作品里,被服华美的佩饰不惟是人物形象的外在特征,而且显示了它们的高贵品德,因此服饰具有了比德的作用。在屈原自传体的《涉江》里,他自称:"余幼好此奇服兮,年既老而不衰。带长铗之陆离兮,冠切云之崔嵬,被明月兮佩宝璐。"并在《离骚》里极力夸饰和渲染了自己服饰的华丽:"扈江离与辟芷兮,纫秋兰以为佩。……揽木根以结茝兮,贯薜荔之落蕊。……制芰荷以为衣兮,集芙蓉以为裳。……高余冠之岌岌兮,长余佩之陆离。……佩缤纷其繁饰兮,芳菲菲其弥章。"作者的被服香草虽与现实生活的被服纨素不同,但其做法却是以现实为依据的。在《九歌》里,神巫们的被服与《离骚》中灵均的被服一样鲜艳华丽:"灵偃蹇兮姣服","华采衣兮若英","灵驾兮帝服","灵衣兮被被,玉佩兮陆离","荷衣兮蕙带","青云衣兮白霓裳","被薜荔兮带女萝"、"被石兰兮带杜蘅"。《九歌》中人物的服饰已不再像《离骚》中的灵均那样以香花为喻,它还根据神的特征予以着装设色,鲜明生动而绝不雷同。所有这一切,都体现了屈原对服饰知识的娴熟。

6. 饮食方面的知识

根据周秉高先生的研究,屈原在饮食方面的知识也非常丰富,大致包括饮料和食品。食物包括的粮食种类有稻、粱、麦、麻、黍、黄粱;炊事方法有粻、拏、蒸;饮料类有桂酒、椒浆、肴、椒醑等。

建筑方面的知识:屈原作品中有许多建筑描写,其中有些属于想象中的内容,但这些都是来自现实世界。我们看到的建筑内容大都集中在《九歌》和《招魂》里。其中有建筑类别宫、室、堂、房、馆、屋、厦、宇、庑、台、榭;建筑构成有门、庭、屋、装饰及工艺;此外,还包括城邑类如国、都、邑、城、郭、闾、社、巷等;园林类如园、囿、圃等。

7. 农业方面的知识

如果说屈原具备以上知识是耳濡目染的话,最为让人感到不解的是,屈原对农业生产的知识也非常熟悉。在《离骚》里有一段这样的描述:"余既滋兰之九畹兮,又树蕙之百亩。畦留夷与揭车兮,杂杜衡与芳芷。冀枝叶之峻茂兮,愿俟时乎吾将刈。”他讲到的“畹”、“亩”虽然是土地的计量单位,实际上也是当时农作物种植的方法;“畦”是一种用田垄划分地界、以别作物种类、便于灌溉保墒的先进的农业技术;“杂”是一种套种的种植方式,既利于不同时段的农作物栽培,又利于农作物的通风透光,还有充分利用土地资源的考虑。用这样的比喻来说明自己培养人才的良苦用心,再准确不过。《论语》里孔子把问稼问圃的樊迟斥为“小人”,可见士大夫阶层对农事是不齿的,但屈原不是这样。这对于一个出身贵族、身居显要的人来讲,实在是一件不可理解的事情。

8. 手工业方面的知识

与对农业知识的熟知一样,屈原对手工业的知识也相当了解。“规”是木匠用来画圆的工具,“矩”是用来量方的工具,“绳墨”是木匠用以量直打线的墨斗。为了批判世俗,他用“规矩”和“绳墨”来比喻国家的法度;“凿”是斧头上的方孔,“枘”是斧子的圆柄,斧子是木匠的常用工具,凿和枘不能取合是通常的知识。这里用来形容自己与世俗不能同流。深刻的道理用了这样的比喻,变得形象而生动。

9. 祭祀知识

楚辞的产生受楚国浓郁的巫文化影响,屈原作品里随处可见与巫文化有关的祭祀知识和招魂知识。学术界曾经有一种观点说屈原就是一个大巫师,且不去讨论它的真假,其具备相当深厚的巫文化知识却是不争的事实。《离骚》的“索藑茅以筳篿兮,命灵氛为余占之”和“巫咸将夕降兮,怀椒糈而要之”的举动,《九歌》十一篇的内容,《招魂》的全部情节,反映出的都是屈原在巫文化方面的知识。

10. 音乐歌舞知识

屈原作品中提到的乐器不下几十件,包括金(如钟)、石(如磬)、丝(如瑟)、竹(如参差)、土(如埙)、革(如鼓)等类别;提到的乐曲名称有《劳商》、《涉江》、《九辩》、《九歌》、《韶》等;其中还有歌舞场面和舞容的描写,等等。从听觉的角度讲,有《东皇太一》“扬枹兮拊鼓,疏缓节兮安歌,陈竽瑟兮浩倡”;从视觉的角度讲,杨浦“灵偃蹇兮姣服,芳菲菲兮满堂”。种种迹象表明,音乐歌舞知识在屈原的知识构成中是非常重要的一部分,它也说明了屈原对音乐歌舞的爱好。

11. 神话知识

屈原的作品被看作是中国神话的渊薮之一,这充分说明了神话内容在屈原的知识构成中的分量。其神话类型繁多,内容广博。如《九歌》所描写的对象,既有天神系列的东皇太一、东君、云中君、大司命、少司命,又有地祇系列的湘君、湘夫人、河伯、山鬼,还有人神系列的国殇;《离骚》的后半篇则展示了一个从人间到天上又从天上到昆仑,从人神到天神再到自然神的神性形象系列,其中有传说中的鲧、古代的圣王舜、天帝的看门人,也有任他驱遣的自然神日御六龙、风神飞廉、月神望舒、凤凰鸾鸟;还有任他游弋的神话世界九嶷、天庭、昆仑、悬圃、旸谷；而《天问》又为我们保留了天文神话（开辟以前的神话、天体形成神话、日月列星神话）、地理神话（鲧禹治水神话、山川地理神话、动植物怪异神话）、羿射日神话、玄鸟生商神话、后稷诞生神话等一系列远古神话，它包括了通行分法上的宇宙神话、开辟神话、祖先神话、洪水神话、英雄神话等各种类型。

12. 交通知识

周秉高先生在《楚辞原物·楚辞器物考》一文中对屈原作品中的交通工具车、船作了非常详尽的分析研究。如车按类别分为贵族之车、大夫之车、谪人之车、战车、猎车、神话之车等。并对其构成详加阐释，如舆、盖、轫、轮、毂、轪、衡、轭、轫、辔、鞭、策、鸾等；再如船，其名称有舟、船、桂舟、舲船，其附件有楫、棹、枻、榜、桡等。这些在当时已经属于比较先进的工具，其工艺已经臻于相当高的水平。此外，在车的使用上，既有服又有骖；在行走的道路上，既有津也有梁。这对于身居显要的屈原来讲，真是难能可贵。

13. 恋爱婚姻方面的知识

关于屈原的家庭，尤其是他的妻子儿女的问题，史料上没有任何记载。我们不知道屈原是否有过爱情婚姻，但在他的作品里，我们不难发现，屈原对男女情感世界的把握却是非常准确而深入的。《离骚》里所描写的“初既与余成言兮，羌中道而改路。曰黄昏以为期兮，后悔遁而有他”的婚恋过程和弃妇心理，以及三次求女过程中心理的微妙变化；《九歌》中的恋爱男女“满堂兮美人，忽独与余兮目成”的细节、“捐余玦兮水中，遗余佩兮醴浦”的举动、“悲莫悲兮生别离，乐莫乐兮新相知”的感叹、“思公子兮徒离忧”的牢骚，均对恋爱中女性主人公的心理活动刻画得入木三分。这说明了屈原富有这一方面的知识，而这一知识也成为他用以象征与君王难以遇合的重要手段。

屈原作为一个伟大的诗人，作为一个博闻强志、娴于辞令的外交家，其语言方面的知识更是不待言说的。仅从其诗歌语言技巧和写作技巧的角度讲，就有双声、叠韵、叠字、颠倒话、夸张、排比、对仗、比喻、拟人、象征等方法。至于其在楚国方言方面的知识，也就不用多费笔墨了。

通过以上分析，我们不难发现，这是一个主次分明的知识体系，是一个以政治知识为轴心，以品德修养知识为辅线，向四围发散的庞大的知识体系。所谓以政治知识为轴心，就是以屈原的美政理想和爱国情怀为轴心，这正是屈原一生所追求的理想，是他一生所坚持的信念。如果我们把那些直接从文字表面看得出来的与政治有关的内容当做政治知识的话，那么，其中那些哲学的、历史的、教育的、天文历法的、地理的、动植物的、农业的、手工业的、神话的、音乐歌舞的和恋爱婚姻的知识，都成为这个政治链条上的一个个可以感知的环节，也就是说，这些知识成了屈原表达政治理想的一种载体。

二、知识结构形成原因之蠡测

一个人的知识结构所以如此,必然有他自身的原因。其原因大致包括与生俱来的因素、经历的塑造和有意识的习染。但具体到某一个人,自然又是千差万别。

(一)出身对知识结构的影响

一个人的出身对他的知识结构的影响是最直接的。孔子出身于没落的贵族,礼乐知识比较丰富;司马迁出身史官家庭,历史观念比较突出。这都说明出身对一个人知识结构的重要影响。据《史记·屈原列传》载:“屈原者,名平,楚之同姓也。”他的这种出身已足以说明他贵族的血脉。黄维章(文焕)《楚辞听直》说:“迦所自出,明为宗臣,休戚存亡,谊勿获避。此不得不竭忠之前因也。”这样的出身,带给人的是什么呢?对于纨绔子弟来讲,就是蛮横、骄矜、挥霍、不学无术;而对于有作为的人来讲就是一种责任感、一种继往开来的事业心、一种舍我其谁的政治抱负。熊氏的霸业,屈氏家族的荣耀,句亶王熊伯庸,还有屈家无数个有为的先人,无不成为屈原行为上的表率、精神上的导师。他的从政热情、政治抱负、美政理想、爱国情怀、忠君情结,所有这一切与政治有关的知识,直接来自于他的血统,来自于他的家庭熏陶。

(二)经历对知识结构的影响

三国魏李康《运命论》说:“治乱,运也;穷达,命也;贵贱,时也。而后之君子,区区一主,叹息于一朝,屈原以之沉湘,贾谊以之发愤,不亦过乎?”且不去谈他过不过的问题,单从运、命、时对人的知识构成的影响这一角度而言,无疑是有道理的。而运命时,基本上涵盖了一个人的全部人生经历。

从现存的资料里可以看到,屈原一生主要由两种经历组成,即从政和流放。怀王前期,他曾任三闾大夫,主管王族三姓昭、屈、景的子弟教育。这是一个重要角色,因为王族子弟是古代王权的重要继承人。对这一工作,《离骚》以象征的手法有过生动的描述:“余既滋兰之九畹兮,又树蕙之百亩。畦留夷与揭车兮,杂杜衡与芳芷。”这种为政兼教育的工作经历,无疑对丰富他的政治阅历和教育知识产生重要影响;继而为“楚怀王左徒”,“入则与王图议国事,以出号令;出则接遇宾客,应对诸侯。王甚任之”。其间在内政与外交方面卓有建树。“图议国事”、发布政令显然需要有清醒的政治头脑和缜密的政治语汇,也需要纵向的历史知识和横向的社会知识;接遇宾客、应对诸侯,需要的是机智灵活的政治头脑和敏捷得体的外交语言,如对天下大势的准确把握和处理国际关系的能力等。而这些知识并非与生俱来或凭空杜撰,它需要在纷纭复杂的政治实践和外交活动中逐步积累而获得。

从遭谗被疏,再到免官流放,屈原的命运逐渐走入低谷。怀王朝,他曾一度流亡到汉北;顷襄王朝,又被迁谪到沅湘地区,这种状况一直持续到他的生命终结。统观屈原一生,流放的时间远远超过为官的时间。这漫长的流徙生涯,对屈原的知识构成有着怎样的影响呢?朱熹在《楚辞集注·天问序》中说:

> 屈原放逐,忧心愁悴,彷徨山泽,经历陵陆。嗟号昊旻,仰天叹息。见楚有先王之庙及公卿祠堂,图画天地山川神灵,琦玮谲诡,及古贤圣怪物行事,周流罢倦,休息其下,仰见图画,因书其壁,呵而问之,以泄愤懑,舒泻愁思。

很明显,朱熹认为《天问》中的有关神话知识与他在汉北的流放经历不无关系。他在《楚辞集注·九歌序》中又说:

> 昔楚南郢之邑、沅湘之间,其俗信鬼而好祀。其祀,必使巫觋作乐,歌舞以娱神。蛮荆陋俗,词既鄙俚,而其阴阳人鬼之间,又或不能无亵慢淫荒之杂。原既放逐,见而感之,故颇为更定其词,去其泰甚。而又因彼事神之心,以寄吾忠君爱国眷恋不忘之意。

显然,朱熹认为,在流放于沅湘之间的时候,屈原从民间学到了祭祀的、歌舞娱神的知识,并借此表达了他的政治理想和忠君情怀。屈原的其他许多知识,是否也可能是在这一时期获得的呢?这种可能是存在的。

(三)学习对知识结构的影响

从上述列举的知识类型中,我们可以看到,有些知识与他的出身和经历是有关系的,而有的知识却与他的出身大相径庭。比如农业的、手工业的、植物和动物的,等等。这些在当时被看成是与卑贱职业有关的知识,竟然成了屈原知识结构中的分子。那么,这些知识是如何获得的?除去学习这一主要途径,恐怕不会有更好的解释。因为从他的足迹看,即使是在被流放期间,他还有相当的人身自由,他不可能躬耕自给。

《史记·屈原列传》说他"博闻强志",讲的就是屈原的资质。强志就是记忆力好;博闻就是见闻广博,其中包括通过阅读、观察、听闻等各种渠道得来的知识,在众多的渠道中,最重要的是阅读。因为一个人的经历和生命毕竟有限,事必躬亲绝对是不可能的。作品里多次讲到他为了增进自己的品德修养、历练自己的才能而采取的举动:"纷吾既有此内美兮,又重之以修能。扈江离与辟芷兮,纫秋兰以为佩","朝搴阰之木兰兮,夕揽洲之宿莽","制芰荷以为衣兮,集芙蓉以为裳"等等,均包含了学习这一行为。从屈原作品显示出来的知识体系看,广博的历史知识、神话知识、天文历法知识、动植物知识等,无不是通过后天的学习所获得;而创作于流放背景下的作品所显现出来的知识构成,又告诉了我们他还拥有超强的记忆力,因为他没有文献资料可供查阅。

三、知识结构对屈原的影响

(一)对思想意识的影响

由屈原现存作品的内容可以看出,屈原一生与政治结下了不解之缘。我们可以说,是他的知识构成造就了他以从政为依归、以修身为手段、积极干预政治、力主图强力主美政的政治理想,成就了他忠君爱国、守死善道、追香恋洁、追求唯美的精神苦旅和嫉恶如仇的精神境界。也可以说,儒家文化的积淀影响了他追踪先王、举贤授能的思想意识,道家文化的储备影响了他在饱受委屈之后卜居、远游、逍遥绝尘的思想活动,而战国时期风行的纵横捭阖、议论风发的风气影响了他挥斥万物、睥睨王侯的战斗激情。

(二)对思维方式的影响

人的思维方式是各种各样的,有纵向思维,有平行思维,有百川汇海式的聚焦式思维,有光芒四射式的发散式思维。思维方式的选择往往与个人的知识结构有着密切的关系。知识结构单一的人不可能有聚焦式和发散式的思维方式,因为它们需要丰富的联想和飞扬的幻想,唯有知识结构复杂、知识层面深厚的人才有这种可能。屈原的作品充满了神奇大胆的想象与幻想,流溢着浓烈的激情,这说明他的思维是立体的、三维的。他从为政这个原点出发,将他的思绪激射到远古的神话、深邃的历史、广阔的现实,还涉及无边无际的宇宙、有形有相的空间、虚无缥缈的幻想世界。但无论如何,他的精神内核是明确的、唯一的——那就是政治,就是具体化了的美好政治和忠君爱国。而其他的知识都是围绕这一因素并为之服务的。

(三)对创作过程的影响

从创作学的角度讲,知识的构成还会影响到主题的确立、材料的选择、构思的巧拙、结构的安排、方法的使用等方面。屈原这种以政治知识为中心、旁及众多知识的庞大的知识体系,决定了他的创作主题就是美政与爱国,也决定了他赖以抒情的材料将会林林总总,影响了他或现实、或神话的构思方式,又影响到他的作品结构和创作手法的千变万化。这样的知识结构,反映在内容上则是光怪陆离,忽而天上,忽而人间,忽而触手可及的物质世界,忽而虚幻缥缈的精神空间;其所表达的情感丰富而深邃,忽而舍我其谁、敢为天下先的英雄豪气,忽而人言可畏、天路难通的失落之情,忽而对两美必和的热情期待,忽而对上下其手的怨愤怒斥;至于由于使用了想象、幻想、夸张、排比等浪漫手段而造成的艺术上的浪漫诡奇风格,等等,无一不是受到了他丰富多彩而又主次分明的知识结构的影响。

(四)对语言方式的影响

屈原的语言是极其丰富而优美的,富于江河奔泻式的抒发,联类不穷的比喻和夸张。

他的用语是那样准确形象、生动传神，他的韵律节拍是那样自然和谐，他的修辞手段是那样丰富多彩，这一切均体现了屈原在语言运用上的成就。如《东君》“青云衣兮白霓裳，举长矢兮射天狼。操余弧兮反沦降，援北斗兮酌桂浆。撰余辔兮高驰翔，杳冥冥兮以东行”的形象塑造，抓住了黄昏日落及夜幕降临时分的特点，赋予日神以自然物的特性，将其刻画成一位以青云为衣、白霓为裳、霞光为矢的天界英雄。这种精确的描写来自于他细致的观察所得来的知识积累。又如《九歌》中还运用了富有特色的颠倒句法，如“采薜荔兮水中，搴芙蓉兮木末”，“鸟何萃兮蘋中？罾何为兮木上”，“麋何食兮庭中？蛟何为兮水裔”等，利用其荒诞的内容、反常的逻辑、离奇的语言，达到了委婉抒情的艺术效果。这些语言，明显带有向民间学习的痕迹，与他平时的语言知识积累不无关系。

尤其值得重视的是，屈原广博丰厚的知识结构使得他的词汇异常丰富而灵活，举凡世间一切事物，诸如天文地理、风土人情、政治历史、动物植物、文化教育、衣食住行、神话传说等等，都成为他的语言材料；这种丰富的语言材料与他特有的、浓烈的激情相碰撞，自然也就形成了他如火山喷发、江河决流那样的汩汩滔滔、一泻万里的宏大气势；这种语言自然造就了他独特的风格特征——奔放、豪迈、色彩鲜明。

四、其知识结构对当代人才培养的启示

由仕途经济到提倡实学，从文理兼重到文理分科，从重文轻理到重理轻文，中国教育走过了一条曲折的路。现在，全国高校都在提倡素质教育，其标志就是在文科院系开设理工科课程以增强学生的科学素质，而在理工科院系开设文科课程以增强学生的人文素质。事实上，长期以来形成的思维定式以及现实造成的心理模式，使得这种做法往往停滞在表面。通过对屈原知识结构的分析和探讨，我们觉得有深刻的启示意义。

(一)人才培养理念的启示

屈原的知识结构模式对我们现代人是一个非常有益的启示。一个人才，一个对国家对民族有用的高级人才，不是只拥有一技之长的专门人才，他应当具备尽可能广泛的、深厚的知识积累。就大处讲，科学可以兴业，人文可以治国。科学创造的是物质财富，人文整合的是人的心灵；就小处讲，科学可以糊口，人文可以修身。科学换来的是享受，人文塑造的是气质。一个民族靠什么独立？靠什么自尊？两者都不可偏废。因此，屈原的知识结构状况告诉我们，当代的人才培养应该走一条真正的素质教育之路：学有专长而又一专多能，具体表现为文理互补。

(二)人才培养方法的启示

一个人的出身是难以更易的，因此，出身对个人知识构成的影响是无法寻求一致的。但每个人都有自己特定的出身，这个特定的出身对于自己来说就是一笔有别于他人的特

有的精神财富。只要留心,自然会得到与自己出身相应的知识积累;丰富自己的阅历也是一种积累知识、拓宽知识结构的重要方法。古人说,“读万卷书,行万里路”,“世事洞明皆学问,人情练达亦文章”,讲的就是丰富阅历。这种方式可以弥补出身的不足;发展个人的好奇心、求知欲。学之者不如爱之者,爱之者不如好之者。学校不是生产流水线,生产的都是一模一样的物品。应根据其个人爱好,发展他的兴趣,成就兰、蕙、留夷、揭车、杜衡与芳芷;当然,屈原的历史知识、哲学知识、政治知识、地理知识、天文历法知识等,绝大多数还是得来于间接的书本知识。一个人的能力甚至精力、生命都是有限的,所以,要拓宽知识层面,最有效的途径还是阅读。所以,大学教育主要还是应该提倡读书。

通过分析可以看到,屈原的知识结构是庞大的、有序的,其形成因素是多元的、主次分明的,这一知识结构对屈原的影响也是深刻的、多方的。从人才培养的角度看,屈原的知识结构及其形成原因,对当今的人才培养也是具有深刻的启示意义的。

司马迁对屈原的认同

淮北师范大学文学院　郭全芝

《史记》将屈原与贾谊共列一传,作者应该是将他们看做一类人。两位传主都是政治家兼文学家,而且还有相似的遭遇,即政治上都受到过打击,理想抱负似乎都未能如愿实现,他们文学上的创作又都出类拔萃。按照以类相从的原则,就不妨把这两位分处于战国与汉代的人士同入一传。因为《史记》虽然有为文人群体所列的《儒林传》,但其中所收都是温文尔雅的学者,显然不适合列入屈原与贾谊,这大概也是将两人单独另立一传的原因。作者没有把司马相如与他们共列一传,显然是因为两者的身世遭遇不同,理想抱负不同,作品内容及性质也不同。屈原、贾谊,在司马迁看来,有政治理想,只是生不逢时,郁闷至极,所思所写与司马相如那种意气风发、极力宣扬帝国声威的状况自是两途。司马相如满足于文学之士的身份,对仕途并不热衷,所以谈不上有政治抱负。

不过,司马迁将屈原两人写入一传,并不是将他们齐等看待的。屈原在作者心目中的地位要高于贾谊,是非常崇高的。所以《太史公自序》在说及撰作《屈原贾生列传》的原由时,专就屈原生论,不曾提及贾谊,《屈原贾生列传》则体现出以贾谊来映衬屈原的意思。

《屈原贾生列传》一文主观意味较为浓厚,表现在情感强烈,叙事较少而论说及抒情性文字较多,描写作者心绪也较多。如末尾太史公曰:"余读《离骚》、《天问》、《招魂》、《哀郢》,悲其志。适长沙,过屈原所自沉渊,未尝不垂涕,想见其为人。及见贾生吊之,又怪屈原以彼其材游诸侯,何国不容,而自令若是!读《鵩鸟赋》,同死生,轻去就,又爽然自失矣。"①作者因为读《离骚》、《天问》、《招魂》、《哀郢》而感发,深深地被屈原美好高尚的精神所打动。在前往长沙之时,经过屈原自沉之地,再一次因屈原之为人而感怀激动,至于涕泪。后来读贾谊《吊屈原赋》,却发现赋中有责怪屈原的意味。贾谊认为,屈原若是利用自己的才能而游说诸侯,没有哪个国家不会容纳,但他却选择让自己陷入绝境。司马迁又读贾谊《鵩鸟赋》,该文将生与死相等同,看轻弃官与入仕的差别,遂感到茫然而有所失,难免受贾谊影响而对屈原的选择觉得遗憾。这段抒情议论文字,不仅情感浓烈,而且将作者复杂的心绪表现出来。其中有对屈原的无比敬仰,也有对其自沉身死的悲伤,还有对他坚定地留在楚国而不思离开以逞才的遗憾。文中还用大量篇幅引述了传主富

① 本文所引司马迁《史记》,系中华书局1982年标点本。

有浓烈情感的作品(如屈原《怀沙》,贾谊的《吊屈原赋》和《鹏鸟赋》)。曾有论者指出,不看班固的《贾谊传》,恐以为贾谊系一纯粹的文学家。这是因为司马迁有意识地选择贾谊的抒情性作品,对于像《过秦论》、《陈政事疏》这类表现作者历史见解与政治见解的重要的政论文反而忽略了。这些都是该撰抒情意味浓厚的原因。深究起来,笔者以为,除了同情屈原与贾谊的遭遇之外,将屈原与贾谊看做富有激情的作家也是司马迁这篇文章具有特殊内容的原因,更重要的是,有意识将贾谊与屈原作对比以突出屈原特立的品行。而贾谊的辞赋作品在这一方面显然能够起到重要作用。所以文章对屈原作出满怀敬意的评论,而对贾谊则几乎只是客观描述。

《屈原贾生列传》是按时间顺序先述屈原后述贾谊的,同样都写出了两人的才华及生平经历,篇幅差异不大,但实则对两人的纪传是有轻重不同等倾向性的。在文中,司马迁对屈原作出了非常高的评价,而且不惜笔墨尽情歌颂,如赞其《离骚》:

> 离骚者,犹离忧也。夫天者,人之始也;父母者,人之本也。人穷则反本,故劳苦倦极,未尝不呼天也;疾痛惨怛,未尝不呼父母也。屈平正道直行,竭忠尽智以事其君,谗人间之,可谓穷矣。信而见疑,忠而被谤,能无怨乎?屈平之作《离骚》,盖自怨生也。《国风》好色而不淫,《小雅》怨诽而不乱,若《离骚》者,可谓兼之矣。上称帝喾,下道齐桓,中述汤武,以刺世事。明道德之广崇,治乱之条贯,靡不毕见。其文约,其辞微,其志洁,其行廉,其称文小而其指极大,举类迩而见义远。其志洁,故其称物芳。其行廉,故死而不容自疏。濯淖污泥之中,蝉蜕于浊秽,以浮游尘埃之外,不获世之滋垢,皭然泥而不滓者也。推此志也,虽与日月争光可也。

而对贾谊则几乎未作评价,由此正可看出作者的着力点和倾向性。此外,此篇还有屈原之死与楚国的关系一段文字:“屈原既死之后,……楚日以削,数十年竟为秦所灭。”一如《伍子胥列传》述及伍子胥之死带给吴国的灾难:“吴王既诛伍子胥,后九年,越王句践遂灭吴,杀王夫差。”《廉颇蔺相如列传》中谈到李牧之死与赵国灭亡的关系:“赵使人微捕得李牧,斩之。废司马尚。后三月,王翦因急击赵,打破杀赵葱,虏赵王迁及其将颜聚,遂灭赵。”[①]而贾谊显然没有得到这样的“待遇”。这里也可以看出司马迁的偏重。

而且从篇目顺序看,将《屈原贾生列传》安排在战国时期,前后与《鲁仲连邹阳列传》《吕不韦列传》相次第,可以看出本篇是以屈原的生活年代为标准来安排其次第的,显然

① 韩兆琦:《史记通论》之六《史记精品题评·屈原贾生列传》,桂林:广西师范大学出版社,1996年版。

有更重视屈原的意味。因为同是合传,《刺客列传》中最早的人物是春秋时期的曹沫,最晚的是战国末期的荆轲,而此传被安排在《吕不韦列传》之后;《滑稽列传》中的传主有战国时期的人物也有汉代人物,而此传序属卷一百二十六,几近尾声。这两篇传记中,分别以荆轲、东方朔事迹为详,这类例子应该能够说明《史记》合传所在次序是由传记中传主在作者心目中的地位决定的。

从文本内容来看,《史记》也确有一些合传意在突出其中某位传主,其他人物则是附属地位或对中心人物起着衬托作用。有的还比较明显,从标题就能看出。例如《廉颇蔺相如列传》,标题只列出两个人名,而正文却写了四个人物——廉颇、蔺相如、赵奢、李牧,是四个人物的合传。其中廉颇与蔺相如显然占据着中坚地位,两外两位则是附属性地位。而在廉颇与蔺相如两位主要人物之中,司马迁则是运用了另一种"主次"区分手法,即以廉颇来映衬蔺相如,凸显后者以国事为重、忍受耻辱、宽厚以待国家重臣的襟怀。廉颇贵为大将军,但是《史记》此文对他的描述却很有限。在开头交代了"廉颇者,赵之良将也"等基本情况后,就转而浓墨重彩叙写蔺相如事迹,用完璧归赵、渑池之会等重要情节展示蔺相如之为人。接下来的重要内容负荆请罪,看起来是写廉颇的事迹,其实也是通过两人交接以突出蔺相如"以先国家之急而后私雠也"的宽厚待人的胸襟。之后对廉颇事迹又是以"是岁,廉颇东攻齐,破其一军。居二年,廉颇复伐齐几,拔之"等简略文字交代过去,随即转向对赵奢事迹的描述。虽然其中也有几句涉及廉颇的文字,其要却在借此衬托赵奢:

秦伐韩,军于阏与。王召廉颇而问曰:"可救不?"对曰:"道远险狭,难救。"又召乐乘而问焉,乐乘对如廉颇言。又召问赵奢,奢对曰:"其道远险狭,譬之犹两鼠斗于穴中,将勇者胜。"王乃令赵奢将,救之。

然后就是大段对赵奢如何大破秦军的过程详述。后文大体仿此,虽然还有对廉颇的介绍,但与前文蔺相如文字相比,比例显然小得多。而篇末司马迁只对相如大发感慨,更是说明文章侧重:

太史公曰:知死必勇,非死者难也,处死者难。方蔺相如引璧睨柱,及叱秦王左右,势不过诛,然士或怯懦而不敢发。相如一奋其气,威信敌国,退而让颇,名重太山,其处智勇,可谓兼之矣!

由于司马迁突出蔺相如的想法明确,所以这篇文章的题目虽然提到两个人,而且廉颇还在前,但具体描述却是以蔺相如为主,有关廉颇的文字往往是穿插在蔺相如等人的描述中,起着穿针引线,借以联络其他人物和交代赵国灭亡过程的作用。《老子韩非列传》也是如此。标题列出两位,《太史公自序》在解释此传之所为作时,也只是提及老子与韩非子两人,而实则在该篇则写了四位人物,庄子即在其中。显然作者对四人的重要性在认识上是有差异的。

《史记》当中不乏人物相互衬托的例子。如《管晏列传》,两个传主作风差异很大:"晏子俭矣,夷吾则奢。"(《太史公自序》)两人之所以合传,不仅因为他们都是著名的政治家,而且司马迁正是想借助于合传的形式形成一种对比映衬,并说明两个人个性差异恰恰是助成其政治伟业的因素:"齐桓以霸,景公以治。"尽管如此,司马迁却在文末以这样的评价说出了自己的倾向:

> 管仲世所谓贤臣,然孔子小之。岂以为周道衰微,桓公既贤,而不勉之至王,乃称霸哉?语曰"将顺其美,匡救其恶,故上下能相亲也"。岂管仲之谓乎?方晏子伏庄公尸哭之,成礼然后去,岂所谓"见义不为无勇"者邪?至其谏说,犯君之颜,此所谓"进思尽忠,退思补过"者哉!假令晏子而在,余虽为之执鞭,所忻慕焉。

先是借助孔子的态度对管仲略加贬损,继而又美言管仲功绩,对其形象做出补救;后文直接论述晏子"伏庄公尸哭之""至其谏说,犯君之颜",表示自己"虽为之执鞭,所忻慕焉"。对比映衬,让读者知晓自己的态度。这样一种论述方式,其实也是《史记》迂曲笔法的一种。《史记》因作者司马迁所处时代与环境原因,喜欢采用隐微方式记史。这一点,已经学者指出。韩兆琦先生的《史记书法释例》中的"特殊书法"论述的就是这种方式。其实司马迁本人也对此有过暗示。《老子韩非列传》有一段话就很有意思,是司马迁引述韩非子《说难》,论游说之难的:

> 凡说之难,非吾知之有以说之难也;又非吾辩之难能明吾意之难也;又非吾敢横失能尽之难也。凡说之难,在知所说之心,可以吾说当之。
>
> 所说出于为名高者也,而说之以厚利,则见下节而遇卑贱,必弃远矣。所说出于厚利者也。而说之以名高,则见无心而远事情,必不收矣。所说实为厚利而显为名高者也,而说之以名高,则阳收其身而实疏之;若说之以厚利,则阴用其言而显弃其身。此之不可不知也。夫事以密成,语以泄败。未必其身泄之也,而语及其所匿之事,如是者身危。贵人有过端,而说者明言善议以推其恶者,则身危。周泽未渥也而语极知,说行而有功则德亡,说不行而有败则见疑,如是者身危。夫贵人得计而欲自以为功,说者与知焉,则身危。彼显有所出事,

乃自以为也故,说者与知焉,则身危。强之以其所必不为,止之以其所不能已者,身危。故曰:与之论大人,则以为间己;与之论细人,则以为粥权。论其所爱,则以为借资;论其所憎,则以为尝己。径省其辞,则不知而屈之;泛滥博文,则多而久之。顺事陈意,则曰怯懦而不尽;虑事广肆,则曰草野而倨侮。此说之难,不可不知也。

司马迁在引文之前就有意味深长的论述:“然韩非知说之难,为说难书甚具,终死于秦,不能自脱。”可见他对说什么,怎么说也是有过研究的。而之所以将韩非子论“说”引述详尽,不遑论其他,也说明司马迁对“说”的重视。此处引文则是借助韩非子之论“说”,意在说明对人说话的困难,不在于说话者的才智或口才不足,也不是说话者不敢表达自己的意见。韩非子特别针对游说人主的种种困难和危险作出细致的说明。这些也不妨看做司马迁本人的心得体会。由于说话“不慎”,本来是想“宽主上之心”,不料反倒引起对方的盛怒,导致自己遭受到比死刑更惨重的摧残。后文仍是司马迁对韩文的引述:

凡说之务,在知饰所说之所敬,而灭其所丑。彼自知其计,则毋以其失穷之;自勇其断,则毋以其敌怒之;自多其力,则毋以其难概之。规异事与同计,誉异人与同行者,则以饰之无伤也。有与同失者,则明饰其无失也。大忠无所拂悟,辞言无所击排,乃后申其辩知焉。此所以亲近不疑,知尽之难也。得旷日弥久,而周泽既渥,深计而不疑,交争而不罪,乃明计利害以致其功,直指是非以饰其身,以此相持,此说之成也。

这段话想告诫游说者的是,说话时应该美化君主所推崇的而遮掩他认为丑陋的……总之,要会揣摩人主心思,说话投其所好,庶几能达成所愿而避免灾祸。为韩非子立传,不是把注意力放在其法家思想的介绍上,而是倾尽心力引述《说难》,这说明司马迁想要读者知道的就在这里了。

值得注意的是,司马迁此文涉及四位传主,其中如老子、庄子在历史上都属于不能不论的重要人物,他们在学术史上的地位也没有几个人能相及比肩。司马迁本人由于受到父亲影响也十分欣赏以老庄思想为核心的黄老思想,为此《汉书》本传甚至还批评他“论大道则先黄老而后六经”。然而,司马迁却对老庄之文不加引述,对另一传主申不害也不加引述,独独不惜长篇引述韩非子,而且只引述其《说难》,尽管在前文还提到了韩氏的《孤愤》、《五蠹》、《内储》、《外储》和《说林》等重要篇章。这特别能说明司马迁借助韩非之言“说”的用意。所以司马迁有时会用互见法,有时会用侧面描写法,有时又会用映衬对比的方式含蓄地表达自己意思以及喜怒爱憎,这些也都是司马迁本人善于“说”的具体表现。

如此看来,司马迁在《屈原贾生列传》中的论述叙传,以贾谊衬比屈原也是符合作者行文体例的。贾谊在作者笔下其实也是一个了不起的人物。但在述其生平时,司马迁反复强调的却是其"诵诗属书"的才华:"年十八,以能诵诗属书闻于郡中","贾生年少,颇通诸子百家之书,文帝召以为博士。"不久贾谊"一岁中至太中大夫",凭借的也是"每诏令议下,诸老先生不能言,贾生尽为之对,人人各如其意所欲出"。"人人"不是没有想法,只是口不善言,贾谊恰恰在这方面擅长,于是使诸人听后都觉得是自己想说的话。后来,贾谊受到嫉恨诬陷,被文帝遣往长沙,司马迁又反复强调贾谊的担心:"闻长沙卑湿,自以寿不长,意不自得。""适居长沙,长沙卑湿,自以为寿不得长,伤悼之。"他写的两篇辞赋都是在此背景下完成的。所以他或者遗憾屈原不能远离楚国,择主而往:"览德辉焉下之";或者以老庄轻生死、齐万物思想"以自广",重要关头想到的似乎都是自己。这与屈原可"与日月争光"的精神品格显然很不一样。司马迁将两人列入一传,虽然对他们都予以深切的同情,但是对两人的评价显然是不一样的。相衬之下,作者认同屈原、推崇屈原的意思可以自明。

论李世熊对屈骚的接受及其得失

福建龙岩学院 兰寿春 福建师范大学 郭 丹

李世熊是明清鼎革之际一位大力推崇屈原,传承并发展了屈原爱国思想的遗民诗人、古文大家。李世熊(1602-1686年),字元仲,晚号愧庵,福建宁化县客家人。性颖悟,博极群书,“凡坟典经史以及释典道书、医卜星纬之学,靡不淹贯。”所著有《钱神志》二十卷、《史感》、《物感》各一卷、《本行录》三卷、《经正录》三卷,《寒支初集》十卷、《寒支二集》六卷,以及《狗马史记》若干卷。八十三岁时还完成《宁化县志》的编纂,“心裁独抒,为通儒所称。”李世熊爱好屈原诗歌,并且深受屈原忠君爱国思想的熏陶。明亡之后,他坚决拒绝清朝汀州官员的威胁利诱,“遁迹深山,四十年不入城市。”他用诗史的笔触赞颂了忠臣义士的爱国壮举,真实反映了社会的动乱和人民的苦难,他还把爱国之思与爱乡爱民之举结合起来,发展了屈原的爱国思想。他的诗歌取法屈骚艺术,诗风也呈现出险拔瑰丽的特色,在屈原接受史上具有特殊的地位,因而值得高度重视。

一、对屈原爱国思想的接受

李世熊对屈原的接受是从年轻时期就开始的。黎士弘《前征君泉上李先生墓表》说李氏:“少独好韩非、屈原、韩愈之书,故其造就咸有根柢。”(《汀州府志·艺文》)据《李寒支先生岁纪》所载,李世熊二十岁时就作了《离骚评注》二卷,二十七岁所刻《闻文集》就已经体现出了屈原愤怒怨怼的文风特点。李氏在《答官公璧书》中说:“《闻文》愤怒之篇,则于是始也。以视曾子弗人,读之而叹曰:‘悲哉,何气味之似屈原、韩愈也。屈原非其遇也,韩愈乃晚达,名遂山斗。子亦足矣,何凄凄为久之沦落不偶老矣。’南州彭躬庵读其文则曰:‘骚之变体’,黎愧曾则曰:‘小雅之诽怨’。怨也,屈也,骚之变体也,其源一也。”屈子之怨,是“信而见疑,忠而被谤”之怨;李氏之怨,不只是自己科场蹭蹬、沦落不偶的孤愤,更多的还是大多数正统文人对明朝沦亡、异族入侵的共怨。虽然李氏与屈子的身世遭遇不一样,但身处乱世的怨怼精神是一样的,正如《清史稿》所言李氏为文:“悲愤之音,称其所遇。”即使到了入清之后的晚年,八十三岁的李世熊在编纂《宁化县志》时,仍不顾文字之祸,“随事发泄,离骚孤愤时见笔端,哭世骂世交有之。”(《答黎愧曾》甲子)县志问世之后,朋友为之感泣,清朝官员也为之钦服,的确“不负黄花晚节馨”(《赋河水七章》)。

明朝的灭亡,对当时任何一个文人来说,都是严峻的情感考验,更是一次立身处世的艰难抉择。在明清交替之际,李世熊祝发为僧,更名寒知,隐入山林。在组诗《祝发答赖惟中》里,他写道:

水落沙明更不疑,枉教心血渍霜髭。谈经未敢诃诸佛,读易终身愧仲尼。
轻卸一肩齐石电,还留本面见亲师。芒芒其道朱成碧,与汝从容别素缁。

各筑脂城各坚枢,蜂房蚁国各相娱。事烦日饭三升镞,才尽方畦八斗荼。
大树初封秦草萎,冬青未植朱花芜。可怜铁脊孤团坐,寒照山摧与海枯。

读者仔细品味"芒芒其道朱成碧"与"冬青未植朱花芜"两句,其中是有寓意的。在朱明王朝沦亡之后,李世熊祝发僧服,要"留本面见亲师",决不剃发清服沦为亡国奴;即使"铁脊坐蒲团",也甘之如饴,义无反顾。

在《读书》一诗中,他又写道:"一代时文尽,千秋后死心。空挥屈骚泪,山泽自行吟。"把自己比作行吟泽畔的屈原,再次表明了眷念故国,忠于明朝的坚定意志。

屈原的爱国精神锻造了李世熊一副铁的脊梁,他与同时代的王夫之、李陈玉等人一样,是铁骨铮铮的遗民诗人。李世熊隐居之后,清朝的汀州府官员以李氏"人望、养高"为由,多次逼他为新朝效力,使出威胁、利诱手段,但他决不畏惧,拒绝出山。他在《答汀州李太守书》中以身婴痼疾、疮痏满体为由,委婉拒绝太守的要求,同时又明确表白自己的人格态度:"人趋炎而某守贱,人走利而某守贫,人逐市朝而某卧穷壑,人附权势而某侣缁衲。"《明遗民录》也载:"有齮龁于清帅某者,遣人移书逼之,世熊复之曰:'天下无官者十九,岂尽高士?来书谓不出山,虑有不测之祸。夫死生有命,余年四十八矣。诸葛瘁躬之日,仅少一年。文山尽节之辰,已多一岁。何能抑情违性,重取羞辱哉?'"他以诸葛亮、文天祥自比,不惜以死相拒。汀州府官员慑于李世熊的气节与声望,只好打消了逼他出山的念头,他也四十年不入城市,坚守了自己的爱国信念与民族气节。

二、对忠臣义士的赞颂与怀念

李世熊的诗文保存于《寒支初集》十卷、《寒支二集》六卷。其中,《寒支初集》十卷有诗歌306题,计500首,赋1篇,各种序、传、书、论等文体散文258篇;《寒支二集》六卷有诗歌86题,计102首,各体散文168篇。这些诗文最显著的特点,就是饱含着屈原式的忠君爱国思想。清初古文大家、"易堂九子"之一的彭士望(1610－1683年)在《寒支集序》中就指出:"此正则之变思也邪?此无咎之广体也邪?夫屈之旨,一于楚宗;而元仲之酬应表志何不皆然。”平阳释本晓人岳《寒支集引》也说：“近来偶读寒支集，有时似读曹娥碑，有时似读静江志，数数开口叫笑惊怪，徒侣不解何故。今知世间本无文字，只是有性气男子忍痛不住，仰天一呼，目河山一恸，此气弥天溢地，冲破世间人鼻孔。”这种“气”，正是诗人出自心灵而发于言外的忠君爱国的民族正气！

当满清铁骑席卷明朝江山时，许多忠臣义士英勇抗敌，被俘而不降清，保持了民族气节。李世熊诗文的一个重要内容，也是最为感人肺腑的篇章，就是赞颂了这些忠臣义士的爱国精神和不屈意志。

黄道周（1585－1646 年），号石斋，明代福建漳浦铜山（今东山县）人，南明隆武朝时任武英殿大学士兼吏部、兵部尚书。隆武元年（1645 年）九月，黄道周率兵三千，出仙霞关前往江西抗清。十二月黄道周在婺源附近兵败被俘，次年三月，黄道周拒不降清，在南京英勇就义。噩耗传来，李世熊悲痛万分，为坛遥哭，作《闻铜山先生殉节》诗：

正是天家震业时，先生苦志厉贞师。炊尘空鼓三军勇，饮血幽求二帝知。
世不可为无好手，死虽何济见男儿。幔亭仙掌应挥泪，似悔扬驹未縶维。

诗歌赞颂了黄道周于“天家震业”之时抗清爱国的“苦志”，以及虽死犹生的“男儿”本色。“空鼓”一词，暗寓黄道周的部队人数极少，装备极差，在江西抗清是明知不可为而为之，惟求表明自己的忠君爱国之心而已。李氏在《褒恤孤忠疏》中还向隆武帝进言：“辅臣黄道周孤师抗敌，义无反顾，身陷敌营，绝粒就死，史册所书，于今为烈。”再次表彰了黄道周的爱国壮举。

又如《读刘佐明拜傅相公空坟诗》三首：

九土何分室与茔，到头埋骨不埋名。世间尽有长生诀，援宅仙人只舍生。

冷照悲风黯黯过，大招无计奈魂何。青山碧霞遥呼答，字字分明正气歌。

红尘浩浩鬼相嬉，白日晶晶九地辉。天上几回仙子葬，人间何处有丰碑。

傅相公，名冠，别号寄庵，江西进贤人。天启壬戌（1622 年）进士，传胪第二人，历官十一任，拜礼部尚书兼文渊阁大学士。隆武二年丙戌（1646 年）三月，傅冠督师恢复江西，在福建邵武被清兵所俘，就义于汀州，葬于罗汉岭。其子来汀州，负其尸骸归葬。此后，岭上虽然只剩空坟，但路人仍指以为傅相公墓。

在《寒支二集》中，传略、墓表共十二篇，其中十篇记载的人物全部是忠臣义士，宛然史册中的英烈传。其如南宁府横州知州郑云锦、兵部尚书总督学士张同敞、庶吉士郭之奇(字正夫)、大司马杨畏如、翰林院检讨林守一、漳州诸生张明振(号玄著)等,都是抗清斗争中顽强不屈、以身殉国的忠贞爱国之士。《清诗纪事初编》卷二评李世熊散文云:“奇崛愤抑,善于说理。其传志之文,表彰明季义士,虽不如黄宗羲,而轶事旧闻,多补史缺。”正是从其所载人事之丰富翔实、史料性强的角度来说的。

李世熊《答彭天若》一文中说:“先时所欲表忠扶义、借杯浇垒之作,幸而不死,此诺敢忘?”可见,他为忠臣义士赋诗咏赞、作传略、写墓表,不仅是借杯浇垒之作,更是当成自己对烈士的一份庄严承诺!

三、对屈骚精神的新发展

国破山河在,生民苦难多。在外敌入寇、异族侵凌之际,文人报以忠君爱国,保持民族气节,这是屈原爱国精神赋予时代的新内容。李世熊对屈骚精神的传承,还在于把爱国之思转化为爱乡爱民之举,对屈原爱国思想的发展作出了重要贡献。

彭士望曾将李世熊的《寒支集》“逐首批注,不曰铁骨冰心,置生死度外,则曰无念不在民瘼”(《祭彭躬庵文》)。李氏之“铁骨冰心”,上文已作阐述;“无念不在民瘼”则是李氏诗文的另一个重要内容。

李世熊关心民瘼,首先在于直面社会动乱的现实,同情人民的苦难,发挥文学针砭现实的作用。如《谢烈妇》二首:

> 寥落河山得女师,由来聂姊拟要离。明明瞭月魂无夜,皓皓飞霜夏可移。
> 应笑衣冠头似杵,何能怒裂眼如箕。青枫岭上流丹石,未许通人例勒诗。
>
> 岂有华筵不散时,佳人义死当生离。仙灵血性同根蒂,兵解丹还幻转移。
> 光岳只今存粉黛,忠贞自古少裘箕。寒原万吹呼秋寐,鬼唱文家正气诗。

谢烈妇,名陵娘,宁化诸生丘人霖之妻。烈妇之死,此诗原序有所说明:“隆武二年(1646年)八月,闽关不守,大驾奔汀,宿卫萧散,田仰所领溃卒将趋东粤,间道走建宁出泉,上下里居民骇窜。丘人霖之妇谢氏与溃卒遇,抗节而死。里人哀而羡之,歌咏其事。余碌碌苟活,殊愧贞魂,添次诸贤韵后,聊备采风云耳。”诗人将谢烈妇比作战国时的侠客聂姊、当今妇女的模范,赞颂了她的英勇与节烈,同时也讽刺了世族士绅的软弱无能,暗寓了作者对明军抵抗清军无力,反而残害平民妇女的愤慨。李氏将谢陵娘的节烈事迹比喻为文天祥的《正气歌》,可见他对谢氏坚毅不屈精神的称颂。

他的作品中,还有反映清兵入闽后的暴行,如《闻说马上俘妇》:

人似明珠马似龙,裹鞭遥指杏花中。市边帘舞香回酒,骑后胡催骤入风。

扬罩半枝金杏粉,垂裙一派石榴红。汉家画史今如在,再拓明妃控玉骢。

诗中描写一队清兵到酒肆喝酒之后,掠夺妇女而回的场面。这首诗直刺清军的暴行,在文字狱盛行的清初,倘若没有坚持正义的精神是万万不敢、也是难以写出来的。李氏之诗表现了一个正直、有良知文人的正义感和社会责任心。

李世熊关心民瘼,还在于乱世中想方设法保护民众,为百姓做实事、做好事。李氏之子子权于《李寒支先生岁纪》记其父:"身虽肥遁,不入城市,凡设险御暴绸缪桑梓者,亦备极苦心。即一邑之利害,当事或移书咨决,或造庐面商,凡济人利物事不一而足。"我们从李世熊《石泉堂观亨寨》二首可以看到其中大概:

依寨为家已八年,一登一降此留连。仙人竟是停骖主,泉作延宾沉酿川。

豺虎年年飞噬人,穷猿曾此越长林。如今痛定能忘报,丝绣仙人更铸金。

观亨寨在泉上里石泉堂前,地势高峻,泉水流淌,寨内宽广。清初的宁化县,无论城乡常遭溃兵土寇的剽掠,"豺虎年年飞噬人"说的就是这种动乱不安的社会局面。李世熊率领族人依寨设险,筑堡而居,躲避兵寇,保障了乡民的平安。

康熙十三年(1674年)三月,闽藩耿精忠重树反清复明的旗号,派兵攻打浙江、江西。可是,仅一年时间就军饷匮乏,士气不振,为招兵买马,扩充粮饷,"日日杂派,家家驻兵",弄得民怨沸腾。耿精忠令谕地方敦请李世熊出山听用,但李氏洞悉全国政局已定,久经战乱的人民亟需休养生息,耿精忠的举动不能复明只会扰民,就以老病为由力辞不起,又联结数十乡成立保民会。在三藩叛乱中,他的家乡泉上里因此得以免遭劫难。

李世熊和文天祥、黄道周一样,都有忠君爱国、坚守民族气节的思想,但他的忠,并非愚忠,更不是感情用事的冲动,而是冷静、理性地思考问题。当反清复明已经不再可能的时候,他选择的是关爱乡梓、保护民众,把爱国之思化为爱乡爱民之举。这种做法,颇得屈原爱国思想的神髓,是对屈原爱国精神的新发展。谢重光先生对此曾给予了高度评价,他说:"把民族气节和爱国精神引到爱民和实用的轨道上,说明李世熊在充分继承民族优秀文化遗产基础上取得了巨大的进步。这是客家人精神素质随着时代进步的重要典范,也是李世熊对客家文化以及民族文化的重要贡献。"

四、李诗对屈骚的取法及其得失

李世熊对屈骚的接受,既体现在爱国思想的继承和发展,也体现在诗歌艺术的取法层面。总体而言,李氏的诗歌创作,与屈原诗歌的思想深邃和风格的浪漫瑰丽还颇有差距,二者不在一个水平面上。但仅就其诗而论,却也自有特点,那就是多写爱国之思和山水田园之美,用语怪奇,诗风险拔,色彩瑰丽,富有浪漫主义特色。《清诗纪事初编》评李世熊:“诗以险拔自矜,不择声调,然言之深者,足动人肺腑。正所谓欲哭不可,欲泣则近妇人,不哭泣而使人难堪者。”准确地指出了李氏诗歌的特点。

李世熊诗歌对屈原诗歌艺术的取法,主要在两个方面。一是诗歌的浪漫主义创作手法,如《圗珗岩》:

> 拔宅诸仙弃旧窝,掷抛琼玉似星罗。堕云偃蹇眠秋壑,崩浪崔巍蹙怒鼋。
> 奇鬼森来如欲搏,璧人双峙恨无多。幽篁独立思公子,自採兰蘅带女萝。

圗珗岩,在宁化县泉上里。诗人描写圗珗岩的美丽高峻,想象极为丰富。他把遍地的石头比作星罗棋布的“琼玉”;描写云的变化:“堕云”如偃蹇睡眠,“腾云”则如崩浪、怒鼋;山头则比作“奇鬼”、“璧人”。他还化用屈原《山鬼》的诗意,为圗珗岩披上一层神奇浪漫的色彩。又如《嘲九龙》:

> 崖郁确兮水激诡,奔雷舞蛟奚为尔?尔奚不浩汗洞洪洗日唤月生,奚不荡天圮地淘汰星河澄万滓?奚为嘈嘈嗃嗃如勃磎,棘语谵喉轩厥齿?倾珠辇雪垒峥嵘,侮怖贾庯谑舟子。或者察其狂鸣怒号,郁噫不平有类廓落厄奇之士,我心汪漭殊不尔似。五湖亦在中,五岳亦在里。回肠乾端移,倒臆坤轴徙。倘然物构等烟销,万有还初鬼神理。安能兀处穷荒隈,妄竖肩臂妄尊侈!附巉石之威,神龙僭自拟。束涓流,则作势生风;赴巨浸,即垂首帖耳。十数里喧涛穴中哄猛蚁,惜乎未观海浪得名而已。

九龙,即九龙滩,福建燕江滩名,在今清流县与永安市之间,以水急滩险闻名。此诗用拟人写法,开篇突兀,追问迭起,中间将九龙与“我”进行精彩的对比,嘲笑九龙河水的自显威风,结尾处点出是九龙水没有见过海浪而已。全诗想象奇特,气势奔放,句式上有七字句、十二字句、五字句、三字句、十字句,长短参差错落,起伏跌宕,很有屈骚的浪漫主义风格。

李氏在检视自己诗文集时,曾自我评价说:“釃酒烹蔬自祭诗,骚宗雅系嗣无儿。新编突兀如天问,六代三唐彼一时。”(《检寒支集》)指出了自己诗歌以屈骚为宗的特点。

李诗取法屈骚的另一个方面,是比兴手法的继承和发展。先来看两首短诗,《暮秋感怀》云:“采菊未盈握,秋霜满我怀。菊有霜之洁,霜香与菊谐。采之将谁遗,美人水一涯。霜菊结同时,美人结同心。愿以岁寒质,输此溯洄音。”《美人临流》云:“杨柳渺于丝,花飞烟际迟。有怀难致语,临水散相思。绝世矜孤影,遗香染静漪。可怜风漾漾,叠觳妒娥眉。”

两首诗中“美人”与菊花的比兴含义,明显是对《离骚》开创的“香草美人”之喻的传承和发展。屈骚以“美人”象征君王或自喻,李氏则以“美人”象征忠贞贤良之士,菊花象征高洁坚毅的人格精神,亦是深得屈骚比兴神髓的。

在李世熊的咏物诗中,这种比兴象征手法的运用得到进一步发展。李诗所咏之物,以松、梅为多,其次荷、菊。这些高洁人格的象征之物,在李氏诗歌里,人与物融为一体,达到了心物交融的境界。如《古松》:

受命于天冬亦春,惟公可许胆包身。千秋知己孟东野,解道青青木不臣。

“受命于天冬亦春”之句,是从屈诗《橘颂》“受命不迁,生南国兮”演化而来。诗人把松树四季常青的特点认为是“受命于天”的本色,也只有松树一身是胆,可以违背四季变化的荣枯规律。唐代诗人孟郊(字东野)写过《罪松》诗云:“天令设四时,荣衰有常期。荣合随时荣,衰合随时衰。天令既不从,甚不敬天时。松乃不臣木,青青独何为。”孟郊在诗中把松树称为是“不敬天时”的“不臣木”,有会于心的李世熊则将孟郊视为“千秋知己”。“不臣木”的寓意是什么?诗人不言,读者自喻!

李诗对屈骚艺术的取法,有失有得。其失在于:因习染过深而跳不出屈诗的语言套路,在用词造语、诗意诗情及思维方式等方面,都不同程度地受到束缚,从而导致其造语怪奇,用典较多,偏于古奥。《静志居诗话》卷二十一评李世熊诗:“镂错见长,澄滤不足。”就是针对其语言来说的。李氏有些诗如《渔父吟》、《远游》、《卜居》等,从诗题上一览便知是模仿屈骚之作,但从作品内容来看,这种刻意模仿的效果并不佳。其得在于,重视自我感情的抒发而不造作,时代气息强烈,富于批判精神,用《清诗纪事初稿》的话来说是“言之深者,足动人肺腑”。李诗取法屈骚的比兴,能在前贤基础上有所发展,而非刻舟守株,亦是颇得诗家三昧。

同时,我们由李世熊对屈骚的接受和取法也可以得出与接受史相关的几点认识:其一,接受者对接受对象的模仿不可过于胶着,刻意模仿就难以拥有自己的个性,其成就也必然难以超越前贤。对前人的接受,在得其神而不在摹其形。其二,接受者应有发展的眼光和意识,在继承前人思想和艺术成果的同时,应加以发展和新变。只有这样,他的接受对象才成其为源头活水,而不是模板一块。其三,一个高明的接受者对前贤思想与艺术成果的接受,还应与时代、社会相联系,从而使其创作更具有现实指向;也只有这样,他的思想和创作才具有更大的意义空间。李世熊对屈骚思想和艺术的接受就大抵涵盖了这几个方面,尽管他的诗歌并非一流。

贤臣与烈士

——屈赋中“彭咸”的两种意义指涉

(台湾)台北医学大学通识教育中心　陈逸根

屈赋中共有七次提到彭咸之名,其中《离骚》[1]两次:“愿依彭咸之遗则”、“吾将从彭咸之所居”,《九章》五次:“指彭咸以为仪”(《抽思》)、“思彭咸之故也”(《思美人》)、“夫何彭咸之造思兮”、“照彭咸之所闻”、“托彭咸之所居”(以上《悲回风》);屈原所说之彭咸究竟指何人,或者代表何种意义,古来学者有颇多不同的揣测。游国恩在《离骚纂义》纂中曾整理出几种比较重要的看法,其中又可以将讨论彭咸身分的相关意见归纳为两大派:其一是以彭咸为求速死而投江之忠臣、贤臣,王逸在《楚辞章句》中认为彭咸为殷贤大夫,后因谏君不听,乃自投水而死,可以作为此种看法的代表;其二是以彭咸为求长生而离群索居之隐士,明代汪瑗在《楚辞蒙引·彭咸辨》中考论彭咸即彭祖、老彭,乃古之有德有寿之隐君子,可以作为此派意见的代表;这大概是古代学者对彭咸身分的两种最主要见解[2],然若细加推敲,这两种解释显然都无法合理说明屈原最终所选择的人生道路。

前一种看法较令人质疑之处在于,屈原于其作品中所论列之古代贤臣如申徒狄、伍子胥等,也都是投江而死,屈原何以独标彭咸以为表率?正如清代学者曹耀湘所言:“果其(屈原)志在沉水,何不曰从申徒子胥之所居,依申徒子胥之遗则耶?且屈子之志,在必死可矣,等死耳,何必于水哉?”[3]盖若屈原真为求以死明志,大可不必等到晚年,断命于中壮之年岂不更具震撼力?而纵使屈原果真是以投江来结束生命,其也不必然就是“从彭咸之所居”之意,这句话的真正意涵为何,还必须结合彭咸一词在屈原其他作品中的用法,才能作出适切的解读[4]。

至于另外一种看法的问题就更大了,在屈原作品中,除了《远游》[5]之外,屈原其他作

---

① 本文所有屈赋文字皆引自(宋)洪兴祖:《楚辞补注》,台北:艺文印书馆,1999年9月初版,以下不再另注出处。

② 游国恩主编:《离骚纂义》,台北:洪叶出版社,1993年9月初版,第121–128页。

③ 游国恩主编:《离骚纂义》,台北:洪叶出版社,1993年9月初版,第127页。

④ 苏雪林先生另外根据西亚的死国在水中,而断定彭、咸都是死神,虽然有创意,但由于论据不足,所以还是很有问题的看法,见氏著,《楚骚新诂》,台北:国立编译馆,1995年1月初版,第88、207页。

⑤ 《远游》是否为屈原所作,现今学界颇有不同的意见,然自东汉王逸以来,古代学者多将《远游》视为屈原作品,当代学者如汤炳正先生、姜亮夫先生等也都抱持同样的看法,因此笔者此处暂依旧说,将《远游》判为屈原之作。

品事实上都强烈表达出一种对道家和光同尘的隐逸思想的不认同,此种态度在《渔父》中表现的尤为明显;而在《远游》中,屈原之所以大谈道家思想与神仙修炼术,也只是作为其另一种远游的指导思想与工夫凭借,其虽然是在道家思想启发下,对人生产生一种不同的体悟与向往,但基本上其最终所追求的,亦非道家或神仙的境界;可以说,从屈赋整体思想来看,找不出任何屈原有追求隐逸或长生的意图[①]。

如果我们暂且不管彭咸的确切身分为何,而主要从彭咸所代表的意义来理解"依彭咸之遗则"、"从彭咸之所居"这些话的内涵,那显然会有较大的讨论空间。其实古代已有学者点出了这个思考方向,如张惠言认为:"彭咸之遗则,谓其道也。彭咸之所居,谓其死也。不可混看",朱冀也说:"从彭咸之所居者,从彭咸所以处死之道也,非竟以水中为彭咸之居也"[②],这种从"彭咸之道"来探讨屈原之追求的角度,无疑可以跳脱彭咸身分这个问题的窠臼,而对彭咸所代表的意涵进行更深刻的考察。

其实如果结合屈赋中几个提到彭咸之处的上下文意来看,彭咸并非指单一个人,而的确是指"彭咸之道",也就是"彭咸之遗则"。先来看《离骚》的说法:

> 謇吾法夫前脩兮,非世俗之所服。虽不周于今之人兮,愿依彭咸之遗则。
>
> 乱曰:已矣哉,国无人莫我知兮,又何怀乎故都?既莫足与为美政兮,吾将从彭咸之所居。

在第一段引文里,"彭咸之遗则"显然是与"今之人"、"世俗之所服"相对,而与"謇吾法夫前脩"句相呼应;至于在第二段引文里,屈原同样是因为"故都"之"国人"无法协助其实现美政理念,而打算追随彭咸而去,这里的国人即前一段引文所说的今之人、世俗之人;综合《离骚》这两段话来看,彭咸乃指前脩,彭咸之遗则即前脩之遗则。

而屈原在这里所说的前脩,显然是《离骚》前文中所提到的三后与尧舜:"昔三后之纯粹兮,固众芳之所在"、"彼尧舜之耿介兮,既遵道而得路",这些前脩"纯粹"、"耿介"的德性及其所施行的美政正是屈原所欲效法、仰慕的;但屈原那效法前脩的人格操守却与国人、今之人,其实就是楚国政坛上那批党人的贪婪、偷乐之个性格格不入:"众皆竞进以贪婪兮,凭不猒乎求索。羌内恕己以量人兮,各兴心而嫉妒",但屈原好脩之个性、中正之特质,实"非世俗之所服",其在哀叹生不逢时之余,也只能在心目中遥以尧舜等前脩作为其

---

① 近代学者也有主此说者,如孙作云以为彭咸即《天问》中的彭铿,亦即古代传说中的长寿仙翁,此言屈原欲求神仙,受长生不老之术,见氏著,《从上官大夫的"夺稿"说到屈原因离骚而得祸》,收于《孙作云文集:楚辞研究(上)》(开封:河南大学出版社,2003 年 9 月初版,第 69 - 70 页);这类的看法事实上都缺乏充足的证据。

② 游国恩主编,《离骚纂义》,台北:洪叶出版社,1993 年 9 月初版,第 125、501 页。

所追踵之对象。

再来看《九章》中关于彭咸的相关文字叙述：

> 望三五以为像兮，指彭咸以为仪。——《抽思》
>
> 独茕茕而南行兮，思彭咸之故也。——《思美人》
>
> 夫何彭咸之造思兮，暨志介而不忘！
>
> 孰能思而不隐兮，照彭咸之所闻。
>
> 凌大波而流风兮，托彭咸之所居。——以上《悲回风》

《抽思》中所说之"三五"，根据王逸注为三王五伯(霸)，但或许也可如朱熹解为三皇五帝，其实朱熹在《楚辞集注》中说："三王，一作前圣"①，则不管作哪一种解释，总之三五同样是屈原心目中的前脩。《思美人》则是提到，诗人在南行之时，仍思慕彭咸，表示其在流放江南途中，仍未忘记其人格修为与美政理想，前面一段话就是最好的注解："广遂前画兮，未改此度也。命则处幽，吾将罢兮，愿及白日之未暮也"，屈原此时虽然前途未明，但由于仍值壮年，因此对未来仍然抱有一丝期待。

《离骚》与《九章》中《抽思》、《思美人》所说之彭咸，基本上都是泛指能施行德政与德行高洁的圣君贤臣，但在《悲回风》里，屈原似乎把彭咸的指涉对象缩小到了历史上的孤臣孽子、贞臣烈士身上："夫何彭咸之造思兮，暨志介而不忘"，即独标"志介"之人格特质；"孰能思而不隐兮，照彭咸之所闻"的前一句为："孤子吟而抆泪兮，放子出而不还"，屈原显然是以孤子、放子来比喻自己身单势危的处境；而在"凌大波而流风兮，托彭咸之所居"以下，屈原也只列举介子、伯夷、子胥、申徒等坚守道义而死的贞洁之士来作为自己效法的对象；在《悲回风》里，完全没有提到三五、尧舜等前圣，这是颇值得玩味之事。

关于《九章》各篇的创作顺序，历来学者如林云铭、蒋骥、游国恩、郭沫若等提出过许多不同的揣测意见，汤炳正先生则是参考《鄂君启节》、楚王子午墓等近代出土的文物资料，对《九章》各篇的写作时地作了新的考察②；由于汤先生采用了二重证据法来探讨这个问题，其结论自然比纯就传世文献来进行比对的结果更具说服力。而根据汤先生的考察，大概可以对《九章》创作的时地作出如下之次序安排：

① (宋)朱熹：《楚辞集注》，台北：文津出版社，1997年10月，第86页。

② 汤炳正：《九章时地管见》，文载氏著，《屈赋新探》，台北：贯雅出版社，1991年2月初版，第57－82页。

《橘颂》→《惜诵》→《哀郢》→《抽思》→《思美人》→
（郢都）　（陵阳）　（汉北）　（由汉北南下）
《涉江》→《悲回风》→《怀沙》→《惜往日》
（溆浦）　（沅、湘一带）

从这样的创作背景来看,则《抽思》与《思美人》乃作于屈原初放汉北以及由汉北南下的阶段,其时屈原仍深度系念郢都与楚王(顷襄王),“惟郢路之辽远兮,魂一夕而九逝”(《抽思》)、“思美人兮,揽涕而伫眙”(《思美人》)等文句即清楚表达出这种思君念国之情。

但当屈原长期于南方之地流浪,逐渐感到归国无望之后,其思想与情感也起了变化,除了《悲回风》不再提尧舜等先圣之治外,创作时间相近的《涉江》里头,同样也只强调自己始终不二的心志(“吾不能变心而从俗兮,固将愁苦而终穷”),与历史上那些不得善终的贞臣之事迹,《涉江》曰:

接舆髡首兮,桑扈臝行。忠不必用兮,贤不必以。伍子逢殃兮,比干菹醢。与前世而皆然兮,吾又何怨乎今之人!余将董道而不豫兮,固将重昏而终身!

从这段话可以看到,屈原已经将自己的命运同接舆、桑扈、子胥、比干等人紧密地连结起来,其似乎对自己的命运已经了然于胸。

而作于《悲回风》之后的《怀沙》与《惜往日》,也是相同的情况。《怀沙》全篇内容几乎都是在谴责这个是非颠倒的现实社会与申明屈原自己的心志,兹略举其中若干文句如下:

刓方以为圜兮,常度未替。易初本迪兮,君子所鄙。章画志墨兮,前图未改。内厚质正兮,大人所盛。

夫惟党人鄙固兮,羌不知余之所臧。任重载盛兮,陷滞而不济。怀瑾握瑜兮,穷不知所示。邑犬之群吠兮,吠所怪也。非俊疑杰兮,固庸态也。文质疏内兮,众不知余之异采。材朴委积兮,莫知余之所有。

屈原深知楚国政坛已被那些贪婪自私、短视近利的党人所把持,再也没有自己容身之地,其唯一所能做的,就只是继续秉持高尚的操守,勇敢迈向那已然注定的未来。而值得注意的是,《怀沙》里出现了这样一句话:“汤禹久远兮,邈而不可慕”,汤禹之道原本也是屈原大力赞扬的美政典范,现在却已经是过于遥远而无法企及了;这表示屈原对其美政理念的实现，已然绝望。

在《惜往日》里，屈原再度列举许多历史上君臣相遇合的美事：

闻百里之为虏兮，伊尹烹于庖厨。吕望屠于朝歌兮，宁戚歌而饭牛。不逢汤武与桓缪兮，世孰云而知之。吴信谗而弗味兮，子胥死而后忧。介子忠而立枯兮，文君寤而追求。封介山而为之禁兮，报大德之优游。思久故之亲身兮，因缟素而哭之。或忠信而死节兮，或訑谩而不疑。弗省察而按实兮，听谗人之虚辞。

但要注意的是，屈原举这些事例，重点已经不是在称颂君王之能识臣，而是在哀叹贤臣得君用之难，并指责国君之昏庸与后知后觉；事实上，屈原正是在《惜往日》里对楚王作出了最严厉的谴责：

惜往日之曾信兮，受命诏以昭诗。奉先功以照下兮，明法度之嫌疑。国富强而法立兮，属贞臣而日娭。秘密事之载心兮，虽过失犹弗治。心纯庬而不泄兮，遭谗人而嫉之。君含怒而待臣兮，不清澈其然否。蔽晦君之聪明兮，虚惑误又以欺。弗参验以考实兮，远迁臣而弗思。信谗谀之溷浊兮，盛气志而过之。何贞臣之无罪兮，被离谤而见尤。惭光景之诚信兮，身幽隐而备之。临沅湘之玄渊兮，遂自忍而沉流。卒没身而绝名兮，惜庸君之不昭。君无度而弗察兮，使芳草为薮幽。焉舒情而抽信兮，恬死亡而不聊。独鄣壅而蔽隐兮，使贞臣为无由。

屈原在这一大段文字里，明确指出一个事实：贞臣之无辜而离谤见尤，庸君是最主要的因素——这段话也宣示着屈原与其原本所曾经奉为最高从政信念的君臣之道与美政理想的彻底决裂。既然此生已无可追求，屈原终于踏上那条古来不知有多少贞臣、烈士走过的不归路。

《怀沙》篇末曰："知死不可让，愿勿爱兮。明告君子，吾将以为类兮"，表明一种必死的决心，《惜往日》篇末亦云："宁溘死而流亡兮，恐祸殃之有再。不毕辞而赴渊兮，惜庸君之不识"，更可能是屈原在投江之前的绝命辞；而创作时间略在此二篇之前的《悲回风》所三次提到的彭咸之意象，就成为了解读屈原最终人生追求的关键所在。

今考屈原所追求的"彭咸之道"，固然是前脩之道、古圣先贤之道，但在屈原中期与晚期作品中，其内容显然并不大相同：《离骚》、《抽思》、《思美人》等作品中的彭咸，可以泛指先秦儒门道统标准下的圣君贤臣，但在晚期的《悲回风》里面，彭咸只用以指称伯夷、介之推、伍子胥、比干、梅伯、申徒等有着耿介性格的贞臣。屈原曾经对尧、舜、禹、汤等古圣先王的德政极为向往,也不断以历史上汤得伊尹、武丁得傅说、文王得吕尚等圣君贤臣相遇的事例来鼓舞自己坚持美政理念;但随着这种政治理想的逐渐幻灭,屈原所要效法、追随的对象,也转向了那些走在孤独之路上的贞烈之士。这些坚守高尚人格操守,宁死也不愿抛弃原则的勇者形象,在屈原深刻体认到现实社会的无情与黑暗之后,也成为其唯一所能追求的最高人格典范,彭咸所代表的,就是这种贞臣精神、烈士精神,或许也可径以彭咸精神来表示。

屈原在运用彭咸这个文学意象、精神象征之时,之所以会产生这种微妙的心理变化,主要关键还是在于其人生的价值取向出现了转折,而这种转折应当是出现在写作《天问》之后。屈原在《天问》中对古代神话与历史提出了全盘的反思,而这种反思其实是一种对于人类存在意义与价值的重新探寻;盖屈原乃是由于对历史上层出不穷的忠臣遭到迫害这样一种天道法则感到无比的痛心,因而发出了"天命反侧,何罚何佑?"的呼号之声。而天命标准反映在人世间就是政权兴替的法则,屈原质疑天命,其实也是在质疑历史王道;经过这一层质疑与反思的过程,屈原原本的政治理念与道德信仰其实已经大幅松动;而在《怀沙》、《惜往日》、《悲回风》里则可以看到,其美政理想已经全面崩解,彭咸之道也成为其人生最后的追寻。

张惠言和朱熹虽然注意到了对彭咸之道这个新的解读方向,但还未能大幅超出传统的思考格局;当代学者则是经由中西文学主题比较的方式,对彭咸的寓意上提出了更深刻的见解,如:陈世骧以为彭咸是一道德最完整的隐士,是人类孤独的模范①;陈炳良则是将彭咸遗则解释为比人间法则更伟大的道德秩序②;王靖献另外指出,投奔彭咸,代表诗人登上了归程,要回到理想化的世界、回到黄金时代③。上述这几种对彭咸寓意的解读,分别从不同的方向对屈原的人生追求,也就是"彭咸之道"的意涵作出了比古代学者更具洞见的说明,这无疑是《楚辞》诠释学的一大进展。

只是,上述几位现代学者经由中西方文学主题的比较所提出的这些见解,固然摆脱了传统窠臼而大有启迪之功,却由于其并未对屈赋进行整体的思想、情感之分析,因而使其所提出的新见不免有挂空之嫌;本文所归结出来的彭咸精神,适能补其所阙复畅申其意。

---

① 陈世骧著,古添洪译:《论时:屈赋发微》,收于叶维廉等著,《中国古典文学比较研究》,台北:黎明出版社,1977年10月初版,第47-108页。

② 陈炳良:《离骚的悲剧主题》,文载氏著,《神话·礼仪·文学》,台北:联经出版社,1985年4月初版,第127页。

③ 王靖献:《衣饰与追求——离骚、仙后比较研究》,文载尹锡康、周发祥等编,《楚辞资料海外编》,武汉:湖北人民出版社,1986年3月初版,第273页。

屈原在历经长期的流放生活以及其对历史天道法则的全面反思之后，最后深刻体认到，彭咸所代表的贞臣烈士精神，毕竟无法见容于现实政治环境，坚持此等人格操守所付出的代价并不小，那必须用全部的生命来交换。彭咸遗则，只是古来少数特立独行的耿介之士所奉行的人生圭臬；彭咸之道，更是一条满布荆棘，漫长而孤独的精神试炼之路，没有超乎常人的勇气，着实难以承担其所加诸于身心之上的巨大折磨。

从美学的角度来看，彭咸精神颇近于西方美学意义上所说之悲剧精神，代表着屈原在面对无情、残酷命运的捉弄时，所展现出来之过人的英雄气魄；但屈赋中这种悲剧精神，并非只是个人的胆识与勇气之呈现，而是一种凝聚了古来贞臣烈士的人格意志在内的集体精神；屈原之追随彭咸，乃是欲透过这种集体精神力量的救渡，来得到精神上的重生，重生于贞臣烈士的国度。

从《悲回风》等屈原晚期作品中对“彭咸”一词的用法来看，诗人最终所欲追求的彭咸，其所代表的，乃是一种贞臣精神、烈士精神，这除了是屈原最终的人生追求，也是其留在后代文人心目中最鲜明的形象。“彭咸”，的确如陈世骧所说，是人类孤独的模范，但它是一个以集体贞臣烈士形象所塑造出来的人格典范；“彭咸遗则”，也如陈炳良所言，代表一种伟大的道德法则，但它同时也是超越历史时空之外的精神象征；“从彭咸之所居”，更如王靖献所论，象征着诗人最终的回归，只是这条归途并非通往三皇五帝那个理想世界、黄金时代，而是指向那更广大的宇宙生命之流。

论张佩纶的“庄子吊屈原”说

上海大学文学院 宋 健

将庄子与屈原相提并论的文化现象由来已久,大多从文学或学术角度入手,但对庄屈之间的关系却鲜有问津。时至晚清,张佩纶破天荒地提出,庄子本为屈原故交,又是屈子身后的凭吊者。

一、“庄子吊屈原”说的主要观点

张佩纶的“庄子吊屈原”说,主要见存于《庄子楚人考》和《读庄子》两篇文章。据《涧于日记》记载,张佩纶于光绪十一年九月三十日作《庄子楚人说》,次年十月初五又作《读庄子》两篇,前后相隔一年之久。就逻辑而言,《读庄子》是在《庄子楚人考》的基础上展开论述的。《庄子楚人考》明确提出庄子为楚人的观点,并援引《庄子》加以佐证:“庄子楚人也。何以言之?曰:庄子心乎楚者也。其居濠濮,则楚地也;其称老聃、老莱子,则楚之先贤也;其言仲尼之楚,楚王觞之,孙叔敖执觞而立,市南宜僚受酒而祭者,述庄王之盛明,所以得姓也;……”①在此基础上,张佩纶进一步提出庄子为楚国宗室的观点,其根据为“《通志·氏族略》:‘庄,楚庄之后,楚有大儒曰庄周。’语虽晚出,周唯同族,故引楚宗以为喻欤?”另外,《元和姓纂》记载楚庄王后代以谥为姓,遂有庄氏,张佩纶亦援之为证。既然身为楚国宗室,那么庄子为何身居宋地呢?对此,张佩纶解释说:“威王之季从解相庸,殆非能好贤者,故周知几远引;怀政不纲,辟而之宋,以楚人而隐宋地。”因为庄子后来卒于蒙县,所以才被视作宋人,“史称庄为蒙人,犹称老为楚苦县历乡曲仁里人,皆系古人以汉地。《班志》:宋人;刘向《别录》:宋之蒙人。殆以庄终于蒙,故宋之。”

在《庄子楚人考》中,庄子身为楚国疏宗而非不问世事的隐者,他时刻关心着楚国的命运,亦如屈原那样“恐皇舆之败绩”,他通过《让王》中楚昭王失国的故事,嗟叹怀王之世上不任贤下多窃禄,又以叶公使齐之事(《人间世》),痛惜怀王轻绝齐交。进而,庄子对同时代的屈原渐生相惜之心。庄子在《则阳》篇中指出“楚王之为人也,形尊而严;其于罪也,无赦如虎”,其实就是借此伤“屈原之蔽障于谗”;《让王》篇中北人无择、瞀光和卞随投水自尽的故事,“明著汨罗之死,而善为国讳也。”

《读庄子》一文紧承《庄子楚人考》的余绪,并采用比附庄屈文赋的方法,指出“以屈

① 张佩纶:庄子楚人考[M],涧于集,民国十五年张氏涧于草堂刻本,第12页。

子之骚与《庄子》之十余万言，属之、离之、指之、类之，而知庄屈之同也”[①]。他认为，屈原每有一文出，庄子必遥相呼应。屈原作《离骚》、《哀郢》以表达惓惓君国之意，庄子就写《则阳》篇以申之，“盖言宗国之决不可去。虽为邱陵草木所蒙翳障蔽，已十之九，然身为宗臣，决无可去之理也，此亦足以解屈子之谗，而明屈子之志矣。”庄子一直以渔父自居：“濠梁濮水，《刻意》篇就薮泽、处闲旷，钓鱼闲处，无为而已矣，此江海之士、避世之人、闲暇者之所好也，则庄子固以渔父自居。”屈原亦作《渔父》一篇：“沧浪之歌取诸孺子，所谓圣人不凝滞于物，而能与世推移，盖与庄子之言相类。而四患八疵，史以为诋訾孔子者，若用之以讽屈子，则亦足扩其忠褊之志，而抉其被谗之由。然则，庄之孔子，寓意于正平；而屈之渔夫，即指庄子可也。”然而，无论庄子申明屈子之志，还是替屈子解上官之谗，或希望屈子忘怀世事，屈原始终难以听从，最后也无法避免其自沉的命运。所以，在张佩纶眼里，庄屈是有高下之分的：“是故《天问》虽奇，终不若《天地》、《天道》之自然；《远游》似达，终不若《逍遥游》之广。此庄屈之分欤？”在《庄子楚人考》中，庄子屡屡撰文为楚国忧心、替屈原辩诬，二人尚处于单向的关系；在《读庄子》中，庄屈则上升到双向互动的关系，同为楚国之宗臣，庄子欲助屈原而惜其不悟，屈原欲学庄子之逍遥而终不得，他们以文章彼唱我和，俨然是一对惺惺相惜的挚友。

在《读庄子》的最后，张佩纶又从文章学的角度加以补证：“吾尝究文章之体，自‘三年不飞、三年不鸣’之隐，楚庄王喻之，故楚人每好为隐。然丹之讽祈招，接舆之歌凤兮，皆寓言之先声也。而庄之恣适、骚之怨诽，则又异趣而同源。”他认为庄屈文学都深受楚国文化的影响，同为后世文学创作的范本：“故夫调调闲闲，《风赋》之所本也；绰约若处子，《神女赋》之所本也；任公子，《钓赋》之所本也；鲲、鹏、周、蝶，则又大言小言之所胚胎也。然则宋玉、景差、唐勒，固骚之嫡裔，而亦庄之别支耳。”由于贾谊《吊屈原赋》化用庄子达生之旨，司马迁为屈原作传，亦取《庄子·外物》之言；所以，张佩纶认为，贾谊、司马迁之所以引庄吊屈，是因为他们早已知道庄子吊屈的良苦用心。“司马子长称庄，则曰‘善属书离辞，指事类情’；称屈，则曰‘其称文小而其指极大，举类迩而见义远’。有旨哉，有旨哉！夫贾生初至长沙，作赋以吊屈原。及其赋鹏，则曰：‘其生若浮兮，其死若休；澹乎若深渊之静，泛兮若不系之舟。’盖已进而得庄子达生之旨。而子长之传屈，亦取于《外物》之言。然则庄生吊屈之说，二子其知之矣。”

在“庄子吊屈说”的基础上，张佩纶进而提出“庄屈宜同传”的观点。《读庄子十首》之一云：“渔父沧浪趣共寻，消遥意较远游深。史家庄屈宜同传，一种离骚闵楚心。”[②]该诗主旨大体与《读庄子》相同，但明确主张庄屈应在史书中同列一传。另外，此观点在《致宝

① 张佩纶：读庄子[M]，涧于集，民国十五年张氏涧于草堂刻本，第9页。
② 张佩纶：读庄子十首[M]，涧于集，民国十五年张氏涧于草堂刻本，第25页。

竹坡侍郎》中，也有较为详细的阐述："庄子者，楚之疏宗，生与屈原同时。屈子仕于楚怀，蔽障于谗，故离骚文约辞微；庄子不仕于楚威，游戏自快，故其言洸洋适已。其见隐忧乐不必同，其冀王之一悟、俗之一改则同。尝惜以子长作史，顾不取庄屈者同传，而附庄于老、俪屈于贾者，何哉？及深考之，则贾生《鹏赋》，同生死轻去就，大率皆本庄子。虽谓之庄屈合传，可也。"①文中以为，虽然庄屈或隐或见，或乐或忧，但都希望楚王能够醒悟，也试图改变世俗风气。所以，庄子和屈原皆为楚国宗室且又志同道合，司马迁应该将他们同列一传。

张佩纶还著有《读庄子》二、三、四，但均已散佚。《涧于集·文集后序》对这三篇文章的主旨有简单的记录，《读庄子二》"阐发庄子责齐不助五国拒秦，及齐楚绝交之失"。这或许与《读庄子十首》之二存在着某种关连："人道阴阳祸有胎，商於未割绝齐回。溢传息怒风波起，不得诸梁备使才。"首句化用了《庄子·人间世》中"叶公子高将使于齐"的寓言，第二句"商於未割绝齐回"，引用了张仪以商於之地诱楚绝齐的典故。据《庄子楚人考》："其言叶公使齐，孔子告以无传溢言者，惜怀王之轻绝齐，而勇士宋遗不善将使命也。"由此推断，张佩纶《读庄子二》的部分内容可能从"叶公子高使齐"的寓言出发，来谈论怀王之世在外交上的失误。由于屈原曾出使齐国，庄子痛惜齐楚绝交之失，或许也是对屈子有所声援。如果此推断成立的话，那么《读庄子二》仍不出"庄子吊屈"的思路。另外，《读庄子三》"论《庄子》、屈原《离骚》足以互证"，《读庄子四》"论庄周与孟子异同"。由于这两篇文章已散佚不存，又缺乏其他旁证材料，故无法知其梗概。

二、"庄子吊屈原"说的产生背景

对庄屈关系的理解和阐释，或许和张佩纶的出身及志向有关。张氏从高祖至父亲四代官居按察使，主要负责监察考核官吏和上言进谏②。另外，父亲张印塘"性伉直，举止端重有威服。官垂二十年，能以正论折长官，长官多当时名贤"。③ 四代官居按察使的家世和父亲伉直的性格，对张佩纶的秉性志向、思想主张及后来的官场经历都产生了深远的影响。张佩纶在司职日讲起居注官时，认为讲官本有论事之责，感慨于朝官久无建言之事，故多次奏请察纳雅言。由于他上书言事往往切中时弊且富有建设性，所以在士大夫中极具影响力，"朝士多持清议，辄推佩纶为主盟"。④ 同时，他不畏权贵，敢于亢言直谏，

---

① 张佩纶：致宝竹坡侍郎[M]，涧于集，民国十五年张氏涧于草堂刻本，第9页。

② 纪昀：历代职官表[M]，上海古籍出版社，1989年，第995页。

③ 张佩纶：通议大夫安徽按察使张府君墓志铭[M]，涧于集，民国十五年张氏涧于草堂刻本，第63页。

④ 沃丘仲子：近代名人小传[M]，北京：中国书店，1988年，第154页。

因此赢得“翰林四谏”的称誉。张佩纶的言官情节,在他对《庄子》的解读中有着深刻的体现。在张佩纶看来,庄子为楚国的命运深感忧惧,他奋笔疾书痛斥群小,还多次为好友屈原鸣不平。如此一来,庄子摇身一变成为在野的言官。无独有偶,张佩纶也是这样看待屈原的。虽然,他曾明言对《楚辞》全无喜爱之情,一是以《楚辞》怨君为不敬,二是以屈原近法家而非醇儒。但他在日记中曾对屈原加以赞赏:“《国策》谓张仪破纵为衡,赵割河间,韩效宜阳,魏效河外,燕割常山之尾五城,齐献鱼盐之地三百,惟楚仅献鸡骇之犀、夜光之璧。其时屈原谏止之辞,虽不见纳,然仪固有所畏忌也。君子观于此而叹:朝廷之上,何可一日无人哉!”[①]文中所谓的屈原谏止楚国割地之事,在《战国策》、《史记》中并无记载,当属张佩纶臆度之辞。然而,屈原所居左徒之职,据《史记》张守节正义,“盖今左右拾遗之类”,且拾遗亦有进谏之责。张佩纶对屈原的认同,竟然出自对屈原尽言官之职的激赏,这或许也可以看作“同声相应,同气相求”吧。

张佩纶对庄屈的认同,固然渗透着其言官情怀,那么又为何煞费苦心地提出“庄子吊屈”说呢?纵观张佩纶的人生经历,我们可以从中发现,此观点暗含着独特的用意。光绪十年四月,张佩纶奉命会办福建海疆事宜。随后中法马尾海战爆发,福建水师全军覆没。在此次战役中,张佩纶由于指挥不当,对战败负有一定的责任。当时的舆论都对他非常不利,朝臣纷纷参奏他临阵脱逃、败军丧师,张佩纶因此被免职戍边。实际上,据左宗棠实地调查,张佩纶不但没有临阵退缩。相反,无论在战前还是战争中,他一直在积极地组织防御和指挥战斗。[②] 张佩纶之所以横遭非议,原因正在于他的性格与职守。张佩纶好弹击,又官居都察院左副都御史,在京时素以敢言善谏著称,遭其弹劾的大臣,人数多且官位高,这足以广种祸根。赴闽后,他直言船政弊病,又将防御重点置于船厂而非省城,这些都触犯了福建地方官员的利益。

无论在京为官,还是赴闽督办船政,张佩纶都不改直言好谏的本色。然而,这种不计后果的行事方法,将他逐渐推向险境。张佩纶在《读庄子》中如此评价屈原,“以谏诤取祸,虽放流而不去宗国者,屈原一人而已”。若屈原以谏诤取祸,张佩纶自己又何尝不是如此。其实,张佩纶与屈原在居官与性格上也确有相似之处:屈原为楚国左徒,而张佩纶先后充任日讲起居注官、都察院左副都御史,他们都有进谏的职责;屈原即使不在其位,仍多次直谏,建议斩杀张仪,劝阻怀王勿入秦国,张佩纶胸怀经世之志,屡屡上书议论国事;如果说屈原长于“接遇宾客,应对诸侯”,那么张佩纶应对外事,不卑不亢,能够据理力争。屈原与张佩纶在性格上,均有孤傲耿直、疾恶如仇的特点。屈原痛斥群小,哀众芳之

---

① 张佩纶:涧于日记[M],民国间丰润张氏涧于草堂据手稿本影印。

② 左宗棠:钦差大臣督办福建军务左宗棠等奏折[M],中法战争资料,台北:文海出版社,1967年,第246-247页。

芜秽,宁伏清白死直,决不随波逐流。张佩纶见不称职者,必加弹劾而不避权贵,“朝右震悚,自二三同志外,多侧目视之”(《涧于集·奏议卷序》)。虽然,张佩纶即使在贬官后仍不喜欢《楚辞》,但由于相似的人生经历,使他对屈原渐渐地多了一份理解和认同,“宛合楚骚忠爱意,河流一派达黄沱”(《再用圭盦同年韵赠别柳堂侍御》)。他甚至还在诗中凭吊屈原,“举汤应削爵,吊屈忍怀沙”(《至延平闻命谪戍察哈尔仍用前韵》),“短衣射虎吾犹壮,多事长沙吊屈原”(《送张十一曾敭出守湖南》)。

在中法战争前,以张佩纶等人为代表的清议派如日中天,他们年富力强,横议政事,声望遍及朝野。战后,清议派中大多数主力如张佩纶、黄体芳、宝廷、陈宝琛等皆遭贬官,一时间颇具政治影响力的清议派旋即土崩瓦解。其中,最为不幸的当属张佩纶。他不仅惨遭罢免,更被充军戍边。从曾经意气风发的朝廷红人,跌落为阶下囚徒,颇感悲凉苦楚。如其所言,“初到戍所,不能无迁谪之感、离索之怀。……置坡诗‘共怪河南门下客,不应万里向长沙’,为边门慨。”(《致张晓飘太守》)张佩纶自从步入仕途以来,越是认真行事,就越容易招惹事端,这也使他常常陷入孤立无援的困境。贬官塞上后,为数不多的同志零落四方,旷世的孤单感充斥在他的心中。张佩纶苦心孤诣地提出“庄子吊屈”的观点,虽言吊屈,实亦自吊。同时,也是追思当时广开言路的政治局面。因为,在他看来,屈原正是以谏言闻名楚国的,而屈子投水实为言路壅塞的结果。这样,张佩纶的“庄子吊屈”说,不仅暗含着对个人人生悲剧的慰藉,更是对政治理念与情怀的伤吊。

张佩纶去世后,挚友陈宝琛作《入江哭蒉斋》:“雨声盖海更连江,迸作辛酸泪满腔。一酹至言从此绝,九幽孤愤孰能降?少顷地下龙终合,孑立人间鸟不双。徒倚虚楼最肠断,年时期与倒春缸。”①陈宝琛还受托撰写墓志铭,细述马江之战的原委,为亡友所蒙受的冤屈昭雪,恰如“庄子之吊屈原”。若蒉斋先生九泉之下有知,亦当瞑目吧。

三、评说

张佩纶以庄子为屈原凭吊者的观点,是以其“庄子楚人说”为基础的。关于庄子的籍贯,历来争讼不已。以庄子为楚人的观点,肇始于北宋乐史的《太平寰宇记》,后来经朱熹张大其说,逐渐为很多人接受。张佩纶通过所谓考证的方式来论证庄子为楚人,是值得商榷的。首先,他在引庄子之文比附屈原之赋的过程中,往往以寓言为事实根据,却忽略了历史的本来面目。他说:“其言仲尼之楚,楚王觞之,孙叔敖执觞而立,市南宜僚受酒而祭者,述庄王之盛明,所以得姓也。”按《史记·十二诸侯年表》,楚庄王卒年即鲁宣公十八年,而孔子出生于鲁襄公二十二年,前后相差四十年左右,孔子之楚怎么可能遇上楚庄王

① 陈宝琛:入江哭蒉斋[M],沧趣楼诗集,民国二十七年刻本。

和孙叔敖呢?《庄子》此则寓言意在论述天地大人皆体现于“无”字之中,而张佩纶却以之为信史,认定“述庄王之盛明,所以得姓也”,实属无稽之谈。又如《达生》中痀偻丈人的寓言,主要阐述物我两忘便可至于无为的道理;《则阳》篇孔子舍于蚁邱之浆者的故事,说明只要心境恬淡,仍不失为大隐。但张佩纶竟认为庄子“以圣人来游,荣其乡里,且纪楚之多隐君子也”,实在是牵强附会。其次,张佩纶对《庄子》的理解存在很多偏差,甚至有意曲解而加以利用。《田子方》篇中“孙叔敖三为令尹不荣华,三去之无忧色”的寓言,阐述了悟道的真人应全真守性而不以得失撄心,非如张氏所称“称先大夫之贤,以儆有位也”。他还说:“然传道家之言者,徐氏临淮人,蜎子楚人,长庐子楚人,鹖冠子楚人,曹羽楚人,知老庄皆楚学矣。”上文,张佩纶大概参考了《汉书·艺文志》,如果因为徐氏、蜎子、长庐子、鹖冠子、曹羽等是楚人,而认定“老庄皆楚学”的话,那么同样传承道家学术的魏人公子牟、齐人田子、黔娄子、捷子,是否也应该一并认作楚人呢?总之,庄子当属战国宋人,而非楚人。张佩纶不厌其烦地大量引文来论证庄子是楚人,其目的是想借此将庄子与屈原联系起来,从而为其“庄子吊屈说”确立基础。但据考证,庄子大概卒于宋亡(周赧王二十九年)之前,屈原则卒于周赧王三十二年,那么屈原投水肯定是庄子卒后的事情。怎么可以认定庄子为屈原的凭吊者呢?另外,由于战国时期留存下来的史料极为稀少,很难找到充足的证据来证明庄屈之间的关系。更重要的是,庄子的思想主张也不可能对屈原有所赞同。庄子悠游自得,拒绝诸侯之聘,不肯以一臂而换天下,又岂肯为一国一君累心伤性呢。《庄子·外物》云:“外物不可必,故龙逢诛,比干戮,箕子狂,恶来死,桀纣亡。”如果,庄子晚于屈原,恐怕还会补上一句“屈原沉”之类的话,倒不是为了伤吊,只不过增加一个反面例子罢了。庄子齐万物一生死,其文章恢宏恣肆而博大精深。若如张佩纶所言,庄子写作那些文字,只是为了助屈原之悟、吊屈原之殇,那么无疑降低了庄子思想的深刻与丰富。

从方法论上看,虽然无法断定张佩纶师从何方,但他曾说:“佩纶谪居,改岁读书,走入训诂文字一路,渐涉琐碎,于经世之学未必有益。”(《复李肃毅师相》)又如:“若近来汉学家作古文,则又在文中先考证一段,以自炫其深通小学,喧宾夺主,可厌之至。”(《致朱子涵内弟》)由此可以得知,张氏并不推重考据之学。尽管,《庄子楚人考》以“考”字命名,却根本没有运用考据学常用的音韵训诂的方法。其文主要通过对《庄子》与《离骚》的文句加以附会,“考证”出庄子为楚国宗室,《读庄子》亦如出一辙。其中,多主观臆断而少客观依据,结论也就难免牵强附会。

总而言之,张佩纶的“庄子吊屈说”,通过类似“六经注我”的方法,将古代人物与典籍变形后以为己用。这在清末颇为盛行,稍后的廖平、康有为都有类似的著作和学说。相比于幼樵在僻处的自言自语,廖、康的观点在当时都产生了很大的社会影响。

鲁迅的屈原情结

厦门大学中文系 胡 旭

鲁迅的古典文学素养很高,他对嵇康的研究非常引人注目。但是,对鲁迅精神影响最深的却不是嵇康,而是屈原。在鲁迅近70首诗歌中,与《楚辞》有关或直接化用《楚辞》诗句的,约15首之多。鲁迅的其他作品中也多次提到屈原及其作品,评价极高。如果说鲁迅心中存在极为深厚的屈原情结,大约是没有人能够怀疑的。

一

屈原和鲁迅之间的最明显的共性,是抗争精神。楚国为南方蛮夷之地,早期受中原诸夏的排斥、侵伐与伤害,形成一种斗争精神。对于拥有高贵血统的屈原来说,这种不屈的抗争精神被他自觉地继承了下来。

屈原所面处的困境,一是恶俗世风:"众皆竞进以贪婪兮,凭不厌乎求索。羌内恕己以量人兮,各兴心而嫉妒。"二是黑暗政治:"谗人高张,贤士无名。""变白以为黑兮,倒上以为下。"三是刻骨失望:"余既滋兰之九畹兮,又树蕙之百亩。畦留夷与揭车兮,杂杜衡与芳芷。冀枝叶之峻茂兮,愿俟时乎吾将刈。虽萎绝其亦何伤兮,哀众芳之芜秽。"。然即便如此,屈原坚信自己追求,并不屈抗争,因而发出"路漫漫其修远兮,吾将上下而求索"的高昂呼声。

楚越文化历来存在着千丝万缕的关系,越东人不畏强暴、勇于抗争的战斗精神,历来为人称道,鲁迅所说的"台州式的硬气"①,就是这种精神的典型体现。鲁迅所赞扬的勾践坚确慷慨之志、嵇康的嫉恶如仇之书、孝孺的忠肝义胆之辞等,正是他自己的人格追求和道德准则。

鲁迅的抗争精神,丝毫不亚于上述诸人,他说:"今之所贵所望,在有不和众嚣,独具我见之士,洞瞩幽隐,评骘文明,弗与妄惑者同其是非,惟向所信是诣,举世誉之而不加劝,举世毁之而不加沮,有从者则任其来,假其投以笑骂,使之孤立于世,亦无慑也。"②。1932年鲁迅先生在白色恐怖的背景下创作了战斗性诗篇《自嘲》,其中有云:"横眉冷对千夫指,俯首甘为孺子牛。"1934年作《报载患脑炎戏作》,其中有云:"横眉岂夺娥眉冶,

① 《南腔北调集》,北京:人民文学出版社,1973年,第55页。
② 《集外集拾遗》,北京:人民文学版社,1976年,第21页。

不料仍违众女心。”

两首诗的“横眉”，是怒目之意。“娥眉”、“众女”让人联想起屈原《离骚》中“众女谓余之蛾眉，谣诼谓余以善淫。”而“千夫”所指，则与屈原“吾独穷困乎此时也”大有心性相通之意。

“冷”字则把屈原孤伟独立的遗风，继承得淋漓尽致。这种敢于睥睨一切丑恶的反抗精神，造就了一个“真正的猛士”。如果说，鲁迅是中国现代文学史上最有抗争精神的文人，其根源一定要追溯到屈原那里。

屈原的个性中，最典型的体现是清高狂狷。《渔父》一文中，屈原先标举“举世皆浊我独清，众人皆醉我独醒。”又云“吾闻之，新沐者必弹冠，新浴者必振衣；安能以身之察察，受物之汶汶者乎！宁赴湘流，葬于江鱼之腹中。安能以皓皓之白，而蒙世俗之尘埃乎！”其大胆放言、睥睨一切的个性如在目前。后代正统儒家学者，对此颇不以为然。班固《离骚序》中云：“今若屈原，露己扬才，竞乎危国群小之间，以离谗贼。然责数怀王，怨恶椒兰，愁神苦思，强非其人，忿怼不容，沉江而死，亦贬挈狂狷景行之士”。然而，鲁迅对屈原的“狂”是完全肯定的。在《摩罗诗力说》中有这样的评价：“惟灵均将逝，脑海波起，通于汨罗，返顾高丘，哀其无女，则抽写哀怨，郁为奇文。茫洋在前，顾忌皆去，怼世俗之浑浊，颂己身之修能，怀疑自遂古之初，直至百物之琐末，放言无惮，为前人所不敢言。”鲁迅如此推崇屈原，与他们之间个性的相近不无关系。

二

屈原一生，爱国忠君。在其早年所作的《橘颂》中，这种精神已十分明确：“后皇嘉树，橘徕服兮。受命不迁，生南国兮。深固难徙，更壹志兮。”在随后仕途中，屈原时刻劝谏楚王，欲使其以古圣先贤为榜样，如“彼尧舜之耿介兮，既遵道而路”、“汤禹俨而只敬兮，周论道而莫差”，“举贤而授能兮，约循绳墨而不颇”等，就是明证，希望君王远离奸佞、修明法度、联齐抗秦、统一中原。正当他为楚国能从大国走向强国而“忽奔走以先后兮”，为国家兴盛、人民安居而努力时，却被小人所谗，遭到放逐。屈原对楚王听信谗言痛心疾首，但他不能也不愿离开祖国，正如司马迁在《史记·屈原贾生列传》中评价的那样：“虽放流，眷顾楚国，系心怀王，不忘欲反，冀幸君之一悟，俗之一改也。其存君兴国而欲反复之，一篇之中三致志焉”。最终还是怀着“鸟飞返故乡兮，狐死必首丘”的故土之恋，“赴常流而葬乎江鱼腹中耳”。

鲁迅留学日本之初，作《自题小像》云：“灵台无计逃神矢，风雨如磐暗故园。寄意寒星荃不察，我以我血荐轩辕。”宋玉《九辩》中说：“愿寄言夫流星兮，羌倏忽而难当”，王逸《楚辞章句》注：“欲托忠策于贤良也”，用“流星”来比“贤人”。鲁迅诗句中的寒星应该是由流星转化过来。“荃不察”则是源于《离骚》中的“荃不察兮之中情兮”,这里的“荃”是以香草来喻君王,而鲁迅诗中的“荃”究竟指什么,学术界争议很多。有的认为喻其母,母亲不了解儿子的离家东渡只是因为不满包办婚姻,并不是怨恨母亲;有的说喻祖国,祖国不了解游子们远游远渡重洋是为了寻求救亡图存的道路,并不是嫌弃她的落后;还有的说是喻“哀其不幸,怒其不争”的国民大众,百姓们无法理解这些革命志士浴血奋战,视死如归的真正目的。其实,不必过多地去追究“荃”究竟比喻什么,“荃”中体现的鲁迅深受屈原的影响是不争之事实,而且与《离骚》所表达的内涵也极为相似。无论“荃”比喻的是母亲、祖国还是国民大众,作者所要表达的都是自己胸中志向无人能够理解的隐痛。无奈之下,只好把它寄于天上的流星,但并不会因此而沉沦,相反,会用自己满腔的热血“荐轩辕”,把自己的全部献给祖国和革命事业。这首诗是鲁迅早年的作品,血气方刚在诗中表现得一览无余,为国为民、誓死报国的坚定信念也初见端倪。

鲁迅从弃科举、学洋务到留学日本,从剪辫子、习柔道到学医救人,从幻灯事件到弃医从文,这些看似与当时社会格格不入的行为其目的都是为了救国救民,“创造出中国历史上未曾有过的第三样时代”。最终鲁迅选择了文艺,因为他意识到“曷弗启人智而开发其性灵,使知罟获戈矛,不过以御豺虎”①,所以才用如“匕首”、“投枪”般的文字无情地针砭时弊、剖析国民的劣根性。也许是因为我们民族有着太多的忧患,生活在这片土地上的人民有太多的苦难,忧国忧民成为担负在中国知识分子肩上永远的重任。屈原反复吟咏“长太息以掩涕兮,哀民生之多艰”,鲁迅则“哀其不幸,怒其不争”。如果说“哀其不幸”是屈原开创的,那么“怒其不争”则是从鲁迅这里开始的。纵观二者的爱国精神,屈原关注的是“君”与“臣”、“君”与“民”的关系,鲁迅思考的则是“国”且“民”的辩证关系。由于时代背景的相似,爱国精神在二者身上根深蒂固,使得鲁迅的风骨中流淌着屈原的血脉。

三

屈原“信而见疑,忠而被谤”的不公正遭遇,让他陷入“世溷浊而莫余知兮”的苦恼,他痛斥“众女嫉余之娥眉,谣诼谓余以善淫”;批评“固时俗之工巧兮,偭规矩而改错。背绳墨以追逐兮,竞周容以为度。尽管他明知国君不明、小人谮害,但他仍希望君主能体察自己“吾谊先君而后身兮,羌众人之所仇也。专惟君而无他兮,又众兆之所雠也!”然而在那样一个是非颠倒、黑白混淆的世界,屈原的行为不但不为国君所容,更不为全体国民所接纳,他却执着于自己的信念上下求索,终于被这个他要拯救却误读他、唾弃他的世界放

① 鲁迅:《坟》,北京:人民文学出版社,1980 年,第 38、第 207 页。

逐了。

鲁迅的一生和屈原一样,几乎处于被谗见谤的包围之中。幼时家道中落,以长子的身份承担起家庭重责。几乎每天出入于质铺和药店里,在侮蔑里接了钱,再到一样高的柜台上给他久病的父亲去买药。但这样并不能挽救父亲,父亲终于日重一日的亡故了。在经历玉田叔祖、衍太太等人的欺辱之中,鲁迅"看见世人的真面目",决定"走异路,逃异地,去寻求别样的人们"。求学过程中,学洋务被看成是一种走投无路的人,只得将灵魂卖给鬼子,要加倍的奚落而且排斥的。还有"剪辫",在鲁迅看来"毫不含有革命性,归根结蒂,只为了不便"[①],可不曾想到放假回乡剪了辫子吧,"乡里人看不惯没有辫子的人",于是鲁迅就"在上海买了一条假辫子","一圈小辫扎紧在头顶好像孙行者的紧箍一样"。可是即便这样还是不行,乡里人"似乎更不喜欢装假辫子的,因为光头只是假鬼子罢了,光了头而又去装上假的辫子,似乎他别有什么居心,所以更感觉厌恶了"。归国后,1923－1926年间,"兄弟失和"事件,引发鲁迅的愤懑与伤感。据许寿裳回忆:"作人的妻羽太信子是有歇斯底里症的。她对鲁迅,外貌恭顺,内怀忮忌。作人则心地糊涂,轻信妇人之言,不加体察。……致鲁迅不得已移居外客厅而他总不觉悟;鲁迅遣工役传言来谈,他又不出来;于是鲁迅又搬出而至砖塔胡同了。从此两人不和,成为参商,一变从前'兄弟怡怡'的情态"[②]。这件事对于鲁迅来说是个不小的打击,加之随后不断发生的高长虹等自己曾经帮助过的青年人中伤自己,"爱而得仇,善而获怨,这是人生的不幸"[③]鲁迅的感受堪与屈原"既滋兰之九畹兮,又树蕙之百亩",奈何"兰芷变而不芳兮,荃蕙化而为茅"的感受有相似之处。

屈原与鲁迅都有"去国——彷徨"的彻骨感受,屈原先后经历了帝阍"依閶阖而望予"、宓妃"夕归次于穷石兮,朝濯发乎洧盘"、"高辛之先我",甚不如意,然终难去国。其再三求索的过程正和鲁迅不断寻求救国之路一样。鲁迅先是决定"走异路,逃异地,去寻求别样的人们",留学日本就立志学医,"预备卒业回来,救治象我父亲似的被误的病人的疾苦……一面又促进了国人对于维新的信仰"。但"因为身在异国,刺激多端",鲁迅在与好友许寿裳"谈到历史上的中国人的生命太不值钱,尤其是做异族奴隶的时候",每每"相对凄然"[④]。当经历了幻灯事件后鲁迅意识到"医学并非一件紧要事,凡是愚弱的国民,即使体格如何健全,如何茁壮,也只能做毫无意义的示众的材料和看客",这时他才找到真

---

① 鲁迅:《且介亭杂文末编》,北京:人民文学版社,1973年,第78页。

② 吴小美、肖同庆:《是复归与认同,还是告别与超越——对鲁迅与屈原关系的思考》,《兰州大学学报》2001年,第5期。

③ 孙郁:《被亵渎的鲁迅》,北京:群言出版社,1994年,第3页。

④ 许寿裳著,马会芹编:《挚友的怀念:许寿裳忆鲁迅》,石家庄:河北教育出版社,2000年,第110页。

正的救国之路——“提倡文艺运动”,这是“我们的第一要著,是在改变他们的精神”。这种“去国——彷徨”寻求救国之路的经历,让鲁迅很同情屈原“哀高丘之无女”的感伤,他的诗作中也有相似的诗句,如“可怜无女耀高丘”等,借屈原之“哀高丘”来托己之忧。

四

鲁迅和屈原都是不为世人所理解的。从呐喊求救到忧思彷徨,再到寂寞孤独,这样的心路历程何其相似。

孤独的屈原既遭“众女”之谗,又被怀王疏远放逐。“莫吾知”的苦闷使他长叹“鸷鸟之不群兮,自前世而固然”,“世幽昧以眩耀兮,孰云察余之善恶?”知音难觅的寂寞在鲁迅这里得到共鸣:“独有叫喊于生人中,而生人并无反应,既非赞同,也无反对,如置身毫无边际的荒原,无可措手的了,这是怎样的悲哀呵”,在这样一种拯救者与被害人之间隔阂而产生的寂寞中,鲁迅感到“如大毒蛇,缠住了我的灵魂”。于是他始寻找各种办法“来麻醉自己的灵魂”,其中有一个就是“回到古代去”。或许正是这个办法,让鲁迅的情感在屈原那里再次得到慰藉。当鲁迅孤独时就会想到屈原。《祭书神文》是一首“不敬财神敬书神”的诗。在除夕之夜,当众人忙着敬财神时,孤独的鲁迅却“狂诵《离骚》兮为君娱,君之来兮毋除除”,“宁召书癖兮来诗国,君为我守兮乐未休”。可见鲁迅从年少时起就渴望《离骚》及“书神”所标志的虽清苦却拥有丰富的精神与思想的高尚境界。

1931 - 1932 年,在白色恐怖的日子里,鲁迅用世人难以听到的《离骚》之音书写着寂寞,怒斥着暴行。写得最为情致摇曳的要属《湘灵歌》和《无题(洞庭木落)》。

《湘灵歌》云:

昔闻湘水碧如染,今闻湘水胭脂痕。
湘灵妆成照湘水,皎如皓月窥彤云。
高丘寂寞竦中夜,芳荃零落无余春。
鼓完瑶瑟人不闻,太平成象盈秋门。

《无题》(洞庭木落):

洞庭木落楚天高,眉黛心红涴战袍。
泽畔有人吟亦险,秋波渺渺失离骚。

屈原在《九歌》中写有两篇关于湘水之神的诗——《湘君》、《湘夫人》,相互呼应,实为一篇,表达他们对爱情的忠贞。然而,鲁迅虽然在主人公的选取和措辞造句上借鉴《楚辞》中的内容，但是借用洞庭、湘水却表达着另一种境界。

《离骚》是屈原被放逐后所作的长诗，当年屈原被放逐时还可以放声吟唱创作《离骚》，而如今连这小小的愿望都实现不了，正所谓“秋波渺渺失离骚”。

鲁迅在自己小说集《彷徨》的扉页上题小诗：“寂寞新文苑，平安旧战场。两间余一卒，荷戟独彷徨。”他感到文化界的沉寂，彷徨两间犹如屈原上下求索。同时鲁迅又集《离骚》句：“朝发轫于苍梧兮，夕余至乎县圃；欲少留此灵琐兮，日忽忽其将暮”；“吾令羲和弭节兮，望崦嵫而勿迫；路漫漫其修远兮，吾将上下而求索”题于小说集的扉页。据许寿裳称：“这八句正写升天入地，到处受阻，不胜寂寞彷徨之感”。

面对世俗的幽昧，屈原与鲁迅都自愿选择忍受世人难以想象的寂寞，以保持自己的“独醒”，决不与世俗同流合污。鲁迅评屈原“孤伟自死”，“孤伟”成为鲁迅与屈原精神联系之所在。也使鲁迅成为立于新旧文坛之交的“独醒”者——“洞瞩幽隐，评骘文明，弗与妄惑者同其是非，惟向所信是诣，举世誉之而不加劝，举世毁之而不加沮，有从者则任其来，假其投以笑骂，使之孤立于世，亦无慑也”。鲁迅与屈原一样，同样具有洞察世事的敏锐视角与能力；同样是“哀民生之多艰”，屈原离群索居，鲁迅则永远和人民在一起；同样是睹家国之危难，屈原将希望寄托在一个昏君身上，鲁迅则用自己的笔唤醒民众的意识，去创造“第三样的世界”。因此，鲁迅并不总是孤独的，在寂寞时还能发现些许志同道合之士——“一枝清采妥湘灵”，以“九畹贞风慰独醒”。

五

鲁迅对屈原的评价，每有发人深省之处。在《言论自由的界限》中，鲁迅说：

> 看《红楼梦》，觉得贾府上是言论颇不自由的地方。焦大以奴才的身分，仗着酒醉，从主子骂起，直到别的一切奴才，说只有两个石狮子干净。结果怎样呢？结果是主子深恶，奴才痛嫉，给他塞了一嘴马粪。其实是，焦大的骂；并非要打倒贾府，倒是要贾府好，不过说主奴如此，贾府就要弄不下去罢了。然而得到的报酬是马粪。所以这焦大，实在是贾府的屈原，假使他能做文章，我想，恐怕也会有一篇《离骚》之类。

在《从帮忙到扯淡》中，鲁迅又指出：

> 《诗经》是后来的一部经，但春秋时代，其中的有几篇就用之于侑酒；屈原是“楚辞”的开山老祖，而他的《离骚》，却只是不得帮忙的不平。到得宋玉，就现有

的作品看起来,他已经毫无不平,是一位纯粹的清客了。然而《诗经》是经,也是伟大的文学作品;屈原宋玉,在文学史上还是重要的作家。为什么呢?——就因为他究竟有文采。

从这两段文字我们可以看出,鲁迅认为屈原的辞赋既不是"那些会念书会下棋会画画的人,陪主人念念书,下下棋,画几笔画"的"帮闲文人"的行为,也不是"开国的时候,这些人便做诏令,做敕,做宣言,做电报,——做所谓皇皇大文"的"帮忙文人"的行为,而是"不得帮忙的不平"。"这焦大,实在是贾府的屈原","焦大的骂;并非要打倒贾府,倒是要贾府好","假使他能做文章,我想,恐怕也会有一篇《离骚》之类"这些文字如果换一个角度去思考,也就是说屈原其实和焦大相似。屈原的《离骚》痛斥"王听之不聪也,谗谄之蔽明也,邪曲之害公也,方正之不容也"[①]和"焦大的骂"一样,并非要推翻楚国,倒是要楚国好,恰恰是为了振兴楚国。

然而在《离骚》的文辞中"多芳菲凄恻之音,而反抗挑战,则终其篇未能见,感动后世,为力非强"的原因是鲁迅认为这是由于"国家"概念古今不同的解释造成的偏差,因此屈原不可能用毁坏性的词语。鲁迅的这一番评论不仅替屈原去掉一些浪漫主义的成分,而且让屈原成为关注现实的伟大诗人。从这个角度而言,在爱国情感上,屈原与鲁迅又一次取得共鸣,虽然他们各自选择的方式不一样,但精神内核是一致的。

鲁迅不仅继承了屈原的"放言无惮"、"凭心而言,不遵矩度",更超越了屈原选择死亡作为自己归宿的无奈抗争。他能勇敢地面对"惨淡的人生",直视"淋漓的鲜血",毫无疑问,他发扬光大了屈原的精神。

① 《史记》,北京:中华书局,1959年,第2482页。

从屈原政治思想看其自成一家

成都大学文学与新闻传播学院 殷晓燕 万 平

研究屈原的人,对屈原政治思想的认定是很不一致的。有的认为他是儒家,有的认为是法家,有的认为是道家,有的认为是神仙家。这些论断,虽各见仁智,也不无道理,却不尽符合屈原思想的实际。实际上,屈原的政治思想不能单以"某家思想"的现成标签相贴。他生长在战国时代七雄争霸的楚国,迎受着时代进步潮流的冲击,饱吮了各家思想的精华。一方面,取精用宏,发扬光大;另一方面,又结合时代、乡土、遭遇,独辟蹊径,从而镕铸成了与儒、法、道、墨、阴阳、神仙诸家都不相同的进步政治思想和伦理道德,独树一帜于当时。

众所周知,屈原的出身与经历颇为丰富与复杂,屈姓身为楚国"王族三姓"之一世代为高官,屈原也做到了"左徒"和"三闾大夫",且"明于治乱、娴于辞令",有政治外交才能,颇受楚怀王的信任,但同时因主张变法、力图革新而遭受到了保守的贵族们的嘲笑与打击,愤而投江以身殉国。纵观屈原在政治上的主张与举动,如"造为宪令"、"举贤授能"、"大一统"思想等,即可看出身处百家争鸣时期的屈原,在政治思想上既有其他诸家的影响,同时又有自己的鲜明主见。既有与儒家、法家、道家、墨家等相同之处,但更多的却是与之相左、独步当时。下面则就屈原的政治主张与行为,分而论之。

一、"造为宪令"

所谓"宪令",在先秦典籍中的意义有二,《左襄二十八年传》:"子大叔曰:宋之盟,君命将利中国,而亦使安定社稷,镇抚其民人,以礼承天之休。此君(楚君)之宪令,而小国之望也。"①"宪,治也。"《国语·周语下》:"夫耳内和声,而口出美言,以为宪令,而布诸民。"②韦昭注:"宪,法也。"《穆天子传》:"己酉,天子饮于浔水之上,乃发宪令,诏六师之人。"③这三个"宪令"指君王一时的口头命令,不是什么正式的法令条文。当然,也可以根据"法令"临时制定的规则,有如"号令"。《管子·权修》:"厚爱利,足以亲之;明智礼,足以教之;上身服以先之,审废量以闲之,置乡师以说道之。然后申之以宪令,劝之以庆

---

① (春秋)左丘明著,李梦生注释:《左传今注》,南京:凤凰出版社,2008年版。
② (吴)韦昭著,明洁辑评:《国语》,上海:上海古籍出版社,2008年版。
③ (汉)东方朔撰,(晋)郭璞注:《穆天子传》,上海古籍出版社,1999年版。

赏,振之以刑罚,故百姓皆说而养,则暴乱之行,无由至矣。"[①]这里的"宪令"如同"国法","庆赏、刑罚"则是"宪令"中的两个内容,这种"宪令"就如同"宪法",所以《国语·晋语九》说:"赏善罚奸,国之宪法也。"这种"法令",管子有时则只用一个"宪"字来表示。《立政·首宪》:"正月之朔,百吏在朝,君乃出令:布宪于国。五乡之师,五属大夫,皆身习宪于君前。太史即布宪,入笈于官府。宪笈分于君前,五乡之师出朝,遂于官致乡庙及于游宗,皆受宪。宪既布,乃反致命焉,然后敢就舍。宪未布,命未致,不敢就舍。""宪既布,有不行宪者,谓之不从令,罪死不赦。"这里的"宪"就是"宪令"的简称,和《立政·省官》说的"火宪"等具体法令不一样。它是"令则行、禁则止,宪之所及,俗之所被;如体之从心,政之所期也。"(《七观》)而"大宪"却是"一体之治,故能出号令,明宪法矣"(《七法》)。《屈原列传》中,司马迁以"宪令"和"号令"对举,则知"宪令"当指"宪法"而无疑了。

但是,在战国时代"宪法"却有两种类型:一是新法,二是旧法,即《荀子·王霸篇》所说的"治法"和"乱法"。所谓"旧法""乱法"就是先王之法,是楚国守旧派所尊崇的维护贵族政治利益之法,而"新法""治法"则是当时的各国革新家为进一步发展封建经济、巩固地主阶级政权、改变不适应地主阶级专政国家的经济基础和上层建筑,以便贮积力量,进而统一中国所实行的法规。韩非把后者称为"宪令"。如:《定法》:"法者,宪令著于官府,刑罚必于民心;赏存乎慎法,而法加乎奸污者也。此臣所以师也。""申不害不擅其法,不一其宪令,则奸多;"[②]《问辩》:"儒服带剑者众而耕战之士寡;圣白无厚之辞彰,而宪令之法息;"《饰邪》:"当魏之方明立辟,从宪令之时,有功者必赏,有罪者必诛,强匡天下,威行四邻;及法慢,妄予,而国日以削矣"等,即是明证。于先秦诸子有深刻研究的司马迁对战国时代"宪令"一词的政治含义当然是十分清楚的,他用"制作宪令"来表述屈原的政治活动绝非偶然,这正表明了司马迁对屈原政治立场的看法。

屈原主张改革,推行法制的立场更为自己的作品所证实。"明于治乱"的屈原深知:要使自己的祖国富强起来必须像当时各国的改革者们那样,革新政治,推行法制。他在《离骚》中对当时楚国的君主怀王提出要求说:"不抚壮而弃秽兮,何不改乎此度?乘骐骥以驰骋兮,来吾导夫先路。"清人屈复说:诗中的"壮"指"美政","秽"指"秽政","度",指旧的法度。马茂元亦说:"'弃秽',谓扬弃楚国腐化黑暗的政治法度,加以改革。'此度',指现行的政治法度。"[③]他要楚王实行美政,扬弃秽政,改革现状,废除旧制,并坚定地表示自己要作这次改革的马前卒、开路人。屈原改革家的立场在这里得到了充分的表露,在另一首《惜往日》中屈原叙述了他实行改革的具体实践:"惜往日之曾信兮,受命诏

① (春秋)管仲著,孙波注释:《管子》,北京:华夏出版社,2000年版。

② (先秦)韩非著,陈奇猷校注:《韩非子集释》,上海:上海古籍出版社,1974年版。

③ 马茂元选注:《楚辞选》,北京:人民文学出版社,1958年版,第7页。

以昭时。奉先功以照下兮，明法度之嫌疑。国富强而立法兮，属贞臣而日娭。”他说，他的改革一是受楚怀王之命的；二是“奉先功”——继承前辈革新家的遗业的；三是以“明法之嫌疑”——建立新的法制为中心内容的；四是以国家富强为唯目的一次自上而下的变法运动。我认为这些就是屈原“造为宪令”的本质特征。

由于屈原“造为宪令”同于先秦法家的政治立场，不少论者据此把屈原列入法家。

其实，这是一种错误，我们不能把立法的人都定为法家，因为先秦诸子均有倡导法治的议论。

首先我们看一下力主礼治仁政的孔孟。孔子一贯主张宽猛相济、政刑并用。宽政是礼，猛刑是法。不过他是以前者为主，后者为辅罢了。孟轲的法治倾向更比孔子明显。他说：“徒善不足以为政，徒法不足以自行。”又说：“上无道揆也，下无法守也，朝不信道，工不信度，君子犯义，小人犯刑，国之所以存者，幸也。”[①]（《孟子·离娄上》）可见孟轲也是主张善法相济，道刑并用的。不仅如此，他有时还公开宣称：“入则无法家拂士，出无敌国外患者，国恒亡。”

其次是墨家。《吕氏春秋·去私》：“墨者钜子腹䵍居秦，其子杀人。秦王曰：‘先生之齿长矣，非有他子，寡人已令吏勿诛。’对曰：‘墨者之法：杀人者死，伤人者刑。所以禁杀伤人，天下之大义也。王虽以赐，令吏勿诛，腹䵍不可不行墨者之法。’遂诛之。”[②]墨家之主法治于此亦可见一斑了。

最后说道家。它也主法治。司马迁作《史记》将道家老、庄和法家申、韩合为一传，表明道法确有相通之处。张尔田《史微内篇·原法》：“盖道家者，君人南面之内术；法家者，君人南面之外术，法家以道为常，以法为本，人君所以齐淫慝，惩不轨，以补于治者也。”[③]道出了道法二家的相系之处。又，班固《汉书·艺文志》将《文子》列入道家。而《文子》说：“治国有常，而利民为本；政教有常，而令行为古。苟利于民，不必法古；苟周于事，不必循俗。故圣人法与世变，礼与俗化，衣服器械，各便其用，法度制令，各因其宜。故变古未足非，而复古未足多。”杜道坚《文子缵义》卷十一解释这段话说：“道为法之体，法为道之用，治国有常，而利民为本者，道也；政教有道，而令行为左者，法也；圣人法也时变，礼与俗变，法令制度，各因其宜。”[④]《文子》这段话中的思想、文字和《商君书·更法》、《韩非子·解老》、《喻老》是何其相似啊！

上述可见，其实先秦的儒墨道都主张法治，都有过这方面的阐释，因此，我们不能因

① （清）焦循撰，沈从倬点校：《孟子正义》，北京：中华书局，1987年版。
② 张双棣等译注：《吕氏春秋》，北京：中华书局，2007年版。
③ 张尔田：《史微》，上海：上海书店出版社，2006年版。
④ 杜道坚：《文子缵义》，四库全书本。

屈原有这一主张而武断地把他归并为某家某派。何况屈原主张法治不过是其政治思想的一个方面。

二、"举贤授能"

"举贤授能"是屈原诗篇中所表现出来的另一重要政治主张。在表现方法上,它不像表述法治思想那样隐晦曲折,闪烁其辞,而是更为明快直接,不厌其烦,甚至可以说是"一篇之中,三致意焉"。如,《离骚》第二章写道:"昔三后之纯粹兮,固众芳之所在。杂申椒与菌桂兮,岂惟纫夫蕙茝,彼尧舜之耿介兮,既遵路而得路,何桀纣之猖披兮,夫惟捷径以窘步。"这几句意思说:历史上的三皇是纯粹无瑕的圣君,所以众贤都来辅政。伟大的尧舜沿着三皇的正确路线继续前进;而暴虐无道的桀纣,却不由正路,终于寸步难行。这里诗人用了美好的词对三皇,尧舜集众芳(众贤)以辅政的正确路线作了热情的赞誉,同时又严厉指责了桀纣残杀忠良的可耻下场。字里行间透露出诗人对贤能政治的由衷向往和独裁统治的强烈憎恶。

如果上面的诗句还是以比喻手法表达了诗人对贤能政治的向往之情,那么下面的诗句则是不假比喻而直截了当地喊出来"举贤授能"的主张:"汤禹俨而祗敬兮,周论道而莫差:举贤才而授能兮,循绳墨而不颇。"其意为:尧舜之后的禹汤也小心敬贤,继汤禹之后周文周武沿着三皇的集贤辅政的路线而没有丝毫改变。他们都是举用贤者和能者,同时又遵守法制而没有邪偏。这四句诗虽然和第二章的八句相隔了128行,但它们之间内在的历史联系却是十分紧密的。

如果说上面引述的十二个诗句还只是笼统地追述了"举贤授能"的一般的历史情况,说明"举贤授能"是一个历史传统,那么下面八个诗句则进一步具体地叙写了历史上的这些圣君的实践活动:"汤禹严而求合兮,挚咎陶而能同。……说操筑于傅岩兮,武丁用而不疑。吕望之鼓刀兮,遭周文而能举。宁戚之讴歌兮,齐桓闻以该辅。"屈原认为上述圣王不以尊卑、贵贱、贫富论人,而"惟贤是举"、"惟能是用"的做法,是"举贤授能"的典范,是可资学习的榜样。尤为值得注意的是诗人把儒者盖称的五霸之一的齐桓公拿来和三皇、尧、舜、禹、汤、文、武排列在一起,让他和他们平起平坐。这表现了诗人不受派系所限的思想倾向。

上引三节诗句,或赞三皇、尧、舜;或誉禹、汤、文武;或用比喻,或用赋体,一层深似一层地表现了诗人"举贤授能"的政治主张,可谓回环往复,一往情深。

"举贤授能"的主张,在当时是符合地主阶段的政治利益的。在由奴隶制向封建制过渡的整个时期,新兴地主阶级在经济上战胜了奴隶主贵族之后,接着便要求在政治上取代贵族政权,因此,他们纷纷要求参政、反对贵族擅权。这样"举贤授能"的政治理论便在奴隶主贵族阶级的“用人惟亲”的组织路线的激烈斗争中产生了，又反过来成为新兴地主阶级对奴隶主斗争的思想武器。同时这种贤能政治，如果真能得以实现，对当时的人民也不无好处。因此代表着小生产者观点的墨子，开明的奴隶主阶级的政治家孔子、孟子和新兴地主阶级的思想家荀子都主张“尚贤”。

墨子写了《尚贤》上、中、下来集中论述其主张。墨子认为“尚贤”是“为政之本”。为政者，应“不辨贫富贵贱远迩亲疏，贤者举而尚之，不肖者抑而废之。”甚至在《尚同》中主张“选择贤者立为天子”。这种在最大范围内的最彻底的尚贤只有代表小生产者利益的生活在最底层的思想家才能提得出来。屈原的“尚贤”，显然不属此类。

孟子也主张“贤者在位，能者在职”、“举贤使能，俊杰在位”(《公孙丑》上)。那么，屈原的“尚贤”是否和孟轲相同呢？我认为答案也是否定的。因为屈、孟所说的能、贤之士的标准是各不一样的。标准不同，实质也就各异，谬以毫厘，也就会差以千里。孟子所讲的“俊杰之士，贤能之人”指的是什么呢？孟子说：“为政不难，不得罪于巨室”(《离娄》上)；又说：“所谓故国者，非谓有乔木之谓也，有世臣之谓也。”(《梁惠王》下)。这里的“巨室”、“世臣”原来就是孟子说的俊杰贤能。这种“巨室”，旧注为“大家”。王鸣盛《尚书后案》说：“大家者，封建诸侯，……降至春秋，犹楚昭、屈景之类是也。”就是指的贵族之家。而“世臣”，据朱熹《四书集注》说是“累世勋旧之臣”；也就是说的世代为官的贵族。孟子认为没有这些世代为官的贵族官僚，国家之亡，可立而待。屈原则与之相反。他认为像楚国“昭屈景”之类的贵族官僚——党人，正是他最可憎的政敌。这是屈、孟第一个不同的地方。其二，如上所述，屈原在《离骚》中曾把大禹之引皋陶、武丁之取傅说、周文之举吕望，桓公之用宁戚作为“举贤授能”的典范而加以讴歌。可孟轲呢？先是在《告子下》中把舜起于畎亩之中，傅说举于版筑之间，膠鬲起于渔盐之地，管仲擢于士阶层，孙叔敖取于海，百里奚取于市等著名事实作了唯心主义的解释，说这是“天将降大任于斯人也”；后又在《万章》中，不惜自相矛盾，否定了伊尹出于割烹，百里奚来于饭牛等以前承认过的事实，说这是好事者编造出来的谎言。孟轲这种做法，是他的“劳心者治人，劳力者治于人”的思想的反映。其三，孟轲说：“国君进贤，如不得已，将使卑逾尊，疏逾戚，可不慎欤？”(《梁惠王》下)这表现了孟子对“尚贤”的真正态度。从孟轲本心来说，他是不情愿在进贤时使“卑逾尊，疏逾戚”的，但时代“尚贤”的潮流又无法抗拒，劳力者阶层中贤能之士又不可忽视，于是不能不说出这种违心之言。而且就在说这话时，他还要忧心忡忡地告诫人们：“可不慎欤？”这四字和盘托出了孟轲既不甘心又无可奈何的心情，露出了他维护贵族擅权的主张。

荀子也是尚贤的。他说：“法不能独立，类(律)不能自行，得其人则存，失其人则亡。法者，治之端也；君子者，治之原也。故有君子，则法虽省，足以遍矣；无君子，则法虽具，失先后之施，不能应子之变，足以乱矣”(《君道》)。还说：“道之与法也者，国家之本作也;君子也者,道德之总要也,不可少倾旷也,得之则治,失之则乱;得之则安,失之则危;得之则存,失之则亡。故有良法而乱者有之矣,有君子而乱者,自古及今,未尝闻也”(《致士》)。这两段话里的君子都是指贤能之士。荀子从君子和道法的对比中认识到法道是重要的,是“治之端”,“国家之本作”,但法律是死板的条文,还要靠君子这类活生生的贤才去执行,所以他又说,“君子”是“治之原”,是“道法之总要”。他的结论是“君子”(贤能)比“道法”更重要。

韩非有时也讲“尚贤”。韩非说:“明主者,所举者必有贤,所用者,必有能”(《人主》)。又说:“法见功而与赏,因能和授官”(《外储说》引《申子》)还说:“观其所举,或在山林、薮泽、岩穴之间,或在囹圄缧绁绳索之中,或在割烹刍牧饭牛之事。然明主不羞其卑贱也,以其能为可以明法,便国,得民,从而举之,身安名尊。”(《说疑》)韩非这里所举的尚贤之事与屈原所讴歌的内容显然完全相同。但是韩非更尚法,在他的眼中,法比贤重得多。有时他竟然认为法律是最好不过的,官吏们只要照章办事就行了,用不着什么智能,也用不着贤才。总之,法家以法为主,有时也讲尚贤。

屈原在尚贤和尚法的问题上也正与韩非相反。他在《离骚》中写道:“举贤才而授能兮,循绳墨而不颇。”这两句诗,上说“尚贤”,下说“尚法”。为什么下句指“尚法”呢?这是因为“绳墨”、“规矩”,在战国时期出现的著作中,其含义多指“法律政令”。如《管子·七立》:“夫法者,所以兴功惧暴也;律者,所以定分止分也;令者,所以令人知事也。法律政令也,吏民规矩绳墨也。夫矩不正,不可以求方,绳不信,不可以求直。”《商君书·定分》:“夫不待法令绳墨而无不正者,千万之一也。”《孟子·离娄上》:“徒善不足以为政,徒法不能以自行。……圣人既竭目力焉,维之以规矩准绳以为方圆平直,不可胜用也。”《荀子·王霸》:“百官将齐其制度,重其官秩,若是,则百吏莫不畏法而遵绳矣。”“百吏畏法循绳,然后国常不乱。”均是其证。屈原诗中的“绳墨”正和这些文句中的相同。同时从中可见,屈原虽然将“尚贤”和“尚法”对举,认为两者都重要,但他毕竟是尚贤说在前面,摆上句,列为第一了。再从“尚贤”的标准看,两家也是颇有差别的。韩非的贤能是因“其能明法、便国、利民从而举之”的;屈原的标准则表现在“皇天无私阿兮,览民德焉错辅”,“夫孰非义而可用兮,孰非善而可服”这四个诗句中。屈原认为“贤能”必须具有“义”和“善”的“美德”。因此,屈原的“尚贤”,说穿了,就是“尚义”、“尚善”,一句话,就是“尚德”。所以也不可把屈、韩二家的“尚贤”相提并论。

三、“大一统”的思想

“尚法”、“尚贤”并不是屈原的目的,而仅是实现其政治理想的两个最重要的手段,屈原的政治理想是什么?对此《离骚》也有简要的叙述。《离骚》说:“忽奔走以先后兮,及前王之踵武。”又说：“昔三后之纯粹兮，因众芳之所在。……彼尧舜之耿介兮，说遵道而得路。……汤禹俨而祗敬兮，同论道而莫差……”“岂余身之殚殃兮，悲皇舆之败绩。”这些诗句表明屈原的理想是使楚国在战国七雄逐鹿中原的战争中，不致失力，并通过努力，获得全胜，最后统一中国；使楚国国君功追三皇，步武尧舜，取法禹汤，赛过文武，建立一个统一的集权的封建国家。这就是一般评论家所说的“大一统”思想。这种“大一统”的理想是符合历史发展潮流的。

据《通典》卷一七一的记载：相传我国唐虞夏商时代，约有一万个小国，以后由于兼并的结果，国家的数目逐渐减少，国土由小到大，人口由少到多，但殷商时也还有三千个国家，周初时也仍有国一千八百个。春秋时代，由于兼并战争更加频繁，大弄小，强灭弱的现象不可胜数，这时见于记载的国家就只有一百七十多个了；其中一百三十九国知其土地所在，三十一国，不知其名。战国时代则只剩下七个大国和一二十个小国。特别是战国末期，七个大国又互相吞并，结果六国被秦国灭掉，秦国统一了中国。这种由一万国逐步过渡到一个统一的大国，是历史发展的必然趋势，屈原的大一统的理想就是这种历史发展的必然趋势的产物。

我们知道，孔子修《春秋》时也表现了一种“大一统”的理想。但他的“大一统”和屈原“大一统”却全然不同。屈原所处的楚国，在春秋时代一直被中原各国称为“南蛮”，楚君也长期被称为“楚子”。这些带有侮辱性的称号，表现了中原各国对楚国的轻视，而楚国的确也比较落后，它还不能与先进的中原各国平起平坐。春秋后期，楚国沿着自己的发展道路强大起来，势力渐及黄河中下游一带，多次饮马黄河，问鼎周室，危及到周王朝的奴隶主专政国家对其他诸侯国的统治，奴隶制国家的那种“由大小氏族集团组成的并不十分紧密的联系”正不可避免地走向解体，奴隶制的“大一统”正在崩溃，“乱臣贼子”，不断崛起。维护奴隶主阶级政治利益的思想家孔子，为了使“乱臣贼子惧”，就在他编著的《春秋》中，提出了“尊王攘夷”的口号，亮出了“大一统”的招牌，以恢复奴隶制鼎盛时代的西周王朝对诸侯各国的统治。所以，从实质上说，孔子说的“大一统”，是为了维护奴隶制时代那种分裂割据的政治局面，修补周王朝这只囊括各诸侯国的百孔千疮的破布口袋，是假一统，真分裂。而屈原的“大一统”则是要自己的祖国经过改革，由落后而先进，由弱小而强大，最后完成对中国的统一。二者的阶级内容是有差别的，不可混为一谈。

综上所述，屈原在诗篇中表现出来的政治思想是比较全面的：既有总的政治思想，又有实现理想的具体主张。如果屈原的理想真能得以实现，那么中国历史将是另一个面貌了。可惜的是，屈原的这些主张，因为从根本上触犯了楚国贵族集团的利益，遭到了以楚怀王为首的贵族集团的反对迫害、打击，作为政治家的诗人的政治诗《离骚》等篇章，除了以一定的篇幅反映诗人的进步的政治思想外，还以大量的诗句或隐或显地再现了屈原和楚国贵族集团进行不懈斗争的过程及其最后结局，表现了诗人顽强的斗争精神，深挚的爱国爱民的感情和一定的忠君思想,显现了诗人不同凡响的伦理道德观念。同时我们也可看出,屈原说尚德、又尚法的思想与儒法二家均有出入,显现了儒法合流的趋向,他尚儒尚法,而又非儒非法,他有道有墨,而又非道非墨;他自成系统,别为一家;他以他独树一帜的思想道德,以他不朽的诗歌创作,参加了战国时代的“百家争鸣”。

正如朱自清先生在《经典常谈 · 辞赋第十一》中所言:“他其实也是一子,也是一家之学。”①

① 朱自清:《经典常谈》,上海:上海古籍出版社,2004 年版,第 84 页。

屈原流放陵阳之考证

中国作家协会会员　钱　征

九华山,古时称为陵阳山、九子山。2011 年 11 月 24 日至 27 日,中国屈原学会九华山(陵阳)国际学术研讨会在九华山风景区隆重召开。此次会议的中心议题,是屈原流放路线及屈原与九华山(陵阳)关系。学者们普遍认为,屈原与池州有着密切的关系,池州及陵阳是屈原时代楚国重镇,屈原有机会有可能来到陵阳,并在陵阳生活和创作。当然,也有几位先生认为,就现有的资料来看,仍然还嫌证据不足,则持谨慎的怀疑态度。他们质疑的要点主要有三个方面:一是屈原《哀郢》所谓“陵阳”,是否作为地名解;二是如果屈原《哀郢》所谓“陵阳”作地名解,这个地名所指是否就是九华山一带;三是如果《哀郢》所谓“陵阳”指九华山一带,那么屈原是否有能力或者有必要到陵阳。与会学者虽然未就屈原与陵阳问题最终达成完全一致的意见,但都认为搞清楚这一问题,对研究屈原生平事迹、屈原的行踪、屈原的作品,都有非常重大的意义。因此,与会学者一致认为,有必要继续就这一问题,不断进行深入的调查,仔细的辨析,争取早日取得一致的认识。

两千年来,楚辞评论和注释的文章,几乎被人做尽。如果没有考古学、古文字学、历史地理学等提供的新信息,楚辞学还能有多大的突破呢?因此,我认为,坚持把古文字学、屈原作品的辨析与考古学、历史地理学等研究有机地结合起来,这可能是楚辞学的一条“生路”,至少是一条“新路”。基于这一思考,我就屈原与陵阳的关系,即屈原流放安徽陵阳的问题,再作如下考证。

一、屈原流放陵阳的作品辨析

对屈原及其作品研究,要开辟新的思路,就必须寻求新的资料。这新的资料,就是出土文物等。如《九章》的写作时地、排列次序及屈原流放路线问题,汤炳正先生根据出土文物提出四点看法:

(1)传统认为,屈原放逐,彷徨山泽,出入荒凉之区;而现在看来,其主要行程是在楚国当时的交通干线,边疆要道。

(2)传统认为,屈原流放后,只是愤懑彷徨,无目的流浪;而现在看来,他的行踪表现他既关心宗国命运,更关心敌国动态。

(3)传统认为,屈原放逐汉北,乃楚怀王之事;而现在看来,乃是顷襄王时东达陵阳之后才回头去汉北的。

(4)传统认为,《九章》写于怀、顷襄两代;而现在看来,可能全是顷襄王时代的作品,班固、王逸的看法是有根据的。[①] 我是支持汤炳正先生这一看法的。这是因为,在屈原的作品中,直接或间接涉及"陵阳"的至少有《哀郢》、《招魂》、《远游》三篇,均为屈原流放陵阳九年时期所作。

(一)《哀郢》与陵阳

司马迁说:"余读《离骚》、《天问》、《招魂》、《哀郢》,悲其志。适长沙,观屈原所自沉渊,未尝不垂涕,想见其为人"。[②]《哀郢》是屈原的作品,是不存在任何问题的。司马迁单独提到《哀郢》,可见那时还不曾有《九章》的总名。

《九章·哀郢》:"当陵阳之焉至兮"。东汉王逸注:"意欲腾驰,道安极也。陵,一作凌。"[③]以上所引,是持"波涛说"之依据。其实,一些学者,引用了前句,而忽视了后句:"陵,一作凌"。大家都知道,在刘安之后,为《离骚》作传的还有班固、贾逵。《离骚经后叙》中说:"逮至刘向,典校经书,分以为十六卷。孝章即位,深弘道艺,而班固、贾逵,复以所见,改易前疑,各作《离骚经章句》,其余五十卷阙而不说。"有人据此以为,在王逸之前,刘向所编十六卷《楚辞》,仅《离骚》一篇有传注者。其实不然,如《天问》篇,在王逸之前还有多人作注。王逸《天问后叙》中说:"昔屈原所作,凡二十五篇。世相教传,而莫能说。《天问》以文义不次,又多奇怪之事。自太史公口论道之,多所不逮。至于刘向、杨雄,援引传记以解说之,亦不能详悉,所阙者众,多无闻矣。"这里我们又知道了王逸之前还有刘向、杨雄曾对《天问》作过解说。因此,王逸在《离骚后叙》中说明自己是"复以所识所知,稽以旧章,合以经传,作十六卷章句";在《天问叙》中,也说明"今则稽之旧章,合之经传,以相发明,为之符验,章决句断"等等。不过,王逸没有详细说明前人所注当不仅是上面提到的《离骚》和《天问》两篇而已。在《九歌》、《九章》等篇的注释中,有不少地方,王逸都在作出自己解释后,又写上"或曰"如何,说明他保留了其他人的解说。而凡传本不同之处,王逸则写上"一作"什么。如《九章·涉江》中"与天地兮同寿,与日月兮同光"句,他注上"同寿""一作比寿","同光""一作齐光"。

南宋洪兴祖接着王逸的注[补]曰:"前汉丹阳郡,有陵阳山人。陵阳,子明所居也。《大人赋》云:反大壹而从陵阳。"[④]在这里,洪兴祖纠正了王逸的"波涛说"之误,并引用了两个依据,一是陵阳子明,二是司马相如的《大人赋》,来表明"陵阳"二字应作地名解,这

---

① 戴锡琦、钟兴永主编:《屈原学集成》,中央编译,2007年6月,第520页。
② 司马迁:《史记·屈原贾生列传》,北京:中华书局,2000年1月,第1949页。
③ 司马迁:《史记·屈原贾生列传》,北京:中华书局,2000年1月,第1949页。
④ 洪兴祖:《楚辞补注》,北京:中华书局,1983年3月,第135页。

才是正确的。在我的心目中，王逸的《楚辞章句》与洪兴祖的《楚辞补注》是一个缺一不可的有机整体。王逸之后，最重要的《楚辞》训诂之作是洪兴祖的《楚辞补注》。这是因为，洪兴祖的《楚辞补注》是以王逸的《楚辞章句》为基础，其本旨在于补《楚辞章句》之未备者。洪兴祖在书中，每句的解释都列王逸注于前，而凡自己有所补充的意见，则在“补曰”后面详加说明，或更为阐述补充其不详备处，或为之考证失误用，或阐发其义理等。洪兴祖注意吸收王逸前后历代楚辞注家的研究成果，在书中多处加以引用。洪兴祖还以多种《楚辞》版本加以参校，并作有《楚辞考异》，用力甚勤，保存了大量有价值的研究资料，这些都是应予肯定的。一句话，洪兴祖作《楚辞补注》的目的，是要补充订正王逸《楚辞章句》之不足，所以名曰“补注”。洪兴祖一生，著述颇富，而成于晚年的《楚辞补注》，尤为后人所推重。

陈桐生先生在《二十世纪考古文献与楚辞研究》中说，出土文物，为确定屈原某些作品具体创作年代提供了佐证。例如《九章 · 哀郢》中有“遵江夏以流亡”、“过夏首以西浮兮”诗句，有些学者曾认为江夏、夏首为西汉地名，因此怀疑《哀郢》不一定作于战国时期。1957 年和 1960 年在安徽寿县出土的“鄂君启节”对此提供了佐证。谭其骧先生考证其舟节路线，这几条路线大概是楚国当时主要的水路交通干线，与《哀郢》所记诗人东迁的路线是彼此一致的。[①] 尤其是在谭其骧教授主编的《中国历史地图集》里，其《战国 · 楚越》图中标有地名“陵阳”、“浍江”、“松阳”、“橐皋”、“昭关”等。所谓“陵阳”，在《哀郢》里作地名解，这是不争的事实。屈原流放陵阳，应该是说得通的。

郭德维先生 1961 年毕业于武汉大学历史系，随后即在湖北长期从事考古发掘与研究工作，他指出：长江的中下游，战国时能全线通舟楫，已为出土的《鄂君启节 · 舟节》所证实：“上江，庚木关，庚郢。”也就是说自鄂（今鄂州市）溯江而上，经过木关，可到达郢；或者从夏首（今沙市东）顺江而下，可至江西、安徽一带。舟节水程最东止于芜湖，然芜湖以下，江面宽阔，水流平缓，更利于通航。在春秋的时候，吴越的水师早都出入于长江，吴王夫差说：“余沿江溯淮，阙沟深水，出于商鲁之间，以彻于兄弟之国。”（《国语 · 吴语》）公元前 525 年，吴、楚的水军还在长岸（今安徽当涂县西南）打了一场大仗，楚还一度俘获吴先王所乘余皇。当越灭了吴，越又被楚所灭后，长江中下游悉属楚境，通航就更没有问题了。[②]

（二）《招魂》与庐江

根据《史记 · 屈原传》的赞语来看，《招魂》为屈原所作，也是没有问题的。游国恩先生在《屈原》中指出：王逸说《招魂》是宋玉所作，不知何所依据。但司马迁早在《史记》屈

① 戴锡琦、钟兴永：《屈原学集成》，中央编译，2007 年 6 月，第 517 页。
② 郭德维：《楚都纪南城复原研究》，文物，1999 年 2 月，第 228 页。

原传赞中就说过:“余读《离骚》、《天问》、《招魂》、《哀郢》,悲其志。”所以,我们应该把《招魂》的著作权判还屈原。1942 年 1 月 20 日夜,郭沫若先生在《我怎样写五幕史剧〈屈原〉》中指出:“《招魂》一篇依照《史记》,应该是屈原的作品,但我为行文之便,却依照王逸的说法划归了宋玉。考据与创作并不能完全一致,在这儿还须得附带声明一句。”

屈原在《招魂》的“乱”里,不仅提及“魂兮归来哀南征”,而且言“路贯庐江兮在长薄”。[①] 据《汉书》记载:“庐江郡,故淮南,文帝十六年别为国。金兰西北有东陵乡,淮水出。属扬州。庐江出陵阳东南,北入江。”[②]研究屈原的《招魂》,最紧要的是弄清楚,屈原所讲的“路贯庐江”,是否是指今安徽芜湖至泾县、太平湖、陵阳的青弋江呢?笔者的回答是肯定的:一是青弋江(浍江、庐江)出陵阳东南。二是在谭其骧教授主编的《中国历史地图集》中,即《战国·楚越》图中,青弋江标为“浍江”;在《西汉·扬州刺史部》图中,青弋江标为“庐江”。这就与《汉书》所讲的“庐江出陵阳东南,北入江”,完全吻合了,充分证明了屈原《招魂》中提到的“庐江”,即为出陵阳东南的青弋江,这是得到出土文物《鄂君启节·舟节》铭文印证的。

经考古勘察,郢都纪南城也发现三条古河道和今水一致:一条从北垣外入城;一条从城外西南角绕至南垣外入城;二水在城中汇合后折向东流,在龙会桥处流出东垣,注入庙湖。今水,庙湖、海子湖、太泊湖、长湖连成一片,南有水通江陵县城、沙市,连长江。屈原放逐出郢者,就是走的这条水路,故他的《哀郢》有“顾龙门而不见”句。长江的中下游,战国时能全线通舟楫,已为出土的《鄂君启节·舟节》水程所证实,即东止于芜湖。而芜湖正好又是青弋江的入江处。今芜湖的楮山公园里,还塑有屈原的雕像呢。屈原当年流放陵阳,就是从夏首(今沙市东)顺江东迁,至芜湖后,转经青弋江溯江而上,再经舒溪而至陵阳河的。

(三)《远游》与南巢

王逸的《楚辞章句》与洪兴祖的《楚辞补注》都把《远游》视为屈原的作品,明确指出:“远游者,屈原之所作也。”[③]

《远游》重曰,有“吾将从王乔而娱戏”、“至南巢而壹息”、“见王子而宿之兮”等句子,[④]我们是应该予以关注的。与池州、铜陵、芜湖市一江之隔的巢湖市,商时,地属南疆,故名南巢。《尚书·仲虺之诰》曾有成汤放桀于南巢的记载。周时,为巢(伯)国地。春秋时,为楚属国,当时四至大致:东到昭关(今属含山县),西至庐江,南达长江,北到巢湖,巢

① 林家骊译注:《楚辞》,北京:中华书局,2009 年 10 月,第 221 页。

② 班固:《汉书》,北京:中华书局,2000 年 1 月,第 1262 页。

③ 洪兴祖:《楚辞补注》,北京:中华书局,1983 年 3 月,第 163 页。

④ 林家骊译注:《楚辞》,北京:中华书局,2009 年 10 月,第 164 页。

国多次被吴国所占。《春秋》:鲁哀公十二年(前 483 年),公会吴于橐皋(今巢湖市柘皋镇)。周元王四年(公元前 472 年),越灭吴,巢国还楚。

据清康熙十二年刊本《巢县志》介绍:“王乔洞,去巢县北关十里,金庭山之西,王子乔尝居于此。事详《仙迹》。按,王乔有三:一则征伯乔,一则王子乔,一则叶令王乔。征伯乔,姚唐时人;王子乔,则周灵王太子晋也;叶令王乔,则汉武时以所赐上方履作飞凫朝帝者也。巢之乔洞,相传既久,未知何人。又,河南府有王乔洞,去王子嵩山甚近。及读屈子《远游》篇有云:过南巢而一息兮,想王子之遗迹。则此洞实王子乔之所居,而非伯乔与叶令矣。洞中古今游观者镌诗甚多。”[①]巢湖市的王乔洞,即古南巢国王乔洞,位于今巢湖市北郊的紫微山下(现安徽维尼纶厂后),是江淮之间唯一的石窟艺术宝库,古时称为“巢县八景”之一。1956 年,被列为安徽省级文物重点保护单位。

另外,顺便提及“昭关”。今马鞍山市含山县的昭关,位于县城北 7.5 公里处的小岘山之西,两山对峙,峰峦逶迤不断,地势险要。昭关与柘皋、巢湖,呈三角地形,距离很近。据司马迁《史记》载:楚平王时,伍子胥因父兄蒙谗被杀出逃,投奔吴国时,途径此关。伍子胥过昭关,一夜愁白了鬓发的故事,在巢湖早已家喻户晓。昭关的关南正门,有“昭关”二字;关北之门,有“吴头楚尾”四字,皆名家所书。1989 年 5 月,昭关被定为省级文物重点保护单位。

总而言之,屈原《远游》中提到的“南巢、”“王乔”洞等地名,与陵阳山区仅是一江之隔,在没有长江大堤的战国时期,几乎山水相连。因此我以为,《远游》应属屈原流放陵阳九年时期的作品之一。

二、屈原流放陵阳的考古信息

楚辞学创立至今有两千多年历史了,许多问题众说纷纭。20 世纪特别是新中国成立以后,考古文献向人们展示了一个丰富灿烂的古楚文化世界,并以它们的不容置疑的特殊权威性,为楚辞研究提供了极其重要的证据或旁证材料。

(一)寿县出土的《鄂君启节·舟节》

安徽寿县自 1955 年发现蔡侯墓后,引起各方人士的重视。据六安专区文物普查工作队介绍,1957 年 4 月间,寿县八公山乡寿淮农业二社农民李义文、徐世均在九里乡之九里圩护堤的复堤工程中,在距城东门二里许的丘家花园(在淮南铁路蔡家岗站到寿县城之间公路西沉)取土,发现了“鄂君启节”,共五枚,其中舟节二枚,车节三枚。当年,“鄂君启节”由李文章、徐传九同志携回保存,当六安专区文物普查工作队在寿县开始进行工作

① 清康熙:《巢县志》,黄山书社,2007 年 3 月,第 468 页。

时，由菱角小学教师朱则英介绍动员他们捐出。郭沫若先生在《文物参考资料》1958 年第 4 期上，发表了《关于鄂君启节的研究》论文。如今，“鄂君启节”和青铜重器“楚铸客大鼎”，已被誉为安徽省博物馆的镇馆之宝。①

先秦社会经济史资料十分贫乏，像“鄂君启节”这样的第一手资料，过去还没有发现过，弥足珍贵。先秦地名，也最为复杂，往往名随族迁，一名数地，前后错综，源流莫辨，虽有《山海经》、《禹贡》等相关地理典籍，但一带有神话传说性质，一流于疏略而难于考实，所以前人目先秦地理为难治之学。而“鄂君启节”载有地名 22、水名 12，时代背景清楚，属于社会运作过程中的原始史料，特别是弥补了先秦文献对于我国南方地理记载之贫乏。在《鄂君启节 · 舟节》铭文中，有“彭弓屰，庚松阳，内浍江，庚爰陵”等内容，与屈原《哀郢》、《招魂》、《远游》的地名正合。如“庚彭弓屰”，郭沫若先生以为彭蠡；再如“庚松阳”，谭其骧先生以为今安徽枞阳县（与池州隔江相望）；又如“内浍江”，不管是“浍”是“泸”，所指必系由松阳至爰陵的一段水道，“内”字下所系亦为水名，只见于舟节，“内”古通入，表示折入支流航行；还如“庚爰陵”，谭其骧先生以为汉宛陵，爰、宛一声之转。《辞海》解释：宛陵，古县名，汉初置，治所在今安徽宣城。大家知道，古陵阳山区，东至宣城，西至池州石台，较之《禹贡》导江、屈原《哀郢》等先秦文献，莫不符合。安徽中部为楚国晚期活动中心区，寿县是楚都寿春城所在。安徽省已发掘的楚墓，主要分布在寿县、淮南、长丰、舒城、六安、潜山、枞阳、青阳、宣城等县市。“鄂君启节”铸于楚怀王六年，与屈原生活的年代也是吻合的。

（二）石台怪潭出土的郢爰

位于陵阳山区的石台县横渡镇，距离陵阳很近，境内有 4A 景区“怪潭”。“怪潭”有三大巨石，称头埭、中埭、三埭，横亘河中如埭堰，石埭县名由此而得。在三埭垂钓处附近，又有一个中山墩，1983 年端午节前，新桥生产队农民吴小女插山芋，发见楚国“郢爰”金币一枚，呈不规则方形，长约 1.7 厘米，宽约 1.4 厘米，厚 0.3 厘米，重 22.4 克，币上有“郢爰”二字。当时，石台县隶属徽州地区管辖，故存徽州地区博物馆（今黄山市博物馆），为国家一级文物。②

金属铸币虽然起源很早，但是以贵金属的黄金作铸币，却是以东周后期的楚国铸造“郢爰”为最早。郢是春秋时楚国的首都，在今湖北江陵附近。公元前 278 年，秦拔郢，楚被迫东迁，“保于陈”二十年，“陈爰”就是楚东徙于陈时所铸。不曰“郢爰”，而名“陈爰”，说明楚虽迁陈，但未命名为郢。到楚考烈王二十二年（前 241 年），才迁都到寿春（今寿县），仍称郢。1971 年，湖北江陵郢城东南城内，发现一块郢爰，残存一个半印记，重

① 《安徽省博物馆四十年论文选集》，黄山书社，1996 年 8 月，第 135 – 166 页。

② 《石台县志》，黄山书社，1991 年 8 月，第 482 – 483 页。

17.53 克。[①] 郢爰始铸于江陵之郢，得到了物证。这种金币的出土，大都在安徽、河南、江苏一带。楚金币（包括郢爰、陈爰、卢金、鄗、专锾及郢字金版等），是春秋战国时期的楚国以黄金为币材而铸行的流通货币。从各地发现楚金币的报道及有关资料的不完全统计，到目前为止，有安徽、河南、江苏、陕西、山东、浙江、湖北7个省的9个市、49个县、92个具体发现地点，共发现楚金币723块，总重量为36826克。从发现件数及重量来看，安徽最多，件数超过7省总数的一半，重量几乎占7省总数的三分之二。这中间，还不包括盱眙等地出土的金币。盱眙，春秋时，名善道，属吴国，曾是诸侯会盟的地方；战国时，因楚国东侵扩地至泗上，盱眙为楚邑，名曰都梁。楚汉之际，盱眙属西楚东阳郡。秦二世二年（前208年）六月，反秦义军领袖项梁拥立楚怀王熊槐的孙子熊心为王，以号召天下，仍称楚怀王（后尊为楚义帝），建都于盱眙，九月迁都彭城。盱眙原属安徽省滁县专区，为加强洪泽湖管理，盱眙于1955年划归江苏省，属淮阴专区。1982年2月10日，陈璋圆壶、金兽、郢爰出土于盱眙县穆占乡马湖村南窑，均为国宝级。在南京博物院馆藏40多万件文物中，属国宝级文物只有10件，而盱眙一次就出土了3件。其中郢爰共11块，重3260克，形状为长方形或凹边四角形，各块重量不一，钤打的阴文方印有多有少，其中一块钤打54个方印，是目前我国发现的钤打方印最多的一块郢爰。

（三）皖南铜矿遗址的发掘

关于矿冶遗址，20世纪70年代首先发现于湖北大冶铜绿山。关于铜绿山古铜矿的国属问题，张正明先生将其分成两个阶段，前属古越族（杨越），后段归楚，[②]易主的转折时间在“楚成王初收荆蛮有之”时期（春秋中期）。20世纪80年代以来，湖北其他地点和江西、湖南、安徽均有矿冶遗址的发现：湖北除铜绿山以外，还有阳新港下、鄂州汀祖铜灶、钟祥东桥镇谢家湾与洋梓镇铜宝湾；江西有瑞昌铜岭；湖南有麻阳九曲湾；安徽有南陵江木冲、铜陵木鱼山等。这些矿冶遗址的时代上限，有的早于楚国该地之前。例如长江南岸的矿冶业最早主人当为越人，但到楚灭越以后便全部转入楚人手中。

安徽铜矿遗址总数超过150处，分布面积近3000平方公里，其中皖南又是重点，铜矿遗址近百处，散布面积2000余平方公里，主要分布在贵池、铜陵、青阳、南陵、繁昌、芜湖、宣城、泾县、马鞍山市等地。如1973年，在贵池县（今池州市贵池区）徽家冲出土7件东周时期的冰铜锭。[③] 1974年，在铜陵县木鱼山遗址，当地农民在开挖渠塘时曾取出重100多公斤的铜锭。1982年，在繁昌县孙村乡（今孙村镇）梨山古铜矿遗址上出土了3件春秋

---

① 《湖北江陵首次发现郢爰》，《考古》1972年第2期。

② 张正明等：《大冶铜绿山古铜矿的国属》，《楚史论丛》，湖北人民，1984年版。

③ 张敬国等：《贵池东周铜锭的分析研究——中国始用硫化矿炼铜的一个线索》，《自然科学史研究》，1985年第2期。

时期的铜锭。[1] 安徽古铜矿冶炼的一个重要收获,就是在皖南地区的部分先秦遗址上出土了多块冰铜锭,计有贵池徽家冲、铜陵万迎山和木鱼山、南陵江木冲、繁昌梨山5处,尤其是1987年11月铜陵木鱼山遗址的试掘终于有了突破,发掘者报告:"MT1共分11层,各层均有炼渣,其中第七层出土木炭经 C_{14} 测定年代距今2885±55年,树轮核正年代为3015年,相当于西周早期。"大家知道,冰铜是使用硫化铜矿的一个重要标志。陵阳山(九华山)脉古铜矿冰铜锭的发现,是我国古代矿冶考古的一个重大成果,它为探索中国先秦时期硫化铜矿的采冶历史提供了十分宝贵的实物资料。[2]

与湖北大冶铜绿山一样,贵池徽家冲、铜陵万迎山和木鱼山、南陵江木冲、繁昌梨山等古铜矿遗址,均为古陵阳山余脉的矿冶,早期主人当为越人,但到楚灭越(前334年,屈原约七岁)时,陵阳山脉这一地域便全部转入楚人手中。贵池、铜陵、南陵、繁昌等地均与陵阳重镇毗邻,其中贵池、铜陵县历史上就隶属池州府。有的学者认为,如果《哀郢》所谓"陵阳"指九华山一带,那么屈原是否有能力或者有必要到陵阳呢?我以为,屈原流放陵阳的可能性和必要性有几个,但其中与陵阳山余脉的古铜矿可能有很大关系;重视先秦时期铜矿遗迹的发掘和考证,也可能为探讨屈原流放陵阳提供新的视角。

(四)青阳县先秦时期的文物遗存

据青阳县博物馆馆长朱献雄先生介绍,新石器时代遗址,在青阳共发现7处,主要有分布于陵阳镇陵阳河南侧的岭头遗址、蓉城镇仓园土旁遗址、青通河畔的分桥和庙前镇九华河畔的星星遗址等。

商周时期,青阳遗址较多,出土文物,以陶器为主,印纹陶占较大比例。尤其是2008年,青阳县新河镇大撩湾农民汪心田挖鱼塘时出土的青铜大铙,体形硕大,保存完整。通高84.2厘米,重163.5公斤,应为西周早期用于祭祀、宴飨的青铜重器。大铙绝大多数是单独一件,北方至今尚未发现,故而它被视做南方青铜文化的代表。

春秋战国之际,青阳本地发现的这一时段的文物遗存,大部分具有鲜明的吴、越、楚的文化特征。如多次发掘的庙前镇十字村(九华山脚下)龙岗古墓群,1979年该处曾发现出土有双龙耳尊、牺尊、编钟、鼎等12件青铜器的西周晚期墓葬一座;1989年出土菱形几何花纹戈、焰朵纹矛等春秋青铜器;1995年发掘清理春秋晚期贵族墓葬一座,出土青铜礼器、乐器、兵器和陶器、漆木器26件;2006年发掘清理贵族墓葬一座,由于该墓早期被盗,仅出土青铜剑、戈、小刀各一件。经考古发掘的两座墓葬,其墓葬规格较高,都各殉人一具。尤其是青阳县龙岗春秋M1呈现的既有吴越器物又是楚墓形制的文化共存现象,

---

① 沈舟:《繁昌县出土春秋晚期的铜锭》,《安徽文物工作》,1987年第3期。

② 唐杰平:《安徽古代铜矿考古的回顾与思考》,黄山书社,《文物研究》第十四辑,2005年12月,第123-134页。

是当时楚文化东渐、吴越楚文化相互并存交融这一历史现象的具体例证。①

三、屈原流放陵阳的历史地理

由于史料的缺乏，在解决屈原何时何地流放陵阳、又何时何地到汨罗的问题时，我们所依靠的材料：一是屈原的作品《哀郢》、《招魂》、《远游》等；二是屈原流放陵阳的考古信息，如鄂君启节、郢爰、古铜矿遗址、青铜大铙及墓葬出土文物等；三是屈原流放陵阳的历史地理因素。

（一）检索以安徽陵阳为地名的文献

1. 洪兴祖《楚辞补注》以前的文献

（1）据方铭教授介绍，按《韩非子·和氏》云："楚人和氏得玉璞楚山中。……遂命曰'和氏之璧'"。卞和封陵阳侯事，见于东汉蔡邕(132－192年)《琴操》。如果卞和被封陵阳侯的事迹可靠，时间当在公元前689年以后。

（2）方铭教授又介绍，西汉桓宽编著的《盐铁论·通有》提到"左陵阳之金"。特别是《盐铁论》所谓"陵阳之金"，也有考古的支持。

（3）司马相如《大人赋》云："反大壹而从陵阳。"②

（4）班固《汉书》云：丹阳郡，县十七，其中有宛陵、石城、陵阳、宣城等县。③

（5）班固《汉书》又云：何并字子廉。徙颍川太守，代陵阳严诩。诩本以孝行为官，谓椽史为师友，有过辄闭合自责，终不大言。④

（6）范晔《后汉书》云：丹阳郡，十六城，有宛陵、泾、陵阳（陵阳子明得仙于此县山，故以为名）、芜湖、石城等。⑤

（7）陈寿《三国志》云：贺齐字公苗，会稽山阴人也。二十一年，鄱阳民尤突受曹公印绶，化民为贼，陵阳、始安、泾县皆与突。齐与陆逊讨破突，斩首数千，馀党震服，丹杨三县皆降，料得精兵八千人。⑥

（8）房玄龄《晋书》云：宣城郡，太康二年置，统县十一，有宛陵、宣城、陵阳（淮水出东北入江。仙人陵阳子明所居）等县。⑦

---

① 管丹平：《试论安徽西周春秋战国时期墓葬》，黄山书社，《文物研究》第十四辑，2005年12月，第117－118页。

② 洪兴祖：《楚辞补注》，北京：中华书局，1983年，第135页。

③ 班固：《汉书·地理志》第八上，北京：中华书局，2000年1月，第1278页。

④ 班固：《汉书·盖诸葛刘郑孙毋将何传》，北京：中华书局，2000年1月，第2437页。

⑤ 范晔：《后汉书·郡国》，北京：中华书局，2000年1月，第2376页。

⑥ 陈寿：《三国志·吴书》，北京：中华书局，2000年1月，第1019页。

⑦ 房玄龄：《晋书·志》第五，北京：中华书局，2000年1月，第296页。

(9)北魏郦道元《水经注·沔水下》云:水出陵阳山下,经陵阳县西,为旋溪水。昔铚县人陵阳子明钓得白龙处。后三年,龙迎子明上陵阳山,山去地千馀丈。后百馀年,呼山下人,令上山半,与语溪中。子安问子明钓车所在。后二十年,子安死,葬山下,有黄鹤栖其冢树,鸣常呼子安,故县取名焉。晋咸康四年,改曰广阳县。溪水又北,合东溪水,水出南里山,北经其县东。桑钦曰:淮水出县之东南,北入长江。(全云:按《汉志》丹阳郡陵阳县下,亦引桑钦语。今宣城人呼为小淮水,乃东坝之上游也)①

(10)南朝陈顾野王《舆地志》云:陵阳山,陵阳令窦子明,于溪侧钓鱼。一日钓得白龙,子明怜而放之。后数年,又钓得一白鱼,割其腹中乃有书,教子明烧炼食饵之术。三年后,白龙来迎,子明遂得上升。其溪环绕山足,今有仙坛,醮祭不绝。又,九子山,其山上有九峰,千仞壁立,周回二百里,高一千丈,出碧鸡之类。②

(11)魏征《隋书》云:宣城郡,旧置南豫州。平陈,改为宣州。统县六,有宣城、泾、(平陈,省安吴、南阳二县入焉。有盖山、陵阳山)南陵、秋浦、永世、绥安。③

(12)唐徐坚等辑《初学记》卷二十二引刘向《列仙传》载陵阳子明好钓,钓于旋溪,得白龙,子明解钓拜谢放之。后得白鱼,腹中有书,教子明服食,三年白龙来迎之。

(13)后晋刘昫等《旧唐书》云:泾,汉泾县,属丹阳郡。武德三年,置猷州,领泾、南阳、安吴三县。八年,废猷州及南阳、安吴二县,属宣州。县界有陵阳山。④

(14)唐李吉甫的地理总志《元和郡县图志》云:[石埭县]本汉丹阳郡地,至吴大帝封韩當为石埭城侯,因此置县。其后屡有废兴,永泰二年洪府都督李勉奏割秋浦、青阳、泾三县,于吴所置陵阳城南五里置。[陵阳山]在县北三十里。窦子明于此得仙。⑤

(15)北宋乐史的地理总志《太平寰宇记》云:[九华山]在县南二十里。旧名九子山,李白以有峰如莲花削成,改为九华山,因有诗云:"天河挂绿水,秀出九芙蓉。"今山中有李白书堂基址存焉。又费冠卿及第归后,以不及荣养,遂绝迹不仕,隐此山中。长庆中,三征拾遗,不起。又按顾野王《舆地志》云:"其山上有九峰,千仞壁立,周回二百里,高一千丈,出碧鸡之类。"[陵阳山]在(石埭)县北三里。按《舆地志》:"陵阳令窦子明于溪侧钓鱼,偶一日钓得白龙,子明怜而放之。数年后,又钓得二白鱼,割其腹中乃有书,教子明烧炼服饵之术。三年后,白龙来迎,子明遂得上升。其溪环绕山足,今有仙坛,醮祭不绝。"[陵阳城]在(石埭)县东北二里。《舆地记》云:"吴大帝时属丹阳,景帝时改为古鄣郡。

① 杨守敬、熊会贞:《水经注疏》,江苏古籍,1989 年 6 月,第 2433 – 2434 页。
② 顾恒一等:《舆地志辑注》,上海古籍,2011 年 12 月,第 286 页。
③ 魏征:《隋书》志第二十六,北京:中华书局,2000 年 1 月,第 596 页。
④ 后晋刘昫等:《旧唐书》志第二十,北京:中华书局,2000 年 1 月,第 1101 页。
⑤ 李吉甫:《元和郡县图志》,北京:中华书局,1983 年 6 月,第 690 页。

晋咸康四年置州城,时帝杜皇后讳'陵',遂改为广阳县,缘山为名。"①

(16)北宋王存的地理总志《元丰九域志》云:[九华山]《舆地志》云:旧名九子山,有九峰。[陵阳山][故太平县城]旧陵阳县城。[陵阳庙]即陵阳宰窦子明也。②

2. 洪兴祖《楚辞补注》以来的文献

(1)南宋王象之的地理总志《舆地纪胜》云:[陵阳观]在石埭之陵阳山。《列仙传》云:"窦子明于溪钓鱼得道,后三年,白日升天。"[九华山]在青阳县界。《九域志》云:"旧名九子山。"《舆地志》云:"上有九峰,出碧鸡之类。"刘禹锡诗云:"疑是九龙夭矫欲攀天,忽逢霹雳一声化为石。"李白诗云:"秀出九芙蓉。"[陵阳县城]《寰宇记》:"在石埭县东北三里。"顾野王《舆地记》云:"吴大帝时,属丹阳。景帝时,改为古鄣郡。晋咸康二年,置州城。时帝杜皇后讳阳,遂改为南陵县。"③

(2)南宋祝穆的地理总志《方舆胜览》云:九华山,在青阳县界。旧名九子山,李白以有峰如莲花,改为九华山。诗云:"昔在九江上,遥望九华峰。天河挂绿水,秀出九芙蓉。"④

(3)关于"陵阳",虽然东汉王逸《楚辞章句》并没有把《哀郢》中的"当陵阳之焉至兮"的"陵阳"当作地名,而以为是"意欲腾驰,道安极也",但南宋洪兴祖《楚辞补注》纠正了王逸的错误,而认为"陵阳"应是地名。

(4)明嘉靖《池州府志》载:青阳县:陵阳乡,辖都二;陵阳镇,在县东南。

(5)明万历《青阳县志》载:青阳县,夏、商、周为扬州之域;春秋为吴地,吴灭属越;战国,楚败越属楚;秦,郡县天下属扬州之鄣郡。汉武帝元封二年,始析泾县西境地,置县于陵阳山麓,曰陵阳县,属丹阳郡。

(6)汪瑗,安徽歙县人,明万历间诸生,他的《楚辞集解》提出了不少创见,如他言《哀郢》乃顷襄二十一年白起破郢而作,皆有开辟之功。正如郭沫若先生指出的,如所谓"白起破郢"屈原作《哀郢》说,是明朝的汪瑗首先提出,并非王船山。而且,王氏认为《哀郢》作于郢都被攻破九年之后。

(7)在明、清之际,王夫之与顾炎武、黄宗羲并以气节、学问见称。至于文字训诂方面,王夫之以考释《哀郢》时地最为学者所称道。如王夫之指出:陵阳,今宣城。南渡,舟东南行也。焉如,不知所棲泊也。⑤

---

① 乐史:《太平寰宇记》,北京:中华书局,2007 年 11 月,第 2087 – 2089 页。
② 王存:《元丰九域志》,北京:中华书局,1984 年 12 月,第 635 页。
③ 王象之:《舆地纪胜》,成都:四川大学,2005 年 10 月,第 1051 – 1053 页。
④ 祝穆:《方舆胜览》,北京:中华书局,2003 年 6 月,第 292 页。
⑤ 王夫之:《楚辞通释》十四卷,清康熙四十八年刻本,清同治年间金陵书局校刊《船山遗书》本。

(8)明陆时雍《楚辞疏》云:陵阳,楚地。卞和封为陵阳侯,即此。[①]

(9)清顺治戊戌进士林云铭,官徽州通判,他的《楚辞灯》云:陆时雍曰:陵阳,楚地,卞和封为陵阳侯,即此。[②]

(10)清蒋骥在屈原事迹及作品创作时地的考证方面,用力最深,对屈原的东迁路线提出新的看法,故《四库提要》说他"分析考证,虽有驳谈,亦时见精邃之言,终非明以来泛言可比。"如《山带阁注楚辞》云:陵阳,在今宁国池州之界,《汉书》:丹阳郡陵阳县是也,以陵阳山而名。至陵阳,则东至迁所矣。南渡者,陵阳在大江之南也。[③]

(11)清刘梦鹏《屈子章句》云:《路史》:陵阳国近江,今宣之泾县有陵阳山。原言将欲下江则陵阳焉至,欲上洞庭则南渡焉,如丧家之犬无所归也。[④]

(12)清陈本礼《屈辞精义》云:陵阳,在池州青阳县。渡江而南,淼然无际者,庐江也。古陵阳境距大江百里,而遥南渡者,谓出江至陵阳也。[⑤]

(13)清王闿运《楚辞释》云:乘舟下江,不知所往,闻君在陈,乃于陵阳过东坝,入中江也。[⑥]

(14)闻一多《离骚解诂》云:当,值也,抵也。既抵陵阳,其又将至何处!南渡淼茫,弥望无际,其将何往!《汉书·地理志》丹阳郡有陵阳县,在今安徽青阳县南六十里,其地当大江之南,庐江之北。南渡盖谓渡庐江。《招魂》所谓"路贯庐江左长薄"也。[⑦]

(15)文怀沙注《屈原集》云:如果将陵阳理解为汹涌的波涛,那么"当",即挡,阻隔的意思。焉至,如何能到?[⑧]

(16)高亨《天问琐记》云:面对陵阳要到哪里去呢?如,是往意。焉如即是往哪里去。[⑨]

(17)游国恩《屈原》云:《哀郢》中说:"去故乡而就远兮,遵江夏以流亡。"以下他历述经过的地方有夏首、龙门、洞庭、夏浦、陵阳等处。夏浦即今汉口,陵阳现在不可考(有人说即今安徽省青阳县南六十里的陵阳,当大江之南,庐江之北。但屈原行踪未必至此)。

---

① 陆时雍:《楚辞疏》十九卷,明末缉柳堂刊本。

② 林云铭:《楚辞灯》四卷,清康熙三十六年挹奎楼刻本。

③ 蒋骥:《山带阁注楚辞》六卷《余论》二卷,清雍正蒋氏山带阁刻本。

④ 刘梦鹏:《屈子章句》七卷,1997年齐鲁书社《四库全书存目丛书》影印原刊本。

⑤ 陈本礼:《屈辞精义》六卷,清嘉庆十七年裛露轩刻本;又1955年,上海出版公司影印《离骚精义原稿留真》本。

⑥ 王闿运:《楚辞释》十一卷,清光绪十二年成都尊经书院刻本。

⑦ 闻一多:《离骚解诂》,1982年三联书店。

⑧ 文怀沙注:《屈原集》,人民文学,1953年。

⑨ 陆侃如、高亨、黄孝纾:《楚辞选》,古典文学,1956年;又,高亨《天问琐记》,1962年《文史哲》第一期。

看他所走的路线是从郢都顺流而下，一直到陵阳为止。①

(18)姜亮夫《屈原赋校注》云：陵阳，王夫之以为今宣城。按汉书丹阳郡陵阳县是也。以陵阳山而名，在今安徽省东南青阳县南六十里，去大江南约百里，而在庐之北。陵阳山在今县南。焉至、焉犹于是也。焉至，犹将于是而至也。此盖屈子放逐之所矣。②

(19)胡念贻《楚辞选注及考证》云：陵阳，以释作地名为妥。《汉书·地理志》丹阳郡有陵阳，原注云："桑钦言，淮水出东南，北入大江。"《后汉书·郡国志》丹阳郡有陵阳，李贤注："陵阳子明得仙于此县山，故以为名。"李贤注根据《水经注》。所谓因陵阳子明得名之说，显系附会，《汉书·地理志》无此说。地名可能很古。陵阳当是因陵阳山而得名，窦子明居陵阳山，陵阳山之名早就有了。蔡邕《琴操》说楚卞和封于陵阳，或亦有据，可供参考。③

(20)杨胤宗《屈赋新笺》云：陵阳，楚地名也，屈子再迁，居斯地最久，盖俟顷襄之召也。《招魂》云：路贯庐江兮左长薄。洪兴祖《楚辞补注》：庐江出陵阳东南，北入江。则知《招魂》之"献岁发春兮汩吾南征。"乃自陵阳始也。焉至，忽焉而至也，言不意忽至陵阳也。④

(21)蒋天枢《楚辞校释》云：当，谓当议论纷纷之时，竟有人主张东走陵阳(陵阳，即《汉志》"丹阳郡"之"陵阳"，在今安徽石埭县境)，泛舟至陵阳登陆，又将安至乎？当时亦有人主张南越洞庭，白茫茫洞庭，南渡又将何处立足？文叙及此，意谓纷纷逃跑论者，只顾偷生逃死，无人措意将来，为国家兴复计也。⑤

(22)谭其骧教授主编《中国历史地图集》，在第一册《战国·楚越》图中，长江南岸标有"彭弓屰"、"陵阳"、"鑫泽"、"爰陵"、"浍江"等地名；在长江北岸标有"松阳"、"橐皋"、"昭关"、"广陵"等地名。在第二册《西汉·杨州刺史部》图中，长江南岸标有"彭泽"、"陵阳"、"黟县"、"歙县"、"泾县"、"庐江"、"宣城"、"宛陵"、"丹阳郡"、"春谷"、"芜湖"、"石城"、"丹阳"、"秣陵"等地名；长江北岸标有"松兹"、"湖陵"、"皖县"、"居巢"、"枞阳"、"临湖"、"襄安"、"橐皋"、"阜陵"、"历阳"、"全椒"、"建阳"、"广陵"等地名。⑥

(23)1986年3月《安徽省青阳县地名录》云：陵阳乡位于青阳县城之南部，距县城二十五公里。乡人民政府驻地陵阳镇。陵阳乡以其驻地"陵阳镇"得名。据《青阳县志》载："汉武帝元封二年(前109年)，析泾县西境地，置县于陵阳山麓，曰陵阳县"。该镇为汉代

---

① 游国恩：《屈原》，三联书社，1953年版。
② 姜亮夫：《屈原赋校注》七卷，人民文学，1957年。
③ 胡念贻：《楚辞选注及考证》，长沙：岳麓书社，1984年。
④ 杨胤宗：《屈赋新笺》，北京：中国友谊出版公司，1985年。
⑤ 蒋天枢：《楚辞校释》，上海：上海古籍，1989年。
⑥ 谭其骧主编：《中国历史地图集》，北京：中国地图出版社，1982年10月。

陵阳县治所在地。又,《青阳县志·古迹》云:[汉陵阳县县治遗迹]古县治城基:在东至东冲桥(今陵阳车部附近),西至青明山许家桥,北至沿街头,南至霞公祠及西庄一带。建国后,街北唐家村建筑电力开关站时,曾挖出古城墙砖多块。[古街道]仅存一条长街,东西走向,分上、中、下三段,古石板路面尚存,上街旧有昭明殿,为纪念梁昭明太子萧统建,民国时毁于战火。[香池里]位于街北,为汉陵阳县县衙遗址。原建门坊石刻"香池里"三字,传为唐李白手书,抗日战争中被毁,现存门前荷形石柱和方形池塘各一。[南流桥]位于街北陵阳河上,桥石高齐屋脊,始建于明嘉靖间,桥头两侧嵌有重修石桥碑记多块。[沿街头]位于街北,为古城外围集市。民国时期建天主堂。现为陵阳乡中学校址。[东山湾石桥]在街东里许,原有大小古石碑各1,大者高5尺余,上有屈原在此踪迹的题刻(今已散落无寻)。据专家考证:战国后期,楚国大夫屈原放逐,曾顺流而下,驻足陵阳多年。《楚辞·九章》中两次出现吟咏"凌阳河"(即陵阳河)的诗句。(参见安师大教授陈怀荃著《东陵考实》、《分江水考实》等文)[仙人峰]在街西五里至黄石途中,传为汉陵阳县令窦子明入山修炼得道之地。今存有"陵阳子明炼丹处",故九华山又称陵阳山。[招隐山]今名东山,在街之东南。五代时建崇真观,民国时改为池州师范校舍,现为陵阳职业高中校址。①

(二)池州是东楚、南楚的"边角料"

明嘉靖《池州府志》(天一阁藏本)记载:池州府所辖贵池、青阳、铜陵、石埭、建德、东流县,"春秋吴地,吴灭属越;战国属楚,见春秋显王三十五年"。周显王三十五年,即楚威王六年(前334年),是年屈原约七岁。也就是说,屈原约七岁的时候,池州(包括陵阳)就属楚地了。现在的问题是王夫之、陆时雍、林云铭、蒋骥等所说的"陵阳",属不属于南楚的范围呢?池州的地理位置很特殊,既不明显属东楚,又不明显属南楚。我以为,安徽池州的陵阳,是东楚、南楚的"边角料",或者说是东楚与南楚的"结合部"。其理由如下:

1. 符合《越绝书》所说"屈原隔界,放于南楚"的范围。

司马迁《史记·货殖列传》云:"彭城以东、东海、吴、广陵,此东楚也";"衡山、九江、江南、豫章、长沙,是南楚也。"②自南宋洪兴祖认为"陵阳"作地名解以来,明、清之际的王夫之、陆时雍、林云铭、蒋骥、刘梦鹏、陈本礼等,均认为屈原在顷襄之世放逐安置地,是在安徽的陵阳及陵阳山区一带。屈原为楚国人,与吴越隔着疆界,所以称"隔界"。安徽池州"陵阳",地处东楚、南楚的结合部,亦符合《越绝书》所说"屈原隔界,放于南楚"的范围。③

---

① 《青阳县志》,合肥:黄山书社,1992年12月,第450页。

② 司马迁:《史记·货殖列传》,北京:中华书局,2000年1月,第2471页。

③ 张仲清:《越绝书译注》,人民出版社,2009年5月,第316页。

2. 寿春城遗址考古的收获。

据《史记·楚世家》载,楚国在寿春共建都19年(考烈王二十二年,前241年至秦破楚,前223年),秦灭楚后,寿春邑为九江郡治;西汉高祖十一年(前196年)为淮南王国都;元狩元年(前122年)国除,仍为九江郡治。而秦时,池州陵阳属庐江郡,与寿春仅隔一条大江,且距离邻近,此可参阅谭其骧教授主编《中国历史地图集》第2册《秦·淮汉以南诸郡》图(11-12);西汉时,池州陵阳属丹阳郡,与寿春仍仅隔一条大江,且距离邻近,此又可参阅谭其骧教授主编《中国历史地图集》第2册《西汉·扬州刺史部》图(24-25)。[①] 1983年,调查人员根据文献记载和寿县、凤台县、淮南市出土文物所提供的线索,先后调查了寿县十多个战国、汉代遗址后,经分析认为,寿县城关镇东南,包括今县城一部分,可能是楚寿春城遗址,并把这一区域作为考古调查的重点。在这个区域内,战国晚期遗物比较丰富,先后发现铭有“大府之器”的错银铜牛,鄂君启节的舟节和车节,楚金币5187.25克、10061克、3394.8克。

3. 池州曾有部分地域隶属豫章、九江、宣州管辖。

首先,在唐朝,宣州、池州、饶州、洪州上都督府、虔州、吉州、江州、袁州、鄂州、岳州、潭州中都督府、衡州、澧州、朗州、永州、道州、郴州、邵州、连州、黔州下都督府、辰州、锦州、施州、巫州、业州、夷州、播州、思州、费州、南州、溪州、溱州等,均在“江南西道”范围内。[②] 值得注意的是,宣州、池州地处“江南西道”的东端。

其次,唐武德四年,置池州,领秋浦、南陵二县;贞观元年,废池州,以秋浦属宣州;永泰元年,江西观察使李勉,以秋浦去洪州九百里,请复置池州,仍请割青阳、至德二县隶之,又析置石埭县,并从之;后隶宣州。

再次,建德县,唐曰至德,用年号也;五代改为建德。汉,属鄱阳、石城地。唐至德二载,始析鄱阳、秋浦地置至德县,属浔阳郡(明代为九江府);乾元元年,改隶饶州;永泰元年,改属池州。

最后,东流县,汉为豫章郡彭泽县地;唐置东流场;南唐保大十三年,析贵池晋阳乡,附东流场,置东流县,属奉化军(明代为九江府);宋太平兴国三年,才改属池州。

4. 边境条件造就了这块“边角料”。

安徽省的宣州与池州,地处“吴头楚尾”、“越头楚尾”,长期地处春秋战国时期的边境线上。春秋战国时期,各国辖境,难以详考;惟战国中叶,即公元前350年左右,可大致勾勒,这给我们研究屈原提供了方便。春秋战国之际,陵阳地处“吴头楚尾”,吴、楚两国军事力量频繁在此交战。因此,青阳县境内发现的这一时段文物遗存,大部分具有鲜明的

① 谭其骧主编:《中国历史地图集》,北京:中国地图出版社,1982年10月。
② 刘昫等:《旧唐书》,北京:中华书局,2000年1月,第1100-1118页。

吴、越、楚的文化特征。如前面所说到的庙前镇十字村龙岗古墓群。再如池州府境内的鹊头山,高耸临江,宛如鹊头。《左傅》昭五年:"楚以诸侯伐吴,吴败诸鹊岸。"《唐志》:宣城南陵县有鹊镇,盖因山置镇,山在鹊洲之头,故名。宋元凶劭之乱,武陵王骏自寻阳东讨,军于鹊头。孝建初南郡王义宣举兵江陵,东至鹊头。废帝末邵陵王子元为湘州刺史,行至鹊头,会晋安王子勋举兵寻阳,不敢进,子勋长史邓琬遣兵劫迎之。泰始二年子勋发兵东下,其将刘胡军于鹊洲,会张兴世营于钱溪,胡欲繇鹊头内路攻之,不果。既而袁覬以刘胡败遁,自鹊尾走至鹊头,与戍将薛伯珍皆走。梁承呈初王僧辩讨侯景,遣侯镇袭鹊头戍,克之。唐武德七年,李孝恭讨辅公祏,拔其鹊头镇。宋《系年录》:"绍兴二年命沿江岸置峰火台,鹊头山其一也。"旧志云:鹊头与庐江西岸鹊尾相对。似误。①

(三)池州是楚王同姓的人聚居地

司马迁说:"屈原者,名平,楚之同姓也。"([正义]屈、景、昭皆楚之族。王逸云:"楚王始都是,生子瑕,受屈为卿,因以为氏。")②王逸:《离骚经序》云:屈原任职三间,掌王姓屈、昭、景三族,"序其谱属,率其贤良,以励国士"。

今天的池州市,仍是众多熊、屈、景姓之人聚居的地方。如九华山麓的莲花峰下,就居住楚国江陵郡的一支熊氏望族,其南宋建炎二年戊申元旦九世孙熊仲芳拜撰的《熊氏始修宗谱序》、《华峰熊氏宗谱》卷三《侨迁地志》,将这支熊氏自涿鹿、丹阳、江陵迁至明代直隶青阳五溪槐花垅殿冲及繁昌等地的情况,说得清清楚楚,并绘图示之。又如东至县龙泉镇黄荆港村屈家、屈墩、屈湾组的屈氏后裔,至今仍然保存清光绪二十七年重镌的《荆桥屈氏宗谱》(残卷),其中有大宋元祐八年癸酉正月拜文林郎四十五世孙敏字愈严谨书的《荆桥屈氏源流序》。就是这个屈敏,曾任青阳大尹,授文林郎,是屈原第三子季敏的四十五世裔孙,也是迁徙黄荆港的始祖。既然池州这个地方是楚王同姓的人聚居的地方,因此也增加了屈原在这个地方较长时间停留的可能性。

顺便说一下,笔者寻找到的屈原长子孟师的一支后裔,如今生活在江西省上饶市波阳县三庙前乡樟潭村;屈原次子仲虞的一支后裔,如今生活在江西省九江市湖口县流芳乡的凤凰村(沙港)、城山镇东庄村(上南岭、下南岭屈家);屈原幼子季敏的一支后裔,如今生活在安徽省池州市东至县龙泉镇黄荆港村。以上三支屈原的后代,在我国第一大淡水湖——鄱阳湖畔繁衍生息,这是一个值得研究的课题。再一个,鄱阳湖畔的《屈氏宗谱》,均为"临海氏纂辑",这就与江苏及浙江境内于明代万历二十年(1592年)修撰的《荆桥临海郡屈氏宗谱》以及北京国家图书馆分馆所藏的道光十三年(1833年)修撰的《临海屈氏世谱》相联系,又是一个很值得研究的课题。

---

① (清)顾祖禹:《读史方舆纪要》,北京:中华书局,2005年3月,第1340页。

② 司马迁:《史记·屈原贾生列传》,北京:中华书局,2000年1月,第1933页。

(四)池州有屈原“三间庙”遗存

屈原是一位伟大的诗人,永远值得后人纪念。尤其是池州,在明代以前,就保留了四处屈原“三间庙”遗址。①

(1)池州城内,即城北望京门外(今百牙山西侧)。

(2)谷潭,即今贵池区涓桥镇谷潭圩附近的山上。

(3)李阳河,即今贵池区乌沙镇李阳河村(长江边上)。

(4)梓潼岭,即今石台县城关镇与丁香镇交界处。

① (明)嘉靖:《池州府志》卷五,宁波天一阁藏本。

楚辞与闽南文化研究

闽学视野下闽地的楚辞研究与骚体文学创作

汤漳平

作为闽学的开山之祖,朱熹一生致力于阐释儒家经典,尤其是继承并发展了二程的理气之学,并以此理论对传世经典进行训释,以构建其理论体系,从而成为集理学之大成的一代鸿儒,其著述多达一百馀种。儒学著作之外,他用力最勤且影响最大的是他晚年完成的一部《楚辞集注》。这一现象,自然引起后人的关注。姜亮夫在《楚辞书目五种》中说:"熹一生注儒家经典几遍,更不为他说所乱,独注《楚辞》,似与平生之业相远。"

一

在《楚辞》研究史上,朱熹的《楚辞集注》享有很高声誉,被认为是具有划时代的作用与集大成的性质,是楚辞学术发展史上的一个新高峰。当然,由于他以儒家的正统观念为圭臬,因而在强调屈原的"忠君爱国"思想的同时,又对屈原的为人、辞旨等有所保留。但瑕不掩瑜,他能从文学的角度和作品的实际来评价《楚辞》,使之摆脱汉儒说经的谬误,是《楚辞》研究上的一大贡献。

朱熹注《楚辞》的动机,前人已论及,其中为多数人所共识的是他借注《楚辞》为赵汝愚申冤。赵汝愚原是宋皇室宗亲,曾因拥立宋宁宗有功而位居右丞相,后因受外戚韩侂胄的迫害而贬官,不久暴死于湖南的衡州。赵汝愚和朱熹在许多看法上相近,赵之被贬乃至暴死,使朱熹十分不满,《四库全书总目提要》说:"周密《齐东野语》记绍熙内禅事曰:'赵汝愚永州安置,至衡州而卒,朱熹为之注《离骚》以寄意焉'"。朱熹的这一做法,开了借研究《楚辞》寄寓个人不同政见之先例,也影响了以后多代闽地学者,从而在楚辞研究史上形成具有鲜明地域文化的特色。

朱熹在三个方面对后代闽地学者影响深远:

一是其忠君思想。

这是由他所提倡的三纲五常之理所决定的,他在《朱子语类》中认为:"物物有个分别,如君君、臣臣、父父、子子。""君臣父子,定位不易,事之常也。"尽管朱熹毕生经历坎坷,但忠君之心,始终不改。

二是其注重气节的观念。

朱熹受其父朱松的影响，从年青时起便多次上书力言抗金，因而十分强调民族气节，曾提出“华夷之辨高于君臣之分”的主张，他讲“三纲五常”的名分，但并不是盲目的忠君，他从自己的亲身经历中，认识到当时朝政的腐败，指责“今上自朝廷，下至百司庶府，外而州县，其法无一不弊”。他在任焕章阁待制兼侍讲时，曾借为宋宁宗进讲《大学》时，面陈他的改革主张，而且直接提出“正君心”的理论，他说：“天下事有大根本，有小根本，正君心是大根本。”（《朱子语类》卷一O八）他要求皇帝“罢修葺东宫之役”“慰斯民饥饿流离之难”，甚至让他“下诏自责，减省舆卫”等。这样的逆耳之言，公然的“批逆鳞”，其后果可知。不久，宋宁宗便免了他的侍讲之职，甚至在朝廷中掀起一场反“道学”的斗争，称朱熹所倡的为“伪学”，其交往之士与弟子均为“逆党”，这便是南宋时期著名的“庆元党祸”。

三是强调“致知力行”的知行思想。

朱熹认为：“知行常相须，如目无足不行，足无目不见。论先后，知为先；论轻重，行为重。”（《朱子语类》卷九）他尤其注重“躬行践履”，并说：“只有两件事：理会，践行。”（同上）朱熹主要是从道德的层面来谈论人的道德知识与道德践履的关系，因而他反对口头上讲民族气节，而要求在实践中加以实行和体现。

朱熹的上述思想，对闽地士人影响巨大，从宋至清，是闽地文化的昌盛期，且历代延续不断。《宋史·地理志》已指出，自宋以来，闽人“多向学，喜讲诵，好为文辞”。清代李光地曾不无自豪地说：“吾闽僻在天末，然自朱子以来，道学之正为海内宗。”（《榕村集》卷十三《重修蔡虚斋先生祠引》）这个说法并非夸大虚滥之说，下面我们仅从闽地学者楚辞研究及骚体文学创作的状况作一分析，从一个侧面看出闽地学者所受的巨大影响，当然，这也是闽地士风的一个表现。

二

闽地学者之关注楚辞，据可考之资料，当始于北宋的黄伯思。黄伯思（1079－1118年），福建邵武人，元符三年进士，性好古文奇字，博学多才，官秘书郎。他有感于《楚辞》“此书既古，简策迭传，亥豕帝虎，舛午甚多”，因而“以先唐旧本及西都留监博士杨建勋及洛下诸人所藏，及武林、吴郡椠本雠校，始得完善”。写成《校定楚辞》十卷，并附《翼骚》一卷。他在其《序》中说：“自汉以还，文师辞宗，慕其轨躅，摛华竞秀，而识其体要者亦寡。盖屈宋诸骚，皆书楚语，作楚声，纪楚地，名楚物，故可谓之楚辞。若些、只、羌、谇、蹇、纷、侘傺者，楚语也；顿挫悲壮，或韵或否者，楚声也；湘、沅、江、澧、修门，夏首者，楚地也；兰、茝、荃、药、蕙、若、蘋、蘅者，楚物也。他皆率若此，故以此名之。”黄伯思的这段话，十分简括而明晰地概括出“楚辞”的特点,成为了后世人经常引用的至理名言。他的《校定楚辞》十卷,也是一部极有价值的楚辞善本,南宋朱熹作《楚辞集注》时,曾比较过北宋楚辞最重要的三家版本,认为黄伯思的《校定楚辞》十卷与洪兴祖的《楚辞补注》本优于晁补之的《重编楚辞》十六卷。可惜黄本到明代之后失传了。

自朱熹《楚辞集注》出,闽地学者历代皆有从事楚辞研究的,而且其中多部为楚辞学史上影响深远的重要著作。据《楚辞学通典·典籍》载,现存的传世楚辞研究专著,自西汉刘安《楚辞》起,迄清末颜锡名之《屈骚求志》,共列著作112种,然有数种今已不传,实际不足110种。在这一百馀种专著中,闽地学者所著者有十三种之多,朱熹之后,宋末元初有谢翱(长溪人)的《楚辞芳草谱》,明代有陈第(连江人)《屈宋古音义》、郭维贤(晋江人)的《楚辞》、林兆珂(莆田人)的《楚辞述注》、黄文焕(永福人)的《楚辞听直》、何乔远(晋江人)的《释骚》等;至清,有林云铭(侯官人)之《楚辞灯》、李光地(安溪人)之《离骚经九歌解义》、许清奇(漳州人)之《楚辞订注》、龚景翰(闽中人)之《离骚笺》等。其数量占古代传世楚辞专著之十分之一强。闽地僻居东南一隅,开发时代较迟,能有如此数量众多的楚辞研究专著流传至今,已是极为不易的,而更为重要的是,这些著作,大多都有较高的学术价值。1923年游国恩在《楚辞概论》列举的“楚辞注家”三十家中,闽地学者朱熹、陈第、黄文焕、林云铭、李光地、龚景翰的六部著作均被介绍,占其总数五分之一。而1981年姜亮夫在《楚辞今绎讲录》中,列举历代楚辞研究专著十四种,朱熹、黄文焕、林云铭、李光地、龚景翰的五部著作列入其中,占总数的三分之一强。

闽地学者的这十馀部楚辞研究专著,其作者都具有强烈的关注现实的倾向。如前所说,朱熹之注楚辞,饱含了他对当时朝政的密切关注和对国家前途安危的关切之情。南宋遗民谢翱,曾率领军队与文天祥并肩作战,抗击元军,宋亡后坚持民族气节。陈第是著名抗倭名将俞大猷的部属,深受器重,教以兵法,并以军功而任游击将军,把守长城古北口。何乔远在朝期间,同情东林党人,并与之声息相通,是位有强烈正义感的官员。黄文焕则因与黄道周关系密切,当黄道周被陷害,指为伪学时,黄文焕以黄道周的朋党罪名同时被捕下狱。黄道周在明末清初,独负经国济世大任,亲率义军与清军激战,兵败被俘后,不屈而死。清代的李光地与林云铭,均为康熙时人,亲历三藩之乱,不肯屈从据守闽地的耿精忠,李光地逃至深山,聚众抵抗,并派人向朝廷献破闽之策,深受康熙嘉许;林云铭则因不屈服而被囚十八个月之久,耿精忠败亡后才得以解脱。生活年代稍后的龚景瀚长期在西北任地方官,并多次从事军旅生涯,以有才干著称于时。从上述情况可知,闽地的学者无论其身居高位或身陷牢狱,均以国事为重,注重气节,勇于任事,这些闽地学者的士风,应当与朱熹的倡导与身体力行有关。

朱熹之后,闽地学者师徒之间,递相承传,闽学日益昌盛,方勇先生在《南宋遗民诗人群体研究》书中曾指出:

事实上,福建的学子们正是遵循着朱熹所指引的道路前进的。尤其在宋末元初民族矛盾十分尖锐的时候,他们更加重视务实躬行,把坚守民族气节看得高于一切。如元初,"朝廷以东南儒学之士惟福建、庐陵最盛"而屡遣使者往闽中搜访遗逸,但他们大多以气节相标榜,坚决拒绝蒙元的屡屡征聘。

方勇先生列举当时闽地学者中著名人物有:熊禾、陈普、丘葵、韩信同、黄镇成、赵必晔、刘边等,这些人士,从闽北到闽南均有,如赵必晔为晋江人,丘葵为同安人。闽中各地,各有其代表人物。

前面我们所提到的闽地学人中喜好楚辞及骚体文学创作的,往往都能找到他们和闽学之间密切的关系,有的是在理学的氛围中成长的,如谢翱,其父便是位笃信理学的学者,他从小便深受其父影响。有的学者本人即为一代之理学大师,如朱熹之于宋,黄道周之于明,李光地之于清,其地位均非他人所能替代的。

自宋之后,国家多难,元、明、清及近代,国家、民族每有灾难,均可见闽地士人拍案而起,以赴国难,虽以身殉国,而志节不改者,这与朱熹所创之闽学之正面影响不无直接关系。

三

十馀部流传至今的闽地学者之楚辞研究专著,呈现出如下明显的特征:

其一,受士风的影响,闽地学者的楚辞研究,其动机显然和一般学者的研究有别,也就是说,他们往往是带着明显的目的来进行研究的。

黄文焕的《楚辞听直》即为显例。是书取名"听直",源于屈原《九章·惜诵》,屈原因受谗被疏,内心愤懑,因作《惜诵》,发愤以抒情,希望上天能组成最有权威的法庭来审理这一冤案:"令五帝以折中兮,戒六神与向服。俾山川以备御兮,命咎繇使听直。"咎繇,传说中为舜帝掌管法律的最公正的法官。听直即听讼断狱。他在《自序》中说:

> 朱子因受伪学之斥,始注《离骚》;余因钩党之祸,为镇抚司所罗织,亦坐以平日与黄石斋前辈讲学立伪。下狱经年,始了《骚》注。屈子二千馀年中,得两伪学之洗发,机缘固自奇异。而余抱病狱中,憔悴枯槁,有倍于行吟泽畔者。著书自贻,用等招魂之法。其惧国运之将替,则实与原同痛矣。惟痛同病倍,故于《骚》中探之必求其深入,洗之必求其显出……

从这段序文中,我们不难体会出作者的内心激愤之情。国运的更替,异代而同悲,实在令人感慨不已!谢翱因宋危而愤起,国亡而不改气节,他的密友方凤在《谢君翱行状》中说他“慕屈原怀郢都,读《离骚》二十五,托兴《远游》,以‘晞发’自命。(谢翱自为诗集取名《晞发集》)”他作《楚辞芳草谱》,自然不是漫无目的的。陈第以历经百战之身,见朝廷之腐败,名将之沦落,遂辞官返乡,研习古音,作《屈宋古音义》,不独探其古音,且亦为之释义,字里行间,莫不透露其对国事的关切。至林云铭,其任安徽徽州府通判期间开始注《楚辞》,返乡之后,适耿精忠叛,书毁于兵燹。寓居杭州时再注《楚辞》,但却又毁于一场火灾,他依然负有一种使命感,“杜门追记,并补未注诸篇”,终于于次年完成全书。他如此孜孜不倦地为《楚辞》作注,是引《楚辞》为“异代知音”,“以抑哀愤”(《楚辞灯·自序》)。由于研究者研习既深,在撰作时又融入个人的深切情感,因而其成果自然非同寻常。

其二,继承朱熹开创的楚辞义理的研究。

著名楚辞学家游国恩在《楚辞概论》一书中,曾将历代楚辞研究的状况作一区分,他说:

> 自汉至今,注《楚辞》者不下百馀家,然大别可分为四派:一为训诂派,王逸为代表;一为义理派,朱子、王夫之为代表;一为考据派,吴仁杰、蒋骥等可为代表;一为音韵派,陈第、江有诰等可为代表。其中也有以义理而兼考据的,如朱熹、黄文焕等是……

短短一段话,其所列举的代表人物,便有闽地学者数人,从这里也可见闽地学者在这一领域中的重要贡献。这其中,最明显的特点,我们认为还首推对楚辞义理的阐发。何谓“义理”?姜亮夫在为黄中模《屈原问题论争史稿》所作的《序》中说:“义理家,是略陈或详说每篇每章乃至每句的大义理论。”这其实是古典文学研究中最重要的一环,即在考证、训诂的基础上,如何更好地理解作品的思想内容,篇章结构,段落大意乃至艺术表现形式等,是文学研究最重要的内容。义理的阐发并非自朱熹开创,自有楚辞研究始,前代学者便开始了对其义理的阐发,《史记·屈原列传》中保存刘安对屈原的评价,司马迁在此传中对屈原及其作品的赞语,刘勰《文心雕龙·辨骚》篇以及有幸流传至今的王逸之《楚辞章句》、洪兴祖的《楚辞补注》等,无不有众多义理阐释的内容,那么,为什么独推朱熹为义理派的代表?这是因为朱熹的楚辞研究,打破了过去楚辞研究中重训诂考据而对篇章所表露的作者的意旨阐发不足的倾向。在《楚辞集注》中,他在总结前人的得失的基础上,注重以整体把握全局,破除以往的重复繁琐与穿凿附会之弊,一改汉人注经之陋习,并自觉地以文学的眼光解说楚辞。因此,如同他的《诗集传》一样,《楚辞集注》不仅被视为楚辞研究史上集大成之作,也被认为是研究思想和方法上的一大解放,具有划时代意义之作。朱熹之后,闽地学者的研究成果多承传其法。黄文焕之《楚辞听直》,因其特殊遭遇而与朱熹成为异代知音,《楚辞听直》中对屈作的界定,作品的创作时地与篇次的编排,以及破除经学的束缚与影响,还其作品的本来面目等方面均取得较大成就,因而为后人所重视。到了清代,林云铭的《楚辞灯》更是一部以文学观念认识楚辞的重要著作。《楚辞灯》对所收录的楚辞作品逐篇逐句进行诠释,分段疏解,篇末总括全篇,论其主旨,以便于人们对楚辞作品的认识与理解,且注释亦求简要明了,故姜亮夫认为,林云铭"完全以文章次序做基础来搞《楚辞》,因此读别人的注读不懂,读他的《楚辞灯》就可以读懂。他的注文从字顺。……拿文学的眼光看,他的注是好的"。李光地、龚景瀚等人的楚辞研究,也均具上述特色,这里就不多说了。

其三,在传承中求新变,从而展示出各自的特色。

闽地学者虽在总体上传承朱子的重义理阐释的特点,然亦不规规于旧说。赵沛霖先生论元代的《诗经》研究时,曾批评元人不敢突破朱熹《诗集传》的框框,只以传承为荣耀,从而出现千篇一律,千人一面,少有创新的状况(《〈诗经〉学的神圣化与元代〈诗经〉研究》,《中州学刊》2002 年第一期)。然而,纵观闽地学者的《楚辞》研究,却能在闽学视野下不断创新和发展。我们前面提到从朱熹到黄文焕到林云铭,在对楚辞义理的分析可说是越来越深入,越全面,后继者并不怕对朱熹的看法提出不同见解。如黄文焕在《楚辞听直》中,对朱熹提出的屈原之为人,其志行"或过于中庸而不可以为法"之说提出反驳,极言"夫臣之于忠,只有不及耳,安得过哉!……世固谓原之可以不死,而未知原之必不可不死也。原不死即不忠,别无可以不死之途容其中立也。……知此而原之死必无可宽,原之忠何可诋也"。林云铭之《楚辞灯》,不囿于旧说,尤其对屈原作品创作时地考证,皆突出前人藩篱,如《九章》,从王逸到朱熹,均将其定为屈原被放逐江南后所作,但林云铭认真考察了当时的历史背景,写成《楚怀襄二王在位事迹考》,并以此为基础,重新判定屈原作品的创作时地,将《九章》中的《惜诵》、《思美人》、《抽思》判定为怀王时期的作品,这一看法,得到今日众多学者的认同。而明人陈第的《屈宋古音义》,更是一部注重于创新之作。该书与《毛诗古音考》同为研究古音的重要著作,尤其对朱熹在《诗集传》与《楚辞集注》中所极力推崇的"叶韵"说进行批评,破除传统的"古无定音"的观点,提出"时有古今,地有南北,字有更革,音有转移,亦势所必至"。这一对古音韵规律的揭示,成为我国古音学研究的理论基础。

闽地学者在研究中能够不断地在继承前贤成果的基础上,通过自己的认真学习和思考,广泛而深入地占有大量第一手资料,不断破除旧说,创立新论,从而大大推动了楚辞研究的发展,在楚辞研究史上写下了重要的篇章。闽地学者这种勇于开拓、勇于创新,坚持真理,实事求是的学风和文风,仍然值得我们今日继承和发扬。

四

除了在楚辞研究方面,闽地学者卓有成就外,在继承骚体文学的传统,进行骚体文学创作方面,闽地学者同样取得重要成就。鉴于笔者视野有限,这里尚难以对此作出全面的论述。然而,我们在此仅举数例,即可见出闽地学者在这方面所取得的重要成就。

笔者在编撰出版的《楚辞学通典》中,曾对历代骚体文学作品进行了一次梳理,其中有部分作品,为闽地学者所作。如北宋时,著名学者蔡襄(仙游人)著有《慈竹赋》,该篇咏物赋在赞叹慈竹的千姿万态同时,以竹喻人,高扬其既孝且义的品格,托物言志,为咏物赋中的佳品。从传承而言,该赋当是屈原《橘颂》之一脉。北宋还有一位王回,侯官人,写有《责难赋》,是一篇说理的赋作,旨在说明臣子应当劝勉人君走正道,行善事,赋作夹叙夹议,引史证事,层层深入,义正辞严,显示宋人以理入赋、以理入诗的特点。

南宋的朱熹不仅研究楚辞,也爱好骚体赋,他在《楚辞集注》的《楚辞后语》中,收录了历代绍骚之作五十二篇,并为部分篇章作序。同时,他也创作了部分骚体赋,《楚辞学通典》中收录朱熹创作的骚体赋三篇:《感春赋》、《招隐操》、《空同赋》。其《感春赋》是一篇自抒情怀的作品,既有对怀才不遇的哀怨和感伤,又有对接续儒家道统的神圣使命感;《招隐操》顾名思义,作者以《楚辞》中淮南小山作《招隐士》为题,推其遗意,作品分前后两部分,通过招者和隐者双方之口,对不同审美取向下的山中景色进行描绘,文字并不长,但写景却别有风味。《空同赋》则描写其体悟哲理,战胜虚妄的心理状态。三篇赋作取材各不同。此外,晚于朱熹的刘克庄(莆田人)是南宋诗词创作的高手,他曾作《诘猫赋》,这是一篇具有很强现实意义的讽刺赋作,作者有感于朝廷中党争激烈,而谏官诬害良善,为虎作伥的丑恶现实,以猫为喻,不仅不捕鼠除害,反而胡作非为,祸及无辜,此赋当继承东汉赵壹的《刺世疾邪》及唐代柳宗元等的赋作之批判精神,刘克庄今存赋十篇。

这里特别要提到的是南宋遗民谢翱。谢氏是一位具有强烈民族气节的诗人,他不幸而身经战乱,救国无门,宋亡后元人到处追捕他,他不得不窜逃于浙西、赣北一带,归家不得。国破家亡,流离失所的生活,更使他对屈原产生异代知音之感,他除了作有《楚辞群芳谱》外,其诗词创作,更是多有楚音楚调,他将自己所作诗集取名《晞发集》,其名即来自《楚辞·九歌·少司命》:"与女沐兮咸池,晞女发兮阳之阿。"他的诗作中,大量使用楚辞中的典故和意象,以表现其悲愤的心情,故其友人说他"慕屈原怀郢都,读《离骚》二十五,托兴《远游》,以'晞发'自命"。他也创作楚歌作品,在文天祥去世九周年纪念日时,他曾约同友人,登西台(严子陵钓台)悼念,以铁如意击石,并作楚歌以招其魂:

> 魂朝往兮何极?暮归来兮关塞黑,化为朱鸟兮有咮焉食?(载《西台恸

哭记》)

在得知谢枋得被元军俘后,绝食而死时,谢翱便作《广惜往日》以示怀念,这首诗也同样是以楚歌写成的。他还仿《九歌》创作了反映浙西民间迎神巫风作品《饮飞庙迎神引》等。谢翱的作品,感情激越,读之令人悲愤之情油然而生。

这里我们特别要提到晚明著名学者,以文章气节高天下的闽南漳浦人黄道周。《楚辞学通典》在历代楚辞作家中,收录黄道周的骚体文学作品最多,共有:《謇骚》(九章)、《续招魂》(三章)、《续离骚》(两章)、《九绎》(十一章)、《九盭》(十一章)、《九诉》(九章)、《刘招》、《丛骚》(十五章)、《续〈天问〉》,其中许多章都可独立成篇,因此如以章论篇,则多达六十二篇。这些作品,反映生当末世的黄道周对社会黑暗,贤人失路,世态炎凉及人生价值的思考。文如其人,作品均借骚辞言志,感情真切,读之令人鼻酸。姜亮夫在《绍骚偶录》中认为,黄道周的绍骚之作"有真情悃志,非无痛呻吟者比也"。尤其他的《謇骚》九篇,作于其被囚禁的南京尚膳监狱中,离英勇就义仅一月,是时,"悲感杂沓,灵爽倏忽,与三闾大夫为朋,而'高皇'二字,相为上下。其中抑辖懰戾,有古今同慨者。使后人揽观,……不知涕泪之流落焉"。(邵懿辰《题黄忠端公〈謇骚〉后记》,《半严庐遗文》卷二)黄道周创作的骚体文学作品不仅数量多,且篇章体制也超越前人,如《续离骚》两章,洋洋洒洒,长达九千馀言。而屈原之《离骚》,不过三百馀句,二千馀言。因此,黄道周骚体文学作品,已是规制空前,恐怕也是绝后的。

从上述可知,闽地学者从宋代以来,不仅在楚辞研究上成果迭出,各具特色,其骚体文学创作也内容丰富,成就卓著,是值得我们认真学习、研究加以继承的十分珍贵的文化遗产,可惜的是,我们在这一方面的研究实在是很浅陋的,许多重要成果至今未能加以整理,更谈不上深入研究了。本文从闽地学人楚辞研究与骚体文学方面进行的梳理工作,不过是闽地文化的一个侧面,然而其中所体现的历代闽地学人的注重现实,关切国家兴亡大事的爱国情操,实事求是而又创新发展的历程所形成的良好学风文风,尤其值得我们今天认真学习和发扬。

黄道周《刘招》考论

漳州师范学院中文系　陈良武

文学史上,常有因某一篇作品的成功而奠定一种新的文学创作体式的情况。就楚辞而言,其中有多篇以“招”字为题之作,并且因其恢弘阔大的体制规模、光怪陆离的奇幻世界、感人肺腑的真情悃志而影响深远。这种影响表现之一,就是屈、宋之后,历代不乏以“招”为题的拟骚之作,其中颇有流传深远之佳作。略而言之,自《招魂》、《大招》、《招隐士》之后,则有范缜《拟招隐士》、柳宗元《招海贾文》、皮日休《反招魂》、吕大临《拟招》、朱熹《招隐操》二阙、卢柟《放招赋》、尤侗《反招魂》、汪琬《反招隐词》等。这些拟作,或续衍屈原之意,或反其意而为,体制规模大体相似,成就高下各有区别。此类作品不妨称之为“拟《招魂》体”。从现在流传下来的历代楚辞作品看,晚明漳海黄道周无疑是“拟《招魂》体”创作的代表性人物。

一

黄道周(1585－1646 年),字幼玄,号石斋,漳浦铜山(现东山县)人。天启二年进士,历官翰林院编修、右春坊右中允、左谕德兼翰林侍讲、詹事府詹事兼翰林侍读学士等。隆武时,晋少保兼太子太师、吏部尚书、武英殿大学士,率师北上抗清,兵败婺源,被俘殉国,谥忠烈,赠太师文明伯。后乾隆赞其为“一代完人”,得专谥忠端。黄道周为明季著名学者,少贫苦学,博通经史,一生讲学、著述不辍,理学、经学、诗文成就卓然自成一家。其中,特别引人注意的是,黄道周仅骚赋作品就有《謇骚》(九章)、《续招魂》(三章)、《续离骚》(两章)、《九绎》(十一章)、《九蟼》(十一章)、《九诉》(九章)、《刘招》、《丛骚》(十五章)、《续〈天问〉》等九篇六十二章,数量之多实属罕见。黄道周生于衰世,报国之志与现实窘境的矛盾所激起的悲愤都通过其骚赋作品得以宣泄,具有“古今同慨”的艺术感染力。黄道周的骚赋作品,其“大体以屈赋中语义,与个人遭遇及明季惨痛之事相糅合而为此。故有真情悃志,非无病呻吟者比也”。①

黄道周“拟《招魂》体”作品计两篇,凡四章,包括《续招魂》三章(《号招第一》、《广招第二》、《礼魂第三》)和《刘招》一章。《楚辞学通典》谓《续招魂》三章“文意似非姜亮夫

---

① 姜亮夫:楚辞书目五种[M],北京:中华书局,1961,第 451 页。

所言‘申《招魂》之意而扩大之’(《绍骚隅录》),无甚所指,依第一章《号招》末句‘予母予子,易以为恃,魂尚归来号’之意,当为招其父魂”。[①] 在此基础上,于浴贤结合黄道周一生的追求,多有发明,指明《续招魂》三章同《续离骚》两文并非“无甚所指”,而是借抒写失怙之痛,将孝子事亲与忠臣事君二者统一在贯穿于黄道周一生的孝道观上。[②]

《刘招》是黄道周“拟《招魂》体”作品中较为独特的一篇,载《黄漳浦集》第36卷,由序文、正文、乱辞三部分组成。序文首先设想楚国遭乱,“将逐诸宗之服美者”,景差与其事,而其时屈原未死,遂与巫涓共招之。正文中,屈原、巫涓分别设辞以招其归来。巫涓虽“从故土亲情、他乡孤苦、独行无依等人事方面切切以劝”,[③]但屈原以为其“辞縶而不旷”,故又“外陈四方之恶,内崇楚国之美”[④],反复呼号以招之。乱辞反复申说招魂之意,收束全篇。[⑤] 从文本本身看,作品仿《招魂》体制,从人物设置、内容安排、结构形式、遣词造句均为模拟《招魂》,故《楚辞学通典》结合序文“楚将逐诸宗之服美者”几句,认为其系“招贤之辞”。[⑥]

仅从《刘招》文本本身看,“招贤”之说也可说通,但是,细细深究,却有一个问题无法解释。《楚辞学通典》虽谓《刘招》为“招贤之辞”,但对于所招者何人,却未曾言明。如此,则此篇似乎成了纯属模拟之作。由前对《续招魂》等作品的分析可知,黄道周的诗文多有为而作,《刘招》同样应该不会是“无甚所指”,应该别有寄托才对。遗憾的是,黄道周身后著述散佚严重,其“文章欲坠于地,犹秋蓬耳”(洪思《收文序》)。[⑦] 文献不足征的现实使后人很难了解黄道周创作《刘招》的初衷。因此,只有爬梳文献,揭示黄道周创作《刘招》的相关背景,才有可能准确而全面地把握该篇的主旨倾向。

二

细读《刘招》,可以发现一个颇令人费解的现象,即作品题名《刘招》,但除了在题目中着一“刘”字外,通篇模拟《招魂》而未及“刘”字。因此,明了这个“刘”字无疑是解读这篇作品的关键。

由于《刘招》本身没有提供明晰的内证材料,因此,要解决这个问题只能由搜集外证的途径进行。其中,搜检黄道周知交、师友文集中的相关材料不失为一条可靠的路径。

---

① 周建忠,汤漳平主编:楚辞学通典[M],武汉:湖北教育出版社,2003年,第130页。

② 于浴贤,黄道周:《续离骚》《续招魂》新探[J],泉州师范学院学报,2011年第5期,第17-21页。

③ 周建忠,汤漳平主编:楚辞学通典[M],武汉:湖北教育出版社,2003年,第132页。

④ 王逸:楚辞章句[M],《四库全书》本,卷九。

⑤ 黄道周:明漳浦黄忠端公全集 [M],道光十年刊本,卷三十六。

⑥ 周建忠,汤漳平主编:楚辞学通典[M],武汉:湖北教育出版社,2003年,第132页。

⑦ 黄道周:明漳浦黄忠端公全集 [M],道光十年刊本,卷首。

黄道周好友文震亨《文生小草》有《题黄孝翼盟丈浮园》一首,诗云:

倦游聊结小团蕉,笻屐萧闲已挂瓢。姬媵但容梅作诗,尊罍时与竹相邀。

皇居云物瞻双开,名士风流慕六朝。却笑尔家玄太史,漫从千里寄《刘招》。①

黄孝翼系闽地笼溪人,为黄道周同乡好友。“玄太史”即指黄道周。黄道周字幼玄,曾预修神宗实录,故称其“玄太史”,《黄漳浦集》中也屡见其以史官自称者。因同为黄姓,故文震亨才有“却笑尔家玄太史”之言。对于结句“漫从千里寄《刘招》”,诗人自注云:“黄幼玄先生赋《刘招》以规渔仲之游。时同寓南中,皆闽人也,故及之。”由黄孝翼自注可知,黄道周赋《刘招》的目的是“以规渔仲之游”。据《皇明四朝成仁录·嘉兴起义诸臣传》、《漳州府志》等文献可知,渔仲即刘履丁,闽漳州人,黄道周之高弟,“聪明绝人,字画篆刻皆极其妙,博物好古,诗深□自成一家”。②崇祯间以诸生应召辟,除郁林州知州,兴学除弊,颇有政声。渔仲是刘履丁的字,这恰好对应了《刘招》之“刘”。因此,《刘招》实为“招刘”之倒文,《刘招》之“刘”即为刘履丁。

关于刘履丁与黄道周《刘招》之关系,钱谦益的诗文集为我们提供了更多的佐证材料。钱谦益跋文《书黄宫允石斋所作〈刘招〉后》一文中有“漳浦刘渔仲挟策游吴,经年未归。黄宫允石斋作《刘招》以招之”③数语,可作为文震亨诗歌自注的注脚,从另一个侧面表明了《刘招》所招的对象。

这里,黄宫允石斋正是黄道周。钱谦益与刘履丁的相识,源自黄道周,钱谦益《漳浦刘府君合葬墓志铭》中“余之识履丁以其师”④之语是为明证。刘履丁“挟策游吴”,其相关情形同样可以从钱谦益的诗文中找到许多材料。试举两例:

其一,《牧斋初学集》有《丙子中春日茂苑相公谢政遄归招邀宴赏余与其仲启美张异度徐九一刘渔仲追陪信宿游虎丘支硎诸山记事四首》⑤及《次刘渔仲留别韵》⑥二首。从留别的两首诗看,钱谦益对刘履丁的评价与期望颇高,如第一首的“兰台好献雄风赋,莫漫微词及宋邻”,第二首的“早办枚皋传檄手,莫夸词赋似相如”。

① 文震亨:文生小草[M],明崇祯刻本。
② 屈大均:皇明四朝成仁录[M],明文书局印行《明代传记丛刊》本,卷七。
③ 钱谦益:牧斋初学集[M],上海:上海古籍出版社,1985年,第1793页。
④ 钱谦益:牧斋初学集[M],上海:上海古籍出版社,1985年,第1346页。
⑤ 钱谦益:牧斋初学集[M],上海:上海古籍出版社,1985年,第343页。
⑥ 钱谦益:牧斋初学集[M],上海:上海古籍出版社,1985年,第347页。

其二,《列朝诗集·丁集》关于另一位漳州人董养河有段记载:

养河,字叔会,漳州人。以诸生受辟召,官户部主事。丁丑岁,待诏长安,与黄孝翼、刘渔仲偕游于吾门。闽人而吴学者,三子也。孝翼、渔仲皆就官州邑,渔仲死于兵;叔会、孝翼皆未知其存否。录叔会诗,为之三叹。①

董养河系黄道周同乡宿友,曾于崇祯十三年黄道周遭谗言下诏狱时词连入狱,与黄道周、叶廷秀三人于西库狱中互为酬唱,抒写情怀,后以《西曹秋思》传世。联系上文所引文震亨《题黄孝翼盟丈浮园》,不难推知,当时与刘履丁同时优游吴下的,当还有董养河、黄孝翼等同乡好友。同乡知交,流连吴下,经年不归,故黄道周作《刘招》以招之。

《刘招》系为招刘履丁而作,不仅有如上所述之文献材料为证,而且有传世碑刻资料为证。苏州网师园藏有黄道周书《刘招》石刻,笔者两年前曾委托友人拍摄到其照片若干幅。经与《黄漳浦集》所录《刘招》对校,二者文字略异,可为《黄漳浦集》的整理提供校勘资料。尤为值得注意的是,《刘招帖》石刻文末有一段未见于《黄漳浦集》的文字,其署曰:"右《刘招》为刘鱼公作也。鱼公既远出,久而不归,念其才行之美,室人怀思,因作是篇云。乙亥秋九月道周书。"

这里的乙亥年为崇祯八年,"刘鱼公"当即刘履丁,因刘履丁字渔仲,故黄道周以鱼公尊称之。此时,黄道周正讲学于榕坛,而刘履丁则优游于千里之外的吴下,并于次年(丙子年)秋与冒襄等4人歃血于金陵顾楼。冒襄辑《同人集》卷五有《五子同盟诗》,汇辑了陈梁(则梁)、张明弼(公亮)、吕兆龙(霖生)、刘履丁(渔仲)吟咏此事的诗作。其中,陈梁所咏《丙子桂月之朔,同公亮、霖生、渔仲、辟疆盟于眉楼即席放歌》②载明了五人盟誓的确切时间。关于刘履丁与冒襄等4人歃血盟誓一事,冒襄《往昔行跋》亦有记载:

"……适余与陈则梁、张公亮、吕霖生、刘渔仲四兄,刑牲顾楼,则梁兄曰:'吾郡魏子一忠孝人才,吾弟不可不交。'"③

因此,当黄道周得知刘履丁近况而"念其才行之美",兴"室人怀思"之情,作《刘招》以招之是极其可信的。唯有如此,前引文震亨"漫从千里寄《刘招》"之语才真正落到了实处。

① 钱谦益:列朝诗集小传[M],上海:上海古籍出版社,1983年,第650页。
② 冒襄:同人集[M],冒氏家藏原刻本,卷五。
③ 冒襄:同人集[M],冒氏家藏原刻本,卷九。

综上,黄道周师友诗文和黄道周书《刘招帖》碑刻"二重证据"互相印证,相互发明,缺一不可。《刘招》确系黄道周因刘履丁远游吴下"久而不归"而作,而且应该就作于崇祯八年于榕坛讲学之际。

三

黄道周作《刘招》以招刘履丁,其良苦用心不是后人都可以洞察的。刘履丁游于吴下,交结包括钱谦益在内的吴地文人,本是游学方式之一种,也是当时士人生活常态之一种,黄道周何以招之?前引文震亨诗"却笑尔家玄太史,漫从千里寄《刘招》",一"笑",一"漫",流露的虽是调侃的语气,但其自注"黄幼玄先生赋《刘招》以规渔仲之游"一个"规"字表明了其对黄道周真实意图的理解。以文震亨的理解,黄道周作《刘招》,不仅是"招",更是"规"。"招者,召也。以手曰招,以言曰召。"①规者,规劝、规谏。《诗·卫风·淇奥序》谓武公"能听其规谏,以礼自防"。《疏》曰:"正圜以规使依度,犹正君以礼使入德,故谓之规谏。"②可见,所谓"规"字,其体现的深层内涵就在于"以礼使入德",换言之,即以礼约束,使能"非礼勿视,非礼勿听,非礼勿言,非礼勿动"③,最终成就仁者之德。

刘履丁游历江南,不仅游学,也出入秦淮风月场所。对于刘履丁出入烟花之地的具体情形,文献中虽未见有详细记述,但从相关零星记载来看,这绝不是杜撰之词。除了前引《同人集》外,余怀《板桥杂记》同样记载了这则轶事:

> 岁丙子(崇祯九年),金沙张公亮、吕霖生,盐官陈则梁,漳浦刘渔仲,雉皋冒辟疆,盟于眉楼。则梁作盟文甚奇,末云:"牲盟不如臂盟,臂盟不如神盟。"④

刘履丁等人盟于眉楼,而眉楼是秦淮八艳之一顾媚的居室,即前文所谓"顾楼"。《板桥杂记》说顾媚"家有眉楼,绮窗绣帘,牙签玉轴,堆列几案,瑶琴锦瑟,陈设左右,香烟缭绕,檐马丁当",并戏称之为"迷楼"。⑤ 接下来的记述值得关注:

> 当是时,江南侈靡,文酒之宴,红妆与乌巾紫裘相间,座无眉娘不乐。而尤艳顾家厨食品,差拟郇公李太尉,以故设筵眉楼者无虚日。⑥

---

① 王逸:楚辞章句[M],《四库全书》本,卷九。

② 郑玄笺,陆德明音义,孔颖达疏:毛诗注疏[M],《四库全书》本,卷五。

③ 朱熹:四书章句集注[M],北京:中华书局,1983年,第132页。

④ 余怀:板桥杂记[M],清康熙刻说铃本,卷下。

⑤ 余怀:板桥杂记[M],清康熙刻说铃本,中卷。

⑥ 余怀:板桥杂记[M],清康熙刻说铃本,中卷。

金陵为都会之地,其"衣冠文物,盛于江左;文才风流,甲于海内。白下青溪,桃叶团扇,其为艳冶也多矣"。① 在这里,公侯、富商云集,佳丽粉黛,歌舞升平。士人放浪形骸,流连其中,意志往往消磨于温柔乡中。此种情形,尤以晚明为甚,连当时的一批复社名士也难以免俗。全祖望《记石斋先生批钱蛰庵诗》云:

明人放浪旧院,名士多陷没其间,虽以范质公、吴次尾、方密之、姜如须、冯跻仲、黄太冲亦不免焉。王玄趾为蕺山先生门下,亢狎于此。②

对于"江南侈靡,文酒之宴",黄道周是有亲身体验的,只是他持身谨严,"造次必于礼法",③真正做到了"以礼使人德"。方苞《石斋黄公逸事》所记述的正是如此。极为巧合的是,方苞文中的那个青楼女子有人推测可能正是后来嫁给龚鼎孳的顾媚。那么,刘履丁呢?他能否做到以礼持身呢?这可能正是黄道周所担心的。

黄道周有此种担心,不是毫无缘由的。钱谦益《秋日杂诗二十首》,其第十九首有助于了解刘履丁之为人。

吾徒刘渔仲,漳海一怪民。尊己卧百尺,藐人直半文。但求一人知,不顾举世嗔。石斋礼法人,天刑戒谆谆。洒泣作《刘招》,未死招其魂。西陵短冯生,卓荦亦等伦。乱世干网罗,傭雇全其身。举举鲜华子,蒙头灰涸尘。吾衰失二子,跉踔嗟半人。冯生盍归来,从我东海滨。④

根据《牧斋有学集》总目可知,此诗作于康熙元年(1662年),距石斋就义已16年,距刘履丁死难则为15年。此时的钱谦益风烛残年,两年之后溘然离世。诗为追忆黄道周、刘履丁二人所作,并因忆及黄道周作《刘招》而生发出为黄、刘二人招魂之意。从诗中可以看出,刘履丁为人拓落,不拘礼法,言行颇异于时人,故钱谦益目之为"漳海一怪民"。

刘履丁在眉楼之盟上,有《五交行》一首,分咏与其事的五人,从诗中最后对自我的描述中亦可以想见其为人:

① 余怀:板桥杂记[M],清康熙刻说铃本,序。
② 全祖望著,朱铸禹汇校集注:全祖望集汇校集注[M],上海古籍出版社,2000年,第1819页。
③ 方苞:望溪集[M],《四库全书》本,卷四。
④ 钱谦益:牧斋有学集[M],上海:上海古籍出版社,1996年,第593-594页。

汝何男子须眉蚪,海外流民传姓刘。模糊说剑不可酬,傭书卖鬼非道谋。吁嗟乎!为我师者,天皇之贤侯;为我友者,海翁之白鸥。尔何相重未弃置,犹云大海宽鳍鲰。大海之大何所试,精卫衔山木石碎。特恐鼍背弱,八柱频欲坠。勿为人喜炫伪功,勿为人恶改吾志。不愁幽兰死空林,但愁桐爨难为音。若使钟期犹可寻,请传一曲酬我诸同心。如我同心难屈指,大兄老聃小彭祖。中为张平八老公,忘机委志结渔夫。醴醨同啜有尽时,明珠在里叮咛须。记取若使暗投人,不如仍归之海贾。①

这段文字几乎可以看作刘履丁的自画像。刘履丁以"海外流民"自居,以"天皇之贤侯"为师,以"海翁之白鸥"为友,以老聃、彭祖、张平等为兄,志趣高远,"勿为人喜炫伪功,勿为人恶改吾志",率性而为,不谐流俗,有苏世独立之意。

作为刘履丁的畏友兼师长,黄道周当然了解刘履丁的性情,更清楚当时金陵的奢靡风气,这可能正是黄道周担心之一端。在立身端正、严于礼法的黄道周看来,刘履丁虽具"才行之美",其交往的也多为慷慨国事的复社名士,但久居金陵奢华之地则难免不能自拔而消磨意志,故作《刘招》以招之。正因为如此,钱谦益才有"洒泣作《刘招》,未死招其魂"之语。此"魂",非死后之魂魄,盖指活者之精神;招魂,盖指以礼法收其心性,使一归于正。这颇类于孟子所谓的"求放心",《刘招》所招当为招其"放心",谓值国家多事之秋,当收束心性,以谋国事。

此种主旨,极类吕大临《拟招》。朱熹《楚辞后语》曾序《拟招》曰:"吕大临受学程、张之门,其为此词,盖以寓夫求放心、复常性之微意,非特为词赋之流也。故附张子之言,以为是书之卒章,使游艺者知有所归宿焉。"②吕大临《拟招》末附张载之言,故其用意颇为显豁,是借拟骚体式表达其"求放心、复常性之微意"。这是理学家的"招魂"。黄道周创作《刘招》有无受《拟招》启发,我们不得而知,但黄道周作为一个大儒,立身守正、道德完善是其一生的追求,关注国事、致君尧舜则是其现实诉求。由此出发,黄道周借《刘招》呼吁刘履丁复归正道,以天下为己任,这也就不难理解了。这当是《刘招》深隐于文本背后的题旨意蕴。

黄道周作《刘招》规劝刘履丁也符合其一贯的行事风格。全祖望曾云:"黄忠烈公见诸弟子有与女校书诗者,辄戒之。"③黄忠烈公即指黄道周,女校书则典出唐代女诗人薛

① 冒襄:同人集[M],冒氏家藏原刻本,卷五。

② 朱熹:楚辞集注[M],上海:上海古籍出版社;合肥:安徽教育出版社,2001年,第295页。

③ 全祖望著,朱铸禹汇校集注:全祖望集汇校集注[M]. 上海:上海古籍出版社,2000年,第1427页。

涛,此借指栖身青楼而有文才的女子。黄道周对弟子门人与青楼女子的诗书往来一定是极力反对,甚至是深恶痛绝的,这才有“辄戒之”之说。当钱光秀(蛰庵)以所作诗求黄道周点定时,黄道周虽然肯定其“诗甚可观”,但更批评“其中有赠女校书作,近来此等习气,皆元规之尘也”。①

明了以上诸问题之后,再读《刘招》文本,就有可能全面而深刻地把握其主旨倾向。由《刘招》之序文可知,黄道周继承屈骚“招魂体”驰骋想象、四方呼号以招魂的体制特点,设想楚之将乱,欲寻“诸宗之服美者”以纾解国难,从中不难体会出黄道周影射现实的用意。当时的朱明王朝内忧外患,世风、士风颓靡,黄道周每感于此,常思教养人才以挽大厦之将倾。刘履丁为其同乡高弟,亦为其畏友,聪明绝人,博物好古,本可堪当大任,不料此时却流连于江南佳丽之地,不能不为之叹惜,故作《刘招》以招,“冀其觉悟而还之”②,以应国事之用,以尽臣民之忠。黄道周本人正是如此。此时,黄道周虽在榕坛讲学,但未尝一日忘记国事,每每与人谈论国事,辄“悲愤涕泗不已”。③ 在以《刘招》招刘履丁的次年(崇祯九年)九月,清兵入侵京畿重地,道周于此神州板荡之际毅然出山勤王,并于年底到达北京。

可见,《刘招》借屈原、巫涓为景差招魂,将朋友之情与君臣之义结合起来,拳拳之心,殷殷之意,颇有动人心魄之效。此实为《刘招》一大特色。后人由于缺乏《刘招》创作缘起等相关背景资料,故对其主旨的解读语焉不详。对此,时人钱谦益看得极分明,他在《书黄宫允石斋所作〈刘招〉后》中云:“其文仿《大招》、《招魂》,而其缠绵恻怆,起兴于朋友,而托喻于君臣之间,则亦屈、宋之遗也。”④至此,《刘招》主题当清楚了。黄道周以朋友之情与君臣之义相感召,刘履丁终于离开金陵,于崇祯十一年以辟召任郁林知州,并颇有政绩。1645 年,嘉兴军民举义,刘履丁预于其事,城破死难。刘履丁没有辜负师友黄道周的良苦用心,在抗清斗争中尽了大明臣子的一份责任,践履了儒家杀生成仁的人生理念。

---

① 全祖望著,朱铸禹汇校集注:全祖望集汇校集注[M],上海古籍出版社,2000 年,第 1819 页。
② 王逸:楚辞章句[M],《四库全书》本,卷九。
③ 黄漳浦文选[M],台湾:大通书局,1987 年,第 421 页。
④ 钱谦益:牧斋初学集[M],上海:上海古籍出版社,1985 年,第 1793 页。

黄道周《续离骚》《续招魂》新探

泉州师范学院　于浴贤

屈原是黄道周心目中千古忠臣的丰碑,在黄道周一生的道德自修、聚徒讲学以及仕履经历中,屈原始终是他道德人格的楷模。屈原《离骚》诸文,是其光辉人格的写照;黄道周大量写作仿骚作品,既是对屈骚艺术的喜爱,更是对屈原人格精神的赞美和追慕。黄道周现存仿骚作品62篇,包括:《续离骚》二章、《续招魂》三章、《謇骚》九章、《九诉》九章、《九绎》十一章、《九盩》十一章、《丛骚》十五章、《刘招》一章、《续天问》一章。黄道周以一人之功写作62篇仿骚作品,在历代作家中罕有其匹。黄道周的仿骚作品,大都与历代文人的仿骚创作一样,以代屈原立言的形式,抒写怀才不遇的忧愤和忠君恋阙的情怀,并寄托作者现实的思想感情。然而,他的《续离骚》、《续招魂》二文则风标特出,在题材内容上标新立异,以孝子事亲的伦理内容取代屈骚忠君恋阙的政治话语,内涵深蕴,耐人寻味,给后人留下许多疑问和思考。现试作探析。

一、《续离骚》、《续招魂》解读

黄道周《续离骚》分为《离疚》上、下二篇。《离疚》上篇序曰:“……其父悲郁侘傺,负奇以死。道周时年二十有三,不能自具殡敛,又窜于荒崖穷谷之间,无戚属知故之助,嗟哉已矣!古贤士失时,穷止其身,辱不逮亲,以视道周何如者?……俯仰之间,进退无据,于是呼天摽心而哭……”“故忧愁愤郁而续《离骚》赋,作《离疚经》。既殡,作《九盩传》。”[①]可知《续离骚》为黄道周二十三岁的作品;其时作者正处穷愁潦倒之际,卒遭父丧,贫乏窘困,痛苦悲怨、愧疚难当,故写下此作。文章上下篇以“离疚”为题,已蕴涵遭父丧而深怀悲痛愧疚之意。文章仿《离骚》的结构和手法,从自序家族、身世落笔,追忆自己的成长过程、人生遭际。文章叙述自己的降生,曰:“羌诞余以届期兮,阚彼泽之昧昧。枪

① (明)洪思:黄子年谱[A];黄寿祺原编:黄漳浦文集[M],政协漳浦县文史委员会、福建省江夏黄氏源流研究会漳州办事处、漳浦县博物馆编:悉尼/厦门:国际华文出版社,2006年。

棓踉荡而靡据兮，恐失龙之所在。”[①]追忆父亲对自己的教育和培养曰：“龙既爱余之偃蹇兮，恐予中之不坚。乃饰予以美好兮，而申之以兰茎。”诗人努力自修，养成美好品德，但却不为世所容：“既浊处而饮清兮，从余口之所先。思华渚之遗芳兮，恐不与世乎相善。”诗人在备受排斥打击的艰难处境下，只有父亲理解自己、爱护自己：“羌悲龙之踯躅兮，复然予之麈灰。知夫予之为崇兮，顾爱而不忍置也。彼奇节之不改兮，又曷脱夫所累也。”在穷愁困顿中，父亲为自己担心受怕，并终于在蒙羞受辱中去世：“龙既善余之劂硉兮，又恐余之不克肖。”“既颛精于罔获兮，益重龙之所羞。”“帝不恤余之靡据兮，遂挟龙而远徙。”面对父亲的去世，诗人深感愧疚而深深自责：“夫子不扬亲以为名兮，顾逡巡而于邑。”“既不可以为子兮，又何适乎用世?”“始呼余以若螭兮，今乃知其为豸也。”道周小字“若螭”，他痛责自己徒有蛟龙之美名却实如小虫之无能，辜负了父亲的期望。他痛苦无助而向古圣先贤求教：“询古哲之所履兮，余又罔知其适从。”他上下求索，却难觅知音，一再受阻：“将惝恍以上征兮，用博审其所纪。”“筮东南其丧朋兮，将西适于昆仑。”作者反复抒写丧父的巨大悲痛，以及对环境黑暗，无路可走的强烈悲愤。

在《离疚》下篇中，诗人拷问自己的道德人格和人生追求，追忆父亲的教诲，进一步坚定人生信念，不改初衷，曰：“幼秉余之淑艾兮，又饰之以异表。纷飞节之绮丽兮，羌不吉之为兆”。“既使余有此姱质兮，亦胡邈不知其准”。于是他继续天界神山的遨游，“将上下而求索兮，惝乎吾将周流于天路。”他寻找亡父的魂灵，渴望向其倾诉；他寻找知音，希望得到支持。他叩帝阍，求佚女，向先圣先贤陈词：“余将叩彼紫宫兮，愿一告而少休”。“帝阍扃不余望兮，反首乎吾将趋”。“先余马于九嶷兮，讯重华之内则”。然而一切努力都失败了，“勉戢志而相从兮，孰知夫余衷之所在”。世无知音，高洁之志终不为人所理解，他悲愤、怨叹世道的黑暗。但他相信父亲在天之灵是理解自己的，他执著地追寻父亲的亡灵：“哀彼路之既穷兮，徒行告而滋疹。恐灵之反夫故宫兮，又皇然而不见余。”“顾余之所怀兮，羌弥古而不可变也。上下求其罔获兮，余安遘夫所恋也”。表达了对父亲的深深依恋与缅怀之情，“奈何为期永相望兮，有鸾戢翼声中商兮。双雏陆离暗回翔兮，御彼竹实前称觞兮，千秋万岁获商羊兮。”《续离骚》二章借鉴了《离骚》的结构形式和艺术技巧，抒写了诗人失意的悲愤及失怙的痛苦，笔触千回百转，

① 注：本文所引黄道周辞赋、散文均见黄寿祺编《黄漳浦文集》；后两个阶段。《号招第一》开篇曰：“号魂兮归来，魂尚归来号！”凄厉的呼号，响彻四野，回荡在天宇间。接着描写外界环境险恶，不可居处。在大肆铺叙渲染中，穿插以“魂尚归来号”的呼唤，或二句一呼或四句、六句一号，形成急切凄厉的气势，呼唤亡灵归来。《广招第二》当是在更为广阔的地域及空间范围内招魂，文章铺叙东西南北四方以及三危之阴、阆风之下的六合环境，展现其莽荒、险恶、黑暗、丑陋、恐怖之状，不可久居；“魂尚归来号”呼告语贯串其间，抒写了对亡父深情的眷恋和不舍之情。《礼魂》在屈原《九歌》中本为每次迎神活动结束后的送神曲，篇幅简短而场面欢快热烈。

感情愤激哀婉。

除《续离骚》外,《续招魂》也是黄道周抒写丧父之痛,表达缅怀哀悼之情的仿骚作品。屈原《招魂》为客死秦国的楚怀王招魂。清代吴汝纶《古文辞类纂校勘记》曰:“怀王为秦所虏,魂亡魄失,屈子恋君而招之,盛言归来之乐。”就结构上看,屈原《招魂》分为前后两部分,前部分“外陈四方之恶”,极力铺叙东、南、西、北、天上、阴府各处环境之险恶,呼唤“魂兮归来”;后部分“内崇楚国之美”,夸饰楚国宫殿建筑之宏丽,居住环境之豪华舒适,宫中侍女如花,饮食甘美,歌舞佚乐,招呼楚王魂灵快快归来,表现了楚臣对楚君的深情眷恋和凭吊。黄道周仿屈原《招魂》作《续招魂》,为亡父招魂。《续招魂》三章包括:《号招第一》、《广招第二》、《礼魂第三》。三章虽各自独立,但内容相续为一。《号招第一》《广招第二》表现招魂活动的前作为招魂仪式的第三部分,也是最后阶段,同样具有送神曲的意义。但它并非歌舞娱神场面的描写,而是招魂活动的继续深化和高潮阶段。其形式及内容又是模仿《湘君》、《湘夫人》及《山鬼》诸篇,以男女恋人相期约会,却望君不来,四处追寻无着的形式,表达招魂不至的无限哀怨和痛苦。其文曰:“君思余兮粟以飘,余思君兮然疑作”。“灵从左兮间余右,路差池兮曷同宿”。“与君期兮河中流,灵之来兮前飕飕”。“霜未降兮露先戒,陈琴瑟兮离以歌,灵不来兮伤如何?”以爱情的失败喻招魂失败,感情缠绵,凄楚哀怨。是感情的高潮,也是招魂活动的尾声。

从以上分析可见,黄道周《续离骚》《续招魂》二篇,为缅怀追悼亡父而作,抒写孝子事亲的拳拳之意,表达了深沉感人的父子亲情。

二、对屈骚的继承与创新

黄道周《续离骚》、《续招魂》二文,在艺术技巧上鲜明地表现了对屈骚原作的继承和创新。从命题看《续离骚》、《续招魂》已表明对屈骚的模仿借鉴之意。此外文章在结构形式、意境创造、艺术想象及语言运用方面,对屈骚的学习模仿也是明显的。《离骚》不分章,为完整的单篇;《续离骚》分为《离疚》上、《离疚》下二章,篇章结构看似不同,其实相似。《离疚》上仿《离骚》前部分,从追述作者的家世家庭及出生落笔,进而追述父亲对自己的期望与培养,而自己穷愁潦倒、境遇坎坷,辜负了父亲的期望,致使父亲蒙屈受辱而死,故深怀愧疚和怨愤。《离疚》下仿《离骚》后半部分,写诗人在无路可走之际,上下求索,天界遨游,追寻亡父的魂灵,希望向亡父倾诉,得到亡父的教诲。他向圣贤陈词,叩天阍,求佚女,寻找知音,寻找父亲的亡灵,终于失败无果,留下无限悲愤和怨恨。……很显然,黄道周《续离骚》二章的结构形式源自《离骚》;文章从追溯光荣的家族开始,直至历叙身世经历和遭遇的表现题材及构思模式,也来自于屈骚。同样的,屈原《招魂》的前部分“外陈四方之恶”,后部分“内崇楚国之美”的结构及表现内容,均为《续招魂》之《号招第一》、《广招第二》所本,《号招第一》、《广招第二》从结构到表现内容都仿照屈原《招魂》并加以深化。

屈原《离骚》《招魂》浓厚的浪漫色彩,奇特的想象,瑰丽神奇的意境,在《续离骚》、《续招魂》中再一次出现。作者天界神山遨游,追寻亡父魂灵,他向古圣先贤陈词:重华、伯禹、皋陶、高辛、武丁、尼父、吕尚、屈原、伍子胥、宁戚、女媭、金母、嫫母、无盐……于是一幅幅庄严肃穆的历史画卷展示于眼前。作者神山遨游:青帝、勾芒、灵爽、泰壹、夸父、天昊、牛女、瑶台之女、娥皇、精卫……一个个仙人与我对话,与我游处,一个瑰奇绚丽的神仙世界赫然出现。他徜徉于天界神山:近崦嵫、济弱水、骖骏驭、乘鸾凰、从鹓鹓、览八垓、登瑶台、叩紫宫……神仙世界任我遨游,灵禽、神兽乃至众神纷纷为我效力。他往六合招魂,于是一个阴森恐怖、慑人魂魄的鬼蜮世界出现在眼前:“南有燔爍之焦山,硫磺熬波沸金漫漫。……”“东凿天阱,驱骇万雷。魍魉龙同,马衔相摧;有神吐舌,横行数里,粘人而食,连弩不避……”“北有巨壑,连冰为岩。吃雪之鼠,牙毛毵毵,……凿人之颅,携以为函。……”“其西为阴鼎,魔神之府。怪兽鬌鬌,临人之户。……”黄道周以超越时空的想象,跨越了历史与现实,打破了神、人、兽、鬼世界的隔阂,创造了琳琅满目、光芒四射的艺术境界。与此同时,黄道周继承屈骚“香草美人”的艺术手法,以香花香草喻高洁,以恶禽臭物喻邪恶:“余将贽彼白茅兮,揽琼华之茂茂。沐江蓠与兰膏兮,吉日乎泰壹将来下。”“集芙蓉以为裳兮,夫不可以终岁。”“尚凿彼华蒿兮,余冠高之巍巍。束雄虹以为帨兮,饰以明星之徽徽。上衣以霱云兮,下裳以霓华。……”使人恍如置身在一个香气四溢、五彩缤纷的世界。

黄道周仿骚二文继承了屈骚的浪漫手法,表现了十分丰富的艺术想象;创造了十分瑰奇的艺术境界,为我们展示了一个个恢弘肃穆的历史画面,一个个五彩斑斓的神仙世界,一个个波谲云诡、阴森可怖的魑魅魍魉世界,一个个绚丽芬芳的香草美人世界,从而寄托了作者的赞美、爱恋、追求、向往,以及怨愤、失意和痛苦。

从篇幅上看,《续离骚》、《续招魂》均比屈骚原作大得多。《离骚》约二千五百字;而《离疚》上约五千五百字,《离疚》下约三千八百字,上下二章字数约为《离骚》四倍左右。屈原《招魂》约一千三百字;而《续招魂》三章约二千五百字,大约是《招魂》两倍的篇幅。《续离骚》、《续招魂》篇幅的加大和分章的结构特点,使它展开更多角度、多层面的铺叙描写,意象更丰富,意境更多彩,场面更宏大,视野更开阔,表现出更加丰富的想象力,使作者的心路历程表现得更为纠结复杂,千回百转,愁绪万端,感人至深。这一篇幅结构上的开拓当是黄子在仿骚基础上的创新。至于《续招魂》之《礼魂第三》,仿《湘君》、《湘夫人》的形式,以幽思悲怨的情节和意境,表现招魂失败的痛苦,令人回味无穷,也是作者仿骚作品的创新之处。

从内容题旨及感情色彩看,黄道周仿骚二文的创新性十分突出。屈原《离骚》抒写诗人政治失意的悲愤,坚持真理、追求进步的坚强意志,不屈不挠的斗争精神和忧国忧民的情怀,表现的是忠臣事君之志。这一题材内容及主题,一直为后代仿骚作品所遵循。后代的仿骚作品,往往以代言体形式摹写屈原的经历遭遇和思想感情,其间虽寄托着仿骚作者的个人情愫,但表现的仍是屈子式的忠君恋阙之情。如汉代东方朔《七谏》、王褒《九怀》、刘向《九叹》、王逸《九思》等,无一例外。黄道周《续离骚》既不走汉人仿骚作品代屈原立言的表达方式,并一改《离骚》忠君恋阙的政治话语,代之以孝子事亲的伦理内涵,创新性十分突出。由于题材内容的差异,抒写表达的情感也不同。屈原《离骚》开篇自叙家族和身世,藉此以表现自己与楚王同宗同族的光荣,与楚国休戚与共的命运,此乃诗人忧国忧民、忠君恋阙的思想和情感基础。《续离骚》开篇自叙家族和出生,强调在自己成长过程中父亲对自己的爱护、培养和教诲,对自己人格养成的重要影响,为抒写失怙之痛奠定感情基础。同样的,屈原《招魂》是臣子为君主招魂,黄子《续招魂》是孝子为亡父招魂,前者表达忠臣事君之志,后者抒写孝子事亲之情。由于二文中招魂者与被招者身份不同,所以描写内容、情感内涵也有很大不同。屈原《招魂》所陈楚王宫殿之华丽,饮食之甘美等,切合楚王身份,贵族色彩极浓。黄道周《续招魂》在声声呼唤中常致以亲人的慰藉和关怀,传达出亲情眷恋之意。并反复以兄弟、夫妻、父子、家国之情相吸引,相撩拨,呼唤亡灵归来:"魂兮归来,予母予子曷以为恃。""魂遄归来,好不若兄弟。""魂遄归来,合不若妻子。""妻子之邦以为乐土,魂尚归来号。"倾诉了无限的失怙之痛,骨肉亲情弥漫其间。《续招魂》在内容及感情色彩上均有明显创新。

黄道周二篇仿骚作品在题材内容和思想情感上与屈骚原作迥然有别。这种差别归根到底在于创作主体的角色变化。二篇仿骚作品不是以代屈原立言的形式写作,而是以直抒胸臆的方式,记叙作者自我的生平遭际,抒写自我的思想情感。创作主体角色变了,作品的题材内容与主题立意自然发生变化。黄道周对屈原作品既学习模仿,又积极创新和超越。

三、仿骚二作的意蕴与思考

历代的仿骚作品始终没有偏离《离骚》怀才不遇的忧愤和忠君恋阙的主题。因为,这是一个十分严肃的政治话题,是千百年来士大夫文士始终无法解开的情结,也是屈原之所以伟大并留给后人的不朽的精神财富。然而,黄道周的二篇仿骚作品公然标新立异,以孝子事亲之情取代屈骚原作忠臣事君之志,内容题旨迥然不同!如此题材内容的创新,给读者留下种种疑惑。疑惑之一:既然抒写的内容、表现的情感不同,黄道周何必仿骚?他完全可以自撰文辞,无复依傍地抒写失怙之痛、事亲念慈之情;黄道周却不!疑惑之二:内容不同,立意不同,黄道周却一定要仿骚写作,并明确题为《续离骚》、《续招魂》,用意何在?深入探究考察,可见其深沉的意蕴。其一,黄道周《续离骚》、《续招魂》,自以孝子事亲比照忠臣事君，以孝子比照忠臣，反映了他忠孝一体的孝道观。其二，屈原是黄道周心目中的人格楷模，因此黄子追步屈原，模仿屈骚忠臣事君之事抒写孝子事亲之情；此乃向世人明示：孝子事亲之情无异于忠臣事君之志，故《续离骚》之踵武《离骚》，足可以与之相提并论。可见《续离骚》、《续招魂》的题材内容看似标新立异，远离屈骚原作的题旨，实际则是一致的。

其实，黄道周的创作意图及其孝道观在他的《续离骚》创作中已有表示。《离疚》上序文曰："……屈原力不及宗，哀怀客死，故怀沙沉汨，以殉其君。嗟乎岩穴，君不若父。道周今日谊不得死乎？子止祗不尝药，伏剑而死，世犹罪之，圣人有作，又何所置我也。"面对父亲的去世，黄子想到屈原以身殉君的道德行为，既壮其节，又为自己不能以身殉父深感愧疚。在他看来，事亲事君本自一体，无高下之分。虽母亲尚在，有赡养之责，但感到愧对世之孝子，愧对圣人教诲，无地自容。序文又说："鲁有男子，为风木之哀，苴服号哭，告于孔氏，投河而死。此以视湘累，又为何如者哉？"认为鲁之孝子，以死殉母，与屈原以死殉君，足可相提并论。他认为，孝子事亲与忠臣事君，道理一样，意义相同。因此就个人道德修养而言，只有成为孝子才能成为忠臣，这是士人君子道德人格相统一的两方面——这就是黄道周的孝道观，也是他信奉的道德准绳。明代洪思《黄子年谱》载，黄应举初为漳州令，欲选拔人才，初读黄道周文章，十分赞赏，亟而召见。正值黄道周遭父丧，道周乃"白衣冠而入，挥涕而言：'生命数奇，既不能事吾父，又安能事长者？'遂趋出"。黄道周认为，能事父者方能事君，能齐家方能治国平天下。自己为人之子，不能很好奉养父母，致使父亲蒙羞受辱而死，既未能尽孝子之责，又岂能履行忠臣之职？因此不肯应官府征召。这一思想及心声在《续离骚》中再一次表达："既不可以为子兮，又何适乎用世，纵帝赐彼璇宇兮，亦匪尔所娱。"（《离疚》上）愧疚自责，拷问自己，既未能担负起孝子事亲之责，又岂能成为用世良臣？忠臣必然是孝子，孝子忠臣二者实为一体，这是他的孝道内涵，也是他道德自修的目标，背离哪一方面，都不为他所取。

《孝经》开宗明义章曰："夫孝，始于事亲，中于事君，终于立身。"①黄道周奉行的正是儒家的孝道理论。黄道周从启蒙教育开始，四书，五经就是他学习的课目。洪思《黄子年谱》载："黄子五岁，入小学而慧，授《论语》"。"黄子七岁……青原公至自榕城，负《纲目》一部，归而授之。黄子读之，数月不出户，自是知今邪正之辨，与王道之大也"。"黄子八岁，好观六经之文，雅不乐于俗也"。由于从小接受儒家经典的熏陶，养成了他以忠孝为核心的道德观和人格精神。加以青少年时期的四方求学，也培养了他开阔的胸怀和高远的志向，他"垂髫即有四方之志"，"慨然有济苍生之心"，并善"谈王道"。《黄子年谱》载，

① 中华书局影印，（清）阮元校刻：《十三经注疏·孝经》[M]，北京：中华书局，1980年。

五岁时黄道周即向先生请教孝,曰:“圣人只教人以读书,有子何以教人以孝悌?”孝悌教育从小就深入他的思想,并成为他道德操守的核心。综观黄道周一生,著作等身,其中阐发《孝经》经义的著作就有《孝经大传序》、《孝纪序》、《书古文孝经后》、《孝经颂》等九篇,他对孝道思想理论的深入探讨,成为他孝道行为的前提和基础。《孝经》广至德章曰:“君子之事亲孝,故忠可移于君。”事亲孝是事君忠的前提,黄道周严于道德自律,“不能事吾父,又安能事长者?”他正是以“孝子——忠臣”的道德养成轨迹要求自己,作道德自律的。

《孝经》丧亲章曰:“生事哀敬,死事哀戚,生民之本尽矣,死生之义备矣。孝子之事亲终矣。”黄道周之事亲,正是“生事爱敬,死事哀戚”,尽于孝道。他的《续离骚》、《续招魂》正是“死事哀戚”的表现,表达了对父亲亡故的巨大悲痛。就一般而言孝子事亲与忠臣事君,二者的情感内函是有明显差别的,前者重于骨肉亲情,后者重于家国之事。黄道周《续离骚》、《续招魂》在内容上却二者兼而有之。

一方面骨肉亲情在二文中有突出的描写和表现,对父亲的感恩、缅怀、爱敬、依恋、不舍、追寻、呼号之情充溢其间,使文章情意绵长,有很强的抒情性和震撼力量;这样的内容情感是《离骚》和《招魂》所没有的。

另一方面,黄道周是在穷愁困顿、备受诋毁打击的处境下,使父亲为自己担惊受怕、和自己一同蒙受羞辱而去世的,因此文章中丧父之痛与一己失意之悲交织在一起,如决堤的洪流,汹涌奔腾;故感情复杂,内容厚重。作品中以大量篇幅揭露社会的黑暗,是非颠倒,黑白混淆,邪辟作恶,魑魅横行;在污浊的社会中,正直高洁之士动则得咎,备受压制,无路可走。描写了一个失意文士的艰难处境,客观上表现了对社会黑暗、政治腐败的揭露和抨击,带有很强的社会政治内容。因此作品已不止于孝子事亲伦理情感的表现,而具有了家国世事的关注和反映,也因此《续离骚》的内容显得丰满充实,感情深沉博大,有大类于《离骚》之处。黄道周《书古文孝经后》曰:“《孝经》有三微五著……因严教敬,使畎亩父子皆有君臣之义,二微也。”作者主张通过教育,让庶民百姓中父子而有君臣之义。其《续离骚》、《续招魂》兼有孝子事亲的伦理感情和家国世事的关怀和反映,正是他“畎亩父子有君臣之义”的表现。黄道周宽广的胸怀,高远的志向可见一斑;他的由孝子而忠臣的道德养成与人生目标亦由此可见。

黄道周《续离骚》、《续招魂》二文凭吊亡父,抒写失怙之痛,表现了真挚感人的骨肉亲情,闪耀着人性美的光辉;此乃二文的价值意义之一。其二,两篇仿骚之作,以孝子事亲之情比照忠臣事君之志,反映了黄道周孝子忠臣二而为一的孝道观。其三,体现了黄道周追步屈原,追求由孝子而忠臣的自我道德人格养成。当他还是身处草泽的一介寒士,即追求“畎亩父子有君臣之义”,可见其严格的道德自律和远大的抱负,“齐家治国平天下”的人生目标十分明确。正是这种忠孝一体的道德信念和人生追求,使他日后成为一位“严冷方刚、不偕流俗”、[①]忧国忧民的正直士大夫,并在国家危亡之际,慨然追步屈原,义无反顾地为国捐躯,成为屈原之后中华民族史上爱国英雄系列中又一位光彩夺目的人物。

① (清)张玉廷等:《明史·黄道周传》[M],北京:中华书局,1974年。

论黄道周拟骚之作

漳州城市职业学院黄道周研究室　郑晨寅

屈原的生平、诗作极易引起文人的响应,尤其是在朝代兴替之际、贤人遭厄之时;而拟骚、续骚既是对屈子辞章的绍承,更是对屈子精神的赓续。明末大儒黄道周以其淹博宏肆之才、慷慨悲郁之情,对屈原的作品作了全面的仿写、续写,可称楚辞传播史上的独特个案。马积高先生在谈到明清辞赋时认为:“明清两代是辞赋发展的停滞和衰落时期。所谓停滞和衰落,是说辞赋在体制上已没有什么新的发展,并不是说没有产生优秀的作品和作家。”(《历代辞赋研究史料概述》①)而黄道周正是其中一位优秀的辞赋作家。本文即拟结合黄道周生平,探讨其拟骚之作,兼及其人、其作对明末辞赋创作与研究的影响。

一、黄道周与屈原的“异代同风”

黄道周于明神宗万历十三年(1585)出生在福建漳州漳浦县铜山所深井村(今属东山县)一个平民家庭,当时已届明季,明神宗昧于治国,勇于敛财,矿监、税使遍及全国,肆意搜括民脂民膏,民众反抗运动亦随之此起彼伏,如万历三十年(1602)漳州月港就爆发了轰轰烈烈的反税监高寀的斗争;而东北的女真部日益兴起,万历四十四年(1616)努尔哈赤建立后金,接连攻占辽东重镇,明朝局势可谓内忧外患,故有“明之亡,实亡于神宗”之称(《明史·神宗本纪》②)。黄道周正处于这样一个动荡的时代。他少年早慧,博学多才,有“闽海才子”之称,又胸怀大志,忧国忧民。据庄起俦《漳浦黄先生年谱》(以下简称《庄谱》)载,7岁时其父授之以朱子《资治通鉴纲目》,黄道周研阅之后,“便知忠良邪正之辨,人治王道之大”(见陈寿祺编《明漳浦黄忠端公全集》卷首③,以下简称《黄漳浦集》)。他关心国事,16岁时,“于时事得失,往往慷慨指画,有贾生流涕之意,不能自禁”;19岁时上书福建当局,献“时事策”,但不为所用,又于次年欲赴京上书,不果。他在万历四十六年(1618)乡试策论中抨击时弊,“深以党患、边患为忧”(《黄漳浦集》卷九《万历四十有六年乡试策》洪思注)。黄道周于天启二年(1622)成进士,其时魏忠贤专政,忠直之臣屡遭

① 马积高:《历代辞赋研究史料概述》,北京:中华书局,2001年,第140页。
② (清)张廷玉等撰:《明史》,北京:中华书局,1974年,第295页。
③ (明)黄道周著,(清)陈寿祺编:《明漳浦黄忠端公全集》,道光十年刊本。

杀戮、贬黜，他不堪阉党擅权，遂告假归乡；崇祯时黄道周复出，屡次上疏直谏，因营救首辅钱龙赐、反对杨嗣昌夺情当政，两次被贬谪，又因江西巡抚解学龙举荐而被小人谗间，以致崇祯帝疑其结党营私，被逮入狱，身受酷刑，幸得不死。崇祯十七年(1644)北京陷落，南明弘光朝建立，黄道周被委以吏部左侍郎、礼部尚书之职，上疏请弘光帝"约己动众"、"收天下之心"(《黄漳浦集》卷四《恭慰圣怀疏》)，但在这个由阉党余孽拥立起的政权里，他的诤言谠论并没有得到采纳。最终他于隆武朝时，以一介书生率师抗清，兵败被俘，殉节于南京，留下了"一代完人"之名与数百万言著述。综观黄道周一生，其博闻强志之秉赋，九死不悔之志向，信而见疑、忠而被谤之人生境遇，遭逢末世、国都沦陷之时代悲剧，以及视死如归、以身殉国之运命抉择，皆与屈子有共通之处。

事实上，黄道周对屈子有着很深的感触。他从小就喜爱屈骚，多有赋作(详见下文)。23岁时父殁，他叹惜屈原"力不及宗，哀怀客死，故怀沙沉汨，以殉其君"，而"君不若父"，自己更应一死殉父，但母亲尚在，不能死之，故"进退无据，呼天摽心"而作《续离骚》(见《黄漳浦集》卷三十六《续离骚》"前言")。我们发现，屈原蹈水殉君的悲剧令恪守忠孝之道的黄道周感慨系之[①]；而他选择以骚体诗的形式抒写父丧后悲哀欲绝的心境，固然与楚骚之长于写怨的特点有关，"况处末世，道与时忤"(《续离骚》"前言")的时代背景更使家国之痛合而为一。

崇祯十一年(1638)，黄道周因反对杨嗣昌夺情及其加派军饷、与后金议和等军政举措，在召对时与崇祯帝发生激烈辩论，以"朋串挠乱"之罪被降六级调用，遂告假归家。黄道周自认平素行事问心无愧，"生年以来，未有一言一事内不可告于妻子，外不可告于朋友，幽不可告于鬼神，明不可告于黎献者。"(《黄漳浦集》卷十九《赴逮与兄书》)因此，他针对"朋串"之莫须有的罪名，于次年在漳浦北山墓庐旁建"十朋轩"、"九串阁"，列历代贤能之士56人，以明己志。其中"九串阁"列15对30人，第一对即为屈原、贾谊，并在《五十六贤赞》自序中说："……右曰九串阁，阁仅九尺，壁间位置自屈、贾至李(李绛)、马(司马光)，凡三十人，皆异代同风，韵实殊致。"(《黄漳浦集》卷二十八)并一一系以赞语。其中屈原之赞语云：

易初本迪，君子所鄙。

章画志默，前途未改。

沐浴衣冠，不忍蝹蠖。

---

① 《黄漳浦集》卷首有洪思《文明夫人行状》，言崇祯死后，黄道周曾说"吾欠先帝一死"；又有蔡世远《募刻黄石斋先生遗书引》云："读《续骚》一篇，知忠臣必由孝子。"蔡保祯《柳溪集·寄赠黄幼玄》亦云："移孝作忠，骚传湘楚之悲。"皆注意到《续离骚》的忠孝内涵。

怀沙颂橘,终冀一悟。

井渫心恻,千古同故。

赞语首引《九章 · 怀沙》“易初本迪兮,君子所鄙。章画志墨兮,前图未改”,表达了自己不改变志向之决心;其次化用《渔父》中“新沐者必弹冠,新浴者必振衣,安能以身之察察,受物之汶汶者乎”诸句,以示身心之高洁,不愿屈身退隐;随后直引屈子“怀沙”、“颂橘”二事表达了独立不迁、矢志不渝的情操及以死相谏的决心;最后以《易经》之《井》卦九三爻辞作结,当与司马迁在《史记 · 屈原贾生列传》中之抒论有关:“怀王以不知忠臣之分……身客死于秦,为天下笑,此不知人之祸也。《易》曰:‘井渫不食,为我心恻;可用汲,王明并受其福。’王之不明,岂足福哉!”[①]黄道周言“井渫心恻”(井水已淘清却不被汲用,以故内心凄恻),实则希望崇祯帝能及时吸取前贤怀沙自沉的历史教训,善用贤才,为国民谋福祉。此赞语多集屈赋辞句,生动地刻画了屈子的形象,也是黄道周的自我写照;而君子怀瑾握瑜、终不见用之命运,亦“千古同故”。

南明隆武元年(1645)十二月,黄道周于婺源兵败被俘,次年在南京就义,被俘至就义前作诗数百首,亦有不少与屈子有关,如《夷犹》八章[②]其三“平生不饷常茶饭,为叫巫阳再筮魂”、其五“怀沙颂橘逢渔父,不与从头诉不平”等句(《黄漳浦集》卷四十七);又如《待命》八章其七云“进退逢人自触藩,三闾旧有未招魂”(《黄漳浦集》卷四十七);《蒿里》十章第十云“搴无神禹饕餮铸,犹得余生吊汨罗”(《黄漳浦集》卷五十);《东山偶书》云“颜回委陋巷,正则蹈水(氵裔)[③],当其并命时,要一无所系”(《黄漳浦集》卷三十七),等等。而骚体诗《謇骚》可为代表。据邵懿辰所言:“《謇骚》九章,草于南京尚膳监中,去授命旬日耳。悲感杂沓,灵爽倏忽,与三闾大夫为朋……”(邵懿辰《题黄忠端公〈謇骚〉后记》,转引自姜亮夫《楚辞书目五种 · 绍骚隅录》[④])殉国之际,屈子的遭遇再一次引起了黄道周的强烈共鸣。《謇骚》就屈原《离骚》、《天问》等章句加以申论,姜亮夫先生认为“其中大体以屈赋中语义,与个人遭遇及明季惨痛之事相揉合而为此。故有真情悃志,非无病呻吟者比也。”[⑤])确实,从初学为文至正命前夕,黄道周的辞赋创作贯串始终;而从其存世作品来看,形式上直承屈骚,并熔铸了自身的坎坷身世与家国之痛,呈现出独特的艺

---

① (汉)司马迁撰:《史记》,北京:中华书局,1982 年,第 2485 页。

② 据黄道周自跋:“右《夷犹》诗。将发婺源,梦道中勒石甚深隽,记其末句云:‘夷犹吾行兮。’《骚》云:‘夷犹兮中洲。’进退由人,亦不得自持,聊观之耳。”可知本诗题即得自《九歌 · 湘君 》:“君不行兮夷犹,蹇谁留兮中洲?”

③ 本字为左“氵”右“裔”,字库里无此字,故用括号标示。下同。

④ 姜亮夫:《楚辞书目五种》,中华书局上海编辑所,1961 年,第 454 页。

⑤ 姜亮夫:《楚辞书目五种》,中华书局上海编辑所,1961 年,第 451 页。

术特色,以下试析之。

二、黄道周的拟骚之作

(一)黄道周辞赋作品概览

黄道周在少年时已开始创作辞赋,他在《答曾叔祁书》中说:"周之少也,溺于骚雅。"(《黄漳浦集》卷十八)据《庄谱》,他8岁时即"能为比偶文……自经传子籍,旁及诗赋声律、铅汞阴阳之学,无不耽精玄览焉"。14岁时游广东博罗,至罗浮山,"振笔作《罗浮山赋》,无停思而多奇字",大夫韩日缵(后为其座师)叹其"年少轶才";又登观海楼,作《观海楼赋》,人称"虽宿构,未遽能如是",可见黄道周的才思之敏捷与赋作之高明。又据《庄谱》16年载,黄道周"游归发箧,诸稿皆诗赋,青原公怒责之。先生遂焚其稿,更习举子业。"在游历时期他的赋作当有不少,但由于父亲不希望他耽于辞章之学,故诸作皆焚毁殆尽,此亦可以理解为何上述二赋皆不见于《黄漳浦集》中。又据郑亦邹《黄石斋年谱》载,黄道周在被囚于南京尚膳监时,"作《南都赋》,作《謇骚》,哽咽绝续,不胜伤悼。"(见侯真平、娄曾泉《黄道周年谱·附传记》[①])可知黄道周就义前除《謇骚》外还作有《南都赋》,然《南都赋》亦已佚。

另外,明朝科举考试虽不试赋,但于翰林院庶吉士课考中仍保留赋之一体(可参见《历代辞赋研究史料概述》[②]),黄道周于天启二年(1622)成进士,选庶吉士,天启四年(1624)散馆,在此期间当有赋作,今亦不见。

目前存世的黄道周辞赋作品见于《黄漳浦集》,具体分布如下:

1. 卷三十六"骚赋"

这是最主要的部分,共收有拟骚、续骚之作九篇六十二章:《謇骚》(凡九章)、《续招魂》(凡三章)、《续离骚》(凡二章)、《九绎》(凡十一章)、《九戾》(凡十一章)、《九诉》(凡九章)、《刘招》、《续天问》、《丛骚》(凡十五章),以及《闻雷赋》、《梁山锋山赋》、《洞庭赋》、《平一赋》四篇赋作。

2. 卷二十八"文颂赞箴铭约揭题词"有《榕颂》一文

作于崇祯八年(1635)黄道周授业于漳州榕坛之时,其文首称"南方有嘉树焉,厥名曰榕",随后对榕树的美质加以歌赞,最后称"爰感楚章,制为《榕颂》",表明是对屈骚的一脉相承,其颂语部分悉作骚体,如"逾岭越江,恶以为市兮,独立不惧,师天地兮……"与屈原《橘颂》所歌之树不同而志气可通,亦可视为拟骚之作。

---

① (明)洪思等撰,侯真平、娄曾泉校点:《黄道周年谱·附传记》,福州:福建人民出版社,1999年,第116页。

② 马积高:《历代辞赋研究史料概述》,北京:中华书局,2001年,第142页。

3. 卷三十三“杂著”有《乘桴广引》一文

开头云:“夫子适赵,诚声于河,帷裳渐车,鳞甲生波,四顾滔然,作而叹曰:‘丘不济此,实命也夫!’”①随后言诸天帝筮于四方,皆得吉兆,“于是乘桴,广览四海,纪之以招摇,要之以太岁,审众哲之所从,信九垓而无外。”篇末云:“屈氏有言:超氛埃而淑邮兮,终不及其故都;免众患而不惧兮,世又焉知吾之所如?”引屈原之《远游》作结。《绍骚隅录》载明蒋之翘《续楚辞后语》收录有黄道周《乘桴》、《广引》②,实为此文。

4. 又有数篇碑记文后附有骚辞

据洪思《黄子年谱》(以下简称《洪谱》)载,黄道周于13岁时曾至平和王文成公庙,三十年后(亦即43岁左右),漳州知府施邦曜移文成庙于东郊,请黄道周作碑记。王守仁屡平寇乱,事功卓著,可谓儒者典范;而漳州平和一县即为其所建置(可参见《漳州府志》卷一《建置》),因而当此衰世,黄道周追思前贤,除作《王文成公碑》外,又一并作歌以寄幽情③,歌曰:

> 折瑶枝兮捣琼糜,思君兮中阻饥。扬灵鼍兮播灵旗,矫欲来兮何期?大江横兮大岭绝,射朝曦兮马当发。招余弓兮云中,遗余佩兮木末。虽无德兮心所知,曾昔来兮安足辞?露所生兮雨膏之,菊有风兮兰与吹。追郷车兮抗峄马,上天兮下土。时不同兮安得游?登君堂兮不得语。耿徘徊兮中夜,(下有脱句)④

此歌又见于《王文成公碑》所附(《黄漳浦集》卷二十五),亦当视为黄道周骚体诗之一。卷二十五《两朝忠烈祠碑》、《吴山七忠碑》等文后亦有此类骚体诗作为“迎送神之曲”。

以上是黄道周辞赋创作的一个概观,接下来我们着重对《黄漳浦集》卷三十六拟骚、续骚之作做进一步分析。

(二)黄道周拟骚之作的特点

1. 对屈骚进行全面仿作、续作

其作品题名、创作时间、主要内容及与屈骚的关系等概况可参见下表。

---

① 《水经注》有云:“孔子适赵,临河不济,叹而作歌:狄水衍兮风扬波,舟楫颠倒兮更相加,归来归来胡为斯!”本文当据此敷演。

② 姜亮夫:《楚辞书目五种》,中华书局上海编辑所,1961年,第414页。

③ 王守仁被谪龙场途中,亦曾于湘沅舟中作《吊屈原赋》,以抒其幽愤。

④ (明)洪思等撰,侯真平、娄曾泉校点:《黄道周年谱·附传记》,福建人民出版社,1999年,第2-3页。

屈原作品	黄道周作品	说明
《离骚》	《续离骚》	这是存世的黄道周辞赋中,写作时间可考的最早作品,为23岁时所作。《续离骚》由《离疚上》、《离疚下》两部分组成,据其"前言",前者作于父殁一个月后,后者作于父殁四个月后。言"疚",当指身为人子,至家贫不能举丧,心怀愧疚,故忧愁愤郁而续《离骚》。
《九章》	《九戾》	由《迷九逵第一》、《迩菑第二》、《在野第三》、《利用折第四》、《假余第五》、《胡不适第六》、《石发第七》、《不祥第八》、《羽人来第九》、《曷渡海第十》、《来胡迟第十有一》组成。据《洪谱》,此为父既殡后所作,重点仍表现丧父之后的彷徨无所依,以及不善养亲的自责,如其末章《来胡迟》云:"子不克职,为亲累兮;皇皇后土,谁职戾兮。"
	《九绎》	由《贵者延第一》、《大药第二》、《巫咸告第三》、《以难第四》、《知不及第五》、《荃之顾第六》、《下土不可居第七》、《江潭第八》、《戮赤菟第九》、《黄农没第十》、《惜将来第十有一》组成。与《九戾》一样,皆仿《九章》以"九"名篇,最后结以"乱"词;但内容又皆为十一章,各有篇名,此又与《九歌》相似。全诗表达了不为君王所信用(《荃之顾》云:"荃不知兮所亲,荃所亲兮非予")及"君子履艰,不得言命"("乱曰")的抑郁忧愤,创作时间不详,然当于崇祯朝之贬谪期间。
《九歌》	《九诉》	《九歌》描写了九位神灵,《九诉》仿此,其所诉九神依次为:天帝、大司命、少司命、偓佺、山鬼、龙女、三尸、东华帝子、诸皋将军,同样以神名为题。《楚辞学通典》言:"全篇借幽会神明,求善洁而不得,以明自修求进之意。"创作时间不详。
《天问》	《续天问》	《续天问》前有引语曰:"甲子之朝,有神下集,勒数鸿相,剔栉玉岌,授余鱼书……余将迅之曰……"以下仿《天问》体制,多就上古神话设疑问难。按:天启四年(1624)即为"甲子"年,故此篇或作于是年,其时黄道周为翰林院编修,预修国史实录。
《招魂》 《大招》	《续招魂》 《刘招》	《续招魂》凡三章:《号招》、《广招》、《礼魂》。据其"予母予子,曷以为恃"(《号招》)、"妻子之邦,以为乐土"(《广招》)、"望夫君兮不一反"(《礼魂》)等语,当为招其父之魂而作,创作时间或在《续离骚》之后。其前二章大体仿《招魂》、《大招》,然不以"些"、"只"为尾韵,而代之以"号"作结,屡言"魂归来号",《楚辞学通典》认为这样"更使呼喊辽远有力,亦近时人情感,深沉动人。"后一章则仿《九歌·礼魂》,然篇幅较之为长,句式则以七言为主,如其结尾云:"霜未降兮露先戒,陈琴瑟兮离以歌,灵不来兮伤如何。"节奏舒缓,哀婉动人。 《刘招》前有引语,言"楚将逐诸宗之服美者",是时屈原未死,请"掌痱"巫涓作招贤之辞,屈原叹其辞"緐而不旷",故重招之,言天地四方之恶,这些都与《招魂》有相似之处。创作时间不详,观其"信人生之有命,虽谗慝之何禁",当系为贤人见放、忧谗畏讥而发。
《远游》		《謇骚》中有《淑郇第三》,申论《远游》中"绝氛埃而淑尤兮,终不反其故都"一句。
《卜居》		可能由于此二篇的体裁有异于骚体,故黄道周未有拟作。
《渔父》		

续表

屈原作品	黄道周作品	说明
	《丛骚》	由《若弗及第一》、《哀众芳第二》、《民生各有所乐第三》、《无女第四》、《释堦第五》、《僻远第六》、《不再得第七》、《冀一反第八》、《有鸟自南第九》、《大故第十》、《改此度第十有一》、《谁与第十有二》、《虽少第十有三》、《无施第十有四》、《登石峦第十有五》组成。演绎《离骚》及《九章》之《惜诵》、《涉江》、《哀郢》、《抽思》、《怀沙》、《思美人》、《悲回风》诸篇章句，观其“吾蹇此异祸兮，纵高驼其焉驾”（《有鸟自南》）、“豫让毁体以成志兮，虽妻子不知其故”（《谁与》）、“廓渺渺以焉止兮，今亦不知荃之心”（《登石峦》）等语，似作于崇祯十三年（1640）至十四年入狱受刑之时。
	《謇骚》	由《昭质第一》、《忍终古第二》、《淑邮第三》、《天式第四》、《秉鞭第五》、《流厥严第六》、《正始昆第七》、《近禹麾第八》、《掌梦第九》组成。申论《离骚》、《远游》、《天问》、《大招》、《招魂》等章句，由“感我高皇，及二宗兮，归死于兹，犹禁中兮”（“乱曰”）等语可知，确如上述邵懿辰所言作于1646年的南京，去殉国之日不远（详见下文分析）。

由上表可知，黄道周对屈骚的拟写、续写是有意而为之的，其规模、格制为辞赋史上所罕见。

2. 融合自身家国之痛，或发愤以抒情，或申论、演绎屈赋章句，虽是仿拟，形神兼备

于浴贤先生《论黄道周骚体赋》一文指出了黄道周骚体赋对屈骚形式的继承与创新、对屈骚情怀的异代嗣响，认为其在结构形式、比兴手法等方面都富有创造性①。在此我们以《续离骚》、《謇骚》等具体篇章为例，对其思想内容、艺术特色等作进一步探讨。

如前所述，《续离骚》是黄道周在父亲去世后，有感于自己不合于俗，又不善谋生，无力养亲，“乡里之人至目为放浪之士，益轻其亲”，使“其父悲郁侘傺，负奇以死”，自己又“不能自具殡敛”，痛何如之（见《续离骚》“前言”），故自比湘累，作《续离骚》以抒此郁结。在此仅以《离疚上》与《离骚》作比：如同屈子赞美自己的“内美”一样，黄道周也谈到自己不平凡的出身：“暨始龙梦彼乾精兮，嵌缪镏其若铠。趯（山骨）崒而琰䑋兮，旋盘礴于腑内”（故黄道周一字“螭若”）；同屈子“扈江离与辟芷兮，纫秋兰以为佩”一样，黄道周也以香草为伴：“饰予以美好兮，而申之以兰荃”；屈子云“娥眉招嫉”，黄道周亦云“思华渚之遗芬兮，恐不与世乎相善”、“謇予有此修姱兮，愤与戚其交败”②；屈子坚持己志，“独好修以为常”，黄道周则云“彼奇节之不改兮，又曷脱夫所累也”；屈子迷于前途，不知所之，乃求助于灵氛占卜，黄道周亦借助卜筮：“筮东南其丧朋兮，将西适于昆仑”；屈子欲

① 于浴贤：《论黄道周骚体赋》，《漳州师范学院学报》（哲社版），2009年第1期。

② 嫉屈子者，“党人”也，而与道周“交败”的却是上述“乡里之人”，或曰族人，据《庄谱》载，21岁时有“族人之难”。

"令帝阍开关兮,倚阊阖而望予",黄道周同样登天无门:"繙中(忄宫)肃以上戾兮,将以诣於天门,属强禺为先容兮,乃告余以未启";屈子遨游天界,黄道周亦纵横四方:"始余驾以南翔兮,长离邀余于中路,告朱明之所耽兮,将偕余以共住"、"咨夋鸟之所宫兮,巡房心之次舍"。当然,这种遐想并不能改变现实的残酷,因此屈子最终仍决定"将从彭咸之所居",而黄道周更有愤激之语:"纵一日之有宁兮,又胡所而不得死也!"黄道周作《续离骚》时才 23 岁,其忧愁幽思亦与屈原有所不同,但仍不失为拟骚之佳构。而《续离骚》上下两章的篇幅,更是达到惊人的 8000 余字,是《离骚》的三倍有余。

如果说作为黄道周现存最早的拟骚之作,《续离骚》还有不少愤世之语、乖戾之辞,内容亦稍显繁冗;那么作为拟骚之绝笔,《謇骚》则在艺术上、思想上更臻成熟。《謇骚》之得名有可能来自《离骚》"余固知謇謇之为患兮,忍而不能舍也"。[1]《易经》之《謇》卦六二爻辞云:"王臣蹇蹇,匪躬之故。"大意是:君王之臣仆努力奔走(扶危济难),不是为了自身(而是为国事)。而这既是屈原之志,也是黄道周之志。《史记·屈原贾生列传》云《离骚》"其存君兴国而欲反覆之,一篇之中三致志焉"[2],《謇骚》正与之相类。

《謇骚》共九章,以《昭质第一》为例:

> 謇云汉之昭回兮,固散粲以为度。望舒让其修盈兮,又食之以顾兔。世犹訾其不纯兮,余将安所慕。哀姬旦之闵殷兮,不惠谅于同产。尼父生而博笃兮,世又悲其少贱。举二哲以相仿兮,固猥媚之所恶。谓高媿之不伦兮,故担挢而不下。余剖膺以托乘兮,洵自济于犬马。不敢逸于巢丘兮,亦奚取乎鲧之野。既三世而皆然兮,必余丑之不化。昝与誉其相根兮,鹗鹊共为昼夜。彼扁石之块然兮,固莫争其污嫮。

《离骚》有"芳与泽其杂糅兮,惟昭质其犹未亏"之句,这也是本章《昭质》之名的来历。[3] 首句即以《诗·大雅·云汉》之"云汉昭回"而应"昭质",随后以明月之有蚀、哲人之受訾来喻己之高洁,不合流俗,最终选择块然独处,不与世争辩。诗中多用屈骚成语,如謇、度、嫮、担挢、托乘等等;而望舒、顾兔、姬旦、鲧、鹗鹊等亦为屈骚中经常出现的人

① 当然,"謇"也是楚辞中常见的发语辞。

② (汉)司马迁撰:《史记》,中华书局,1982 年,第 2485 页。

③ 其他各章亦如此,皆从屈骚中择取数句而申论之,如《忍终古第二》出自《离骚》"怀朕情而不发兮,余焉能忍而与此终古",《淑邮第三》出自《远游》"绝氛埃而淑尤(《謇骚》作"超氛埃以淑邮")兮,终不反其故都",《天式第四》、《秉鞭第五》、《流厥严第六》分别出自《天问》"天式纵横,阳离爰死"、"伯昌号衰,秉鞭作牧"、"勋阖梦生,少离散亡,何壮武厉,能流厥严",《正始昆第七》、《近禹麾第八》分别出自《大招》"笃察夭隐,孤寡存只,魂兮归来,正始昆只"、"直赢在位,近禹麾只",《掌梦第九》出自《招魂》"巫阳对曰:掌梦,上帝其难从"(《謇骚》作"上帝其命难从")。《丛骚》的格式同此。

物、事物；句式同样采用以六、七言为主，以“兮”字为语助的“骚体”；而像“既三世而皆然，必余丑之不化兮”与“举世而皆然兮，吾又何怨于今之人”（《涉江》），“哀姬旦之闵殷兮，不惠谅于同产”与“列击纣躬，叔旦不嘉”（《天问》）等句，都明显看出对屈骚的仿拟。更重要的是，全诗围绕“芳与泽其杂糅兮，惟昭质其犹未亏”的主旨申论，展现出贤人与猥媚、咎与誉、污与娉等正反两面的剧烈冲突，更鲜明地凸显出“芳与泽”杂糅之下的“昭质”，而这种“昭质”，正是屈原与黄道周的道德人格之写照。

像这样从形式到内容上的仿拟，在《謇骚》其他各章中皆大体如是。而在揭明昭质、表达无悔之志向、呼唤济世贤臣之后，黄道周最后不得不面对明朝覆亡的残酷现实，作《掌梦第九》：

> 煌煌神宗，告我自胜。积精者强，有觉无兢。春容乃声，以俟其定。勒二十年，佩此心镜。太宗不怡，垂帏以思。执彼鬼中，谓吾已知。三九四七，萝图历兹。嗟我小臣，其何能维。赫赫太祖，告余江渚：“琅琅云卿，竟舍我去！”余曰：“不敢，朝廷舍臣，非臣敢去。”臣今欲去，将安所之？天地谺呀，岳渎崩陁。人臣视君，惟力是视。力竭身枯，则安所济？嗟我小臣，既羸以厄。何交於天，一祖二宗，二十五年，语如钟镛。召彼故老，讯兹掌梦。咸曰天命，告尔曷用。厦屋将颠，一篷梁栋。瓴甗之鸣，曷其有控？嗟我老臣，实为此来。痻言当心，雷霆为开。以身许君，安逃厥灾？系于故宫，俯仰低回。陟降上天，将毋此阶。丁宁命余，则安所怀。涕泗滂澜，何能不哀？

本章亦围绕《招魂》之“掌梦”诸语展开。这里关涉到黄道周的几个梦境。黄道周《昏晓》八章其七云：“倾危世事廿年中，曾梦高皇与二宗。胜负当头须有数，去留舍我更何从？”（《黄漳浦集》卷四十七）《洪谱》对此加以说明：“按：子以天启甲子散馆，梦神宗召谓曰：‘汝欲胜人，道在自胜。’又以崇祯丙子入都，梦文皇召至床前，屈指者再，云：‘三九四七，诚如所言。’盖指《易象》中命历也。子身致玄感如此，久已在帝左右矣。”①可见黄道周梦见过明神宗、明成祖（谥“文皇”，原庙号“太宗”）。而据《洪谱》61岁所载，黄道周因对弘光朝大失所望，借祭禹陵之机离开南京，船泊龙江湾，梦见明太祖（谥“高皇帝”）凄然对他说：“卿竟舍我去耶？”黄道周回答说：“朝廷舍臣，非臣舍朝廷。”他也因此而徘徊江

① （明）洪思等撰，侯真平、娄曾泉校点：《黄道周年谱·附传记》，福州：福建人民出版社，1999年，第36页。

渚,不忍遽去[①]。在回顾了这几个梦境之后,面对“厦屋将颠”、壮志难酬、身系故宫的现实,黄道周不能不悲从中来,“涕泗滂澜”。这是黄道周拟骚之作中最不近骚体的篇章,由于情感的发展到了一个节点,也由于内容涉及“一祖二宗”[②],本章一改前面几章的骚体,而代之以四言,节奏短促,给人以肃穆凝重之感;而其忧国伤时之情仍与屈子相通。

胡应麟《诗薮》云:“纡回断续,骚之体也;讽谕哀伤,骚之用也;深远优柔,骚之格也;宏肆典丽,骚之词也。”[③]我们知道,既是仿作、续作,必然是戴着镣铐的舞蹈,从立意、文辞、体制等方面都有所限制,但黄道周却能结合身世、国运,以迂回断续之体、宏肆典丽之辞而抒发慷慨悲郁之情,与屈子共鸣于千载之后。

自汉以来,拟骚、续骚之作不在少数,姜亮夫先生评历代拟骚之作曰:“其上者探灵均孤忠之覈,以得其慨感幽深之志,多出于贤人失志之所为;其次者善体屈子心志,锲入无间,而章拟句摹,亦得其韵调之形似,则文士工巧之术。”[④]黄道周可谓兼有二者,其作不仅形似,而且神似,深得屈骚之髓,故陈寿祺称其文“《骚》心《选》理,咄咄逼真”,可谓的论。(《黄漳浦集》卷首陈寿祺《重编黄漳浦遗集序》)

三、黄道周与明末的辞赋创作与研究

目前黄道周的诗文研究还未得到应有的重视,当然也谈不上对其影响的研究。事实上,黄道周包括辞赋在内的诗文成就在当时达到了一个很高的水平,徐霞客(1587-1641)称黄道周“文章为国朝第一”(见《徐霞客游记·滇游日记七》[⑤]),查继佐(1601-1676)称黄道周文章“娇绝近代,天下咸以为海岳”(见《国寿录·阁部黄道周传》[⑥]),黄道周的文学成就在时人眼中可见一斑。而明末出现了一个辞赋创作与研究的高潮,黄道周拟骚杰作的出现并不是偶然、个别的现象[⑦]。李新宇先生认为,明中期的辞赋创作已从企盼中兴的“宗汉”胸臆移情于悲愤哀怨的“祖骚”情结[⑧],而这一点在明末体现得尤为明显。

作为晚明一位声望极高的儒臣、学者,黄道周的知交、门生几遍东南,以下我们选择

---

① (明)洪思等撰,侯真平、娄曾泉校点:《黄道周年谱·附传记》,福州:福建人民出版社,1999年,第28页。

② 关于这几个梦的详情,可参见拙作《黄道周异事解析》,《闽台文化交流》2011年第1期。

③ (明)胡应麟:《诗薮》,上海:上海古籍出版社,1979年,第4页。

④ 姜亮夫:《楚辞书目五种》,中华书局上海编辑所,1961年,第404页。

⑤ (明)徐弘祖著,卫建强等校注:《徐霞客游记》,石家庄:河北人民出版社,1998年,第867页。

⑥ (明)洪思等撰,侯真平、娄曾泉校点:《黄道周年谱·附传记》,福州:福建人民出版社,1999年,第132页。

⑦ 与黄道周并称为“明末两大儒”的刘宗周亦有骚体赋五篇:《淮南赋》、《吊六君子赋》、《知命赋》、《逝哀赋》、《招魂》,见《刘宗周全集》(第四册),杭州:浙江古籍出版社,2007年。

⑧ 李新宇:《论明代辞赋之演进》,《文学评论》2010年第3期。

以黄道周为联结点,探讨其与当时辞赋创作与研究的关系。

(一)黄道周与蒋之翘、黄文焕的辞赋研究

蒋之翘(1596－1659年),字楚稚,浙江秀水人,家多藏书,博古自好,据马积高先生《历代辞赋研究史料概述》所述:"年三十,注释《离骚》,镌行于世,复订定《晋书》,校正其谬误,黄道周见之叹赏,名因以著。"[①]可见蒋之翘因黄道周的揄扬而得名。蒋之翘有《续楚辞后语》,收录明代拟骚之作,内有黄道周《乘桴广引》,已如前述;又有《七十二家评楚辞》,辑司马迁以下、包括黄道周在内的七十二家评论楚辞之语,分载各篇之中,是明代楚辞辑评中最全、最详之本;其后又继以总评,共四十五家,黄道周亦在其中。笔者未能得见此书,然据《楚辞评论资料选》,中有《七十二家评楚辞》黄道周评语一则:"屈宋而下,以至班、扬、左、马之流而及张、蔡,嶰谷之竹递宣,楚泽之蓝互蒨,莫不铿其巨响,树为弘标。"[②]此当为总评之语,罗列了屈原、宋玉、班固、扬雄、司马相如、张衡、蔡邕、左思这样一条楚辞发展线索,从中可略窥黄道周的楚辞流变观,这也是黄道周论楚辞的极其珍贵的史料。

黄文焕(1598－1667年),字维章,福建永福(今永泰)人,其楚辞学名著《楚辞听直》的写作更是与黄道周有着直接的关系。崇祯十三年(1641)黄道周被诬结党入狱,黄文焕作为同乡受到牵连,与陈天定、董养河等人被指为"福党",亦下狱。在狱中,有感于"正则被谗伐功,与钩党奇比;讲学市声,殆似同况;屈焉伐诸,余焉市诸",因作《楚辞听直》,命名取自屈原《九章·惜诵》"命咎繇使听直",意在为自己与黄道周鸣冤,并自嘲道:"罗织者以为钩党之祸,而余乃藉为著书之福,幸甚至哉!"据其自序云:"其见余作而太息于天人之际者,石斋先生也。正值研注《骚》经,石斋偶相过,颇戚曰:'是殆不祥之书哉!少喜读是,动辄拟之,以此不谐于皆浊,迄今为宜岸魁,子又矻矻注之耶?'"[③]此处亦可证黄道周少时即有拟骚之作,并且深受屈子影响,乃有不谐流俗之品格。而注骚与拟骚一样,皆为正人君子发愤抒情之载体。据查继佐《罪惟录·黄道周传》所述,黄道周在南京囚禁期间所作诗文,"留同乡故词林黄文焕及门人吴繄祉家"[④],则《謇骚》亦当为黄文焕所经眼而心有戚戚焉。

(二)黄道周与吴应箕、陈子龙、夏完淳的辞赋创作

明朝的辞赋创作承袭元代复古之风,祖《骚》而宗汉,至明末则亦推重汉魏六朝赋。马积高先生认为:"明末吴应箕、陈子龙、夏完淳的某些赋尤能将六朝的风华与对时世的

① 马积高:《历代辞赋研究史料概述》,中华书局,2001年,第196页。

② 杨金鼎:《楚辞评论资料选》,湖北人民出版社,1985年,第116－117页。

③ (明)黄文焕:《楚辞听直》,《四库存目丛书》集部一,齐鲁书社,1997年,第409－412页。

④ (明)洪思等撰,侯真平、娄曾泉校点:《黄道周年谱·附传记》,福州:福建人民出版社,1999年,第150页。

感愤结合起来,在一定程度上揭示了明朝走向灭亡的历史原因和当时爱国士大夫的思想感情。”[①]作为明末辞赋代表作家,三人与黄道周也都有着密切的关系。

吴应箕(1594-1645年),字次尾,号楼山,贵池人,交游遍及海内。崇祯十五年(1642),黄道周谪戍过南京,寓居石城桥,他以弟子身份前往拜见,盘桓半月之久。其六言绝句《夏日杂兴》其二云:“起居石桥半月,还往云阳一旬。吾道幽深自足,君子于野同人。”后有自注:“黄石斋时寓石城桥。”(转引自章建文《吴应箕研究》[②])吴应箕抗清被俘后英勇就义,有《述归赋》、《悯乱赋》等赋作。黄道周在《与郑玄岳书》中说:“古建德山水雄深,其间必有伟人若韩、岳、郭、李之伦,宁当以此归之吴次尾,而今安在?”(《黄漳浦集》卷十五)对吴应箕评价极高。

陈子龙(1608-1647年)字卧子,华亭人,著名的几社、复社领袖。崇祯十年(1637),黄道周作为考官分考会试《诗》一房,陈子龙为是科进士,乃黄道周门生。其自撰《年谱》(崇祯九年)云:“予又出于漳浦黄石斋先生之门,生平所君宗也。”(见《陈子龙诗集》附录二[③])对黄道周极为敬慕。陈子龙于抗清失败被俘后自尽,有《别赋》、《幽草赋》等赋作。黄道周有《与陈卧子书》等寄赠诗文多篇(可参见《黄漳浦集》卷十五、卷四十二、卷四十三等)。

夏完淳(1631-1647年)字存古,华亭人,师从陈子龙,抗清失败以身殉国时年仅十七岁。有《九哀》、《大哀赋》、《寒城闻角赋》等赋作。其父夏允彝(1596-1645年)与陈子龙同为几社创建人、同科进士,黄道周门生,南京陷落后自尽。黄道周亦有《与夏彝仲明府书》等寄赠诗文多篇(可参见《黄漳浦集》卷十五、卷十八等),并曾为夏允彝之父撰《夏行之墓志》(见《黄漳浦集》卷二十七)。

以上数人在辞赋创作体式的选择上以赋为主,与黄道周致力于拟骚有所不同。但他们皆与黄道周有师弟渊源,又皆先后于黄道周以身殉国,这不能不让人感到其中自有一种强大的文化内驱力在鼓荡传递;而追溯这种力量,则与屈子有关。

(三)黄道周对明末辞赋创作与研究的影响

黄道周的辞赋作品在当时即刊行于世,据黄景昉《黄道周志传》:“海内久熟公名,共讽公制举艺,纸劳墨敝,比诸章程,再购为《骈枝别集》、《续离骚》行之。”[④]除了作品,他与屈子“异代同风”的忧国爱民的精神更是感染着同时代的人。以陈子龙为例,朱东润先生有一段评论颇具代表性:“子龙在没有接触到道周以前,只是江南的才子,一待接触以后,

① 马积高:《历代辞赋研究史料概述》,北京:中华书局,2001年,第146页。

② 章建文:《吴应箕研究》,合肥:安徽大学出版社,2009年,第195页。

③ 陈子龙著,施蛰存、马祖熙标校:《陈子龙诗集》,上海:上海古籍出版社,2006年,第653页。

④ (明)洪思等撰,侯真平、娄曾泉校点:《黄道周年谱·附传记》,福州:福建人民出版社,1999年,第119页。

他对自己的要求提高了,他不仅在诗文方面要求提高自己,而且无形之中更期望自己成为一位不屈不挠,以国事为己任的人才。”(《陈子龙及其时代》①)而黄道周殉国后,友人、弟子亦多将之比作屈子,哭招其魂,陈子龙《岁晏仿子美同谷七歌》之第五歌即为追悼黄道周,有“呜呼五歌兮愁夜猿,九巫何处招君魂”之语②;桐城钱澄之(1612 – 1693 年)曾从黄道周学《易》,撰有《屈诂》,黄道周就义后钱澄之有哭悼诗云“无路请还先轸首,何人招返屈原魂”。(见《所知录》③)黄道周莆田弟子郑郏《恭谒先师黄文明化祠感赋》其一亦云“招魂此日惭无术,瞻仰荒祠泪不禁”(转引自《东山文史资料》第五辑)④。

总之,在阶级矛盾、民族矛盾日益剧烈的明末,辞赋创作的“祖骚”情结极其明显;屈赋的研究则受到高度的重视,这与整个时代的背景有关。因此,我们不能夸大黄道周对当时的学术风气与文学创作的影响,但是也不应否定黄道周独特的经历、杰出的创作与深浑的人格魅力在其中的辐射作用。黄道周的创作实绩及其与明末文学的关系值得进一步深入探讨。

① 朱东润:《陈子龙及其时代》,北京:人民文学出版社,2007 年,第 98 页。

② 陈子龙著,施蛰存、马祖熙标校:《陈子龙诗集》,上海:上海古籍出生社,2006 年,第 310 页。

③ (清)钱澄之撰,诸伟奇辑校,孙以楷审订:《所知录》,合肥:黄山书社,2006 年,第 21 页。

④ 政协东山县委员会文史资料工作组编:《东山文史资料》(第五辑),1985 年,第 79 页。

屈原与郑成功文学贡献异同的哲学省思

厦门大学哲学系 高致华 张永宏

一、前言

《孟子·万章下》曰:“颂其诗,读其书,不知其人,可乎?是以论其世也。”①一般说来,知人论世,是我们进行历史研究和文本解读的方法和态度。这意味着:①要想了解一个人,尤其是其思想,首先需要了解这个人时空背景,并从活动于该时代的人物及其思想中完善;②无论是一个时代、一个人或者某种思想,时变境迁,往往落实为文本文献,因此知人论世主要依据于文本文献;③所“颂”所“读”、所“知”所“论”,其主体是作为解读者的“我们”,参与了对上述文本文献以及人物世事的“呈现”过程。换言之,文本文献和人物世事不是自我“呈现”,而是经由解读者诠释而得以“展现”。但是“我们”在解释文本文献和人物世事的时候,必然带着自身的文化态度和价值观念来诠释历史。此时,一种现象学背景下的解释学语境就产生了。②

在文学研究中,我们也经由了从“作者中心主义”到“读者中心主义”再到“作者/读者互融主义”的演变。文学作品的解读,最终表现为来自作者和读者双方面文化态度在文本上的视域互摄③。文学创作及其阅读在很大程度上肇端于与理性异质的情绪和灵感,更凸显了这种视域互摄。由于视域互摄,使得历史活动主体的文化影响,成为一种伽达默尔所表述的“效果历史”,或者德里达所阐发的“心灵书写”,从而促使文化成为一种实践性和理解性的统一。简言之:①历史活动主体以自己的生命理解在历史中实践生命,形成文本;②文本接受者在解读文本的同时也实践着文本;③从而实践性和理解性具

① 《十三经注疏(标点版)》,北京:北京大学出版社,1999年,第291页。

② 德里达和伽达默尔等西方现象学、解释学以及后现代主义的相关研究。参见王庆丰:《德里达发生现象学研究中的“历史”概念》,《吉林大学社会科学学报》,2009年第3期,第92-98页;鲁苓:《解释学的路径——从海德格尔到德里达》,《外语学刊》,2009年第3期,第27-30页;刘习根:《试论伽达默尔的理解观》,《湘潭大学社会科学学报》,2002年增1期,第60-61页;任志安:《理解与历史:伽达默尔的真理观》,《黑龙江社会科学》,2006年第6期,第63-66页。

③ 伽达默尔称作“视域融合”,但因“融合”消除了主客体的界限,易导致历史相对主义,故笔者采“互摄”的说法,在肯定主客体的辩证统一的同时,也肯定主客体各自相对的独立性。参见迟学旺:《游戏·理解·视域融合:试论伽达默尔的文艺思想》,《新西部》,2008年第10期,第140-141页。

有了某种"一物两体"的关系。

本论以屈原和郑成功的诗文创作及其文化影响为比较基准,对上述现象学、解释学的文化理解进行讨论。第二节针对屈郑所从出的家世背景并时代环境,作对比分析。第三节探讨其诗文创作,然因从文学视角研究屈原和"楚辞"成果已丰,笔者着重文学和生活的紧密关系,论述屈原的形象和作品之融合,作为第四节的文化影响张本;并分析了屈郑二者的文学贡献异同。第四节主要以屈郑之历史性主体活动(包括其诗文创作)为前提,分析其文化影响,进行二者文化辐射的对照研究。

二、屈郑的家世背景

(一)屈原的家世背景

《楚辞·离骚》开首即说道:"帝高阳之苗裔兮,朕皇考曰伯庸。"[①]陈思苓认为,"《离骚》中连举高阳与伯庸,犹周金文中之称皇祖与皇考,将氏族之祖与始爵之祖并称。"[②]则高阳是屈原之氏族之祖,伯庸乃屈原之始爵之祖。按《史记·五帝本纪》云:"帝颛顼高阳者,黄帝之孙、而昌意之子也。"[③]又《楚世家》云:"楚之先祖出自帝颛顼高阳。……高阳生称,称生卷章,卷章生重黎。……(以)吴回为重黎后,复居火正,为祝融。吴回生陆终。陆终生子六人"。[④]

"六曰季连,芈姓,楚其后也。"[⑤]上古之事渺茫,难以考覆。关键是屈原本人有这种族系的认同。《史记·五帝本纪》云:"余尝西至空桐,北过涿鹿,东渐于海、南浮于江淮矣。至长老皆各往往称黄帝、尧、舜之处,风教固殊焉,总之不离古文者近是。"[⑥]从中我们可以看到,这种族系认同所具有的族群凝聚、文化整合功能。此时,事实到底为何,反而是表面的,"意义"才是更根本的。

屈原出生于一个显赫的家族,接受系统的贵族教育。在古代社会中,贵族因为掌控知识而获得权威,管理并维持着国家的运行。自社会学观点,贵族阶层具有制定秩序、安排社会活动、保障族群繁衍生息以及承载文化的职责和使命。这种使命感在屈原身上十分强烈,推论与屈原所处的时代背景和社会现实有关。当时诸侯国关系渐趋明朗,秦国因为起用商鞅,采纳了较新的国家经营理念和社会管理模式,国势强大到对六国造成了

---

① 汤漳平译注:《楚辞》,郑州:中州古籍出版社,2005年,第4页。

② 陈思苓:《"朕皇考曰伯庸"考辨》,载于《屈原研究论集》,武汉:长江文艺出版社,1984年,第195页。

③ 泷川资言:《史记会注考证·五帝本纪》(影印本),北京:新世界出版社,2008年,第87页。

④ 泷川资言:《史记会注考证·楚世家》,北京:新世界出版社,2008年,第2470-2471页。

⑤ 泷川资言:《史记会注考证·楚世家》(影印本),北京:新世界出版社,2008年,第2473页。

⑥ 泷川资言:《史记会注考证·五帝本纪》(影印本),北京:新世界出版社,2008年,第136页。

强大的压力。楚国在当时是六国之翘楚,亦曾因吴起变法革新,国势一度强盛。观其后的历史发展走向,当时秦楚或秦齐间的竞争,实际是社会方向和文化制度设计的比赛,关乎整个族群的历史命运。遗憾的是,屈原为之奋斗的楚国没有取得主动权,中国的历史也以现在所能看到的样子敷演。屈原反对楚怀王与秦国订立黄棘之盟,但是楚国还是彻底投入了秦的怀抱。使得屈原亦被楚怀王逐出郢都,流落到汉北。屈原流放期间,创作了大量文学作品,在作品中洋溢着对楚地楚风的眷恋和为民报国的热情。屈原在绝望和悲愤之下怀大石投汨罗江而死。传说当地百姓投下粽子喂鱼以此防止屈原遗体被鱼所食,后来逐渐形成一种仪式。以后每年的农历五月初五为端午节,人们吃粽子,划龙舟以纪念这位伟大的爱国诗人。由于屈原忠君爱国,却不得不自杀于江边,后人将其奉为诸"水仙王"之一,认为屈原在天之灵可以保佑渔民、船员及水上贸易商旅。以此视野观屈原包括诗文创作等的生命活动,对于其思想、事功以及历史评价,将有更深刻体认。

(二)郑成功的家世背景

郑成功的年代迥然不同于屈原的时代。就世界范围而言,是资本主义方兴未艾、海洋霸权崛起的时代。反映在世界民族社会生活中最活跃的现象,是日益扩大的工业和商品贸易。"各个相互影响的活动范围在这个发展进程中越是扩大,各民族的原始封闭状态由于日益完善的生产方式、交往以及因交往而自然形成的不同民族之间的分工消灭得越是彻底,历史也就越是成为世界历史。"①而这一切,主要发生在海上。所谓"靠山吃山,靠水吃水",从北往南,历冀州、青州、徐州、扬州、越州、泉州、广州、交州,我国沿海人民从古至今,一直进行着海产生活,进行着海上贸易和文化交往,发展了灿烂的中国特色的海洋文明②。当然,在整体的以大陆文明为特征的封建帝国农业经济的笼罩之下,这种海洋性并不能凸显出来③。唐宋之际,中国古代社会,在政治、经济、文化、民族关系、宗教等各个方面,都有巨大的变化,堪称一种转折,即中国近世的滥觞④。此一近代化的历程,加上元代的世界性活动,中国在早于西方新航路开辟一百多年的时代,就开始了陆地和海洋两条路线的"全球化"进程⑤。到了明代,尽管有数次反复,但总的路向没有改变。整个中国古代社会,协同了全球近世化的步伐,在"全球化"的进程中,扮演了重要的角色。

---

① 《马克思恩格斯选集》(第一卷),北京:人民出版社,1995年,第88页。

② 张彩霞:《走向海洋时代》,厦门大学历史系博士学位论文,2003年。

③ 杨国桢用人类学术语,称为"大传统"下的"小传统"。但正是由于这种海洋社会经济的存在,为中国古代社会向近代的转变,提供了至少是经济层面的经验。见杨氏《关于中国海洋社会经济史的思考》一文,《中国社会经济史研究》1996年第2期,第1-7页。

④ 日本学者内藤湖南《概括的唐宋时代观》指出:"唐代是中世的结束,而宋代则是近世的开始,其间包含了唐末至五代一段过渡期。"该说法在学界引起轰动。刘俊文主编:《日本学者研究中国史论著选译(第一卷)》,北京:中华书局,1992年,第10页。

⑤ 就海路而言,与阿拉伯人的海洋活动有关,且时间上早于西欧的新航路开辟。

到晚明的时候，中国人的海洋活动，已经在世界贸易上，尤其是东洋海域，发挥了重要的作用[①]。以郑氏家族为代表的海洋贸易集团的崛起，正是以这一世界格局变化和中国历史大势为背景的[②]。与此同时，郑氏家族的活动又处于明清之际的社会动荡之中。无论是自愿还是受到强迫，郑成功都不得不面对这种时代所赋予其家族的历史使命。郑成功以积极参与的态度，为家族努力、为宗国贡献、为时代负责。这种态度反映在其显赫的历史事功之中，诸如反清、抗荷、治台等勋功伟绩，亦反映在其文化活动如诗文创作之中。惜郑成功享寿不长，于1661年收复台湾后，不逾一年即英年早逝，阳寿三十九。但是郑成功的事功所辐射出的历史脉络，一直延伸到今天；而作为一个文化符号，在更深广的领域，发挥着重大的文化作用，其中也表现在诗文创作的影响。

（三）文化性 VS. 商业性

比较屈郑的异同，我们发现，二人背后都有一个显赫的家族。各自家族的影响，在屈郑二人的成长过程中，具有重要的意义。但是其中又各有差异，即屈原的家族是一个纯"文化性"的家族，是一个贵族精神沉淀了数十代的家族，故而面对时局的易变，屈原以其特质的禀赋，承担起赓续文脉的历史重任；在郑成功这边，尽管也是一个大家族，但相对而言是一个"商业性"家族，而且即使其商业精神之沉淀，其持续时间，也不若屈氏家族之久远，然而同样面对时代的异数，郑成功以其独特的天禀，承担起的是一个经济样式转变的历史重任。另外，"文化性"与"商业性"的不同也反映在"大陆性"和"海洋性"的地理差异之中。这种不同的家世背景造就了屈郑之不同的文化努力，在后世的文化理解和文化实践中，也以相异但相互补足的方式发挥其文化影响。详见本文第四节的讨论。

三、屈郑的诗文创作

（一）屈原：作为生命的诗歌

中国是一个诗歌的国度，这不仅表现为浩若烟海的诗歌作品，恢宏壮丽的诗歌意象，

① 中国在世界范围内的近世化进程中，其作用往往为学人所忽视，参看樊树志《"全球化"视野下的晚明》一文《复旦学报（社科版）》2003年第1期，第67－75页。

② 过去一段时期，学人多关注郑氏集团和满清的和战关系，以及留心郑成功收复台湾以及郑氏父子经营台湾的研究。随着时代的变化和学术研究的深化，学人的视野不断扩大。关于郑氏集团之海洋活动，亦有专论涉及，可参看林仁川《试论著名海商郑氏的兴衰》、韩振华《再论郑成功与海外贸易的关系》、白蒂《国际政治舞台上的风云人物郑成功》、洪卜仁《试论郑成功的海上对外贸易》诸文（四文分别见《郑成功研究论文选（续集）》，福州：福建人民出版社，1984年，第190－205页、第206－220页；方友义主编：《郑成功研究》，厦门：厦门大学出版社，1994年，第30－38页、第340－342页）。从这些分析中，我们可以看到以郑氏集团商业活动为代表的近代化在传统母胎中的挣扎，以及郑氏集团的世界性影响，同时可嗅到一种清晰的"全球化"时代资本运作的新风。这样的时代背景，为郑成功这个文化英雄的崛起，奠定了基本的底色。

而且表现为诗歌和民众生活的紧密结合[1]。当诗歌成为生活的必需,诗歌也必将成为重要的文化生活样式。这种文化生活样式为文化的传承和发展提供坚实的社会基础和文化土壤,对于文化理解和文化实践也具有决定性的影响作用。

屈原可以看作是我国第一个伟大的诗人。屈原流放期间,创作了大量文学作品,在作品中洋溢着对楚地楚风的眷恋和为民报国的热情。其作品文字华丽,想象奇特,比喻新奇,内涵深刻,成为中国文学的起源之一。

刘勰在《文心雕龙·辩骚》誉屈原创立了"楚辞"这种文体,为"衣被词人,非一代也"。"在我国数千年的文学史上,还找不出第二个人能够像屈原一样,把自己的名字同一种划时代的文学如此紧密地联系在一起。'楚辞'这一文学形式,由屈原所创,而他的作品,又是《楚辞》作品的最高典范,历代文人评论者,每当吟咏其诗篇,莫不感慨于这些作品所表现的深邃的思想和炽烈的感情,震惊于其精美的语言和奇特的构思。"[2]在《四库全书》的编排体例中,于集部专门划出"楚辞类",作为独立大类,尽管其在数量上不是优势。从中亦可看出以屈原作品为主的"楚辞",在中国文学史中所具有的独异地位。关于"楚辞"的研究极丰,本论不再赘词,仅就屈郑文化影响进行探究。

屈原的文学贡献除了《楚辞》以外《九歌》也值得关注,其乃一套祭祀神鬼的舞曲。它的原始材料,大部分是楚国民间的祭神歌曲,是南方各地流行的巫歌,再编成歌、乐、舞合一的祭祀鬼神的舞曲,极富浪漫色彩,是中国歌舞的雏形。

一般认为屈原的诗文创作,开启了中国浪漫主义的先河。结合上述屈原的时代以及其生活的楚文化背景,我们也可以说这种浪漫主义的文学形式,乃是楚文化的一种个性反映。所以毋庸说整个楚文化是中国浪漫主义产生的土壤。当然,这并不会减损屈原作为浪漫主义的形象,反而会使我们在更高的视野上来理解屈原的诗文创作,及其创作的文学价值和文化意义。另外,屈原的诗文创作与其生平遭遇紧密结合。屈原的诗文创作,毋庸说也可以看作是他的生命感受的一种符号,通过诗文来呈现生命感受,而此种感受乃来自于风雨飘摇的时代背景所施予心灵的压迫和煎烤,心灵有所不忍,才表现为文字文学的形式[3]。这是屈原个体心灵对于楚文化的独特诠释,并进行果毅的心灵书写,表现为一种卓绝的文化实践。

---

① 甚至连土匪都沾染了这种文化气息,更遑论具有官方背景的文人武将之赋诗吟唱(所以也无须奇怪于郑成功深厚的儒学素养和瑰丽的诗文创作)。见贝思飞:《民国时期的土匪》,上海:上海人民出版社,1992年,第131-167页。

② 汤漳平、陆永品:《楚辞析论》,太原:山西教育出版社,1990年,第22页。

③ 也因该缘故,今人往往把屈原的文学形象与屈原本人的现实形象混为一体。文学在这里可以看作是一种心理状态和现实状态的结合体,一方面表现为理想和现实的融合,另一方面,如果这种理想得以实现,则文学本身亦可看作是一种现实;而如果现实没有被超越,则文学本身亦可视作是一种尚待超越的现实。

(二)郑成功:以诗歌来书写生活

相对于屈原,郑成功本人的诗歌作品流传并不多。少年才俊的郑成功,在南京国子监求学期间,曾赋《春三月至虞谒牧斋师同孙爱世兄游剑门》、《越旬日复同孙爱世兄游桃源涧》两首长诗,其中"游桃源涧",被其师钱谦益(即钱牧斋)盛评为"声调清越,不染俗氛,少年得此,诚天才也"①。钱谦益是明末诗坛领袖人物,亦是东林党人。明亡后,曾秘密抗清。郑成功被泽其风骨气度,颇有东林神韵。在诗中,郑成功数言淑气之"林泉",郁蔚之"百卉",而且以清流濯其足,尚以襟怀馨享"好风"之袭,足见其心胸之高古。在"游剑门"一诗中,则畅叙了与同志好友共游山水,寄情松泉的怡乐。其中说到"仰看仙岑碧,俯视菜花黄","夕阳在西岭,白云渡石梁",内中颇显其耽玩山水田园之质趣,亦隐露缘羡方外之乐游。从中看出郑成功对前此文化的习染。体现出郑成功基于自己的生命感受而进行的文化诠释,以及为自己所设定的文化实践和文化目标。虽不能断言郑成功受到屈原的影响,但也不能否定这种可能性。

郑成功有感于家国遭难,无论其家族的海外贸易,还是邦国的命脉,郑成功积极起身回应此剧变,为此族群之生活样式进行反思和探索。这在其后来的诗作中,有所反映。如果说"缟素临江誓灭胡,雄师十万气吞吴;试看天堑投边渡,不信中原不姓朱"尚且于家邦不幸、山河破碎之悲壮中仍不忘振振、豪心满怀,则"重重瘴岭源源水,长倚江山揽胜楼;前政风流慕东海,于今东海是凡流",已经约略有历经沧桑巨变,尽管希望仍在,但心气稍堕的气象。收复台湾的功绩,激壮了其心气,但毕竟频遭风尘,世事之艰难亟需隐忍,方可成东山之举,故而其《复台》之作("开辟荆榛逐荷夷,十年始克复先基;田横尚有三千客,茹苦间关不忍离"),已经能够达到宠辱不惊,泰然收揽世道人情之境界。可见郑成就于功业之艰难,已有心理准备,对功名宠辱之虚实,已可泯然同视,对隐隐绰绰之英雄命运,已能味其三昧,故而其诗风诗情,已颇为老到。而《春晨起登山踏青看远近形势》一诗("旭日东升万壑明,高林秋爽气纵横;千峰无语闲云过,瀑布湍飞击我情"),则达到了炉火纯青的化境。颇值得玩味的是,郑成功后期的诗作,与其年少时游学帝都的作品,尽管都有一种自然主义的倾向,但后者出于英气豪发的天童烂漫,前者则出于历经世变、性为法忍的老童归真,同样是抒发切心掣情的魂灵归属,但年少时之"秋日好"与更事后之"好秋日",已别然不同矣。其间,亦可隐见其文化理解的渐进和文化实践的圆熟。

(三)生命实践 VS. 心灵书写

言为心声,诗以咏志②。人的存在,离不开情感和理智。诗文创作,可以看作是情感

① 朱双一:《闽台文学的文化亲缘》,福州:福建人民出版社,2003 年,第 36 页。

② 这是一种中国式的表达。笔者所用"vs."同时也暗含了主客的转化。在德里达的理解中,可以看作是主客体在文学创作中的消融。参见杜娟:《德里达的解构主义文学观探析》,《社科纵横》2010 年第 6 期,第 114 – 116 页。

的纾泄。情感的性质,在于变动不居,从而使得我们往往怀疑情感性强烈的诗文创作,怀疑其和现实的联系以及其对于现实的作用。但是,如果把情感看作是人的另一种生命存在状态,而且或者是更为根本的存在状态,则表现情感的诗文创作不光反映了一种现实,其本身就是一种现实。从这个角度来说,屈原和郑成功的诗文创作,作为两个比照参看的个案,具有很大的相似性,即不仅都是各自时代现实的反映,而且其诗文创作本身就是一种时代现实。

但是其所反映的现实,以及作为现实的诗文创作本身,又具有不同的面向。时空的差异自是不言而喻,这种差异又通过文化维度的差异,以更为多姿多彩的方式使我们意识到这一点。我们能够说屈原的文化影响可施及于郑成功,而郑成功的文化影响则无法辐射到屈原。故而我们可以从郑成功的诗文创作中抽绎出屈原的文化象征符号,比如说爱国等,而不可能反之,这是时代先后之必然结果。由此我们可以看出屈郑诗文创作及其文化影响之不对等性。但是这种不对等是针对当事方而言的,而对于后此的文化参与者来说,则处于一种相同的文化堆积层之中,故而发挥了相同的文化影响。

另外,屈原进入文学视界,发挥文化影响,很大程度上是由于其卓越的文学造诣和成就。而郑成功之文化辐射,除了自身之诗文创作之外,很大程度上还由于其被不断强化的爱国主义英雄形象,而被后代文人所歌颂;后代文人由于不同的社会风貌和俗情,在歌颂郑成功之文学形象的时候,也是有意识的文化参与。关于此点,也是笔者下文所要强调的。

四、屈郑的文化影响

(一)后人理解和实践

1. 忧郁的屈原

《史记·屈原贾生列传》曰:“屈平正道直行,竭忠尽智,以事其君。馋人间之,可谓穷矣。信而见疑,忠而被谤。能无怨乎?屈平之作《离骚》,盖自怨生也。”①《论语·阳货》曰:“诗,可以兴,可以观,可以群,可以怨。”②从文学创作心理方面来说,屈原的作品乃在于一个“怨”③。史迁是这样理解的:“国风好色而不淫,小雅怨诽而不乱。若《离骚》者,可谓兼之矣。”④也就是强调一个中道。从中我们看到,屈子已矣,但是其文学作品成为时

① 泷川资言:《史记会注考证·屈原贾生列传》(影印本),第3835-3836页。

② 朱熹:《四书章句集注》,北京:中华书局,1983年,第178页。

③ 姚汉荣在《楚文化寻绎》一书中,专门就屈原之创作心理,进行了探讨。他除了关注“怨”以外,还重视“穷”,但笔者这里以为,“穷”乃“怨”的原因,但“赋”乃“怨”的结果。上海:学林出版社,1990年,第41-55页。

④ 泷川资言:《史记会注考证·屈原贾生列传》,北京:新世界出版社,2008年,第3836页。

人或后人的抒情/言志对象。“屈原既死之后,楚有宋玉、唐勒、景差之徒者,皆好辞而以赋见称。”[①]这种文学影响,洪泽所被,直到前汉的贾谊,而撰写《史记》的司马迁,已经几乎和贾谊同时了。文学影响可以表现为精神、社会和物质方面。汤炳正称“政治势力对文化的传播,关系至巨。……刘安以后,屈赋大行,则又因汉刘邦兴于楚,楚歌、楚舞等楚文化大受统治者的青睐,作为楚辞之学,自然也勃然兴起。这也跟当时的政治倾向大有关系。”[②]相对于现实的政治来说,文化层面的作用更为久远而深入。这就不能不说到历代文人对于屈原及屈赋的推崇[③]。

本论将屈原形象和屈原作品中的文学形象,并列同一个阶次上讨论,除了文学的理想性和现实性二者界限的消融以外,尤其值得注意“屈原藉由文学来‘怨’,从而使得文学成为作者的一个投影”,也因此后人往往以屈原文学作品来看待其思想旨趣和价值追求。这里,屈原本人反而是“退席”了,后人看中的是其思想和价值,而且这种思想和价值比起历史人物来,更具有灵活处理的方便。其中,尤其凸显了后人的文化实践,而屈原之文化影响乃见效于后人之文化实践之中。

2. 果毅的郑成功

郑成功之文化影响,亦具有和屈原相同之面向。因为时代的不同,活动地域和性质的不同,郑成功之文化辐射,更远及海外[④]。关于郑成功之历史活动、国际地位和影响之研究成果多矣,本论不再赘述;关于郑成功之信仰,则相对有强调之必要。[⑤] 不同时代、不

---

① 泷川资言:《史记会注考证·屈原贾生列传》,北京:新世界出版社,2008 年,第 3844 页、3850 页、3851 页。

② 汤炳正:《渊研楼屈学存稿·屈学答问·一五》,北京:中国社会科学出版社,华龄出版社,2004 年,第 53 页。

③ 该领域研究颇丰,邹福清在《汉代屈原形象与世人文化心态》一文中提到政治压力和文化权力之间的角逐,若说这种角逐在屈原时代还不是那么激烈,则汉人表现得尤为明显,有汉文人不得不关注其文化身份和现实考虑。这种关于文化身份的属意逐渐发展出一种文化和政治(或者说精神和社会)的决裂,在历史舞台上的表现,则是魏晋之际的文人借由屈原而进行的生命演绎(参见蒋方《论两晋名士对屈原的解读及其意义》一文)。张强则分析了当代作家与屈原的关系(《当代作家与屈原精神》),从中亦可见屈原之当代影响。金荣权《论两千余年来屈原形象的历史演变》、李生龙《历史上屈原诠释之历史解读》两文则从宏观的角度,分析了屈原之文化影响在时间维度上的延展。(五文分别见《古典文学研究》2006 年第 12 期,第 29 – 32 页;《荆州师专学报(社科版)》1994 年第 6 期,第 65 – 70 页;《中国文化研究》2002 年夏之卷,第 154 – 159 页;《江汉论坛》2000 年第 7 期,第 84 – 86 页;《中国文学研究》2009 年第 3 期,第 44 – 54 页)

④ 屈原之文化辐射亦远及海外,但往往与文学传统和民俗等事项联系在一起。而郑成功之文化辐射,首先和经济或政权联系在一起,更显直接。

⑤ 高致华:《郑成功研究》,合肥:黄山书社,2006 年。相对于屈原被奉为水仙王,郑成功则被奉为延平郡王,二者皆成神灵被后世祭拜,且各自发展出文化活动。然信仰文化非本论探讨之重点故在此从略。

同利益集团对于郑成功形象之诠释和功利性措置，尤其值得玩味。[①] 令笔者感兴趣的是，郑成功之爱国主义英雄的形象，是如何影响特定时期、特定地域、特定人群之生活样式的，而此特定时期、特定地域、特定人群之特定活动（理解性和实践性的活动）是如何重塑郑成功之英雄形象。

另外，郑成功之文化影响，亦可从诗文创作方面来分析，其中又约略有二端。一是郑成功的诗文创作所产生的文化影响，二是以郑成功作为文学创作的对象所作的文学作品，呈现为文化辐射的一种类型[②]。在朱双一的研究中，专门论述了郑成功的创作，并延伸论述日本占领台湾期间，各地作家以歌咏郑成功为爱国形式的诗文创作，凸显出郑成功之文化影响[③]。

（二）文学作品的文化延伸

前文已论述屈郑文化影响之异同，诸如活动地域、影响范围以及性质等；但是，屈原和郑成功在世人和时人的理解中，如何进入其相应的历史性主体实践活动更是本论所关注的焦点。世人和时人依据屈郑所遗留的文本文献，如诗文作品、民俗传说等展开诠释；并以自身的历史境况和生命境遇进行释读，从中发掘在自身历史生活活动中所希望出现的信息且开展实践活动。

这种理解和实践，由于强烈的主体性而挤压客体性的存在空间，从而使得历史具有了相对主义的性质，而衍生下述之几项观点：

（1）历史由于失去客观性依据而解释无力，屈原和郑成功等历史人物的事功和文化创造成为工具性的存在；

（2）当后人在工具性地利用屈原和郑成功的文化成果的时候，往往因不同立场而设

---

① 清领台湾前后、日据时代、光复以来，不同集团对待郑成功信仰之不同态度，以及郑氏宗族、漳泉客族群等不同人群对于郑成功之观感，甚至今日大陆和台湾当局出于“统独”的政治目的而进行的“郑成功文化战术”，或者当代日本（平户地区）和当代大陆（泉州地区）的郑成功祀奉和纪念形式等。

② 有趣的是郑成功之形象在日本以“国性爷”的文学样式出现，苏民育《〈国性爷合战〉中对郑成功的戏剧化》，略述日人近世剧作家近松门左卫门对郑成功形象（剧中主人公为和藤内）之演绎，“使观众产生了亲近感，而且他超人的形象还满足了当时人们的人性解放的愿望和要求”，在试图扭转传统净琉璃戏剧叙事的同时，也在相当程度上重塑了日本人的英雄形象。在拙著《郑成功研究》中也有论及此点。笔者认为，日人对《国性爷合战》的喜爱，毋宁说反映了一种参与重塑英雄形象的无意识，亦即通过对郑成功的诠释来实践其特定的文化目的，从而积淀了革新德川世道风貌的力量。从中可以看出郑成功之文化影响，反映了郑成功之创造性历史活动与后人之诠释性实践活动之间的文化博弈。苏文见《国际关系学院学报》2000 年第 2 期，第 55－60 页。

③ 朱双一：《闽台文学的文化亲缘》，第 191－195 页。又张水源所编《郑成功与延平》一书，在选编成功诗联若干之后，专辟《海峡两岸颂成功》一节，收有不同时期、来自不同集团之显要贤达所颂叹成功之诗作，可一并参考，北京：中国文史出版社，2006 年，第 203－220 页。

定为不同的文化符号;

(3)从而凸显出一种对于人类历史价值的怀疑,并可能导致存在论/本体论意义上的危机。以这种本体论危机来反观历史活动以及人类自身,不光不具有任何的历史效果,甚至连"历史"、"效果"、"人类"、"存在"等字眼,也在当下完成了自身的解构。

从实际历史演绎所呈现的面貌来看,世人或时人也没有进行这样的推演和想象。或者毋庸说,无论推演或想象与否,它们都进行了有意或无意的"弥补"工作,从而表现为文化的创造性活动,其中包含了对于前此历史人物的文化影响的认可,也包含了自身积极有为的理解和实践活动,而这种认可和活动汇流为一种"文化生活"的历史运动。具体到屈郑的个案中,则表现为:

(1)对于屈郑文本文献的客观性的确认,这种确认在很多时候变成了一种自认为是不言而喻的虔信;①

(2)对屈郑各自文化形象的客观性操作,这种客观性操作表现为主客体的视域融合,通过理解性和实践性的"一物两体"的运作,保证历史的效果;

(3)这种历史效果的保证,往往又通过对屈郑各自的文化形象的突出而得以增强,不仅屈郑的文化形象(以及其他历史活动主体的文化形象)在其中得到肯定,而且亦为其文化影响的主观性导适留有地盘。

五、结语

本文以现象学与解释学的视角作为分析的理论背景,并沿用梁漱溟所提出的"文化乃特定民族之生活样式"②观点,针对屈原与郑成功文学贡献之异同,提出自己的哲学省思:

(1)文学创作的原始意涵;

(2)文学与特定族群生活样式展开的关连性;

(3)文学与文化传承的各项影响因素;

(4)人类文化遗产的保存。

关于屈原与郑成功的文学贡献异同,笔者在全文论述之余,试以下表作简单的对照。

---

① 换言之,后人认为关于屈原和郑成功的文本文献,肯定代表了屈郑本人的思想,这种客观性是不言而喻的。但根据解释学的理解,其实不是这样的。故后人的这种确认,实际上乃是一种信念,即坚信这是客观性的。

② 参见梁漱溟:《东西文化及其哲学》,北京:商务印书馆,1999 年,第 19 页。具体说来,包括精神、社会和物质三个方面。现在则多被用来指称人类的物质生产、社会关系和心灵意识,或者被表述为人与自然的关系、人与人的关系和人与自身的关系(即人的思维问题)。